TOUTES les matières

1re

SPÉCIALITÉS SCIENCES ÉCO

Objectif BAC

Maths
Philippe ROUSSEAU

SES
Alexandre BLIN

Histoire-géographie, géopolitique et sciences politiques
Vincent ADOUMIÉ

Français
Isabelle de LISLE

Histoire-Géographie
Arnaud LÉONARD

Anglais
Caroline GARNIER

Espagnol
Michaël SALAÜN

Allemand
Véronique VEYRIER-MILAN

Enseignement scientifique
Nathalie THAU
Pierre BINZ
Sébastien DESSAINT

hachette
ÉDUCATION

Découvrez les œuvres au programme du Bac de français 2023, avec les titres de notre collection

biblio BAC 2023 lycée

Toutes les clés pour réussir votre BAC 2023

- **Le texte de l'œuvre** clarifié grâce à de nombreuses notes explicatives.
- **Des questionnaires** de préparation à l'oral du Bac.
- **La biographie** de l'auteur.
- **Le contexte historique, artistique et culturel** d'écriture de l'œuvre.
- **La genèse** de l'œuvre.
- **Le genre** de l'œuvre.
- **Un groupement de textes** sur le parcours associé à l'œuvre.
- **Un dossier SPÉCIAL BAC** proposant des sujets d'écrit et d'oral corrigés, avec des conseils de méthode.

hachette ÉDUCATION

ISBN : 978-2-01-718588-8

www.parascolaire.hachette-education.com

Sommaire

ENSEIGNEMENTS DE SPÉCIALITÉ

ENSEIGNEMENTS COMMUNS

Crédits photographiques

SES : © shutterstock

Histoire, Géographie, Géopolitique, Sciences politiques

Cartographie : Domino et Hachette Éducation. Schéma : Médiamax

p. 213 Illustration de Howard Pyle ©North Wind Pictures/Leemage ; p. 214 extrait du film documentaire « Salvador Allende » de Patricio Guzman, 2004. © Farabola/Leemage ; p. 217 ©Gerald Bloncourt/RDA/Leemage ; p. 221 © AFP ; p. 225 Miniature. Museo Navale, Genes ©Luisa Ricciarini/Leemage ; p. 227 Discours de Vladimir Poutine à Moscou, le 7 juillet 2011 ©ITAR-TASS/UIG/Leemage ; p. 247 Garde-frontière nord-coréen à la frontière entre les deux Corées, 2002 © Sovfoto/UIG/Leemage ; p. 248 invasion de la Pologne. L'armée allemande retire les barrières délimitant les frontieres entre l'Allemagne et la Pologne, septembre 1939 ©MP/Leemage ; p. 259 Le toit d'une maison à Tananarive, Madagascar ©Godong/Leemage ; p. 260 Les presses rotatives Marinoni à l'exposition universelle de Paris, 1889 « Revue de l'Exposition Universelle » © DeAgostini/Leemage ; p. 267 Première page du journal « L'Aurore » du 13 janvier 1898 © Bridgemanimages/Leemage ; p. 267 Caricature de Caran d'Ache (Emmanuel Poire 1859-1909) montrant une famille divisee autour de l'affaire Dreyfus dans Le Figaro du 14 fevrier 1898 © Gusman/Leemage ; p. 268 Télescripteur de l'agence Havas, gravure, 1895 © Abecasis/Leemage ; p. 271 Nick Ut, Associated Press, parue le 12 juin 1972 dans le New York Times D.R. ; p. 276 Charles Maurras (1868-1952) © Selva/Leemage ; p. 281 Denier en argent **à** l'effigie de Charlemagne , frapp**é à** Mayence vers 812. Paris Musée du Cabinet des Médailles de la Bibliothèque National de France © DeAgostini/Leemage ; p. 282 Solidus de Léon VI le Sage, piece d'or byzantine, Musée Benaki, Athènes © FineArtImages/Leemage ; p. 283 Photothèque Hachette ; p. 285 Photographie vers 1930. Ankara, Turkish Historical Society. Turquie © Luisa Ricciarini/Leemage

Français

Sauf mention contraire ci-après, tous les portraits d'auteurs et les documents sont crédités : © Photothèque Hachette. p. 321 : © National Gallery of Art, Washington ; p. 327 : © shutterstock/Everett – Art ; p. 329 : Eluard © Collection Dupondt/akg-images ; Bonnefoy © akg-images/Marion Kalter ; Jaccottet/Photo © Louis Monier/Bridgeman Images ; Tableau de Delaunay © akg-images ; p. 344 : Rabelais et Montaigne © shutterstock ; Colomb © shutterstock/Everett historical ; pp. 346, 348 : Érasme et D'Alembert © shutterstock/Georgios Kollidas ; p. 347 : La Bruyère © National Gallery of Art, Washington ; pp. 348, 364 : Voltaire, Diderot et Rousseau © shutterstock ; p. 350 : © shutterstock ; p. 352 : Collection privée © FineArtimages/Leemage ; p. 369 : Yourcenar : © PVDE / Bridgeman Images ; Sarraute : © Sophie Bassouls / Bridgeman Images ; p. 371 : Photo © Mario Dondero / Bridgeman Images ; p. 380 : Eschyle © Eric Vandeville/akg-images ; p. 381 : Molière © shutterstock ; Tableau de Rubens © National Gallery of Art, Washington ; p. 385 : Hernani © akg-images/Erich Lessing ; p. 387 : Beckett © akg-images/Pictures From History ; p. 392 : © Michel Quenneville.

Histoire-Géographie

p. 397 Caricatures révolutionnaires, DR ; p. 402 Le Serment du Jeu de Paume © Photothèque Hachette ; p. 404 Scène des massacres de Scio © RMN-Grand Palais (musée du Louvre) / Stéphane Maréchalle / Adrien Didierjean ; p. 406 Le vote ou le fusil © Photothèque Hachette ; p. 407 Allégorie de l'abolition de l'esclavage à La Réunion, 20 décembre 1848. © musée du quai Branly – Jacques Chirac, Dist. RMN-Grand Palais / Claude Germain ; p. 408 L'arrestation de Louise Michel (pendant la Commune). © Saint-Denis, musée d'art et d'histoire / © Bridgeman Images/Leemage ; p 410 Napoléon III remettant au baron Haussmann le décret d'annexion des communes limitrophes. © Musée Carnavalet / Dist. RMN Grand Palais ; p. 411 Le marteau-pilon, forges et aciéries de Saint-Chamond. © Écomusée du Creusot-Montceau, CUCM, service écomusée, cliché D. Busseuil ; p. 412 Carte : Domino ; p. 413 Carte Domino ; p. 415 © Leemage ; p. 416 D.R. Géographie Cartes : Domino et Hachette Éducation. Photos p. 421 © Shutterstock ; p. 427 © Shutterstock

Enseignement scientifique

Sauf mention contraire ci-après, tous les schémas sont crédités : Grafatom. p. 474 : © shutterstock/banderlog ; p. 479 : © shutterstock/Dr. Norbert Lange ; p. 480 : DR ; p. 495 : chaîne des triangles de Dunkerque à Barcelone © BnF ; p. 496 : © shutterstock/Georgios Kollidas ; p. 497 : © Photothèque Hachette ; p. 499 : principe de cosmographie et géographie universelle de Jean-Baptiste Delambre, planche 4 © BnF ; p. 500 : DR ; p. 501 : référentiel héliocentrique © shutterstock/D1min ; référentiel géocentrique © shutterstock/aapsky ; p. 502 : phases de la lune © shutterstock/BlueRingMedia ; p. 505 : harpe © shutterstock Peter Voronov ; p. 506 : © shutterstock/Sterjman ; p. 510 : © shutterstock/Svetlana Verbinskaya ; p. 511 : © shuttertock/Sakurra.

Conception graphique

Couverture : Stéphanie Benoit

Intérieur : Françoise Bouvard – Médiamax – Graph'in Folio

Réalisation

Composition et mise en pages : Médiamax – Grafatom

Maths

1

1 Généralités

A Définition

- Une **suite numérique** (u_n) est une fonction u de $\mathbb{N}$ (ou d'une partie de $\mathbb{N}$) dans $\mathbb{R}$ qui, à un nombre entier naturel n, associe un réel $u(n)$ noté u_n.
- u_n désigne un nombre réel, c'est le **terme** d'**indice** n.
- (u_n) désigne la suite.

Attention !
Si le premier terme de la suite (u_n) est u_1, u_n désigne le $n^{\text{ième}}$ terme.
Si le premier terme de la suite (u_n) est u_0, u_n désigne le $(n+1)^{\text{ième}}$ terme.

B Modes de génération

- Une suite peut être donnée sous **forme explicite** :
– u_n est donnée en fonction de n (par exemple $u_n = 3n + 4$ ou $u_n = 3^n - 6$) ;
– u_n est définie comme solution d'une équation (par exemple, u_n est la plus grande solution de l'équation $nx^2 - 2x - n = 0$).
- Une suite peut être donnée sous **forme récurrente** :
– (u_n) est définie par un terme initial ou plusieurs termes initiaux et par un procédé de calcul de u_{n+1} en fonction des termes précédents (par exemple, $u_0 = 0$, $u_1 = 1$ et, pour tout entier naturel n non nul, $u_{n+1} = u_n + u_{n-1}$).

C Sens de variation

Soit une suite (u_n) définie à partir d'un indice n_0. La suite est :
– **croissante** si, pour tout entier naturel $n \geqslant n_0$, $u_{n+1} > u_n$;
– **décroissante** si, pour tout entier naturel $n \geqslant n_0$, $u_{n+1} < u_n$;
– **stationnaire** si, pour tout entier naturel $n \geqslant n_0$, $u_{n+1} = u_n$.

Remarque
Une suite qui est croissante ou décroissante est dite **monotone**.

D Représentation graphique d'une suite

• Si $u_n = f(n)$

Pour une suite (u_n) définie par une relation du type $y = f(n)$, la représentation graphique des termes est l'ensemble des points $(k\,;f(k))$ pour k entier.

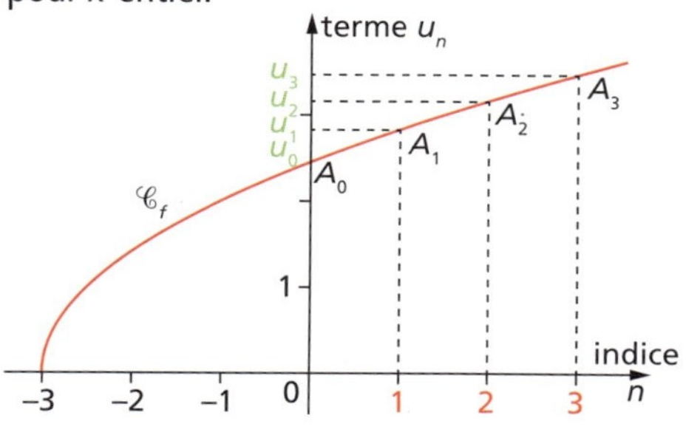

• Si $u_{n+1} = f(u_n)$

On porte sur l'axe des abscisses les valeurs de u_n construites à partir de la courbe représentative de la fonction f et la droite d'équation $y = x$.

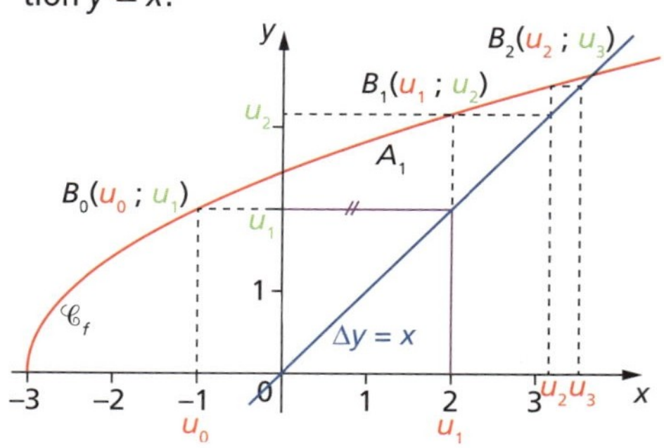

2 Suites arithmétiques

A Définition

Soit (u_n) une suite telle que, pour tout entier naturel n, il existe un réel r tel que $u_{n+1} = u_n + r$. (u_n) est dite **arithmétique** de **raison r**.

À retenir

La relation $u_n = u_p + (n - p)r$ lie 5 nombres u_n, u_p, n, p et r.
La connaissance de 4 des 5 nombres permet de déterminer le cinquième.

B Propriété

Soit (u_n) une suite arithmétique de raison r.

Pour tous entiers naturels p et n, on a : $u_n = u_p + (n - p)r$.

En particulier, on a :

– si $p = 0$, $u_n = u_0 + nr$;

– si $p = 1$, $u_n = u_1 + (n - 1)r$.

Appliquer le cours

Soit u_n une suite arithmétique définie par :
$u_{20} = 53$ et $u_{15} = 23$.
Calculer la raison ; en déduire u_0.

Solution

La suite est arithmétique, donc, pour tous entiers naturels p et n, on a :
$u_n = u_p + (n - p)r$.

En particulier, on a :
$u_{20} = u_{15} + (20 - 15)r$,
$\Rightarrow 53 = 23 + 5r$
$\Rightarrow 30 = 5r$
$\Rightarrow 6 = r$

La raison de la suite est 6.

On a aussi :
$u_0 = u_{20} + (0 - 20)r = 53 - 20 \times 6$.
$\boldsymbol{u_0 = -67}$.

C Somme des termes

- Soit n un entier naturel supérieur ou égal à 1. $\sum_{k=1}^{n} k = 1 + 2 + \ldots + n = \dfrac{n(n+1)}{2}$.

Appliquer le cours

Calculer la somme des entiers naturels de 1 jusqu'à 100.

Solution

$\sum_{i=1}^{100} i = \dfrac{100(100+1)}{2} = \mathbf{5\,050}$.

- Soit (u_n) une suite arithmétique de raison r.

Pour tous entiers naturels p et n ($p \leqslant n$), on a : $u_p + u_{p+1} + \ldots + u_n = \dfrac{u_p + u_n}{2}(n - p + 1)$.

En particulier, on a :

– si $p = 0$, $u_0 + u_1 + \ldots + u_n = \dfrac{u_0 + u_n}{2}(n+1)$;

– si $p = 1$, $u_1 + u_2 + \ldots + u_n = \dfrac{u_1 + u_n}{2} \times n$.

Remarque

Il est **nécessaire** de connaître la valeur du dernier terme u_n pour calculer la somme des termes d'une suite arithmétique.

3 Suites géométriques

A Définition

Soit (u_n) une suite telle que, pour tout entier naturel n, il existe un réel q avec $u_{n+1} = u_n \times q$. (u_n) est dite **géométrique** de **raison q**.

B Propriété

Soit (u_n) une suite géométrique de raison q.

Pour tous entiers naturels p et n, on a : $u_n = u_p \times q^{n-p}$.

En particulier, on a :

– si $p = 0$, $u_n = u_0 \times q^n$;

– si $p = 1$, $u_n = u_1 \times q^{n-1}$.

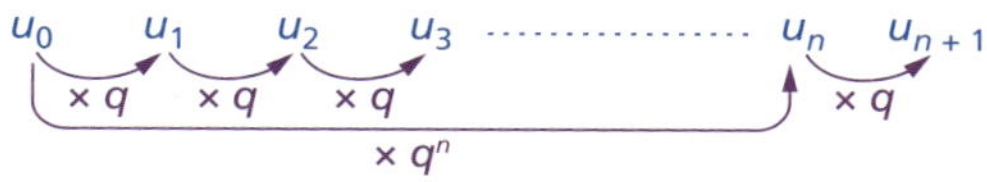

C Somme des termes

- Soit un réel q différent de 1. $\sum_{k=0}^{n} q^k = 1 + q + q^2 + \ldots + q^n = \frac{1-q^{n+1}}{1-q}$.
- Soit (u_n) une suite géométrique de raison q ($q \neq 1$). Pour tous entiers naturels p et n ($p \leqslant n$), on a : $u_p + u_{p+1} + \ldots + u_n = u_p \times \frac{1-q^{n-p+1}}{1-q}$.

En particulier, on a :

– si $p = 0$, $u_0 + u_1 + \ldots + u_n = u_0 \times \frac{1-q^{n+1}}{1-q}$;

– si $p = 1$, $u_1 + u_2 + \ldots + u_n = u_1 \times \frac{1-q^n}{1-q}$.

Remarque

Il est **inutile** de connaître la valeur du dernier terme u_n pour calculer la somme des termes d'une suite géométrique.

Appliquer le cours

On souhaite calculer la somme des termes d'une suite géométrique :

$S = 3 + 6 + 12 + \ldots + 3\,072$.

On pose $u_0 = 3$, $u_1 = 6$, …

Préciser la raison de la suite.

Déterminer l'indice n tel que $u_n = 3\,072$.

Calculer la somme S.

Solution

Comme $6 = 3 \times 2$, $12 = 6 \times 2$ et que la suite est géométrique, **sa raison est 2**.

On veut n tel que $u_n = 3\,072$.

Or (u_n) étant géométrique de raison 2, on a, pour tout entier naturel n, $u_n = 3 \times 2^n$.

On a donc $3 \times 2^n = 3\,072 \Leftrightarrow 2^n = 1\,024$.

On trouve $\boldsymbol{n} = \mathbf{10}$.

On a donc $S = u_0 + u_1 + \ldots + u_{10}$ avec (u_n) une suite géométrique de raison 2 différente de 1.

$S = u_0 \times \frac{1-q^{n+1}}{1-q}$ avec $u_0 = 3$, $q = 2$ et $n = 10$.

$S = 3 \times \frac{1-2^{10+1}}{1-2} = \mathbf{6\,141}$.

Exercices d'entraînement

Exercice 1 ★ 8 min
Corrigé p. 65

Calculer les quatre premiers termes des suites :

a. $u_n = 2^n$ b. $u_n = (-1)^n$ c. $u_{n+1} = 2u_n + 1$ avec $u_0 = 0$ d. $u_{n+1} = 0{,}5 - 0{,}5\,u_n$ avec $u_0 = 2$

Exercice 2 ★ 10 min
Corrigé p. 65

Pour chacune des suites, préciser le type de définition et déterminer u_3.

a. $\forall\, n \geqslant 2,\ u_n = \dfrac{2n-5}{n-1}$ b. $\begin{cases} u_0 = 1 \\ \forall n \in \mathbb{N},\ u_{n+1} = 2u_n - 3 \end{cases}$ c. $\begin{cases} u_0 = 1,\quad u_1 = 0 \\ \forall n \in \mathbb{N},\ u_{n+2} = 2u_{n+1} + 3u_n \end{cases}$

Exercice 3 ★ 15 min
Corrigé p. 65

Pour chacune des deux suites, représenter les cinq premiers termes.

1. Pour tout entier n, $u_n = n^2 - 3n + 2$. 2. $u_0 = 4$ et, pour tout entier n, $u_{n+1} = \dfrac{4}{1+u_n}$.

Exercice 4 ★★ 10 min
Corrigé p. 65

Soit la suite (u_n) définie pour tout entier naturel n par $u_n = (n+3)(n-2) - n^2 + 5n$.

1. Simplifier l'expression de u_n.
2. Montrer que (u_n) est une suite arithmétique dont on précisera la raison.
3. Calculer $u_1 + u_2 + \ldots + u_{45}$.

Exercice 5 ★★ 10 min
Corrigé p. 65

Démontrer que les suites sont arithmétiques et préciser leurs raisons :

a. $u_n = 3n - 1$ b. $u_n = 9 - n$ c. $u_n = \dfrac{1}{3}n - 2019$ d. $u_n = u_{n-1} - 2$

Exercice 6 ★★ 10 min
Corrigé p. 66

(u_n) est une suite arithmétique avec $u_3 = 5$ et $u_7 = 11$.

1. Déterminer la raison r.
2. Calculer u_0.
3. Exprimer u_n en fonction de n, pour tout entier naturel n.

Exercice 7 ★★ 10 min
Corrigé p. 66

(u_n) est une suite géométrique avec $u_2 = 32$ et $u_5 = 4$.

1. Déterminer la raison q de la suite.
2. Calculer u_0.
3. Exprimer u_n en fonction de n.

Exercice 8 ★★ 10 min
Corrigé p. 66

Compléter avec 3 termes de façon logique chaque suite en justifiant la réponse :

a. 1 ; 2 ; 4 ; 8 ; 16 ; … b. 1 ; 3 ; 6 ; 10 ; …

c. 1 ; 1 ; 2 ; 3 ; 5 ; 8 ; 13 ; … d. 1 ; 4 ; 27 ; 256 ; …

Exercice 9 ★★ 10 min

Corrigé p. 66

Dans chacun des cas proposées, étudier les variations de la suite (u_n) en étudiant, pour tout entier naturel n, le signe de la différence $u_{n+1} - u_n$.

a. $u_n = 1 + \dfrac{1}{n+1}$ **b.** $u_n = n + \dfrac{1}{n+1}$ **c.** $u_n = n^2 + 3n$ **d.** $u_n = \dfrac{n-3}{n+2}$

Exercice 10 ★★ 10 min

Corrigé p. 66

Soit la suite (u_n) positive définie par $u_0 = 1$ et, pour tout entier naturel n, $u_{n+1} = \dfrac{n+2}{n+1}u_n$.

Montrer que la suite (u_n) est une suite croissante.

Exercice 11 ★★ 20 min

Corrigé p. 66

Le conseil municipal d'une station de tourisme de montagne a décidé de faire équiper une falaise afin de créer un site d'escalade. L'équipement doit se faire depuis le pied de la falaise. Deux entreprises spécialisées ont donné leurs devis.

Devis de l'entreprise A
Premier mètre : 20 €
Chaque mètre suivant : 4 € de plus que le précédent (24 € pour le second mètre, 28 € pour le troisième ...).

Devis de l'entreprise B
Premier mètre : 10 €
Chaque mètre suivant : 5% de plus que le mètre précédent (10,50 € pour le second mètre, 11,025€ pour le troisième ...).

On appelle u_n le prix du $n^{\text{ième}}$ mètre équipé et S_n le prix d'équipement d'une falaise de n mètres de hauteur par l'entreprise A.
On appelle v_n le prix du $n^{\text{ième}}$ mètre équipé et R_n le prix d'équipement d'une falaise de n mètres de hauteur par l'entreprise B.

1. Exprimer u_n, puis S_n en fonction de n.

2. Exprimer v_n puis R_n en fonction de n.

3. Calculer les prix à payer pour équiper une falaise de 50 mètres de hauteur avec chacune des deux entreprises. Préciser l'entreprise la moins chère. On arrondira les prix à l'euro près.

4. Le conseil municipal a décidé d'accorder un budget de 24 000 € pour équiper ce site. Calculer la hauteur de la falaise qui peut être équipée avec cette somme par chacune des deux entreprises A et B (arrondir au mètre près).

Exercice 12 ★★ 15 min

Corrigé p. 67

Dans le plan muni d'un repère orthonormé d'unité le centimètre, on considère, pour tout entier naturel n non nul :

- le point A_n de coordonnées $(n\,;\,0)$;
- le cercle C_n de centre A_n passant par O ;
- p_n le périmètre du cercle C_n ;
- a_n l'aire d'un croissant compris entre C_{n+1} et C_n.

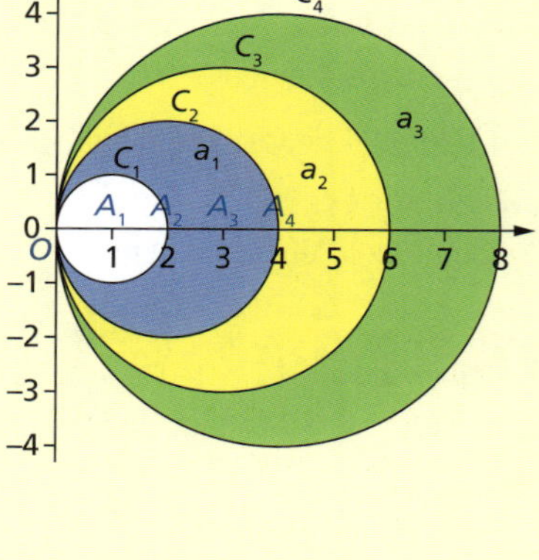

1. Montrer que la suite (p_n) est arithmétique.
Préciser sa raison.

2. Exprimer a_n en fonction de n.
Montrer que la suite (a_n) est arithmétique.

Exercice 13 ★★ 20 min

Corrigé p. 67

Jean et Pierre sont jumeaux. Jean, qui est fumeur, dépense 600 € par an pour l'achat de ses cigarettes. Pierre, qui ne fume pas, lui demande d'imaginer les économies qu'il réaliserait s'il plaçait cette somme plutôt que de continuer à fumer.

Il lui propose de déposer tous les ans, le 1er janvier, cette somme de 600€ sur un compte rémunéré à intérêts composés par la banque au taux annuel de 3%. La banque ajoute chaque année, le 31 décembre, les intérêts acquis sur le compte.

Le 1er janvier 2019, il verse 600 € et les intérêts acquis sont capitalisés le 31 décembre 2019. Tous les ans, le 1er janvier, il verse de nouveau 600€ .

1. Quelle est la somme disponible sur le livret aux dates suivantes :

a. le 3 janvier 2020 ?

b. le 3 janvier 2021 ?

2. On note u_0 la somme disponible sur le livret le 3 janvier 2019 et on désigne par u_n la somme d'argent disponible sur le livret le 3 janvier de l'année 2019+n.

Montrer qu'on a la relation $u_{n+1} = 1{,}03u_n + 600$.

3. Soit (v_n) la suite définie, pour tout entier naturel n, par $v_n = u_n + 20\,000$.

a. Montrer que la suite (v_n) est une suite géométrique dont on précisera la raison et le premier terme.

b. En déduire l'expression de v_n en fonction de n puis celle de u_n en fonction de n.

4. Pierre affirme qu'en moyenne un fumeur s'arrête de fumer après avoir fumé pendant trente ans. De quelle somme Jean pourrait-il disposer le 3 janvier 2049 ?

Exercice 14 ★★ 15 min

Corrigé p. 67

On dispose sur un sol n tuyaux cylindriques identiques, puis on empile autant que possible des rangées de tuyaux identiques tel que chaque tuyau empilé repose sur 2 autres tuyaux.

La figure ci-contre montre l'empilage avec 5 tuyaux posés sur le sol.

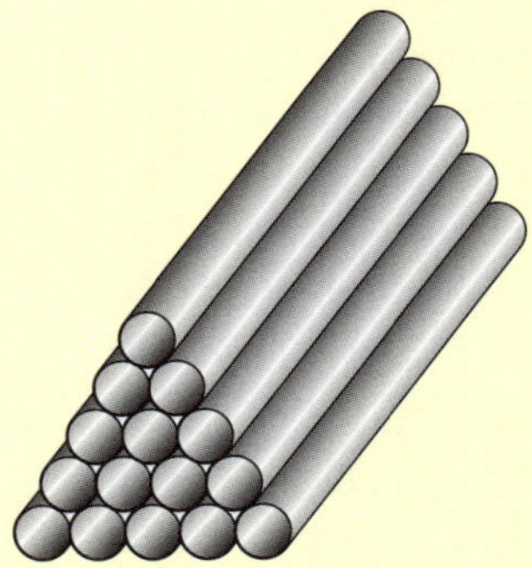

1. Calculer le nombre total de tuyaux si l'on dispose 6 tuyaux sur le sol.

2. On note u_n le nombre total de tuyaux nécessaires pour réaliser un empilage à partir de n tuyaux sur le sol.

a. Exprimer u_n en fonction de n.

b. Combien de tuyaux a-t-on posés au sol si on a un empilage de 2 016 tuyaux ?

Exercice 15 ★★★ 25 min

Corrigé p. 67

On appelle suite de Fibonacci, la suite (u_n) définie par $u_0 = 0$, $u_1 = 1$ et, pour tout entier naturel n, $u_{n+2} = u_{n+1} + u_n$.

1. Calculer u_2, u_3, u_4 et u_5.

2. Résoudre l'équation $x^2 = x + 1$; on note x_1 et x_2 les deux solutions.

3. Montrer que toute suite géométrique (v_n) de raison x_1 ou x_2 vérifie la relation : pour tout entier naturel n, $v_{n+2} = v_{n+1} + v_n$.

4. a. Trouver les réels a et b tels que, pour tout entier n, le terme u_n de la suite de Fibonacci soit égal à $ax_1^n + bx_2^n$.

b. En déduire l'expression de u_n en fonction de n.

Exercices d'approfondissement

Exercice 16 ★★★ 30 min

Corrigé p. 68

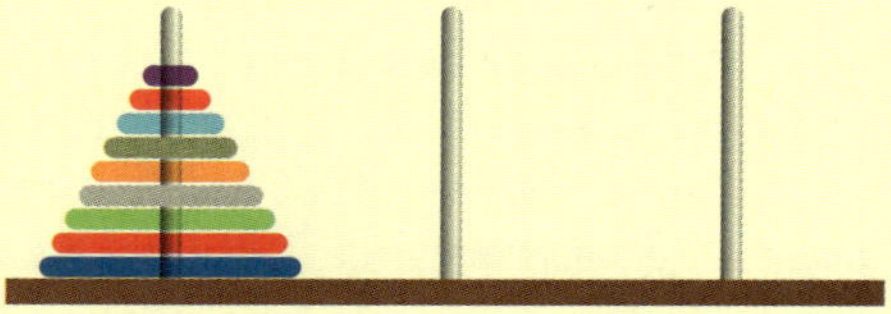

On dispose de n disques de tailles différentes et de 3 piquets. Ces n disques sont empilés sur le piquet de gauche, par ordre de taille, le plus grand en bas et le plus petit en haut.
Le but du jeu est de déplacer ces n disques du piquet de gauche sur le piquet de droite, en respectant les règles suivantes :
– on ne déplace qu'un seul disque à la fois et le disque déplacé doit être placé sur l'un des deux autres piquets ; c'est ce que l'on appelle un déplacement ;
– un disque ne doit jamais être placé au-dessus d'un disque plus petit que lui.

1. Représenter les différentes étapes du jeu pour $n = 3$.
Combien de déplacements sont-ils nécessaires ?

2. On note u_n le nombre de déplacements pour déplacer n disques.
a. Établir une stratégie pour déplacer $n+1$ disques si on sait déplacer n disques.
b. En déduire u_{n+1} en fonction de u_n.
c. Montrer qu'en posant $v_n = u_n + 1$ la suite (v_n) avec $n \geqslant 1$ est géométrique de raison 2.
d. En déduire u_n en fonction de n, pour $n \geqslant 1$.

Exercice 17 ★★★ 30 min

Corrigé p. 68

Pour financer l'achat de sa maison, un particulier emprunte un capital $\boldsymbol{C}$ à sa banque à un taux fixe $\boldsymbol{t}$. Chaque mois, il remboursera une mensualité fixe $\boldsymbol{m}$ sur une durée de $\boldsymbol{N}$ mois.
La mensualité m remboursée le n^ième^ mois ($1 \leqslant n \leqslant N$) se compose de deux parties :
- le remboursement d'une partie du capital notée $\boldsymbol{C_n}$;
- le paiement des intérêts notés $\boldsymbol{I_n}$ calculés pour une durée de 1 mois au taux de $\frac{t}{12}$ à partir du capital restant dû au début de ce n^ième^ mois.
On notera $\boldsymbol{R_n}$ le capital restant dû à la fin du n^ième^ mois ($R_0 = C$).

1. a. Justifier que $I_{n+1} = \dfrac{t \times R_n}{12}$.

b. En déduire que $C_{n+1} = m - \dfrac{t \times R_n}{12}$ et que $R_{n+1} = \left(1 + \dfrac{t}{12}\right) R_n - m$.

c. Prouver que $C_{n+1} = \left(1 + \dfrac{t}{12}\right) C_n$.

2. a. Exprimer C_n en fonction de n et de C_1.
b. Calculer I_1 en fonction de t et de C.
c. En déduire C_1 puis C_n en fonction de m, n, t et C.
d. Calculer $C_1 + C_2 + \ldots + C_N$.

3. Le remboursement s'arrête quand la somme des remboursements mensuels est égale au capital emprunté. Exprimer m en fonction de C, de t et de N.

4. Application : le prêt est de 90 000 euros sur 12 ans à 5,4 %.
Calculer la mensualité et le montant total des intérêts.

2 Second degré

1 Fonctions polynômes de degré 2

A Définitions

• Soit a, b, c trois réels donnés avec $a \neq 0$.
La fonction $f : x \mapsto ax^2 + bx + c$ est une **fonction polynôme de degré 2**.

• Soit $f : x \mapsto ax^2 + bx + c$ une fonction trinôme.
Il existe deux réels α et β tels que, pour tout réel x,
$f(x) = a(x + \alpha)^2 + \beta$.
Cette écriture $a(x + \alpha)^2 + \beta$ s'appelle **forme canonique** de $f(x)$.

Remarque
Une fonction polynôme de degré 2 s'appelle aussi une **fonction trinôme**.

À savoir
On prouve que : $\alpha = \frac{b}{2a}$ et $\beta = f(-\alpha) = f\left(\frac{-b}{2a}\right)$

B Variations

Les variations de $f : x \mapsto a(x + \alpha)^2 + \beta$ dépendent du signe de a.

• **Si a < 0**

x	$-\infty$	$-\alpha$	$+\infty$
$f(x)$	↗	β	↘

• **Si a > 0**

x	$-\infty$	$-\alpha$	$+\infty$
$f(x)$	↘	β	↗

C Représentation graphique

La représentation graphique d'une fonction trinôme $f : x \mapsto ax^2 + bx + c$ de forme canonique $f(x) = a(x + \alpha)^2 + \beta$ est une **parabole** de **sommet $S(-\alpha\ ;\ \beta)$** et qui possède, dans un repère orthogonal, un **axe de symétrie d'équation $x = -\alpha$**.

f admet un **maximum** β en $-\alpha$.

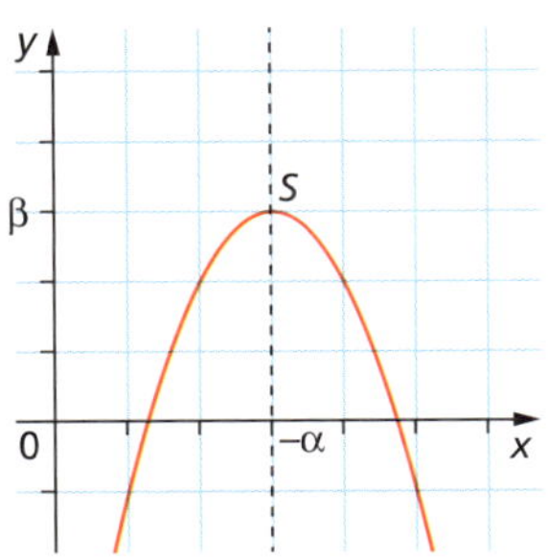

f admet un **minimum** β en $-\alpha$.

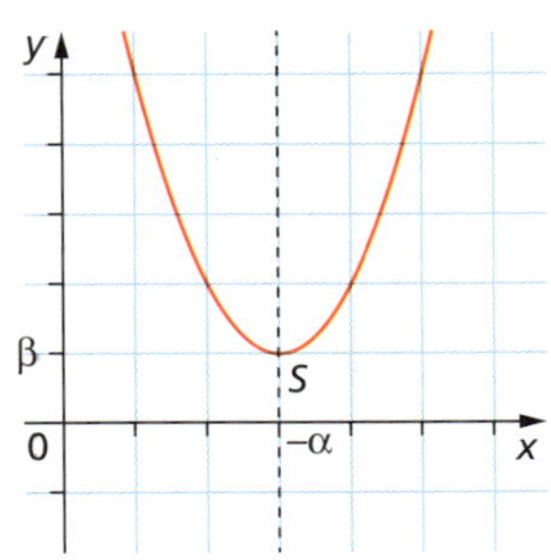

Appliquer le cours

Soit f la fonction définie sur $\mathbb{R}$ par :

$$f(x) = 2x^2 - 12x + 10.$$

a. Vérifier qu'une forme canonique de $f(x)$ est $2(x - 3)^2 - 8$.
b. Dresser le tableau des variations de f selon les valeurs de x.
c. Résoudre dans $\mathbb{R}$ les équations : $f(x) = -6$ et $f(x) = -10$.

Solution

a. Pour tout réel x, on a :

$2(x-3)^2-8=2(x^2-6x+9)-8=2x^2-12x+18-8=f(x)$.

$2(x-3)^2-8$ est une forme canonique de $f(x)$.

b. Dans cette forme canonique, on a $a=2$ donc a est positif, $\alpha=-3$ et $\beta=-8$. On a donc :

x	$-\infty$	3	$+\infty$
$f(x)$	↘	-8	↗

c. $f(x)=-6 \Leftrightarrow 2(x-3)^2-8=-6 \Leftrightarrow 2(x-3)^2=2 \Leftrightarrow (x-3)^2=1 \Leftrightarrow x-3=1$ ou $x-3=-1$

$\Leftrightarrow x=1+3$ ou $x=-1+3$.

Les solutions de $f(x)=-6$ sont 4 et 2.

$f(x)=-10 \Leftrightarrow 2(x-3)^2-8=-10 \Leftrightarrow 2(x-3)^2=-2$, ce qui est impossible, car un carré est toujours positif.

L'équation $f(x)=-10$ n'a pas de solution.

À retenir

La forme canonique d'une fonction f permet de transformer une équation $f(x)=k$ en une équation du type $X^2=a$.

2 Équation du second degré

A Définitions

• Soit a, b, c trois réels donnés avec $a \neq 0$. ax^2+bx+c est un **polynôme du second degré** ou **trinôme**.

• Soit ax^2+bx+c un polynôme du second degré.

On appelle **discriminant** de ax^2+bx+c le nombre noté Δ avec $\Delta=b^2-4ac$.

• Soit a, b, c trois réels donnés avec $a \neq 0$. $ax^2+bx+c=0$ est une **équation du second degré**.

B Représentation graphique

La représentation de la fonction $f(x)=ax^2+bx+c$ avec $a \neq 0$ est une parabole dont le nombre de points communs avec l'axe des abscisses est le nombre de solutions de l'équation $ax^2+bx+c=0$.

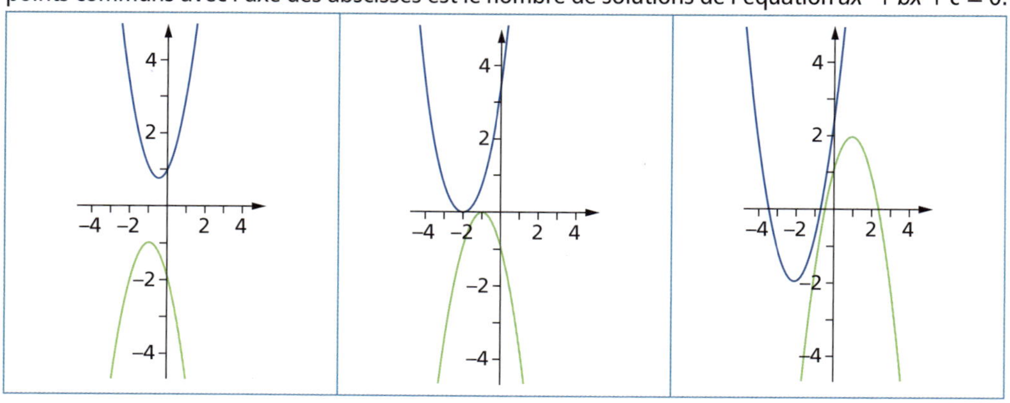

C Méthode de résolution

Soit une équation $ax^2+bx+c=0$ ($a \neq 0$), on calcule le discriminant Δ et on étudie le signe de Δ :

• si **$\Delta < 0$,** l'équation $ax^2+bx+c=0$ n'a **pas de solution réelle**.	• si **$\Delta = 0$,** l'équation $ax^2+bx+c=0$ a **une unique solution réelle** : $x_0=\dfrac{-b}{2a}$.	• si **$\Delta > 0$,** l'équation $ax^2+bx+c=0$ a **deux solutions réelles** : $x_1=\dfrac{-b+\sqrt{\Delta}}{2a}$ et $x_2=\dfrac{-b-\sqrt{\Delta}}{2a}$.

Appliquer le cours

Résoudre dans $\mathbb{R}$ l'équation :
$-12x + 2x^2 = -16$.

Solution

Pour tout réel x, on a :
$2x^2 - 12x = -16 \Leftrightarrow -12x + 2x^2 + 16 = 0$
$\Leftrightarrow 2x^2 - 12x + 16 = 0$

On a $\Delta = b^2 - 4ac$
$= (-12)^2 - 4 \times 2 \times 16 = 144 - 128 = 16$

Comme on a $\Delta > 0$, il y a deux solutions :

$$x_1 = \frac{-b+\sqrt{\Delta}}{2a} = \frac{-(-12)+\sqrt{16}}{2\times 2} = \frac{12+4}{4} = 4$$

$$x_2 = \frac{-b-\sqrt{\Delta}}{2a} = \frac{-(-12)-\sqrt{16}}{2\times 2} = \frac{12-4}{4} = 2$$

Les solutions de l'équation $-12x + 2x^2 = -16$ sont 4 et 2.

À retenir

Écrire les équations du second degré sous la forme $ax^2 + bx + c = 0$ afin d'identifier correctement les nombres a, b et c.

D Somme et produit

- Si un trinôme $ax^2 + bx + c$ a deux racines x_1 et x_2, alors leur **somme** $x_1 + x_2$ vaut $\frac{-b}{a}$ et leur **produit** x_1x_2 vaut $\frac{c}{a}$.
- Deux nombres de somme s et de produit p sont solutions de l'équation $x^2 - sx + p = 0$.

Méthode

Si l'on connaît l'une des racines d'un trinôme, on peut déterminer l'autre racine soit en utilisant que leur somme vaut $\frac{-b}{a}$ soit en utilisant que leur produit vaut $\frac{c}{a}$.

3 Factorisation et signe d'un trinôme

Soit $ax^2 + bx + c$ un polynôme du second degré de discriminant Δ.

A Factorisation

- Si $\Delta < 0$, on ne peut pas factoriser $ax^2 + bx + c$.
- si $\Delta = 0$, $ax^2 + bx + c = a\left(x + \frac{b}{2a}\right)^2$.
- si $\Delta > 0$, $ax^2 + bx + c = a(x - x_1)(x - x_2)$ avec x_1 et x_2 les racines de $ax^2 + bx + c$.

À retenir

Les **racines d'un trinôme** $ax^2 + bx + c$ sont les solutions de l'équation $ax^2 + bx + c = 0$.

B Signe

Un trinôme $ax^2 + bx + c$ est du signe de a, sauf entre ses racines si celles-ci existent.

Appliquer le cours

Étudier le signe de $-x^2 + 5x + 6$ selon les valeurs de x.
Résoudre l'inéquation $-x^2 + 5x + 6 > 0$.

Solution

Pour $-x^2 + 5x + 6$, on a :
$\Delta = b^2 - 4ac = 5^2 - 4 \times (-1) \times 6 = 49$.
Comme $\Delta > 0$, $-x^2 + 5x + 6$ a deux racines :

$$x_1 = \frac{-b+\sqrt{\Delta}}{2a} = \frac{-5+\sqrt{49}}{2\times(-1)} = \frac{2}{-2} = -1$$

$$x_2 = \frac{-b-\sqrt{\Delta}}{2a} = \frac{-5-\sqrt{49}}{2\times(-1)} = \frac{-12}{-2} = 6$$

$-x^2 + 5x + 6$ est négatif (signe de a) sauf entre ses racines – 1 et 6.

On a :

$-x^2 + 5x + 6 < 0$ sur $]-\infty\,;-1[\,\cup\,]6\,;+\infty[$;
$-x^2 + 5x + 6 = 0$ pour $x = -1$ et $x = 6$;
$x^2 + 5x + 6 > 0$ sur $]-1\,;6[$.

On en déduit que l'ensemble des solutions de $-x^2 + 5x + 6 > 0$ est **$]-1\,;6[$**.

Exercices d'entraînement

Exercice 1 ★ 8 min

Corrigé p. 69

1. Étudier le signe des expressions $2x - 6$ et $x + 5$ selon les valeurs de x.
2. Soit $P(x) = (2x - 6)(x + 5)$. Dresser le tableau de signes de $P(x)$ selon les valeurs de x.
3. En déduire les solutions dans $\mathbb{R}$ de l'inéquation $P(x) > 0$.

Exercice 2 ★ 9 min

Corrigé p. 69

Résoudre les inéquations suivantes :

a. $(x - 3)(7 - x) \geqslant 0$ b. $3x(5 - x) \leqslant 0$ c. $(2x - 1)(6x + 3) > 0$

Exercice 3 ★★ 12 min

Corrigé p. 69

Résoudre dans $\mathbb{R}$ les équations suivantes sans utiliser les formules vues dans cette leçon (on recherchera une factorisation par un facteur commun ou une identité remarquable) :

a. $4x^2 - 25 = 0$ b. $x^2 = 25x$ c. $x^3 + 4x^2 + 4x = 0$

d. $25x^2 - 20x + 4 = 0$ e. $25 - (x - 3)^2 = 0$ f. $(x + 4)^2 + (x - 7)(x + 4) = 0$

Exercice 4 ★★ 12 min

Corrigé p. 69

Déterminer dans $\mathbb{R}$ les solutions des équations suivantes :

a. $x^2 - 4x + 3 = 0$ b. $-x^2 + x - 5 = 0$ c. $3x^2 - x + 1 = 0$

d. $5x^2 - x - 6 = 0$ e. $4x^2 + 4x + 1 = 0$ f. $x^2 - 5x - 6 = 0$

Exercice 5 ★★ 10 min

Corrigé p. 70

Pour chaque polynôme, déterminer ses racines et sa factorisation éventuelle.

a. $P(x) = 4x^2 + 12x + 9$ b. $Q(x) = -x^2 + 6x - 10$ c. $R(x) = 2x^2 + 10x - 12$

Exercice 6 ★★ 15 min

Corrigé p. 70

Soit les trinômes suivants :

$P(x) = x^2 - 3x + 2$, $Q(x) = 3x - 1 - 4x^2$ et $R(x) = 5x^2 - 30x + 45$.

1. Pour chacun des trinômes, déterminer ses racines éventuelles et son tableau de signes.
2. Déduire de la question précédente, les solutions des inéquations :

a. $P(x) \geqslant 0$ b. $Q(x) < 0$ c. $5x^2 - 30x > -45$

Exercice 7 ★★ 15 min

Corrigé p. 70

1. Résoudre les équations $x^2 + x - 2 = 0$ et $4x^2 - 9 = 0$.
2. Soit $P(x) = 4x^4 + 4x^3 - 17x^2 - 9x + 18$.

a. Vérifier que, pour tout réel x, $P(x) = (x^2 + x - 2)(4x^2 - 9)$.

b. En déduire les racines du polynôme $P(x)$.

3. Résoudre l'inéquation $P(x) < 0$.

Exercice 8 ★★ 5 min

Corrigé p. 71

Déterminer deux entiers relatifs consécutifs dont la somme des carrés vaut 8 148 685. On donnera toutes les solutions possibles.

Exercice 9 ★★ 12 min

Corrigé p. 71

Pour chaque polynôme, vérifier que a est une racine du polynôme et en déduire la seconde racine.

a. $P(x) = 4x^2 - 5x - 6$ et $a = 2$

b. $P(x) = 3x^2 + 3x - 6$ et $a = 1$

c. $P(x) = 6x^2 - 5x + 1$ et $a = 0{,}5$

d. $P(x) = x^2 + \sqrt{5}\,x - 10$ et $a = \sqrt{5}$

Exercice 10 ★★ 5 min

Corrigé p. 71

Déterminer deux nombres dont la somme vaut 1 et le produit vaut –1.

Exercice 11 ★ 5 min

Corrigé p. 71

Existe-t-il deux nombres réels dont la somme vaut 1 et le produit aussi ?

Exercice 12 ★★ 5 min

Corrigé p. 71

Déterminer les dimensions x et y d'un rectangle sachant que son périmètre fait 140 cm et son aire 1 176 cm^2.

Exercice 13 ★★ 10 min

Corrigé p. 71

Les deux paraboles P et Q représentées ci-contre ont pour équations respectives :
$y = x^2 + 2x - 2$ et $y = -x^2 + 2$.

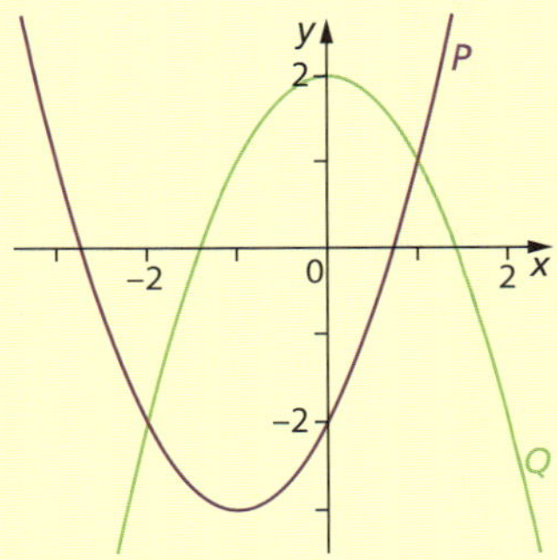

1. Déterminer les abscisses des points d'intersection de chacune des paraboles avec l'axe des abscisses.

2. Déterminer les coordonnées des points d'intersection des deux paraboles.

Exercice 14 ★★ 10 min

Corrigé p. 71

Soit f la fonction définie sur $\mathbb{R}$ par $f(x) = -x^2 - 6x + 1$.

1. Montrer qu'une forme canonique de $f(x)$ est $-(x + 3)^2 + 10$.

2. En déduire le tableau des variations de f selon les valeurs de x.

Exercice 15 ★★ 25 min

Corrigé p. 71

Soit f et g la fonction définie sur $\mathbb{R}$ par $f(x) = x^2 + 6x + 4$ et $g(x) = -x^2 - 2x + 4$.

1. Résoudre par le calcul l'équation $f(x) = g(x)$.

2. a. Montrer qu'une forme canonique de $f(x)$ est $(x + 3)^2 - 5$.
b. Montrer qu'une forme canonique de $g(x)$ est $-(x + 1)^2 + 5$.
c. Dresser les tableaux de variation de f et de g.

3. a. Représenter f et g dans un même repère orthonormé d'unité le centimètre.
b. Résoudre graphiquement l'inéquation $f(x) \leqslant g(x)$.
c. Retrouver par le calcul les solutions de l'inéquation $f(x) \leqslant g(x)$.

Exercice 16 ★★ 10 min

Corrigé p. 72

On considère l'équation $(E) : x^2 - 4x - 5 = k$.

1. Déterminer par le calcul, en fonction de k, le nombre de solutions de l'équation (E).

2. Lorsqu'elles existent, exprimer en fonction de k les solutions de (E).

Exercice 17 ★★ 15 min

Corrigé p. 72

Pour chacune des 4 équations suivantes, effectuer un changement d'inconnue, c'est-à-dire poser $X =$ une expression simple en fonction de x et résoudre l'équation en X.
En déduire les solutions de l'équation initiale.

a. $4x^4 - 6x^2 - 4 = 0$ **b.** $\frac{-1}{x^2} + \frac{1}{x} + 6 = 0$ **c.** $x - \sqrt{x} - 5 = 0$

Exercice 18 ★★★ 12 min

Corrigé p. 73

Quel même nombre peut-on ajouter à chacun des trois nombres 2, 5 et 8 pour que le carré d'un nombre obtenu soit égal à la somme des carrés des deux autres nombres obtenus ?
Déterminer toutes les solutions.

Exercice 19 ★★★ 20 min

Corrigé p. 73

Soit f une fonction trinôme de forme canonique $f(x) = a(x + \alpha)^2 + \beta$.

1. On sait que $f(2) = f(4)$.
a. Quelle est l'équation de l'axe de symétrie de la parabole représentative de f ?
b. En déduire la valeur de α.

2. On sait de plus que $f(0) = 34$ et $f(2) = 2$.
a. Écrire un système d'équations d'inconnues a et β.
b. Le résoudre et donner la forme canonique de $f(x)$.
c. Représenter f dans un repère orthogonal, avec 1 cm pour une unité en abscisses et 1 cm pour 5 unités en ordonnées.

3. a. Résoudre par le calcul l'équation $f(x) = 5$.
b. Résoudre par le calcul l'inéquation $f(x) > 14$.

Exercice 20 ★★★ 20 min

Corrigé p. 73

Alain possède un voilier. La voile de son bateau a la forme du trapèze $ABCD$ ci-contre (les longueurs sont exprimées en mètre).

- CHD est un triangle rectangle isocèle de sommet H avec $CH = HD = 4$;
- $ABCH$ est un rectangle tel que $BC = 2$ et $AB = 4$;
- le point M est sur $[AB]$ et on pose $AM = x$;
- $AMNP$ est un rectangle avec N un point de $[CD]$.

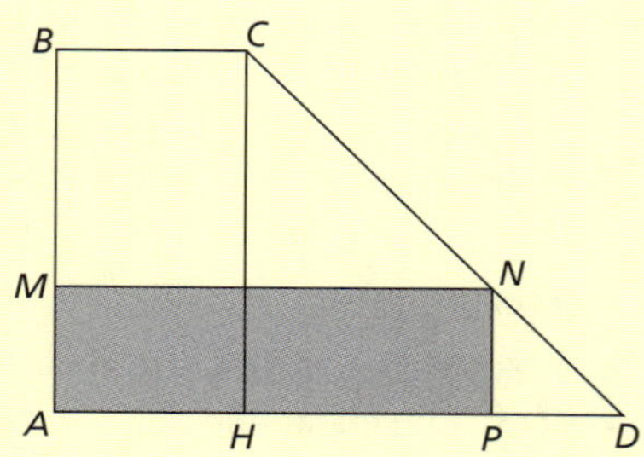

1. Quelles sont les valeurs possibles de x ?

2. Montrer que l'aire de $AMNP$ est $6x - x^2$.

3. Pour subventionner une course, Alain a un sponsor qui lui propose 1 000 euros par mètre carré d'une publicité rectangulaire apposée sur sa voile.
Quelle subvention maximale, Alain peut-il espérer avoir ?

Exercices d'approfondissement

Exercice 21 ★★★ 12 min

Corrigé p. 74

Soit la fonction polynôme P définie sur $\mathbb{R}$ par $P(x) = x^3 - 2x^2 - 5x + 6$.

1. Montrer que 1 est une racine de $P(x)$.

2. 1 étant racine de $P(x)$, on peut factoriser $P(x)$ par $x - 1$, c'est-à-dire qu'il existe trois réels a, b et c tels que, pour tout réel x, on a $P(x) = (x - 1)(ax^2 + bx + c)$.
Déterminer ces réels a, b et c.
On pourra développer cette expression et identifier dans un système les quatre coefficients des termes de même degré avec ceux initiaux.

3. En déduire toutes les racines de P.

Exercice 22 ★★★ 12 min

Corrigé p. 74

1. Factoriser le polynôme $x^4 - 1$.

2. En déduire les solution de l'équation $x^4 - 1 = 0$.

3 Dérivation

1 Point de vue local

A Taux de variation

Soit f une fonction définie sur un intervalle I.

Pour tout a de I et pour tout réel h non nul tel que $a + h$ appartienne à I, on appelle **taux de variation de f entre a et $a + h$**, le nombre $\frac{f(a+h)-f(a)}{h}$.

B Sécantes à la courbe représentative d'une fonction en un point donné

Soit $A(a\ ;\ f(a))$ et $B(a + h\ ;\ f(a + h))$ deux points de la courbe $\mathscr{C}_f$ représentative d'une fonction f. (AB) est une **sécante** à $\mathscr{C}_f$ de coefficient directeur $\frac{f(a+h)-f(a)}{h}$.

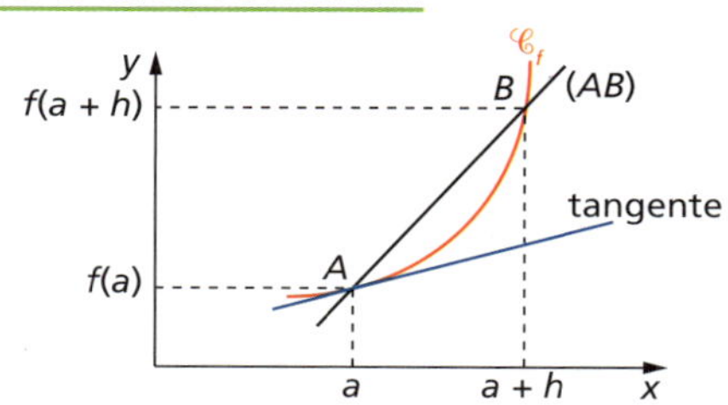

C Nombre dérivé d'une fonction en un point

- Si le taux de variation $\frac{f(a+h)-f(a)}{h}$ de f entre a et $a + h$ admet une limite finie l quand h tend vers 0, **f est dite dérivable en a** et cette limite l est le **nombre dérivé d'une fonction en a**. On note $f'(a) = l$.
- Si $f'(a)$ existe, la droite passant par a et de coefficient directeur $f'(a)$ est dite **tangente à $\mathscr{C}_f$ au point d'abscisse a.**

D Équation d'une tangente

La tangente à $\mathscr{C}_f$ au point d'abscisse a a pour équation $y = f(a) + f'(a)(x - a)$.

Appliquer le cours

Soit f la fonction définie sur $\mathbb{R}$ par : $f(x) = x^2 + 3$.
Déterminer le nombre dérivé de f en $a = -1$ en utilisant le taux de variation.
En déduire une équation de la tangente à $\mathscr{C}_f$ au point d'abscisse -1.

Solution

Pour tout réel h non nul, le taux de variation de f entre -1 et $-1 + h$ est :

$$\frac{f(-1+h)-f(-1)}{h} = \frac{(-1+h)^2+3-[(-1)^2+3]}{h} = \frac{1-2h+h^2+3-1-3}{h} = \frac{-2h+h^2}{h} = -2 + h.$$

Quand h tend vers 0, ce taux de variation tend vers -2.
f est dérivable en -1 et le taux de variation de f en -1 est $\mathbf{f'(-1) = -2}$.
f étant dérivable en -1, $\mathscr{C}_f$ admet au point d'abscisse -1 une tangente d'équation :
$y = f'(-1)(x - (-1)) + f(-1) \Leftrightarrow y = -2(x + 1) + 4 \Leftrightarrow \mathbf{y = -2x + 2}$.

2 Point de vue global

A Fonction dérivable sur un intervalle

Soit f une fonction définie sur un intervalle I et telle que, pour tout réel x de I, f est dérivable en x. f est dite **dérivable sur I** et la fonction définie sur I par $x \mapsto f'(x)$ s'appelle **fonction dérivée** de f. On la note f'.

B Fonction dérivée des fonctions usuelles

Fonction	Fonction dérivée	Remarques
$f(x) = k$ $f(x) = x$ $f(x) = x^2$ $f(x) = x^n$	$f'(x) = 0$ $f'(x) = 1$ $f'(x) = 2x$ $f'(x) = nx^{n-1}$	k est une constante x est la variable n est un entier naturel non nul
$f(x) = \frac{1}{x}$ $f(x) = \frac{1}{x^n}$	$f'(x) = \frac{-1}{x^2}$ $f'(x) = \frac{-n}{x^{n+1}}$	**f est dérivable sur $]-\infty ; 0[\cup]0 ; +\infty[$** n est un entier naturel non nul
$f(x) = \sqrt{x}$	$f'(x) = \frac{1}{2\sqrt{x}}$	**f est dérivable sur $]0 ; +\infty[$**

C Opérations sur les fonctions dérivables

Soit u et v deux fonctions dérivables sur un même intervalle I. Soit k une constante réelle.

- La **somme $u + v$** est dérivable sur I avec $(u + v)' = u' + v'$.
- Le **produit ku** est dérivable sur I avec $(ku)' = ku'$.
- Le **produit uv** est dérivable sur I avec $(uv)' = u'v + uv'$.
- L'**inverse $\frac{1}{u}$** est dérivable pour toute valeur x de I telle que $u(x) \neq 0$ avec $\left(\frac{1}{u}\right)' = \frac{-u'}{u^2}$.

À retenir
Les fonctions usuelles sont dérivables sur leurs ensembles de définition, sauf les fonctions racine carrée et valeur absolue qui ne sont pas dérivables en 0.

- Le **quotient $\frac{u}{v}$** est dérivable pour toute valeur x de I telle que $v(x) \neq 0$ avec $\left(\frac{u}{v}\right)' = \frac{u'v - uv'}{v^2}$.
- Pour tout réels a et b, la **fonction $x \mapsto u(ax + b)$** est dérivable pour tout réel x tel que $ax + b$ appartienne à I avec $(u(ax + b))' = a\,u'(ax + b)$.

Appliquer le cours

Soit f la fonction définie sur $]0 ; +\infty[$ par $f(x) = (2x^2 - 5x + 1)\sqrt{x}$.
Déterminer la fonction dérivée de u définie sur $]0 ; +\infty[$ par $u(x) = 2x^2 - 5x + 1$.
En déduire la fonction dérivée de f.

Solution

On a u dérivable sur $]0 ; +\infty[$ comme fonction polynôme avec, pour tout x de $]0 ; +\infty[$,
$u'(x) = 2 \times 2x - 5 \times 1 + 0$, soit $\boldsymbol{u'(x) = 4x - 5}$.
f est dérivable sur $]0 ; +\infty[$ comme produit de fonctions dérivables sur $]0 ; +\infty[$.
f est de la forme uv, donc f' est de la forme $u'v + uv'$ avec $v(x) = \sqrt{x}$ et $v'(x) = \frac{1}{2\sqrt{x}}$.
Pour tout x de $]0 ; +\infty[$, $\boldsymbol{f'(x) = (4x - 5)\sqrt{x} + (2x^2 - 5x + 1)\frac{1}{2\sqrt{x}}}$.

Exercices d'entraînement

Exercice 1 ★ 5 min

Corrigé p. 74

Calculer les limites suivantes.

a. $\lim\limits_{x \to 0} 2x + 3$ **b.** $\lim\limits_{x \to 0} x^2 - 3x$ **c.** $\lim\limits_{x \to 0} \dfrac{2x+3}{x-5}$

Exercice 2 ★ 5 min

Corrigé p. 74

On considère dans le plan muni d'un repère, la courbe $\mathscr{C}$ représentative d'une fonction f définie sur $\mathbb{R}$.

La tangente à $\mathscr{C}$ au point d'abscisse -1 est parallèle à l'axe des abscisses et la tangente à $\mathscr{C}$ au point d'abscisse 0 a pour équation $y = -0{,}5 + 3x$.

Quels sont les nombres dérivés que l'on connaît ?

Exercice 3 ★ 10 min

Corrigé p. 74

Soit f la fonction définie pour tout réel x par $f(x) = x^2 + 4x - 5$.

1. a. Exprimer en fonction de h le taux de variation de f entre 3 et $3 + h$.

b. En déduire $f'(3)$.

2. Déterminer $f'(0)$ à l'aide du taux de variation.

3. a. À l'aide des formules de dérivation, calculer, pour tout réel x, $f'(x)$.

b. Retrouver alors les valeurs de $f'(3)$ et $f'(0)$.

Exercice 4 ★★ 10 min

Corrigé p. 74

Le plan est muni du repère orthonormé $(O\ ; I, J)$.

Soit f la fonction définie sur l'intervalle $[-1\ ; 5]$ dont on donne la courbe représentative $\mathscr{C}$ ci-contre.

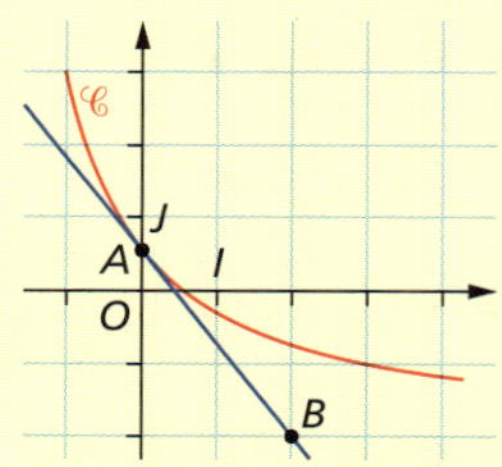

1. Déterminer le coefficient directeur de la droite (AB) sachant qu'on a $A\left(0\ ; \dfrac{1}{2}\right)$ et $B(2\ ; -2)$.

2. On admet que la droite (AB) est tangente à la courbe $\mathscr{C}$ au point A. En déduire $f'(0)$.

Exercice 5 ★★ 10 min

Corrigé p. 74

Soit la fonction f définie par $x \mapsto \dfrac{x+3}{x-2}$, pour tout réel $x \neq 2$.

1. a. Montrer que le taux de variation de f entre 1 et $1 + h$ vaut $\dfrac{5}{h-1}$.

b. En déduire le nombre dérivé de f en 1.

2. Montrer que $f'(-3) = -0{,}2$.

Exercice 6 ★ 5 min

Corrigé p. 75

Pour chaque fonction f, calculer $f'(x)$ pour tout réel x.

1. $f(x) = 2x + 3$ **2.** $f(x) = 3x^2$ **3.** $f(x) = x^3 - 5x$ **4.** $f(x) = 6x^2 - 2x + 3$

Exercice 7 ★★ 10 min

Corrigé p. 75

Pour chaque fonction f, calculer $f'(x)$ sur I.

1. $f(x) = \dfrac{3}{x}$; $I =]0\,;+\infty[$.
2. $f(x) = \dfrac{2x-7}{x-5}$; $I =]-\infty\,;5\,[$.
3. $f(x) = \dfrac{x^2+3x}{(x-2)(x-3)}$; $I =]3\,;+\infty[$.
4. $f(x) = (2x+3)\sqrt{x}$; $I =]0\,;+\infty[$

Exercice 8 ★★ 10 min

Corrigé p. 75

Pour chaque fonction f, préciser les valeurs pour lesquelles f est dérivable et calculer $f'(x)$.

1. $f(x) = 5x^2 - 3x + 2$
2. $f(x) = (2x+3)^2$
3. $f(x) = \dfrac{2x+3}{x-1}$
4. $f(x) = \dfrac{-x+3}{x^2-5}$

Exercice 9 ★★ 15 min

Corrigé p. 75

Pour chaque fonction f, déterminer $f'(x)$, puis déterminer une équation de la tangente à la représentation graphique de f au point d'abscisse a.

1. $f(x) = x^2 + 4$ et $a = -3$.
2. $f(x) = \dfrac{x+2}{x+1}$ et $a = 0$.
3. $f(x) = 2\sqrt{x}$ et $a = 9$.

Exercice 10 ★★ 15 min

Corrigé p. 75

Soit f la fonction définie sur $]0\,;+\infty[$ par $f(x) = \dfrac{1}{x}$.

On note $\mathscr{C}$ la courbe représentative de f dans un plan muni d'un repère orthonormé avec deux centimètres comme unité.

1. a. Montrer que $f'(1) = -1$, $f'(0{,}5) = -4$ et $f'(2) = -0{,}25$.

b. Interpréter graphiquement ces nombres dérivés.

2. Dessiner les tangentes à $\mathscr{C}$ aux points d'abscisses 0,5, 1 et 2, puis construire $\mathscr{C}$.

Exercices d'approfondissement

Exercice 11 ★★★ 25 min

Corrigé p. 76

Soit f la fonction définie, pour tout réel strictement positif, par $f(x) = \sqrt{x}$.

1. Calculer $f(25)$ et $f'(25)$.

2. a. Donner sous la forme $y = mx + p$ une équation de la tangente à la représentation graphique de f au point d'abscisse 25.

b. On note g la fonction affine représentée par cette droite.
En posant $x = 25 + h$, montrer que $g(25 + h) = 5 + 0{,}1h$.

3. a. La fonction g définie ci-dessus permet de calculer des approximations de $f(x)$ pour des valeurs de x proches de 25. En utilisant cette fonction, donner des valeurs approchées de $\sqrt{25{,}02}$, $\sqrt{25{,}001}$ et $\sqrt{24{,}999}$.

b. Trouver de même des valeurs approchées des racines carrées de 249 999 et 2 500,000 32.

4. En procédant de même à partir de la fonction inverse, déterminer sans calculatrice des valeurs approchées de $\dfrac{1}{10{,}03}$ et de $\dfrac{1}{9{,}995}$.

4 Variations de fonctions

1 Variation d'une fonction

A Théorème fondamental

Soit f une fonction définie et dérivable sur un intervalle I.

- **La fonction dérivée est positive** sur $I \Leftrightarrow$ **f est croissante** sur I.
- **La fonction dérivée est nulle** sur $I \Leftrightarrow$ **f est constante** sur I.
- **La fonction dérivée est négative** sur $I \Leftrightarrow$ **f est décroissante** sur I.

Appliquer le cours

Soit f la fonction définie sur $\mathbb{R}$ par :
$f(x) = -x^2 + 6x + 1$.
Déterminer f' la fonction dérivée de f.
Étudier le signe de f' selon les valeurs de x.
En déduire les variations f.

Solution

f est dérivable sur $\mathbb{R}$ comme fonction polynôme avec, pour tout réel x, $\mathbf{f'(x) = -2x + 6}$.
$f'(x) \geqslant 0 \Leftrightarrow -2x + 6 \geqslant 0 \Leftrightarrow -2x \geqslant -6$
$\Leftrightarrow x \leqslant -6 \div (-2) \Leftrightarrow x \leqslant 3$.

Sur $]-\infty ; 3]$, on a $f'(x) \geqslant 0$ et **sur $[3 ; +\infty[$, on a $f'(x) \leqslant 0$.**
Sur $]-\infty ; 3]$, on a f croissante et **sur $[3 ; +\infty[$, on a f décroissante**.

À retenir

Pour étudier les variations d'une fonction f :
– on détermine la dérivée f' ;
– on étudie le signe de $f'(x)$ selon les valeurs de x ;
– on en déduit les variations de f selon que le nombre dérivé $f'(x)$ est positif ou négatif.

B Remarques

- Si $f'(x)$ est strictement positive sur I, sauf en un nombre fini de valeurs, alors la fonction f est **strictement croissante** sur I.
- Si $f'(x)$ est strictement négative sur I, sauf en un nombre fini de valeurs, alors la fonction f est **strictement décroissante** sur I.

2 Extremum : théorème

Soit f une fonction définie et dérivable sur un intervalle $[a ; b]$. Soit c un réel de $]a ; b[$.
f admet **un extremum en c** si, et seulement si, sa dérivée f' s'annule en c **en changeant de signe**.

Minimum en c

x	$-\infty$	c	$+\infty$
$f'(x)$	$-$	0	$+$
f	décroît		croît

Maximum en c

x	$-\infty$	c	$+\infty$
$f'(x)$	$+$	0	$-$
f	croît		décroît

Exercices d'entraînement

Exercice 1 ★ 10 min

Corrigé p. 76

Soit f la fonction définie sur $\mathbb{R}$ par : $f(x) = \dfrac{15x+60}{x^2+9}$.

Sa courbe représentative dans un repère orthogonal du plan, notée $\mathscr{C}_f$, est donnée ci-contre.

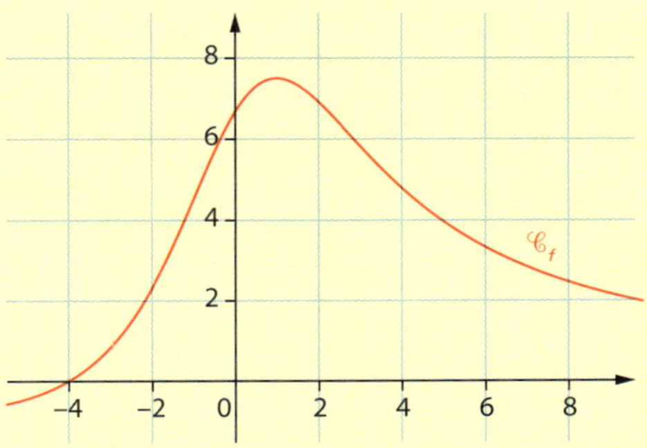

1. On note f' la dérivée de la fonction f. Calculer $f'(x)$.
2. Étudier le signe de $f'(x)$ selon les valeurs de x.
3. Dresser le tableau des variations de f.

Exercice 2 ★★ 20 min

Corrigé p. 76

Pour chaque fonction f, calculer $f'(x)$ et donner les variations de f sur I.

1. $f(x) = x^2 - 8x + 1$; $I = \mathbb{R}$.
2. $f(x) = x^3 - 3x + 1$; $I = \mathbb{R}$.
3. $f(x) = \dfrac{x+5}{x+3}$; $I =]-\infty\,;-3[$.
4. $f(x) = \dfrac{x+3}{x^2+x+3}$; $I = \mathbb{R}$.

Exercice 3 ★★ 20 min

Corrigé p. 77

Soit f la fonction définie, pour tout réel x différent de -1 et de 2, par : $f(x) = \dfrac{-3x+3}{x^2-x-2}$.

1. Montrer que, pour tout réel x différent de -1 et de 2, on a : $f(x) = \dfrac{-1}{x-2} - \dfrac{2}{x+1}$.
2. a. Calculer $f'(x)$ pour tout x différent de -1 et de 2.
b. En déduire les variations de f.
3. Soit $(\mathscr{C})$ la courbe représentative de f. Calculer les coordonnées des points d'intersection de $(\mathscr{C})$ avec les deux axes, ainsi qu'avec la droite d'équation $y = 1{,}2$.
4. Reproduire et compléter le tableau de valeurs suivant en arrondissant si nécessaire au dixième.

x	-5	-4	-3	-2	$-1{,}5$	$-0{,}5$	0	1	1,5	2,5	3	4
$f(x)$												

5. Dans un repère orthonormé, représenter $(\mathscr{C})$.

Exercice 4 ★★ 20 min

Corrigé p. 77

Soit f la fonction définie, pour tout réel x différent de -3, par : $f(x) = \dfrac{x+4}{x+3}$.

1. Établir le sens de variation de la fonction f.
2. Soit $\mathscr{C}_f$ la représentation graphique de f.
Montrer qu'il existe deux points A et B de $\mathscr{C}_f$ en lesquels la tangente à $\mathscr{C}_f$ est parallèle à la droite d'équation $y = -x$.
Préciser les coordonnées de ces points (A est celui de plus grande abscisse).

3. Compléter le tableau de valeurs suivant.

x	−8	−6	−4	−3,5	−2,5	−2	0	2
$f(x)$								

4. Tracer les droites d'équation $y = 1$ et $x = -3$, puis les tangentes à $\mathscr{C}_f$ aux points A et B et enfin la courbe $\mathscr{C}_f$.

Exercice 5 ★★ 10 min

Corrigé p. 78

La courbe $\mathscr{C}_f$ tracée ci-contre est la représentation graphique sur [0 ; 4] d'une fonction f définie sur [0 ; 4].
On admet que : la courbe $\mathscr{C}_f$ coupe l'axe des abscisses en $\frac{1}{2}$; la tangente T à la courbe $\mathscr{C}_f$ au point $A(0 ; -1)$ passe par le point $B(1 ; 2)$; la tangente à la courbe $\mathscr{C}_f$ au point d'abscisse $\frac{3}{2}$ est parallèle à l'axe des abscisses.

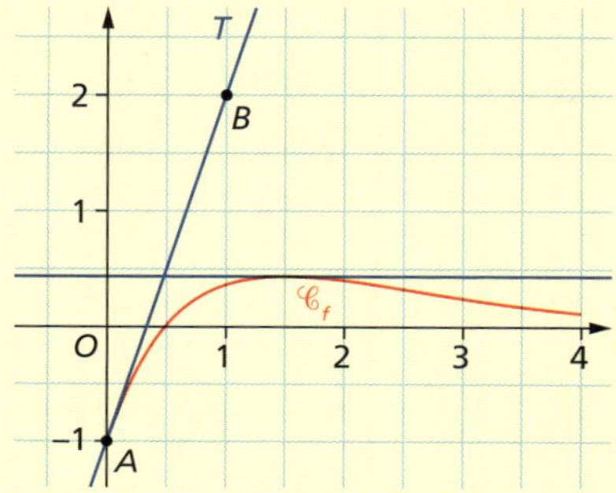

1. Dresser le tableau de signes de la fonction f sur l'intervalle [0 ; 4].

2. a. Déterminer les valeurs de $f'(0)$ et de $f'\left(\frac{3}{2}\right)$.

b. Dresser le tableau de signes de la fonction f' sur l'intervalle [0 ; 4].

Exercice 6 ★★ 20 min

Corrigé p. 78

Une entreprise décide la fabrication en série d'un article. Le coût de fabrication de chaque article est 20 € et au coût de fabrication s'ajoutent les frais fixes de production qui s'élèvent à 150 000 €.

1. a. Quel est le coût de fabrication de n articles ?

b. Exprimer le prix de revient $r(n)$, en euro, d'un article en fonction du nombre n d'articles fabriqués.

2. La demande de cet article sur le marché est fonction de son prix de vente. Une étude de marché a montré que pour un prix de vente unitaire p, le nombre d'articles demandés et vendus est : $2\,100\,000 - 60\,000p$, où p est un nombre de l'intervalle [20 ; 35].

a. Exprimer en fonction de p la recette correspondant à un prix de vente p.

b. Montrer que le bénéfice total correspondant, en euro, est alors :

$$-60\,000\,p^2 + 3\,300\,000p - 42\,150\,000$$

3. a. Étudier les variations de la fonction f définie sur [20 ; 35] par :

$$f(x) = -60\,000\,x^2 + 3\,300\,000x - 42\,150\,000$$

b. Déterminer le prix de vente unitaire qui assure un bénéfice maximal. Calculer alors ce bénéfice et le nombre d'articles correspondant.

Exercice 7 ★★★ 15 min

Corrigé p. 78

Un fermier souhaite construire un enclos rectangulaire $CDEF$ dont l'un des côtés est un mur.
Il dispose de 160 m de clôture pour réaliser la ligne brisée $CDEF$.
Quelle est l'aire maximale de l'enclos qu'il peut réaliser ?
Préciser les dimensions de cet enclos.

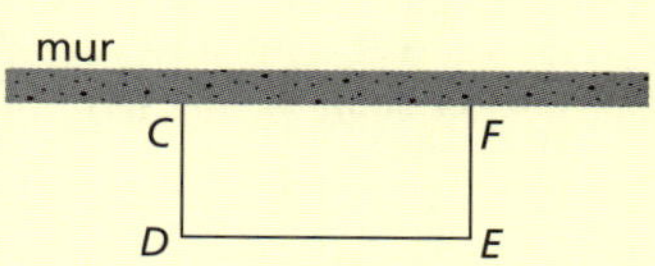

Exercice 8 ★★★ 10 min *Corrigé p. 78*

On considère la fonction f définie sur [0 ; 15] par $f(x) = 2x^3 - 60x^2 + 450x$.

1. a. Calculer $f'(x)$.
b. Étudier le signe de $f'(x)$ selon les valeurs de x.
c. En déduire le tableau de variations de f sur [0 ; 15].
d. On admet que l'équation $f(x) = 500$ a deux solutions distinctes dans l'intervalle [0 ; 15]. Donner des valeurs approchées, à 10^{-1} près, de ces solutions notées α et β.

2. Un fabricant envisage la production de boîtes en forme de pavé droit pour emballer des clous en découpant deux bandes de même largeur dans une feuille de carton carrée.
Le côté de la feuille mesure 30 cm et on désigne par x la mesure en cm de la largeur des bandes découpées. On admet que $0 \leqslant x \leqslant 15$.

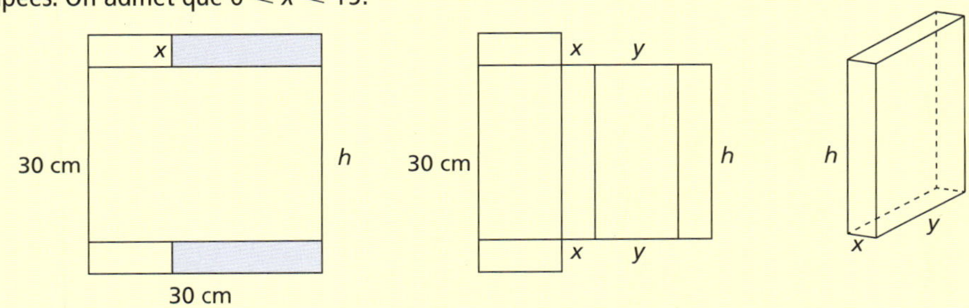

a. Calculer le volume de la boîte si $x = 2$.
b. Justifier que le volume $V(x)$, en cm^3, de la boîte est $V(x) = f(x)$, où f est la fonction définie précédemment.
d. En déduire la valeur de x pour laquelle le volume de la boîte est maximal. Préciser la valeur du volume maximal.

3. Le fabricant veut des boîtes de 500 cm^3. Combien a-t-il de possibilités ? Justifier la réponse.

Exercice d'approfondissement

Exercice 9 ★★★ 15 min *Corrigé p. 79*

Soit a est un réel.
On considère la fonction f définie sur $\mathbb{R}$ par : $f(x) = x^3 + ax$.

1. Calculer $f'(x)$ pour tout réel x.

2. En distinguant les cas $a > 0$, $a = 0$ et $a < 0$, étudier les variations de f sur $\mathbb{R}$ et préciser les tangentes à $\mathscr{C}_f$ parallèles à l'axe des abscisses quand elles existent.

5 Fonction exponentielle

1 Fonction exp

A Définitions

- Il existe une unique fonction f dérivable sur $\mathbb{R}$ et vérifiant $f' = f$ et $f(0) = 1$.
C'est la **fonction exponentielle** noté **exp**.
- La fonction exp est dérivable sur $\mathbb{R}$ et, pour tout x réel, on a $\exp'(x) = \exp(x)$.
- $\exp(0) = 1$.
- On appelle **e** l'image de 1 par la fonction exp : $\exp(1) = e$.

B Propriétés de la fonction exp

- Pour tout x réel, $\exp(x) > 0$.
- La fonction exp est **strictement croissante** sur $\mathbb{R}$.

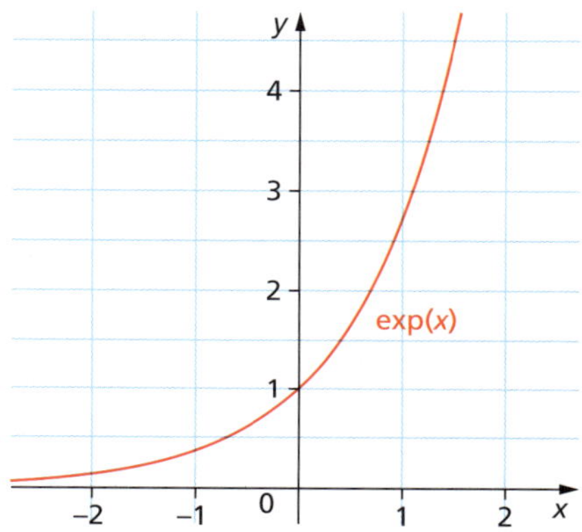

C Propriétés algébriques

Pour tout réels x et y, on a :

- $\exp(x + y) = \exp(x)\exp(y)$
- $\exp(x)\exp(-x) = 1 \Leftrightarrow \exp(-x) = \dfrac{1}{\exp(x)}$

Appliquer le cours

a. Montrer que, pour tous réels x et y,
$\exp(x - y) = \dfrac{\exp(x)}{\exp(y)}$.

b. Simplifier, pour tout réel x, les expressions suivantes :
$A(x) = \exp(2x - 2) \times \exp(-x + 2)$;
$B(x) = \dfrac{\exp(4x+1)}{\exp(2x)}$.

Solution

a. Pour tous réels x et y, on a:

$$\begin{aligned}\exp(x - y) &= \exp(x + (-y)) \\ &= \exp(x)\exp(-y) \\ &= \exp(x)\,\frac{1}{\exp(y)} = \frac{\exp(x)}{\exp(y)}.\end{aligned}$$

b. Pour tout x réel, on a :

$$\begin{aligned}A(x) &= \exp(2x - 2) \times \exp(-x + 2) \\ &= \exp(2x - 2 + (-x + 2)) = \mathbf{exp(x)}.\end{aligned}$$

$$\begin{aligned}B(x) &= \frac{\exp(4x+1)}{\exp(2x)}. \\ &= \exp(4x + 1 - 2x) \\ &= \mathbf{exp(2x + 1)}.\end{aligned}$$

2 Notation e^x

- Pour tout réel x, on note $\exp(x) = e^x$.

A Propriétés de la fonction $x \mapsto e^x$.

- La fonction $x \mapsto e^x$ est dérivable sur $\mathbb{R}$ et, pour tout x réel, on a $x \mapsto (e^x)' = e^x$.
- Pour tout x réel, $e^x > 0$ et en particulier $e^0 = 1$ et $e^1 = e$.
- La fonction $x \mapsto e^x$ est **strictement croissante** sur $\mathbb{R}$.

B Propriétés algébriques

Pour tous réels x et y, on a :

- $e^x \times e^y = e^{x+y}$
- $e^{-x} = \dfrac{1}{e^x}$
- $\dfrac{e^x}{e^y} = e^{x-y}$
- $e^{\frac{x}{2}} = \sqrt{e^x}$

Pour tout réel x et pour tout entier naturel n, on a :

- $(e^x)^n = e^{xn}$

C Variations de fonctions

Soit k un réel strictement positif.

- La fonction $x \mapsto e^{kx}$ est **strictement croissante** sur $\mathbb{R}$.
- La fonction $x \mapsto e^{-kx}$ est **strictement décroissante** sur $\mathbb{R}$.

- **Exemple**

La **courbe bleue** représente la fonction $x \mapsto e^x$ qui est strictement croissante sur $\mathbb{R}$.
La **courbe rouge** représente la fonction $x \mapsto e^{0,25x}$ qui est strictement croissante sur $\mathbb{R}$.
La **courbe verte** représente la fonction $x \mapsto e^{-0,5x}$ qui est strictement décroissante sur $\mathbb{R}$.

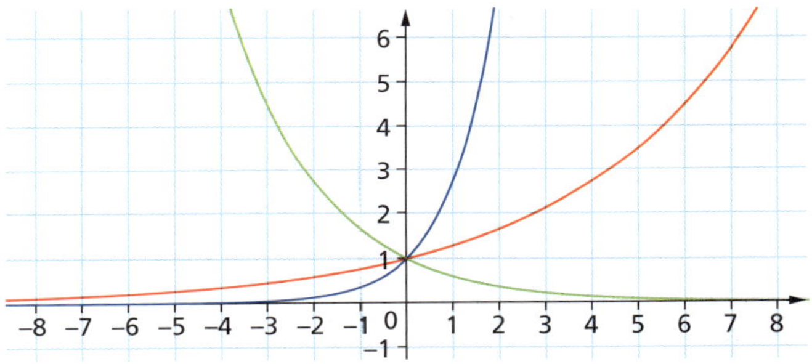

D Suite

Soit a un réel.
La suite de terme général e^{na} est une **suite géométrique** de raison e^a.

3 Équations - Inéquations

Soit a, b deux réels et c un réel **strictement positif**.

- $e^a = e^b$ équivaut à $a = b$.
- $e^a < e^b$ équivaut à $a < b$.
- $e^a > c$ équivaut à $a > \ln(c)$.
- $e^a = c$ équivaut à $a = \ln(c)$.
- $e^a < c$ équivaut à $a < \ln(c)$.

Attention
La fonction ln sera étudiée en Terminale. La touche ln de la calculatrice suffira en classe de Première.

Appliquer le cours

a. Résoudre l'équation $e^{-2x} = e^4$.
b. Résoudre l'inéquation $e^{-2x} > e^4$.
c. Dresser le tableau de signes de f définie par $f(x) = e^{-2x} - e^4$ selon les valeurs de x.

Solution

a. $e^{-2x} = e^4 \Leftrightarrow -2x = 4 \Leftrightarrow x = -2$.
La solution est –2.
b. $e^{-2x} > e^4 \Leftrightarrow -2x > 4 \Leftrightarrow x < -2$.
L'ensemble des solutions est $]-\infty\,;-2[$.
c. $f(x) = 0 \Leftrightarrow e^{-2x} - e^4 = 0 \Leftrightarrow e^{-2x} = e^4$.
$f(x) > 0 \Leftrightarrow e^{-2x} - e^4 > 0 \Leftrightarrow e^{-2x} > e^4$.
D'après **a.** et **b.**, on a :

x	$-\infty$		-2		$+\infty$
$f(x)$		+	0	−	

Exercices d'entraînement

Exercice 1 ★ 10 min

Corrigé p. 79

Écrire plus simplement chacun des nombres suivants :

$a = (e^2)^4$ $b = e^3 \times e^{-2}$ $c = e^{6,5} \div e^{4,5}$ $d = \sqrt{e^6}$ $f = e^x \times e^{2x}$ $g = \dfrac{e^{3x+2}}{e^{2x+1}}$

Exercice 2 ★ 5 min

Corrigé p. 79

Résoudre les équations suivantes :

a. $e^{2x} = e^6$ **b.** $e^{2x+3} = e^x$ **c.** $e^{x(x-2)} = 1$ **d.** $e^x = 3$

Exercice 3 ★ 5 min

Corrigé p. 79

Résoudre les équations suivantes :

a. $e^x = \sqrt{e}$ **b.** $e^{x^2-1} = e^{15}$ **c.** $e^{x+1} + e^x = 1 + e$

Conseil : factoriser $e^{x+1} + e^x$ par e^x.

Exercice 4 ★★ 10 min

Corrigé p. 79

1. Résoudre l'équation $x^2 + x - 6 = 0$.

2. En déduire les solutions de $e^{2x} + e^x - 6 = 0$.

Exercice 5 ★★ 10 min

Corrigé p. 80

Résoudre les inéquations suivantes :

a. $e^x > e^{-2}$ **b.** $e^x < -2$ **c.** $e^{-x} \geqslant e^x$ **d.** $e^{2x-4} \leqslant e^x$

Exercice 6 ★★ 10 min

Corrigé p. 80

Résoudre les inéquations suivantes :

a. $e^x > 3$ **b.** $e^x < -1$ **c.** $e^{x+3} \geqslant -2$ **d.** $e^{3x-4} > e^x$

Exercice 7 ★★ 12 min

Corrigé p. 80

Dans chaque cas, discuter le signe de $f(x)$ suivant les valeurs de x :

a. $f(x) = e - e^x$ **b.** $f(x) = 1 - e^x$ **c.** $f(x) = -2x(e^x - 1)$ **d.** $f(x) = (e^x + 2)(e^x - e)$

Exercice 8 ★★ 10 min

Corrigé p. 80

Déterminer les dérivées des fonctions f sur $\mathbb{R}$:

a. $f(x) = e^{-3x}$ **b.** $f(x) = (x + 2)\,e^x$ **c.** $f(x) = 4\,e^{5x}$ **d.** $f(x) = x^2 - 2x + 3 + e^{-x}$

Exercice 9 ★★ 20 min

Corrigé p. 80

Déterminer les dérivées des fonctions f et étudier leurs variations sur $\mathbb{R}$:

a. $f(x) = e^{-x}$ **b.** $f(x) = (x - 2)e^x$ **c.** $f(x) = (2x^2 + 3x)\,e^x$ **d.** $f(x) = -x + e^{2x}$

Exercice 10 ★★ 30 min

Corrigé p. 80

Les êtres vivants contiennent du carbone 14 radioactif (constamment renouvelé) qui se maintient à la valeur de 15,3 unités. À leur mort, ce carbone 14 n'est plus renouvelé ; il est désintégré à une vitesse proportionnelle, à tout instant, au carbone 14 encore présent dans l'organisme.

La radioactivité du carbone 14 dans un organisme après sa mort, en fonction de t (en millier d'années) est $f(t)$ où f est la fonction définie sur $[0\ ;+\infty[$ par $f(t) = 15{,}3\mathrm{e}^{-0{,}123t}$.

1. a. Pour tout nombre t positif, calculer $f'(t)$, où f' désigne la dérivée de f.
b. Étudier le signe de $f'(t)$ et en déduire les variations de f sur $[0\ ;+\infty[$.

2. Déterminer une équation de la tangente T à $\mathscr{C}$ la courbe représentative de f en $A(0\ ;15{,}3)$.

3. Construire T et $\mathscr{C}$ en prenant 2 cm pour 1 millier d'années en abscisses, et 0,5 cm pour 1 unité en ordonnées.

4. On trouve dans une grotte des débris d'os présentant une radioactivité égale à 10,2 unités. Estimer l'âge de ces débris à l'aide d'une lecture graphique.

5. Lorsque la radioactivité devient inférieure à 1 % de sa valeur initiale, le calcul de $f(t)$ est entaché de trop d'incertitude pour permettre de dater raisonnablement à l'aide du carbone 14. Trouver à partir de combien d'années après sa mort un organisme ne peut plus être daté au carbone 14.

Exercice 11 ★★ 15 min

Corrigé p. 81

Soit a, b et c des nombres réels.
On définit une fonction g sur $\mathbb{R}$ par :

$$g(x) = (ax + b)\mathrm{e}^{-x} + c.$$

On note g' la fonction dérivée de g.

1. Calculer, pour tout x réel, $g'(x)$.
2. Le tableau des variations de g est donné ci-contre.

x	$-\infty$	0	1	2	$+\infty$
$g'(x)$		+		0	−
$g(x)$	$-\infty$ ↗	1	2	$\mathrm{e}^{-2}+2$ ↘	2

En utilisant les données numériques de ce tableau, établir que $a = 1$, $b = -1$ et $c = 2$.

Exercice 12 ★★ 30 min

Corrigé p. 81

On considère la fonction f définie par : $f(x) = 1 - \mathrm{e}^{-3x}$ pour tout x réel.
Dans le plan rapporté à un repère orthogonal avec 5 cm comme unité en abscisses et 2 cm comme unité en ordonnées, on note $(\mathscr{C})$ la courbe représentative de la fonction f.

1. Montrer que la fonction f est strictement croissante sur $\mathbb{R}$.

2. On note g la fonction définie par : $g(x) = f(x) - x$ pour tout x réel.
a. Calculer $g'(x)$ (g' désigne la fonction dérivée de la fonction g).
Montrer que $g'(x) < 0$ équivaut à $x > \dfrac{\ln(3)}{3}$.
b. En déduire les variations de la fonction g.
c. On note a l'unique nombre réel non nul solution de l'équation $g(x) = 0$.
À l'aide de la calculatrice, expliquer pourquoi a appartient à l'intervalle $]0{,}94\ ;0{,}95[$.
d. Sans fournir de justifications, donner le signe de $g(x)$ suivant les valeurs du nombre réel x.
En déduire la position de la courbe $(\mathscr{C})$ par rapport à la droite $(\mathscr{D})$ d'équation $y = x$.

3. a. Donner une équation de la droite $(\mathscr{T})$ tangente à la courbe $(\mathscr{C})$ au point O.
b. Recopier et compléter le tableau ci-dessous (arrondir les résultats à 10^{-2} près).

x	−0,5	−0,3	0,3	0,5	0,75	1	1,5
$f(x)$							

c. Tracer les droites $(\mathscr{T})$ et $(\mathscr{D})$, puis la courbe $(\mathscr{C})$.
On admettra que la courbe $(\mathscr{C})$ est toujours au-dessous de la droite $(\mathscr{T})$.

Exercice 13 ★★ 30 min

Corrigé p. 82

Soit la fonction numérique f définie sur l'intervalle $I = [0 ; +\infty[$ par $f(x) = 0{,}4x + e^{-0{,}4x+1}$.
On note $(\mathscr{C})$ sa courbe représentative dans le plan muni d'un repère orthogonal (unités graphiques : 2 cm en abscisses, 4 cm en ordonnées).

1. a. Résoudre sur l'intervalle I l'inéquation suivante : $1 - e^{-0{,}4x+1} \geqslant 0$.
b. À l'aide de la question précédente, étudier les variations de la fonction f sur I.
c. Dresser le tableau de variations de f.

2. a. Montrer que la tangente $(\mathscr{T})$ à $(\mathscr{C})$ au point d'abscisse 0 passe par le point $B(2{,}5 ; 1)$.
b. Construire $(\mathscr{C})$ et $(\mathscr{T})$.

3. x étant le nombre d'objets, exprimé en centaine, fabriqués par une usine, $f(x)$ est leur coût total exprimé en millier d'euros. On suppose que x appartient à l'intervalle $J = [2{,}5 ; +\infty[$.
Chaque objet est vendu 5 euros pièce.
On suppose que la fabrication est vendue dans sa totalité.
a. Exprimer la recette $R(x)$, en millier d'euros, en fonction du nombre x de centaines d'objets fabriqués et représenter graphiquement R par une courbe (Δ).
b. Vérifier graphiquement que (Δ) et $(\mathscr{C})$ se coupent en un seul point.
On désigne par a l'abscisse de ce point ; en donner une valeur approchée à 10^{-1} près.
c. Par lecture graphique, déterminer le nombre entier minimum d'objets à produire pour réaliser un bénéfice.

Exercice d'approfondissement

Exercice 14 ★★★ 30 min

Corrigé p. 82

Soit f une fonction définie sur $\mathbb{R}$ et vérifiant, pour tous réels x et y, $f(x + y) = f(x)\,f(y)$.

1. Montrer que pour tout réel x, $f(x) \geqslant 0$. (Astuce : $x = 0{,}5x \times 2$)

2. a. On pose $f(1) = a$. Que peut-on affirmer sur a ?
b. Montrer que si $a = 0$, alors pour tout réel x, $f(x) = 0$. (Astuce : $x = 1 + (x - 1)$)

Dans les questions suivantes, on a $f(1) = a$ avec $a > 0$.
3. a. Montrer que $f(0) = 1$.
b. Montrer par l'absurde que la fonction f ne s'annule pas sur $\mathbb{R}$.
c. Pour tout réel x, exprimer $f(-x)$ en fonction de $f(x)$.

4. Soit k un entier naturel non nul. On pose, pour tout entier naturel n, $u_n = f\left(\frac{n}{k}\right)$.

a. Montrer que la suite (u_n) est une suite géométrique.

b. Exprimer u_n en fonction de n. En déduire $f\left(\frac{1}{k}\right)$.

c. Soit q un nombre rationnel. Prouver que $f(q) = a^q$.

6 Fonctions trigonométriques

1 Cercle trigonométrique

A Définitions

- Soit (O, I, J) un repère orthonormé.
On appelle **cercle trigonométrique** le cercle de centre O et de rayon 1 orienté dans le sens direct.

À retenir
Le sens direct est le sens contraire de celui des aiguilles d'une montre.

- Soit (d) la tangente au cercle trigonométrique au point I.
À tout point $P(1\ ;x)$, on associe par enroulement un unique point M du cercle trigonométrique.
x s'appelle **mesure en radian de l'angle orienté $\widehat{IOM}$**.

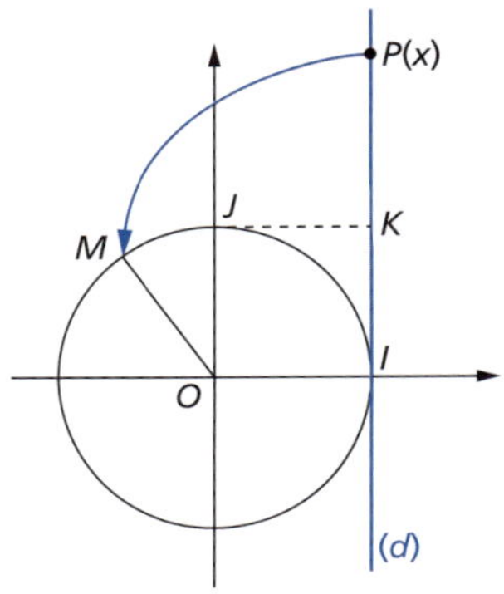

- Soit x un réel. L'unique point M du cercle trigonométrique tel que x soit une mesure en radian de l'angle orienté $\widehat{IOM}$ est appelé **point associé à x sur le cercle trigonométrique**.

B Propriétés

Soit M un point du cercle trigonométrique et x une mesure en radian de l'angle orienté $\widehat{IOM}$.

- Pour tout entier relatif k, $x + 2k\pi$ est aussi une mesure de l'angle orienté $\widehat{IOM}$.
Un angle orienté possède donc une infinité de mesures.
- Si x appartient à $[0\ ;2\pi[$, alors x est aussi **la longueur de l'arc** de cercle partant de I et arrivant à M dans le sens direct.
- Les mesures en radian et celles en degré sont proportionnelles avec $2\pi \text{ rad} = 360°$.

Appliquer le cours

Pour chacun des réels suivants, placer à la règle et au compas sur le cercle trigonométrique le point associé.

- π
- $\frac{\pi}{2}$
- $\frac{\pi}{4}$
- $\frac{\pi}{3}$
- $\frac{-\pi}{3}$

Solution

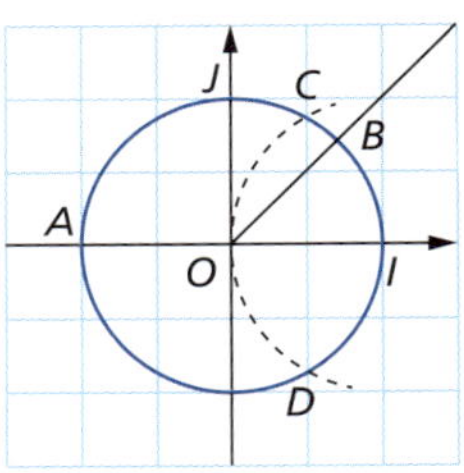

- π est associé à A le symétrique de I par rapport à O.
- $\frac{\pi}{2}$ est la moitié de π donc $\frac{\pi}{2}$ est associé à J.
- $\frac{\pi}{4}$, moitié de $\frac{\pi}{2}$, est associé au milieu de l'arc $\widehat{IJ}$. Le point associé est le point B.
- $\frac{\pi}{3}$ représente un sixième de 2π. Le point associé est le point C, intersection du cercle et d'un arc de cercle de centre I et de rayon 1.
- $\frac{-\pi}{3}$ est l'opposé de $\frac{\pi}{3}$, donc le point associé est D, le symétrique de C par rapport à (OI).

2 Cosinus et sinus d'un réel

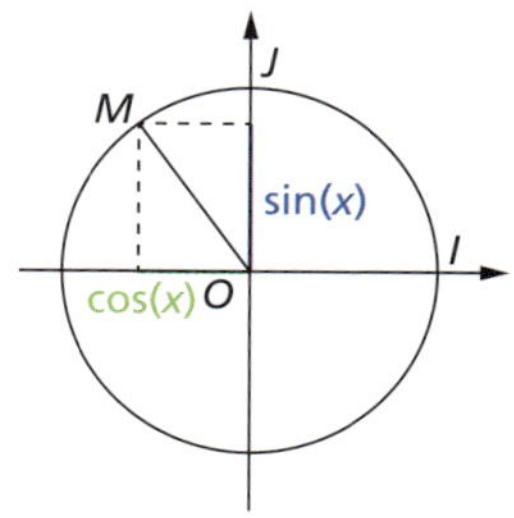

A Cosinus et sinus d'un réel

Soit x un réel et M le point associé du cercle trigonométrique.

- On appelle cosinus du réel x, l'abscisse du point M.
- On appelle sinus du réel x, l'ordonnée du point M.
- On a donc $M(\cos(x)\ ;\ \sin(x))$.

B Valeurs remarquables de trigonométrie

Mesure x en radian	**0**	$\frac{\pi}{6}$	$\frac{\pi}{4}$	$\frac{\pi}{3}$	$\frac{\pi}{2}$
sin(x)	0	$\frac{1}{2}$	$\frac{\sqrt{2}}{2}$	$\frac{\sqrt{3}}{2}$	1
cos(x)	1	$\frac{\sqrt{3}}{2}$	$\frac{\sqrt{2}}{2}$	$\frac{1}{2}$	0

C Propriétés

Pour tout réel x, on a :

- $\cos^2(x) + \sin^2(x) = 1$ (relation fondamentale) ;
- $-1 \leqslant \cos(x) \leqslant 1$;
- $-1 \leqslant \sin(x) \leqslant 1$

Appliquer le cours

À l'aide du cercle trigonométrique, déterminer le signe de $\sin\left(\frac{2\pi}{3}\right)$ et celui de $\cos\left(\frac{2\pi}{3}\right)$.

Solution

On a $\frac{\pi}{2} < \frac{2\pi}{3} < \pi$, donc le point M du cercle trigonométrique associé au réel $\frac{2\pi}{3}$ est sur le quart de cercle joignant le point J associé au réel $\frac{\pi}{2}$ et le point A associée au réel π.

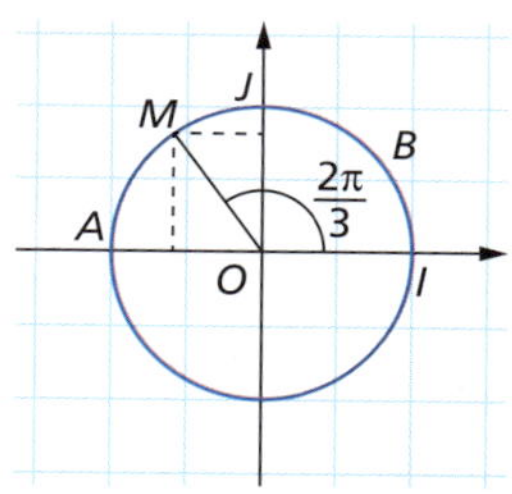

L'ordonnée du point M est positive, donc **le sinus de $\frac{2\pi}{3}$ est positif.**

L'abscisse du point M est négative, donc **le cosinus de $\frac{2\pi}{3}$ est négatif.**

D Lien avec la trigonométrie dans le triangle rectangle

Soit x un réel compris dans $[0\ ;\ \frac{\pi}{2}]$ et M le point associé à x sur le cercle trigonométrique.
Soit N le point de (OI) de même abscisse que M.
Le triangle OMN est rectangle en N avec $OM = 1$.

- $\cos(\widehat{NOM}) = \frac{\text{côté adjacent à } O}{\text{hypoténuse}} = \frac{ON}{OM} = \cos(x)$;
- $\sin(\widehat{NOM}) = \frac{\text{côté opposé à } O}{\text{hypoténuse}} = \frac{MN}{OM} = \sin(x)$.

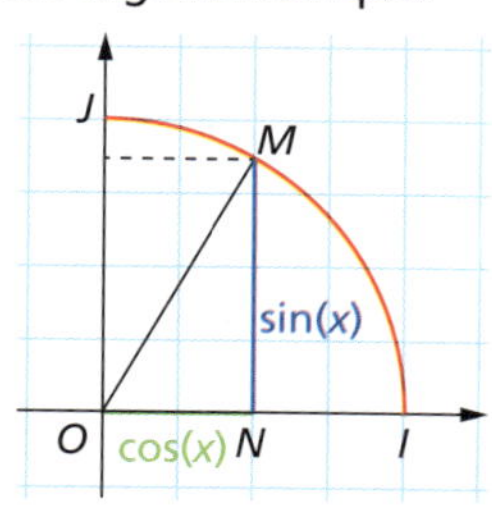

E Angles associés

Pour tout réel α, on a

$\cos(-\alpha) = \cos(\alpha)$ $\sin(-\alpha) = -\sin(\alpha)$

$\cos(\pi - \alpha) = -\cos(\alpha)$ $\sin(\pi - \alpha) = \sin(\alpha)$

$\cos(\pi + \alpha) = -\cos(\alpha)$ $\sin(\pi + \alpha) = -\sin(\alpha)$

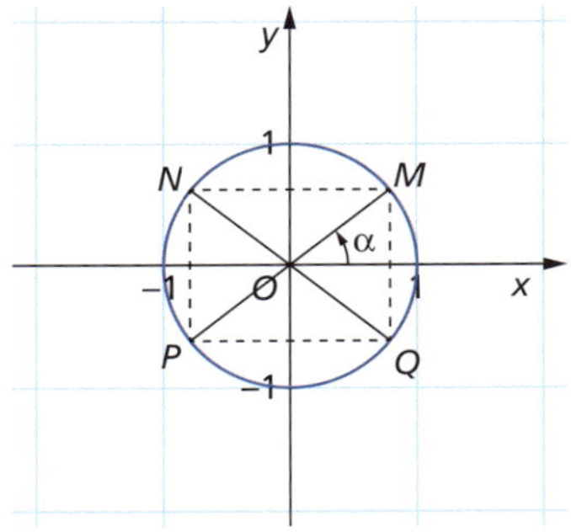

- **Exemples :**

$$\sin\left(\frac{-\pi}{3}\right) = -\sin\left(\frac{\pi}{3}\right) = \frac{-\sqrt{3}}{2}$$

$$\sin\left(\frac{3\pi}{4}\right) = \sin\left(\pi - \frac{\pi}{4}\right) = \sin\left(\frac{\pi}{4}\right) = \frac{\sqrt{2}}{2}$$

3 Fonctions cosinus et sinus

A Définitions

- Une fonction f telle que, pour tout x de D_f, $-x \in D_f$ et $f(-x) = f(x)$ est dite **paire**.
Sa représentation graphique est **symétrique par rapport à l'axe des ordonnées.**

- Une fonction f telle que, pour tout x de D_f, $-x \in D_f$ et $f(-x) = -f(x)$ est dite **impaire**.
Sa représentation graphique est **symétrique par rapport à l'origine du repère.**

- Une fonction f telle qu'il existe un réel k avec,
pour tout x de D_f, $x + k \in D_f$ et $f(x + k) = f(x)$ est dite **k-périodique**.
Sa représentation graphique est **invariante par translation** de vecteur $k\vec{i}$.

B Fonction cosinus

- La fonction cosinus est **paire**.
Sa courbe représentative est symétrique par rapport à l'axe des ordonnées.

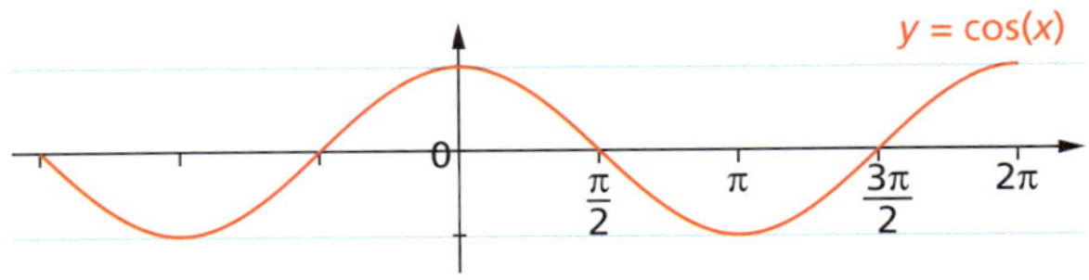

- La fonction cosinus est **2π-périodique**.
$\forall x \in \mathbb{R}, \cos(x + 2\pi) = \cos(x)$.

- Elle est **dérivable** sur $\mathbb{R}$ avec $\forall x \in \mathbb{R}, (\cos(x))' = -\sin(x)$.

C Fonction sinus

- La fonction sinus est **impaire**.
Sa courbe représentative est symétrique par rapport à l'origine du repère.

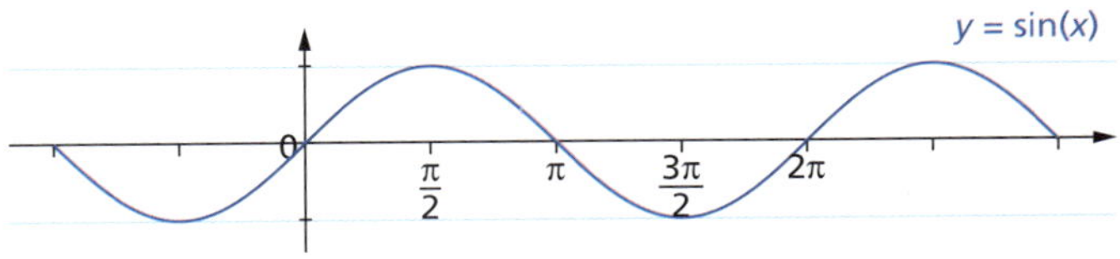

- La fonction sinus est **2π-périodique**.
$\forall x \in \mathbb{R}, \sin(x + 2\pi) = \sin(x)$.

- Elle est dérivable sur $\mathbb{R}$ avec $\forall x \in \mathbb{R}, (\sin(x))' = \cos(x)$.

Exercices d'entraînement

Exercice 1 ★ 6 min

Corrigé p. 82

Placer sur un cercle trigonométrique les points *M*, *N* et *P* associés respectivement aux réels $\frac{\pi}{3}$, $\frac{-\pi}{2}$ et $\frac{2\pi}{3}$.

Exercice 2 ★ 6 min

Corrigé p. 83

a. Montrer que $\frac{\pi}{4}$ et $\frac{9\pi}{4}$ sont associés au même point du cercle trigonométrique.

b. Faire de même avec $\frac{\pi}{3}$ et $\frac{-11\pi}{3}$.

Exercice 3 ★ 6 min

Corrigé p. 83

On considère les quatre points « cardinaux » *N*, *E*, *S* et *W* du cercle trigonométrique.
Donner 2 réels associés à chacun de ces points, un négatif et un positif.

Exercice 4 ★★ 8 min

Corrigé p. 83

1. Calculer $a = \frac{\pi}{3} + \frac{\pi}{2}$ et $b = \frac{\pi}{3} + \frac{\pi}{4}$.

2. Construire les points *A* et *B* sur le cercle trigonométrique associés aux réels $\frac{5\pi}{6}$ et $\frac{7\pi}{12}$.

Exercice 5 ★★ 12 min

Corrigé p. 83

IBJCDEFG est un octogone régulier inscrit dans le cercle trigonométrique.

1. À quels réels de l'intervalle $]-\pi ; \pi]$ sont associés les points *I*, *B*, *J*, *C*, *D*, *E*, *F* et *G* ?

2. Pour chacun de ces huit points, préciser les signes du sinus et du cosinus du réel associé à ce point.

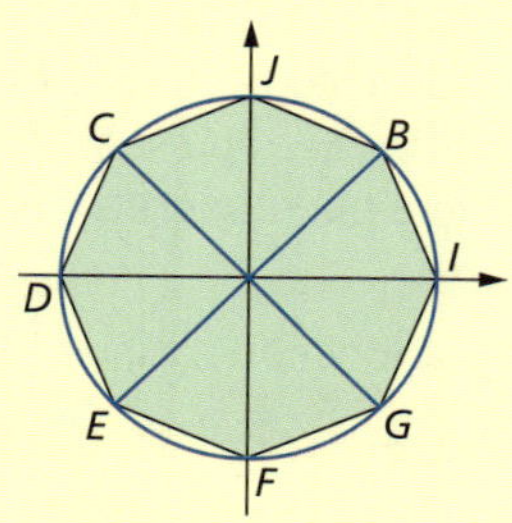

Exercice 6 ★★ 5 min

Corrigé p. 83

Déterminer la valeur exacte de cos(*x*) sachant que sin(*x*) = $\frac{2}{3}$ et *x* appartient à $\left[\frac{\pi}{2} ; \pi\right]$.

Exercice 7 ★★ 5 min

Corrigé p. 84

Déterminer la valeur exacte de sin(*x*), sachant que cos(*x*) = –0,5 et *x* appartient à $\left[\pi ; \frac{3\pi}{2}\right]$.

Exercice 8 ★★ 5 min

Corrigé p. 84

Démontrer que, pour tout réel *x*, on a : $[\sin(x) + \cos(x)]^2 + [\sin(x) - \cos(x)]^2 = 2$.

Exercice 9 ★★ 5 min

Corrigé p. 84

Existe-t-il un réel x vérifiant $\sin(x) = 0{,}4$ et $\cos(x) = 0{,}6$? Justifier la réponse.

Exercice 10 ★★ 10 min

Corrigé p. 84

Soit x un réel et M le point du cercle trigonométrique associé à x.

1. Que peut-on dire du point associé au réel $x + 2\pi$?
2. Que peut-on en déduire pour $\sin(x + 2\pi)$ et $\cos(x + 2\pi)$?
3. Déterminer les valeurs exactes de : • $\cos\left(\frac{9\pi}{4}\right)$ • $\sin\left(\frac{9\pi}{4}\right)$ • $\sin\left(\frac{7\pi}{3}\right)$ • $\cos\left(\frac{13\pi}{6}\right)$

Exercice 11 ★★ 10 min

Corrigé p. 84

1. Déterminer les valeurs exactes des nombres suivants :

• $\cos\left(\frac{-\pi}{4}\right)$ • $\sin\left(\frac{-\pi}{2}\right)$ • $\sin\left(\frac{-\pi}{3}\right)$ • $\cos\left(\frac{-\pi}{6}\right)$

2. Calculer sans calculatrice les expressions suivantes :

$A = \sin\left(\frac{-\pi}{6}\right) + \cos\left(\frac{-\pi}{6}\right) + \sin\left(\frac{\pi}{6}\right) + \cos\left(\frac{\pi}{6}\right)$; $B = \sin\left(\frac{-\pi}{4}\right) - \cos\left(\frac{-\pi}{4}\right) + \sin\left(\frac{\pi}{4}\right) + \cos\left(\frac{\pi}{4}\right)$.

Exercice 12 ★★ 10 min

Corrigé p. 84

Soit f la fonction définie sur $\mathbb{R}$ par $f(x) = \sin(x)\cos(x)$.
Montrer que f est impaire et π-périodique.

Exercice 13 ★★ 15 min

Corrigé p. 85

Soit les fonctions f et g définies sur $\mathbb{R}$ par $f(x) = \dfrac{e^{x} + e^{-x}}{2}$ et $g(x) = \dfrac{e^{x} - e^{-x}}{2}$.

1. Montrer que f est paire et que g est impaire.
2. Pour tout réel x, calculer $f^2(x) - g^2(x)$.
3. Vérifier que $f' = g$ et que $g' = f$.

Exercice 14 ★★ 10 min

Corrigé p. 85

MNO est un triangle rectangle en N avec $ON = 5$ cm et $\widehat{NOM} = \dfrac{\pi}{6}$.

1. Faire une figure.
2. Calculer la longueur OM en valeur exacte, puis donner la valeur approchée à 0,01 près. Vérifier le résultat à l'aide de la figure.

Exercice 15 ★★★ 15 min

Corrigé p. 85

Soit ABC un triangle possédant trois angles aigus et soit H le pied de la hauteur issue de A.

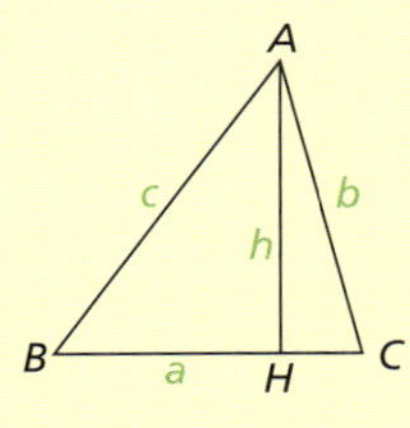

1. Exprimer $\sin(\widehat{ABC})$ et $\sin(\widehat{ACB})$ à l'aide des longueurs marquées sur la figure ci-contre.
2. Exprimer l'aire de ABC à l'aide de $\sin(\widehat{ABC})$ une première fois et de $\sin(\widehat{ACB})$ une seconde fois.
3. Démontrer que $\dfrac{b}{\sin(\hat{B})} = \dfrac{c}{\sin(\hat{C})}$.

7 Produit scalaire

1 Généralités

A Définitions

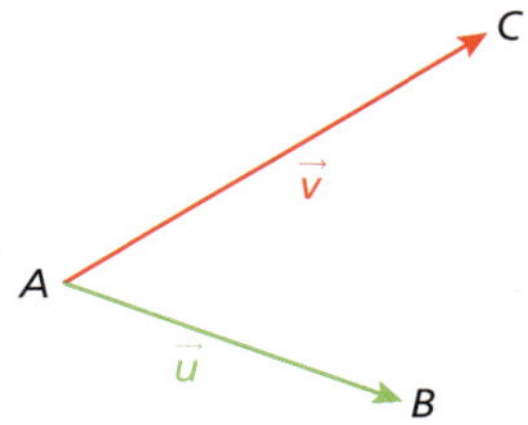

- Soit A, B et C trois points.

On appelle **produit scalaire** de $\overrightarrow{AB}$ par $\overrightarrow{AC}$ le nombre noté $\overrightarrow{AB}.\overrightarrow{AC}$ et défini par $\overrightarrow{AB}.\overrightarrow{AC} = AB \times AC \times \cos(\widehat{BAC})$.

- Soit $\vec{u}$ et $\vec{v}$ deux vecteurs tels que $\vec{u} = \overrightarrow{AB}$ et $\vec{v} = \overrightarrow{AC}$.

Le **produit scalaire** de $\vec{u}$ par $\vec{v}$ est $\vec{u}.\vec{v} = \overrightarrow{AB}.\overrightarrow{AC}$.

B Projeté orthogonal

Soit A, B et C trois points et H le projeté orthogonal de C sur la droite (AB).

- $\overrightarrow{AB}.\overrightarrow{AC} = \overrightarrow{AB}.\overrightarrow{AH}$
- Si H est sur $[AB]$, $\overrightarrow{AB}.\overrightarrow{AC} = AB \times AH$.
- Si H n'est pas sur $[AB]$, $\overrightarrow{AB}.\overrightarrow{AC} = -AB \times AH$.

Définition
Le **projeté orthogonal** d'un point C sur une droite (AB) est le point H intersection de la droite perpendiculaire à (AB) passant par C avec (AB).

C Orthogonalité

Deux vecteurs $\vec{u}$ et $\vec{v}$ sont **orthogonaux** équivaut à $\vec{u}.\vec{v} = 0$.

Appliquer le cours

On donne la figure ci-contre avec $AB = 2$.
Calculer le produit scalaire $\overrightarrow{AB}.\overrightarrow{AC}$.
En déduire la longueur AC.

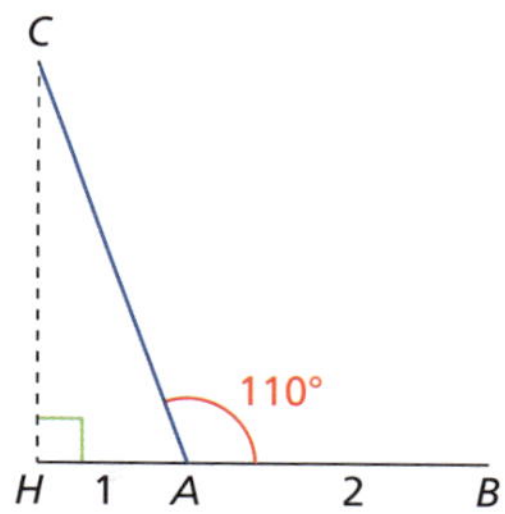

Solution

H est le projeté orthogonal de C sur (AB).
$\overrightarrow{AB}.\overrightarrow{AC} = \overrightarrow{AB}.\overrightarrow{AH}$
$= -AB \times AH$ car H n'est pas sur $[AB]$
$= -2 \times 1$
$\boldsymbol{\overrightarrow{AB}.\overrightarrow{AC} = -2}$.
On a aussi $\overrightarrow{AB}.\overrightarrow{AC} = AB \times AC \times \cos(\widehat{BAC})$,
$\Leftrightarrow -2 = 2 \times AC \times \cos(110°)$
$\Leftrightarrow -2 \div (2\cos(110°)) = AC$
$\Leftrightarrow -1 \div \cos(110°) = AC$.
On a $\boldsymbol{AC} \approx$ **2,92** à 0,01 près.

À retenir
Les différentes expressions du produit scalaire peuvent être combinées pour déterminer une grandeur inconnue.

D Propriétés

- Le produit scalaire est **symétrique** : pour tous vecteurs $\vec{u}$ et $\vec{v}$, $\vec{u}.\vec{v} = \vec{v}.\vec{u}$.
- Le produit scalaire est **bilinéaire** : pour tous vecteurs $\vec{u}$, $\vec{v}$ et $\vec{w}$, pour tout réel k,

$(k\vec{u}).\vec{v} = k \times \vec{u}.\vec{v} = \vec{u}.(k\vec{v})$ et $\vec{u}.(\vec{v} + \vec{w}) = \vec{u}.\vec{v} + \vec{u}.\vec{w}$.

2 Norme d'un vecteur

A Définition

- Soit $\vec{u}$ un vecteur. On appelle **norme** de $\vec{u}$ le nombre positif noté $\|\vec{u}\|$ avec $\|\vec{u}\|^2 = \vec{u}.\vec{u}$.
- Soit A et B deux points. On a $\|\overrightarrow{AB}\| = AB$.

B Propriété

Soit $\vec{u}$ et $\vec{v}$ deux vecteurs. On a $\|\vec{u}+\vec{v}\|^2 = \|\vec{u}\|^2 + \|\vec{v}\|^2 + 2\vec{u}.\vec{v}$.

C Expressions du produit scalaire avec des normes

Soit $\vec{u}$ et $\vec{v}$ deux vecteurs.

On a $\vec{u}.\vec{v} = \frac{1}{2}\left[\|\vec{u}+\vec{v}\|^2 - \|\vec{u}\|^2 - \|\vec{v}\|^2\right]$ et $\vec{u}.\vec{v} = \frac{1}{4}\left[\|\vec{u}+\vec{v}\|^2 - \|\vec{u}-\vec{v}\|^2\right]$

D Coordonnées

Dans le plan muni d'un repère orthonormé, soit $\vec{u}\begin{pmatrix} x \\ y \end{pmatrix}$ et $\vec{v}\begin{pmatrix} x' \\ y' \end{pmatrix}$.

On a $\vec{u}.\vec{v} = xx' + yy'$ et $\|\vec{u}\| = \sqrt{x^2 + y^2}$.

Appliquer le cours

Dans le plan muni d'un repère orthonormé, on a $A(2\,;3)$, $B(6\,;6)$ et $C(12\,;-2)$.
Calculer le produit scalaire $\overrightarrow{AB}.\overrightarrow{BC}$.
Démontrer que les droites (AB) et (BC) sont perpendiculaires.

Solution

On a $\overrightarrow{AB}\begin{pmatrix} x_B - x_A \\ y_B - y_A \end{pmatrix} = \overrightarrow{AB}\begin{pmatrix} 4 \\ 3 \end{pmatrix}$ et

$\overrightarrow{BC}\begin{pmatrix} x_C - x_B \\ y_C - y_B \end{pmatrix} = \overrightarrow{BC}\begin{pmatrix} 6 \\ -8 \end{pmatrix}$

Le repère étant orthonormé, on a :

$$\begin{aligned}\overrightarrow{AB}.\overrightarrow{BC} &= x_{\overrightarrow{AB}}x_{\overrightarrow{BC}} + y_{\overrightarrow{AB}}y_{\overrightarrow{BC}} \\ &= 4 \times 6 + 3 \times (-8) \\ &= 24 - 24.\end{aligned}$$

Le produit scalaire vaut 0.

Le produit scalaire étant nul, les vecteurs non nuls sont orthogonaux et les droites (AB) et (BC) sont **perpendiculaires**.

3 Applications à la géométrie

A Théorème de Pythagore généralisé – Formule d'Al-Kashi

Soit ABC un triangle et $a = BC$, $b = CA$ et $c = AB$.

On a $AB^2 = AC^2 + BC^2 - 2AC \times BC \times \cos(\widehat{C})$

ou encore $c^2 = a^2 + b^2 - 2ab\cos(\widehat{C})$
On a aussi $b^2 = a^2 + c^2 - 2ac\cos(\widehat{B})$
et $a^2 = b^2 + c^2 - 2bc\cos(\widehat{A})$.

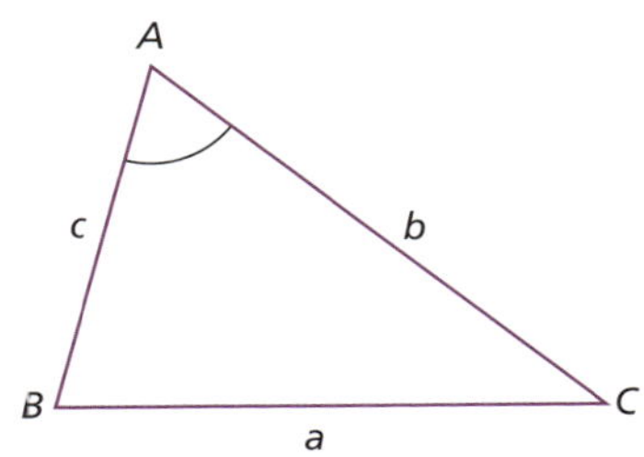

Appliquer le cours

Soit ABC un triangle avec $BC = 7$, $CA = 5$ et $AB = 8$.
Déterminer une mesure de $\widehat{B}$.
Arrondir à 0,1° près.

Solution

La formule d'Al-Kashi donne :
$AC^2 = AB^2 + BC^2 - 2AB \times BC \cos(\widehat{B})$
$\Leftrightarrow 25 = 64 + 49 - 112 \cos(\widehat{B})$
$\Leftrightarrow \dfrac{25-64-49}{-112} = \cos(\widehat{B})$
$\Leftrightarrow 0{,}786 \approx \cos(\widehat{B}) \Leftrightarrow \widehat{B} \approx \cos^{-1}(0786)$

Une mesure de $\widehat{B}$ est 38,2° à 0,1 ° près.

À retenir

La formule d'Al-Kashi lie les longueurs des trois côtés d'un triangle et la mesure d'un des angles. La connaissance de 3 des 4 valeurs permet de calculer la quatrième.

B Cercle

- Un **cercle de centre I et de rayon R** est l'ensemble des points M tels que $IM^2 = R^2$.
- Soit A et B deux points distincts et I le milieu de $[AB]$.

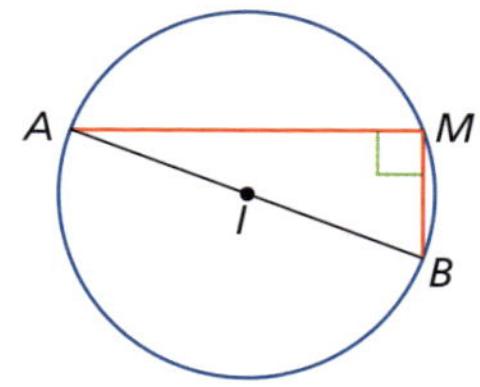

Pour tout point M, on a $\overrightarrow{MA}.\overrightarrow{MB} = MI^2 - \frac{1}{4}AB^2$.

L'ensemble des points M tels que $\overrightarrow{MA}.\overrightarrow{MB} = 0$ est le **cercle de diamètre $[AB]$.**

C Théorème de la médiane

Soit $[AB]$ un segment de milieu I.

Pour tout point M, on a $MA^2 + MB^2 = 2MI^2 + \frac{1}{2}AB^2$.

Si M n'est pas aligné avec A et B, alors (MI) est la **médiane du triangle** ABM issue de M.

D Centre de gravité d'un triangle

Les trois médianes d'un triangle sont concourantes en un point G appelé centre de gravité du triangle.
G est le centre de gravité de ABC si, et seulement si, $\overrightarrow{GA} + \overrightarrow{GB} + \overrightarrow{GC} = \vec{0}$.

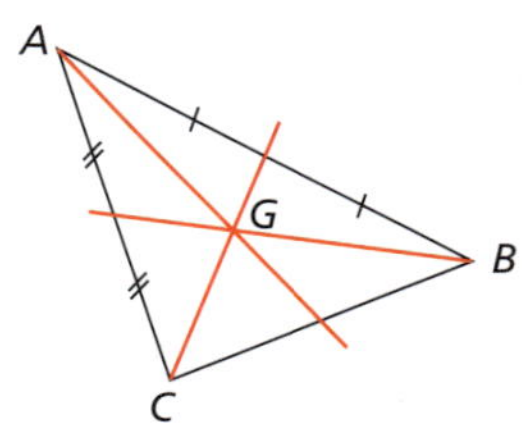

E Minimisation de $MA^2 + MB^2 + MC^2$

Soit ABC un triangle de centre de gravité G.
Pour tout point M, on a $MA^2 + MB^2 + MC^2 = 3MG^2 + GA^2 + GB^2 + GC^2$.
La somme $MA^2 + MB^2 + MC^2$ est minimale pour $M = G$.

Exercices d'entraînement

Exercice 1 ★ 8 min

Corrigé p. 85

1. On donne $AB = 5$, $AC = 3$ et $\widehat{BAC} = 15°$.
Calculer le produit scalaire $\overrightarrow{AB}.\overrightarrow{AC}$ à 0,1 près.
2. Calculer $\vec{u}.\vec{v}$ en valeur exacte avec $\|\vec{u}\| = \sqrt{3}$, $\|\vec{v}\| = 2$ et $(\vec{u}\,;\vec{v}) = \frac{\pi}{3}$.

Exercice 2 ★ 5 min

Corrigé p. 85

Soit ABC un triangle isocèle en C tel que $BA = 6$ et I le milieu de $[AB]$.
Calculer le produit scalaire $\overrightarrow{BA}.\overrightarrow{BC}$.

Exercice 3 ★ 8 min

Corrigé p. 85

Dans un repère orthonormé, on a les points $A(-5\,;1)$, $B(-1\,;4)$ et $C(3\,;2)$.
Calculer le produit scalaire $\overrightarrow{AB}.\overrightarrow{AC}$.

Exercice 4 ★★ 10 min

Corrigé p. 86

On considère un rectangle $ABCD$ tel que $AB = 2{,}5$ cm et $AD = 6$ cm.

1. Calculer $\overrightarrow{AC}.\overrightarrow{AD}$ et AC.
2. En déduire $\cos(\widehat{DAC})$ et une valeur approchée de $\widehat{DAC}$ à un degré près.

Exercice 5 ★★ 10 min

Corrigé p. 86

Dans un repère orthonormé, on considère les points :
$A(4\,;-1)$, $B(-1\,;-3)$ et $C(0\,;2)$.

1. Calculer le produit scalaire $\overrightarrow{AB}.\overrightarrow{AC}$.
2. Déterminer une valeur approchée à 0,01° près de l'angle $\widehat{BAC}$.

Exercice 6 ★★ 15 min

Corrigé p. 86

Dans un triangle ABC, on considère le point H, le projeté orthogonal de B sur la droite (AC), et K, le projeté orthogonal de C sur la droite (AB), tels que $AB = 5$ cm, $AC = 6$ cm et $AH = 2$ cm.

1. Faire une figure et calculer le produit scalaire $\overrightarrow{AB}.\overrightarrow{AC}$.
2. Exprime le produit scalaire $\overrightarrow{AB}.\overrightarrow{AC}$ en fonction de AK.
3. En déduire la longueur AK.

Exercice 7 ★★ 15 min

Corrigé p. 86

Pour quelles valeurs de m, les vecteurs $\vec{u}\begin{pmatrix} m-2 \\ -4 \end{pmatrix}$ et $\vec{v}\begin{pmatrix} m+2 \\ 24 \end{pmatrix}$ sont-ils orthogonaux ?

Exercice 8 ★★ 10 min

Corrigé p. 86

Soit EFG un triangle et soit W le milieu de $[FG]$ tels que $EF = 6$, $EW = 4$ et $EG = 3$.
Calculer la valeur exacte de FG.

Exercice 9 ★★ 10 min

Corrigé p. 86

Dans le plan muni d'un repère orthonormé, on a $A(3\ ;\ 3)$, $B(-2\ ;\ 0)$ et $C(-1\ ;\ 6)$.
Soit $M(x\ ;\ y)$ un point du plan. On pose $S = MA^2 + MB^2 + MC^2$.
Quelles sont les coordonnées de M tel que S soit minimale. Que vaut alors S ?

Exercice 10 ★★ 8 min

Corrigé p. 87

1. $ABCD$ étant un quadrilatère, montrer que $AB^2 - BC^2 + CD^2 - DA^2 = 2\ \overrightarrow{AC}.\overrightarrow{DB}$.

2. On donne $AB = 3$, $BC = 9$, $CD = 11$ et $DA = 7$.
Que peut-on dire des diagonales de $ABCD$?

Exercice 11 ★★ 5 min

Corrigé p. 87

Dans le plan muni d'un repère orthonormé, on a $A(-4\ ;\ 2)$, $B(8\ ;\ -3)$.
Déterminer une équation du cercle Γ de diamètre $[AB]$.

Exercice d'approfondissement

Exercice 12 ★★★ 20 min

Corrigé p. 87

Rappels

– **Orthocentre :** point de concours des hauteurs.
– **Centre de gravité :** point de concours des médianes.
– **Centre du cercle circonscrit :** point de concours des médiatrices.

1. Tracer un triangle ABC, puis son orthocentre H, son centre de gravité G et le centre de son cercle circonscrit O.
Que remarque-t-on ?

2. On considère un triangle ABC non rectangle.
On désigne par A', B' et C' les milieux respectifs des côtés $[BC]$, $[CA]$ et $[AB]$ et par O le centre du cercle circonscrit à ABC.

a. On désigne par G le centre de gravité du triangle ABC.
Quelle égalité vectorielle peut-on écrire avec G ?

b. Soit K le point défini par la relation $\overrightarrow{OK} = \overrightarrow{OA} + \overrightarrow{OB} + \overrightarrow{OC}$.
Démontrer que $\overrightarrow{OK} = 3\overrightarrow{OG}$.
Que peut-on en déduire pour les points O, G et K ?

c. Démontrer que $\overrightarrow{AK} = \overrightarrow{OB} + \overrightarrow{OC} = 2\overrightarrow{OA'}$.
En déduire que les droite (KA) et (BC) sont perpendiculaires.

d. Démontrer que K est l'orthocentre de ABC.

e. Conclure.

8 Géométrie repérée

1 Équations de droites

A Propriété – Définition

Soit d une droite du plan muni d'un repère.
Il existe trois réels a, b et c tels que $M(x\,;y) \in d \Leftrightarrow ax + by + c = 0$.

$ax + by + c = 0$ s'appelle **équation cartésienne de la droite d**.

B Propriété réciproque

Soit a, b et c trois réels avec a ou b non nul.
$ax + by + c = 0$ est l'équation d'une droite dans le plan muni d'un repère.

C Vecteurs et droites

Soit d une droite d'équation cartésienne $ax + by + c = 0$ (a ou b non nul).

- Un **vecteur directeur** de d est $\vec{u}\begin{pmatrix}-b\\a\end{pmatrix}$.
- On appelle **vecteur normal** à d, tout vecteur $\vec{n}$ non nul orthogonal à $\vec{u}$.
- Dans un repère orthonormé, un vecteur normal à d est $\vec{n}\begin{pmatrix}a\\b\end{pmatrix}$.

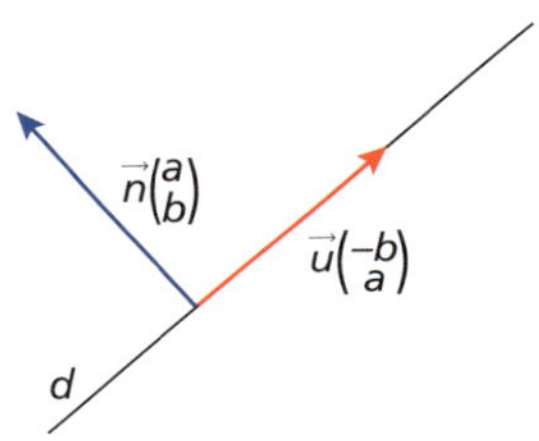

Appliquer le cours

Dans le plan muni d'un repère, on considère la droite d passant par $A(5\,;6)$ et de vecteur normal $\vec{n}\begin{pmatrix}-2\\3\end{pmatrix}$.

a. Donner un vecteur directeur de d.

b. Déterminer une équation cartésienne de la droite d.

Solution

a. Pour un vecteur normal $\vec{n}\begin{pmatrix}a\\b\end{pmatrix}$ d'une droite, un vecteur directeur est $\vec{u}\begin{pmatrix}-b\\a\end{pmatrix}$. On a $\vec{n}\begin{pmatrix}-2\\3\end{pmatrix}$, donc un **vecteur directeur de d est** $\vec{u}\begin{pmatrix}3\\2\end{pmatrix}$.

b. Un vecteur normal $\vec{n}\begin{pmatrix}a\\b\end{pmatrix}$ est associé à une droite d'équation $ax + by + c = 0$.

Comme on a $\vec{n}\begin{pmatrix}-2\\3\end{pmatrix}$ vecteur normal à d, une équation cartésienne de d est :
$-2x + 3y + c = 0$.
Or, $A(5\,;6)$ appartient à d. On a :
$-2x_A + 3y_A + c = 0$
$\Rightarrow -2 \times 5 + 3 \times 6 + c = 0$
$\Rightarrow 8 + c = 0$
$\Rightarrow c = -8$
Une équation cartésienne de d est :
$\mathbf{-2x + 3y - 8 = 0}$.

D Propriétés

- Deux droites d et d' sont **parallèles**

$\Leftrightarrow$ elles ont des vecteurs directeurs colinéaires,
$\Leftrightarrow$ elles ont des vecteurs normaux colinéaires.

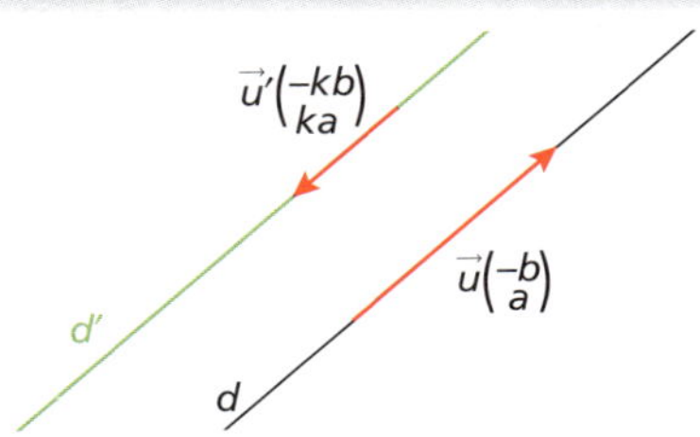

• Deux droites d et d' sont **perpendiculaires**
$\Leftrightarrow$ elles ont des vecteurs directeurs orthogonaux
$\Leftrightarrow$ elles ont des vecteurs normaux orthogonaux
$\Leftrightarrow$ un vecteur directeur de l'une est un vecteur normal à l'autre.

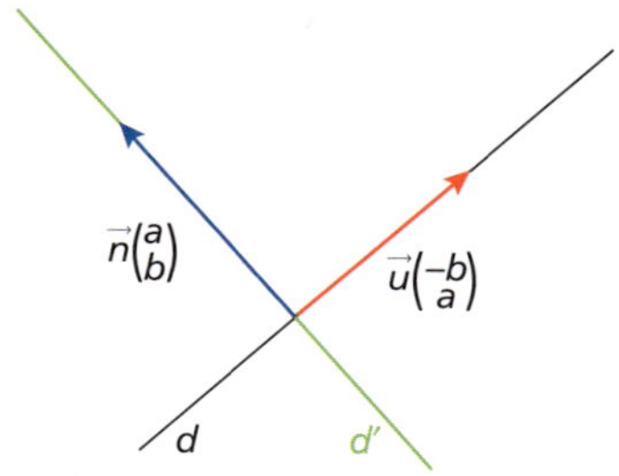

E Définition

Soit d une droite et M un point du plan.

• On appelle **projeté orthogonal** de M sur d, l'intersection H de d et de la droite perpendiculaire à d passant par M.

• La distance HM s'appelle **distance du point M à la droite d**.

Appliquer le cours

Dans le plan muni d'un repère, on considère :
– la droite d d'équation $2x - y + 3 = 0$,
– les points $M(5 ; 3)$ et $H(1 ; 5)$.

a. Prouver que H appartient à d.

b. Donner des vecteurs directeurs de d et de (HM).

c. Montrer que H est le projeté orthogonal de M sur d.

Solution

a. On a $2x_H - y_H + 3 = 2 \times 1 - 5 + 3 = 0$, donc $H(1 ; 5)$ est un point de d.

b. On a $d : 2x - y + 3 = 0$.

Un vecteur directeur de d est $\vec{u}\begin{pmatrix}-b\\a\end{pmatrix} = \vec{u}\begin{pmatrix}1\\2\end{pmatrix}$.

Un vecteur directeur de (HM) est

$\overrightarrow{HM}\begin{pmatrix}x_M - x_H\\y_M - y_H\end{pmatrix} = \overrightarrow{HM}\begin{pmatrix}4\\-2\end{pmatrix}$.

c. Le produit scalaire $xx' + yy'$ de $\vec{u}$ et $\overrightarrow{HM}$ vaut $1 \times 4 + 2 \times (-2) = 0$. Les vecteurs directeurs $\vec{u}$ et $\overrightarrow{HM}$ de d et de (HM) sont orthogonaux.
Ayant des vecteurs directeurs orthogonaux, d et (HM) sont perpendiculaires.
H est l'intersection de d et de (HM) droite perpendiculaire à d passant par M, donc
***H* est le projeté orthogonal de *M* sur *d*.**

2 Équations de cercles

A Définition

Soit Ω un point d'un plan et r un réel strictement positif.
On appelle **cercle de centre Ω** et de **rayon r** l'ensemble des points M du plan tels que $\Omega M = r$.

B Propriété

Dans un plan muni d'un repère orthonormé, on a $\Omega(a ; b)$ et r un réel strictement positif.
$M(x ; y)$ appartient au cercle de centre Ω et de rayon r
$\Leftrightarrow \Omega M^2 = r^2 \Leftrightarrow (x - a)^2 + (y - b)^2 = r^2$.

$(x - a)^2 + (y - b)^2 = r^2$ est **une équation du cercle** de centre $\Omega(a ; b)$ et de rayon r.

Appliquer le cours

Le plan est muni d'un repère orthonormé.

a. Écrire $x^2 + 2x$ sous la forme $(x - a)^2 - a^2$.

b. Quel est l'ensemble des points $M(x\,;y)$ du plan tels que $x^2 + 2x + y^2 - 4y = 0$?

Solution

a. Pour tout x réel, on a :

$x^2 + 2x = x^2 + 2x + 1 - 1$

$= (x + 1)^2 - 1 = \mathbf{(x - (-1))^2 - 1}$.

À retenir

Toute expression $x^2 \pm kx$ peut s'écrire sous la forme $(x - a)^2 - a^2$.

b. $x^2 + 2x + y^2 - 4y = 0$

$\Leftrightarrow (x + 1)^2 - 1 + (y - 2)^2 - 4 = 0$

$\Leftrightarrow (x - (-1))^2 + (y - 2)^2 = 5$

qui est l'équation d'un cercle.

L'ensemble des points $M(x\,;\,y)$ du plan tels que $x^2 + 2x + y^2 - 4y = 0$ est **le cercle de centre $\Omega(-1\,;\,2)$ et de rayon $\sqrt{5}$**.

3 Paraboles : propriétés

• La représentation graphique d'une fonction trinôme $f : x \mapsto ax^2 + bx + c$ est une **parabole** de **sommet** $S\left(\dfrac{-b}{2a}\,;\,\dfrac{-\Delta}{4a}\right)$ et qui possède, dans un repère orthogonal, un **axe de symétrie d'équation** $x = \dfrac{-b}{2a}$.

• Soit $f : x \mapsto ax^2 + bx + c$ une fonction trinôme.
Si $f(x_1) = f(x_2)$ avec $x_1 \neq x_2$ alors la parabole représentative de f a pour axe de symétrie la droite d'équation $x = \dfrac{x_1 + x_2}{2}$ et l'ordonnée du sommet S est $f\left(\dfrac{x_1 + x_2}{2}\right)$.

Exercices d'entraînement

Dans tous les exercices de ce chapitre, le plan est muni d'un repère orthonormé d'origine O.

Exercice 1 ★ 10 min

Corrigé p. 87

1. Dans chacun des cas, les vecteurs $\vec{u}$ et $\vec{v}$ sont-ils colinéaires ?

a. $\vec{u}\begin{pmatrix}-0{,}5\\2\end{pmatrix}$ et $\vec{v}\begin{pmatrix}1\\-4\end{pmatrix}$ b. $\vec{u}\begin{pmatrix}2\\3\end{pmatrix}$ et $\vec{v}\begin{pmatrix}3\\4\end{pmatrix}$ c. $\vec{u}\begin{pmatrix}3\\-9\end{pmatrix}$ et $\vec{v}\begin{pmatrix}-2\\6\end{pmatrix}$

2. Dans chacun des cas, déterminer a pour que les vecteurs $\vec{u}$ et $\vec{v}$ soient colinéaires.

a. $\vec{u}\begin{pmatrix}3\\4\end{pmatrix}$ et $\vec{v}\begin{pmatrix}5\\a\end{pmatrix}$ b. $\vec{u}\begin{pmatrix}3\\1\end{pmatrix}$ et $\vec{v}\begin{pmatrix}a-2\\2\end{pmatrix}$ c. $\vec{u}\begin{pmatrix}a+2\\2\end{pmatrix}$ et $\vec{v}\begin{pmatrix}-6\\2-a\end{pmatrix}$

Exercice 2 ★ 10 min

Corrigé p. 88

1. Soit D la droite de vecteur directeur $\vec{u}\begin{pmatrix}4\\2\end{pmatrix}$ passant par $A(3\,;\,1)$.

Déterminer une équation cartésienne de D.

2. Soit D' la droite d'équation cartésienne : $3x + 6y - 9 = 0$.
Déterminer les coordonnées d'un vecteur directeur de D'.

3. Les droites D et D' sont-elles parallèles ?

Exercice 3 ★★ 12 min

Corrigé p. 88

Déterminer une équation cartésienne de chacune des droites suivantes :

a. d_1 passe par $A(4\ ;\ 3)$ et est dirigée par $\vec{u}\begin{pmatrix} 2 \\ 0,5 \end{pmatrix}$.

b. d_2 est la droite (AB) avec $A(-3\ ;\ 2)$ et $B(5\ ;\ -1)$.

c. d_3 est la droite passant par $C(-4\ ;\ 6)$ et dirigée par le vecteur $\overrightarrow{AB}$ de la question **b.**

d. d_4 est la parallèle à d_1 passant par $E(1\ ;\ 2)$.

Exercice 4 ★★ 15 min

Corrigé p. 88

On considère les points $A(-2\ ;\ -1)$, $B(0\ ;\ 3)$ et $C(4\ ;\ -3)$. Soit A' le milieu de $[BC]$.

1. Déterminer les coordonnées de A'.
En déduire une équation de (AA'), la médiane de ABC issue de A.

2. Montrer que la droite d d'équation $5x + y - 3 = 0$ passe par B et que c'est une médiane du triangle ABC.

3. Déterminer les coordonnées du centre de gravité de ABC, point de concours des médianes.

Exercice 5 ★ 5 min

Corrigé p. 88

Montrer que les droites d d'équation $3x + 2y - 1 = 0$ et d' d'équation $4x - 6y + 5 = 0$ sont perpendiculaires.

Exercice 6 ★★ 10 min

Corrigé p. 89

Déterminer une équation cartésienne de chacune des droites suivantes :

a. d_1 passe par $A(4\ ;\ 3)$ et a pour vecteur normal $\vec{n}\begin{pmatrix} 2 \\ 0,5 \end{pmatrix}$.

b. d_2 est la droite perpendiculaire à (AB) passant par C avec $A(-3\ ;\ 2)$, $B(5\ ;\ -1)$ et $C(-4\ ;\ 6)$.

c. d_4 est la droite perpendiculaire à d_1 passant par $E(1\ ;\ 2)$.

Exercice 7 ★★ 15 min

Corrigé p. 89

1. Montrer que les droites d et d' d'équations respectives $2x + y - 4 = 0$ et $3x - 6y + 7 = 0$ sont perpendiculaires.

2. Déterminer une équation cartésienne de la droite Δ perpendiculaire à d passant par $C(1\ ;\ 3)$.

3. Comment sont Δ et d' ? Argumenter deux fois la réponse, par un raisonnement géométrique et par un argument numérique.

Exercice 8 ★★ 12 min

Corrigé p. 89

Soit D la droite d'équation cartésienne : $3x + y - 2 = 0$.
Soit D' la droite perpendiculaire à D qui passe par $A(1\ ;\ -2)$.

1. Déterminer les coordonnées d'un vecteur normal $\vec{n}$ à D.

2. Que représente le vecteur pour la droite D' ?
En déduire une équation de D'.

3. a. Déterminer les coordonnées de H, le projeté orthogonal de A sur D.
b. Calculer la distance du point A à la droite D

Exercice 9 ★ 10 min

Corrigé p. 89

Déterminer une équation du cercle C dans chacun des cas suivants :

a. C est le cercle de centre $\Omega(3\,;-2)$ et de rayon 3.

b. C est le cercle de centre $\Omega(3\,;-2)$ passant par le point $B(5\,;4)$.

c. C est le cercle de diamètre $[EF]$ avec $E(2\,;1)$ et $F(-4\,;-3)$.

Exercice 10 ★★ 6 min

Corrigé p. 90

Montrer que $x^2 - 8x + y^2 + 6y = 24$ est une équation de cercle.
Préciser son centre et son rayon.

Exercice 11 ★★ 15 min

Corrigé p. 90

Parmi les équations suivantes, lesquelles sont des équations de cercle. Pour les équations de cercle, préciser le centre et le rayon.

a. $x^2 + y^2 + 6x - 4y = 0$

b. $x^2 + y^2 + 6x - 4y + 15 = 0$

c. $x^2 + y^2 + 6x = 0$

d. $x^2 + 6x - 4y = 0$

e. $2(x-2)^2 + 2y^2 = x^2 + (y+1)^2$

Exercice 12 ★★ 12 min

Corrigé p. 90

Soit d la droite d'équation $x - 3y + 1 = 0$ et Ω le point de coordonnées $(3\,;-2)$.

1. Déterminer les coordonnées du projeté orthogonal H de Ω sur d.
2. Calculer la distance ΩH.
3. En déduire une équation du cercle de centre Ω tangent à la droite d.

Exercice 13 ★★★ 20 min

Corrigé p. 90

On considère le cercle C d'équation $x^2 + 2x + y^2 - y = 5$ et le cercle C' de centre $D(4\,;3)$ et de rayon 5.

1. a. Déterminer le centre et le rayon du cercle C.
b. Déterminer une équation du cercle C'.
c. Tracer les deux cercles dans un repère orthonormé.

2. Déterminer par le calcul les coordonnées des points d'intersection G et H des deux cercles. On notera H le point d'intersection d'abscisse positive.

3. a. Déterminer les équations des tangentes à chacun des cercles C et C' au point H.
b. Montrer que ces tangentes sont perpendiculaires.

Exercice 14 ★★ 15 min

Corrigé p. 91

ABC est un triangle avec $A(1\,;2)$, $B(6\,;-1)$ et $C(8\,;-9)$.

1. Déterminer une équation cartésienne de la droite (AB).

2. a. Déterminer une équation cartésienne de la hauteur de ABC issue de C.
b. En déduire les coordonnées du projeté orthogonal de C sur (AB).
c. Calculer l'aire du triangle ABC.

Exercice 15 ★★★ 15 min

Corrigé p. 91

Soit C le cercle de centre $A(4\ ;0)$ et de rayon 2.
Pour tout réel a, on appelle d_a la droite d'équation $ax - y = 0$.

1. Discuter en fonction de a, le nombre de points d'intersection de la droite d_a et du cercle C.

2. On note a_1 et a_2 les deux réels pour lesquels d_a et C ont exactement un point en commun, a_1 étant positif.

a. Déterminer les coordonnées de H, l'intersection de C et de d_{a_1}.

b. Démontrer que d_{a_1} est la tangente à C en H.

Exercice 16 ★★ 15 min

Corrigé p. 92

1. Parmi les fonctions trinômes suivantes, quelles sont celles dont les représentations graphiques ont le même axe de symétrie ?

a. $f_1(x) = 2x^2 + 4x + 3$ b. $f_2(x) = 3x^2 - 12\,x - 9$ c. $f_3(x) = (x - 3)(x - 1)$

d. $f_4(x) = 3x^2 + x - 1$ e. $f_5(x) = -x^2 - 2x$ f. $f_6(x) = 6x^2 + 2x + 1$-

2. Parmi les paraboles représentations graphiques des fonctions trinômes précédentes, en existe-t-il qui ont le même sommet ?

Exercice 17 ★★ 10 min

Corrigé p. 92

Soit f et g les fonctions définies sur $\mathbb{R}$ par $f(x) = 3x^2 - x - 1$ et $g(x) = x^2 + x + 3$.

1. Déterminer les coordonnées des points d'intersection des paraboles représentatives des deux fonctions trinômes f et g.

2. Étudier la position relative des deux paraboles.

Exercice 18 ★★★ 15 min

Corrigé p. 92

Soit f une fonction trinôme telle que $f(-2) = f(4) = 5$ et qui un admet un maximum qui vaut 10.

1. On pose $f(x) = ax^2 + bx + c$. Quel est le signe de a ?

2. a. Donner une équation de l'axe de symétrie de la parabole P représentative de la fonction f.

b. En déduire l'expression de b en fonction de a.

3.a. En utilisant $f(4) = 5$, exprimer c en fonction de a.

b. Déterminer l'expression algébrique de f.

4. Déterminer les coordonnées du point d'intersection de P avec l'axe des abscisses.

Exercice d'approfondissement

Exercice 19 ★★ 15 min

Corrigé p. 92

Soit ABC un triangle avec $A(-3\ ;-1)$, $B(-2\ ;6)$ et $C(6\ ;2)$.

1. Déterminer une équation cartésienne de la médiatrice de $[AB]$.

2. Déterminer les coordonnées du centre du cercle circonscrit au triangle ABC (point de concours des médiatrices).

3. Donner une équation du cercle circonscrit au triangle ABC.

9 Probabilités conditionnelles et indépendance

1 Probabilités conditionnelles

Soit Ω un univers fini muni d'une probabilité p.

A Définition

Soit A un événement de Ω de probabilité non nulle et soit B un événement de Ω.
La probabilité que B soit réalisé sachant que A est réalisé est la **probabilité conditionnelle de B sachant A.**

On la note $P_A(B)$ et on a $P_A(B) = \dfrac{p(A \cap B)}{p(A)}$.

B Propriétés

- On a $P(A \cap B) = P_A(B)\,P(A)$ et $P_A(\overline{B}) = 1 - P_A(B)$.
- Si B est aussi de probabilité non nulle, on a $P(A \cap B) = P_B(A)\,P(B)$.

Appliquer le cours

Dans un lycée, la probabilité qu'un élève soit une fille est 0,60, celle qu'un élève soit majeur est 0,20 et celle qu'un élève soit une fille majeure est 0,05.
On choisit au hasard un élève.
On note F : « l'élève est une fille » et M : « l'élève est majeur ».

1. Traduire les données de l'énoncé en terme de probabilités.
2. Calculer les probabilités conditionnelles :
a. qu'une fille soit majeure ;
b. qu'un élève majeur soit une fille.

Solution

1. L'énoncé donne $P(F) = 0,6$, $P(M) = 0,2$ et $P(F \cap M) = 0,05$.

2. a. On sait que l'élève est une fille donc on cherche la probabilité conditionnelle $p_F(M)$.

$$p_F(M) = \frac{P(F \cap M)}{p(F)} = \frac{0,05}{0,60} = \frac{0,05}{0,05 \times 12} = \frac{1}{12}.$$

La probabilité qu'une fille soit majeure est $\dfrac{1}{12}$.

b. On sait que l'élève est majeur, donc on cherche la probabilité conditionnelle $P_M(F)$.

$$P_M(F) = \frac{P(F \cap M)}{p(M)} = \frac{0,05}{0,20} = \frac{0,05}{0,05 \times 4} = \frac{1}{4}.$$

La probabilité qu'un élève majeur soit une fille est $\dfrac{1}{4}$.

Remarque
Il faut identifier correctement la condition réalisée pour calculer une probabilité conditionnelle.

2 Probabilités totales

A Définition

Soit Ω un univers fini et $A_1, A_2, \ldots, A_k$, k sous-ensembles de Ω.
On dit que $A_1, A_2, \ldots, A_k$ constituent **une partition** de Ω (système complet d'événements) si, et seulement si :
– les A_i $(1 \leqslant i \leqslant k)$ sont non vides ;

– les A_i ($1 \leqslant i \leqslant k$) sont deux à deux disjoints ;
– $\forall x \in \Omega$, il existe un entier i compris entre 1 et k tel que $x \in A_i$.

B Formule des probabilités totales

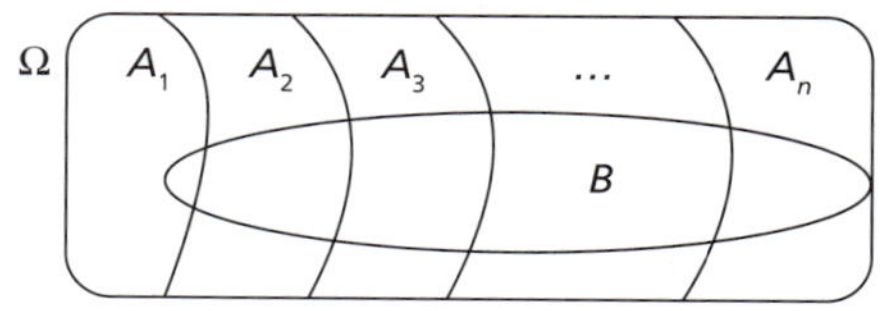

• Soit $A_1, A_2, \ldots, A_n$ une partition de Ω et soit B un événement.

$P(B) = P(B \cap A_1) + P(B \cap A_1) + \ldots + P(B \cap A_n).$

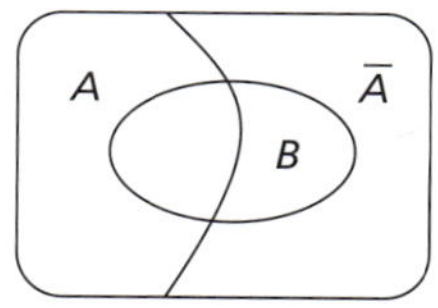

• En particulier si $A \neq \Omega$ et $A \neq \varnothing$, A et $\overline{A}$ forment une partition de l'univers et on a, pour tout événement B,
$P(B) = P(B \cap A) + P(B \cap \overline{A})$.

Appliquer le cours

Pour prévenir l'extension d'une maladie, on vaccine 60 % d'une population.
Parmi les gens vaccinés, 10 % sont atteints de la maladie.
Parmi les gens non vaccinés, 70 % sont atteints par la maladie.
On note :
V : « une personne est vacinée » ;
M : « une personne est atteinte par la maladie ».
On choisit une personne au hasard.
1. Quelle est la probabilité :
a. qu'elle soit malade et vaccinée ?
b. qu'elle soit malade et non vaccinée ?
2. En déduire la probabilité que la personne soit malade.

Solution

1. L'énoncé donne $P(V) = 0{,}6$, $P_V(M) = 0{,}1$ et $P_{\overline{V}}(M) = 0{,}7$.
a. $P(V \cap M) = P(V)P_V(M) = 0{,}6 \times 0{,}1 = 0{,}06$.
La probabilité que la personne soit malade et vaccinée est 0,06.
b. $P(\overline{V} \cap M) = P(\overline{V})P_{\overline{V}}(M)$
$= (1 - P(V)) \times P_{\overline{V}}(M) = 0{,}4 \times 0{,}7 = 0{,}28$.
La probabilité que la personne soit malade et non vaccinée est 0,28.
2. V et $\overline{V}$ constituent une partition de l'univers.
D'après la formule des probabilités totales, on a :
$P(M) = P(V \cap M) + P(\overline{V} \cap M) = 0{,}06 + 0{,}28$.
La probabilité qu'une personne soit malade est 0,34.

3 Représentation sous forme d'arbre

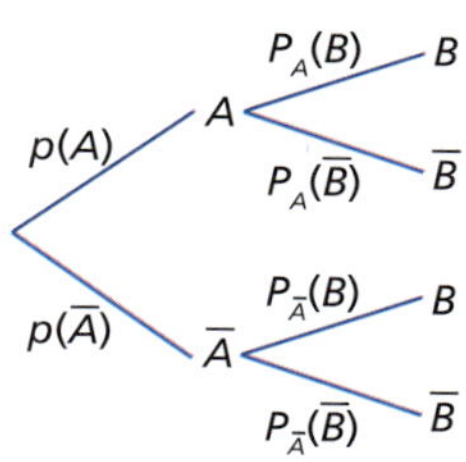

• On peut représenter une situation de probabilités conditionnelle par un **arbre pondéré** :
– les probabilités au premier niveau de l'arbre sont des probabilités simples ;
– celles au second niveau de l'arbre sont des probabilités conditionnelles ;
– les événements situés au premier niveau de l'arbre constituent une partition de l'univers.

• **Règle du produit :** la probabilité d'un événement à l'extrémité d'une branche est égale au produit des probabilités entre la racine et l'extrémité de la branche.

• **Règle de la somme :** la somme des probabilités issues d'un même nœud est égale à 1.

4 Événements indépendants

A Définition

Deux événements A et B de Ω sont **indépendants** si, et seulement si, $P(A \cap B) = P(A)P(B)$.

B Propriétés

• Soit A et B deux événements indépendants tels que $P(A) \neq 0$.
A et B sont **indépendants** si, et seulement si, $P_A(B) = P(B)$.
• Si A et B sont deux événements **indépendants**,
alors les événements A et $\overline{B}$ sont **indépendants**.

Appliquer le cours

Dans un lycée proposant série générale et série technologique, il y a 1 000 lycéens.
On choisit un lycéen au hasard et on note :
- F : « le lycéen est une fille »,
- $\overline{F}$: « le lycéen est un garçon»,
- G : « le lycéen est en série générale »,
- T : « le lycéen est en série technologique ».

On a le tableau de répartition suivant :

	G	T	Total
F	120	480	600
$\overline{F}$	80	320	400
Total	200	800	1 000

1. Montrer que les événements F et G sont indépendants.
2. Que peut-on en déduire pour les événements $\overline{F}$ et G ?

Solution

1. Choisissant au hasard, l'univers Ω de cardinal 1 000 est équiprobable.

$$P(F \cap G) = \frac{card(F \cap G)}{car(\Omega)} = \frac{120}{1000} = 0{,}12,$$

$$P(F) = \frac{card(F)}{car(\Omega)} = \frac{600}{1000} = 0{,}6 \text{ et}$$

$$P(G) = \frac{card(G)}{car(\Omega)} = \frac{200}{1000} = 0{,}2.$$

$P(F)P(G) = 0{,}6 \times 0{,}2 = 0{,}12 = P(F \cap G)$,
F et G sont indépendants.
2. Les événements F et G étant indépendants, on en déduit que les événements $\overline{F}$ et G sont aussi **indépendants**.

Exercices d'entraînement

Exercice 1 ★ 10 min

Corrigé p. 92

On sait que 5 % des hommes, ainsi que 0,25 % des femmes, sont daltoniens. On considère une population composée de 48 % d'hommes et de 52 % de femmes. Quelle est la probabilité qu'une personne choisie au hasard dans cette population soit :
a. une femme daltonienne ?
b. une personne daltonienne ?
c. Quelle est la probabilité qu'une personne daltonienne soit un homme ?

Exercice 2 ★★ 10 min

Corrigé p. 93

Trois machines A, B, C produisent respectivement 60 %, 30 %, 10 % de la production des pièces d'une entreprise.
La machine A produit 2 % d'objets défectueux. La machine B en produit 3 % et la machine C 4 %.
1. Calculer la probabilité qu'une pièce prise au hasard à la sortie de l'usine soit défectueuse.
2 Calculer la probabilité qu'une pièce défectueuse ait été fabriquée par la machine B.

Exercice 3 ★★ 10 min

Corrigé p. 93

On considère 100 dés dont 25 sont pipés. Pour ces derniers, la probabilité d'obtenir 6 est 0,5.
On prend un dé au hasard, on le lance.

1. Quelle est la probabilité de l'événement « obtenir 6 » ?

2. On prend un dé au hasard, on le lance, on obtient 6.
Quelle est la probabilité de l'événement « le dé est pipé » ?

Exercice 4 ★★★ 10 min

Corrigé p. 93

On dispose de deux urnes U_1 et U_2 contenant chacune a boules blanches et b boules noires.
On tire une boule dans U_1 et on la met dans U_2, puis on tire une boule dans U_2 et on la met dans U_1.

1. Quelle est la probabilité que les deux boules tirées soient blanches?

2. Quelle est la probabilité qu'à la fin des deux opérations les urnes soient revenues à leur état initial ?

Exercice 5 ★★★ 10 min

Corrigé p. 93

Pour garantir l'anonymat dans certaines enquêtes par sondage, on introduit le hasard dans les réponses possibles.
Admettons que l'on cherche à savoir quelle est la proportion de conducteurs ayant déjà dépassé les limitations de vitesse.
On demande alors à chaque conducteur interrogé de jouer à pile ou face de la façon suivante. S'il obtient pile, il doit répondre, sincèrement, à la question : « Avez-vous un jour dépassé les limitations de vitesse ? »
S'il obtient face, il doit rejouer et répondre, toujours aussi sincèrement, à la question : « Avez-vous obtenu face au deuxième tirage ? »
Ainsi le conducteur donne une seule réponse « Oui » ou « Non », mais l'enquêteur ne sait pas s'il a répondu à la première ou à la deuxième question. Supposons que la proportion de « Oui » ait été de 41 % .
Quelle est la proportion de conducteurs ayant dépassé les limitations de vitesse ?

Exercice 6 ★★★ 20 min

Corrigé p. 93

Un fumeur décide de ne plus fumer. On admet que, s'il fume un jour donné, la probabilité qu'il fume le lendemain est α et que, s'il ne fume pas un jour donné, la probabilité qu'il fume le lendemain est β. On admet qu'il ne fume pas au jour 0.

1. À l'aide des variations de $f : x \mapsto x(2 - x)$, démontrer que $0 \leqslant \beta(2 - \beta) \leqslant 1$.

2. Quelle est la probabilité qu'il fume :

a. le jour 1 ? **b.** le jour 2 ? **c.** le jour 1 ou le jour 2 ?

3. Quelle est la probabilité qu'il ait fumé le jour 1 sachant qu'il a fumé le jour 2 ?

Exercice 7 ★★ 20 min

Corrigé p. 94

Une étude statistique a porté sur 1 250 personnes âgées de 18 à 65 ans. On a dénombré combien d'entre elles souffraient d'obésité et combien étaient atteintes d'une maladie cardio-vasculaire. On a obtenu les résultats suivants :
– 150 d'entre elles souffrent d'obésité ;
– parmi ces 150 personnes souffrant d'obésité, 27 sont atteintes d'une maladie cardiovasculaire ;
– parmi les personnes ne souffrant pas d'obésité, 7% sont atteintes d'une maladie cardiovasculaire.

On interroge une personne prise au hasard parmi les 1 250 sur lesquelles a porté l'étude.
On note O l'évènement : « la personne interrogée souffre d'obésité » et C l'événement : « la personne interrogée est atteinte d'une maladie cardio-vasculaire ».
On rappelle les notations usuelles : A et B étant deux évènements non vides, on note :
$\overline{A}$ l'évènement contraire de l'évènement A ;
$P(A)$ la probabilité d'un évènement A ;
$P_B(A)$ la probabilité de l'évènement A sachant que l'évènement B est réalisé.
Les probabilités seront données sous forme décimale.

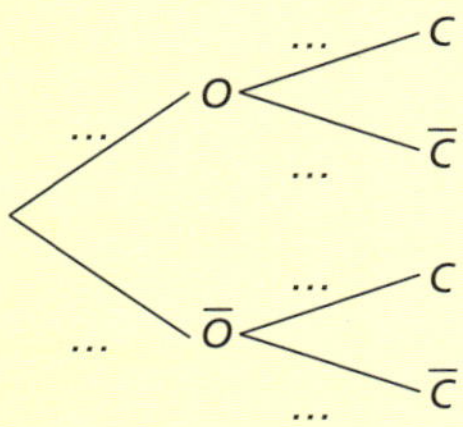

1. a. Donner $P(O)$ et $P_O(C)$.
b. Reproduire et compléter l'arbre de probabilités ci-contre.
c. Calculer $P(O \cap C)$.
d. Calculer la probabilité que la personne interrogée soit atteinte d'une maladie cardiovasculaire sans souffrir d'obésité.

2. Calculer la probabilité que la personne interrogée soit atteinte d'une maladie cardiovasculaire.

3. Sachant que la personne interrogée est atteinte d'une maladie cardio-vasculaire, quelle est la probabilité qu'elle souffre d'obésité ? Donner un arrondi à 10^{-4} près.

Exercice 8 ★★ 10 min

Corrigé p. 94

1. Démontrer que « si A et B sont deux événements indépendants, alors A et $\overline{B}$ sont indépendants».

2. Soit A et B deux événements indépendants.
Que peut-on affirmer pour les événements $\overline{A}$ et $\overline{B}$? Justifier la réponse.

Exercice 9 ★★ 10 min

Corrigé p. 94

La population des USA en 1980, classée par région, a répondu à un sondage sur son attitude face à la législation de la marijuana avec les résultats indiqués dans le tableau ci-contre :

	Pour	Contre
Région Est	7,8 %	22,2 %
Autres régions	18,2 %	51,8 %

Les évènements « Appartenir à la région Est » et « Être pour la législation de la marijuana » sont-ils indépendants ?

Exercice d'approfondissement

Exercice 10 ★★★ 10 min

Corrigé p. 94

On lance un dé cubique et on considère les événements :
$A = \{1, 2\}$ et $B = \{2, 3\}$.

	Pour	Contre
Région Est	7,8 %	22,2 %
Autres régions	18,2 %	51,8 %

1. Les événements A et B sont-ils indépendants lorsque le dé est équilibré ?

2. Le sont-ils lorsque le dé est un dé pipé pour lequel :

x_i	1	2	3	4	5	6
$P_i = P(X = x_i)$	$\frac{1}{3}$	$\frac{1}{6}$	$\frac{1}{6}$	$\frac{1}{9}$	$\frac{1}{9}$	$\frac{1}{9}$

3. Que peut-on déduire des questions 1. et 2. ?

10 Variables aléatoires réelles

1 Variable aléatoire : définitions

Soit une expérience aléatoire d'univers fini Ω.

- On appelle **variable aléatoire** toute fonction X de Ω vers $\mathbb{R}$.

À chaque éventualité a de Ω, on associe le réel $X(a)$.

- L'ensemble des valeurs que peut prendre la variable aléatoire X se note $X(\Omega)$.

Les éléments de $X(\Omega)$ peuvent être numérotés $x_1, x_2, \ldots, x_n$.

- $X = x_i$ est l'ensemble des éventualités a telles que $X(a) = x_i$.
- $X \leqslant x_i$ est l'ensemble des éventualités a telles que $X(a) \leqslant x_i$.

À savoir

L'univers étant fini, la variable aléatoire est dite **discrète finie**.

Appliquer le cours

Une expérience aléatoire consiste à lancer trois fois de suite une pièce de monnaie et on note sous forme d'une liste de P et de F le résultat des faces obtenues

1. Soit Ω l'univers de cette expérience aléatoire. Donner Ω sous forme d'un ensemble.

2. On appelle X la variable aléatoire qui à chaque issue de l'expérience associe le nombre de côtés Pile obtenus.

Donner $X(\Omega)$ et préciser les ensembles $X = 1$, $X \leqslant 2$ et $X = 4$.

Solution

1. $\Omega = \{FFF, FFP, FPF, FPP, PFF, PFP, PPF, PPP\}$

2. $X(\Omega) = \{0 ; 1 ; 2 ; 3\}$

$X = 1$ désigne $\{FFP, FPF, PFF\}$

$X \leqslant 2$ désigne $\{FFF, FFP, FPF, FPP, PFF, PFP, PPF\}$

$X = 4$ désigne l'ensemble vide.

2 Loi de probabilité

A Définition

Soit X une variable aléatoire sur un univers Ω muni d'une probabilité P.

On appelle **loi de probabilité de la variable aléatoire *X*** la fonction qui à chaque élément x_i de $X(\Omega)$ associe le nombre $P(X = x_i)$.

$P(X = x_i)$ se note aussi p_i.

B Propriété

Si les valeurs $x_1, x_2, \ldots, x_n$ d'une variable aléatoire discrète finie ont pour probabilités respectives $p_1, p_2, \ldots, p_n$, on a, pour tout i entier tel que $1 \leqslant i \leqslant n$, $0 \leqslant p_i \leqslant 1$ et $\sum_{i=1}^{n} p_i = 1$.

Appliquer le cours

On reprend l'expérience précédente et on suppose la pièce correctement équilibrée,

1. Établir la loi de probabilité de la variable aléatoire X.

2. Vérifier la cohérence des résultats.

Solution

1. Si la pièce est équilibrée, les huit issues de Ω sont équiprobables. On en déduit que :

$P(X=0) = \dfrac{card(X=0)}{card(\Omega)} = \dfrac{1}{8} = \mathbf{0{,}125}$.

De même, $P(X=1) = \dfrac{3}{8} = \mathbf{0{,}375}$,

$P(X=2) = \dfrac{3}{8} = \mathbf{0{,}375}$ et $P(X=3) = \dfrac{1}{8} = \mathbf{0{,}125}$.

2. Chacun des nombres obtenus est compris entre 0 et 1 et leur somme vaut 1. **C'est cohérent.**

À savoir

On donne parfois la loi de probabilité d'une variable aléatoire sous forme d'un tableau.

x_i	0	1	2	3
$P(X=x_i)$	0,125	0,375	0,375	0,125

3 Espérance et variance

A Espérance

Soit X une variable aléatoire prenant des valeurs $x_1, x_2, \ldots, x_n$.

• **Définition.** On appelle **espérance de X**, le nombre noté $E(X)$ et défini par :

$$E(X) = x_1p_1 + x_2p_2 + \ldots + x_np_n = \sum_{i=1}^{n} x_ip_i \,.$$

• **Interprétation.** L'espérance $E(X)$ d'une variable aléatoire est la valeur moyenne de X qu'on peut espérer avoir en répétant un grand nombre de fois l'expérience aléatoire.

Appliquer le cours

On reprend l'expérience précédente de lancer 3 fois une pièce de monnaie correctement équilibrée et de compter, avec la variable X, le nombre de côtés Pile obtenus.

1. Déterminer l'espérance de X,

2. Interpréter le résultat.

Solution

1. $E(x) = 0 \times P(X=0) + 1 \times P(X=1) + 2 \times P(X=2) + 3 \times P(X=3)$
$= 0 + 0{,}375 + 0{,}75 + 0{,}375$

L'espérance de X vaut 1,5.

2. En répétant un grand nombre de fois l'expérience, on obtient **en moyenne environ 1,5 fois le côté Pile**, même si on n'obtient jamais 1,5 fois le côté Pile lors d'une expérience.

B Variance

• **Définition.** On appelle **variance de X**, le nombre noté $V(X)$ et défini par :

$$V(X) = (x_1 - E(X))^2\, p_1 + (x_2 - E(X))^2\, p_2 + \ldots + (x_n - E(X))^2\, p_n = \sum_{i=1}^{n} (x_i - E(x))^2 p_i \,.$$

À retenir

$V(X)$ est toujours positive.

• **La formule de Kœnig-Huygens** permet de calculer la variance avec moins de calculs.

$$V(X) = \sum_{i=1}^{n} x_i^2 p_i - E^2(X).$$

À retenir

On retient l'espérance du carré moins le carré de l'espérance.

C Écart-type

Soit X une variable aléatoire de variance $V(X)$.

On appelle **écart-type** de X le nombre noté $\sigma(X)$ et défini par $\sigma(X) = \sqrt{V(X)}$.

Exercices d'entraînement

Exercice 1 ★ 10 min

Corrigé p. 94

Dans une fête foraine, on vous propose le « jeu » suivant : vous lancez un dé ; si vous obtenez 6, vous gagnez 10€ ; si vous obtenez 3 ou 5, vous perdez 3€ ; si vous obtenez 1, 2 ou 4, vous perdez 2€. Le dé n'est pas pipé. On note X la variable aléatoire qui indique le « gain » d'une partie.

1. Déterminer $X(\Omega)$, puis la loi de probabilité de X et compléter le tableau ci-dessous.

x_i			
$p_i = P(X = x_i)$			

2. Calculer la moyenne des gains espérés. Interpréter.
3. Calculer la variance de X.

Exercice 2 ★★ 20 min

Corrigé p. 95

Dans une urne, il y a 4 boules blanches et 6 noires. Les boules sont indiscernables au toucher.
On tire au hasard 2 boules parmi les 10.
On note X la variable aléatoire qui, à chaque tirage, associe le nombre de boules blanches obtenues.
Premier cas : les tirages sont successifs avec remise.
a. Représenter la situation par un arbre pondéré.
b. Déterminer la loi de X.
c. Déterminer l'espérance de X et l'interpréter.
Second cas : les tirages sont successifs sans remise.
Reprendre les trois questions précédentes.

Exercice 3 ★★★ 10 min

Corrigé p. 95

Dans une urne, il y a 10 boules dont 4 blanches.
On effectue des tirages successifs sans remise d'une boule selon la règle suivante :
– on s'arrête dès qu'on obtient une boule blanche ;
– si au bout de 3 tirages, on n'a pas obtenu de boule blanche, on arrête aussi.
On note Y le nombre de tirages effectués.

1. Représenter l'expérience par un arbre pondéré.
2. Déterminer la loi de Y.

Exercice 4 ★★ 10 min

Corrigé p. 96

On lance 2 fois de suite un dé non pipé et on note X la variable aléatoire qui indique la somme des 2 nombres obtenus.
Déterminer la loi de probabilité de X et son espérance.
Conseil : utiliser un tableau à double entrée avec l'ensemble des sommes possibles.

Exercice 5 ★★ 15 min

Corrigé p. 96

Une urne contient 6 boules dont 2 portent le numéro 0, 1 le numéro 3 et 3 le numéro 5.
On tire 2 boules successivement sans remise. X est la variable aléatoire qui, à chaque tirage de 2 boules, associe la somme des numéros marqués sur ces boules.
À l'aide d'un arbre, déterminer la loi de X, son espérance et son écart-type.

Exercice 6 ★★★ 20 min

Corrigé p. 96

On place un hamster dans une cage, face à 4 portillons, dont un seul permet de sortir.
À chaque essai infructueux, il reçoit une petite impulsion électrique et on le replace à l'endroit initial.
On désigne par X la variable aléatoire égale au nombre d'essais effectués pour arriver à sortir.

Hypothèse n° 1 : le hamster mémorise les essais infructueux et choisit de façon équiprobable entre les portillons qu'il n'a pas encore essayés.

1. Déterminer la loi de X
2. Calculer son espérance et interpréter le résultat.

Hypothèse n° 2 : le hamster choisit de façon équiprobable entre les 4 solutions à chaque essai (pas d'apprentissage).

1. Calculer $P(X = 1)$, $P(X = 2)$.
2. Pour tout entier naturel n non nul, on pose $u_n = P(X = n)$.
Montrer que (u_n) est une suite géométrique dont on précisera la raison et le premier terme.

Exercice 7 ★★★ 15 min

Corrigé p. 97

On lance 4 fois de suite une pièce (non truquée). X est la variable aléatoire qui prend la valeur n si Pile apparaît pour la première fois au cours du $n^{\text{ième}}$ lancer et 0 si pile n'apparaît pas.

1. Quelles valeurs peut prendre X ? Donner la loi de X.
2. Calculer $E(X)$ et $V(X)$.

11 Algorithme et programmation

1 Généralités

A Algorithme

- Un **algorithme** est un ensemble d'instructions qui s'enchaînent dans un ordre déterminé pour obtenir un résultat.
- Un algorithme peut s'écrire en **langage naturel** ou en **langage spécifique** à une machine.
- Un algorithme peut être composé :
– d'instructions d'entrée de données ;
– d'instructions de traitement ;
– d'instructions de sortie.

B Variable informatique

- Une **variable informatique** est un emplacement mémoire qui contient une information.
- Le contenu d'une variable informatique peut être :
– un nombre : c'est alors une **variable numérique** ;
– un texte : c'est une variable **chaîne de caractères** ;
– une **liste** ordonnée de valeurs, etc.
- **Une variable simple contient une information et une seule.** Tant que cette information n'est pas modifiée manuellement ou par un programme, elle est conservée. Dès qu'on la modifie, l'ancienne information est perdue et remplacée par la nouvelle. En langage naturel, pour qu'une instruction modifie le contenu d'une variable Y, on écrira par exemple :
$Y \leftarrow 13$ pour mettre dans Y la valeur 13 ;
$Y \leftarrow 2Y + 3$ pour remplacer l'ancienne valeur de Y par son double augmenté de 3.
En Python, on écrira Y=13 et Y=2*Y+3.

C Instructions d'entrée-sortie

- Les **entrées** sont les valeurs que doit saisir l'utilisateur. En Python, on écrira :
A=float(input("message")) si A réel ou A=int(input("message")) si A entier.
- Les **sorties** sont les affichages fournis lors de l'exécution de l'algorithme.
Afficher A indique à l'utilisateur la valeur contenue dans la variable A.
En Python, on écrira print(A).

2 Structures usuelles

A Instruction conditionnelle

- Dans un algorithme, il est parfois nécessaire de différentier les calculs à effectuer selon les conditions rencontrées. On utilise une **instruction conditionnelle** :
si condition alors instructions_1 sinon instructions_2.
- Si la condition est vraie alors les instrutions_1 sont exécutées sinon ce sont les instructions_2 qui sont exécutées.

En Python

```
if conditions :
    Bloc Instructions_1
else :
    Bloc Instructions_2
```

La partie «sinon instructions_2» est facultative : si elle est omise et que la condition est fausse alors aucune instruction n'est exécutée.

Appliquer le cours

Dans un parking, le tarif est fonction de la durée d'occupation.
Si la durée est inférieure à 3 heures, on paie 5 euros par heure.
Si la durée est supérieure ou égale à 3 heures, on paie 15 euros plus 2 euros par heure supplémentaire.

1. Exprimer en fonction de x le prix à payer selon que $0 \leqslant x < 3$ ou que $x \geqslant 3$.

2. Écrire en Python, un programme qui demande la durée d'occupation et renvoie le prix à payer.

Solution

1. Si $0 \leqslant x < 3$, alors le prix à payer est $\mathbf{5x}$.
Si $x \geqslant 3$, le prix à payer est $15 + 2(x - 3) = \mathbf{2x + 9}$.

2. Un programme peut être :

```
x=float(input("durée ="))
if 0<=x and x<3 :
    p = 5*x
else :
    p = 2*x + 9
print(" le prix à payer est",p)
```

B Note sur les blocs

En Python, il n'y a pas de fin de bloc. C'est l'indentation (décalage vers la droite du texte) qui indique le début et la fin du bloc.

C Boucle itérative

• Dans un algorithme, il est possible de répéter une instruction un nombre donné de fois.
On utilise pour cela une **boucle itérative** :

pour *I* variant de *k* jusqu'à *n* faire instructions.

• I prend toutes valeurs entières comprises entre k (inclus) et n (inclus) et pour chacune de ces valeurs les instructions sont exécutées.

En Python

For *i* in range(k,n+1) :
    Bloc Instructions

Attention au n+1.

Appliquer le cours

On considère l'algorithme ci-dessous.

$U \leftarrow 0$
Pour I variant de 1 à 6
    $U \leftarrow U + I$
    Afficher U
Fin_Pour

En utilisant un tableau d'avancement, donner les différentes valeurs affichées par l'algorithme.

Solution

U	0	1	3	6	10	15	21
I		1	2	3	4	5	6

I n'a pas de valeur définie au début avant le traitement.
On calcule 0 + 1 et on met la somme 1 dans U au-dessus du 1 de I ; 1 + 2 et on met la somme 3 dans U ; …
Cet algorithme affiche les nombres **1 – 3 – 6 – 10 – 15 – 21**.

D Boucle conditionnelle

• Dans un algorithme, on peut répéter des instructions tant qu'une condition est vraie.
On utilise pour cela une **boucle conditionnelle** :

tant que la condition est vraie faire instructions.

• Si la condition est vraie, alors les instructions sont exécutées et répétées jusqu'à ce que la condition devienne fausse.

En Python

While condition :
    Bloc Instructions

• **Attention :** pour que l'algorithme s'arrête, il est nécessaire que les instructions modifient une (ou plusieurs) variable(s) qui intervienne(nt) dans la condition.

E Fonction

• Une **fonction** est un bloc de code qui exécute un traitement, puis rend la main : on peut la considérer comme un « sous-algorithme ».

• Elle reçoit, la plupart du temps, des données à traiter : les **paramètres**, effectue des actions avec et enfin, éventuellement, renvoie un résultat appelé sortie ou valeur retournée.

En Python

```
def nom_fonction(paramètres) :
    Bloc Instructions
    return(résultat)
```

Appliquer le cours

Soit n un entier non nul. On appelle factorielle n, le nombre noté $n!$ et défini par $0! = 1$ et si $n > 0$, $n! = (n-1)!n$.

Écrire une fonction Python qui reçoit n en paramètre et retourne $n!$.

Solution

```
def fact(n) :
    if n==1 :
        return(1)
else
    return(fact(n-1)*n)
```

• **Remarque :** une telle fonction qui est définie en fonction d'elle-même est une **fonction récurrente** (en mathématique) ou **récursive** (en informatique).

3 Notion de liste

Une **liste** en Python est une variable dans laquelle on peut mettre plusieurs variables.

Commandes	Exemple évolutif d'une liste

Créer une liste en Python
liste = [] pour créer une liste vide.
Création d'une liste contenant les éléments 1, "a" et 14.
Remarque : les variables peuvent être de types différents.
	>>> liste = [1,"a",14]
	>>> liste
	[1,"a",14]

Ajouter un élément à une liste
Ou les ajouter après la création de la liste avec la méthode append.
liste.append(valeur)
	>>> liste.append(13)
	>>> liste
	[1,"a",14,13]

Lire un élément dans une liste
liste[indice]
Remarque : le premier item commence toujours avec l'indice 0. Pour lire le premier item, on utilise la valeur 0, le deuxième, on utilise la valeur 1, etc. Dans une liste de longueur n, le dernier élément est liste[n-1].
	>>> liste[1]
	"a"
	>>> liste[2]
	14

Modifier une valeur avec son indice
liste[indice] = valeur
	>>> liste[1]="z"
	>>> liste
	[1,"z",13,14]

Supprimer une entrée avec un indice
del liste[indice]
pour supprimer la valeur correspondante à l'indice.
	>>> del liste[0]
	>>> liste
	["z",13,14]

Supprimer une entrée avec sa valeur
liste.remove(valeur)
	>>> liste.remove(13)
	>>> liste
	["z",14]

Compter le nombre d'items d'une liste len(liste)	>>> len(liste) 2

Exercices d'entraînement

Exercice 1 ★ 10 min

Corrigé p. 97

On considère l'algorithme ci-contre :

Lire x
$a \leftarrow x + 1$
$b \leftarrow a^2$
$y \leftarrow -b + 16$
Afficher y

1. Déterminer l'affichage correspondant à la saisie $x = 0$, puis celui correspondant à la saisie $x = 1$.

2. a. Déterminer en fonction de x l'expression de y obtenue.
b. Quelles valeurs de x peut-on saisir pour obtenir 0 en sortie ?

Exercice 2 ★★ 15 min

Corrigé p. 97

Mat possède un livret bancaire où l'argent est rémunéré au taux de 2 % par an, c'est-à-dire que la somme augmente de 2 % le 1er janvier de chaque année.
Mat a placé 1 000 € le 1er janvier 2016.

1. De quelle somme dispose-t-il le 1er janvier 2017, le 1er janvier 2018 ?

2. Il souhaite connaître la somme disponible le 1er janvier de l'année $2016 + n$.
a. Écrire un algorithme qui demande n et renvoie la somme disponible le 1er janvier $2016 + n$.
b. Le programmer en Python et déterminer la somme disponible le 1er janvier 2030.

Exercice 3 ★★ 15 min

Corrigé p. 97

On considère pour tout entier naturel n non nul la somme $S_n = 1 + 2^2 + 3^2 + \ldots + n^2$.

1. Écrire un algorithme qui demande un nombre T et qui affiche le plus petit entier n tel que S_n soit égal ou supérieur à T.

2. a. Le programmer en Python.
b. Quel résultat obtient-on si $T = 100$? $T = 2\,020$? $T = 10\,000$?

Exercice 4 ★★ 10 min

Corrigé p. 98

On considère l'algorithme ci-dessous :

$x \leftarrow 0$
Tant que x est inférieur ou égal à 1
    $y \leftarrow -x^2 + 5x - 6$
    Afficher y
    $x \leftarrow x + 0{,}2$
Fin_Tant que

1. Reproduire et compléter le tableau d'avancement ci-dessous.

	x	y
Étape 1	0	–6
Étape 2		
Étape 3		
…	…	…

2. Que calcule cet algorithme ?

Exercice 5 ★★ 15 min

Corrigé p. 98

L'organisateur d'un jeu offre une montre en cadeau si le nombre affiché par l'algorithme ci-contre est égal au plus petit des 2 nombres de départ.

```
Entrer la valeur de A
Entrer la valeur  B
Tant Que A ≠ B
  Si A > B
    Alors A ← A – B
    Sinon B ← B – A
  FinSi
Fin_Tant Que
Afficher A
```

1. En complétant le tableau de suivi ci-dessous, donner la valeur affichée par l'algorithme.

Étape	Valeur prise par A	Valeur prise par B	Condition $A \neq B$
Initialisation	12	30	vraie
1er tour			
2e tour			
3e tour			
Affichage			

2. a. Comment peut-on faire pour être sûr de gagner ?

b. Donner 2 nombres entiers distincts supérieurs à 10 à entrer pour A et B qui permettent de gagner une montre.

Exercice 6 ★★ 5 min

Corrigé p. 98

L'organisateur du jeu précédent dispose de 2 modèles de montre M_1 et M_2.
Il utilise l'algorithme suivant :

```
M prend la valeur PartieEntière(NombreAlétoire × 2 + 1)
Afficher M
```

N.B. NombreAléatoire donne un nombre réel de [0 ; 1[.

1. Quelles valeurs peut prendre la variable M ?

2. À quoi sert-elle pour le jeu ?

Exercice 7 ★★★ 15 min

Corrigé p. 98

On considère l'algorithme ci-contre :

```
k prend la valeur 0
Lire n
Pour i variant de 1 à n
    x ← valeur aléatoire entre 0 et 1
    y ← valeur aléatoire entre 0 et 1
    Si x² + y² ⩽ 1
        alors k ← k+1
    Fin_Si
Fin_Pour
Afficher 4k÷n
```

1. Pour chaque valeur de i, x et y calculés sont les coordonnées d'un point M.

a. Dans quelle figure se situe le point M ? Quelle est son aire ?

b. Caractériser les points M qui sont comptés par la variable k ?

c. Calculer l'aire du domaine des points M qui sont comptés par k.

2. On a fait tourner un logiciel avec cet algorithme pour diverses valeurs de n.
On a obtenu les résultats suivants.

Valeur de n	100	200	400	700	1 000
Affichage	3,2	3,08	3,17	3,11	3,15

À quoi peut servir cet algorithme ? Argumenter la réponse.

Exercice 8 ★★ 10 min

Corrigé p. 99

On considère la suite fibo définie par fibo(0) = 0, fibo(1) = 1 et, pour tout entier naturel, n par fibo(n +2) = fibo(n + 1) + fibo(n).
Écrire un programme en Python qui demande une valeur de n et qui calcule fibo(n).
On pourra utiliser une fonction récursive.

Exercice 9 ★★ 20 min

Corrigé p. 99

On souhaite étudier une série statistique.

1. Écrire un programme en Python qui demande le nombre de valeurs de la série, puis les valeurs de la série et qui les met dans une liste.

2. Compléter le programme pour avoir :
a. le minimum de la série et le maximum de la série ;
b. l'étendue de la série ;
c. sa moyenne ;
d. sa variance.

Exercice 10 ★★ 10 min

Corrigé p. 99

On dispose d'une liste L=[2, 4 , 7 , 3, 11 , 23, 41, 10, 25].

1. Écrire un algorithme qui détermine le nombre de valeurs paires dans la liste.
(On utilisera v % 2 qui donne le reste de la division entière d'un entier v par 2.)

2. Traduire cet algorithme par un programme en Python.

Exercice 11 ★★ 10 min

Corrigé p. 99

1. On dispose d'une liste L = [2, 4 , 7 , 3, 11 , 23, 41, 10, 25].
Transformer en Python cette liste en la liste de ses carrés.

2. On dispose d'une liste L = [2, 4 , 7 , 3, 11 , 23, 41, 10, 25].
Transformer en Python cette liste en la liste de ses valeurs paires.

Exercice 12 ★★ 10 min

Corrigé p. 100

1. Écrire une fonction listecarrés en Python qui renvoie la liste des carrés d'une liste L donnée en paramètre par extension à partir d'une liste LC vide.

2. Écrire une fonction listepairs en Python qui renvoie la liste des nombres pairs d'une liste L donnée en paramètre par extension à partir d'une liste LP vide.

3. On dispose d'une liste L=[2, 4 , 7 , 3, 11 , 23, 41, 10, 25].
a. Écrire un programme en Python qui affiche listecarrés(listepairs(L)) et listepairs(listecarrés(L)).
b. Exécuter le programme. Que constate-t-on ? Justifier la réponse.

Exercice 13 ★★ 10 min

Corrigé p. 100

On souhaite simuler 10 000 fois l'expérience suivante : on lance deux dés tétraédriques et on note la somme S des deux dés.
En utilisant une liste pour stocker les résultats, écrire un programme Python qui réalise cette simulation et affiche le résultat. On utilisera la fonction randrange(n) de la bibliothèque **random** qui renvoie un entier compris entre 0 (inclus) et n(exclu).

Exercices d'approfondissement

Exercice 14 ★★ 15 min

Corrigé p. 100

Les Égyptiens écrivaient les fractions représentant des nombres compris entre 0 et 1 autres que $\frac{2}{3}$ sous la forme de somme d'inverses d'entiers distincts, c'est-à-dire comme somme de fractions de numérateur 1.

Ainsi, pour $\frac{11}{28}$, ils écrivaient $\frac{1}{4}+\frac{1}{7}$ et pour $\frac{3}{5}$, ils écrivaient $\frac{1}{3}+\frac{1}{5}+\frac{1}{15}$.

Pour obtenir les différents inverses dont la somme vaut une fraction A comprise entre 0 et 1, on peut appliquer l'algorithme ci-contre.

```
Saisir A
Tant que A n'est pas de la forme 1/N,
    Calculer M le plus petit entier supérieur à 1/A
    Afficher 1/M
    Remplacer A par A − 1/M
Fin de tant que
```

1. Appliquer l'algorithme au nombre $\frac{3}{4}$ et écrire $\frac{3}{4}$ comme la somme des inverses de deux entiers.

2. En appliquant l'algorithme, écrire le nombre $\frac{17}{18}$ comme la somme des inverses de trois entiers.

3. Soit A une fraction comprise entre 0 et 1. On souhaite savoir si la décomposition de A en somme d'inverses d'entiers distincts est unique.

Appliquer l'algorithme au nombre $\frac{3}{5}$ et conclure.

Exercice 15 ★★★ 15 min

Corrigé p. 100

On souhaite déterminer un encadrement d'amplitude inférieure à p de la solution d'une équation du type $f(x) = 0$ qui est comprise entre deux valeurs A et B

On utilise le programme ci-contre.

```
def f(x) :
    return(x**2-x-1)
#Main
a=float(input("a="))
b=float(input("b="))
p=float(input("p="))
fa=f(a)
while b-a>=p
    m=(b+a)/2
    if f(m)*fa>0 :
        a=m
    else :
        b=m
print(a,b)
```

1. a. Implanter ce programme sur une machine.

b. Déterminer un encadrement d'amplitude inférieure à 0,001 de la solution de l'équation $x^2 - x - 1 = 0$ comprise entre 1 et 2.

2. Modifier le programme pour déterminer un encadrement d'amplitude inférieure à 10^{-5} de la solution de l'équation $x^3 - 2\,020 = 0$ comprise entre 10 et 22.

CHAPITRE 1 *(Énoncés p. 9)*

1 a. Pour $u_n = 2^n$, on a : $u_0 = 2^0 = \mathbf{1}$, $u_1 = 2^1 = \mathbf{2}$, $u_2 = 2^2 = \mathbf{4}$ et $u_3 = 2^3 = \mathbf{8}$.

Comme le premier terme est u_0, le quatrième est u_3.

b. Pour $u_n = (-1)^n$, $u_0 = (-1)^0 = \mathbf{1}$, $u_1 = (-1)^1 = \mathbf{-1}$, $u_2 = (-1)^2 = \mathbf{1}$ et $u_3 = (-1)^3 = \mathbf{-1}$.

c. Pour $u_{n+1} = 2u_n + 1$ avec $u_0 = 0$, on a : $u_0 = \mathbf{0}$,
$u_1 = 2u_0 + 1 = 2 \times 0 + 1 = \mathbf{1}$,
$u_2 = 2u_1 + 1 = 2 \times 1 + 1 = \mathbf{3}$,
$u_3 = 2u_2 + 1 = 2 \times 3 + 1 = \mathbf{7}$.

d. Pour $u_{n+1} = 0{,}5 - 0{,}5u_n$ avec $u_0 = 2$, on a :
$u_0 = \mathbf{2}$,
$u_1 = 0{,}5 - 0{,}5u_0 = 0{,}5 - 0{,}5 \times 2 = \mathbf{-0{,}5}$,
$u_2 = 0{,}5 - 0{,}5u_1 = 0{,}5 - 0{,}5 \times (-0{,}5) = \mathbf{0{,}75}$,
$u_3 = 0{,}5 - 0{,}5u_2 = 0{,}5 - 0{,}5 \times 0{,}75 = \mathbf{0{,}125}$.

2 a. $\forall\ n \geqslant 2$, $u_n = \dfrac{2n-5}{n-1}$. C'est une suite **explicite**.

$u_3 = \dfrac{2\times3-5}{3-1} = \dfrac{\mathbf{1}}{\mathbf{2}}$.

b. $\begin{cases} u_0 = 1 \\ \forall n \in \mathbb{N},\ u_{n+1} = 2u_n - 3 \end{cases}$

C'est une suite **récurrente** avec $u_1 = 2u_0 - 3 = -1$; $\boldsymbol{u_2} = 2u_1 - 3 = \mathbf{-5}$ et $\boldsymbol{u_3} = 2u_2 - 3 = \mathbf{-13}$.

Pour une suite récurrente, le calcul d'un terme u_n nécessite le calcul des termes précédents.

c. $\begin{cases} u_0 = 1, \quad u_1 = 0 \\ \forall n \in \mathbb{R},\ u_{n+2} = 2u_{n+1} + 3u_n \end{cases}$

C'est une suite **récurrente** avec
$u_2 = 2u_1 + 3u_0 = 3$;
$u_3 = 2u_2 + 3u_1 = \mathbf{6}$.

3 1. On place les points de coordonnées $(n\ ;u_n)$.

n	0	1	2	3	4
u_n	2	0	0	2	6

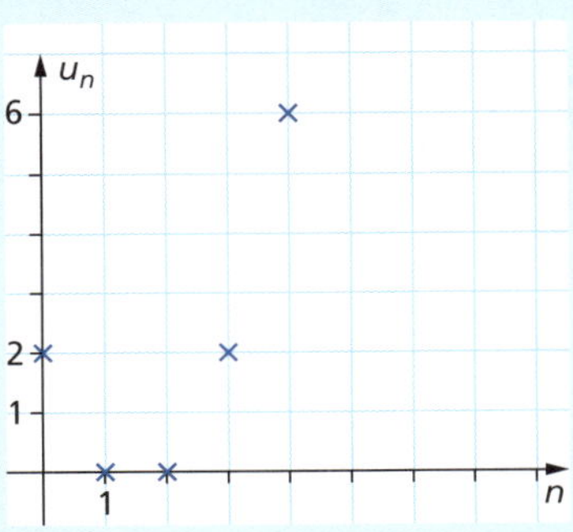

2. Soit f la fonction définie sur $]-1\ ;+\infty[$ par :

$$f(x) = \frac{4}{x+1}$$

On représente f et la droite D d'équation $y = x$.

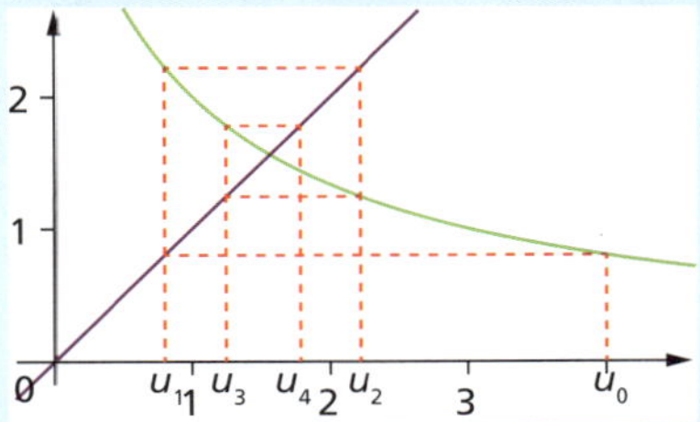

4 1. Pour tout entier naturel n, on a :
$u_n = (n + 3)(n - 2) - n^2 + 5n$
$= n^2 - 2n + 3n - 6 - n^2 + 5n = \mathbf{6n - 6}$.

2. Pour tout entier naturel n, on a :
$u_{n+1} - u_n = 6(n + 1) - 6 - (6n - 6)$
$= 6n + 6 - 6 - 6n + 6 = 6$.
(u_n) est une suite arithmétique de raison **6**.

3. La suite étant arithmétique, on utilise :

$$u_p + u_{p+1} + \ldots + u_n = \frac{u_p + u_n}{2}(n-p+1)$$

donc $u_1 + u_2 + \ldots + u_{45} = \dfrac{u_1 + u_{45}}{2}(45 - 1 + 1)$
avec $u_1 = 6 \times 1 - 6 = 0$ et $u_{45} = 6 \times 45 - 6 = 264$
donc $u_1 + u_2 + \ldots + u_{45} = 264 \div 2 \times 45 = \mathbf{5\ 940}$.

5 a. Pour tout entier naturel n, on a :
$u_{n+1} = 3(n + 1) - 1 = 3n + 3 - 1 = u_n + 3$.
La suite de terme général $u_n = 3n - 1$ est **arithmétique de raison 4**.

b. Pour tout entier naturel n, on a :
$u_{n+1} = 9 - (n + 1) = 9 - n - 1 = u_n - 1$.
La suite de terme général $u_n = 9 - n$ est **arithmétique de raison –1**.

c. Pour tout entier naturel n, on a :

$u_{n+1} = \dfrac{1}{3}(n + 1) - 2019 = \dfrac{1}{3}n + \dfrac{1}{3} - 2\ 019$

$= u_n + \dfrac{1}{3}$.

La suite de terme général $u_n = \dfrac{1}{3}n - 2\ 019$ est **arithmétique de raison $\dfrac{1}{3}$**.

d. Pour tout entier naturel n non nul, on a :
$u_n = u_{n-1} - 2$, donc $u_{n+1} = u_n - 2$.
La suite définie par la relation de récurrence $u_n = u_{n-1} - 2$ est **arithmétique de raison –2**.

6 1. (u_n) étant une suite arithmétique, on a :
$u_7 = u_3 + (7-3)r$
$\Leftrightarrow 11 = 5 + 4r$
$\Leftrightarrow (11-5) \div 4 = r$
$\Leftrightarrow r = 1{,}5.$

Si (u_n) est une suite arithmétique de raison r, pour tous entiers naturels p et n, on a :
$u_n = u_p + (n-p)r$.

La raison de la suite est 1,5.

2. On a $u_0 = u_3 + (0-3)r = 5 - 3 \times 1{,}5 = \mathbf{0{,}5}$.

3. Pour tout entier n, $u_n = u_0 + n\,r = \mathbf{0{,}5 + 1{,}5\,n}$.

7 1. (u_n) est une suite géométrique avec $u_2 = 32$ et $u_5 = 4$. On a par définition :

$$u_5 = u_2 \times q^3 \Leftrightarrow 4 = 32 \times q^3 \Leftrightarrow \frac{4}{32} = q^3$$

$$\Leftrightarrow \frac{1}{8} = q^3 \Leftrightarrow \left(\frac{1}{2}\right)^3 = q^3. \text{ La raison est } \boldsymbol{q = \frac{1}{2}}.$$

2. $u_0 = u_2 \times q^{0-2} = 32 \times \left(\frac{1}{2}\right)^{-2} = 32 \times 4 = \mathbf{128}.$

3. Pour tout entier naturel n, on a :

$$u_n = u_0 \times q^n = 128 \times \left(\frac{1}{2}\right)^n = 2^7 \times 2^{-n} = \mathbf{2^{7-n}}.$$

8 a. 1 ; 2 ; 4 ; 8 ; 16 ; … On passe d'un terme au suivant en multipliant toujours par 2.
On a donc 1 ; 2 ; 4 ; 8 ; 16 ; **32 ; 64 ; 128**.

b. 1 ; 3 ; 6 ; 10 ; … On passe d'un terme au suivant en ajoutant 2, puis en ajoutant 3, puis 4.
On poursuit en ajoutant 5, puis 6 et enfin 7.
1 ; 3 ; 6 ; 10 ; **15 ; 21 ; 28**.

c. 1 ; 1 ; 2 ; 3 ; 5 ; 8 ; 13 ; … À partir du troisième terme, chaque terme est la somme des deux termes précédents (2 = 1 + 1 ; 3 = 2 + 1 ; 5 = 3 + 2 ; …)
1 ; 1 ; 2 ; 3 ; 5 ; 8 ; 13 ; **21 ; 34 ; 55**.
Cette suite s'appelle suite de Fibonacci.

d. 1 ; 4 ; 27 ; 256 ; … On reconnaît 1^1 ; 2^2 ; 3^3 ; 4^4.
On poursuit avec 5^5, 6^6 et 7^7.
1 ; 4 ; 27 ; 256 ; **3 125 ; 46 656 ; 823 543**.

9 Pour comparer u_{n+1} et u_n, on étudie le signe de la différence $u_{n+1} - u_n$.
$u_{n+1} - u_n < 0 \Leftrightarrow u_{n+1} < u_n$; la suite décroît.
$u_{n+1} - u_n > 0 \Leftrightarrow u_{n+1} > u_n$; la suite croît.

a. Pour tout entier naturel n, on a :

$$u_{n+1} - u_n = 1 + \frac{1}{n+2} - \left(1 + \frac{1}{n+1}\right)$$
$$= \frac{1}{n+2} - \frac{1}{n+1} = \frac{-1}{(n+2)(n+1)}.$$

On a $u_{n+1} - u_n < 0$, donc **la suite est décroissante**.

b. Pour tout entier naturel n, on a :

$$u_{n+1} - u_n = n + 1 + \frac{1}{n+2} - \left(n + \frac{1}{n+1}\right)$$
$$= 1 + \frac{1}{n+2} - \frac{1}{n+1} = \frac{n^2+3n+1}{(n+2)(n+1)}.$$

On a $u_{n+1} - u_n > 0$, donc **la suite est croissante**.

c. Pour tout entier naturel n, on a :
$u_{n+1} - u_n = (n+1)^2 + 3(n+1) - (n^2 + 3n)$
$= n^2 + 2n + 1 + 3n + 3 - n^2 - 3n = 2n + 5.$
On a $u_{n+1} - u_n > 0$, donc **la suite est croissante**.

d. Pour tout entier naturel n, on a :

$$u_{n+1} - u_n = \frac{n-2}{n+3} - \frac{n-3}{n+2}$$
$$= \frac{(n-2)(n+2) - (n-3)(n+3)}{(n+3)(n+2)}$$
$$= \frac{5}{(n+3)(n+2)}.$$

On a $u_{n+1} - u_n > 0$, donc **la suite est croissante**.

10 Pour tout entier naturel n, on a :

$$u_{n+1} - u_n = \frac{n+2}{n+1}u_n - u_n = \frac{1}{n+1}u_n.$$

Comme (u_n) est une suite positive, on a, pour tout entier n, $u_n \geqslant 0$.
On a $u_{n+1} - u_n \geqslant 0$, donc **la suite est croissante**.

11 1. Comme chaque mètre coûte 4 € de plus que le précédent, on a pour tout entier naturel n non nul, $u_{n+1} = u_n + 4$. La suite (u_n) est arithmétique de raison 4 avec $u_1 = 20$.
Pour tout entier naturel n non nul, on a :

$u_n = u_1 + (n-1)r = 20 + (n-1) \times 4 = \mathbf{16 + 4n}$

et $S_n = u_1 + u_2 + \ldots + u_n = \dfrac{u_1 + u_n}{2} \times n$

$= \dfrac{20 + 16 + 4n}{2}\,n = \mathbf{18n + 2n^2}.$

2. Comme chaque mètre coûte 5 % de plus que le précédent, on a, pour tout entier naturel n non nul, $u_{n+1} = 1{,}05u_n$

Augmenter une valeur de a % revient à multiplier cette valeur par $1 + \dfrac{a}{100}$.

La suite (v_n) est géométrique de raison 1,05 avec $v_1 = 10$.
Pour tout entier naturel n non nul, on a :

$v_n = v_1 \times q^{n-1} = \mathbf{10 \times 1{,}05^{n-1}}$ et

$R_n = v_1 + v_2 + \ldots + v_n = v_1 \dfrac{1-q^n}{1-q}$

$= 10 \times \dfrac{1 - 1{,}05^n}{-0{,}05} = \mathbf{200(1{,}05^n - 1)}.$

3. $S_{50} = 18 \times 50 + 2 \times 50^2 = 5\,900$.
Avec l'entreprise *A*, il faut payer **5 900 €** pour équiper une falaise de 50 mètres de hauteur.
$R_{50} = 200(1{,}05^{50} - 1) \approx 2\,093$.
Avec l'entreprise *B*, il faut payer **2 093 €** pour équiper une falaise de 50 mètres de hauteur.
C'est l'entreprise *B* la moins chère.

4. $S_n = 24\,000 \Leftrightarrow 18n + 2n^2 = 24\,000$
$\Leftrightarrow n^2 + 9n - 12\,000 = 0$
$\Delta = b^2 - 4ac = 48\,081$. Il y a deux solutions :
$x_1 = \dfrac{-b+\sqrt{\Delta}}{2a} \approx 105$ et x_2 qui est négatif.
Avec 24 000 €, **l'entreprise *A* peut aménager 105 m de falaise.**
$R_n = 24\,000 \Leftrightarrow 200\,(1{,}05^n - 1) = 24\,000$
$\Leftrightarrow 1{,}05^n = 121$. Par essais, on a :

n	100	99	98
$1{,}05^n$	131,5	125,2	119,3

On a donc $n = 98$.
Avec 24 000 €, **l'entreprise *B* ne peut aménager que 98 m de falaise.**

12 **1.** C_n est le cercle de centre A_n passant par O ; son rayon est $OA_n = n$ et son périmètre est $p_n = 2\pi n$.
Pour tout entier naturel n non nul, on a :
$p_{n+1} - p_n = 2\pi$.
La suite (p_n) est arithmétique de raison 2π.

Le périmètre d'un cercle de rayon r est $2\pi r$.

2. Pour tout entier naturel n supérieur à 1, a_n est la différence entre l'aire d'un disque de rayon $n + 1$ et l'aire d'un disque de rayon n et on a :
$a_n = \pi(n + 1)^2 - \pi n^2 = \pi(\mathbf{2n + 1})$.
$a_{n+1} - a_n = \pi(2(n + 1) + 1) - \pi(2n + 1) = 2\pi$.
La suite (a_n) est arithmétique de raison 2π.

L'aire d'un disque de rayon r est πr^2.

13 **1. a.** Le 3 janvier 2020, la somme disponible correspond à la somme versée le 1er janvier 2019 augmentée de ses intérêts et de la somme versée le 1er janvier 2020, soit
$600\text{ €} \times \left(1+\dfrac{3}{100}\right) + 600\text{ €}$.
La somme disponible le 3 janvier 2020 est 1 218 €.

b. Le 3 janvier 2021, la somme disponible correspond à la somme disponible le 3 janvier 2020 augmentée de ses intérêts pour l'année 2020 et de la somme versée le 1er janvier 2021, soit
$1\,281\text{ €} \times \left(1+\dfrac{3}{100}\right) + 600\text{ €}$.
La somme disponible le 3 janvier 2021 est 1 854,54 €.

2. Pour tout entier naturel n, la somme u_{n+1} disponible le 3 janvier de l'année 2019+n+1 correspond à la somme disponible le 3 janvier 2019+n augmentée de ses intérêts pour l'année 2019+n et de la somme versée le 1er janvier 2019+n+1,
soit $u_n \times \left(1+\dfrac{3}{100}\right) + 600$ €.
On a bien la relation $\mathbf{u_{n+1} = 1{,}03u_n + 600}$.

3. a. Pour tout entier naturel n, on a :
$v_n = u_n + 20\,000$ et
$v_{n+1} = u_{n+1} + 20\,000$
$= 1{,}03u_n + 600 + 20\,000$
$= 1{,}03u_n + 20\,600$
$= 1{,}03(u_n + 20\,000)$
$= 1{,}03\, v_n$.
La suite (v_n) est une suite géométrique de raison $q = 1{,}03$.
Son premier terme est $v_0 = u_0 + 20\,000 = 20\,600$.

b. Pour tout entier naturel n,
$v_n = v_0 \times q^n = \mathbf{20\,600 \times 1{,}03^n}$ et
$u_n = v_n - 20\,000 = \mathbf{20\,600 \times 1{,}03^n - 20\,000}$.

4. La somme dont Jean pourrait disposer le 3 janvier 2049 est u_{30}, soit environ **30 001,61 euros.**

14 **1.** Si on pose 6 tuyaux au sol, au-dessus, on en empile 5, puis 4, puis 3, puis 2 et enfin 1 en haut. Le nombre total de tuyaux est :
$6 + 5 + 4 + 3 + 2 + 1 = \mathbf{21}$.

2. a. Si on pose n tuyaux au sol, au-dessus, on en empile $n - 1$, … , puis 2 et enfin 1 en haut.
Le nombre total de tuyaux est :
$u_n = n + (n - 1) + \ldots + 2 + 1 = \mathbf{\dfrac{n(n+1)}{2}}$.

b. On veut $u_n = 2\,016 \Leftrightarrow n(n + 1) = 2 \times 2\,016$
$\Leftrightarrow n^2 + n = 4\,032 \Leftrightarrow n^2 + n - 4\,032 = 0$.
$\Delta = b^2 - 4ac = 1 + 4 \times 4032 = 16\,129 = 127^2$.
Il y a 2 solutions : $x_1 = \dfrac{-b+\sqrt{\Delta}}{2a} = 63$ et x_2 qui est négative. Si on a un empilage de 2 016 tuyaux, alors on a posé **63 tuyaux au sol.**

15 **1.** $u_2 = u_1 + u_0 = 1 + 0 = \mathbf{1}$.
$u_3 = u_2 + u_1 = 1 + 1 = \mathbf{2}$.
$u_4 = u_3 + u_2 = 2 + 1 = \mathbf{3}$.
$u_5 = u_4 + u_3 = 3 + 2 = \mathbf{5}$.

2. $x^2 = x + 1 \Leftrightarrow x^2 - x - 1 = 0$
$\Delta = b^2 - 4ac = 1 + 4 = 5$. Comme $\Delta > 0$, il y a 2 solutions : $x_1 = \dfrac{-b+\sqrt{\Delta}}{2a} = \mathbf{\dfrac{1+\sqrt{5}}{2}}$
et $x_2 = \dfrac{-b-\sqrt{\Delta}}{2a} = \mathbf{\dfrac{1-\sqrt{5}}{2}}$.

3. Soit (v_n) une suite géométrique de raison q qui vaut x_1 ou x_2. q vérifie donc $q^2 = q + 1$.
Pour tout entier naturel n, on a :
$v_n = v_0 q^n$, $v_{n+1} = v_0 q^{n+1}$ et $v_{n+2} = v_0 q^{n+2}$.

On a aussi pour tout entier naturel n,

$$\begin{aligned} v_{n+2} &= v_0q^{n+2} = v_0q^n \times q^2 \\ &= v_0q^n\,(q+1) \\ &= v_0q^{n+1} + v_0q^n \\ &= v_{n+1} + v_n. \end{aligned}$$

On a bien, pour tout entier naturel n, $\boldsymbol{v_{n+2} = v_{n+1} + v_n}$.

4. a. On veut pour tout entier naturel n, $u_n = ax_1{}^n + bx_2{}^n$.

Ceci doit être vrai en particulier pour $n = 0$ et pour $n = 1$. On a donc :

$$\begin{cases} 0 = a + b \\ 1 = ax_1 + bx_2 \end{cases} \Leftrightarrow \begin{cases} a = -b \\ 1 = a(x_1 - x_2) \end{cases}$$

Or $x_1 - x_2 = \sqrt{5}$.

On a donc $\boldsymbol{a = \dfrac{1}{\sqrt{5}}}$ **et** $\boldsymbol{b = \dfrac{-1}{\sqrt{5}}}$.

b. Pour tout entier naturel n, on a donc

$$\boldsymbol{u_n = \frac{1}{\sqrt{5}}\left(\left(\frac{1+\sqrt{5}}{2}\right)^n - \left(\frac{1-\sqrt{5}}{2}\right)^n\right)}$$

16 **1.** On a :

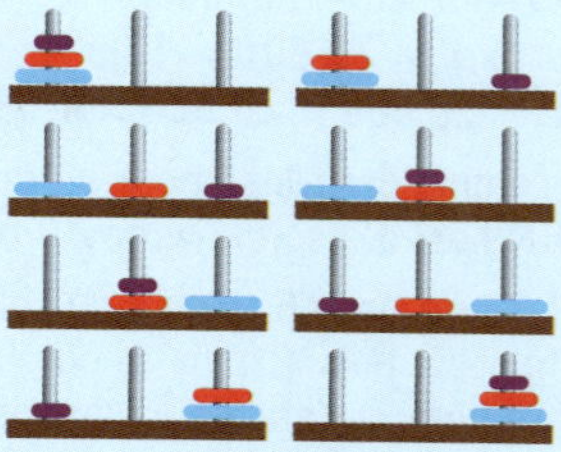

7 déplacements sont nécessaires.

2. a. Si on sait déplacer n disques d'un piquet vers un autre, on déplace les n disques les plus petits du piquet de gauche vers le piquet du centre (u_n déplacements), puis on déplace le plus grand disque sur le piquet de droite (1 déplacement) et on déplace les n disques les plus petits du piquet du centre vers le piquet de droite (u_n déplacements).

b. Pour tout entier n supérieur ou égal à 1, on a :
$\boldsymbol{u_{n+1} = 2u_n + 1}$ avec $u_1 = 1$.

c. Pour tout entier n supérieur ou égal à 1, on a :

$$\begin{aligned} & v_n = u_n + 1 \\ \Rightarrow\ & v_{n+1} = u_{n+1} + 1 \\ \Rightarrow\ & v_{n+1} = 2u_n + 1 + 1 \\ \Rightarrow\ & v_{n+1} = 2(u_n + 1) \\ \Rightarrow\ & v_{n+1} = 2v_n \end{aligned}$$

La suite (v_n) avec $n \geqslant 1$ est géométrique de raison 2.

d. On a aussi $v_1 = u_1 + 1 = 1 + 1 = 2$.

Pour tout entier naturel n non nul, on a :

$v_n = v_1 \times q^{n-1} = 2 \times 2^{n-1} = 2^n$.

Pour $n \geqslant 1$, $u_n = v_n - 1 = \boldsymbol{2^n - 1}$.

17 **1.a.** À la fin du $n^{\text{ième}}$ mois, donc au début du $(n+1)^{\text{ième}}$ mois, il reste R_n de capital à rembourser. Les intérêts payés le $(n+1)^{\text{ième}}$ mois sont bien

$$I_{n+1} = \frac{t \times R_n}{12}.$$

b. Comme, chaque mois, la mensualité fixe est égale à la somme des intérêts de ce mois et de la partie de capital remboursée, on a, pour tout entier naturel n non nul, $m = I_{n+1} + C_{n+1}$, d'où

$$\boldsymbol{C_{n+1} = m - \frac{t \times R_n}{12}}.$$

Le capital restant à rembourser à la fin du $(n+1)^{\text{ième}}$ mois est la différence entre le capital restant à rembourser à la fin du $n^{\text{ième}}$ mois et le capital remboursé pendant ce $(n+1)^{\text{ième}}$ mois.

Pour tout entier naturel n non nul, on a :

$$R_{n+1} = R_n - C_{n+1} = \boldsymbol{\left(1+\frac{t}{12}\right)R_n - m}.$$

c. D'après **1. b.**, on a aussi, pour tout entier naturel n supérieur ou égal à 2,

$$\begin{aligned} C_{n+2} &= m - \frac{t}{12}R_{n+1} = m - \frac{t}{12}\left[\left(1+\frac{t}{12}\right)R_n - m\right] \\ &= m + \frac{t}{12}m - \frac{t}{12}\left(1+\frac{t}{12}\right)\boldsymbol{R_n} \\ &= \left(1+\frac{t}{12}\right)\left(m - \frac{t}{12}R_n\right) = \left(1+\frac{t}{12}\right)C_{n+1} \end{aligned}$$

Par changement d'indice, on a, pour tout entier naturel n supérieur ou égal à 1,

$$\boldsymbol{C_{n+1} = \left(1+\frac{t}{12}\right)C_n}.$$

2. a. On en déduit que la suite (C_n) est géométrique de raison $q = 1 + \dfrac{t}{12}$.

Pour tout entier naturel n supérieur ou égal à 1, on a $C_n = C_1\,q^{n-1}$, soit

$$\boldsymbol{C_n = C_1 \times \left(1+\frac{t}{12}\right)^{n-1}}$$

b. I_1 représente les intérêts payés le premier mois sur la totalité du capital emprunté, donc $\boldsymbol{I_1 = \dfrac{t}{12}C}$.

c. On a $m = C_1 + I_1$, donc $C_1 = m - I_1$,

soit $\boldsymbol{C_1 = m - \dfrac{t}{12}C}$.

On a donc $C_n = \left(m - \dfrac{t}{12}\right)\left(1 + \dfrac{t}{12}C\right)^{n-1}$.

d. $C_1 + C_2 + \ldots + C_N$ est la somme des termes d'une suite géométrique.

$$\begin{aligned} C_1 + C_2 + \ldots + C_N &= C_1\,\frac{1-\left(1+\frac{t}{12}\right)^N}{1-\left(1+\frac{t}{12}\right)} \\ &= \left(m - \frac{t}{12}C\right)\frac{1-\left(1+\frac{t}{12}\right)^N}{\frac{-t}{12}} \\ &= \left(\frac{12m}{t} - C\right)\left(\left(1+\frac{t}{12}\right)^N - 1\right) \end{aligned}$$

3. $C=\left(\frac{12m}{t}-C\right)\left(\left(1+\frac{t}{12}\right)^N-1\right)$

$\Leftrightarrow \frac{C}{\left(1+\frac{t}{12}\right)^N-1}=\frac{12m}{t}-C$

$\Leftrightarrow C\left(\frac{1}{\left(1+\frac{t}{12}\right)^N-1}+1\right)=\frac{12m}{t}$

$\Leftrightarrow \boldsymbol{m=C\times\frac{t}{12}\left(\frac{1}{\left(1+\frac{t}{12}\right)^N-1}+1\right)}$

4. Ici, on a $C = 90\ 000$, $t = 5{,}4\ \% = 0{,}054$ et $N = 144$ car 12 ans = 12 × 12 mois.

$m=90\ 000\times\frac{0{,}054}{12}\left(1+\frac{1}{\left(1+\frac{0{,}054}{12}\right)^{144}-1}\right)$.

La mensualité est m = 850,58 euros au centime près.
Le total des remboursements est $144m$, soit 122 483,52 euros.
Le total des intérêts est 122 483,52 € – 90 000 €, soit **32 483,52€**.

CHAPITRE 2 *(Énoncés p. 16)*

1 Un binôme $ax + b$ ($a \neq 0$) a pour racine $\frac{-b}{a}$.

1. La racine $\frac{-b}{a}$ de $2x - 6$ vaut $\frac{-(-6)}{2}$, soit 3.

x	$-\infty$		3		$+\infty$
$2x-6$		$-$	0	$+$	

La racine de $x + 5$ vaut –5. On a :

x	$-\infty$		-5		$+\infty$
$x+5$		$-$	0	$+$	

2. Le signe du produit de binômes s'obtient à partir des signes de chacun des binômes en appliquant les règles sur le signe d'un produit.

x	$-\infty$		-5		3		$+\infty$
$2x-6$		$-$		$-$	0	$+$	
$x+5$		$-$	0	$+$		$+$	
$(2x-6)(x+5)$		$+$	0	$-$	0	$+$	

3. Pour $P(x) > 0$, on a $S =$ **]–∞ ; –5[∪]3 ; + ∞[.**

2 **a.** La racine $\frac{-b}{a}$ de $x - 3$ est 3 et celle de $7 - x$ est 7.

x	$-\infty$		3		7		$+\infty$
$x-3$		$-$	0	$+$		$+$	
$7-x$		$+$		$+$	0	$-$	
produit		$-$	0	$+$	0	$-$	

Pour $(x - 3)(7 - x) \geqslant 0$, on a **$S$ = [3 ; 7].**

b. La racine $\frac{-b}{a}$ de $3x$ est $\frac{-0}{3}$, soit 0 et celle $5 - x$ est 5.

x	$-\infty$		0		5		$+\infty$
$3x$		$-$	0	$+$		$+$	
$5-x$		$+$		$+$	0	$-$	
produit		$-$	0	$+$	0	$-$	

Pour $3x(5 - x) \leqslant 0$, on a **S =]–∞ ; 0] ∪ [5 ; +∞[.**

c. La racine $\frac{-b}{a}$ de $2x - 1$ est $\frac{-(-1)}{2}$, soit 0,5 et celle de $6x + 3$ est $\frac{-3}{6}$, soit –0,5.

x	$-\infty$		$-0{,}5$		$0{,}5$		$+\infty$
$2x-1$		$-$		$-$	0	$+$	
$6x+3$		$-$	0	$+$		$+$	
produit		$+$	0	$-$	0	$+$	

Pour $(2x - 1)(6x + 3) > 0$, on a
S =]–∞ ; –0,5[∪]0,5 ; +∞[.

3 **a.** $4x^2 - 25 = 0$
$\Leftrightarrow (2x + 5)(2x - 5) = 0$
$\Leftrightarrow 2x + 5 = 0$ ou $2x - 5 = 0$
$\Leftrightarrow 2x = -5$ ou $2x = 5$
S = {–2,5 ; 2,5}

b. $x^2 = 25x \Leftrightarrow x^2 - 25x = 0$
$\Leftrightarrow x(x - 25) = 0$
$\Leftrightarrow x = 0$ ou $x - 25 = 0$
S = {0 ; 25}

Quand dans une équation du second degré, on a $b = 0$ ou $c = 0$, il est maladroit d'utiliser Δ car il suffit de transformer l'équation en équation produit ou en équation de la forme $X^2 = a$.

c. $x^3 + 4x^2 + 4x = 0 \Leftrightarrow x(x^2 + 4x + 4) = 0$
$\Leftrightarrow x(x + 2)^2 = 0 \Leftrightarrow x = 0$ ou $x + 2 = 0$
S = {0 ; –2}

d. $25x^2 - 20x + 4 = 0$
$\Leftrightarrow (5x)^2 - 2 \times 5x \times 2 + 2^2 = 0$
$\Leftrightarrow (5x + 2)^2 = 0 \Leftrightarrow 5x + 2 = 0$
$\Leftrightarrow 5x = -2$ **S = {–0,4}**

e. $25 - (x - 3)^2 = 0$
$\Leftrightarrow 25 = (x - 3)^2$
$\Leftrightarrow 5 = x - 3$ ou $-5 = x - 3$
$\Leftrightarrow 5 + 3 = x$ ou $-5 + 3 = x$ **S = {8 ; –2}**

$X^2 = a$ avec $a > 0$
$\Leftrightarrow X = \sqrt{a}$ ou $X = -\sqrt{a}$

f. $(x + 4)^2 + (x - 7)(x + 4) = 0$
$\Leftrightarrow (x + 4)[(x + 4) + (x - 7)] = 0$
$\Leftrightarrow (x + 4)(2x - 3) = 0 \Leftrightarrow x + 4 = 0$ ou $2x - 3 = 0$
S = {–4 ; 1,5}

4 **a.** $x^2 - 4x + 3 = 0$: $\Delta = b^2 - 4ac = 16 - 12 = 4$
$\Delta > 0$, donc il y a 2 solutions :

$x_1 = \dfrac{-b+\sqrt{\Delta}}{2a} = \dfrac{4+2}{2} = 3$

et $x_2 = \dfrac{-b-\sqrt{\Delta}}{2a} = \dfrac{4-2}{2} = 1$ **$S = \{1 ; 3\}$**

b. $-x^2 + x - 5 = 0 : \Delta = b^2 - 4ac = 1 - 20 = -19$
$\Delta < 0$: **il n'y a pas de solution.**

c. $3x^2 - x + 1 = 0 : \Delta = b^2 - 4ac = 1 - 12 = -11$
$\Delta < 0$: **il n'y a pas de solution.**

d. $5x^2 - x - 6 = 0 : \Delta = b^2 - 4ac = 1 + 120 = 121$
$\Delta > 0$, donc il y a 2 solutions :

$x_1 = \dfrac{-b+\sqrt{\Delta}}{2a} = \dfrac{1+11}{10} = 1{,}2$

et $x_2 = \dfrac{-b-\sqrt{\Delta}}{2a} = \dfrac{1-11}{10} = -1$ **$S = \{-1 ; 1{,}2\}$**

e. $4x^2 + 4x + 1 = 0 : \Delta = b^2 - 4ac = 16 - 16 = 0$
$\Delta = 0$: il y a une unique solution :

$x_0 = \dfrac{-b}{2a} = \dfrac{-4}{8}$ **$S = \{-0{,}5\}$**

f. $x^2 - 5x - 6 = 0 : \Delta = b^2 - 4ac = 25 + 24 = 49$
$\Delta > 0$, donc il y a 2 solutions :

$x_1 = \dfrac{-b+\sqrt{\Delta}}{2a} = \dfrac{5+7}{2} = 6$

et $x_2 = \dfrac{-b-\sqrt{\Delta}}{2a} = \dfrac{5-7}{2} = -1$ **$S = \{-1 ; 6\}$**

5 a. $P(x) = 4x^2 + 12x + 9$
$\Delta = b^2 - 4ac = 144 - 144 = 0$

$\Delta = 0$: il y a une unique racine : $x_0 = \dfrac{-b}{2a} = \mathbf{-1{,}5}$.

Sa factorisation $a(x - x_0)^2$ est $\mathbf{P(x) = 4(x + 1{,}5)^2}$.

Remarque : Quand $\Delta = 0$, forme canonique et forme factorisée sont identiques.

b. $Q(x) = -x^2 + 6x - 10$
$\Delta = b^2 - 4ac = 36 - 40 = -4$
$\Delta < 0$: il n'y a ni racine réelle ni factorisation.

c. $R(x) = 2x^2 + 10x - 12$
$\Delta = b^2 - 4ac = 100 + 96 = 196$
$\Delta > 0$: il y a deux racines :

$x_1 = \dfrac{-b+\sqrt{\Delta}}{2a} = \dfrac{-10+14}{4} = 1$

et $x_2 = \dfrac{-b-\sqrt{\Delta}}{2a} = \dfrac{-10-14}{4} = \mathbf{-6}$

$\Delta > 0$, la factorisation est $a(x - x_1)(x - x_2)$

$\mathbf{R(x) = 2(x - 1)(x + 6)}$.

6 1. • Pour $P(x) = x^2 - 3x + 2$,
on a $\Delta = b^2 - 4ac = (-3)^2 - 4 \times 1 \times 2 = 1$.

Comme on a $\Delta > 0$, il y 2 racines :

$x_1 = \dfrac{-b+\sqrt{\Delta}}{2a} = \mathbf{2}$ et $x_2 = \dfrac{-b-\sqrt{\Delta}}{2a} = \mathbf{1}$.

$P(x)$ est positif (signe de a) **sauf entre ses racines 1 et 2.**

x	$-\infty$		1		2		$+\infty$
$P(x)$		+	0	−	0	+	

• Pour $Q(x) = 3x - 1 - 4x^2$,
on a $\Delta = b^2 - 4ac = 3^2 - 4 \times (-4) \times (-1) = -7$.

Pensez à ordonner les termes pour ne pas confondre a, b et c.

Comme on a $\Delta < 0$, le trinôme **$Q(x)$ n'a pas de racine.**

$Q(x)$ est donc toujours (strictement) négatif (signe de a).

x	$-\infty$		$+\infty$
$Q(x)$		−	

• Pour $R(x) = 5x^2 - 30x + 45$,
on a $\Delta = b^2 - 4ac = (-30)^2 - 4 \times 5 \times 45 = 0$.
Comme on a $\Delta = 0$, il y une unique racine :

$x_1 = \dfrac{-b}{2a} = \mathbf{3}$.

$R(x)$ est donc toujours positif (nul pour sa racine).

x	$-\infty$		3		$+\infty$
$R(x)$		+	0	+	

2. On déduit que :

a. pour $P(x) \geqslant 0$, $\mathbf{S =]-\infty ; 1] \cup [2 ; +\infty[}$

b. pour $Q(x) < 0$, $\mathbf{S} = \mathbb{R}$;

c. $5x^2 - 30x > -45 \Leftrightarrow 5x^2 - 30x + 45 > 0$
$\Leftrightarrow R(x) > 0 : \mathbf{S} = \mathbb{R} \setminus \{3\}$.

7 1. $x^2 + x - 2 = 0$, $\Delta = 9$, $\mathbf{S = \{1 ; -2\}}$.
$4x^2 - 9 = 0 \Leftrightarrow 4x^2 = 9 \Leftrightarrow x^2 = 9 \div 4$
$\Leftrightarrow x^2 = 2{,}25 \Leftrightarrow x = 1{,}5$ ou $x = -1{,}5$;
$\mathbf{S = \{1{,}5 ; -1{,}5\}}$.

2. a. Pour tout réel x, on a :
$(x^2 + x - 2)(4x^2 - 9)$
$= 4x^4 - 9x^2 + 4x^3 - 9x - 8x^2 + 18$
$= 4x^4 + 4x^3 - 17x^2 - 9x + 18$.
On a, pour tout réel x, $\mathbf{P(x) = (x^2 + x - 2)(4x^2 - 9)}$.

b. Les racines du polynôme $P(x)$ sont les solutions de $P(x) = 0$, c'est-à-dire les solutions de $x^2 + x - 2 = 0$ et celles de $4x^2 - 9 = 0$.
Les racines de $P(x)$ sont -2 ; $-1{,}5$; 1 et 1,5.

3. On a :

x	$-\infty$		-2		$-1{,}5$		1		1,5		$+\infty$
$x^2 + x - 2$		+	0	−		−	0	+		+	
$4x^2 - 9$		+		+	0	−		−	0	+	
$P(x)$		+	0	−	0	+	0	−	0	+	

Pour $P(x) < 0$, on a $\mathbf{S =]-2 ; -1{,}5[\cup]1 ; 1{,}5[}$.

8 Soit n et $n + 1$ les deux entiers consécutifs.

Des entiers consécutifs sont des entiers de différence 1 comme n et $n + 1$.

On veut :
$n^2 + (n + 1)^2 = 8\,148\,685$
$\Leftrightarrow 2n^2 + 2n + 1 = 8\,148\,685$
$\Leftrightarrow 2n^2 + 2n - 8\,148\,684 = 0$
$\Delta = b^2 - 4ac = 65\,189\,476$
Comme $\Delta > 0$, il y a deux solutions : $n_1 = -2019$ et $n_2 = 2018$.
Les entiers recherchés sont – 2019 et –2018 ou bien 2018 et 2019.

9 a. $P(x) = 4x^2 - 5x - 6$
$P(2) = 4 \times 2^2 - 5 \times 2 - 6 = 16 - 10 - 6 = 0$
donc **2 est une racine de $P(x)$.**

Si $ax^2 + bx + c$ a deux racines x_1 et x_2, alors $x_1x_2 = \dfrac{c}{a}$.

On a $2 \times x_2 = \dfrac{-6}{4}$, d'où $x_2 = -1{,}5 \div 2$.
La seconde racine est –0,75.

b. $P(x) = 3x^2 + 3x - 6$
$P(1) = 3 \times 1^2 + 3 \times 1 - 6 = 3 + 3 - 6 = 0$
donc **1 est une racine de $P(x)$.**
On a $1 \times x_2 = \dfrac{-6}{3}$, d'où $x_2 = -2$.
La seconde racine est –2.

c. $P(x) = 6x^2 - 5x + 1$
$P(0{,}5) = 6 \times 0{,}5^2 - 5 \times 0{,}5 + 1 = 1{,}5 - 2{,}5 + 1 = 0$
donc **0,5 est une racine de $P(x)$.**
On a $0{,}5 \times x_2 = \dfrac{1}{6}$, d'où $x_2 = \dfrac{1}{6} \times 2$.
La seconde racine est $\dfrac{1}{3}$.

d. $P(x) = x^2 + \sqrt{5}\,x - 10$
$P(\sqrt{5}) = \sqrt{5}^2 + \sqrt{5} \times \sqrt{5} - 10 = 5 + 5 - 10 = 0$
donc **$\sqrt{5}$ est une racine de $P(x)$.**
On a $\sqrt{5} \times x_2 = -10$,
d'où $x_2 = \dfrac{-10}{\sqrt{5}} = \dfrac{-2\sqrt{5}\sqrt{5}}{\sqrt{5}} = -2\sqrt{5}$
La seconde racine est $-2\sqrt{5}$.

10 Les deux nombres dont la somme vaut $s = 1$ et le produit vaut $p = -1$ sont solutions de $x^2 - sx + p = 0$, soit de $x^2 - x - 1 = 0$.
$\Delta = b^2 - 4ac = (-1)^2 - 4 \times 1 \times (-1) = 5$.
$\Delta > 0$, donc il y a deux solutions :
$x_1 = \dfrac{-b + \sqrt{\Delta}}{2a} = \dfrac{1 + \sqrt{5}}{2}$ et $x_2 = \dfrac{-b - \sqrt{\Delta}}{2a} = \dfrac{1 - \sqrt{5}}{2}$.
Ce sont les deux nombres recherchés.

11 Deux nombres de somme $s = 1$ et de produit $p = 1$ sont solutions de $x^2 - sx + p = 0$, soit de $x^2 - x + 1 = 0$.
Or $\Delta = b^2 - 4ac = 1 - 4 = -3$.
$x^2 - x + 1 = 0$ n'a pas de solution et **il n'existe pas deux réels de somme 1 et de produit 1.**

12 Un rectangle de dimensions x et y a pour périmètre $2(x + y) = 140$ et pour aire $xy = 1\,176$.
On cherche deux nombres de somme 70 et de produit 1 176 : ce sont les solutions de l'équation $x^2 - 70\,x + 1\,176$. $\Delta = 196$. Il y a deux solutions $x_1 = 42$ et $x_2 = 28$.
Le rectangle mesure 42 cm sur 28 cm.

13 Les abscisses des points d'intersection d'une courbe d'équation $y = f(x)$ avec l'axe des abscisses sont les solutions de l'équation $f(x) = 0$.

1. Pour $x^2 + 2x - 2 = 0$, $\Delta = 2^2 - 4 \times 1 \times (-2) = 12$.
$x_1 = \dfrac{-b + \sqrt{\Delta}}{2a} = \dfrac{-2 + \sqrt{12}}{2} = \dfrac{-2 + 2\sqrt{3}}{2} = -1 + \sqrt{3}$
et $x_2 = -1 - \sqrt{3}$.
***P* coupe l'axe des abscisses aux points d'abscisses $-1 + \sqrt{3}$ et $-1 - \sqrt{3}$.**
De même, $-x^2 + 2 = 0 \Leftrightarrow x^2 = 2$. ***Q* coupe l'axe des abscisses aux points d'abscisses $\sqrt{2}$ et $-\sqrt{2}$.**

2. Les abscisses des points d'intersection de P et de Q sont solutions de $x^2 + 2x - 2 = -x^2 + 2$, soit de $2x^2 + 2x - 4 = 0$. Une solution évidente est 1 et l'autre solution est $\dfrac{c}{a} = \dfrac{-4}{2} = -2$.
Pour $x = 1$, $y = -1^2 + 2 = 1$
et pour $x = -2$, $y = -(-2)^2 + 2 = -2$.
***P* et *Q* sont sécantes en $A(1 ; 1)$ et en $B(-2 ; -2)$.**

14 1. Pour tout x réel, on a :
$-(x + 3)^2 + 10 = -(x^2 + 6x + 9) + 10$
$= -x^2 - 6x - 9 + 10 = -x^2 - 6x + 1 = f(x)$.
$-(x + 3)^2 + 10$ est une forme canonique de $f(x)$.

2. Dans la forme canonique $-(x + 3)^2 + 10$, on a $a = -1$ (qui est donc négatif), $\alpha = 3$ et $\beta = 10$.
Le tableau des variations de f est :

x	$-\infty$	-3	$+\infty$
$f(x)$	↗	10	↘

15 1. $f(x) = g(x) \Leftrightarrow x^2 + 6x + 4 = -x^2 - 2x + 4$
$\Leftrightarrow 2x^2 + 8x = 0 \Leftrightarrow 2x(x + 4) = 0$
$\Leftrightarrow 2x = 0$ ou $x + 4 = 0 \Leftrightarrow x = 0$ ou $x = -4$.
Pour l'équation $f(x) = g(x)$, on a $\boldsymbol{S = \{0 ; -4\}}$.

2. a. Pour tout x réel, on a : $(x + 3)^2 - 5$
$= x^2 + 6x + 9 - 5 = x^2 + 6x + 4 = f(x)$.
Une forme canonique de $f(x)$ est $(x + 3)^2 - 5$.

b. Pour tout x réel, on a :
$-(x + 1)^2 + 5 = -(x^2 + 2x + 1) + 5$
$= -x^2 - 2x - 1 + 5$
$= -x^2 - 2x + 4 = g(x)$.

Une forme canonique de $g(x)$ est :
$-(x + 1)^2 + 5$.

c. Pour $f(x) = (x + 3)^2 - 5$, on a $a = 1$ donc a (qui est positif), $\alpha = 3$ et $\beta = -5$.

x	$-\infty$	-3	$+\infty$
$f(x)$	↘	-5	↗

Pour $g(x) = -(x+1)^2 + 5$, on a $a = -1$ donc a (qui est négatif), $\alpha = 1$ et $\beta = 5$.

x	$-\infty$	-1	$+\infty$
$g(x)$	↗	5	↘

3. a. Pour représenter une courbe, on commence par établir un tableau de valeurs, valeurs choisies à l'aide de l'extremum du tableau de variations.

x	5	–3,5	–3	–2,5	–2	–1	0
$f(x)$	–1	–4,75	–5	–4,75	–4	–1	4

x	–4	–3	–1,5	–1	–0,5	0	1	2
$g(x)$	–4	1	4,75	5	4,75	4	1	–4

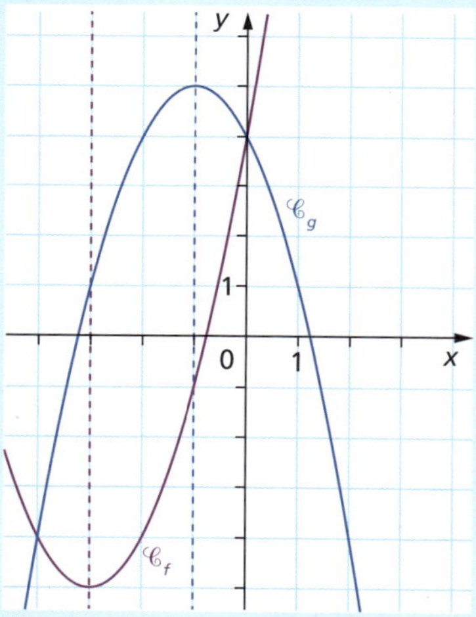

b. Graphiquement, les solutions de l'inéquation $f(x) \leqslant g(x)$ sont les abscisses des points de $\mathscr{C}_f$ situés au-dessous de $\mathscr{C}_g$ ou sur $\mathscr{C}_g$. $S = [-4 ; 0]$.

c. $f(x) \leqslant g(x) \Leftrightarrow x^2 + 6x + 4 \leqslant -x^2 - 2x + 4$
$\Leftrightarrow 2x^2 + 8x \leqslant 0 \Leftrightarrow 2x(x + 4) \leqslant 0$
La racine de $2x$ est 0 et celle de $x + 4$ est –4.

x	$-\infty$		-4		0		$+\infty$
$2x$		$-$		$-$	0	$+$	
$x + 4$		$-$	0	$+$		$+$	
$2x(x + 4)$		$+$	0	$-$	0	$+$	

Pour l'inéquation $f(x) \leqslant g(x)$, on a $S = [-4 ; 0]$.

16 1. On ne demande pas de résoudre, mais juste de déterminer le nombre de solutions éventuelles.
$(E) : x^2 - 4x - 5 = k \Leftrightarrow x^2 - 4x - 5 - k = 0$
On n'utilise Δ que si le membre de droite est nul.
On a : $\Delta = b^2 - 4ac = (-4)^2 - 4 \times 1 \times (-5 - k)$
$= 36 + 4k$.
La racine de $36 + 4k$ est –9 et on a le binôme $36 + 4k$ positif pour les valeurs de k supérieures à sa racine.
Si $k > -9$, alors $\Delta > 0$ et **(E) a deux solutions.**
Si $k = -9$, alors $\Delta = 0$ et **(E) a une solution** dite double.
Si $k < -9$, alors $\Delta < 0$ et **(E) n'a aucune solution.**

2. **Si $k = -9$**, il y a une seule solution : $x = \dfrac{-b}{2a} = \dfrac{4}{2}$.
$S = \{2\}$
• **Si $k > -9$**, il y a deux solutions :
$$x_1 = \frac{-b+\sqrt{\Delta}}{2a} = \frac{4+\sqrt{36+4k}}{2} = \frac{4+2\sqrt{9+k}}{2} = 2+\sqrt{9+k}$$
$$x_2 = \frac{-b-\sqrt{\Delta}}{2a} = 2-\sqrt{9+k}$$
$S = \{2 + \sqrt{9+k} \; ; 2 - \sqrt{9+k}\}$

17 Un changement de variable permet d'obtenir une équation d'inconnue X qu'on sait résoudre. Une fois cette équation résolue, on recherche à partir des valeurs possibles de X, les valeurs de x solutions en faisant attention aux conditions d'existence tant de x que de X.

a. $4x^4 - 6x^2 - 4 = 0$
$\Leftrightarrow 4X^2 - 6X - 4 = 0$ avec $X = x^2$.
$\Delta = b^2 - 4ac = (-6)^2 - 4 \times 4 \times (-4) = 100$.
On a $\Delta > 0$, donc il y a deux solutions en X :
$$X_1 = \frac{-b+\sqrt{\Delta}}{2a} = \frac{6+\sqrt{100}}{8} = 2$$
et $X_2 = \dfrac{-b-\sqrt{\Delta}}{2a} = -0{,}5$.
Comme on a $X = x^2$, on a donc :
$x^2 = 2$ ou $x^2 = -0{,}5 \Leftrightarrow x = \pm\sqrt{2}$ car un carré ne peut pas être négatif. $S = \{-\sqrt{2} \; ; \sqrt{2}\}$.
N.B. $x = \pm\sqrt{2}$ signifie $x = \sqrt{2}$ ou $x = -\sqrt{2}$.

b. Pour $x \neq 0$, $\dfrac{-1}{x^2} + \dfrac{1}{x} + 6 = 0 \Leftrightarrow -X^2 + X + 6 = 0$ avec $X = \dfrac{1}{x}$. $\Delta = b^2 - 4ac = 1^2 - 4 \times (-1) \times 6 = 25$.
On a $\Delta > 0$, donc il y a deux solutions en X :
$X_1 = -2$ et $X_2 = 3$.
Comme on a $X = \dfrac{1}{x}$, on a $x = \dfrac{1}{-2}$ ou $x = \dfrac{1}{3}$.
$S = \left\{\dfrac{-1}{2} ; \dfrac{1}{3}\right\}$.

c. Pour $x \geqslant 0$, $x - \sqrt{x} - 5 = 0 \Leftrightarrow X^2 - X - 5 = 0$ avec $X = \sqrt{x}$. $\Delta = b^2 - 4ac = 1^2 - 4 \times 1 \times (-5) = 21$.
On a $\Delta > 0$, donc il y a deux solutions en X :
$X_1 = \dfrac{1+\sqrt{21}}{2}$ et $X_2 = \dfrac{1-\sqrt{21}}{2}$, ce qui est impossible, car $X = \sqrt{x}$, donc X est positif.

On a donc $\sqrt{x} = \dfrac{1+\sqrt{21}}{2}$,

soit $x = \left(\dfrac{1+\sqrt{21}}{2}\right)^2 = \dfrac{1+2\sqrt{21}+21}{4} = \dfrac{11+\sqrt{21}}{2}$.

$S = \left\{\dfrac{11+\sqrt{21}}{2}\right\}$.

18 Soit x le nombre commun ajouté à 2, 5 et 8.
Les carrés sont $(2 + x)^2$; $(5 + x)^2$ et $(8 + x)^2$.

• **1er cas**
$(2 + x)^2 + (5 + x)^2 = (8 + x)^2$
$\Leftrightarrow 4 + 4x + x^2 + 25 + 10x + x^2 = 64 + 16x + x^2$
$\Leftrightarrow x^2 - 2x - 35 = 0$
$\Delta = 144 \Rightarrow x_1 = 7$ et $x_2 = -5$.

• **2e cas**
$(2 + x)^2 + (8 + x)^2 = (5 + x)^2$
$\Leftrightarrow 4 + 4x + x^2 + 64 + 16x + x^2 = 25 + 10x + x^2$
$\Leftrightarrow x^2 + 10x + 43 = 0$
$\Delta = -72 \Rightarrow$ Il n'y pas de solution dans ce cas.

• **3e cas**
$(2 + x)^2 = (5 + x)^2 + (8 + x)^2$
$\Leftrightarrow 4 + 4x + x^2 = 25 + 10x + x^2 + 64 + 16x + x^2$
$\Leftrightarrow x^2 + 22x + 85 = 0$
$\Delta = 144 \Rightarrow x_3 = -5$ et $x_4 = -17$.

• **Il y a 3 solutions au problème : –17 ; –5 et 7.**

19 Si deux réels ont la même image par une fonction trinôme, alors l'axe de symétrie de la parabole associée a pour équation x = moyenne de ces réels.

1. a. On sait que $f(2) = f(4)$ donc les points de la parabole représentant f d'abscisses 2 et 4 sont symétriques par rapport à la droite d'équation $\boldsymbol{x = 3}$, axe de symétrie de la parabole représentative de f.

Une fonction trinôme f de forme canonique $f(x) = a(x + \alpha)^2 + \beta$ est représentée par une parabole dont l'axe de symétrie a pour équation $x = -\alpha$.

b. La droite d'équation $x = -\alpha$ est aussi l'axe de symétrie de la parabole représentant f.
On en déduit que $\alpha = \mathbf{-3}$.
On a donc $f(x) = a(x - 3)^2 + \beta$.

2. a. On a : $\begin{cases} f(0) = 34 \\ f(2) = 2 \end{cases} \Leftrightarrow \begin{cases} 9a + \beta = 34 & \text{(A)} \\ a + \beta = 2 & \text{(B)} \end{cases}$

b. (A) – (B) $\Leftrightarrow 8a = 32 \Leftrightarrow a = 4$.
Par substitution, (B) $\Leftrightarrow 4 + \beta = 2 \Leftrightarrow \beta = -2$.
La solution $(a ; \beta)$ est $(4 ; -2)$.
La forme canonique de $f(x)$ est $4(x - 3)^2 - 2$.

c.

x	0	1	2	2,5	3	3,5	4	5	6
$f(x)$	34	14	2	–1	–2	–1	2	14	34

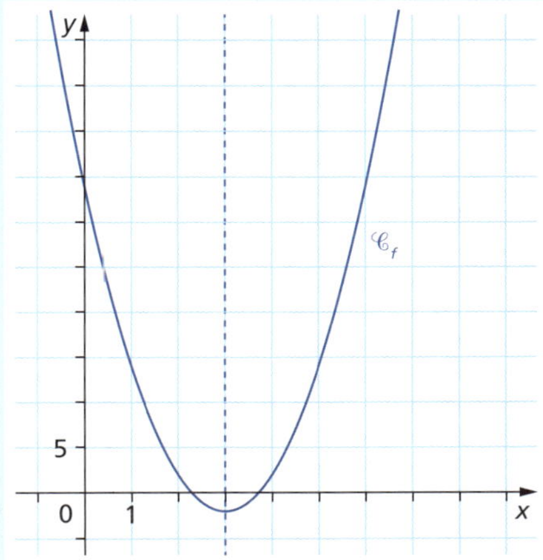

La forme canonique permet de résoudre des équations ou inéquations sans utiliser Δ.

3. a. $f(x) = 5 \Leftrightarrow 4(x - 3)^2 - 2 = 5 \Leftrightarrow 4(x - 3)^2 = 7$
$\Leftrightarrow (x - 3)^2 = \dfrac{7}{4} \Leftrightarrow x - 3 = \dfrac{\sqrt{7}}{2}$ ou $x - 3 = \dfrac{-\sqrt{7}}{2}$
$\Leftrightarrow x = 3 + \dfrac{\sqrt{7}}{2}$ ou $x = 3 - \dfrac{\sqrt{7}}{2}$.

Pour l'équation $f(x) = 5$, on a $S = \left\{\dfrac{6+\sqrt{7}}{2} ; \dfrac{6-\sqrt{7}}{2}\right\}$.

b. $f(x) > 14 \Leftrightarrow 4(x - 3)^2 - 2 > 14$
$\Leftrightarrow 4(x - 3)^2 - 16 > 0 \Leftrightarrow (x - 3)^2 - 4 > 0$
$\Leftrightarrow (x - 3 - 2)(x - 3 + 2) > 0 \Leftrightarrow (x - 5)(x - 1) > 0$.

x	$-\infty$		1		5		$+\infty$
$x - 5$		–		–	0	+	
$x - 1$		–	0	+		+	
$(x - 5)(x - 1)$		+	0	–	0	+	

Pour l'inéquation $f(x) > 14$, on a :
$\boldsymbol{S =]-\infty ; 1[\cup]5 ; +\infty[}$.

20 **1.** M est un point de $[AB]$ donc $0 \leqslant AM \leqslant AB$, soit $0 \leqslant x \leqslant 4$. **$x$ peut varier dans $[0 ; 4]$.**

2. $MNPA$ étant un rectangle, on a $NP = AM = x$.
DCH étant un triangle isocèle en H, sa réduction DNP est isocèle en P, donc $DP = PN = x$.
Comme A, H, P et D sont alignés dans cet ordre, on a :
$AP = AH + HD - DP = 2 + 4 - x$, soit $\boldsymbol{AP = 6 - x}$.
L'aire du rectangle $AMNP$ est :
$AP \times DP = (6 - x) \times x$, soit $\boldsymbol{6x - x^2}$.

3. La fonction trinôme $x \mapsto -x^2 + 6x$ admet un maximum (car $a < 0$) en $\dfrac{-b}{2a} = 3$.
Ce maximum vaut $-3^2 + 6 \times 3 = 9$.
L'aire maximale du rectangle publicitaire est 9 m².

La subvention maximale qu'Alain peut espérer gagner est de 9 000 euros.
N.B. Pour $x = 3$, *MNPA* est un carré.

21 1. $P(1) = 1^3 - 2 \times 1^2 - 5 \times 1 + 6$
$= 1 - 2 - 5 + 6 = 0.$

1 est une racine de *P*.

2. $\forall x \in \mathbb{R}$, on veut :
$P(x) = (x-1)(ax^2 + bx + c)$
$= ax^3 + bx^2 + cx - ax^2 - bx - c$
$= ax^3 + (b-a)x^2 + (c-b)x - c$

Par identification des coefficients des termes de même degré, on a :

$$\begin{cases} a = 1 \\ b - a = -2 \\ c - b = -5 \\ -c = 6 \end{cases} \Leftrightarrow \begin{cases} a = 1 \\ b - 1 = -2 \\ -6 - b = -5 \\ -c = 6 \end{cases} \Leftrightarrow \begin{cases} a = 1 \\ b = -1 \\ -b = 1 \\ c = -6 \end{cases}$$

On a donc $a = 1$, $b = -1$ et $c = -6$ et pour tout x réel, $P(x) = (x-1)(x^2 - x - 6)$.

Si a est une racine d'un polynôme P, alors $P(x)$ est factorisable par $x - a$.

3. $P(x) = 0 \Leftrightarrow (x-1)(x^2 - x - 6) = 0$
$\Leftrightarrow x - 1 = 0$ ou $x^2 - x - 6 = 0$

- $x - 1 = 0 \Leftrightarrow x = 1$
- $x^2 - x - 6 = 0$: $\Delta = 25 \Rightarrow x_1 = 3$ et $x_2 = -2$.

Les solutions de $P(x) = 0$ sont 1, 3 et –2.

22 1. $x^4 - 1 = (x^2)^2 - 1 = (x^2 - 1)(x^2 + 1)$
$= \mathbf{(x+1)(x-1)(x^2+1)}$

2. $x^4 - 1 = 0 \Leftrightarrow (x+1)(x-1)(x^2+1) = 0$
$\Leftrightarrow x + 1 = 0$ ou $x - 1 = 0$ ou $x^2 + 1 = 0$
$\Leftrightarrow x = -1$ ou $x = 1$ ou $x^2 = -1$ ce qui est impossible.

$\mathbf{S = \{-1\ ;\ 1\}}$

CHAPITRE 3 *(Énoncés p. 22)*

1 a. $\lim\limits_{x \to 0} 2x + 3 = 2 \times 0 + 3 = \mathbf{3}$

Pour calculer la limite quand x tend vers 0 d'une expression définie en 0, il suffit de remplacer la variable x par 0.

b. $\lim\limits_{x \to 0} x^2 - 3x = 0^2 - 3 \times 0 = \mathbf{0}$

c. $\lim\limits_{x \to 0} \dfrac{2x+3}{x-5} = \dfrac{2 \times 0 + 3}{0 - 5} = \dfrac{-3}{5}$

2 $f'(a)$ est le coefficient directeur de la tangente à $\mathscr{C}_f$ au point d'abscisse a.

La tangente à $\mathscr{C}$ au point d'abscisse –1 est parallèle à l'axe des abscisses, donc $\mathbf{f'(-1) = 0}$.

Une droite parallèle à l'axe des abscisses a un coefficient directeur nul.

La tangente à $\mathscr{C}$ au point d'abscisse 0 a pour équation $y = -0{,}5 + 3x$. On a $\mathbf{f'(0) = 3}$.

Dans une équation de type $y = mx + p$, m est le coefficient directeur.

3 1. a. Pour tout réel x, on a $f(x) = x^2 + 4x - 5$.
Le taux de variation de f entre 3 et $3 + h$ est

$$\frac{f(3+h) - f(3)}{h}$$
$$= \frac{(3+h)^2 + 4(3+h) - 5 - (3^2 + 4 \times 3 - 5)}{h}$$
$$= \frac{3^2 + 6h + h^2 + 12 + 4h - 5 - 3^2 - 12 + 5}{h}$$
$$= \frac{10h + h^2}{h} = \mathbf{10 + h}$$

b. La limite en 0 de $10 + h$ est 10, donc $\mathbf{f'(3) = 10}$.

2. Le taux de variation de f entre 0 et $0 + h$ est

$$\frac{f(0+h) - f(0)}{h}$$
$$= \frac{(0+h)^2 + 4(0+h) - 5 - (0^2 + 4 \times 0 - 5)}{h}$$
$$= \frac{h^2 + 4h - 5 + 5}{h} = \frac{4h + h^2}{h} = 4.$$ On a $\mathbf{f'(0) = 4}$.

3. a. Pour tout réel x, $f'(x) = 2x + 4 \times 1 - 0 = \mathbf{2x + 4}$.

b. $f'(3) = 2 \times 3 + 4 = \mathbf{10}$ et $f'(0) = 2 \times 0 + 4 = \mathbf{4}$.

4 1. Le coefficient directeur de la droite (AB) est

$$\frac{y_B - y_A}{x_B - x_A} = \frac{-2 - 0{,}5}{2 - 0} = \frac{-2{,}5}{2} = \mathbf{\frac{-5}{4}}.$$

2. Comme la droite (AB) est tangente à la courbe $\mathscr{C}$ au point A d'abscisse 0, son coefficient directeur est $f'(0)$. On a donc $\mathbf{f'(0) = \dfrac{-5}{4}}$.

5 1. a. Le taux de variation de f entre 1 et $1 + h$ vaut :

$$\frac{f(1+h) - f(1)}{h} = \frac{\frac{1+h+3}{1+h-2} - \frac{1+3}{1-2}}{h} = \left(\frac{4+h}{h-1} + 4\right)\frac{1}{h}$$
$$= \left(\frac{4+h}{h-1} + \frac{4(h-1)}{h-1}\right)\frac{1}{h} = \frac{5h}{h-1} \times \frac{1}{h} = \mathbf{\frac{5}{h-1}}$$

b. La limite du taux de variation quand h tend vers 0 est 5, donc **le nombre dérivé de *f* en 1 vaut –5.**

2. Le taux de variation de f entre –3 et $-3 + h$ vaut :

$$\frac{f(-3+h) - f(-3)}{h} = \frac{\frac{-3+h+3}{-3+h-2} - \frac{-3+3}{-3-2}}{h}$$
$$= \frac{h}{h-5} \times \frac{1}{h} = \frac{1}{h-5}$$

La limite du taux de variation quand h tend vers 0 est –0,2, donc $\mathbf{f'(-3) = -0{,}2}$.

6 Chaque fonction est définie sur $\mathbb{R}$.

1. Pour tout réel x, $f'(x) = 2 \times 1 + 0 = \mathbf{2}$.

2. Pour tout réel x, $f'(x) = 3 \times 2x = \mathbf{6x}$.

3. Pour tout réel x, $f'(x) = 3x^{3-1} - 5 \times 1 = \mathbf{3x^2 - 5}$.

4. Pour tout réel x, $f'(x) = 6 \times 2x - 2 \times 1 + 0 = \mathbf{12x - 2}$.

7 Chaque fonction f est définie sur I comme quotient ou produit de fonctions dérivables sur I.

1. Pour tout $x > 0$, $f(x) = 3 \times \frac{1}{x}$ et
$f'(x) = 3 \times \frac{-1}{x^2} = \mathbf{\frac{-3}{x^2}}$.

2. Pour tout $x < 5$, $f(x) = \frac{2x-7}{x-5}$.

On utilise $\left(\frac{u}{v}\right)' = \frac{u'v - uv'}{v^2}$

avec $u(x) = 2x - 7$, $u'(x) = 2$, $v(x) = x - 5$ et $v'(x) = 1$.

Rappeler les formules employées et calculer séparément $u'(x)$ et $v'(x)$.

Pour tout $x < 5$, $f'(x) = \frac{2(x-5)-(2x-7)\times 1}{(x-5)^2} = \mathbf{\frac{-3}{(x-5)^2}}$.

3. Pour tout $x > 3$,

$f(x) = \frac{x^2+3x}{(x-2)(x-3)} = \frac{x^2+3x}{x^2-5x+6}$

et $f'(x) = \frac{(2x+3)(x^2-5x+6)-(x^2+3x)(2x-5)}{(x^2-5x+6)^2}$

$= \frac{2x^3-10x^2+12x+3x^2-15x+18-(2x^3-5x^2+6x^2-15x)}{(x^2-5x+6)^2}$

$= \mathbf{\frac{-8x^2+12x+18}{(x^2-5x+6)^2}}$.

Ne pas développer les carrés au dénominateur des dérivées, car cela permettra une étude plus facile du signe de $f'(x)$.

4. Pour $x > 0$, $f(x) = (2x + 3)\sqrt{x}$.
On utilise $(uv)' = u'v + uv'$ avec $u(x) = 2x + 3$
$u'(x) = 2$, $v(x) = \sqrt{x}$ et $v'(x) = \frac{1}{2\sqrt{x}}$.

Pour $x > 0$, $f'(x) = 2\sqrt{x} + (2x + 3)\frac{1}{2\sqrt{x}}$

$= \frac{2\sqrt{x}\times 2\sqrt{x}}{2\sqrt{x}} + \frac{2x+3}{2\sqrt{x}} = \mathbf{\frac{6x+3}{2\sqrt{x}}}$.

8 1. $f(x) = 5x^2 - 3x + 2$. f est dérivable sur $\mathbb{R}$ comme fonction polynôme.
Pour tout réel x, $\mathbf{f'(x) = 10x - 3}$.

2. $f(x) = (2x + 3)^2 = 4x^2 + 12x + 9$.
f est dérivable sur $\mathbb{R}$ comme fonction polynôme.
Pour tout réel x, $\mathbf{f'(x) = 8x + 12}$.

3. $f(x) = \frac{2x+3}{x-1}$. f est définie et dérivable sur $\mathbb{R} \setminus \{1\}$ comme fonction rationnelle avec pour tout réel $x \neq 1$, $f'(x) = \frac{2(x-1)-(2x+3)\times 1}{(x-1)^2} = \mathbf{\frac{-5}{(x-1)^2}}$.

4. $f(x) = \frac{-x+3}{x^2-5}$. f est définie et dérivable sur $D_f = \mathbb{R} \setminus \{\sqrt{5}\ ; -\sqrt{5}\}$ avec, pour tout réel x de D_f,

$f'(x) = \frac{-1(x^2-5)-(-x+3)\times 2x}{(x^2-5)^2}$

$= \frac{-x^2+5+2x^2-6x}{(x^2-5)^2} = \mathbf{\frac{x^2-6x+5}{(x^2-5)^2}}$.

9 Si f est dérivable en a, une équation de la tangente à $\mathscr{C}_f$ au point d'abscisse a est $y = f'(a)(x - a) + f(a)$.

1. $f(x) = x^2 + 4$. f est définie et dérivable sur $\mathbb{R}$ avec, pout tout réel x, $f'(x) = 2x$.
On a $f(-3) = (-3)^2 + 4 = 13$ et
$f'(-3) = 2 \times (-3) = -6$.
Une équation de la tangente à $\mathscr{C}_f$ au point d'abscisse -3 est $y = -6(x - (-3)) + 13$, soit
$\mathbf{y = -6x - 5}$.

2. $f(x) = \frac{x+2}{x+1}$. f est définie et dérivable sur $\mathbb{R} \setminus \{-1\}$ avec, pour tout réel x différent de -1,
$f'(x) = \frac{1(x+1)-(x+2)\times 1}{(x+1)^2} = \frac{-1}{(x+1)^2}$.
On a $f(0) = 2$ et $f'(0) = -1$.
Une équation de la tangente à $\mathscr{C}_f$ au point d'abscisse 0 est $y = -1(x - 0) + 2$, soit $\mathbf{y = -x + 2}$.

3. $f(x) = 2\sqrt{x}$. f est définie sur $[0\ ; +\infty[$ et dérivable sur $]0\ ; +\infty[$ avec pour tout réel $x > 0$,
$f'(x) = \frac{1}{\sqrt{x}}$. On a $f(9) = 6$ et $f'(9) = \frac{1}{3}$.
Une équation de la tangente à $\mathscr{C}_f$ au point d'abscisse 9 est $y = \frac{1}{3}(x - 9) + 6$,
soit $\mathbf{y = \frac{1}{3}x + 3}$.

10 1. a. f est dérivable sur $]0\ ; +\infty[$ comme fonction inverse avec pour tout réel $x > 0$, $f'(x) = \frac{-1}{x^2}$.
On a : $\mathbf{f'(1) = -1}$, $\mathbf{f'(0{,}5) = -4}$ **et** $\mathbf{f'(2) = -0{,}25}$.

b. $f'(a)$ est le coefficient directeur de la tangente à $\mathscr{C}_f$ au point d'abscisse a.
Les tangentes à $\mathscr{C}$ ont pour coefficients directeurs **−1 au point d'abscisse 1, −4 au point d'abscisse 0,5 et −0,25 au point d'abscisse 2.**

2. On place les points de coordonnées $(a\ ; f(a))$ pour $a = 1$, $a = 0{,}5$ et $a = 2$, soit les points de coordonnées $(1\ ; 1)$, $(0{,}5\ ; 2)$ et $(2\ ; 0{,}5)$ et on trace

les droites passant par ces points de coefficients directeurs respectifs –1, –4 et –0,25.

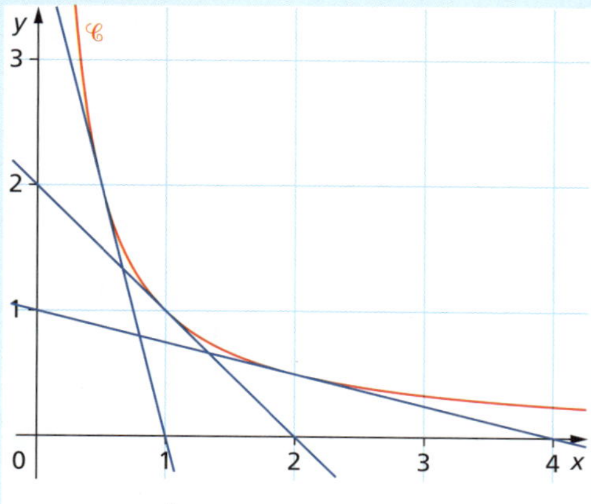

Échelle : réduction 70%

11 1. f est définie sur $[0\ ;+\infty[$ et dérivable sur $]0\ ;+\infty[$ avec, pour tout réel $x > 0$,

$f'(x) = \dfrac{1}{2\sqrt{x}}$. On a **$f(25) = 5$** et **$f'(25) = 0,1$**.

2. a. Une équation de la tangente à la représentation graphique de f au point d'abscisse 25 est $y = f'(25)(x - 25) + f(25)$, soit **$y = 0,1x + 2,5$**.

b. La fonction affine g représentée par cette droite a pour expression $g(x) = 0,1x + 2,5$.
En posant $x = 25 + h$, on a :
$g(25 + h) = 0,1(25 + h) + 2,5 =$ **$5 + 0,1h$**.

3. a. On a $g(25 + 0,02) = 5 + 0,1 \times 0,02 = 5,002$, donc **$\sqrt{25,02} \approx 5,002$**.
On a $g(25 + 0,001) = 5 + 0,1 \times 0,001 = 5,000\ 1$, donc **$\sqrt{25,001} \approx 5,000\ 1$**.
On a $g(25 - 0,001) = 5 + 0,1 \times (-0,001) = 4,999\ 9$, donc **$\sqrt{24,999} \approx 4,999\ 9$**.

b.
$\sqrt{249999} = \sqrt{24,9999} \times \sqrt{10000} = 100\sqrt{24,9999}$
Comme $g(25 - 0,000\ 1) = 4,999\ 99$, on en déduit que $\sqrt{249999} \approx 100 \times 4,999\ 99 \approx$ **499,999**.
$\sqrt{2500,00032} = 10\sqrt{25,0000032}$ avec $g(25 + 0,000\ 003\ 2) = 5,000\ 000\ 32$. On en déduit que $\sqrt{2500,00032} \approx 10 \times 5,000\ 000\ 32 \approx$ **50,000 003 2**.

4. La fonction inverse est dérivable sur $]0\ ;+\infty[$, avec, pour tout réel $x > 0$, $f'(x) = \dfrac{-1}{x^2}$.
En particulier, on a $f'(10) = -0,01$ et une équation de la tangente à $\mathscr{C}_f$ au point d'abscisse 10 est $y = f'(10)(x - 10) + f(10)$, soit $y = -0,01x + 0,2$.
Cette droite représente la fonction affine k définie par $k(x) = -0,01x + 0,2$.
On a $k(10 + h) = 0,1 - 0,01h$.
$k(10 + 0,03) = 0,1 - 0,01 \times 0,03 = 0,099\ 7$, donc $\dfrac{1}{10,03} \approx$ **0,099 7**.
$k(10 - 0,005) = 0,1 - 0,01 \times (-0,005) = 0,100\ 05$, donc $\dfrac{1}{9,995} \approx$ **0,100 05**.

CHAPITRE 4 (Énoncés p. 25)

1 1. Pour tout réel x, on a $f(x) = \dfrac{15x+60}{x^2+9}$.

On utilise $\left(\dfrac{u}{v}\right)' = \dfrac{u'v - uv'}{v^2}$ avec $u(x) = 15x + 60$, $u'(x) = 15$, $v(x) = x^2 + 9$ et $v'(x) = 2x$.
On a donc, pour tout réel x,

$$f'(x) = \frac{15(x^2+9)-(15x+60)\times 2x}{(x^2+9)^2} = \frac{15x^2+135-30x^2-120x}{(x^2+9)^2},$$

soit **$f'(x) = \dfrac{-15x^2-120x+135}{(x^2+9)^2}$**.

2. Le dénominateur de $f'(x)$ étant un carré, il est positif et $f'(x)$ est du même signe que $-15x^2 - 120x + 135$ pour lequel on a $\Delta = b^2 - 4ac = 22\ 500$: il y a donc deux racines.

$$x_1 = \frac{-b+\sqrt{\Delta}}{2a} = \frac{120+150}{-30} = -9 \text{ et}$$

$$x_2 = \frac{-b-\sqrt{\Delta}}{2a} = \frac{120-150}{-30} = 1.$$

Un trinôme $ax^2 + bx + c$ est du signe de a sauf entre ses racines si elles existent.

$f'(x)$ est donc négatif (signe de a) **sauf entre ses racines –9 et 1.**

3. Sur $]-\infty\ ;-9]$ et sur $[1\ ;+\infty[$, on a $f'(x) \leqslant 0$ et f décroît sur ces intervalles.
Sur $[-9\ ;1]$, on a $f'(x) \geqslant 0$ et f croît sur cet intervalle.

x	$-\infty$		-9		1		$+\infty$
$f'(x)$		$-$	0	$+$	0	$-$	
$f(x)$		↘	$-\dfrac{5}{6}$	↗	7,5	↘	

2 1. f est dérivable sur $\mathbb{R}$ comme fonction polynôme.
Pour tout réel x, on a $f(x) = x^2 - 8x + 1$ et $f'(x) = 2x - 8$.
$f'(x) \geqslant 0 \Leftrightarrow 2x - 8 \geqslant 0 \Leftrightarrow 2x \geqslant 8 \Leftrightarrow x \geqslant 4$.
f est croissante sur $[4\ ;+\infty[$ et f est décroissante sur $]-\infty\ ;4]$.

2. Pour tout réel x, on a $f(x) = x^3 - 3x + 1$ et $f'(x) = 3x^2 - 3 = 3(x^2 - 1) = 3(x + 1)(x - 1)$.
Les racines de $f'(x)$ sont –1 et 1. $f'(x)$ est positif sauf entre ses racines.
f est croissante sur $]-\infty\ ;-1]$ et sur $[1\ ;+\infty[$ et f est décroissante sur $[-1\ ;1]$.

3. Sur $]-\infty\,;-3[$, on a $f(x) = \dfrac{x+5}{x+3}$.

On utilise $\left(\dfrac{u}{v}\right)' = \dfrac{u'v - uv'}{v^2}$ avec

$u(x) = x + 5$, $u'(x) = 1$, $v(x) = x + 3$ et $v'(x) = 1$.
Pour tout x inférieur à -3,

$$f'(x) = \frac{1(x+3)-(x+5)\times 1}{(x+3)^2} = \frac{-2}{(x+3)^2}.$$

Sur $]-\infty\,;-3[$, on a $f'(x) < 0$ et **f est strictement décroissante sur $]-\infty\,;-3[$.**

4. Pour tout réel x, on a $f(x) = \dfrac{x+3}{x^2+x+3}$.

On utilise $\left(\dfrac{u}{v}\right)' = \dfrac{u'v - uv'}{v^2}$ avec $u(x) = x + 3$,

$u'(x) = 1$, $v(x) = x^2 + x + 3$ et $v'(x) = 2x + 1$.

$$\text{On a : } f'(x) = \frac{1(x^2+x+3)-(x+3)(2x+1)}{(x^2+x+3)^2}$$

$$= \frac{x^2+x+3-2x^2-x-6x-3}{(x^2+x+3)^2} = \frac{-x^2-6x}{(x^2+x+3)^2}.$$

Le dénominateur étant un carré, il est positif. $f'(x)$ est donc du même signe que le numérateur $-x^2 - 6x$, donc les racines sont 0 et -6.
On n'utilise pas Δ si c est nul.
Le trinôme, et donc $f'(x)$, est négatif sauf entre les racines -6 et 0.
f décroît sur $]-\infty\,;-6]$ et sur $[0\,;+\infty[$.
f croît sur $[-6\,;0]$.

3 **1.** Pour tout x différent de -1 et de 2, on a :

$$\frac{-1}{x-2} - \frac{2}{x+1} = \frac{-(x+1)-2(x-2)}{(x-2)(x+1)}$$

$$= \frac{-x-1-2x+4}{x^2+x-2x-2} = \frac{-3x+3}{x^2-x-2}$$

On a bien : $\mathbf{f(x)} = \dfrac{-1}{x-2} - \dfrac{2}{x+1}$.

2. a. f est dérivable comme fonction rationnelle, avec, pour tout x différent de -1 et de 2 :

$$f'(x) = \left(\frac{-1}{x-2}\right)' - \left(\frac{2}{x+1}\right)' = -1\times\frac{-1}{(x-2)^2} - 2\frac{-1}{(x+1)^2},$$

soit $\mathbf{f'(x)} = \dfrac{1}{(x-2)^2} + \dfrac{2}{(x+1)^2}$.

b. $f'(x)$ étant la somme de deux expressions positives, $f'(x)$ est positive sur chacun des intervalles où elle est définie. **f est croissante sur** chacun des intervalles où elle est définie, c'est-à-dire sur $]-\infty\,;-1[$, sur $]-1\,;2[$ et sur $]2\,;+\infty[$.

3. • ($\mathscr{C}$) coupe l'axe des ordonnées en un point d'abscisse 0. Son ordonnée est :

$$f(0) = \frac{-3\times 0+3}{0^2-0-2} = -1{,}5.$$

($\mathscr{C}$) coupe l'axe des ordonnées en $A(0\,;-1{,}5)$.
• $f(x) = 0 \Leftrightarrow -3x + 3 = 0 \Leftrightarrow x = 1$.
($\mathscr{C}$) coupe l'axe des abscisses en $B(1\,;0)$.

• $f(x) = 1{,}2 \Leftrightarrow \dfrac{-3x+3}{x^2-x-2} = 1{,}2$

$\Leftrightarrow -3x + 3 = 1{,}2(x^2 - x - 2)$
$\Leftrightarrow -3x + 3 = 1{,}2x^2 - 1{,}2x - 2{,}4$
$\Leftrightarrow 0 = 1{,}2x^2 + 1{,}8x - 5{,}4$.
Pour $1{,}2x^2 + 1{,}8x - 5{,}4$,
on a $\Delta = 1{,}8^2 - 4 \times 1{,}2 \times (-5{,}4) = 29{,}16$.

On a $x_1 = \dfrac{-1{,}8+\sqrt{29{,}16}}{2\times 1{,}2} = 1{,}5$ et

$x_2 = \dfrac{-1{,}8-\sqrt{29{,}16}}{2\times 1{,}2} = -3$.

($\mathscr{C}$) coupe la droite d'équation $y = 1{,}2$ en $D(-3\,;1{,}2)$ et en $E(1{,}5\,;1{,}2)$.

4.

x	-5	-4	-3	-2	$-1{,}5$	$-0{,}5$	0	1	1,5	2,5	3	4
$f(x)$	0,6	0,8	1,2	2,3	4,3	$-3{,}6$	$-1{,}5$	0	1,2	$-2{,}6$	$-1{,}5$	$-0{,}9$

5.

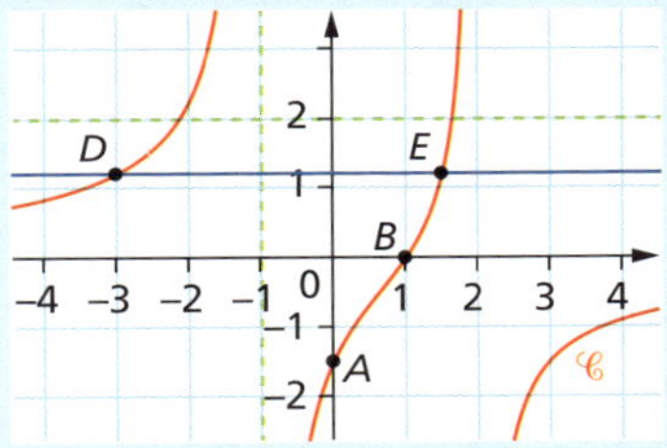

4 **1.** Pour tout réel x différent de -3, $f(x) = \dfrac{x+4}{x+3}$ et f est dérivable comme fonction rationnelle.

On utilise $\left(\dfrac{u}{v}\right)' = \dfrac{u'v - uv'}{v^2}$ avec :

$u(x) = x + 4$, $u'(x) = 1$, $v(x) = x + 3$ et $v'(x) = 1$.
Pour $x \neq -3$, on a :

$$f'(x) = \frac{1\times(x+3)-(x+4)\times 1}{(x+3)^2} = \frac{x+3-x-4}{(x+3)^2} = \frac{-1}{(x+3)^2}.$$

Le dénominateur étant positif, $f'(x)$ est du même signe que le numérateur -1, donc négatif. **f décroît sur $]-\infty\,;-3[$ et sur $]-3\,;+\infty[$.**

2. Soit $\mathscr{C}_f$ la représentation graphique de f.

Le coefficient directeur d'une tangente au point d'abscisse a est le nombre dérivée en a, soit $f'(a)$.

Ici, on a $f'(a) = \dfrac{-1}{(a+3)^2}$.

On veut des tangentes à $\mathscr{C}$ parallèles à la droite d'équation $y = -x$ dont le coefficient directeur est -1.

Deux droites sont parallèles si elles ont le même coefficient directeur.

Il faut donc avoir :

$f'(a) = -1 \iff \dfrac{-1}{(a+3)^2} = -1 \iff (a+3)^2 = 1$

$\iff a + 3 = 1$ ou $a + 3 = -1$

$\iff a = -2$ ou $a = -4$.

De plus, on a :

$f(-2) = \dfrac{-2+4}{-2+3} = \dfrac{2}{1} = 2 = 1{,}5$ et $f(-4) = \dfrac{-4+4}{-4+3} = 0$.

Il existe deux points A et B de $\mathscr{C}$ en lesquels la tangente à $\mathscr{C}$ est parallèle à la droite d'équation $y = -x$: **ce sont $A(-2\,;\,2)$ et $B(-4\,;\,0)$.**

Quand on connaît l'abscisse a d'un point d'une courbe représentative d'une fonction f, alors l'ordonnée du point est $f(a)$.

3.

x	−8	−6	−4	−3,5	−2,5	−2	0	2
f(x)	0,8	0,7	0	−1	3	2	1,3	1,2

4.

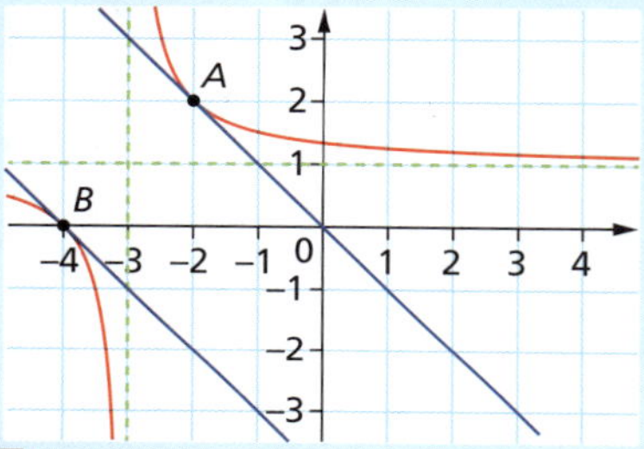

5 1. Graphiquement, on a :

x	0		0,5		4
$f(x)$		−	0	+	

2. a. $f'(0)$ est le coefficient directeur de (AB), la tangente à $\mathscr{C}_f$ au point d'abscisse 0.

$f'(0) = \dfrac{y_B - y_A}{x_B - x_A} = \dfrac{2+1}{1-0} = \mathbf{3}$.

$f'(a)$ est le coefficient directeur de la tangente à $\mathscr{C}_f$ au point d'abscisse a.

$f'(1{,}5)$ est le coefficient directeur de la tangente à $\mathscr{C}_f$ au point d'abscisse 1,5, tangente parallèle à l'axe des abscisses, donc $\mathbf{f'(1{,}5) = 0}$.

Une droite parallèle à l'axe des abscisses a un coefficient directeur nul.

b. Des variations de f, on en déduit que :

x	0		1,5		4
$f'(x)$		+	0	−	

6 1.a. Le coût en euro de fabrication de n articles est **$20n + 150\,000$**.

b. Le prix de revient en euro d'un article est :

$r(n) = \dfrac{20n+150000}{n} = \mathbf{20} + \dfrac{\mathbf{150000}}{\boldsymbol{n}}$.

2. a. La recette correspondant à un prix de vente p est $(2\,100\,000 - 60\,000p)p$,

soit $\mathbf{-60\,000p^2 + 2\,100\,000p}$.

La recette est le produit du nombre d'articles par le prix unitaire de vente.

b. Le bénéfice total correspondant, en euro, est alors $-60\,000p^2 + 2\,100\,000p - (20n + 150\,000)$ avec $n = 2\,100\,000 - 60\,000p$.

On obtient bien comme recette :

$\mathbf{-60\,000\,p^2 + 3\,300\,000p - 42\,150\,000}$.

Le bénéfice est la différence entre la recette et le coût de production.

3. a. f définie sur $[20\,;\,35]$ par :

$f(x) = -60\,000\,x^2 + 3\,300\,000x - 42\,150\,000$

est dérivable sur $[20\,;\,35]$ comme fonction polynôme avec pour tout réel de $[20\,;\,35]$,

$f'(x) = -120\,000\,x + 3\,300\,000$.

$f'(x) \geqslant 0 \iff -120\,000\,x + 3\,300\,000 \geqslant 0$

$\iff -120\,000\,x \geqslant -3\,300\,000$

$\iff x \leqslant -3\,300\,000 \div (-120\,000)$

$\iff x \leqslant 27{,}5$.

f est croissante sur $[20\,;\,27{,}5]$ et décroissante sur $[27{,}5\,;\,30]$.

b. f atteint donc son maximum pour $x = 27{,}5$.

Le prix de vente unitaire qui assure un bénéfice maximal est **27,5 euros**.

On a $f(27{,}5) = 3\,225\,000$.

Ce bénéfice maximal est de **3 225 000 euros**.

$n = 2\,100\,000 - 60\,000 \times 27{,}5 = 450\,000$.

Cela correspond à la fabrication et la vente de **450 000 articles**.

7 On pose $x = CD = EF$.

La longueur totale du grillage est $CD + DE + EF$.

On a donc $x + DE + x = 160$, soit $DE = 160 - 2x$.

L'aire de l'enclos rectangulaire est $CD \times DE$,

soit $f(x) = x(160 - 2x) = -2x^2 + 160x$.

f est dérivable sur $[0\,;\,160]$ avec, pour tout réel de $[0\,;\,160]$, $f'(x) = -4x + 160$.

$f'(x)$ s'annule en changeant de signe en $x = 40$.

f atteint son maximum en $x = 40$ avec

$f(40) = 3\,200$.

Pour $CD = 40$, $DE = 80$, l'aire de l'enclos est maximale et cette aire maximale vaut **3 200 m²**.

8 1. a. Sur $[0\,;\,15]$, on a :

$f(x) = 2x^3 - 60x^2 + 450x$.

f est dérivable sur $[0\,;\,15]$, avec

$f'(x) = 2 \times 3\,x^2 - 60 \times 2x + 450$,

soit $\mathbf{f'(x) = 6x^2 - 120x + 450}$.

b. Pour $6x^2 - 120x + 450$,

on a :

$\Delta = b^2 - 4ac = (-120)^2 - 4 \times 6 \times 450 = 3\,600$.

Comme $\Delta > 0$, il y a deux racines :

$x_1 = \dfrac{-b+\sqrt{\Delta}}{2a} = \dfrac{120+60}{12} = 15$ et

$x_2 = \dfrac{-b-\sqrt{\Delta}}{2a} = \dfrac{120-60}{12} = 5$.

Le trinôme $6x^2 - 120x + 450$ est positif sauf entre ses racines 5 et 15. On a donc **$f'(x)$ positif sur [0 ; 5] et négatif sur [5 ; 15].**

c. f croît donc sur [0 ; 5] et décroît sur [5 ; 15].

$f(0) = 2 \times 0^3 - 60 \times 0^2 + 450 \times 0 = 0$

$f(5) = 2 \times 5^3 - 60 \times 5^2 + 450 \times 5 = 1\,000$

$f(15) = 2 \times 15^3 - 60 \times 15^2 + 450 \times 15 = 0$

x	0	5	15
$f(x)$	0 ↗	1000	↘ 0

d. À l'aide de la calculatrice, on trouve que, dans l'intervalle [0 ; 15], $f(x) = 500$ a pour solutions à 10^{-1} près, **$\alpha = 1{,}3$ et $\beta = 10$** (valeur exacte).

2. a. Si $x = 2$, $y = (30 - 2 \times 2) \div 2 = 13$ et $h = 30 - 2 \times 2 = 26$.
Le volume xyh de la boîte est $2 \times 13 \times 26$, soit **676 cm³**.

b. On a $y = (30 - 2x) \div 2 = 15 - x$ et $h = 30 - 2x$.
Le volume xyh de la boîte est :
$V(x) = xyh = x(15 - x)(30 - 2x)$
$= (15x - x^2)(30 - 2x) = 450x - 30x^2 - 30x^2 + 2x^3$.
On a bien **$V(x) = f(x)$**, où f est la fonction définie précédemment.

c. Comme f atteint son maximum en $x = 5$, **le volume de la boîte est maximal pour $x = 5$. Ce volume maximal est de 1 000 cm³.**

3. L'équation $f(x) = 500$ admettant 2 solutions sur [0 ; 15], il y a **deux possibilités** pour avoir des boîtes de 500 cm³, soit **$x = 1{,}3$**, soit **$x = 10$**.

9 **1.** Sur $\mathbb{R}$, on a $f(x) = x^3 + ax$. f est dérivable comme fonction polynôme avec, pour tout réel x, **$f'(x) = 3x^2 + a$.**

2. Si $a > 0$, alors $f'(x)$ est strictement positive sur $\mathbb{R}$ et **f est strictement croissante sur $\mathbb{R}$**.
Si $a = 0$, alors $f'(x)$ est strictement positive sur $\mathbb{R}$ sauf pour $x = 0$ et **f est strictement croissante sur $\mathbb{R}$**.
La fonction $x \mapsto x^3$ est un exemple de fonction dont la dérivée s'annule (ici en 0) sans changer de signe et qui n'admet donc pas d'extremum quand la dérivée s'annule.
Si $a < 0$, alors $-a > 0$ et
$f'(x) = 0 \Leftrightarrow 3x^2 = -a \Leftrightarrow x^2 = \dfrac{-a}{3}$

$\Leftrightarrow x = \sqrt{\dfrac{-a}{3}}$ ou $x = -\sqrt{\dfrac{-a}{3}}$.

$f'(x)$ est positive sauf entre ses racines.

f est strictement **croissante sur** $\left]-\infty ; -\sqrt{\dfrac{-a}{3}}\right]$ **et sur** $\left[-\sqrt{\dfrac{-a}{3}} ; +\infty\right[$ et f est strictement **décroissante sur** $\left[-\sqrt{\dfrac{-a}{3}} ; \sqrt{\dfrac{-a}{3}}\right]$.

$\mathscr{C}_f$ admet des tangentes parallèles à l'axe des abscisses aux points d'abscisses $\sqrt{\dfrac{-a}{3}}$ et $-\sqrt{\dfrac{-a}{3}}$.

CHAPITRE 5 *(Énoncés p. 30)*

1 $a = (e^2)^4 = e^{4\times2} = \mathbf{e^8}$ — $(e^x)^n = e^{xn}$
$b = e^3 \times e^{-2} = e^{3+(-2)} = \mathbf{e^1}$
$c = e^{6,5} \div e^{4,5} = e^{6,5-4,5} = \mathbf{e^2}$
$d = \sqrt{e^6} = e^{6/2} = \mathbf{e^3}$ — $e^{\frac{x}{2}} = \sqrt{e^x}$
$f = e^x \times e^{2x} = e^{x+2x} = \mathbf{e^{3x}}$
$g = \dfrac{e^{3x+2}}{e^{2x+1}} = e^{3x+2-(2x+1)} = \mathbf{e^{x+1}}$

2 **a.** $e^{2x} = e^6 \Leftrightarrow 2x = 6$
$\Leftrightarrow x = 3$ — $e^a = e^b$ équivaut à $a = b$
La solution est 3.

b. $e^{2x+3} = e^x \Leftrightarrow 2x + 3 = x \Leftrightarrow 2x - x = -3$
$\Leftrightarrow x = -3$
La solution est –3.

c. $e^{x(x-2)} = 1 \Leftrightarrow e^{x(x-2)} = e^0$ — $e^0 = 1$
$\Leftrightarrow x(x-2) = 0 \Leftrightarrow x = 0$ ou $x - 2 = 0$
Les solutions sont 0 et 2.

d. $e^x = 3 \Leftrightarrow x = \ln(3)$
Pour $c > 0$, $e^x = c \Leftrightarrow x = \ln(c)$
La solution est ln(3).

3 **a.** $e^x = \sqrt{e} \Leftrightarrow e^x = e^{0,5} \Leftrightarrow x = 0{,}5$ — $\sqrt{e} = e^{0,5}$
La solution est 0,5.

b. $e^{x^2-1} = e^{15} \Leftrightarrow x^2 - 1 = 15 \Leftrightarrow x^2 = 16$
$\Leftrightarrow x = \sqrt{16}$ ou $x = -\sqrt{16}$
Les solutions sont 4 et –4.

c. $e^{x+1} + e^x = 1 + e$
$\Leftrightarrow e^x e^1 + e^x = 1 + e$
$\Leftrightarrow e^x(e + 1) = 1 + e$
$\Leftrightarrow e^x = \dfrac{1+e}{e+1} \Leftrightarrow e^x = 1$.
La solution est 0.

4 **1.** Pour $x^2 + x - 6 = 0$, $\Delta = b^2 - 4ac = 25$.
$\Delta > 0$, donc il y a deux solutions :

$x_1 = \dfrac{-b+\sqrt{\Delta}}{2a} = \dfrac{-1+5}{2} = 2$ et

$x_2 = \dfrac{-b-\sqrt{\Delta}}{2a} = \dfrac{-1-5}{2} = -3$

Les solutions sont 2 et –3.

2. $e^{2x} + e^x - 6 = 0$
$\Leftrightarrow (e^x)^2 + e^x - 6 = 0$ — $e^{2x} = (e^x)^2$
En posant $X = e^x$, on a $X^2 + X - 6 = 0$
d'où $X = 2$ ou $X = -3$.
On a donc $e^x = 2$ ou $e^x = -3$.
Comme pour tout réel x, $e^x > 0$,
on a $e^x = 2 \Leftrightarrow x = \ln(2)$.
La solution est ln(2).

5 a. $e^x > e^{-2} \Leftrightarrow x > -2$. $S =]-2 ; +\infty[$

$e^a > e^b \Leftrightarrow a > b$

b. $e^x < -2$
C'est impossible car, pour tout réel x, $e^x > 0$.
$S = \varnothing$

c. $e^{-x} \geqslant e^x \Leftrightarrow -x \geqslant x \Leftrightarrow 0 \geqslant 2x \Leftrightarrow 0 \geqslant x$. $S = \mathbb{R}^-$

d. $e^{2x-4} \leqslant e^x \Leftrightarrow 2x - 4 \leqslant x \Leftrightarrow x \leqslant 4$. $S =]-\infty ; 4]$

6 a. $e^x > 3 \Leftrightarrow x > \ln(3)$. $S =]\ln(3) ; +\infty[$

b. $e^x < -1$
C'est impossible car, pour tout réel x, $e^x > 0$.
$S = \varnothing$

c. $e^{x+3} \geqslant -2$. C'est toujours vrai. $S = \mathbb{R}$

Une exponentielle est toujours strictement positive.

d. $e^{3x-4} > e^x \Leftrightarrow 3x - 4 > x \Leftrightarrow 2x > 4 \Leftrightarrow x > 2$.
$S =]2 ; +\infty[$

7 a. $f(x) = e - e^x$
$f(x) > 0 \Leftrightarrow e - e^x > 0 \Leftrightarrow e > e^x \Leftrightarrow e^1 > e^x$ — $e = e^1$
$\Leftrightarrow 1 > x$. **f est positive sur $]-\infty ; 1[$, nulle en 1 et négative sur $]1 ; +\infty[$.**

b. $f(x) = 1 - e^x$
$f(x) > 0 \Leftrightarrow 1 - e^x > 0 \Leftrightarrow 1 < e^x \Leftrightarrow e^0 < e^x$ — $1 = e^0$
$\Leftrightarrow 0 < x$
f est positive sur $]-\infty ; 0[$, nulle en 0 et négative sur $]0 ; +\infty[$.

c. $f(x) = -2x(e^x - 1)$
$e^x - 1 > 0 \Leftrightarrow e^x > e^0 \Leftrightarrow x > 0$

x	$-\infty$		0		$+\infty$
$-2x$		+	0	−	
$e^x - 1$		−	0	+	
$f(x)$		−	0	−	

On étudie le signe d'un produit à l'aide d'un tableau de signes.

f est toujours négative (nulle en 0).

d. $f(x) = (e^x + 2)(e^x - e)$
Pour tout réel x, on a $e^x + 2 > 0$, donc $f(x)$ est du même signe que $e^x - e$.
$e^x - e > 0 \Leftrightarrow e^x > e^1 \Leftrightarrow x > 1$
f est positive sur $]1 ; +\infty[$, nulle en 1 et négative sur $]-\infty; 1[$.

8 Comme $(e^x)' = e^x$ et $(g(ax + b))' = a\,g'(ax + b)$, on a $(e^{ax+b})' = ae^{ax+b}$.

a. $f(x) = e^{-3x}$. f est dérivable sur $\mathbb{R}$ avec, pour tout x réel, $\boldsymbol{f'(x) = -3e^{-3x}}$.

b. $f(x) = (x + 2)\,e^x$. f est dérivable sur $\mathbb{R}$ comme produit de fonctions dérivables sur $\mathbb{R}$.
On utilise $(uv)' = u'v + uv'$ avec $u(x) = x + 2$, $u'(x) = 1$, $v(x) = e^x$ et $v'(x) = e^x$.
Pour tout x réel, $f'(x) = 1 \times e^x + (x + 2) \times e^x$.
$\boldsymbol{f'(x) = (x + 3)\,e^x}$.

c. $f(x) = 4\,e^{5x}$. f est dérivable sur $\mathbb{R}$ avec, pour tout x réel, $\boldsymbol{f'(x) = 4 \times 5e^{5x} = 20e^{5x}}$.

d. $f(x) = x^2 - 2x + 3 + e^{-x}$. f est dérivable sur $\mathbb{R}$ avec, pour tout x réel, $\boldsymbol{f'(x) = 2x - 2 - e^{-x}}$.

9 a. $f(x) = e^{-x}$. f est dérivable sur $\mathbb{R}$ avec pour tout x réel, $\boldsymbol{f'(x) = -e^{-x}}$.
Comme $e^{-x} > 0$, pour tout réel x, on a $f'(x) < 0$ et **f est strictement décroissante sur $\mathbb{R}$.**

b. $f(x) = (x - 2)e^x$. f est dérivable sur $\mathbb{R}$ comme produit de fonctions dérivables sur $\mathbb{R}$.
On utilise $(uv)' = u'v + uv'$ avec $u(x) = x - 2$, $u'(x) = 1$, $v(x) = e^x$ et $v'(x) = e^x$.
Pour tout x réel, $f'(x) = 1 \times e^x + (x - 2) \times e^x$.
$\boldsymbol{f'(x) = (x - 1)\,e^x}$.
Comme $e^x > 0$, pour tout réel x, $f'(x)$ est du même signe que $x - 1$ qui est positif pour $x > 1$ et qui est négatif pour $x < 1$. **f croît strictement sur $[1 ; +\infty[$ et f décroît strictement sur $]-\infty ; 1]$.**

c. $f(x) = (2x^2 + 3x)\,e^x$. f est dérivable sur $\mathbb{R}$ comme produit de fonctions dérivables sur $\mathbb{R}$.
On utilise $(uv)' = u'v + uv'$ avec $u(x) = 2x^2 + 3x$, $u'(x) = 4x + 3$, $v(x) = e^x$ et $v'(x) = e^x$.
Pour tout x réel,
$f'(x) = (4x + 3) \times e^x + (2x^2 + 3x) \times e^x$.
$\boldsymbol{f'(x)} = (2x^2 + 7x + 3)\,e^x$.
Comme $e^x > 0$, pour tout réel x, $f'(x)$ est du même signe que $2x^2 + 7x + 3$.
Pour $2x^2 + 7x + 3$, $\Delta = 7^2 - 4 \times 2 \times 3 = 25$.
Il a deux racines $x_1 = -3$ et $x_2 = -0{,}5$.
$2x^2 + 7x + 3$ est positif sauf entre ses racines $-0{,}5$ et -3. **f croît strictement sur $]-\infty ; -3[$, f décroît strictement sur $[-3 ; -0{,}5]$ et f croît strictement sur $[-0{,}5 ; +\infty[$.**

d. $f(x) = -x + e^{2x}$. f est dérivable sur $\mathbb{R}$ comme somme de fonctions dérivables sur $\mathbb{R}$.
Pour tout réel x, on a $\boldsymbol{f'(x) = -1 + 2e^{2x}}$.
$f'(x) > 0 \Leftrightarrow -1 + 2e^{2x} > 0 \Leftrightarrow e^{2x} > 0{,}5$
$\Leftrightarrow 2x > \ln(0{,}5) \Leftrightarrow x > 0{,}5\ln(0{,}5)$.
f croît strictement sur $[0{,}5\ln(0{,}5) ; +\infty[$ et f décroît strictement sur $]-\infty ; 0{,}5\ln(0{,}5)]$.

10 1.a. f est dérivable sur $[0 ; +\infty[$ comme fonction exponentielle. Pour tout nombre t positif, on a $\boldsymbol{f'(t) = 15{,}3 \times (-0{,}123)\,e^{-0{,}123t}}$.

b. Une exponentielle étant strictement positive, on a $f'(t)$ strictement négative sur $[0 ; +\infty[$ et **f est strictement décroissante sur $[0 ; +\infty[$.**

2. f étant dérivable en 0, une équation de T la tangente à $\mathscr{C}$ est $y = f'(0)\,(t - 0) + f(0)$ avec
$f(0) = 15{,}3e^0 = 15{,}3$
et $f'(0) = 15{,}3 \times (-0{,}123)\,e^0 = -1{,}881\,9$.
Une équation de la tangente T à $\mathscr{C}$ est $y = -1{,}881\,9\,t + 15{,}3$.

3. Pour $\mathscr{C}$, on a :

t	0	1	2	3	4	6	8
$f(t)$	15,3	13,2	12,0	10,6	9,4	7,3	5,7

Pour T, on a :

t	0	6
y	15,3	4,0

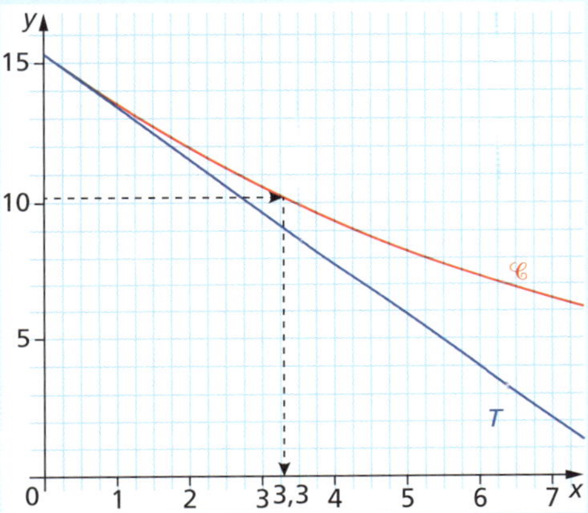

4. Graphiquement, des débris d'os présentant une radioactivité égale à 10,2 unités datent de **3,3 milliers d'années.**

5. On veut :
$f(t) < 0{,}01 \times 15{,}3 \Leftrightarrow e^{-0{,}123t} < 0{,}01$
$\Leftrightarrow -0{,}123t < \ln(0{,}01) \Leftrightarrow t > \ln(0{,}01) \div (-0{,}123)$
$\Leftrightarrow t > 37{,}44$
On ne peut plus détecter l'âge d'un organisme 37 440 après sa mort.

11 **1.** On a $g(x) = (ax + b)e^{-x} + 2$.
g est dérivable sur $\mathbb{R}$ comme somme et produit de fonctions dérivables sur $\mathbb{R}$.
On utilise $(uv)' = u'v + uv'$ avec $u(x) = ax + b$, $u'(x) = a$, $v(x) = e^{-x}$ et $v'(x) = -e^{-x}$.
Pour tout réel x, on a :
$g'(x) = a\,e^{-x} + (ax + b)(-e^{-x}) = (\mathbf{-ax + a - b})\,\mathbf{e^{-x}}$.

2. $g'(2) = 0 \Leftrightarrow (-a - b)e^{-2} = 0 \Leftrightarrow a = -b$ (1)
$g(1) = 2 \Leftrightarrow (a - a)e^1 + c = 2 \Leftrightarrow c = 2$
$g(0) = 1 \Leftrightarrow b + c = 1 \Leftrightarrow b = 1 - c \Leftrightarrow b = -1$.
$(1) \Leftrightarrow a = b \Leftrightarrow a = 1$
On a donc $\mathbf{a = 1}$, $\mathbf{b = -1}$ **et** $\mathbf{c = 2}$.

12 **1.** f est une fonction dérivable sur $\mathbb{R}$ comme différence de fonctions dérivables avec, pour tout réel x, $f'(x) = 0 - (-3)\,e^{-3x} = 3e^{-3x}$.

Comme une exponentielle est toujours strictement positive, on a, pour tout x réel, $f'(x) > 0$.
f est strictement croissante sur $\mathbb{R}$.

2. a. g est une fonction dérivable sur $\mathbb{R}$ comme différence de fonctions dérivables avec, pour tout réel x, $g'(x) = f'(x) - 1 = \mathbf{3e^{-3x} - 1}$.
$g'(x) < 0 \Leftrightarrow 3e^{-3x} - 1 < 0 \Leftrightarrow 3e^{-3x} < 1$
$\Leftrightarrow 3e^{-3x}\,e^{3x} < e^{3x}$ car $e^{3x} > 0$
$\Leftrightarrow \ln(3) < 3x \Leftrightarrow x > \dfrac{\ln(3)}{3}$.

b. Sur $\left]\dfrac{\ln(3)}{3}\,;+\infty\right[$, $g'(x) < 0$,
donc **g décroît strictement sur $\left[\dfrac{\ln(3)}{3}\,;+\infty\right[$**
et croît strictement sur $\left]-\infty\,;\dfrac{\ln(3)}{3}\right]$.

c. Comme $\dfrac{\ln(3)}{3} < 0{,}94$, la fonction g est décroissante sur $[0{,}94\,;\,0{,}95]$ avec $g(0{,}94) \approx 3{,}9 \times 10^{-4}$ et $g(0{,}95) \approx -0{,}008$. g change de signe entre 0,94 et 0,95. **g s'annule en un réel a compris entre 0,94 et 0,95.**
Si une fonction est dérivable sur un intervalle I en changeant de signe, alors il existe au moins un réel de I en lequel la fonction s'annule.

d. On a donc **$g(x) < 0$ sur $]-\infty\,;\,0[$ et sur $]a\,;+\infty[$,**
$g(0) = 0$ et $g(a) = 0$ et $g(x) > 0$ sur $]0\,;\,a[$.
Or $g(x) < 0 \Leftrightarrow f(x) - x < 0 \Leftrightarrow f(x) < x$
$\Leftrightarrow$ ($\mathscr{C}$) est au-dessous de ($\mathscr{D}$).
Pour $x \in\,]-\infty\,;\,0[\, \cup\,]a\,;+\infty[$, ($\mathscr{C}$) est au-dessous de ($\mathscr{D}$).
Pour $x = 0$ et $x = a$, ($\mathscr{C}$) rencontre ($\mathscr{D}$).
Pour $x \in\,]0\,;\,a[$, ($\mathscr{C}$) est au-dessus de ($\mathscr{D}$).

3. a. Comme f est dérivable en 0, une équation de la tangente à ($\mathscr{C}$) au point d'abscisse 0 est
$y = f'(0)(x - 0) + f(0)$ avec $f'(0) = 3e^{-3\times 0} = 3$ et $f(0) = 1 - e^{-3\times 0} = 0$.
Une équation de la droite ($\mathscr{T}$) est $y = 3x$.

b.

x	– 0,5	– 0,3	0,3	0,5	0,75	1	1,5
$f(x)$	–3,48	–1,46	0,59	0,78	0,89	0,95	0,99

c.

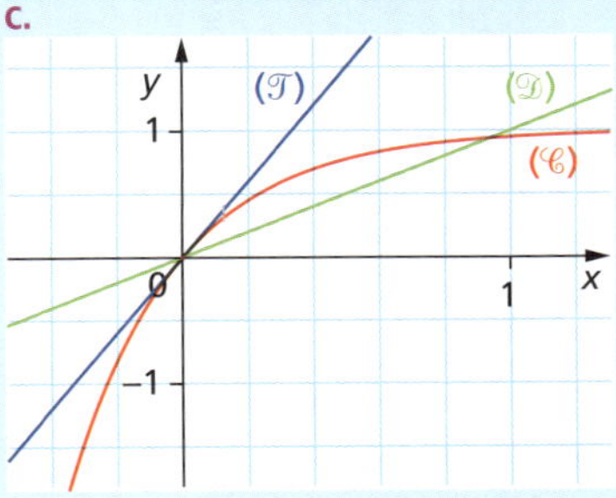

13 **1. a.** $1-e^{-0{,}4x+1} \geqslant 0 \Leftrightarrow 1 \geqslant e^{-0{,}4x+1} \Leftrightarrow e^0 \geqslant e^{-0{,}4x+1}$
$\Leftrightarrow 0 \geqslant -0{,}4x+1 \Leftrightarrow 0{,}4x \geqslant 1 \Leftrightarrow x \geqslant 1 \div 0{,}4$
$\boldsymbol{S = [2{,}5\ ;\ +\infty[}$.

b. f est dérivable sur $\mathbb{R}$ comme somme de fonctions dérivables.
On utilise $(e^u)' = u'e^u$
avec $u(x) = -0{,}4x + 1$ et $u'(x) = -0{,}4$.
Pour tout x réel, on a :
$f'(x) = 0{,}4 - 0{,}4\, e^{-0{,}4x+1}$.
$f'(x) \geqslant 0 \Leftrightarrow 0{,}4 - 0{,}4\, e^{-0{,}4x+1} \geqslant 0$
$\Leftrightarrow 1 - e^{-0{,}4x+1} \geqslant 0 \Leftrightarrow x \geqslant 2{,}5$.
f est donc croissante sur $[2{,}5\ ;\ +\infty[$ et décroissante sur $[0\ ;\ 2{,}5]$.

c. $f(2{,}5) = 0{,}4 \times 2{,}5 + e^{-0{,}4\times 2{,}5+1} = 1 + e^0 = 2$
$f(0) = 0{,}4 \times 0 + e^{-0{,}4\times 0+1} = e$

x	0	2,5	$+\infty$
$f(x)$	e ↘	2	↗

2. a. f est dérivable en 0, donc on utilise
$y = f'(a)(x-a) + f(a)$ avec $a = 0$,
et $f'(0) = 0{,}4 - 0{,}4\, e^{-0{,}4\times 0+1} = 0{,}4 - 0{,}4e$.
Une équation de $(\mathcal{T})$ est $y = (0{,}4 - 0{,}4e)x + e$.
En particulier, pour $x = 2{,}5$, on a
$y = (0{,}4 - 0{,}4e) \times 2{,}5 + e$.
La tangente $(\mathcal{T})$ à $(\mathcal{C})$ au point d'abscisse 0 passe par le point $B(2{,}5\ ;\ 1)$.

b.

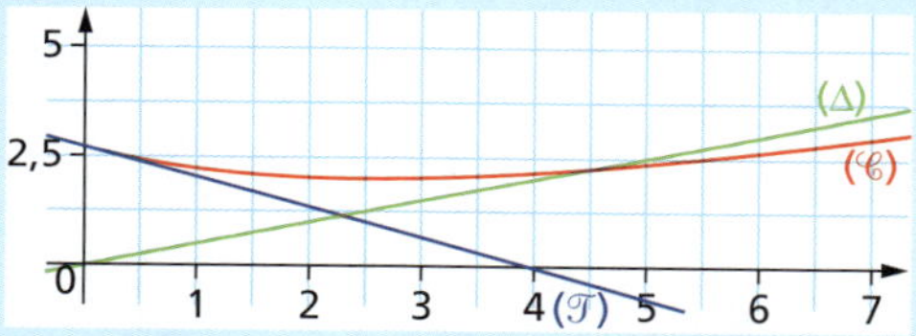

3. a. Comme chaque objet est vendu 5 euros, x centaines d'objets sont vendues $500x$ euros, soit $0{,}5x$ milliers d'euros.
$\boldsymbol{R(x) = 0{,}5x}$.

b. Graphiquement, (Δ) et $(\mathcal{C})$ se coupent en un seul point d'abscisse $\boldsymbol{a = 4{,}5}$ à 10^{-1} près.

c. Par lecture graphique, il faut produire **450 objets** pour réaliser un bénéfice.

14 **1.** Comme pour tous réels x et y,
$f(x+y) = f(x)\,f(y)$, on a, pour tout réel x,
$f(0{,}5x + 0{,}5x) = f(0{,}5x)\,f(0{,}5x) \Leftrightarrow f(x) = [f(0{,}5x)]^2$
Pour tout réel x, $f(x) \geqslant 0$.

2. a. Si $f(1) = a$, comme $f(1) \geqslant 0$, on a $\boldsymbol{a \geqslant 0}$.

b. Si $a = 0$, alors, tout réel x,
$f(x) = f(1 + (x-1)) = f(1)f(x-1) = 0 \times f(x-1) = 0$.

3. a. Avec $a > 0$, on a $f(1) = f(1+0) = f(1)f(0)$,
soit $a = a \times f(0) \Leftrightarrow a \div a = f(0) \Leftrightarrow \boldsymbol{f(0) = 1}$.

b. Supposons qu'il existe un réel x_0 tel que $f(x_0) = 0$.
On aurait alors $f(0) = f(x_0 + (-x_0)) = f(x_0)f(-x_0) = 0$, ce qui est absurde car $f(0) = 1$. Un tel x_0 n'existe pas. **La fonction f ne s'annule pas sur $\mathbb{R}$.**

c. Pour tout réel x, $f(x + (-x)) = f(0)$
$\Leftrightarrow f(x)f(-x) = 1 \Leftrightarrow \boldsymbol{f(-x) = \dfrac{1}{f(x)}}$ car $f(x) \neq 0$.

4. a. Soit k un entier naturel non nul.
Pour tout entier naturel n, on a :
$$u_{n+1} = f\left(\frac{n+1}{k}\right) = f\left(\frac{1}{k} + \frac{n}{k}\right)$$
$$= f\left(\frac{1}{k}\right) f\left(\frac{n}{k}\right) = f\left(\frac{1}{k}\right) u_n$$
La suite (u_n) est une suite géométrique de raison
$q = f\left(\dfrac{1}{k}\right)$.

b. Pour tout entier naturel n, on a $u_n = u_0 \times q^n$, soit
$\boldsymbol{u_n = \left[f\left(\frac{1}{k}\right)\right]^n}$.
En particulier, on a $u_k = f\left(\dfrac{k}{k}\right) = f(1) = a$ et
$u_k = \left[f\left(\dfrac{1}{k}\right)\right]^k$ donc $\left[f\left(\dfrac{1}{k}\right)\right]^k = a$.
On obtient $f\left(\dfrac{1}{k}\right) = a^{\frac{1}{k}}$.

c. Soit q un nombre rationnel.
• Si $q \geqslant 0$, il existe deux entiers naturels n et k (k non nul) tels que $q = \dfrac{n}{k}$.

Un nombre rationnel est le quotient de deux entiers.

On a $f(q) = u_n = \left[f\left(\dfrac{1}{k}\right)\right]^n = (a^{\frac{1}{k}})^n = a^{\frac{n}{k}} = a^q$.
• Si $q < 0$, $-q > 0$, et il existe deux entiers naturels n et k (k non nul) tels que $-q = \dfrac{n}{k}$.
$f(q) = \dfrac{1}{f(-q)} = \dfrac{1}{a^{-q}} = a^q$.
Pour tout nombre rationnel q, $f(q) = a^q$.
On prouve que, si f est dérivable sur $\mathbb{R}$, pour tout réel x, on a $f(x) = a^x$. f s'appelle fonction exponentielle de base a.

CHAPITRE 6 *(Énoncés p. 36)*

1 Si un réel est de la forme $\dfrac{2p\pi}{n}$ avec n et p entiers, il suffit de partager le cercle trigonométrique en n parties égales à partir de I pour placer le point associé à ce réel.

• On a $\dfrac{\pi}{3} = \dfrac{2\pi}{6}$, donc il faut partager le cercle trigonométrique en 6. Il suffit de tracer un arc de cercle de centre I et de rayon 1 qui coupe le cercle en M.

• On a $\frac{-\pi}{2}=\frac{-2\pi}{4}$, donc il faut partager le cercle trigonométrique en 4 et tourner dans le sens indirect pour obtenir le point N associé à $\frac{-\pi}{2}$.

• On a $\frac{2\pi}{3}=\frac{2\times 2\pi}{6}$, donc il suffit de pcursuive le partage du cercle trigonométrique en 6 en traçant un arc de cercle de centre M et de rayon 1 qui coupe le cercle au point P associé à $\frac{2\pi}{3}$.

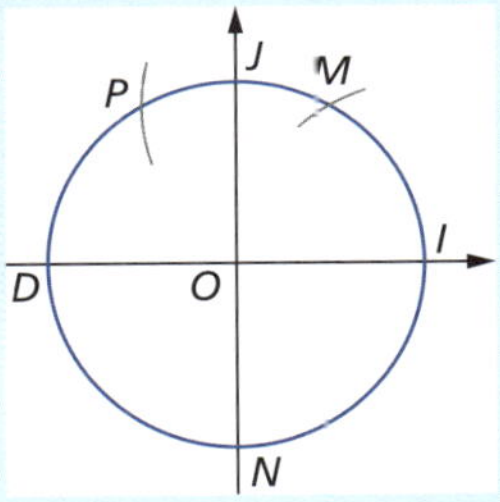

2 Si la différence entre deux réels est un multiple de 2π, alors ces deux réels sont associés au même point du cercle trigonométrique.

a. On a $\frac{9\pi}{4}=\frac{8\pi}{4}+\frac{\pi}{4}=2\pi+\frac{\pi}{4}$, donc $\frac{\pi}{4}$ et $\frac{9\pi}{4}$ sont associés au même point du cercle trigonométrique.

b. On a $\frac{-11\pi}{3}=\frac{-12\pi}{3}+\frac{\pi}{3}=-4\pi+\frac{\pi}{3}=-2\times 2\pi+\frac{\pi}{3}$, donc $\frac{\pi}{3}$ et $\frac{-11\pi}{3}$ sont associés au même point du cercle trigonométrique.

3 Connaissant un réel associé à un point du cercle trigonométrique, il suffit d'ajouter un multiple de 2π à ce réel pour en obtenir un autre associé au même point.

• Le cercle trigonométrique étant partagé en 4 parties égales, un réel associé à N est $\frac{2\pi}{4}$, soit $\frac{\pi}{2}$.

Un autre réel associé à N est $\frac{\pi}{2}-2\pi$, soit $-\frac{3\pi}{2}$.

Remarque : tout réel de la forme $\frac{\pi}{2}+2k\pi$ avec k entier relatif est associé au point N.

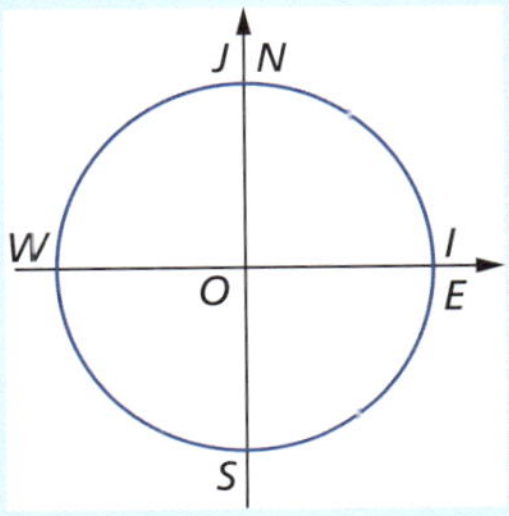

• Le point E est associé à tous les réels de la forme $2k\pi$ avec k entier relatif. On peut prendre par exemple 0 et -2020π.

• Le point W est associé à tous les réels de la forme $2k\pi + \pi$ avec k entier relatif. On peut prendre par exemple $-\pi$ et π.

• 2 réels associés au point S sont $\frac{-\pi}{2}$ et $\frac{3\pi}{2}$.

4 **1.** $a=\frac{\pi}{3}+\frac{\pi}{2}=\frac{2\pi}{6}+\frac{3\pi}{6}=\mathbf{\frac{5\pi}{6}}$ et

$b=\frac{\pi}{3}+\frac{\pi}{4}=\frac{4\pi}{12}+\frac{3\pi}{12}=\mathbf{\frac{7\pi}{12}}$.

On peut au compas « additionner » deux arcs de cercles de longueurs x et y pour obtenir un arc de cercle de longueur $x + y$.

2. On commence par placer le point M associé au réel $\frac{\pi}{3}$ et le point N associé au réel $\frac{\pi}{4}$. On trace un arc de cercle de centre J et de rayon OJ qui coupe le cercle trigonométrique en A. On trace un arc de cercle de centre N et de rayon ON qui coupe le cercle trigonométrique en B.

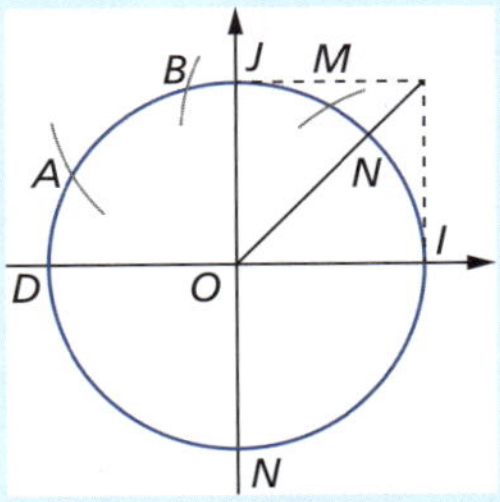

5 **1.** $IBJCDEFG$ étant un octogone régulier inscrit dans le cercle trigonométrique, celui-ci est partagé en 8 parties de même longueur.

Le réel de $]-\pi ; \pi]$ associé à I est **0**, pour B c'est $\frac{2\pi}{8}$, soit $\mathbf{\frac{\pi}{4}}$, pour J c'est $\mathbf{\frac{\pi}{2}}$, pour C c'est $3\times\frac{2\pi}{8}$, soit $\mathbf{\frac{3\pi}{4}}$ et pour D c'est π.

Si deux points du cercle trigonométrique sont symétriques par rapport à l'axe des abscisses, alors ils sont associés à des réels opposés.

Comme E, F et G sont les symétriques respectifs des points C, J et B, alors ils sont associés respectivement aux réels $-\mathbf{\frac{3\pi}{4}}$, $-\mathbf{\frac{\pi}{2}}$ et $-\mathbf{\frac{\pi}{4}}$.

2. On a donc :

réel x	$\frac{-3\pi}{4}$	$\frac{-\pi}{2}$	$\frac{-\pi}{4}$	0
sin(x)	négatif	négatif	négatif	nul
cos(x)	négatif	nul	positif	positif

réel x	$\frac{\pi}{4}$	$\frac{\pi}{2}$	$\frac{3\pi}{4}$	π
sin(x)	positif	positif	positif	nul
cos(x)	positif	nul	négatif	négatif

Remarque : quand un sinus ou un cosinus est nul, alors il est à la fois positif et négatif.

6 On utilise la relation $\cos^2(x) + \sin^2(x) = 1$.

Ici, on a $\cos^2(x) + \left(\frac{2}{3}\right)^2 = 1 \Leftrightarrow \cos^2(x) = 1 - \frac{4}{9}$

$\Leftrightarrow \cos^2(x) = \frac{5}{9} \Leftrightarrow \cos(x) = \sqrt{\frac{5}{9}}$ ou $\cos(x) = -\sqrt{\frac{5}{9}}$.

L'appartenance de x à un intervalle permet de trouver dans quel quart du cercle trigonométrique se situe le point M associé à x et donc d'avoir le signe de ses coordonnées, c'est-à-dire le signe de $\cos(x)$ et de $\sin(x)$.

Comme x appartient à $\left[\frac{\pi}{2};\pi\right]$, le point M associé appartient à l'arc du cercle trigonométrique dessiné en rouge et on a donc $\cos(x) \leqslant 0$.

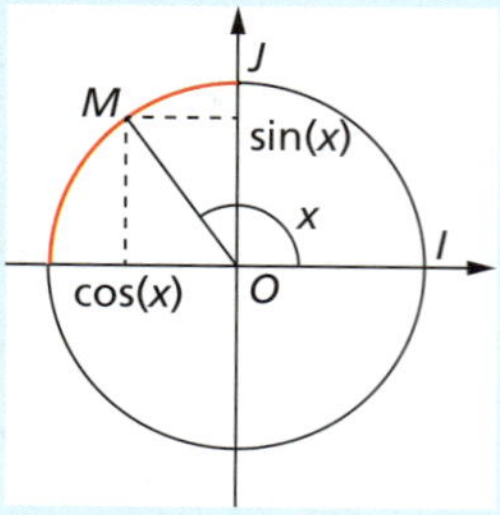

On a $\cos(x) = \frac{-\sqrt{5}}{3}$.

7 Il est commode d'exprimer $\sin^2(x)$ comme une fraction pour en déduire une expression fractionnaire de $\sin(x)$.

La relation fondamentale est $\cos^2(x) + \sin^2(x) = 1$.

Ici, on a $(-0{,}5)^2 + \sin^2(x) = 1 \Leftrightarrow \sin^2(x) = 1 - 0{,}25$

$\Leftrightarrow \sin^2(x) = 0{,}75 \Leftrightarrow \sin^2(x) = \frac{3}{4}$

$\Leftrightarrow \sin(x) = \sqrt{\frac{3}{4}}$ ou $\sin(x) = -\sqrt{\frac{3}{4}}$.

Comme x appartient à $\left[\pi;\frac{3\pi}{2}\right]$, le point M associé appartient à l'arc du cercle trigonométrique dessiné en rouge et on a donc $\sin(x) \leqslant 0$.

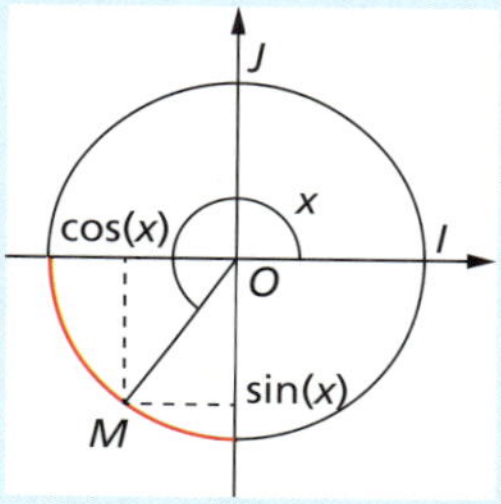

On a $\sin(x) = \frac{-\sqrt{3}}{2}$.

8 Pour démontrer qu'une égalité A = B est vraie, on peut partir de l'un des membres et le transformer jusqu'à obtenir l'autre membre.

Pour tout réel x, on a :

$[\sin(x) + \cos(x)]^2 + [\sin(x) - \cos(x)]^2$

$= \sin^2(x) + 2\sin(x)\cos(x) + \cos^2(x)$

$+ \sin^2(x) - 2\sin(x)\cos(x) + \cos^2(x)$

$= \sin^2(x) + \cos^2(x) + \sin^2(x) + \cos^2(x)$

$= 1 + 1$ en appliquant deux fois la relation fondamentale.

On a bien, pour tout réel x,

$[\sin(x) + \cos(x)]^2 + [\sin(x) - \cos(x)]^2 = 2$.

9 Pour montrer qu'un résultat est négatif, on utilise souvent un raisonnement par l'absurde en supposant vrai le contraire du résultat qu'on veut prouver et en montrant qu'on aboutit alors à une contradiction.

Supposons qu'il existe un réel x vérifiant :

$\sin(x) = 0{,}4$ et $\cos(x) = 0{,}6$.

D'après la relation fondamentale, on aurait $\sin^2(x) + \cos^2(x) = 1$, soit $0{,}4^2 + 0{,}6^2 = 1$, c'est-à-dire $0{,}52 = 1$, ce qui est faux.

Il n'existe aucun réel x vérifiant $\sin(x) = 0{,}4$ et $\cos(x) = 0{,}6$.

10 1. Le point associé au réel $x + 2\pi$ est aussi M le point associé au réel x car 2π est la longueur du cercle trigonométrique.

2. x et $2\pi + x$ étant associée au même point M du cercle trigonométrique, on en déduit que :

- pour tout réel x, $\cos(x + 2\pi) = \cos(x)$;
- pour tout réel x, $\sin(x + 2\pi) = \sin(x)$.

3. On cherche à appliquer les formules en faisant apparaître le modèle $x + 2\pi$ dans chaque calcul.

- $\cos\left(\frac{9\pi}{4}\right) = \cos\left(\frac{\pi}{4}+2\pi\right) = \cos\left(\frac{\pi}{4}\right) = \frac{\sqrt{2}}{2}$.
- $\sin\left(\frac{9\pi}{4}\right) = \sin\left(\frac{\pi}{4}+2\pi\right) = \sin\left(\frac{\pi}{4}\right) = \frac{\sqrt{2}}{2}$.
- $\sin\left(\frac{7\pi}{3}\right) = \sin\left(\frac{\pi}{3}+2\pi\right) = \sin\left(\frac{\pi}{3}\right) = \frac{\sqrt{3}}{2}$.
- $\cos\left(\frac{13\pi}{6}\right) = \cos\left(\frac{\pi}{6}+2\pi\right) = \cos\left(\frac{\pi}{6}\right) = \frac{\sqrt{3}}{2}$.

11 1.
- $\cos\left(\frac{-\pi}{4}\right) = \cos\left(\frac{\pi}{4}\right) = \frac{\sqrt{2}}{2}$
- $\sin\left(\frac{-\pi}{2}\right) = -\sin\left(\frac{\pi}{2}\right) = -1$
- $\sin\left(\frac{-\pi}{3}\right) = -\sin\left(\frac{\pi}{3}\right) = \frac{-\sqrt{3}}{2}$
- $\cos\left(\frac{-\pi}{6}\right) = \cos\left(\frac{\pi}{6}\right) = \frac{\sqrt{3}}{2}$

2. On commence par remplacer $\sin(-x)$ par $-\sin(x)$ et $\cos(-x)$ par $\cos(x)$ afin d'utiliser les valeurs remarquables de trigonométrie.

$A = \sin\left(\frac{-\pi}{6}\right) + \cos\left(\frac{-\pi}{6}\right) + \sin\left(\frac{\pi}{6}\right) + \cos\left(\frac{\pi}{6}\right)$

$= -\sin\left(\frac{\pi}{6}\right) + \cos\left(\frac{\pi}{6}\right) + \sin\left(\frac{\pi}{6}\right) + \cos\left(\frac{\pi}{6}\right)$

$= 2\cos\left(\frac{\pi}{6}\right) = \sqrt{3}$

$B = \sin\left(\frac{-\pi}{4}\right) - \cos\left(\frac{-\pi}{4}\right) + \sin\left(\frac{\pi}{4}\right) + \cos\left(\frac{\pi}{4}\right)$

$= -\sin\left(\frac{\pi}{4}\right) - \cos\left(\frac{\pi}{4}\right) + \sin\left(\frac{\pi}{4}\right) + \cos\left(\frac{\pi}{4}\right)$

$= 0$.

12 • On a $\forall x \in D_f = \mathbb{R}$, $-x \in D_f$ et

$f(-x) = \sin(-x)\cos(-x)$ $\quad$ $\sin(-x) = -\sin(x)$

$= -\sin(x)\cos(x) = -f(x)$ $\quad$ $\cos(-x) = \cos(x)$

***f* est une fonction impaire.**

On a $\forall x \in D_f$, $x + \pi \in D_f$ et

$f(x + \pi) = \sin(x + \pi)\cos(x + \pi)$

$= \sin(x)\cos(x) = f(x)$

***f* est une fonction** π-périodique.

$\sin(x + \pi) = -\sin(x)$ $\quad$ $\cos(x + \pi) = -\cos(x)$

13 1. On a $\forall x \in D_f = \mathbb{R}, -x \in D_f$ et

$f(-x) = \dfrac{e^x + e^{-x}}{2} = f(x)$. ***f* est paire.**

On a $\forall x \in D_g = \mathbb{R}, -x \in D_g$ et

$g(-x) = \dfrac{e^{-x} - e^x}{2} = \dfrac{-(e^x - e^{-x})}{2} = -g(x)$.

***g* est impaire.**

2. Pour tout réel x,

$f^2(x) - g^2(x)$

$= \left(\dfrac{e^x + e^{-x}}{2}\right)^2 - \left(\dfrac{e^x - e^{-x}}{2}\right)^2$

$= \dfrac{e^{2x} + 2e^x e^{-x} + e^{-2x}}{4} - \dfrac{e^{2x} - 2e^x e^{-x} + e^{-2x}}{4}$

$= e^x e^{-x} = \mathbf{1}$

3. f est dérivable sur $\mathbb{R}$ avec, pour tout réel x,

$f'(x) = \dfrac{e^x - e^{-x}}{2} = g(x)$, donc $\boldsymbol{f' = g}$.

$(e^{ax+b})' = ae^{ax+b}$

g est dérivable sur $\mathbb{R}$ avec, pour tout réel x,

$g'(x) = \dfrac{e^x - (-e^{-x})}{2} = \dfrac{e^x + e^{-x}}{2} = f(x)$,

donc $\boldsymbol{g' = f}$.

Les fonctions *f* et *g* s'appellent fonctions cosinus hyperbolique et sinus hyperbolique. Les propriétés démontrées aux questions 2 et 3 rappellent celles des fonctions sinus et cosinus.

14 1. $\dfrac{\pi}{6}$ radian correspond à 180° ÷ 6, soit 30°.

Les mesures en radian et en degré sont proportionnelles avec π rad = 180°.

On trace le segment [*ON*] de longueur 5 cm, puis [*Ny*) perpendiculaire à (*ON*) et [*Ox*) telle que l'angle $\widehat{NOx}$ mesure 30°. Les demi-droites [*Ny*) et [*Ox*) se coupent en *M*.

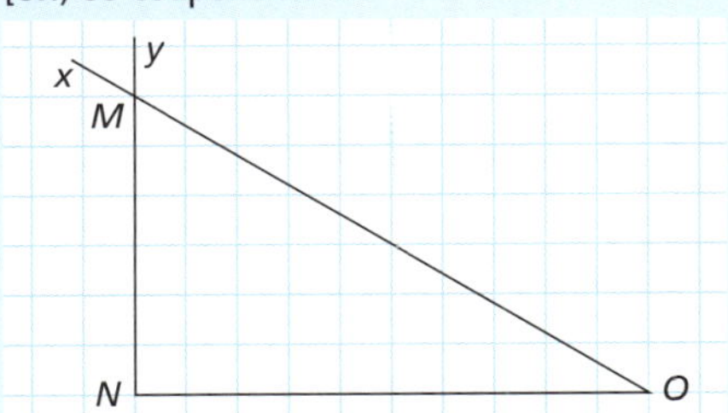

2. Dans le triangle *MNO* rectangle en *N*, on a :

$\cos(\widehat{NOM}) = \dfrac{\text{côté adjacent à } O}{\text{hypoténuse}}$

$\Leftrightarrow \cos\left(\dfrac{\pi}{6}\right) = \dfrac{ON}{OM} \Leftrightarrow \dfrac{\sqrt{3}}{2} = \dfrac{5}{OM}$

$\Leftrightarrow \sqrt{3}\,OM = 2 \times 5 \Leftrightarrow \boldsymbol{OM = \dfrac{10}{\sqrt{3}}}$ **cm** (valeur exacte), soit $\boldsymbol{OM \approx 5{,}77}$ **cm** à 0,01 près (valeur approchée et vérifiée sur la figure).

15 1. Dans le triangle *ABH* rectangle en *H*, on a :

$\sin(\widehat{ABC}) = \dfrac{\text{côté opposé à } B}{\text{hypoténuse}} = \dfrac{AH}{AB}$,

soit $\boldsymbol{\sin(\widehat{ABC}) = \dfrac{h}{c}}$ (1).

Dans le triangle *ACH* rectangle en *H*, on a :

$\sin(\widehat{ACB}) = \dfrac{\text{côté opposé à } C}{\text{hypoténuse}} = \dfrac{AH}{AC}$,

soit $\boldsymbol{\sin(\widehat{ACB}) = \dfrac{h}{b}}$ (2).

2. Aire de $ABC = \dfrac{\text{base } BC \times \text{hauteur } AH}{2} = \dfrac{ah}{2}$.

Or, d'après (1), on a $h = c \sin(\widehat{ABC})$, donc aire de $ABC = \dfrac{ac\sin(\hat{B})}{2}$.

Or, d'après (2), on a $h = b \sin(\widehat{ACB})$, donc aire de $ABC = \dfrac{ab\sin(\hat{C})}{2}$.

3. Des deux résultats précédents, on en déduit que : $ac \sin(\hat{B}) = ab \sin(\hat{C})$.

En divisant chaque membre par $a \sin(\hat{B}) \sin(\hat{C})$,

on obtient $\dfrac{b}{\sin(\hat{B})} = \dfrac{c}{\sin(\hat{C})}$.

Avec les notations de la figure de l'énoncé, on démontre que dans tout triangle, on a :

$\dfrac{a}{\sin(\hat{A})} = \dfrac{b}{\sin(\hat{B})} = \dfrac{c}{\sin(\hat{C})}$.

CHAPITRE 7

(Énoncés p. 41)

1 1. $\overrightarrow{AB}.\overrightarrow{AC} = AB \times AC \times \cos(\widehat{BAC})$

$= 5 \times 3 \times \cos(15°)$

On a $\overrightarrow{AB}.\overrightarrow{AC}$ **= 14,5 à 0,1 près.**

2. $\vec{u}.\vec{v} = \|\vec{u}\| \times \|\vec{v}\| \times \cos(\vec{u}\,;\vec{v})$

$= \sqrt{3} \times 2 \times \cos\left(\dfrac{\pi}{3}\right) = 2\sqrt{3} \times \dfrac{1}{2} = \sqrt{3}$.

2 *ABC* étant un triangle isocèle en *C* et *I* le milieu de [*AB*], la médiane (*CI*) est aussi une hauteur, donc *I* est le projeté orthogonal de *C* sur (*AB*).

$\overrightarrow{BA}.\overrightarrow{BC} = \overrightarrow{BA}.\overrightarrow{BI}$

$= BA \times BI$ car *I* est sur [*BA*) $= 6 \times 3 = \mathbf{18}$.

3 Le repère est orthonormé avec

$\overrightarrow{AB}\begin{pmatrix} x_B - x_A \\ y_B - y_A \end{pmatrix} = \overrightarrow{AB}\begin{pmatrix} 4 \\ 3 \end{pmatrix}$

et $\overrightarrow{AC}\begin{pmatrix} x_C - x_A \\ y_C - y_A \end{pmatrix} = \overrightarrow{AC}\begin{pmatrix} 8 \\ 1 \end{pmatrix}$

On a $\overrightarrow{AB}.\overrightarrow{AC} = x_{\overrightarrow{AB}} \times x_{\overrightarrow{AC}} + y_{\overrightarrow{AB}} \times y_{\overrightarrow{AC}}$

$= 4 \times 8 + 3 \times 1 = \mathbf{35}$.

4 1. $\overrightarrow{AC}.\overrightarrow{AD} = (\overrightarrow{AD}+\overrightarrow{DC}).\overrightarrow{AD}$ d'après la relation de Chasles

$= \overrightarrow{AD}.\overrightarrow{AD}+\overrightarrow{DC}.\overrightarrow{AD}$

$= AD^2 + 0$ car $\overrightarrow{DC}$ et $\overrightarrow{AD}$ sont orthogonaux dans le rectangle $ABCD$

$= 6^2 =$ **36**.

En appliquant le théorème de Pythagore dans le triangle ACD rectangle en D, on a :

$AC = \sqrt{AD^2+DC^2} = \sqrt{6^2+2,5^2} = \sqrt{42,25} = \mathbf{6,5}$.

2. De la définition du produit scalaire, on a :

$$\mathbf{cos(\widehat{DAC})} = \frac{\overrightarrow{AC}.\overrightarrow{AD}}{AC\times AD} = \frac{36}{6,5\times 6} = \frac{6}{6,5} = \mathbf{\frac{12}{13}}.$$

On a $\widehat{DAC} = \cos^{-1}\left(\frac{12}{13}\right)$, soit **23°** à un degré près.

5 1. Le repère est orthonormé avec

$\overrightarrow{AB}\begin{pmatrix} x_B - x_A \\ y_B - y_A \end{pmatrix} = \overrightarrow{AB}\begin{pmatrix} -5 \\ -2 \end{pmatrix}$

et $\overrightarrow{AC}\begin{pmatrix} x_C - x_A \\ y_C - y_A \end{pmatrix} = \overrightarrow{AC}\begin{pmatrix} -4 \\ 3 \end{pmatrix}$

On a $\overrightarrow{AB}.\overrightarrow{AC} = x_{\overrightarrow{AB}} \times x_{\overrightarrow{AC}} + y_{\overrightarrow{AB}} \times y_{\overrightarrow{AC}}$

$= -5 \times (-4) + (-2) \times 3 =$ **14**.

2. De la définition du produit scalaire, on a :

$AB = \left\|\overrightarrow{AB}\right\| = \sqrt{(-5)^2+(-2)^2} = \sqrt{29}$,

$AC = \left\|\overrightarrow{AC}\right\| = \sqrt{(-4)^2+3^2} = 5$ et

$$\cos(\widehat{BAC}) = \frac{\overrightarrow{AB}.\overrightarrow{AC}}{AB\times AC} = \frac{14}{\sqrt{29}\times 5}$$

On a $\widehat{BAC} = \cos^{-1}\left(\frac{14}{\sqrt{29}\times 5}\right)$,

soit **58,67°** à 0,01° près.

6 1. On trace $[AC]$ de longueur 6 et on place, sur $[AC]$, H avec $AH = 2$. La droite perpendiculaire à (AC) passant par H coupe un arc de cercle de centre A et de rayon 5 en B. On trace $[BC]$ et $[BA]$, puis la perpendiculaire à (AB) passant par C, qui coupe (AB) en K.

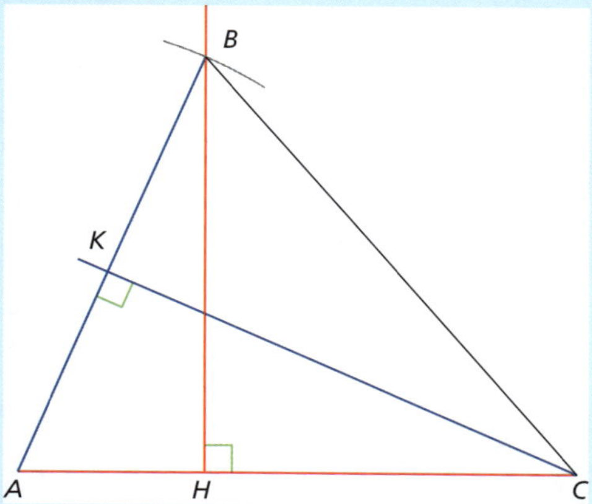

Comme H est le projeté orthogonal de B sur (AC) et que H appartient à $[AC]$, on a : $\overrightarrow{AB}.\overrightarrow{AC} = \overrightarrow{AH}.\overrightarrow{AC} = AH \times AC =$ **12.**

2. Comme K est le projeté orthogonal de C sur (AB) et que K appartient à $[AB]$, on a : $\overrightarrow{AB}.\overrightarrow{AC} = \overrightarrow{AB}.\overrightarrow{AK} = AB \times AK = \mathbf{5AK}$.

3. On a donc $5AK = 12$, soit $AK = 12 \div 5$.

$\mathbf{AK = 2,4}$ **cm.**

7 Dans un repère orthonormé, on a :

$\vec{u}\begin{pmatrix} m-2 \\ -4 \end{pmatrix}$ et $\vec{v}\begin{pmatrix} m+2 \\ 24 \end{pmatrix}$ orthogonaux

$\Leftrightarrow$ leur produit scalaire est nul

$\Leftrightarrow (m-2)(m+2) + (-4) \times 24 = 0$

$\Leftrightarrow m^2 - 100 = 0$

$\Leftrightarrow m^2 = 100$

$\Leftrightarrow m = 10$ ou $m = -10$

Deux vecteurs sont orthogonaux si, et seulement si, leur produit scalaire est nul.

Pour les valeurs 10 et –10 de *m*, les vecteurs $\vec{u}\begin{pmatrix} m-2 \\ -4 \end{pmatrix}$ **et** $\vec{v}\begin{pmatrix} m+2 \\ 24 \end{pmatrix}$ **sont orthogonaux.**

8 Comme W est le milieu de $[FG]$, on utilise le théorème de la médiane.

On a :

$$EF^2 + EG^2 = 2EW^2 + \frac{1}{2}FG^2$$

$\Leftrightarrow 6^2 + 3^2 = 2 \times 4^2 + 0,5FG^2$

$\Leftrightarrow (36 + 9 - 32) \times 2 = FG^2$

$\Leftrightarrow 26 = FG^2$

$\Leftrightarrow \mathbf{FG = \sqrt{26}}$ car c'est une longueur.

9 Dans le plan muni d'un repère orthonormé, on a, d'après le cours, la somme $S = MA^2 + MB^2 + MC^2$ qui est minimale si M est le centre de gravité G de ABC.

On a alors $\overrightarrow{GA}+\overrightarrow{GB}+\overrightarrow{GC} = \vec{0}$, d'où

$$\begin{cases} x_A - x_G + x_B - x_G + x_C - x_G = 0 \\ y_A - y_G + y_B - y_G + y_C - y_G = 0 \end{cases}$$

$$\Leftrightarrow \begin{cases} x_A + x_B + x_C = 3x_G \\ y_A + y_B + y_C = 3y_G \end{cases}$$

$$\Leftrightarrow \begin{cases} 0 = 3x_G \\ 9 = 3y_G \end{cases}$$

Si G est le centre de gravité de ABC, alors

$$\begin{cases} x_A + x_B + x_C = 3x_G \\ y_A + y_B + y_C = 3y_G \end{cases}$$

Les coordonnées de M tel que S soit minimale sont **(0 ; 3)**.

On a alors :

$MA^2 = (x_A - x_M)^2 + (y_A - y_M)^2 = (3-0)^2 + (3-3)^2 = 9$

De même, on a $MB^2 = 13$ et $MC^2 = 10$.

et la valeur minimale de S est $9 + 13 + 10 =$ **32**.

10 1. Soit $ABCD$ un quadrilatère.

Comme on a $AB^2 = \overrightarrow{AB}^2$, par propriété des produits scalaires, on a :

$AB^2 - BC^2 + CD^2 - DA^2$

$= \overrightarrow{AB}^2 - \overrightarrow{BC}^2 + \overrightarrow{CD}^2 - \overrightarrow{DA}^2$

$= (\overrightarrow{AB}+\overrightarrow{BC}).(\overrightarrow{AB}-\overrightarrow{BC})+(\overrightarrow{CD}+\overrightarrow{DA}).(\overrightarrow{CD}-\overrightarrow{DA})$

$= \overrightarrow{AC}.(\overrightarrow{AB}-\overrightarrow{BC})+\overrightarrow{CA}.(\overrightarrow{CD}-\overrightarrow{DA})$

d'après la relation de Chasles

$= \overrightarrow{AC}.(\overrightarrow{AB}+\overrightarrow{CB})-\overrightarrow{AC}.(-\overrightarrow{DC}-\overrightarrow{DA})$

$= \overrightarrow{AC}.(\overrightarrow{AB}+\overrightarrow{CB}+\overrightarrow{DC}+\overrightarrow{DA})$

$= \overrightarrow{AC}.(\overrightarrow{DC}+\overrightarrow{CB}+\overrightarrow{DA}+\overrightarrow{AB})$

En appliquant deux fois la relation de Chasles, on a bien :

$\mathbf{AB^2 - BC^2 + CD^2 - DA^2 = 2\,\overrightarrow{AC}.\overrightarrow{DB}}$

2. Si $AB = 3$, $BC = 9$, $CD = 11$ et $DA = 7$, alors on a :

$AB^2 - BC^2 + CD^2 - DA^2$

$= 3^2 - 9^2 + 11^2 - 7^2$

$= 9 - 81 + 121 - 49 = 0$

Le produit scalaire $\overrightarrow{AC}.\overrightarrow{DB}$ est nul, donc les vecteurs $\overrightarrow{AC}$ et $\overrightarrow{DB}$ sont orthogonaux en étant non nuls : **les diagonales de *ABCD* sont perpendiculaires.**

11 Soit $M(x\ ;\ y)$ un point du cercle de diamètre $[AB]$ dans le plan muni d'un repère orthonormé.

> M appartient au cercle de diamètre $[AB]$
> $\Leftrightarrow \overrightarrow{MA}.\overrightarrow{MB} = 0$

$\Leftrightarrow x_{\overrightarrow{MA}} \times x_{\overrightarrow{MB}} + y_{\overrightarrow{MA}} \times y_{\overrightarrow{MB}} = 0$

$\Leftrightarrow (-4 - x)(8 - x) + (2 - y)(-3 - y) = 0$

$\Leftrightarrow -32 + 4x - 8x + x^2 - 6 - 2y + 3y + y^2 = 0$

Une équation du cercle Γ de diamètre $[AB]$ est $\mathbf{x^2 - 4x + y^2 + y - 38 = 0}$.

12 1.

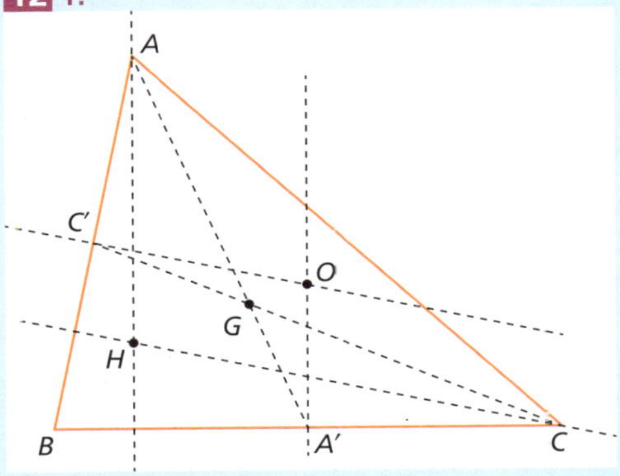

L'orthocentre étant le point de concours des trois hauteurs, il suffit d'en tracer deux pour avoir H. De même, O et G sont obtenus à partir de deux médiatrices et de deux médianes.

On conjecture que ***H*, *G* et *O* sont alignés.**

2. a. Si G est le centre de gravité du triangle ABC, alors $\overrightarrow{GA}+\overrightarrow{GB}+\overrightarrow{GC} = \vec{0}$.

b. $\overrightarrow{OK} = \overrightarrow{OA}+\overrightarrow{OB}+\overrightarrow{OC}$

$\Rightarrow \overrightarrow{OK} = \overrightarrow{OG}+\overrightarrow{GA}+\overrightarrow{OG}+\overrightarrow{GB}+\overrightarrow{OG}+\overrightarrow{GC}$

d'après la relation de Chasles

$\Rightarrow \overrightarrow{OK} = 3\overrightarrow{OG}+(\overrightarrow{GA}+\overrightarrow{GB}+\overrightarrow{GC})$

$\Rightarrow \mathbf{\overrightarrow{OK} = 3\overrightarrow{OG}}$ car $\overrightarrow{GA}+\overrightarrow{GB}+\overrightarrow{GC} = \vec{0}$.

Les vecteurs $\overrightarrow{OK}$ et $\overrightarrow{OG}$ étant colinéaires, **les points *O*, *G* et *K* sont alignés.**

c. $\overrightarrow{OK} = \overrightarrow{OA}+\overrightarrow{OB}+\overrightarrow{OC}$

$\Rightarrow \overrightarrow{OK}-\overrightarrow{OA} = \overrightarrow{OB}+\overrightarrow{OC}$

$\Rightarrow \overrightarrow{AO}+\overrightarrow{OK} = \overrightarrow{OB}+\overrightarrow{OC}$

$\Rightarrow \overrightarrow{AK} = \overrightarrow{OB}+\overrightarrow{OC}$ d'après la relation de Chasles

$\Rightarrow \overrightarrow{AK} = \overrightarrow{OA'}+\overrightarrow{A'B}+\overrightarrow{OA'}+\overrightarrow{A'C}$

d'après la relation de Chasles

$\Rightarrow \mathbf{\overrightarrow{AK} = 2\overrightarrow{OA'}}$

car A' milieu de $[BC] \Leftrightarrow \overrightarrow{A'B}+\overrightarrow{A'C} = \vec{0}$

ABC étant non rectangle, on a $O \neq A'$ et $\overrightarrow{OA'}$ est non nul et on en déduit que les droites (AK) et (OA') sont parallèles avec (OA') la médiatrice de $[BC]$, donc avec (OA') perpendiculaire à (BC).

Les droites (*KA*) et (*BC*) sont perpendiculaires.

d. (KA) est donc la hauteur de ABC issue de A.

De même avec B' milieu de $[AC]$, on prouve que $\overrightarrow{OK} = \overrightarrow{OA}+\overrightarrow{OB}+\overrightarrow{OC} \Rightarrow \overrightarrow{BK} = 2\overrightarrow{OB'}$ donc que les droites (BK) et (OB') sont parallèles avec (OB') la médiatrice de $[AC]$, avec (OB') perpendiculaire à (AC). Les droites (KB) et (AC) sont perpendiculaires. (KB) est donc la hauteur de ABC issue de B. Étant situé sur deux hauteurs de ABC, ***K* est l'orthocentre de *ABC*.**

e. On a K, O et G alignés avec $K = H$, donc ***H*, *G* et *O* sont alignés.**

CHAPITRE 8 (Énoncés p. 45)

1 1. a. Le déterminant de $\vec{u}\begin{pmatrix}-0,5\\2\end{pmatrix}$ et de $\vec{v}\begin{pmatrix}1\\-4\end{pmatrix}$ vaut $-0,5 \times (-4) - 2 \times 1 = 0$.

C'est nul, **les vecteurs sont colinéaires.**

> Deux vecteurs $\vec{u}\begin{pmatrix}x\\y\end{pmatrix}$ et $\vec{v}\begin{pmatrix}x'\\y'\end{pmatrix}$ sont colinéaires
> $\Leftrightarrow$ leur déterminant $xy' - x'y$ est nul.

b. Le déterminant de $\vec{u}\begin{pmatrix}2\\3\end{pmatrix}$ et de $\vec{v}\begin{pmatrix}3\\4\end{pmatrix}$ vaut $2 \times 4 - 3 \times 3 = -1$. C'est non nul, **les vecteurs ne sont pas colinéaires.**

c. Le déterminant de $\vec{u}\begin{pmatrix}3\\-9\end{pmatrix}$ et de $\vec{v}\begin{pmatrix}-2\\6\end{pmatrix}$ vaut $3 \times 6 - (-9) \times (-2) = 18 - 18 = 0$.

C'est nul, **les vecteurs sont colinéaires.**

2. a. Le déterminant de $\vec{u}\begin{pmatrix}3\\4\end{pmatrix}$ et $\vec{v}\begin{pmatrix}5\\a\end{pmatrix}$ vaut $3 \times a - 4 \times 5 = 3a - 20$.

On veut $3a - 20 = 0 \Leftrightarrow 3a = 20 \Leftrightarrow a = \dfrac{20}{3}$.

Pour $a = \dfrac{20}{3}$, **les vecteurs sont colinéaires.**

b. Le déterminant de $\vec{u}\begin{pmatrix}3\\1\end{pmatrix}$ et $\vec{v}\begin{pmatrix}a-2\\2\end{pmatrix}$ vaut $3 \times 2 - 1 \times (a-2) = 8 - a$.

On veut $8 - a = 0 \Leftrightarrow 8 = a$.

Pour $a = 8$, **les vecteurs sont colinéaires.**

c. Le déterminant de $\vec{u}\begin{pmatrix}a+2\\2\end{pmatrix}$ et $\vec{v}\begin{pmatrix}-6\\2-a\end{pmatrix}$ vaut $(a+2)(2-a) - 2 \times (-6) = 16 - a^2$.

On veut $16 - a^2 = 0 \Leftrightarrow a^2 = 16 \Leftrightarrow a = 4$ ou $a = -4$.

Pour $a = 4$ et $a = -4$, **les vecteurs sont colinéaires.**

2 **1.** Le vecteur $\vec{u}\begin{pmatrix}4\\2\end{pmatrix}$ dirige les droites d'équations :

$ax + by + c = 0$ avec $-b = 4$, soit $b = -4$ et $a = 2$.

Une équation de D est du type $2x - 4y + c = 0$.

Comme D passe par $A(3 ; 1)$, on a $2x_A - 4y_A + c = 0$
$\Leftrightarrow 2 \times 3 - 4 \times 1 + c = 0 \Leftrightarrow 2 + c = 0 \Leftrightarrow c = -2$.

Une équation cartésienne de D est $\mathbf{2x - 4y - 2 = 0}$.

Un vecteur $\vec{u}\begin{pmatrix}-b\\a\end{pmatrix}$ dirige une droite d'équation cartésienne $ax + by + c = 0$.

2. D' a pour équation cartésienne $3x + 6y - 9 = 0$, donc un vecteur directeur de D' est $\vec{v}\begin{pmatrix}-6\\3\end{pmatrix}$.

Tout vecteur $\vec{v}\begin{pmatrix}-2k\\k\end{pmatrix}$ avec k réel non nul est un vecteur directeur de D'.

3. Le déterminant de $\vec{u}\begin{pmatrix}4\\2\end{pmatrix}$ et de $\vec{v}\begin{pmatrix}-6\\3\end{pmatrix}$ vaut $3 \times 4 - 2 \times (-6) = 24$: c'est non nul.

Les vecteurs directeurs ne sont pas colinéaires, donc ***D* et *D'* ne sont pas parallèles.**

3 **a.** d_1 est dirigée par $\vec{u}\begin{pmatrix}2\\0{,}5\end{pmatrix}$, donc une équation cartésienne de d_1 est $0{,}5x - 2y + c = 0$.

d_1 passe par $A(4 ; 3)$, donc on a $0{,}5x_A - 2y_A + c = 0$
$\Leftrightarrow 0{,}5 \times 4 - 2 \times 3 + c = 0 \Leftrightarrow -4 + c = 0 \Leftrightarrow c = 4$.

d_1 a pour équation cartésienne $\mathbf{0{,}5x - 2y + 4 = 0}$.

b. Un vecteur directeur de d_2 est $\overrightarrow{AB}\begin{pmatrix}x_B - x_A\\y_B - y_A\end{pmatrix}$ $= \overrightarrow{AB}\begin{pmatrix}8\\-3\end{pmatrix}$. Une équation cartésienne de d_2 est $-3x - 8y + c = 0$.

d_2 passe par $A(-3 ; 2)$, donc on a $-3x_A - 8y_A + c = 0$
$\Leftrightarrow -3 \times (-3) - 8 \times 2 + c = 0 \Leftrightarrow -7 + c = 0$
$\Leftrightarrow c = 7$.

d_2 a pour équation cartésienne $\mathbf{-3x - 8y + 7 = 0}$.

c. Une équation cartésienne de d_3 dirigée par $\overrightarrow{AB}\begin{pmatrix}8\\-3\end{pmatrix}$ est $-3x - 8y + c = 0$.

d_3 passe par $C(-4 ; 6)$, donc on a $-3x_C - 8y_C + c = 0$
$\Leftrightarrow -3 \times (-4) - 8 \times 6 + c = 0 \Leftrightarrow -36 + c = 0$
$\Leftrightarrow c = 36$.

d_2 a pour équation cartésienne $\mathbf{-3x - 8y + 36 = 0}$.

d. Si d_4 est parallèle à d_1, alors d_4 a le même vecteur directeur $\vec{u}\begin{pmatrix}2\\0{,}5\end{pmatrix}$ que d_1 et a pour équation cartésienne $0{,}5x - 2y + c = 0$.

d_4 passe par $E(1 ; 2)$, donc on a $0{,}5x_E - 2y_E + c = 0$
$\Leftrightarrow 0{,}5 \times 1 - 2 \times 2 + c = 0 \Leftrightarrow -3{,}5 + c = 0$
$\Leftrightarrow c = 3{,}5$.

d_4 a pour équation cartésienne $\mathbf{0{,}5x - 2y + 3{,}5 = 0}$.

$ax + by + c = 0$ et $ax + by + c' = 0$ sont les équations cartésiennes de deux droites parallèles.

4 **1.** A' est le milieu de $[BC]$, donc $x_{A'} = \dfrac{x_B + x_C}{2} = 2$ et $y_{A'} = \dfrac{y_B + y_C}{2} = 0$. On a $\boldsymbol{A'(2 ; 0)}$.

(AA') est dirigée par $\overrightarrow{AA'}\begin{pmatrix}4\\1\end{pmatrix}$, donc (AA') a pour équation $-x + 4y + c = 0$ avec en particulier $-x_A + 4y_A + c = 0 \Leftrightarrow 2 - 4 + c = 0 \Leftrightarrow c = 2$.

Dans un triangle, la médiane est une droite passant par un sommet et par le milieu du côté opposé.

La médiane (AA') a pour équation $\mathbf{-x + 4y + 2 = 0}$.

2. On a $5x_B + y_B - 3 = 5 \times 0 + 3 - 3 = 0$, donc **la droite *d* d'équation $\mathbf{5x + y - 3 = 0}$ passe par *B*.**

Le milieu de $[AC]$ est $B'(1 ; -2)$.

On a $5x_{B'} + y_{B'} - 3 = 5 \times 1 + (-2) - 3 = 0$, donc la droite d d'équation $5x + y - 3 = 0$ passe par B'.

Passant par B et par B', ***d* est la médiane du triangle *ABC* issue de *B*.**

3. $G(x ; y)$ centre de gravité de ABC est l'intersection des médianes (AA') et de (BB'). Ses coordonnées sont solutions de $\begin{cases}-x+4y+2=0 & (1)\\ 5x+y-3=0 & (2)\end{cases}$

$(1) \Leftrightarrow 4y + 2 = x$ (3).

Par substitution, $(2) \Leftrightarrow 5(4y + 2) + y - 3 = 0$
$\Leftrightarrow 21y + 7 = 0 \Leftrightarrow y = \dfrac{-1}{3}$.

Par substitution, $(3) \Leftrightarrow 4 \times \dfrac{-1}{3} + 2 = x \Leftrightarrow \dfrac{2}{3} = x$.

Le centre de gravité de *ABC*, est $\boldsymbol{G\left(\dfrac{2}{3} ; \dfrac{-1}{3}\right)}$.

On a aussi les formules pour le centre de gravité : $x_G = \dfrac{x_A + x_B + x_C}{3}$ et $y_G = \dfrac{y_A + y_B + y_C}{3}$.

5 d d'équation $3x + 2y - 1 = 0$ a pour vecteur normal $\vec{u}\begin{pmatrix}3\\2\end{pmatrix}$ et d' d'équation $4x - 6y + 5 = 0$ a pour vecteur normal $\vec{v}\begin{pmatrix}4\\-6\end{pmatrix}$. Leur produit scalaire $xx' + yy'$ vaut $3 \times 4 + 2 \times (-6)$, soit 0.

Les vecteurs normaux sont orthogonaux, donc **les droites d et d' sont perpendiculaires.**

Deux vecteurs $\vec{u}\begin{pmatrix} x \\ y \end{pmatrix}$ et $\vec{v}\begin{pmatrix} x' \\ y' \end{pmatrix}$ sont orthogonaux $\Leftrightarrow$ leur produit scalaire $xx' + yy'$ est nul.

6 a. d_1 a pour vecteur normal $\vec{u}\begin{pmatrix} 2 \\ 0,5 \end{pmatrix}$, donc une équation cartésienne de d_1 est du type $2x + 0,5y + c = 0$.
Comme d_1 passe par $A(4 ; 3)$, on a :
$2x_A + 0,5y_A + c = 0 \Leftrightarrow 2 \times 4 + 0,5 \times 3 + c = 0$
$\Leftrightarrow 9,5 + c = 0 \Leftrightarrow c = -9,5$.
Une équation cartésienne de d_1 est :
$\mathbf{2x + 0,5y - 9,5 = 0}$.

Un vecteur $\vec{n}\begin{pmatrix} a \\ b \end{pmatrix}$ est normal à toute droite d'équation cartésienne $ax + by + c = 0$.

b. d_2 étant perpendiculaire à (AB), $\overrightarrow{AB}\begin{pmatrix} 8 \\ -3 \end{pmatrix}$ est un vecteur normal à d_2, qui a une équation du type $8x - 3y + c = 0$.
d_2 passe par $C(-4 ; 6)$, donc $8x_C - 3y_C + c = 0$
$\Leftrightarrow 8 \times (-4) - 3 \times 6 + c = 0 \Leftrightarrow -50 + c = 0$
Une équation cartésienne de d_2 est :
$\mathbf{8x - 3y + 50 = 0}$.

c. d_4 est une droite perpendiculaire à d_1 donc $\vec{u}\begin{pmatrix} 2 \\ 0,5 \end{pmatrix}$, vecteur normal à d_1 dirige d_4 qui a une équation cartésienne du type $-0,5x + 2y + c = 0$.
d_4 passant par $E(1 ; 2)$, on a $-0,5x_E + 2y_E + c = 0$
$\Leftrightarrow -0,5 \times 1 + 2 \times 2 + c = 0 \Leftrightarrow 3,5 + c = 0$
$\Leftrightarrow c = -3,5$.
Une équation cartésienne de d_4 est :
$\mathbf{-0,5x + 2y - 3,5 = 0}$.

7 1. Un vecteur normal à d d'équation $2x + y - 4 = 0$ est $\vec{n}\begin{pmatrix} 2 \\ 1 \end{pmatrix}$ et un vecteur normal à d' d'équation
$3x - 6y + 7 = 0$ est $\vec{n'}\begin{pmatrix} 3 \\ -6 \end{pmatrix}$.
Leur produit scalaire $xx' + yy'$ vaut $2 \times 3 + 1 \times (-6)$, soit 0.
C'est nul, les vecteurs normaux sont orthogonaux.
Les droites d et d' sont perpendiculaires.
Deux droites sont perpendiculaires si, et seulement si, leurs vecteurs normaux sont orthogonaux.

2. Si Δ est perpendiculaire à d, alors un vecteur directeur de Δ est $\vec{n}\begin{pmatrix} 2 \\ 1 \end{pmatrix}$, vecteur normal à d. Une équation de Δ est du type $x - 2y + c = 0$ avec en particulier $x_C - 2y_C + c = 0 \Leftrightarrow 1 - 2 \times 3 + c = 0$
$\Leftrightarrow -5 + c = 0 \Leftrightarrow c = 5$.
Une équation de Δ est $x - 2y + 5 = 0$.

3. • Δ et d' sont deux droites perpendiculaires à d. Or, si deux droites sont perpendiculaires à une même troisième droite, alors elles sont parallèles, donc **Δ et d' sont parallèles.**
• Les vecteurs normaux $\vec{n''}\begin{pmatrix} 1 \\ -2 \end{pmatrix}$ de Δ et $\vec{n'}\begin{pmatrix} 3 \\ -6 \end{pmatrix}$ de d' vérifient la relation $\vec{n'} = 3\vec{n''}$. Ils sont colinéaires, donc **Δ et d' sont parallèles.**

8 1. Pour D d'équation $3x + y - 2 = 0$, **un vecteur normal est $\vec{n}\begin{pmatrix} 3 \\ 1 \end{pmatrix}$.**

2. Comme D' est perpendiculaire à D, $\vec{n}\begin{pmatrix} 3 \\ 1 \end{pmatrix}$ vecteur normal à D est un **vecteur directeur de D'.**
Une équation de D' est donc du type $x - 3y + c = 0$.
A est sur D', donc on a $x_A - 3y_A + c = 0$
$\Leftrightarrow 1 + 6 + c = 0 \Leftrightarrow c = -7$.
Une équation de D' est $x - 3y - 7 = 0$.

3. a. H, le projeté orthogonal de A sur D est l'intersection de D et de D', la droite perpendiculaire à D passant par A.

Les coordonnées de $H(x ; y)$ sont la solution de
$$\begin{cases} 3x + y - 2 = 0 \quad (1) \\ x - 3y - 7 = 0 \quad (2) \end{cases}$$
(2) $\Leftrightarrow x = 3y + 7$ (3).
Par substitution, (1) $\Leftrightarrow 3(3y + 7) + y - 2 = 0$
$\Leftrightarrow 10y + 19 = 0 \Leftrightarrow y = -1,9$.
Par substitution, (3) $\Leftrightarrow x = 3 \times (-1,9) + 7 \Leftrightarrow$
$x = 1,3$.
On a $\mathbf{H(1,3 ; -1,9)}$.

b. On a $AH = \sqrt{(x_H - x_A)^2 + (y_H - y_A)^2}$
$= \sqrt{(1,3 - 1)^2 + (-1,9 + 2)^2} = \sqrt{0,1}$.
La distance du point A à la droite D est $\sqrt{0,1}$.
La distance entre un point et une droite est la distance entre ce point et son projeté orthogonal sur la droite.

9 a. Une équation de C est $(x - 3)^2 + (y - (-2))^2 = 3^2$, soit $\mathbf{(x - 3)^2 + (y + 2)^2 = 9}$.

Une équation d'un cercle de centre $\Omega(a ; b)$ et de rayon r est $(x - a)^2 + (y - b)^2 = r^2$.

b. Le cercle de centre Ω passant par B a pour rayon
$\Omega B = \sqrt{(x_B - x_\Omega)^2 + (y_B - y_\Omega)^2}$
$= \sqrt{2^2 + 6^2} = \sqrt{40}$.
Une équation de C est $(x - 3)^2 + (y - (-2))^2 = \sqrt{40}^2$, soit $\mathbf{(x - 3)^2 + (y + 2)^2 = 40}$.

c. Le centre du cercle est Ω le milieu de $[EF]$ avec
$x_\Omega = \dfrac{x_E + x_F}{2} = -1$ et $y_\Omega = \dfrac{y_E + y_F}{2} = -1$.
Son rayon est la moitié de son diamètre,
soit $0,5EF = 0,5\sqrt{(x_F - x_E)^2 + (y_F - y_E)^2}$
$= 0,5\sqrt{(-6)^2 + (-4)^2} = 0,5\sqrt{52} = 0,5 \times 2\sqrt{13} = \sqrt{13}$.

Une équation du cercle de diamètre [*EF*] est $(x-(-1))^2+(y-(-1))^2=\sqrt{13}^2$, soit $\mathbf{(x+1)^2+(y+1)^2=13}$.

On peut aussi déterminer une équation du cercle de diamètre [*EF*] en écrivant que c'est l'ensemble des points $M(x\,;y)$ tels que $\overrightarrow{ME}.\overrightarrow{MF}=0$.

10 $x^2-8x+y^2+6y=24$

$\Leftrightarrow (x-4)^2-4^2+(y+3)^2-3^2=24$

$\Leftrightarrow (x-4)^2+(y+3)^2=24+16+9$

$\Leftrightarrow (x-4)^2+(y+3)^2=7^2$

C'est une équation de cercle de centre $\Omega(4\,;-3)$ et de rayon 7.

On transforme les expressions de type $x^2 \pm 2ax$ en $(x\pm a)^2-a^2$ pour déterminer les équations de cercle à partir des formes développées.

11 a. $x^2+y^2+6x-4y=0$

$\Leftrightarrow (x+3)^2-3^2+(y-2)^2-2^2=0$

$\Leftrightarrow (x-(-3))^2+(y-2)^2=9+4$.

C'est l'équation d'un cercle de centre $\Omega(-3\,;2)$ et de rayon $\sqrt{13}$.

b. $x^2+y^2+6x-4y+15=0$

$\Leftrightarrow (x+3)^2-9+(y-2)^2-4+15=0$

$\Leftrightarrow (x+3)^2+(y-2)^2=-2$: c'est impossible.

Ce n'est pas une équation de cercle.

La somme de carrés de nombres réels ne peut pas être négative.

c. $x^2+y^2+6x=0$

$\Leftrightarrow (x+3)^2-3^2+y^2=0$

$\Leftrightarrow (x-(-3))^2+(y-0)^2=9$.

C'est l'équation d'un cercle de centre **$\Omega(-3\,;0)$ et de rayon 3.**

d. $x^2+6x-4y=0$ **n'est pas une équation de cercle** car il n'y a pas de y^2.

Dans une équation de cercle développée, il faut avoir des termes en x^2 et en y^2 avec le même coefficient.

e. $2(x-2)^2+2y^2=x^2+(y+1)^2$

$\Leftrightarrow 2(x^2-4x+4)+2y^2=x^2+y^2+2y+1$

$\Leftrightarrow x^2-8x+y^2-2y+8=1$

$\Leftrightarrow (x-4)^2-4^2+(y-1)^2-1+8=1$

$\Leftrightarrow (x-4)^2+(y-1)^2=10$.

C'est l'équation d'un cercle de centre $\Omega(4\,;1)$ et de rayon $\sqrt{10}$.

12 1. Le projeté orthogonal $H(x\,;y)$ de Ω sur d est un point de d tel que $\overrightarrow{\Omega H}\begin{pmatrix}x-3\\y+2\end{pmatrix}$ soit orthogonal à $\vec{u}\begin{pmatrix}3\\1\end{pmatrix}$, vecteur directeur de d. Le produit scalaire de ces vecteurs doit être nul, soit $3(x-3)+1(y+2)=0$

$\Leftrightarrow 3x+y=7$.

On a donc : $\begin{cases}x-3y+1=0 & (1)\\ 3x+y-7=0 & (2)\end{cases}$

$(1)\Leftrightarrow x=3y-1 \quad (3)$

Par substitution, $(2)\Leftrightarrow 3(3y-1)+y-7=0$

$\Leftrightarrow 10y-10=0 \Leftrightarrow y=1$.

Par substitution, $(3)\Leftrightarrow x=3\times1-1\Leftrightarrow x=2$.

On a $\mathbf{H(2\,;1)}$.

2. $\Omega H=\sqrt{(x_H-x_\Omega)^2+(y_H-y_\Omega)^2}$

$=\sqrt{1^2+3^2}$. On a donc $\Omega H=\mathbf{\sqrt{10}}$.

3. On a (ΩH) perpendiculaire en H à d, donc d est la tangente au cercle de centre Ω qui passe par H. Ce cercle a pour équation : $\mathbf{(x-3)^2+(y+2)^2=10}$.

La tangente à un cercle de centre Ω en un point A est la droite perpendiculaire à (ΩA) en A.

13 1. a. $x^2+2x+y^2-y=5$

$\Leftrightarrow (x+1)^2-1^2+(y-0{,}5)^2-0{,}5^2=5$

$\Leftrightarrow (x+1)^2+(y-0{,}5)^2=6{,}25$

$\Leftrightarrow (x-(-1))^2+(y-0{,}5)^2=2{,}5^2$.

C'est l'équation d'un cercle de centre **$A(-1\,;0{,}5)$ et de rayon 2,5.**

b. Le cercle C' de centre $D(4\,;3)$ et de rayon 5 a pour équation $\mathbf{(x-4)^2+(y-3)^2=25}$.

Soit aussi $x^2-8x+y^2-6y=0$.

c.

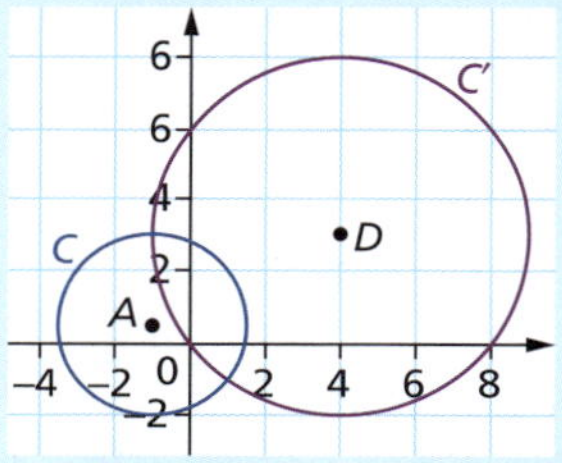

2. Les coordonnées des points d'intersection sont solutions de $\begin{cases}x^2+2x+y^2-y=5 & (1)\\ x^2-8x+y^2-6y=0 & (2)\end{cases}$

$(1)-(2)\Rightarrow 10x+5y=5$

$\Leftrightarrow 2x+y=1\Leftrightarrow y=1-2x$ (3). Par substitution,

$(1)\Leftrightarrow x^2+2x+(1-2x)^2-(1-2x)=5$

$\Leftrightarrow x^2+2x+1-4x+4x^2-1+2x-5=0$

$\Leftrightarrow 5x^2-5=0$

$\Leftrightarrow x^2=1\Leftrightarrow x=1$ ou $x=-1$.

Pour $x=1$, (3) donne $y=-1$

Pour $x=-1$, (3) donne $y=3$.

Les cercles sont sécants en $H(1\,;-1)$ et $G(-1\,;3)$.

3. a. La tangente à C' en H a pour vecteur normal $\overrightarrow{DH}\begin{pmatrix}-3\\-4\end{pmatrix}$. Une équation de cette tangente est $-3x-4y+c=0$ avec en particulier $-3x_H-4y_H+c=0$, soit $1+c=0$.

Une équation de la tangente à C' en H est $\mathbf{-3x-4y-1=0}$.

La tangente en H à C a pour vecteur normal $\overrightarrow{AH}\begin{pmatrix}2\\-1{,}5\end{pmatrix}$. Une équation de cette tangente est $2x-1{,}5y+c=0$ avec en particulier $2x_H-1{,}5y_H+c=0$, soit $3{,}5+c=0$.

Une équation de la tangente à C en H est **$2x - 1{,}5y - 3{,}5 = 0$.**

b. Les vecteurs $\overrightarrow{DH}\begin{pmatrix}-3\\-4\end{pmatrix}$ et $\overrightarrow{AH}\begin{pmatrix}2\\-1{,}5\end{pmatrix}$ aux tangentes ont pour produit scalaire $-3 \times 2 + (-4) \times (-1{,}5) = 0$. Ils sont orthogonaux. **Les tangentes aux deux cercles en H sont perpendiculaires.**

14 **1.** (AB) a pour vecteur directeur $\overrightarrow{AB}\begin{pmatrix}5\\-3\end{pmatrix}$ et donc une équation du type $3x + 5y + c = 0$.
En particulier, on a $3x_A + 5y_A + c = 0$
$\Leftrightarrow 13 + c = 0 \Leftrightarrow c = -13$.
Une équation de (AB) est $3x + 5y - 13 = 0$.

2.a. La hauteur de ABC issue de C est perpendiculaire à (AB), donc $\overrightarrow{AB}\begin{pmatrix}5\\-3\end{pmatrix}$ est un vecteur normal à cette hauteur qui a pour équation $5x - 3y + c = 0$ avec en particulier $5x_C - 3y_C + c = 0 \Leftrightarrow 67 + c = 0$.
Une équation cartésienne de la hauteur de ABC issue de C est $5x - 3y - 67 = 0$.

b. Soit $H(x\,;y)$ le projeté orthogonal de C sur (AB).
Ses coordonnées vérifient :

$$\begin{cases}3x+5y-13=0 & (1)\\ 5x-3y-67=0 & (2)\end{cases}$$

La combinaison linéaire $3 \times (1) + 5 \times (2)$ donne
$9x + 25x + 15y - 15y - 39 - 335 = 0$
Soit $34x - 374 = 0 \Leftrightarrow x = 11$.
Par substitution, (1) donne $33 + 5y - 13 = 0$
$\Leftrightarrow 5y + 20 = 0 \Leftrightarrow y = -4$. On a **$H(11\,;-4)$.**

c. On a par calcul $AB = \sqrt{34}$ et $CH = \sqrt{34}$.

L'aire de ABC est $\dfrac{AB \times CH}{2} = \dfrac{\sqrt{34}\times\sqrt{34}}{2}$ **$= 17$.**

Aire d'un triangle $= \dfrac{\text{base} \times \text{hauteur}}{2}$

15 **1.** Une équation du cercle C est $(x-4)^2 + y^2 = 4$.
Soit $M(x\,;y)$ un point commun au cercle C et à la droite d_a.
Ses coordonnées vérifient $\begin{cases}(x-4)^2+y^2=4 & (1)\\ ax-y=0 & (2)\end{cases}$

(2) $\Leftrightarrow y = ax$ (4) et par substitution
(1) $\Leftrightarrow (x-4)^2 + (ax)^2 = 4$
$\Leftrightarrow x^2 - 8x + 16 + a^2x^2 - 4 = 0$
$\Leftrightarrow (1 + a^2)x^2 - 8x + 12 = 0$ (3).
Le discriminant de cette équation est
$\Delta = (-8)^2 - 4 \times (1+a^2) \times 12 = 64 - 48 - 48a^2$
$= 16 - 48a^2 = 16(1 - 3a^2)$
$= 16(1 - \sqrt{3}a)(1 + \sqrt{3}a)$.

Δ est nul pour $a = \dfrac{\sqrt{3}}{3}$ et $a = -\dfrac{\sqrt{3}}{3}$, négatif sauf entre ses racines.

Si $a \in \left]-\infty\,;-\dfrac{\sqrt{3}}{3}\right[\cup \left]\dfrac{\sqrt{3}}{3}\,;+\infty\right[$, $\Delta < 0$ et C et d_a n'ont **pas de point en commun.**

Si $a = \dfrac{\sqrt{3}}{3}$ ou $a = -\dfrac{\sqrt{3}}{3}$, $\Delta = 0$ et C et d_a ont **un unique point en commun.**

Si $a \in \left]-\dfrac{\sqrt{3}}{3}\,;\dfrac{\sqrt{3}}{3}\right[$, $\Delta > 0$ et C et d_a ont **deux points en commun.**

Une droite et un cercle du plan peuvent avoir 0, 1 ou 2 points en commun.

2. On a donc $a_1 = \dfrac{\sqrt{3}}{3}$.

a. L'équation (3) s'écrit $\dfrac{4}{3}x^2 - 8x + 12$ et sa solution est $\dfrac{-b}{2a} = \dfrac{8}{\frac{8}{3}} = 3$.

L'équation (4) donne $y = \dfrac{\sqrt{3}}{3} \times 3 = \sqrt{3}$.
On a **$H(3\,;\sqrt{3})$.**

b. On a $\overrightarrow{OH}\begin{pmatrix}3\\\sqrt{3}\end{pmatrix}$ et $\overrightarrow{HA}\begin{pmatrix}1\\-\sqrt{3}\end{pmatrix}$. Leur produit scalaire vaut $3 \times 1 + \sqrt{3} \times (-\sqrt{3}) = 0$.
Les droites (OH) et (HA) sont perpendiculaires. (OH) étant perpendiculaire en H à la droite passant par A le centre du cercle et H, **d_{a_1} est la tangente à C en H.**

Une droite qui ne possède qu'un seul point en commun avec un cercle est tangente à ce cercle.

16 **1.** Soit P_i la parabole représentative de la fonction f_i.
L'axe de symétrie d'une parabole représentative d'une fonction trinôme $x \mapsto ax^2 + bx + c$ est $x = \dfrac{-b}{2a}$. Il suffit pour chaque fonction trinôme de calculer ce nombre.

a. Pour $f_1(x) = 2x^2 + 4x + 3$, $\dfrac{-b}{2a} = -1$.

b. Pour $f_2(x) = 3x^2 - 12x - 9$, $\dfrac{-b}{2a} = 2$.

c. Pour $f_3(x) = (x-3)(x-1) = x^2 - 4x + 3$, $\dfrac{-b}{2a} = 2$.

d. Pour $f_4(x) = 3x^2 + x - 1$, $\dfrac{-b}{2a} = \dfrac{-1}{6}$.

e. Pour $f_5(x) = -x^2 - 2x$, $\dfrac{-b}{2a} = -1$.

f. Pour $f_6(x) = 6x^2 + 2x + 1$, $\dfrac{-b}{2a} = \dfrac{-1}{6}$.

P_1 et P_5 ont le même axe de symétrie, ainsi que P_2 et P_3 et aussi P_4 et P_6.

2. Le sommet d'une parabole est situé sur son axe de symétrie et son ordonnée est l'image de son abscisse par la fonction trinôme représentée par la parabole.
On a $f_1(-1) = 2 \times (-1)^2 + 4 \times (-1) + 3 = 1$ et $f_5(1) = -(-1)^2 - 2 \times (-1) = 1$ donc **P_1 et P_5 qui ont le même axe de symétrie, ont le même sommet.**

On a $f_2(2) = 3 \times 2^2 - 12 \times 2 - 9 = -21$ et $f_3(2) = (2 - 3)(2 - 1) = -1$ donc **P_2 et P_3, qui ont le même axe de symétrie, n'ont pas le même sommet.**

Comme $f_4(-1/6) = -13/12$ et $f_6(-1/6) = 5/6$ **P_4 et P_6, qui ont le même axe de symétrie, n'ont pas le même sommet.**

17 1. Les abscisses des points d'intersection des paraboles représentatives des deux fonctions trinômes f et g sont solutions de $f(x) = g(x)$.

$f(x) = g(x) \Leftrightarrow 3x^2 - x - 1 = x^2 + x + 3$

$\Leftrightarrow 2x^2 - 2x - 4 = 0 \Leftrightarrow x^2 - x - 2 = 0.$

$\Delta = b^2 - 4ac = (-1)^2 - 4 \times 1 \times (-2) = 9.$

Il y a deux solutions $x_1 = \dfrac{-b+\sqrt{\Delta}}{2a} = \dfrac{1+3}{2} = 2$ et $x_2 = \dfrac{-b-\sqrt{\Delta}}{2a} = \dfrac{1-3}{2} = -1$.

L'ordonnée de chaque point est l'image de son abscisse par f ou par g. $f(2) = 3 \times 2^2 - 2 - 1 = 9$ et et $f(-1) = 3 \times (-1)^2 - (-1) - 1 = 3$. **Les paraboles sont sécantes en $A(2\ ;\ 9)$ et $B(-1\ ;\ 3)$.**

2. On étudie le signe de $f(x) - g(x)$ soit celui de $2x^2 - 2x - 4$ qui est le même que celui de $x^2 - x - 2$, dont les racines sont -1 et 2. $x^2 - x - 2$ est positif sauf entre ses racines.

Sur $]-\infty\ ;\ -1[\ \cup\ ]2\ ;\ +\infty[$, on a $f(x) - g(x) > 0$ et **C_f est au-dessus de C_g.**

Pour $x = -1$ ou $x = 2$, **C_f et C_g se rencontrent.**

Sur $]-1\ ;\ 2[$,on a $f(x) - g(x) < 0$ et **C_f est au-dessous de C_g.**

Étudier la position de C_f par rapport à C_g revient à étudier le signe de $f(x) - g(x)$.

Si $f(x) - g(x) > 0$, alors C_f est au-dessus de C_g.

Si $f(x) - g(x) = 0$ alors C_f rencontre C_g.

Si $f(x) - g(x) < 0$, alors C_f est au-dessous de C_g.

18 Soit f une fonction trinôme telle que $f(-2) = f(4) = 5$ et qui admet un maximum qui vaut 10.

1. f admettant un maximum, **a est négatif.**

2. a. Comme $f(-2) = f(4)$, l'axe de symétrie de la parabole P représentative de la fonction f est $x = \dfrac{-2+4}{2}$, soit $\mathbf{x = 1}$.

b. Or pour une parabole, l'axe de symétrie a pour équation $x = \dfrac{-b}{2a}$, donc on a $\dfrac{-b}{2a} = 1$ soit $\mathbf{b = -2a}$.

3. a. $f(4) = 5 \Leftrightarrow a \times 4^2 + 4b + c = 5$

$\Leftrightarrow a \times 4^2 + (-2a) \times 4 + c = 5 \Leftrightarrow \mathbf{c = 5 - 8a}$.

b. On a aussi $f(1) = 10 \Leftrightarrow a + b + c = 10$

$\Leftrightarrow a - 2a + 5 - 8a = 10$

$\Leftrightarrow -9a - 5 = 0 \Leftrightarrow a = \dfrac{-5}{9}$.

On en déduit $b = -2a = \dfrac{10}{9}$ et $c = 5 - 8a = \dfrac{85}{9}$.

Pour tout réel x, on a $\mathbf{f(x) = \dfrac{-5x^2+10x+85}{9}}$.

4. On veut $f(x) = 0 \Leftrightarrow -5x^2 + 10x + 85 = 0$

$\Leftrightarrow x^2 - 2x - 17 = 0 \Leftrightarrow (x-1)^2 - 18 = 0$

$\Leftrightarrow (x-1)^2 = 18 \Leftrightarrow x - 1 = 3\sqrt{2}$ ou $x - 1 = -3\sqrt{2}$.

P coupe l'axe des abscisses en $A(1 + 3\sqrt{2}\ ;\ 0)$ et en $B(1 - 3\sqrt{2}\ ;\ 0)$.

19 1. $M(x\ ;\ y)$ appartient à la médiatrice de $[AB]$

$\Leftrightarrow AM^2 = BM^2$

$\Leftrightarrow (x+3)^2 + (y+1)^2 = (x+2)^2 + (y-6)^2$

$\Leftrightarrow x^2+6x+9+y^2+2y+1 = x^2+4x+4+y^2-12y+36$

$\Leftrightarrow 2x + 14y - 30 = 0 \Leftrightarrow x + 7y - 15 = 0.$

Une équation cartésienne de la médiatrice de $[AB]$ est $x + 7y - 15 = 0$.

La médiatrice d'un segment est l'ensemble des points équidistants des extrémités du segment.

2. $M(x\ ;\ y)$ appartient à la médiatrice de $[AC]$

$\Leftrightarrow AM^2 = CM^2$

$\Leftrightarrow (x+3)^2 + (y+1)^2 = (x-6)^2 + (y-2)^2$

$\Leftrightarrow x^2+6x+9+y^2+2y+1 = x^2-12x+36+y^2-4y+4$

$\Leftrightarrow 18x + 6y - 30 = 0 \Leftrightarrow 3x + y - 5 = 0.$

Une équation cartésienne de la médiatrice de $[AC]$ est $3x + y - 5 = 0$.

Les coordonnées de W centre du cercle circonscrit sont solution de :

$$\begin{cases} x+7y-15=0 & (1) \\ 3x+y-5=0 & (2) \end{cases}$$

$(2) \Leftrightarrow y = 5 - 3x$ (3)

Par substitution, $(1) \Leftrightarrow x + 7(5 - 3x) - 15 = 0$

$\Leftrightarrow -20x + 20 = 0 \Leftrightarrow x = 1.$

(3) donne alors $y = 5 - 3 \times 1$, soit $y = 2$.

On a $W(1\ ;\ 2)$ centre du cercle circonscrit au triangle ABC.

3. Le carré du rayon du cercle est $AW^2 = (x_W - x_A)^2 + (y_W - y_A)^2 = (1+3)^2 + (2+1)^2 = 25$.

Une équation du cercle circonscrit au triangle ABC est $(x-1)^2 + (y-2)^2 = 25$.

CHAPITRE 9 *(Énoncés p. 51)*

1 Soit H : «la personne est un homme», F : «la personne est une femme» et D : «la personne est daltonienne».

L'énoncé donne $P(H) = 0{,}48$, $P(F) = 0{,}52$, $P_H(D) = 0{,}05$ et $P_F(D) = 0{,}0025$.

a. $P(F \cap D) = P(F) \times P_F(D) = 0{,}52 \times 0{,}0025 = 0{,}0013$.

La probabilité qu'une personne soit une femme daltonienne est **0,0013**.

b. H et F constituent une partition de l'univers.

D'après la formule des probabilités totales, on a :

$P(D) = P(F \cap D) + P(H \cap D)$
$= 0{,}0013 + P(H) \times P_H(D)$
$= 0{,}0013 + 0{,}48 \times 0{,}05.$
La probabilité qu'une personne soit daltonienne est **0,0253**.

c. $P_D(H) = \dfrac{p(H \cap D)}{P(D)} = \dfrac{0{,}024}{0{,}0253}$

La probabilité qu'une personne daltonienne soit un homme est environ **0,949**.

2 Soit A, B, C, les événements «la pièce provient respectivement de la machine A, B, C» et soit D : «la pièce est défectueuse».

1. A, B et C constituent une partition de l'univers.
D'après la formule des probabilités totales, on a :
$P(D) = P(A \cap D) + P(B \cap D) + P(C \cap D)$
$= P(A) \times P_A(D) + P(B) \times P_B(D) + P(C) \times P_C(D)$
$= 0{,}6 \times 0{,}02 + 0{,}3 \times 0{,}03 + 0{,}1 \times 0{,}04 = 0{,}025.$
La probabilité qu'une pièce prise au hasard à la sortie de l'usine soit défectueuse est **0,025**.

2. $P_D(B) = \dfrac{P(D \cap B)}{P(D)} = \dfrac{0{,}009}{0{,}025} = 0{,}36.$

La probabilité qu'une pièce défectueuse ait été fabriquée par la machine B est **0,36**.

3 Soit T «utiliser un dé truqué» et S «obtenir un 6».
Comme on choisit le dé au hasard, on a une situation d'équiprobabilité avec

$P(T) = \dfrac{card(T)}{card(\Omega)} = 0{,}25$ et $P(\overline{T}) = 1 - P(T) = 0{,}75.$

1. T et $\overline{T}$ constituent une partition de l'univers.
D'après la formule des probabilités totales, on a :
$P(S) = P(T \cap S) + P(\overline{T} \cap S)$
$= P(T) \times P_T(S) + P(\overline{T}) \times P_{\overline{T}}(S)$
$= 0{,}25 \times 0{,}5 + 0{,}75 \times \dfrac{1}{6} = 0{,}25.$

La probabilité de l'événement «obtenir 6» est 0,25.

2. $P_S(T) = \dfrac{P(S \cap T)}{P(S)} = \dfrac{0{,}25 \times 0{,}5}{0{,}25} = 0{,}5.$

En obtenant 6 sur un dé, la probabilité que le dé soit pipé est 0,5.

4 On note B_1 « la première boule tirée est blanche » et B_2 « la seconde boule tirée est blanche».

Comme la première boule tirée est ensuite mise dans la seconde urne, la composition de la seconde urne change selon le tirage de la première boule.

À chaque tirage, il y a équiprobabilité entre les boules dans l'urne, donc si il y a x boules d'une couleur parmi un total de y boules dans l'urne, alors la probabilité d'obtenir une boule de cette couleur est x/y.

1. On veut $P(B_1 \cap B_2) = P(B_1) \times P_{B_1}(B_2)$
$= \dfrac{a}{a+b} \times \dfrac{a+1}{a+b+1} = \dfrac{a(a+1)}{(a+b)(a+b+1)}.$

La probabilité que les deux boules tirées soient blanches est $\dfrac{a(a+1)}{(a+b)(a+b+1)}$.

2. Les urnes retournent à leur état initial si, et seulement si, on tire deux boules blanches ou deux boules noires, cas incompatibles.
On veut donc $P((B_1 \cap B_2) \cup (N_1 \cap N_2))$
$= P(B_1 \cap B_2) + P(N_1 \cap N_2)$
$= \dfrac{a(a+1)}{(a+b)(a+b+1)} + \dfrac{b(b+1)}{(a+b)(a+b+1)}.$

La probabilité qu'à la fin des deux opérations les urnes soient revenues à leur état initial est $\dfrac{a(a+1)+b(b+1)}{(a+b)(a+b+1)}$.

5 Soit P : «le conducteur a obtenu pile lors du lancer initial de la pièce».
Soit O : «le conducteur a répondu oui».
Soit A : «le conducteur a dépassé un jour les limitations de vitesse ».
Les événements A et P étant indépendants, la proportion de conducteurs ayant dépassé un jour les limitations de vitesse est égale à la proportion de conducteurs ayant répondu «oui» sachant qu'ils ont obtenu pile au lancer initial, c'est-à-dire $P(A) = P_P(O)$.
P et $\overline{P}$ constituent une partition de l'univers.
D'après la formule des probabités totales,
$P(O) = P(O \cap P) + P(O \cap \overline{P})$
$\Leftrightarrow 0{,}41 = P(P) \times P_P(O) + P(\overline{P}) \times P_{\overline{P}}(O)$
$\Leftrightarrow 0{,}41 = 0{,}5 \times P(A) + 0{,}5 \times 0{,}5$
$\Leftrightarrow (0{,}41 - 0{,}25) \div 0{,}5 = P(A).$
32 % des conducteurs ont dépassé un jour les limitations de vitesse.

6 1. Soit $f : x \mapsto x(2 - x) = -x^2 + 2x$.
C'est une fonction trinôme avec $a = -1$ et $b = 2$.

Elle admet un maximum en $\dfrac{-b}{2a} = 1.$

f est croissante sur $[0 ; 1]$ avec $f(0) = 0$ et $f(1) = 1$.
Pour tout réel x de $[0 ; 1]$, on a $f(0) \leqslant f(x) \leqslant f(1)$, soit $0 \leqslant f(x) \leqslant 1$. Or β est une probabilité donc $0 \leqslant \beta \leqslant 1$ et $0 \leqslant f(\beta) \leqslant 1$.
On a bien $\mathbf{0 \leqslant \beta(2 - \beta) \leqslant 1}$.

2. Soit F_i la personne fume le jour i.

a. Sachant que le fumeur ne fume pas au jour 0, la probabilité qu'il fume le jour 1 est $\boldsymbol{P(F_1)} = \beta$.

b. F_1 et $\overline{F_1}$ constituent une partition de l'univers.

D'après la formule des probabilités totales, on a :

$P(F_2) = P(F_2 \cap F_1) + P(F_2 \cap \overline{F_1})$

$= P(F_1) \times P_{F_1}(F_2) + P(\overline{F_1}) \times P_{\overline{F_1}}(F_2)$

$= \beta \times \alpha + (1 - \beta) \times \beta$

$= \beta\,(1 + \alpha - \beta)$

La probabilité que le fumeur fume le jour 2 est $\beta(1 + \alpha - \beta)$.

c. $P(F_1 \cup F_2) = P(F_1) + P(F_2) - P(F_1 \cap F_2)$

$= \beta + \beta\,(1 + \alpha - \beta) - \beta \times \alpha = \beta(2 - \beta)$.

La probabilité que le fumeur fume le jour 1 ou le jour 2 est $\beta(2 - \beta)$.

Il faut toujours vérifier que le résultat d'un calcul de probabilité est compris entre 0 et 1, ce que permet de faire la question 1.

d. $P_{F_2}(F_1) = \dfrac{P(F_1 \cap F_2)}{P(F_2)} = \dfrac{\alpha\beta}{\beta(1+\alpha-\beta)} = \dfrac{\alpha}{(1+\alpha-\beta)}$

La probabilité que le fumeur ait fumé le jour 1 sachant qu'il a fumé le jour 2 est $\dfrac{\alpha}{(1+\alpha-\beta)}$.

7 1. a. $P(O) = \dfrac{150}{1250} = \mathbf{0{,}12}$ et $P_O(C) = \dfrac{27}{150} = \mathbf{0{,}18}$.

b.

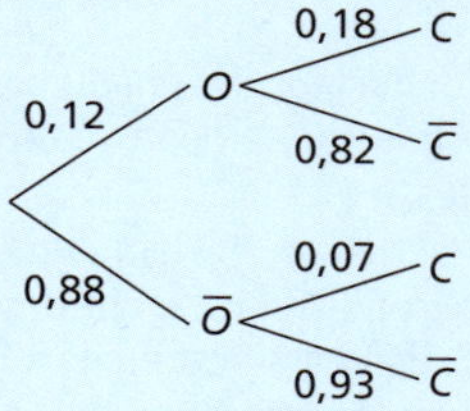

c. $P(O \cap C) = P(O) \times P_O(C) = 0{,}12 \times 0{,}18 = \mathbf{0{,}021\,6}$.

d. $P(\overline{O} \cap C) = P(\overline{O}) \times P_{\overline{O}}(C) = 0{,}88 \times 0{,}07$
$= 0{,}061\,6$.

La probabilité que la personne interrogée soit atteinte d'une maladie cardiovasculaire sans souffrir d'obésité est **0,061 6**.

2. O et $\overline{O}$ constituent une partition de l'univers.
D'après la formule des probabilités totales,
$P(C) = P(O \cap C) + P(\overline{O} \cap C) = 0{,}021\,6 + 0{,}061\,6$.
La probabilité que la personne interrogée soit atteinte d'une maladie cardiovasculaire est **0,083 2**.

3. $P_C(O) = \dfrac{P(C \cap O)}{P(C)} = \dfrac{0{,}0216}{0{,}0832}$.

Sachant que la personne interrogée est atteinte d'une maladie cardio-vasculaire, la probabilité qu'elle souffre d'obésité est **0,259 6** à 10^{-4} près.

8 1. A et B sont deux événements indépendants.

Par définition, on a $P(A \cap B) = P(A) \times P(B)$.

B et $\overline{B}$ constituent une partition de l'univers.

D'après la formule des probabilités totales, on a :

$p(A) = p(A \cap B) + P(A \cap \overline{B})$

$\Leftrightarrow p(A) = p(A) \times P(B) + P(A \cap \overline{B})$

$\Leftrightarrow p(A) - p(A) \times P(B) = P(A \cap \overline{B})$

$\Leftrightarrow P(A)\,[1 - p(B)] = P(A \cap \overline{B})$

$\Leftrightarrow P(A) \times P(\overline{B}) = P(A \cap \overline{B})$

$\Leftrightarrow A$ et $\overline{B}$ sont indépendants.

Si deux événements sont indépendants, alors l'un de ces événements et le contraire de l'autre événement sont aussi indépendants.

2. Soit A et B deux événements indépendants.
D'après la propriété précédente, A et $\overline{B}$ sont indépendants donc $\overline{B}$ et le contraire de A sont indépendants, soit les événements $\overline{A}$ et $\overline{B}$ sont indépendants.

9 Soit A : « Appartenir à la région Est » et E « Être pour la législation de la marijuana ».

D'après le tableau, on a $P(A \cap E) = 0{,}078$
et $P(A) = 0{,}078 + 0{,}222 = 0{,}3$
et $P(E) = 0{,}078 + 0{,}182 = 0{,}26$.
$P(A) \times P(E) = 0{,}3 \times 0{,}26 = 0{,}078$.

On constate que $P(A \cap E) = P(A) \times P(E)$.

Les événements « Appartenir à la région Est » et « Être pour la législation de la marijuana » sont indépendants.

10 Si $A = \{1, 2\}$ et $B = \{2, 3\}$, alors $A \cap B = \{2\}$.

1. Si le dé est équilibré, l'univers est équiprobable. La probabilité d'un événement est alors le quotient de son cardinal par le cardinal de l'univers.

Ainsi $P(A \cap B) = \dfrac{1}{6}$, $P(A) = \dfrac{1}{3}$, $P(B) = \dfrac{1}{3}$ et $P(A) \times P(B) = \dfrac{1}{9}$.

Comme $P(A \cap B) \neq P(A) \times P(B)$, alors **$A$ et B ne sont pas indépendants.**

Si deux propositions P et Q sont équivalentes alors $\overline{P}$ et $\overline{Q}$ sont aussi équivalentes.
On a A et B indépendants
$\Leftrightarrow P(A \cap B) = P(A) \times P(B)$.
donc A et B non indépendants
$\Leftrightarrow P(A \cap B) \neq P(A) \times P(B)$.

2. On a $P(A \cap B) = \dfrac{1}{6}$, $P(A) = \dfrac{1}{3} + \dfrac{1}{6} = \dfrac{1}{2}$ et $P(B) = \dfrac{1}{6} + \dfrac{1}{6} = \dfrac{1}{3}$.

On a $P(A) \times P(B) = \dfrac{1}{6}$.

Comme $P(A \cap B) = P(A) \times P(B)$, alors **$A$ et B sont indépendants.**

3. On en déduit que **l'indépendance de deux événements d'un univers dépend de la probabilité définie sur cet univers.**

CHAPITRE 10 *(Énoncés p. 56)*

1 1. Le dé étant non pipé, l'univers constitué des 6 issues possibles du dé est équiprobable. Comme on peut gagner 10 €, en perdre 2 ou 3, on a :

$X(\Omega) = \{-3 ; -2 ; 10\}$.
On a $P(X = 10) = P(\{6\}) = 1/6$,
$P(X = -3) = P(\{3 ; 5\}) = 2/6 = 1/3$ et
$P(X = -2) = P(\{1 ; 2 ; 4\}) = 3/6 = 1/2$.

x_i	-3	-2	10
$p_i = P(X = x_i)$	$\frac{1}{3}$	$\frac{1}{2}$	$\frac{1}{6}$

2. La moyenne des gains espérés est l'espérance de la variable aléatoire.

$$E(X) = \sum_{i=1}^{3} x_i p_i$$
$$= -3 \times P(X = -3) + (-2) \times P(X = -2) + 10 \times P(X = 10)$$
$$= -3 \times \frac{1}{3} - 2 \times \frac{1}{2} + 10 \times \frac{1}{6} = \frac{-1}{3}.$$

La moyenne des gains espérés est $\frac{-1}{3}$.

En jouant un grand nombre de parties, le joueur perd en moyenne un tiers d'euro par partie.

3. On utilise le théorème de Kœning-Huygens :

$$V(X) = \sum_{i=1}^{3} x_i^2 p_i - (E(X))^2$$
$$= (-3)^2 \times \frac{1}{3} + (-2)^2 \times \frac{1}{2} + 10^2 \times \frac{1}{6} - \left(\frac{-1}{3}\right)^2$$

La variance de X vaut $\frac{194}{9}$.

2 Soit B_1 « obtenir une boule blanche au premier tirage », N_1 « obtenir une boule noire au premier tirage », B_2 : « obtenir une boule blanche au second tirage », N_2 « obtenir une boule noire au second tirage ».

Premier cas

Avec un tirage avec remise, les résultats des premier et second tirages sont indépendants.

a.

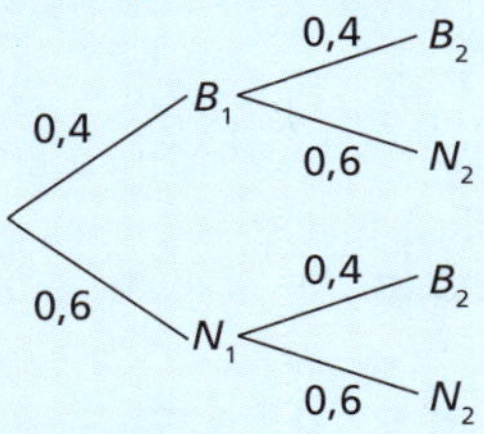

b. On a $X(\Omega) = \{0 ; 1 ; 2\}$.
$P(X = 0) = P(N_1 \cap N_2)$
$= P(N_1) \times P(N_2)$ (événements indépendants)
$= 0{,}6 \times 0{,}6 = $ **0,36**.
$P(X = 1) = P((B_1 \cap N_2) \cup (N_1 \cap B_2))$
$= P(B_1 \cap N_2) + P(N_1 \cap B_2)$
(événements incompatibles)
$= P(B_1) \times P(N_2) + P(B_2) \times P(N_1)$
(événements indépendants)
$= 0{,}4 \times 0{,}6 + 0{,}6 \times 0{,}4 = $ **0,48**.
$P(X = 2) = P(B_1 \cap B_2)$
$= P(B_1) \times P(B_2)$ (événements indépendants)
$= 0{,}4 \times 0{,}4 = $ **0,16**.
On vérifie que $0{,}36 + 0{,}48 + 0{,}16 = 1$.

c. $E(X) = 0 \times P(X = 0) + 1 \times P(X = 1) + 2 \times P(X = 2)$
$= 0 + 1 \times 0{,}48 + 2 \times 0{,}16 = 0{,}8$.

L'espérance de X est 0,8.

En répétant un grand nombre de fois l'expérience, on obtient en moyenne 0,8 boule blanche par expérience.

Second cas

Avec un tirage sans remise, le résultat du second tirage dépend de celui du premier tirage.

a.

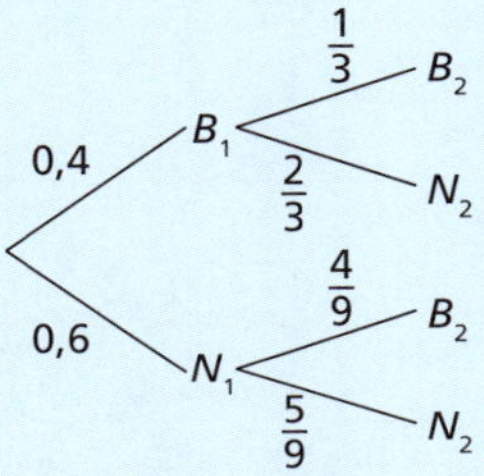

b. On a $X(\Omega) = \{0 ; 1 ; 2\}$.
$P(X = 0) = P(N_1 \cap N_2) = P(N_1) \times P_{N_1}(N_2)$
$= 0{,}6 \times 5/9 = \frac{1}{3}$.
$P(X = 1) = P((B_1 \cap N_2) \cup (N_1 \cap B_2))$
$= P(B_1 \cap N_2) + P(N_1 \cap B_2)$
(événements incompatibles)
$= P(B_1) \times P_{B_1}(N_2) + P(N_1) \times P_{N_1}(B_2)$
$= 0{,}4 \times 2/3 + 0{,}6 \times 4/9 = \frac{8}{15}$.
$P(X = 2) = P(B_1 \cap B_2) = P(B_1) \times P_{B_1}(B_2)$
$= 0{,}4 \times 1/3 = \frac{2}{15}$.
On vérifie que $1/3 + 8/15 + 2/15 = 1$.

c. $E(X) = 0 \times P(X = 0) + 1 \times P(X = 1) + 2 \times P(X = 2)$
$= 0 + 1 \times 8/15 + 2 \times 2/15 = 0{,}8$.

L'espérance de X est 0,8.

En répétant un grand nombre de fois l'expérience, on obtient en moyenne 0,8 boule blanche par expérience.

3 Soit B_i et N_i obtenir respectivement une boule blanche ou une boule noire au i^e tirage.

1.

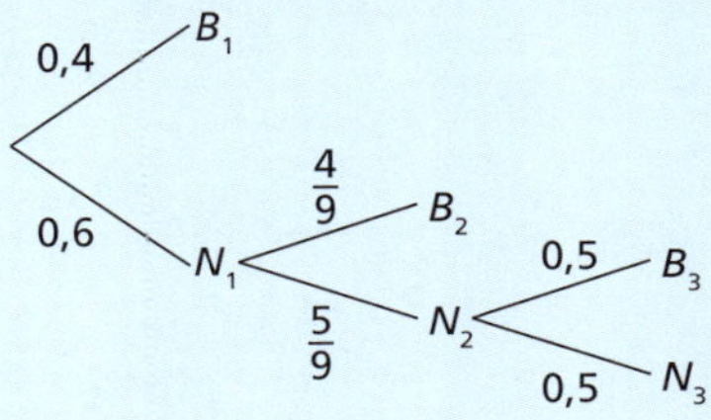

2. On a $Y(\Omega) = \{1 ; 2 ; 3\}$.

$P(Y = 1) = P(B_1) = \mathbf{0{,}4}$.

$P(Y = 2) = P(N_1 \cap B_2) = P(N_1) \times P_{N_1}(B_2)$

$= 0{,}6 \times \dfrac{4}{9} = \mathbf{\dfrac{4}{15}}$.

$P(Y = 3) = P(N_1 \cap N_2) = P(N_1) \times P_{N_1}(N_2)$

$= 0{,}6 \times \dfrac{5}{9} = \mathbf{\dfrac{1}{3}}$.

4 Tableau donnant la somme des deux dés.

Lancer 2 \ Lancer 1	1	2	3	4	5	6
1	2	3	4	5	6	7
2	3	4	5	6	7	8
3	4	5	6	7	8	9
4	5	6	7	8	9	10
5	6	7	8	9	10	11
6	7	8	9	10	11	12

Le dé étant équilibré, les 36 cases du tableau donnant la somme sont équiprobables. Pour x compris entre 2 et 12, on a $P(X = x) = \dfrac{card(x)}{36}$.

x_i	2	3	4	5	6	7
$P(X = x_i)$	$\frac{1}{36}$	$\frac{1}{18}$	$\frac{1}{12}$	$\frac{1}{9}$	$\frac{5}{36}$	$\frac{1}{6}$

x_i	8	9	10	11	12
$P(X = x_i)$	$\frac{5}{36}$	$\frac{1}{9}$	$\frac{1}{12}$	$\frac{1}{18}$	$\frac{1}{36}$

$E(X) = \sum_{i=2}^{12} i \times P(X = i)$ $= 7$.

L'espérance de cette loi vaut 7.

5

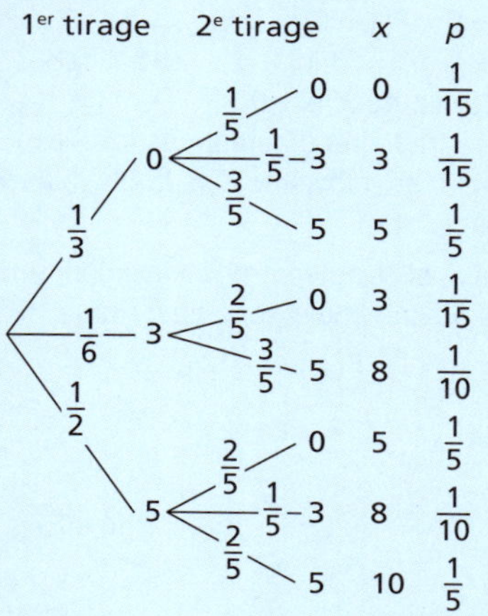

La loi de X est :

x_i	0	3	5	8	10
$P(X = x_i)$	1/15	2/15	2/5	1/5	1/5

La probabilité de $X = x$ est la somme des probabilité des différentes issues a pour lesquelles X prend la valeur x.

$E(X) = \sum_{i=0}^{10} i \times P(X = i)$

$= 0 \times \dfrac{1}{15} + 3 \times \dfrac{2}{15} + 5 \times \dfrac{2}{5} + 8 \times \dfrac{1}{5} + 10 \times \dfrac{1}{5}$

Son espérance est 6.

D'après la formule de Kœnig-Huygens, on a :

$V(X) = \sum_{i=0}^{10} i^2 \times P(X = i) - (E(X))^2$

$= 0 + 9 \times \dfrac{2}{15} + 25 \times \dfrac{2}{5} + 64 \times \dfrac{1}{5} + 100 \times \dfrac{1}{5} - 6^2$

$= 8$

L'écart type est la racine carré de la variance.

$\sigma(X) = \sqrt{V(X)} \approx 2{,}83$.

L'écart type vaut 2,83 à 10^{-2} près.

6 Hypothèse n°1

1. On a $X = 1$ si le hamster réussit au premier essai. Comme il choisit de façon équiprobable entre les portillons,

On a $\mathbf{P(X = 1) = \dfrac{1}{4}}$.

On a $X = 2$ si le hamster échoue lors du premier essai (3 chances sur 4), puis réussit lors du deuxième essai (1 chance sur 3, car il ne reprend pas le portillon du premier essai).

On a $\mathbf{P(X = 2)} = \dfrac{3}{4} \times \dfrac{1}{3} = \mathbf{\dfrac{1}{4}}$.

De même, on a $\mathbf{P(X = 3)} = \dfrac{3}{4} \times \dfrac{2}{3} \times \dfrac{1}{2} = \mathbf{\dfrac{1}{4}}$ et

$\mathbf{P(X = 4)} = \dfrac{3}{4} \times \dfrac{2}{3} \times \dfrac{1}{2} \times \dfrac{1}{1} = \mathbf{\dfrac{1}{4}}$.

Une telle loi où toutes les valeurs prises par la variable aléatoire ont la même probabilité est dite **uniforme**.

2. $\mathbf{E(X)} = 1 \times 0{,}25 + 2 \times 0{,}25 + 3 \times 0{,}25 + 4 \times 0{,}25 = \mathbf{2{,}5}$.

En moyenne, il faut 2,5 tentatives au hamster pour réussir.

Hypothèse n°2

1. De même, on a $\mathbf{P(X = 1) = \dfrac{1}{4}}$.

Comme il n'y a pas mémorisation, à chaque essai, la probabilité de réussir est 0,25 et celle d'échouer est 0,75.

$P(X = 2) = 0{,}75 \times 0{,}25 = \mathbf{0{,}187\ 5}$.

2. Pour tout entier naturel n non nul, le hamster réussit au bout de n essais, s'il échoue à chacun des essais précédents avec une probabilité de 0,75 à chaque essai et qu'il réussit au dernier essai avec une probabilité de 0,25.
On a $u_n = P(X = n) = 0{,}75^{n-1} \times 0{,}25$.
On a aussi, pour tout entier naturel n,
$u_{n+1} = 0{,}75^n \times 0{,}25 = 0{,}75 \times 0{,}75^{n-1} \times 0{,}25$
$= 0{,}75u_n$.
(u_n) est une suite géométrique de raison 0,75 et de premier terme u_1 = 0,25.

Une telle loi où les valeurs successives prises par la variable aléatoire forment une suite géométrique est dite **géométrique**.

N.B. Son espérance est $\frac{1}{p}$ où p est la probabilité de succès à chaque essai. Ici, l'espérance vaut 4, ce qui signifie qu'en moyenne il faudra plus de tentatives au hamster pour sortir.

7 **1.** Comme on peut obtenir Pile pour la première fois pour chacun des 4 lancers, n peut prendre les valeurs 1 à 4, mais aussi la valeur 0 si on n'obtient que des côtés Face.
On a **$X(\Omega) = \{0 ; 1 ; 2 ; 3 ; 4\}$**.
À chaque lancer, la probabilité d'obtenir Pile (ou Face) est 0,5 et les lancers sont indépendants.
$P(X = 1) = P(\{P\}) = \mathbf{0{,}5}$.
$P(X = 2) = P(\{FP\}) = 0{,}5 \times 0{,}5 = \mathbf{0{,}25}$.
$P(X = 3) = P(\{FFP\}) = 0{,}5 \times 0{,}5 \times 0{,}5 = \mathbf{0{,}125}$.
$P(X = 4) = P(\{FFFP\}) = 0{,}5 \times 0{,}5 \times 0{,}5 \times 0{,}5$
$= \mathbf{0{,}0625}$.
$P(X = 0) = P(\{FFFF\}) = 0{,}5 \times 0{,}5 \times 0{,}5 \times 0{,}5$
$= \mathbf{0{,}0625}$.

2. $E(X) = \sum_{i=0}^{4} i \times P(X = i)$
$= 0 \times 0{,}0625 + 1 \times 0{,}5 + 2 \times 0{,}25$
$+ 3 \times 0{,}125 + 4 \times 0{,}0625$
$E(X) = 1{,}625$.

$V(X) = \sum_{i=0}^{4} i^2 \times P(X = i) - (E(X))^2$
$= 0 \times 0{,}0625 + 1 \times 0{,}5 + 4 \times 0{,}25$
$+ 9 \times 0{,}125 + 16 \times 0{,}0625 - 1{,}625^2$
$V(X) = 0{,}984\ 375$

CHAPITRE 11 *(Énoncés p. 61)*

1 **1.** Pour une saisie $x = 0$, on a a qui vaut 0 + 1, soit 1, b qui vaut 1^2, soit 1 et y qui vaut –1 + 16, soit 15. On obtient **15 en sortie**.
Pour une saisie $x = 1$, on a a qui vaut 1 + 1, soit 2, b qui vaut 2^2, soit 4 et y qui vaut –4 + 16, soit 12. On obtient **12 en sortie**.

2. a. Dans l'algorithme, a prend la valeur $x + 1$, b prend la valeur a^2, soit $(x+1)^2$ et y prend la valeur $-b + 16$, soit $-(x+1)^2 + 16$.
En sortie, on a **$y = -(x+1)^2 + 16$**.
b. On veut $y = 0 \Leftrightarrow -(x+1)^2 + 16 = 0$
$\Leftrightarrow 16 = (x+1)^2 \Leftrightarrow 4 = x + 1$ ou $-4 = x + 1$
$\Leftrightarrow 3 = x$ ou $-5 = x$.
Il faut saisir **3 ou –5** en entrée pour obtenir 0 en sortie.

2 **1.** Chaque année, la somme augmente de 2 % : elle est donc multipliée par $\left(1+\frac{2}{100}\right)$, soit par 1,02.
1 000 × 1,02 = 1 020. Le 1er janvier 2017, Mat dispose de **1 020 €.**
1 020 × 1,02 = 1 040,4. Le 1er janvier 2018, Mat dispose de **1 040,40 €.**

2. a. Un algorithme peut-être :

```
Lire n
S ← 1 000
Pour I variant de 1 à n
    S ← S × 1,02
Fin_Pour
Afficher S
```

b. En Python, on a :

```
N=int(input("Nombre d'années ="))
S=1000
for i in range(1,N+1) :
    S=S*1,02
print(S)
```

On a 2030 = 2016 +14.
En entrant 14, on obtient 1 319,478…
La somme disponible le 1er janvier 2030 sera de **1 319,48 euros.**

3 **1.** On a :

```
S ← 0
n prend la valeur 0
Lire T
Tant que S < T
    n ← n + 1
    S ← S + n²
Fin _Tant que
Afficher n
```

Dans un algorithme de calcul de somme, il faut initialiser la somme à 0.

2.a. En Python, on a :

```
S=0
N=0
T=float(input("seuil ="))
while S<T :
    N=N+1
    S=S+N*N
print(N)
```

b. Pour $T = 100$, on obtient $n = \mathbf{7}$.
Pour $T = 2\,020$, on obtient $n = \mathbf{18}$.
Pour $T = 10\,000$, on obtient $n = \mathbf{31}$.

4 **1.**

	x	y
Étape 1	0	–6
Étape 2	0,2	–5,04
Étape 3	0,4	–4,16
Étape 4	0,6	–3,36
Étape 5	0,8	–2,64
Étape 6	1	–2

2. Cet algorithme calcule **les images par $f : x \mapsto -x^2 + 5x - 6$ des nombres compris entre 0 et 1 avec un pas de 0,2.**

5 **1.**

Étape	Valeur prise par A	Valeur prise par B	Condition $A > B$
Initialisation	12	30	vraie
1er tour	**12**	**18**	**vraie**
2e tour	**12**	**6**	**vraie**
3e tour	**6**	**6**	**fausse**
Affichage	**6**		

La valeur affichée par l'algorithme est 6.

2. a. Si on entre 2 nombres A et B égaux, alors la condition $A \neq B$ est fausse et il n'y a aucune modification des variables A et B. La valeur affichée est la valeur de A initiale, **donc le joueur gagne.**

b. En entrant 11 pour A et 22 pour B, on aura :

Étape	Valeur prise par A	Valeur prise par B	Condition $A \neq B$
Initialisation	11	22	vraie
1er tour	11	11	fausse
Affichage	11		

Le nombre affiché sera la valeur initiale de A, donc le joueur gagnera une montre.

L'algorithme est celui du PGCD par la méthode des soustractions. Pour gagner, il faut et il suffit que l'un des nombres A ou B soit le PGCD de A et de B.

6 **1.** On a $0 \leqslant$ NombreAléatoire < 1
$\Leftrightarrow 0 \leqslant$ NombreAlétoire $\times 2 < 2$
$\Leftrightarrow 1 \leqslant$ NombreAlétoire $\times 2 + 1 < 3$
Comme M prend la partie entière de NombreAlétoire $\times$ 2 +1, **M peut prendre les valeurs 1 ou 2.**

2. M peut désigner le type M_1 ou M_2 de montre offerte par l'organisateur.

7 **1. a.** Pour chaque point M, on a $0 \leqslant x \leqslant 1$ et $0 \leqslant y \leqslant 1$, donc M se situe dans **un carré de côté 1** dont deux sommets opposés sont $O(0 ; 0)$ et $A(1 ; 1)$. Son aire est 1×1, soit **1**.

b. Pour chaque point compté par la variable k, M est dans le carré précédent et on a $x^2 + y^2 \leqslant 1$, soit $OM^2 \leqslant 1$ donc $OM \leqslant 1$. M appartient au quart de disque de centre O et de rayon 1 inclus dans le carré.

c. L'aire de ce quart de disque est $\frac{1}{4} \times r^2 \times \pi = \frac{\pi}{4}$.

2. Cet algorithme permet pour des n très grands de **calculer une valeur approchée de π.**
k étant le nombre de points dans le quart de disque d'aire $\frac{\pi}{4}$ et n le nombre de points dans le carré d'aire 1, le quotient $\frac{k}{n}$ est proche du quotient des aires, soit proche de $\frac{\pi}{4}$. En multipliant par 4, le résultat est proche de π.

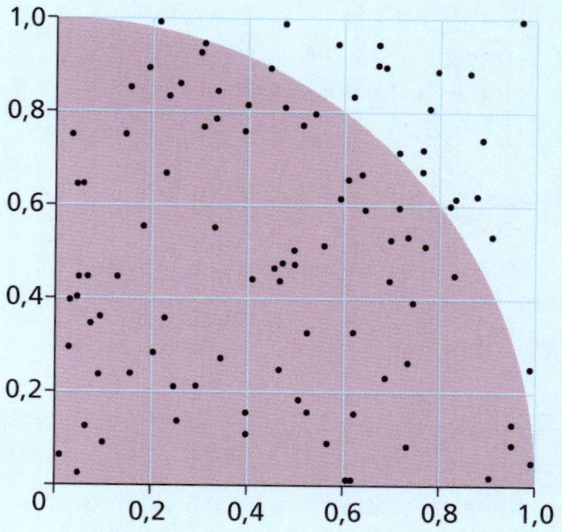

Cette méthode d'approximation de π est connue sous le nom de méthode de Monte Carlo.

8 On peut écrire :

```
def fibo(n):
    if n == 0 :
        return(0)
    elseif n == 1:
        return(1)
    else:
        return(fibo(n–1)+fibo(n–2))
#Main
n=int(input("n="))
print("fibo(",n,")=",fibo(n))
```

9 1. Pour saisir *n* valeur dans une liste, on peut écrire :

```
L=[]     #crée un liste vide
n=int(input("n="))
for i in range(n):  #i prend les valeurs de 0 à n–1
    L=L.append(float(input("valeur =")))
```

2\. a. On peut compléter par :

```
max=L[0]
min=L[0]
for i in range(1,n):
    if L[i] > max:
        max=L[i]
    if L[i] < min:
        min=L[i]
print("Le minimum est ",min)
print("Le maximum est ",max)
```

b. L'étendue de la série est la différence entre le maximum et le minimum.

```
print("L'étendue est ",max-min)
```

c. La moyenne est le quotient de la somme des valeurs par le nombre de valeurs.

```
Sx=0
for i in range(n):
    Sx=Sx+L[i]
# calcul de la somme des valeurs
moy=Sx/n
print("La moyenne est ',moy)
```

d. D'après le théorème de Kœnig-Huygens, la variance est la moyenne des carrés diminuée du carré de la moyenne.

```
Sxx=0
for i in range(n):
    Sxx=Sxx+L[i]**2
# calcul de la somme des carrés
var =Sxx/n–moy**2
print("La variance est ",var)
```

10 1. Un algorithme est :

```
Nbr=0
Pour i allant de 0 à n – 1
    si L[i] est pair
        ajouter 1 à Nbr
Afficher Nbr
```

2\. En Python, on a :

```
L=[2, 4 , 7 , 3, 11 , 23, 41, 10, 25]
Nbr=0
for i in range(len(L))
    if L[i] % 2 == 0 :
        Nbr=Nbr+1
print("Le nombre de valeurs paires est", Nbr)
```

11 1. Pour avoir les carrés, on peut écrire :

```
L=[2, 4 , 7 , 3, 11 , 23, 41, 10, 25]
for i in range(len(L)):
    L[i] = L[i]**2
```

2\. Pour ôter les nombres impairs, on peut écrire :

```
L=[2, 4 , 7 , 3, 11 , 23, 41, 10, 25]
i=0
while i < len(L):
    if L[i] % 2 == 1:
        del L[i]
    else:
        i=i+1
```

On ne peut pas utiliser une boucle «for i in range(len(L)) comme dans la question 1, car la longueur de la liste change en supprimant des valeurs, ce que la boucle avec compteur ne sait pas gérer.

12 **1.**

```
def listecarrés(liste):
    LC=[]
    for i in range(len(liste)):
        LC.append(liste[i]**2)
    return(LC)
```

2.

```
def listepairs(liste):
    LP=[]
    for i in range(len(liste)):
        if liste[i] % 2 == 0:
            LP.append(liste[i])
    return(LP)
```

3.a. On utilise les deux fonctions ci-dessus complétées par :

```
L=[2, 4 , 7 , 3, 11 , 23, 41, 10, 25]
print(listecarrés(listepairs(L)))
print(listepairs(listecarrés(L)))
```

b. En exécutant le programme, on obtient le même résultat **[4, 16, 100]**.

Les carrés des nombres pairs sont pairs et les carrés des nombres impairs sont impairs.

Dans le premier cas, on élimine les nombres impairs, ce qui donne [2, 4, 10], puis on prend les carrés de ces 3 nombres.
Dans le second cas, on calcule les carrés, ce qui donne [4, 16, 49, 9, 121, 529, 1681, 100, 625], puis on supprime les nombres impairs.

13 Un programme possible est :

```
from random import randrange
liste = [0,0,0,0,0,0,0,0,0]
for i in range(10000):
    r = (randrange(4)+1) + (randrange(4)+1)
    liste[r] = liste[r] + 1
for i in range(2, 9):
    print(i, "->" ,liste([i])
```

randrange(4) donnant un entier entre 0 et 3, randrange + 1 donne un entier entre 1 et 4 comme un dé tétraédrique.

14 **1.**

A	$\frac{1}{A}$	M	$A-\frac{1}{M}$
$\frac{3}{4}$	$\frac{4}{3} \approx 1{,}66...$	2	$\frac{1}{4}$

On obtient : $\frac{3}{4}=\mathbf{\frac{1}{2}+\frac{1}{4}}$.

2.

A	$\frac{1}{A}$	M	$A-\frac{1}{M}$
$\frac{17}{18}$	$\frac{18}{17} \approx 1{,}05...$	2	$\frac{4}{9}$
$\frac{4}{9}$	$\frac{9}{4} = 2{,}25$	3	$\frac{1}{9}$

On a : $\frac{17}{18}=\frac{1}{2}+\frac{4}{9}$, puis $\frac{17}{18}=\mathbf{\frac{1}{2}+\frac{1}{3}+\frac{1}{9}}$.

3.

A	$\frac{1}{A}$	M	$A-\frac{1}{M}$
$\frac{3}{5}$	$\frac{5}{3} \approx 1{,}66...$	2	$\frac{1}{10}$

On obtient : $\frac{3}{5}=\mathbf{\frac{1}{2}+\frac{1}{10}}$.

La décomposition en somme d'inverses d'entiers distincts **n'est pas unique**, car on a aussi $\frac{3}{5}=\frac{1}{3}+\frac{1}{5}+\frac{1}{15}$.

15 **1. a.** Programmation en Python.

b. Le programme donne 1,6171…. et 1,6181…. comme résultats.
La solution a de $x^2-x-1=0$ comprise entre 1 et 2 vérifie $\mathbf{1{,}6171 < a < 1{,}6182}$.

2. On utilise le même programme avec x^3-2020 comme fonction dans f.
Le programme donne 12,636890…. et 12,63896…. comme résultats.
La solution b de $x^3-2\,020=0$ vérifie :
$\mathbf{12{,}6368 < b < 12{,}63690}$.

Cet algorithme s'appelle algorithme de dichotomie. Il permet d'avoir un encadrement d'une solution d'une équation de la forme $f(x)=0$ si on connaît deux valeurs A et B telles que $f(A)$ et $f(B)$ soient de signes contraires.

Sciences économiques et sociales

SPÉCIALITÉ SES

MÉTHODES

COURS

LES MÉTHODES

Analyser des documents statistiques

COMMENT FAIRE

Lire les documents statistiques

• **Repérez le titre et la source** du document.
• **Analysez les variables des axes** pour les graphiques : le temps est représenté sur l'axe des abscisses tandis qu'une autre variable (par exemple, le taux de chômage) est représentée sur l'axe des ordonnées.
• **Repérez les variables pour les tableaux :** la ou les variables représentées en **colonne** et la ou les variables représentées en **ligne**. **Les marges** du tableau (ligne ou colonne « total » ou « ensemble »), lorsqu'elles existent, donnent des informations importantes, car les plus générales.
• **Repérez le ou les indicateurs statistiques.** Distinguez bien l'indicateur statistique (taux de croissance, taux de répartition, indice, coefficient multiplicateur…) de son unité.
• **Repérez les unités** (milliard d'euros, million de tonnes, pourcentage, etc.) et **l'échelle** (cas des graphiques).
• **Repérez d'éventuelles légendes :** il peut s'agir de couleurs, de formes de traits (pleins, en pointillé, etc.), de remarques ou de renvois signalés par un astérisque.

Travailler au brouillon

• **Utilisez un brouillon** pour synthétiser toutes les informations nécessaires à la bonne lecture des documents statistiques.
• **Tableau récapitulatif :**

Posez-vous les bonnes questions au brouillon…	Nature du document (texte, tableau, graphique, schéma) ?
	Titre ?
	Source ?
	Unité(s) ?
	Période(s) ? / pays concerné(s) ?
	Variable(s) présente(s) ? : intitulé des lignes / colonnes, ou intitulé des axes
	Indicateur(s) statistique(s) ?
	Notion(s) à définir ?
	Qu'est-ce que le document vise à montrer ?

Commenter ces documents

• **Dégagez d'abord la tendance générale** (croissance, décroissance, stabilisation).
• **Repérez les différentes phases ou fluctuations** en identifiant les **points extrêmes** (nombres élevés, nombres faibles).

Attention !
Il ne suffit pas d'observer ou de constater le contenu d'un document statistique : vous devez ensuite analyser et expliquer le phénomène étudié (en donner les raisons ou les conséquences) en faisant appel à votre cours.

- **Isolez les irrégularités** (les points isolés) ou les fluctuations accidentelles (guerre, crise économique, etc.).
- **Sélectionnez ensuite les informations** qui concernent les questions posées.
- **Illustrez les idées** par un **exemple chiffré** qui vient justifier leur affirmation.
- **Effectuez de petits calculs** (calculs de taux de croissance, d'indices, de coefficients multiplicateurs, de moyennes, etc.) à partir des données du document. Cela permet d'extraire des informations supplémentaires pour renforcer le commentaire.

Exercice d'application

ÉNONCÉ

1. Complétez le tableau ci-dessous résumant toutes les informations à connaître sur le document suivant :

Le taux de chômage selon l'OCDE

En % de la population active

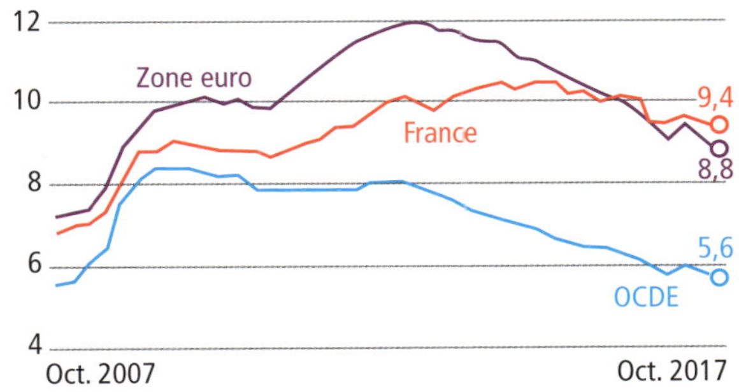

Source : OCDE.

Nature du document (texte, tableau, graphique, schéma) ?	
Titre ?	
Source ?	
Unité(s) ?	
Période(s) ? / pays concerné(s) ?	
Variable(s) présente(s) ? : intitulé des lignes / colonnes, ou intitulé des axes	
Indicateur(s) statistique(s) ?	
Notion(s) à définir ?	
Qu'est-ce que le document vise à montrer ?	

2. Rédigez une phrase avec la dernière donnée chiffrée pour la France.

3. Répondez à la question suivante à partir du document.

Comparez l'évolution du chômage en France et en Europe.

CORRIGÉ

1. Tableau résumant toutes les informations à connaître sur le document

Nature du document (texte, tableau, graphique, schéma) ?	**Graphique**
Titre ?	**Taux de chômage selon l'OCDE**
Source ?	**OCDE**
Unité(s) ?	**Pourcentages**
Période(s) ? / pays concerné(s) ?	**Octobre 2007 à octobre 2017 / France, zone euro et pays de l'OCDE**
Variable(s) présente(s) ? : intitulé des lignes / colonnes, ou intitulé des axes	**Les années en abscisses / le taux de chômage en pourcentage de la population active en ordonnées**
Indicateur(s) statistique(s) ?	**Taux de répartition (voir Méthode 2)**
Notion(s) à définir ?	**Taux de chômage : % de chômeurs par rapport à la population active**
Qu'est-ce que le document vise à montrer ?	**Comparaison des taux de chômage de la France avec celui de la zone euro et des pays de l'OCDE**

2. Phrase rédigée de la dernière donnée chiffrée pour la France

Selon l'OCDE, en octobre 2017, le taux de chômage en France était de 9,4 % de la population active.

3. L'évolution du chômage en France et en Europe

Globalement, le taux de chômage en France a suivi la même évolution qu'en Europe. Jusqu'en 2012, il augmentait, mais tout en étant inférieur et en augmentant moins fortement qu'en Europe : un taux de chômage plus faible de 0,5 point en octobre 2007, puis de 2 points en 2012. Cependant, dès 2012, on assiste à une décrue du taux de chômage plus forte en Europe qu'en France, jusqu'à l'inversion des taux de chômage à partir de 2015 (un taux plus fort en France de 0,6 point en octobre 2017).

Taux de répartition et taux de variation

COMMENT FAIRE

Calculer un taux de répartition et un taux de variation

- **Un taux de répartition (ou de proportion)** est une part relative entre un sous-ensemble (ex. : les revenus du travail) et un ensemble (ex. : l'ensemble des revenus) à une même date :

$$\frac{\text{Sous-ensemble}}{\text{Ensemble}} \times 100 = \ldots \%$$

- **Un taux de variation (d'évolution ou de croissance)** est une part relative qui mesure la variation d'une grandeur économique ou sociale entre deux instants donnés :

$$\frac{VA - VD}{VD} \times 100 = \ldots \%$$

VA : valeur d'arrivée de la grandeur
VD : valeur de départ de la grandeur

- **La variation peut être positive ou négative :** dans le premier cas, le taux de variation est positif (augmentation ou croissance positive) ; dans le second cas, le taux de croissance est négatif (diminution ou croissance négative).

Erreurs à éviter

- **Un taux de variation augmente ou diminue**, mais ne « monte » pas, ni ne « descend ».
- **Une baisse du taux de variation ne signifie pas une baisse absolue :** par exemple, lorsqu'un salaire augmente de 10 % une année et de 5 % l'année suivante, il continue à augmenter (de même lorsque le taux de croissance est constant, par exemple de 10 % tous les ans). Le salaire diminuerait uniquement si le taux de croissance était négatif (ex. : – 20 %).
- **Il ne faut pas croire qu'une augmentation,** par exemple de 20 % sur un revenu de 2 000 € (soit + 400 €), est supérieure à celle de 5 % sur un revenu de 10 000 € (soit + 500 €).

Exploiter les taux

- **La variation absolue entre deux taux** est exprimée en points, tandis que la variation relative est exprimée en pourcentage :

$$\textbf{Variation absolue} = 20\ \% - 10\ \% = +\ 10 \text{ points}$$

$$\textbf{Variation relative} = \frac{20\ \% - 10\ \%}{10\ \%} \times 100 = +\ 100\ \%$$

Ici, la hausse de 10 points est équivalente à une augmentation de 100 %.

• **Les taux de variation se multiplient entre eux** (et ne s'ajoutent pas) à l'aide des coefficients multiplicateurs (CM) :

$$CM = \frac{\text{valeur d'arrivée}}{\text{valeur de départ}} \text{ ou } CM = \text{taux de variation (positif ou négatif)} + 1$$

Ex. 1 le chiffre d'affaires (total des ventes) d'une entreprise augmente de 10 % une année (de 2 à 2,2 millions d'euros) et de 5 % l'année suivante (de 2,2 à 2,31 millions d'euros). Il a donc été globalement multiplié par 1,155 :

$$\left(\frac{2{,}2}{2}\right) \times \left(\frac{2{,}31}{2{,}2}\right) = 1{,}1 \times 1{,}05 = 1{,}155$$

ou

$(10\ \% + 1) \times (5\ \% + 1) = (0{,}1 + 1) \times (0{,}05 + 1) = 1{,}155.$

Ex. 2 le chiffre d'affaires d'une autre entreprise diminue de 12 % une année (de 4 à 3,52 millions d'euros) et de 50 % l'année suivante (de 3,52 à 1,76 million d'euros). Il a donc été globalement multiplié par 0,44 :

$$\left(\frac{3{,}52}{4}\right) \times \left(\frac{1{,}76}{3{,}52}\right) = 0{,}88 \times 0{,}5 = 0{,}44$$

ou

$(-\ 12\ \% + 1) \times (-\ 50\ \% + 1) = (-\ 0{,}12 + 1) \times (-\ 0{,}5 + 1) = 0{,}44.$

• **Comprendre ce qu'est un taux de variation moyen.** Dire, par exemple, qu'une action cote 190 € en fin d'année alors qu'elle cotait 100 € en début d'année (soit une hausse de 90%) ne revient pas à dire que l'augmentation a été de 7,5 % chaque mois (90 / 12). En réalité, l'action a augmenté de 5,5 % **en moyenne chaque mois :** cela revient bien à une hausse globale de 90 % à la fin de l'année.

Vérification :

$1 + R = (1 + r)^{12} = (1{,}055)^{12} = 1{,}90$ (soit $1 + 0{,}90$)

R = taux de variation global

r = taux de variation moyen

Exercices d'application

ÉNONCÉS

1. Transformez en pourcentage les chiffres suivants sur les grands impôts en France, en 2018 (en milliards d'euros)

Impôt sur le revenu	Impôt sur les sociétés	Taxe intérieure de consommation sur les produits énergétiques	TVA	Total
72,7	25,3	13,3	152,8	264,1

Source : ministère de l'Économie.

2. En France, les jeunes de 15-24 ans au chômage étaient 500 000 en 2008 ; ils étaient 620 000 en 2017. Calculez le taux de variation global du chômage des jeunes.

3. Complétez le tableau suivant en calculant les taux de variation et les coefficients multiplicateurs.

Taux de variation et coefficients multiplicateurs

Taux de variation	1 %	– 3 %	21 %
Coefficients multiplicateurs	2,5	0,68	

4. Calculez l'augmentation totale des prix en France, entre 2012 et 2018.

Augmentation des prix à la consommation en France (en %)

2012	2014	2016	2018
2	0,5	0,2	1,2

Source : Insee.

SPÉCIALITÉ SES

CORRIGÉS

1. Calcul de pourcentages de répartition

Impôt sur le revenu	Impôt sur les sociétés	Taxe intérieure de consommation sur les produits énergétiques	TVA	Total
27,5 %	9,5 %	5,1 %	57,9 %	100 %

Exemple pour l'impôt sur le revenu :
(72,7 / 264,1) × 100 = 27,5 %.

2. Taux de variation global du chômage des jeunes de 15-24 ans entre 2008 et 2017

$$\frac{620\,000 - 500\,000}{500\,000} \times 100 = 24\ \%$$

Les jeunes au chômage sont plus nombreux en 2017 par rapport à 2008 (hausse de 24 %).

3. Taux de variation et coefficients multiplicateurs (CM)

Taux de variation	1 %	**150 %**	– 3 %	**– 32 %**	21 %
Coefficients multiplicateurs	**1.01**	2,5	**0,97**	0,68	**1,21**

On a : **CM = taux de variation + 1**.
Donc, pour un taux de variation de 1 % (1 % s'écrit 0,01), on a un CM de 1,01.
Pour un CM de 2,5, on a un taux de variation de 150 % (150 % s'écrit 1,5).
Pour un taux de variation de – 3 % (soit – 0,03), on a un CM de 0,97.
Et ainsi de suite...

4. Les taux de variation se multiplient

(1 + 0,02) × (1 + 0,005) × (1 + 0,002) × (1 + 0,012) = 1,039
Les prix ont donc augmenté de 3,9 % en France, entre 2008 et 2012 (inflation de 3,9 %).

LES MÉTHODES

Calculer des indices simples

COMMENT FAIRE

Comprendre la notion d'indice

• **Définition.** Un indice est un rapport entre deux valeurs d'une même grandeur économique ou sociale (le revenu, l'effectif des ouvriers, etc.) dont l'une est appelée **base**, qui sert de référence et à laquelle on affecte, par convention, la valeur **100**.

Date	t_0	t_1	t_2
Valeur	V_0	V_1	V_2
Indice	$I_{0/0}$ $\frac{V_0}{V_0} \times 100 = \mathbf{100}$	$I_{1/0}$ $\frac{V_1}{V_0} \times 100$	$I_{2/0}$ $\frac{V_2}{V_0} \times 100$

Ex. : L'exemple suivant montre tout l'intérêt de calculer des indices pour avoir une meilleure lecture des données brutes.

Effectifs des ouvriers en France (en milliers), selon l'Insee

	1975	**1990**	**2016**
Effectifs	8 118	7 614	5 279
Indice des effectifs	100	93,6	65

L'année 1975 a été choisie comme base (indice 100). L'indice des effectifs d'ouvriers en 2016 a été calculé de la façon suivante :

$$\frac{5\,279}{8\,118} \times 100 = 65$$

En 2016, l'indice est inférieur à 100 : il traduit une baisse du nombre d'ouvriers.

Faire le lien entre indice, taux de croissance et coefficient multiplicateur (CM)

Si l'on reprend l'exemple précédent, il y a trois manières de dire la même chose :

1. l'indice des effectifs d'ouvriers est de 65 en 2016 (base 100 en 1975) ;

2. le nombre d'ouvriers a été multiplié par 0,65 entre 1975 et 2016 ;

$$CM = \frac{\text{indice}}{100} = \frac{65}{100} = 0{,}65$$

3. le nombre d'ouvriers a diminué de 35 % entre 1975 et 2016 : 65 – 100 = – 35 % (la variation en pourcentage n'est possible qu'en faisant la différence par rapport à l'indice de base).
On peut vérifier ce calcul par un taux de variation des données brutes :
[(5 279 – 8 118) / 8 118] × 100 = – 35 %.

Changer de base

N'importe quelle année peut être choisie comme base. Il faut, pour cela, diviser chaque indice par celui qui correspond à la nouvelle base et multiplier le résultat par 100. Si l'année de base choisie est une année exceptionnelle (guerre, crise, etc.), l'interprétation de tous les autres indices calculés en fonction de cette année en découlera.

Exercices d'application

ÉNONCÉS

1. Calculez l'évolution de l'investissement, en indice base 100 en 1988.

Investissements en France en milliards d'euros

1988	1995	1999	2003	2017
222,12	231,11	263,13	298,7	516

Source : Insee.

2. Complétez le tableau suivant en calculant les indices.

La croissance des investissements

Taux de croissance	4 %			0,7 %
CM		1,3		
Indices			80	

3. Calculez l'évolution (en %) du nombre de chômeurs de plus de 50 ans entre 1996 et 2017, puis entre 2008 et 2017.

Évolution du nombre de chômeurs de plus de 50 ans (base 100 en 1996) en France

1996	2008	2012	2017
100	120	200	240

Source : Insee.

4. En reprenant l'exemple de la question 3, calculez l'évolution du nombre de chômeurs de plus de 50 ans, en indice base 100 en 2012.

CORRIGÉS

1. Calculs d'indices base 100 en 1988

$I_{1995/1988}$: (231,11 / 222,12) × 100 = 104

L'indice des investissements en France est de 104 en 1995.

$I_{1999/1988}$: (263,13 / 222,12) × 100 = 118,4

L'indice des investissements en France est de 118,4 en 1999.

$I_{2003/1988}$: (298,7 / 222,12) × 100 = 134,4

L'indice des investissements en France est de 134,4 en 2003.

$I_{2017/1988}$: (516 / 222,12) × 100 = 232,3

L'indice des investissements en France est de 232,3 en 2017.

2. Tableau des indices

Taux de croissance	4 %	30 %	– 20 %	0,7 %
CM	**1,04**	1,3	**0,8**	**1,007**
Indices	**104**	**130**	80	**100,7**

– Un taux de croissance de 4 % correspond à un indice de 104 (car 104 – 100 = 4 %) et à un CM de 1,04 (car 104/100 = 1,04).
– Un CM de 1,3 correspond à un indice de 130 (car 1,3 × 100 = 130) et à un taux de croissance de 30 % (car 130 – 100 = 30 %).
– Un indice de 80 correspond à un taux de croissance de – 20 % (car 80 – 100 = – 20 %) et à un CM de 0,8 (car 80/100 = 0,8).
– Un taux de croissance de 0,7 % correspond à un indice de 100,7 (car 100,7 – 100 = 0,7 %) et à un CM de 1,007 (car 100,7 / 100 = 1,007).

3. Calcul (en %) de l'évolution du nombre de chômeurs de plus de 50 ans

– Entre 1996 et 2017 : 240 – 100 = + 140 %. Le nombre de chômeurs de plus de 50 ans a augmenté de 140 % entre 1996 et 2017.
– Entre 2008 et 2017, il faut procéder à un calcul de variation relative :
[(240 – 120) / 120] × 100 = 100 %.
Le nombre de chômeurs de plus de 50 ans a augmenté de 100 % entre 2008 et 2017 (il a donc doublé).

4. Calcul de l'évolution du nombre de chômeurs de plus de 50 ans, base 100 en 2012

1996	2008	2012	2017
50	60	100	120

Exemple pour 1996 et 2008 :
$I_{1996/2012}$: (100 / 200) × 100 = 50
$I_{2008\text{-}2012}$: (120 / 200) × 100 = 60
Ce changement de base ne modifie absolument pas le calcul de l'évolution en % du nombre de chômeurs.
Ainsi, entre 1996 et 2017, on retrouve une hausse de 140 % : [(120 – 50) / 50] × 100 = + 140 %.

LES MÉTHODES

Distinguer valeur nominale et valeur réelle

COMMENT FAIRE

Distinguer l'effet prix de l'effet volume

• **Deux effets** interviennent dans l'évolution d'une grandeur économique comme la production :
– **un effet volume :** l'évolution de la production résulte strictement des quantités produites ;
– **un effet prix :** la production évolue à la suite de la seule variation des prix.
La combinaison de l'effet-volume et de l'effet prix est le cas le plus fréquent : la production varie à la fois du fait des quantités et des prix.

• **Pour connaître la variation en volume d'une grandeur,** il suffit de ***supprimer*** l'effet prix de l'évolution : cela revient donc à **déflater** la grandeur. Pour cela, on passe en général par les indices :

Indice en volume $= \frac{\text{Indice en valeur}}{\text{Indice des prix}} \times 100$. L'indice des prix est le déflateur statistique.

Maîtriser le vocabulaire

Des termes différents sont employés pour désigner une grandeur avec un effet-prix ou avec un effet volume :

Avec effet prix seulement	Avec effet volume seulement
valeur	volume
nominal	réel
euros courants (= de l'année en cours)	euros constants

Ainsi, on parlera par exemple :
– de PIB en valeur ou de PIB en volume ;
– de salaire nominal ou de salaire réel (pouvoir d'achat) ;
– de taux d'intérêt nominal (ou facial) ou de taux d'intérêt réel (ou effectif) ;
– d'exportations exprimées en euros courants ou d'exportations exprimées en euros constants.

Calculer le pouvoir d'achat

Le salaire nominal ne permet en rien de calculer son pouvoir d'achat, c'est-à-dire la quantité de biens et de services qu'il permet potentiellement de se procurer. Pour éviter tout phénomène d'illusion monétaire qui consiste à ne considérer que le niveau nominal du salaire, il faut calculer le **salaire réel** ; calculé en euros constants, le salaire réel supprime l'effet prix :

Indice du salaire réel $= \frac{\text{Indice du salaire nominal}}{\text{Indice des prix}} \times 100$.

Exercices d'application

ÉNONCÉS

1. Calculez l'augmentation de la production de cette entreprise de matériel informatique en mettant en évidence l'effet volume et l'effet prix.

	2000	2018
Production (en millions d'euros)	0,45	1,12
Indice des prix	100	103

2. En 2018, une prime de 450 € permet à M. Beaujean de se payer une semaine de sports d'hiver facturée 450 €. En 2019, il reçoit une prime de 465 €, mais le prix de la semaine coûte désormais 495 €. Calculez la baisse du pouvoir d'achat de M. Beaujean.

3. Complétez le tableau suivant.

Évolution du SMIC brut mensuel (temps plein) et des prix, en France

	2016	2017	2018
SMIC (en euros courants)	1 466,62	1 480,27	1 498,47
Indice des prix	100,2	101	102
Indice du SMIC en euros courants	100		
Indice du SMIC en euros constants			
SMIC en euros constants			

Source : Insee.

CORRIGÉS

1. L'effet volume et l'effet prix

• **L'effet volume :** on déflate la production.
L'indice de la production en valeur en 2018 : (1,12 / 0,45) × 100 = 248,88 (base 100 en 2000).
Donc, l'indice de la production en volume (en euros constants) est de :
(248,88 / 103) × 100 = 241,63.
L'augmentation en volume de la production a été de 141,63 % (241,63 – 100). La production en volume s'établit donc à 1,087 million d'euros constants en 2018 (soit + 0,637 million d'euros constants).
• **L'effet prix :** il suffit de multiplier la production en volume par les prix (multipliés par 1,03) pour retrouver la production en valeur (en euros courants) : 1,087 × 1,03 = 1,12.

2. Calcul de la baisse du pouvoir d'achat de M. Beaujean

La prime a augmenté de : [(465 – 450) / 450] × 100, soit + 3,33 %. Elle est donc passée de l'indice 100 en 2018 à l'indice 103,3 en 2019. Pendant ce temps, le prix de la semaine de vacances a augmenté de : [(495 – 450) / 450] × 100, soit + 10 %. L'indice de son prix est donc de 110 en 2019 (base 100 en 2018).

L'indice du pouvoir d'achat de M. Beaujean est de :

$$\frac{\text{Indice en valeur}}{\text{Indice des prix}} \times 100 = \frac{103{,}3}{110} \times 100 = 94$$

Ainsi, le pouvoir d'achat de sa prime a diminué de 6 % en un an (94 – 100), ce qui ne lui permet plus de partir aux sports d'hiver.

3. L'évolution du SMIC et des prix

	2016	2017	2018
SMIC (en euros courants)	1 466,62	1 480,27	1 498,47
Indice des prix	100,2	101	102
Indice du SMIC en euros courants	100	**100,93**	**102,17**
Indice du SMIC en euros constants	**99,80**	**99,93**	**100,16**
SMIC en euros constants	**1 463,69**	**1 465,61**	**1 469,08**

– Exemple de calcul d'indice du SMIC en euros courants en 2018 :

$$\frac{1\,498{,}47}{1\,466{,}62} \times 100 = 102{,}17$$

– Exemple de calcul d'indice du SMIC en euros constants en 2018 :

$$\frac{102{,}17}{102} \times 100 = 100{,}16$$

– Exemple de calcul de SMIC en euros constants en 2018 :

$$\frac{1\,498{,}47}{102} \times 100 = 1\,469{,}08$$

LES MÉTHODES

Calculer une moyenne et interpréter une médiane

COMMENT FAIRE

Connaître la signification de la moyenne

La moyenne est le paramètre de position le plus connu. C'est pourtant une notion abstraite (la moyenne en SES, pour un élève, peut être de 12 même s'il n'a jamais eu 12 à aucune de ses évaluations).
C'est, de plus, un paramètre qui ne donne aucune idée de la dispersion des données (une moyenne de 10 peut correspondre autant à une classe homogène qu'à une classe hétérogène).
Enfin, la moyenne est un paramètre sensible à l'effet de structure (dû à la répartition différente des effectifs) et à l'effet de dimension (dû aux valeurs de la variable qui changent).

Ex. : répartition des salariés dans deux entreprises A et B
Dans A : 3/4 des salariés sont payés 7,50 € de l'heure, et 1/4 sont payés 4,50 € de l'heure.
Dans B : 1/4 des salariés sont payés 7,65 € de l'heure, et 3/4 sont payés 4,65 € de l'heure.
– Le salaire horaire moyen dans A est de : (3/4 × 7,50) + (1/4 × 4,50) = 6,75 €.
– Le salaire horaire moyen dans B est de : (1/4 × 7,65) + (3/4 × 4,65) = 5,40 €.
Ainsi, le salaire horaire moyen est plus fort dans A alors que c'est dans B que les salariés sont les mieux payés !

Calculer une moyenne pondérée

• **La moyenne simple** est, par exemple, l'addition des notes de tous les élèves de la classe divisée par le nombre d'élèves.

Ex. : (5 + 8 + 9 + 10 + 14 + 8 + 16 + 8 + 14 + 11) / 10 = 10,3

• **La moyenne pondérée** tient compte du poids qu'a chaque terme (ici, la note). On dit alors que chaque terme est pondéré d'un coefficient : dans l'exemple précédent, 3 élèves ont obtenu la note 8 et 2 élèves la note 14.
[(**3** × 8) + (**2** × 14) + 5 + 9 + 10 + 16 + 11] / 10 = 10,3

Interpréter une médiane (Me)

• **Définition.** La médiane correspond à la valeur de la variable (par exemple, le salaire), telle qu'il y a autant d'individus qui possèdent une valeur de la variable inférieure à elle que d'individus qui possèdent une valeur de la variable supérieure à elle. Autrement dit, la médiane est la valeur qui partage les effectifs en deux parties égales.

Ex. : pour connaître la note médiane obtenue lors d'une évaluation dans une classe de 19 élèves, il faut d'abord ranger la série statistique en ordre croissant (effectifs cumulés croissants), puis définir le rang (ou position) de la médiane.

Notes obtenues	Effectifs des élèves	Effectifs cumulés croissants
5	3	3
8	6	9
12	2	11
13	5	16
14	2	18
16	1	19

Le rang de la médiane est 10, c'est-à-dire que la médiane se trouve à la 10e position dans les effectifs cumulés croissants, et la note médiane est de 12.

5 5 5 8 8 8 8 8 8 — **12** — 12 13 13 13 13 13 14 14 16

9 élèves ont moins de 12. — **Médiane** — 9 élèves ont plus de 12 ou au moins 12.

Exercices d'application

ÉNONCÉS

1. Lors d'un concours pour une école de commerce, un élève obtient les notes suivantes :

– Économie (coefficient 7) : 11 ;
– Histoire (coefficient 5) : 8 ;
– Langue vivante (coefficient 5) : 13.

Calculez d'abord sa moyenne simple, puis sa moyenne pondérée.

2. Calculez le salaire moyen et le salaire médian dans une entreprise de 7 salariés.
Les salaires sont les suivants : 3 750 €, 2 250 €, 900 €, 1 200 €, 1 350 €, 1 050 €, 1 650 €.

3. Calculez le salaire moyen et le salaire médian dans une entreprise de 6 salariés.
Les salaires sont les suivants : 3 750 €, 2 250 €, 900 €, 1 350 €, 1 050 €, 1 650 €.

4. Répondez à la question « Qui est le Français moyen ? » à partir du texte ci-dessous.

En 2017, l'Insee a dressé le portrait du Français moyen : il vit dans une grande ville, propriétaire d'un logement de 91 m². Il a obtenu son premier emploi à 19 ans, appartient à la catégorie des employés, travaille à temps plein 37,2 heures par semaine, en CDI, pour un revenu salarial de 1 711 € par mois. Il épargne 14 % de son revenu et consomme le reste. Il dépense sur l'année 2 975 € en soins et biens médicaux, et pratique au moins une activité sportive, ce qui lui permettra de vivre jusqu'à 82,3 ans.

CORRIGÉS

1. Calcul de moyenne

La moyenne simple est de :

$$\frac{(11 + 8 + 13)}{3} = 10,6.$$

La moyenne pondérée est de :

$$\frac{(11 \times 7) + (8 \times 5) + (13 \times 5)}{\underset{\text{(somme des coefficients)}}{7 + 5 + 5}} = 10,7.$$

2. Le salaire moyen et le salaire médian (premier cas)

Le salaire moyen est de 1735,71 € :

$$\frac{3\,750 + 2\,250 + 900 + 1\,200 + 1\,350 + 1\,050 + 1\,650}{7} = 1\,735,71\text{ €}.$$

Le salaire médian est de 1 350 €, car trois salaires sont au-dessus (3 750 €, 2 250 € et 1 650 €) et trois salaires sont en dessous (1 200 €, 1 050 € et 900 €).

3. Le salaire moyen et le salaire médian (second cas)

Le salaire moyen est de 1825 € :

$$\frac{3\,750 + 2\,250 + 900 + 1\,350 + 1\,050 + 1\,650}{6} = 1\,825\text{ €}.$$

Étant donné que le nombre de salaires est pair, le salaire médian se situera entre 1 350 et 1 650 €.

4. Qui est le Français moyen ?

Le Français moyen n'existe pas réellement, il n'est qu'une représentation de la réalité. C'est un modèle utile pour étudier la société française et la comparer à d'autres (comparer tous les Français et tous les Espagnols est impossible à faire !).

LES MÉTHODES

Représentation graphique des fonctions de demande et d'offre

COMMENT FAIRE

La fonction de demande

• **Une relation prix-quantité :** la quantité demandée étant influencée par plusieurs facteurs à la fois, la variable du prix est sélectionnée comme jouant un rôle privilégié : ainsi, en supposant que tous les autres facteurs influençant la demande restent inchangés, on peut dire que la demande se résume à une relation entre des prix et des quantités.

• **La fonction de demande est la formulation algébrique de la relation prix-quantité.** Elle exprime l'ensemble du couple prix-quantité, dès l'instant où il y a une variation de prix. À chaque prix correspond une intention d'achat, une quantité demandée qui lui est propre.

• **La liaison prix-quantité est négative :** on dira que la fonction de demande est une fonction inverse du prix : quand le prix d'un bien augmente, la quantité demandée diminue (et inversement).

Les économistes expriment la demande sous forme d'équation où la quantité demandée (QD) varie en fonction du prix (P) :

QD = mP + b.

m : la pente (négative) de la droite

b : valeur de la quantité demandée lorsque le prix est égal à 0

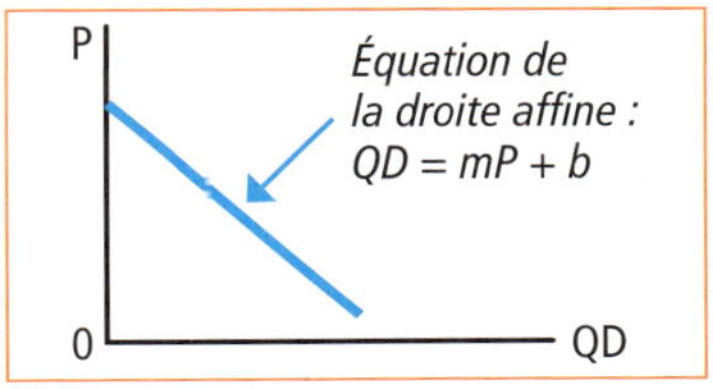

Attention !

Les économistes mettent la **variable dépendante QD en abscisses** et la **variable indépendante P en ordonnées** : c'est l'inverse de ce à quoi on est habitué.

La fonction d'offre

• **Une relation prix-quantité :** l'offre d'un bien se définit comme la relation existante, toutes choses égales par ailleurs, entre les quantités offertes sur le marché et les prix de marché observés.

• **Une relation positive** entre le prix et la quantité offerte : plus le prix du marché est élevé, plus il est rentable de produire, donc plus l'offre augmente (et inversement).

Définition

Ceteris paribus : locution latine qui signifie « toutes choses égales par ailleurs » : toutes les variables autres que celle étudiée sont alors considérées comme constantes.

Comme pour la fonction de demande, la fonction d'offre s'exprime sous forme d'équation où la quantité offerte (QO) varie en fonction du prix (P) :

QO = mP + b.

m : la pente (positive) de la droite

b : valeur de la quantité offerte lorsque le prix est égal à 0

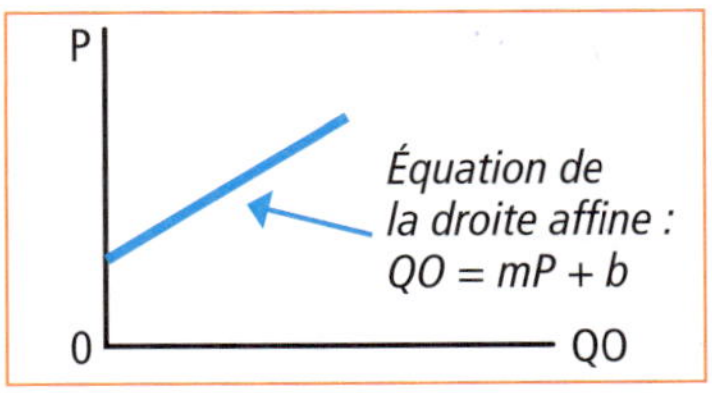

L'équilibre sur le marché

- **Le marché est dit en équilibre lorsque Offre = Demande.**
Ce qui signifie qu'au prix d'équilibre (PE), l'offreur n'a pas intérêt à produire plus car l'acheteur ne suivra pas.
QD = QO peut s'interpréter de la façon suivante : pour un prix d'équilibre PE, les quantités offertes (QO) sont égales aux quantités demandées (QD).
Au point d'équilibre E, l'offre égale la demande.

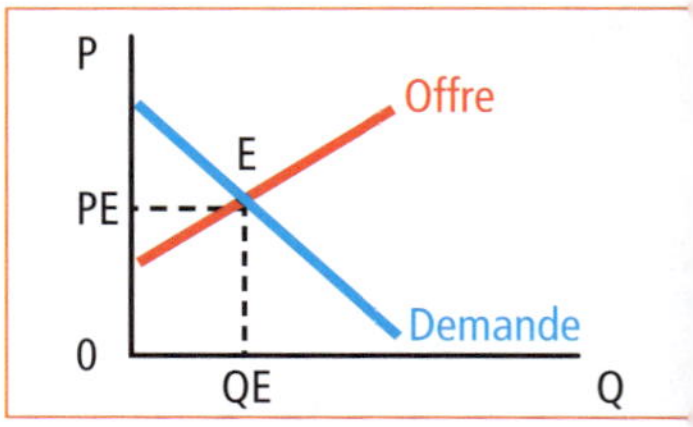

- **Si le prix du marché était supérieur ou inférieur au prix d'équilibre**, on se retrouverait alors dans une situation de sur ou de sous-production : pour un prix supérieur à PE, les débouchés sont insuffisants (excès d'offre), et pour un prix inférieur à PE, la production est insuffisante (excès de demande).

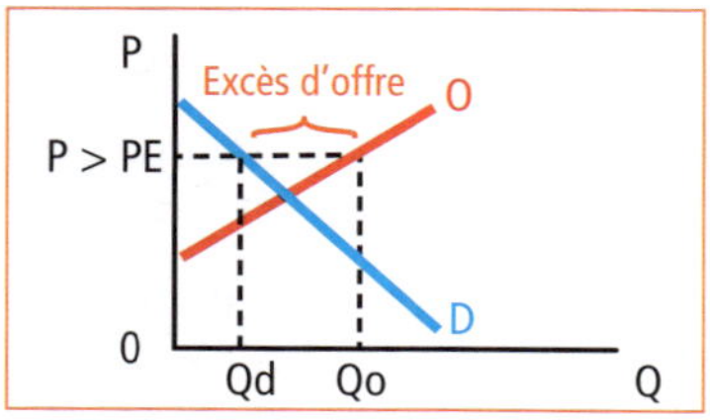

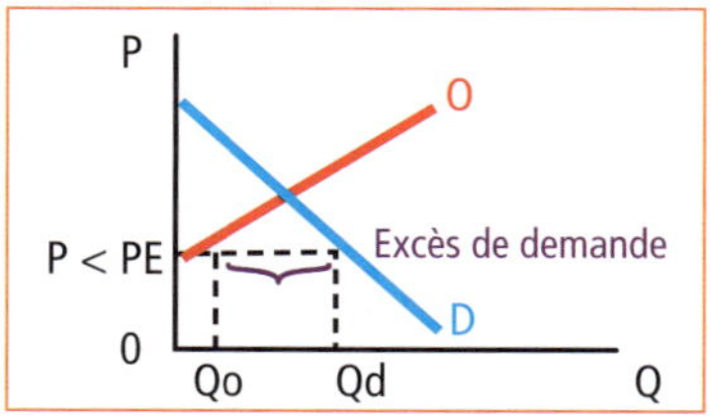

- **Ajustement vers l'équilibre en cas d'excès de demande.** Toute la demande n'étant pas satisfaite, certains consommateurs acceptent de payer un peu plus cher pour être servis : le prix augmente. Les offreurs sont alors incités à produire davantage : les quantités offertes augmentent. L'ajustement se poursuit jusqu'à ce que le prix courant atteigne le prix d'équilibre.

- **Ajustement vers l'équilibre en cas d'excès d'offre.** Toute la production n'étant pas écoulée, certains producteurs acceptent de vendre leur produit un peu moins cher pour l'écouler : le prix diminue. Les demandeurs sont alors incités à consommer plus du bien : les quantités demandées augmentent. L'ajustement se poursuit jusqu'à ce que le prix courant atteigne le prix d'équilibre.

Exercice d'application

ÉNONCÉ

Soit une entreprise produisant un bien X, la fonction d'offre de l'entreprise est : $Qo = 3P$.
Et la fonction de demande est : $Qd = -6P + 81$.

1. Établissez sur deux graphiques séparés la fonction d'offre et la fonction de demande.

2. Déterminez les conditions d'équilibre de ce marché algébriquement et graphiquement.

3. Le prix de marché augmente d'un tiers. Que se passe-t-il ? Quelles sont les nouvelles conditions d'équilibre du marché ?

CORRIGÉ

1. Fonction d'offre et fonction de demande

Fonction de demande : Qd = – 6P + 81.
Si P (le prix) = 0, alors Qd (quantité demandée) = 81.
Si Qd = 0, alors P = 81 / 6 = 13,5.

Fonction d'offre : Qo = 3P.
Si P = 0, alors Qo = 0.

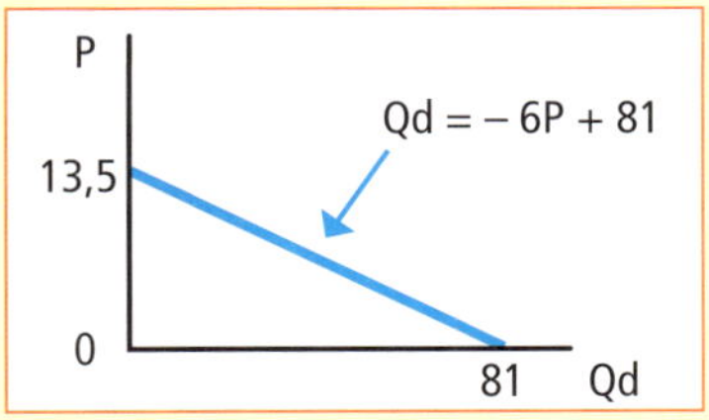

Si P = 0, alors Qo = 30.

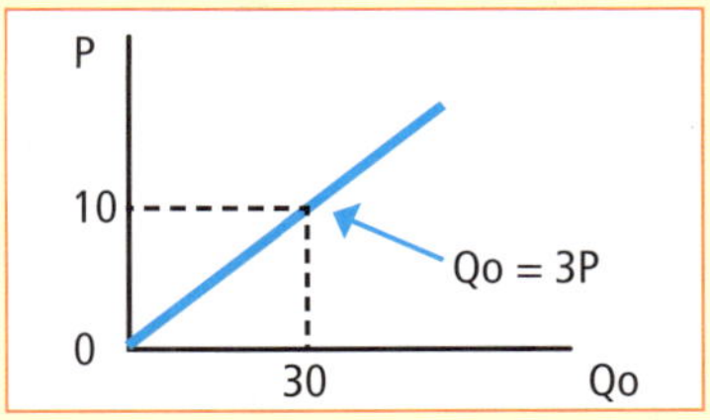

2. Algébriquement, on peut obtenir les conditions d'équilibre en égalisant demande et offre soit :

QD = QO = – 6P + 81 = 3P, soit encore : 9P = 81 et P = 9, pour une quantité offerte et consommée de Q = 3 × 9 = 27. Graphiquement, l'équilibre (E) est obtenu à partir de l'intersection des fonctions de demande et des fonctions d'offre.

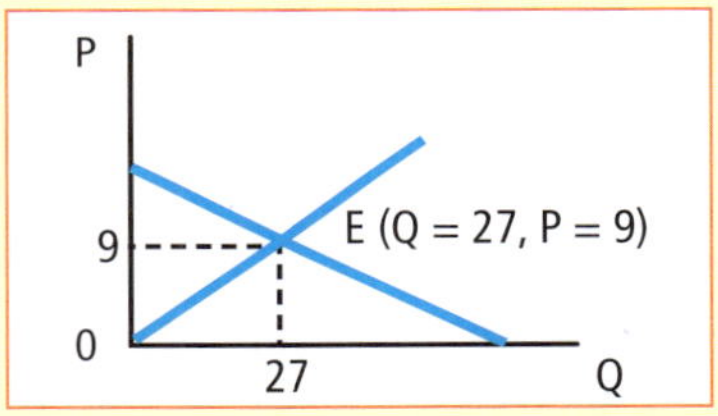

3. Que se passe-t-il ?

Le prix du bien offert sur le marché passe donc de 9 à 12. On se déplace le long de la courbe de demande et on se retrouve en situation d'excès d'offre avec Q = 9 et P = 12 (car Qd = – 6 × 12 + 81 = 9).

Nouvelles conditions d'équilibre ?

Si les échanges ont lieu avant l'ajustement à l'équilibre (E'), ne sont vendues et achetées que les quantités Qd = 9. En effet, on dit que la *« règle du côté court du marché l'emporte »*, ce qui signifie que c'est toujours la plus petite quantité des deux qui l'emporte (ici, la quantité demandée, et non la quantité offerte).

S'il y a ajustement vers l'équilibre (E), les offreurs ne parvenant pas à écouler leur production au prix de 12 diminuent leur prix, entraînant une réaction des demandeurs qui accroissent les quantités demandées. L'ajustement se poursuit jusqu'à ce que la hausse de la demande soit effective au prix d'équilibre de 9 et à la quantité d'équilibre de 27. Le point d'équilibre (E) éponge l'excès d'offre et satisfait offreurs et demandeurs.

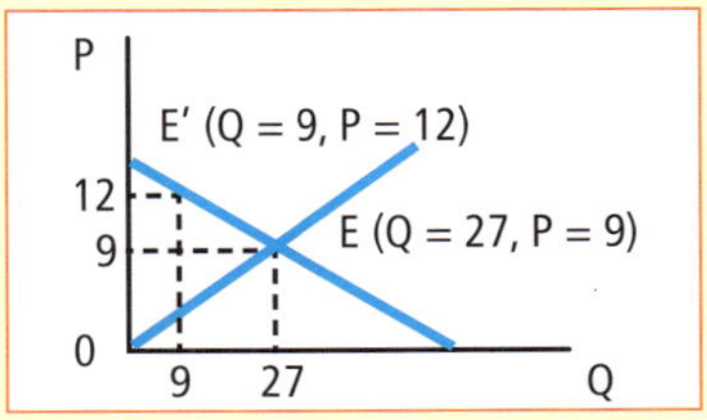

LES MÉTHODES

Représentation graphique des coûts

COMMENT FAIRE

Les facteurs de production ont un coût pour l'entreprise

• **Définition des facteurs de production.** Ce sont toutes les ressources économiques nécessaires à la production. On les regroupe généralement en deux catégories : le travail et le capital.
• **Le facteur travail** correspond à l'ensemble des activités humaines qui contribuent à la production : c'est la main-d'œuvre disponible (population active) qui offre du travail aux entreprises (temps et compétences).
• **Le facteur capital** est l'ensemble des moyens de production. Le capital fixe correspond aux biens de production utilisés sur plusieurs cycles de production pendant plus d'un an (ex : machines, outils). Le capital circulant (ou consommations intermédiaires) correspond aux biens de production transformés ou détruits au cours de la production (ex. : électricité, farine pour un boulanger).
• **Pour produire, l'entreprise combine des facteurs de production :** elle choisit les quantités de chaque facteur qu'elle utilise dans le but d'atteindre un certain niveau de production. Par exemple, elle peut remplacer plus ou moins de travail par plus ou moins de capital (ex. : une machine qui remplace le travail de cinq ouvriers). Dans un autre cas, si elle augmente la quantité de capital, elle devra augmenter dans les mêmes proportions la quantité de travail (ex. : une compagnie de transport qui achète un bus supplémentaire a besoin d'embaucher un chauffeur de plus).

> **Rappel**
> Le **facteur naturel** (ex. : la terre pour un agriculteur) et le **progrès technique** (les innovations comme une machine à commande numérique) sont d'autres facteurs de production.

Les coûts fixes et les coûts variables

• **Les coûts fixes**, à court terme, sont indépendants des quantités produites (ex. : loyers, machines). À long terme, ils peuvent augmenter si les capacités de production sont saturées (l'entreprise investira pour augmenter sa production).
• **Les coûts variables** dépendent des quantités produites : il y a ceux qui varient proportionnellement au volume de la production (cas des consommations intermédiaires), et ceux qui varient de manière disproportionnée (ex. : les salaires).
• **Le coût total** est la somme des coûts fixes et des coûts variables.

Les coûts moyens (ou coûts unitaires) et le coût marginal

• **Le coût fixe moyen (CF / Q)** est décroissant avec la production (il diminue au fur et à mesure que le volume de production augmente).
• **Le coût variable moyen (CV / Q)** est croissant avec la production (une entreprise emploiera davantage de salariés si son carnet de commandes augmente).
• **Le coût total moyen (CT / Q)** est décroissant dans un premier temps (à court terme l'entreprise réalise des économies d'échelle). Mais, par la suite, il devient croissant : à long terme, l'entreprise réalise des déséconomies d'échelle car l'accroissement de l'échelle de la production

rend l'organisation de la production plus compliquée (dysfonctionnements, gaspillages, etc. génèrent des coûts supplémentaires).

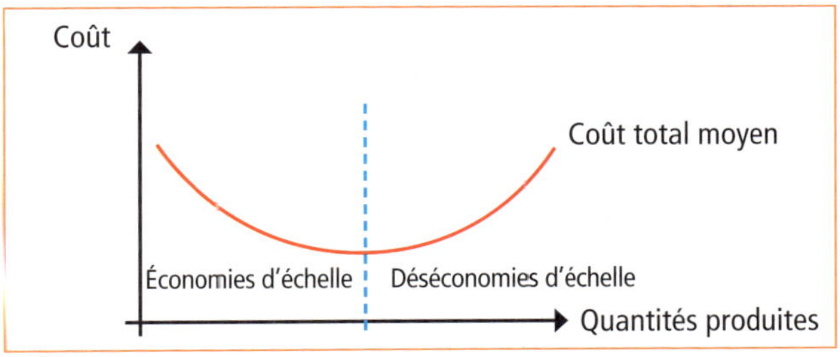

• **Le coût marginal (Cm)** est le coût lié à la production d'une unité supplémentaire (encore appelée unité additionnelle ou marginale) :

$$Cm = \frac{\text{variation du coût total}}{\text{variation des quantités}}$$

Comme le coût total moyen, le coût marginal suit d'abord une phase décroissante, puis croissante par rapport à la production : cela s'explique par le fait que les rendements sont d'abord croissants, puis décroissants.

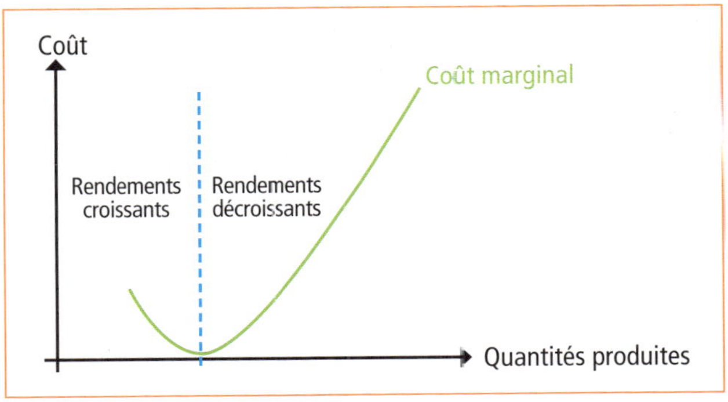

À noter

Au-delà d'un certain volume de production, le coût marginal augmente à cause de la **productivité marginale décroissante** qui rend la production d'une unité supplémentaire de plus en plus coûteuse. Par exemple, embaucher un travailleur supplémentaire, sans rien faire d'autre, ne va pas accroître la production proportionnellement.

Exercices d'application

ÉNONCÉS

1. Complétez le tableau suivant à partir de la liste des différents facteurs de production pour un commerce ambulant de pizzas, un cours de SES et un supermarché : *caissier / électricité / sacs réutilisables / four / professeur / caddies / feutres / camion / tableau / pizzaiolo / caisses / ingrédients.*

	Camion pizzas	Cours de SES	Supermarché
Capital circulant			
Capital fixe			
Travail			

2. Calculez les coûts de production d'une chocolaterie à partir du tableau suivant.

Quantité de boîtes produites	Coût fixe à court terme	Coût variable	Coût total	Coût fixe moyen	Coût variable moyen	Coût total moyen	Coût marginal
0	10	0					
1		4					
2		7					
3		9					
4		14					
5		20					
6		30					
7		42					
8		56					
9		72					
10		90					

3. À l'aide de l'exercice précédent, déterminez la quantité de boîtes produites à partir de laquelle la chocolaterie a des rendements décroissants. Quelle solution proposez-vous pour éviter ces rendements décroissants ?

CORRIGÉS

1. Facteurs de production

	Camion pizzas	Cours de SES	Supermarché
Capital circulant	Électricité / ingrédients	Feutres / électricité	Sacs réutilisables, électricité
Capital fixe	Four / camion	Tableau	Caddies / caisses
Travail	Pizzaiolo	Professeur	Caissier

2. Coûts de production

Quantités de boîtes produites	Coût fixe à court terme	Coût variable	Coût total	Coût fixe moyen	Coût variable moyen	Coût total moyen	Coût marginal
0	10	0	10	–	-	-	-
1	10	4	14	10	4	14	4
2	10	7	17	5	3,5	8,5	3
3	10	9	19	3	3	6,3	2
4	10	14	24	3,3	3,5	6	5
5	10	20	30	2	4	6	6
6	10	30	40	1,6	5	6,6	10
7	10	42	52	1,4	6	7,4	12
8	10	56	66	1,2	7	8,2	14
9	10	72	82	1,1	8	9,1	16
10	10	90	100	1	9	100	18

3. Rendements croissants

C'est à partir de la quatrième boîte produite que le coût marginal remonte : cela coûte de plus en plus cher de produire une boîte supplémentaire, les rendements deviennent alors décroissants. Pour éviter cette situation, l'entreprise doit, par exemple, investir dans une machine supplémentaire.

LES MÉTHODES

Exploiter des documents

SPÉCIALITÉ SES

COMMENT FAIRE

Connaître les types de document

• **Certains documents rapportent des faits :** tableaux, schémas statistiques, graphiques. Ils invitent à illustrer un argument ou un mécanisme : les informations qu'ils contiennent et les calculs que l'on peut y faire (taux de croissance, indices, etc.) sont des moyens de persuasion qui renforcent un raisonnement ou une argumentation.

• **Certains documents rapportent des opinions ou des théories :** ce sont les textes. Il faut alors faire preuve d'esprit critique en nuançant l'opinion ou la théorie qu'ils évoquent, ou en les opposant à d'autres opinions ou à d'autres théories.

Extraire des informations d'un texte

(voir méthode p. 102 pour les documents statistiques)

• **Situez le texte**

– Analysez le titre qui renseigne sur l'idée générale du document.

– Repérez la source pour identifier l'auteur (un économiste, un sociologue, etc.), la date de publication (texte actuel, ancien, etc.) et le contexte (la crise économique des années 1970, etc.).

• **Multipliez les lectures**

Plusieurs lectures sont nécessaires pour, dans l'ordre :

– souligner les mots ou expressions difficiles ainsi que le vocabulaire économique et social ;

– formuler l'idée générale du texte (ce qu'il affirme avant tout) ;

– dégager les différents arguments développés en s'aidant de la présentation du texte (paragraphes, alinéas, etc.), de la ponctuation, mais aussi des connecteurs logiques (d'une part, d'autre part, cependant, etc.) et des chapeaux annonciateurs (« On dénombre deux conséquences », etc.).

> **Attention !**
> Ne paraphrasez pas un texte mais reformulez ce qu'il affirme (idée principale), comment il le développe (ses explications) et avec quelle(s) illustrations(s) (voir l'A E I de la méthode p. 125).

• **Apportez au texte une « valeur ajoutée » en faisant sa critique**

– Complétez le document par vos connaissances personnelles (exemples, explications, etc.) sans prendre parti face à des opinions ou à des prises de position précises.

– Établissez des liens avec d'autres auteurs, d'autres idées ou bien d'autres documents (textes, tableaux, etc.) qui confirment ou infirment le texte.

• **Organisez votre réflexion**

Le tableau p. 124, résumant l'exploitation des documents pour une question de raisonnement (textes et documents statistiques), vous aidera à construire une réflexion d'ensemble et facilitera la phase d'écriture finale sur la copie.

Extraire tous les arguments du document

Relier chaque idée avec le sujet qui aura été analysé au moment de l'introduction

Attention, un document ne dit pas tout !
Il faut le compléter par des connaissances personnelles et le relier à d'autres documents.

Par des calculs, tirer des informations supplémentaires.

Numéro du document	Idées	Liens avec le sujet	Liens avec d'autres connaissances et d'autres documents	Calculs statistiques (tableaux, graphiques)
1				
2				
[...]				

Exercice d'application

ÉNONCÉ

Exploitez le texte suivant :

L'avantage des enfants de familles de cadres supérieurs provient avant tout d'une transmission discrète et indirecte. Les enfants respirent naturellement un air culturel, émanant des pratiques parentales comme la possession d'une bibliothèque, et s'en imprègnent sans s'en rendre compte et sans que les parents soient nécessairement très directifs. Or ce qui est hérité à la maison est requis à l'école.

Certains mettent aussi en œuvre ce que Pierre Bourdieu nomme des « stratégies de reproduction ». Ils font tout pour que, d'une génération à l'autre, soit maintenue et même améliorée la valeur du groupe familial. Lorsqu'ils en ont les moyens, ils détournent la carte scolaire en s'installant auprès du secteur d'un « bon lycée » par exemple, en demandant une dérogation.

François de Singly, « Vices et vertus de la famille », in *Les Mutations de l'école. Le regard des sociologues*, Éd. Sciences Humaines, 2005.

CORRIGÉ

Idées du texte	Liens avec mes connaissances
Ce que le texte affirme : Enfants de milieux favorisés qui bénéficient du capital culturel élevé de leurs parents et de leurs relations sociales pour réussir aussi bien qu'eux. **Comment le texte le développe :** – Présences d'objets culturels à la maison en adéquation avec les compétences scolaires requises. – Pour Pierre Bourdieu, volonté affichée des parents à reproduire chez leurs enfants leur réussite. **Comment le texte l'illustre :** – Les exemples de la bibliothèque, du « bon lycée », de la dérogation demandée par les parents.	– Socialisation différente selon le milieu social. – Familles plus ou moins dotées en capital culturel et en capital social. – Influence du capital économique dans le capital culturel et le capital social des familles. – Reproduction sociale entre les générations.

LES MÉTHODES

Construire un paragraphe argumenté

COMMENT FAIRE

Être convaincant

• **Comment convaincre à l'écrit ?** En SES, comme dans d'autres matières, il faut présenter ses idées de la manière la plus convaincante possible (savoir défendre ses idées, donc être démonstratif). À la question « Pourquoi il y a du chômage en France ? », laquelle des réponses suivantes est la plus convaincante ?

– Il y a du chômage car c'est la crise.

– Il y a du chômage car c'est la crise. Il y a beaucoup de licenciements et pas assez de créations d'emplois. C'est le ralentissement de la consommation et l'augmentation des prélèvements obligatoires qui affectent le niveau de production.

– Il y a du chômage car c'est la crise Il y a beaucoup de licenciements et pas assez de créations d'emplois. C'est le ralentissement de la consommation et l'augmentation des prélèvements obligatoires qui affectent le niveau de production. Ainsi le chômage s'est aggravé pour atteindre environ 10 % de la population active en 2018.

• **Réponse :** le dernier paragraphe.

Les trois étapes de l'argumentation

• **Pour réussir son argumentation**, retenez l'acronyme « A E I » :

– **Donnez une affirmation (A)**, autrement dit une réponse ;

– **Explicitez (E)** cette affirmation, c'est-à-dire développez-la ;

– **Illustrez (I)** l'affirmation par une « preuve » (exemple, données chiffrées, citation…).

• **Dans l'exemple ci-dessus,** il manque dans la première réponse une explicitation et une illustration. Dans la deuxième, il manque une illustration. La troisième comprend les trois étapes : on affirme qu'il y a une crise économique, puis on explicite les raisons de cette crise, et enfin on illustre cette situation économique par le taux de chômage en 2018.

Exercice d'application

ÉNONCÉ

Répondez sous la forme d'A E I à la question : « Pourquoi le contrôle social tend-il à se renforcer avec l'Internet ? »

CORRIGÉ

A E I

A Avec le développement de l'Internet, notre vie privée est exposée à tout le monde.

E Au contrôle social traditionnel de l'État et des entreprises, vient s'ajouter un contrôle social informel et invisible lié à la multiplication des instruments d'observation qui nous exposent vis-à-vis de notre entourage (amis, voisins, collègues de travail, etc.).

I Ainsi en est-il de Facebook qui agit comme un véritable fichier de police en envahissant notre quotidien : c'est le prix à payer si l'on veut participer à cette société « high-tech ».

1 Marchés et degré de concurrence

Il existe une multitude de marchés différents, encadrés par des règles, sur lesquels s'échangent des biens, des services et des capitaux. Mais rares sont les marchés où la concurrence s'exerce pleinement.

1 L'institution du marché

A La place du marché

• **Des lieux physiques.** Traditionnellement, le marché désigne le **rassemblement de commerçants** dans un lieu désigné : les grandes foires du Moyen Âge (Venise, Gênes, Champagne en France, etc.) réunissaient, sur les terres d'un seigneur, commerçants nationaux et internationaux qui venaient s'y approvisionner.

• **Des lieux immatériels.** De nos jours, les marchés ne sont **plus** seulement des **lieux physiques** entre offreurs et demandeurs, mais aussi **immatériels** (fictifs) : le marché boursier, le marché des ventes par correspondance, etc. sont vides de toute référence géographique.

• **La diversité des marchés.** Il y a autant de marchés que de choses à échanger : le marché des biens et des services, le marché financier, le marché du travail, etc. De plus, dans un monde ouvert, les marchés s'internationalisent : le marché unique européen, le marché mondial des matières premières, etc.

▲ Porte-conteneurs quittant un port de fret.

B Un ordre construit plutôt que naturel

• **Le marché : un ordre naturel.** Dans la **tradition libérale, l'échange** est **considéré comme une fonction naturelle de l'homme**, et le **marché comme** un **ordre naturel**. L'intervention de l'État perturberait alors le fonctionnement naturel du marché.

• **Le marché : un ordre construit.** Une autre vision économique du marché observe qu'il ne s'est pas imposé naturellement : l'État a étendu les rapports marchands à **de nouveaux domaines** (le travail, la terre, la monnaie…) qui ont été **organisés** et **institués** en marchés.

• **Le marché est donc une institution.** Il n'est pas naturel mais plutôt une **construction sociale** dans la mesure où il est un **ensemble de règles et de comportements** qui sont **institués par des décisions politiques et administratives** et qui **s'imposent** aux individus : pour les participants à l'échange, des règles sont fixées à l'intérieur desquelles peuvent se dérouler les relations marchandes.

Rappel

Les institutions (État, justice par exemple) garantissent les droits de propriété (droits d'utiliser un bien ou un service, d'en retirer un revenu et d'en disposer dans les conditions définies par la loi) et des contrats. Tout échange entre individus est donc considéré comme un **échange de droits de propriété sur des biens et des services.**

2 Le marché de concurrence pure et parfaite (CPP)

A Les hypothèses du marché de CPP

• **L'atomicité du marché.** Le **très grand nombre d'offreurs et de demandeurs** ne permet à aucun de fixer les prix lui-même (offreurs et demandeurs sont donc *price takers*, c'est-à-dire « preneurs de prix »).

• **L'homogénéité des produits.** Les offreurs d'un même type de produit livrent des **biens** considérés **identiques pour les consommateurs**.

• **La libre entrée et la libre sortie du marché.** Un producteur doit pouvoir **s'installer** sur le marché ou **cesser** son activité **librement**.

• **La parfaite transparence du marché.** Chaque participant au marché a une **connaissance complète** de tous les éléments significatifs du marché (prix, qualité et origine des biens et services).

• **La parfaite mobilité des facteurs de production.** Le travail et le capital peuvent se déplacer librement.

B Des hypothèses théoriques à la réalité

• **En théorie.** La **concurrence** est dite **« pure »** lorsqu'elle répond aux **hypothèses d'atomicité, d'homogénéité** et **de libre entrée sur le marché**. Elle est qualifiée de **« parfaite »** si les hypothèses de **transparence** et de **mobilité des facteurs de production** se vérifient.

• **En pratique.** Le cas de la **concurrence pure et parfaite** est souvent qualifié **« d'abstraction héroïque »** car il ne correspond pratiquement jamais à des situations concrètes. La **concurrence** est **le plus souvent imparfaite** : les cinq hypothèses se trouvent rarement vérifiées simultanément.

Exemple

Le marché boursier se rapproche le plus de la situation de concurrence pure et parfaite.
À l'inverse, le marché du travail s'en éloigne beaucoup.

3 Les marchés de concurrence imparfaite

A L'oligopole

• **La concurrence oligopolistique.** Nombreux sont les secteurs (tel que celui de l'automobile) où l'on trouve seulement **quelques producteurs**, le plus souvent **de grande dimension** et qui **contrôlent la plus grande part du marché**. C'est ainsi que le marché d'oligopole est encore appelé la « **concurrence du petit nombre** ».

> **Mot-clé**
> **Oligopole :** situation de **marché** où l'on trouve seulement **quelques producteurs** face à **un grand nombre d'acheteurs.**

• **Les décisions de l'oligopoleur.** Elles dépendent de ce qu'il pense des réactions éventuelles de ses rivaux à ses actions. Quant à ses résultats, ils sont commandés par la manière dont réagissent réellement ses rivaux.

• **L'effet de la mondialisation.** La **concurrence internationale** pousse les **entreprises** à **s'agrandir** pour **être compétitives** : leurs **coûts de production unitaires diminuent** en **augmentant** les **quantités produites** (on parle « **d'économies d'échelle** »). Dans ce contexte, beaucoup de petites entreprises disparaissent dans chaque secteur.

• **Exemple d'économies d'échelle :**
– en produisant 1 quantité, le coût est de 10 € en matières premières, 30 € en main-d'œuvre et 100 € en charges fixes (loyer, machines) ;
– en produisant 5 quantités, le coût est donc de 300 € (50 + 150 + 100), soit 60 € par unité produite ;
– mais en produisant 10 quantités, le coût est de 500 € (100 + 300 + 100), soit seulement 50 € par unité produite.

B Le monopole

• **Les monopoles purs.** Le monopole se définit par l'**existence sur le marché d'un seul producteur** en présence d'une **multitude d'acheteurs**. Cependant, très rares sont les cas de **monopoles purs** car ils sont désormais **habituellement interdits**.

• **Les monopoles isolés.** Dans la réalité, on ne rencontre que des cas de monopoles isolés, car **tout producteur ou vendeur** est **soumis à une** sorte de **concurrence indirecte** : si la SNCF augmente ses tarifs de 50 %, ses profits n'augmenteront pas car la demande se reportera vers les transports routiers.

• **Monopoles simples et discriminants.** Le monopole peut être simple, c'est-à-dire qu'**un seul prix est fixé pour le produit**. Il peut aussi être discriminant, lorsque le **même bien** est **offert à des prix différents** (par exemple, une compagnie aérienne différencie ses tarifs pour le voyage individuel ou pour le voyage en groupe).

• **Les différents types de marchés théoriques**

Demande ↓	Offre →	Infinité	Quelques-uns	Un seul
Infinité		Concurrence	Oligopole	Monopole
Quelques-uns		Oligopsone bilatéral	Oligopole contrarié	Monopole
Un seul		Monopsone contrarié	Monopsone bilatéral	Monopole pur

2 Le fonctionnement du marché concurrentiel

Pour déterminer les conditions de l'équilibre sur un marché concurrentiel, les économistes analysent l'offre et la demande. Cet équilibre est efficace lorsqu'il permet d'obtenir la satisfaction la plus grande pour le producteur et pour le consommateur.

SPÉCIALITÉ SES

1 Les déterminants de la demande et de l'offre

A Les déterminants de la demande

> **Rappel**
> C'est sur le marché de concurrence pure et parfaite, avec ses hypothèses (voir leçon 1), que s'applique la « loi de l'offre et de la demande » (expression employée par l'économiste Alfred Marshall, 1842-1924).

• **La demande** est la **quantité d'un bien ou d'un service que les acheteurs voudraient** et sont capables d'acheter pour chaque niveau de prix.

• **Des facteurs économiques influencent la demande :**

– **le prix du marché** : sauf exception, quand le prix d'un bien augmente, la quantité demandée diminue, et inversement (c'est la « loi de la demande »).

– **le prix des biens comparables :** la baisse du prix d'un bien peut provoquer une baisse de la demande d'un autre bien (cas des biens « substituables », comme le beurre et la margarine) ou une augmentation de la demande d'un autre bien (cas des biens « complémentaires », comme le café et le sucre).

– **le revenu :** la demande d'un bien augmente lorsque le revenu augmente (cas des biens ou services « normaux », comme les transports en commun, et des biens « supérieurs », comme le poisson), mais elle peut diminuer lorsque le revenu augmente (cas des biens « inférieurs », comme la pomme de terre).

– **les anticipations face aux changements de prix :** lorsque les consommateurs anticipent une inflation ils effectuent leurs achats dans l'immédiat avant que les prix augmentent. Le contraire se produit dans le cas d'une anticipation à la baisse des prix (achats retardés dans l'attente d'une baisse des prix).

• **Des facteurs non économiques influencent également la demande :**

– **les goûts :** ils sont le reflet des préférences des consommateurs qui se portent sur certains biens et services plutôt que sur d'autres (ex. : produits liés à la mode).

– **les variables démographiques :** le volume de la population (démographie, guerre…) donne une indication de la taille du marché, et les besoins et habitudes d'achat sont différents d'une génération à une autre.

> **Mot-clé**
> **La demande de marché** est la somme des demandes individuelles pour un bien ou un service. Ses déterminants sont ceux de la demande individuelle auxquels s'ajoute le nombre d'acheteurs.

B Les déterminants de l'offre

• **L'offre** est la **quantité d'un bien ou d'un service que les vendeurs sont prêts à vendre** et capables de vendre pour chaque niveau de prix.

• **Les déterminants de l'offre sont nombreux :**

– **le prix du marché :** quand le prix d'un bien augmente, la quantité offerte augmente, et inversement (c'est la « loi de l'offre ») ;

– **le prix des facteurs de production :** si le prix d'un facteur augmente (ex. : le coût du travail ou de l'énergie), la production baisse car elle devient moins profitable ;
– **la technologie de production :** les innovations (ex. : de nouvelles machines) permettent de réduire les coûts de production, ce qui augmente l'offre ;
– **les anticipations** : si une entreprise anticipe une nouvelle technique de fabrication plus opérationnelle dans un avenir proche, cette anticipation la dissuadera d'investir et de produire plus aujourd'hui. De même, si elle s'attend à ce que le prix de ses produits augmente dans le futur, elle stockera une partie de sa production courante et mettra une quantité moindre sur le marché ;
– **le nombre de vendeurs :** l'offre sur un marché dépend du nombre de vendeurs (ex. : si Renault devait se retirer du marché, l'offre automobile sur le marché diminuerait) ;
– **des événements naturels** : les conditions météorologiques, des maladies, etc., affectent l'offre agricole ;
– **les taxes et les subventions :** une baisse ou une hausse des taxes à la production, ou une augmentation des subventions aux producteurs, modifient les quantités produites.

Mot-clé
L'offre de marché est la **somme des offres individuelles pour un bien ou un service**. Ses déterminants sont ceux de l'offre individuelle auxquels s'ajoute le nombre de producteurs.

2 Les courbes d'offre et de demande

A L'allure des courbes (voir méthode p. 117)

• **La courbe de demande.** En général, les consommateurs ont tendance à consommer davantage lorsque les prix diminuent (ou consomment moins lorsque les prix augmentent) : ils réagissent donc selon une fonction de demande décroissante des prix.

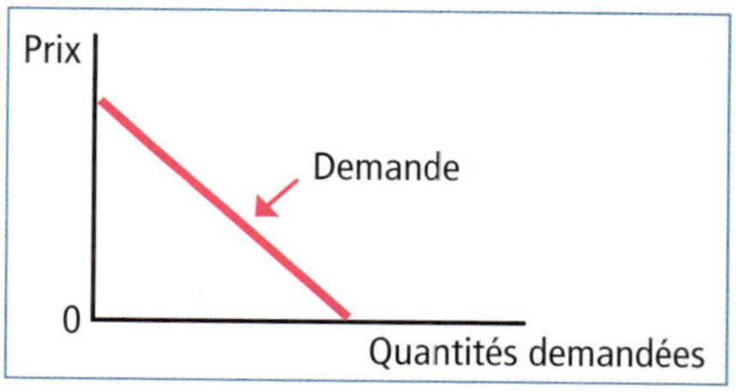

• **La courbe d'offre.** En général, les producteurs tendent à accroître leur production aussi longtemps que les prix augmentent : ils réagissent donc selon une fonction croissante des prix.

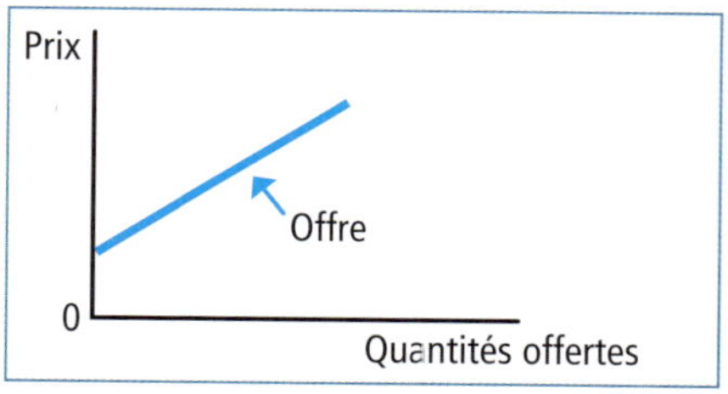

• **La pente (négative) de la courbe de la demande** représente l'élasticité des quantités demandées par rapport aux prix (sensibilité de la demande lorsque les prix varient) : par exemple, une faible pente correspond alors à une forte variation des quantités consommées lorsque les prix varient peu.

• **La pente (positive) de la courbe de l'offre** représente l'élasticité des quantités offertes par rapport aux prix : par exemple, une forte pente correspond alors à une faible variation des quantités produites lorsque les prix varient beaucoup.

Rappel
Les **courbes d'offre et de demande** ont cette allure lorsque tous les déterminants de l'offre et de la demande demeurent constants à l'exception du prix.

B Déplacement de la courbe de demande et le long de la courbe de demande

• **Un changement de la quantité demandée causé par un changement du prix** du bien ou du service est représenté par un mouvement le long de la courbe de demande (ou sur la courbe).

• **Un changement de la demande dû à une modification des déterminants de la demande autres que le prix** est représenté par un déplacement de la courbe de demande sur la droite ou la gauche.

• **Exemple.** Le gouvernement impose une taxe élevée sur les cigarettes et diffuse des messages sanitaires sur les méfaits du tabac.

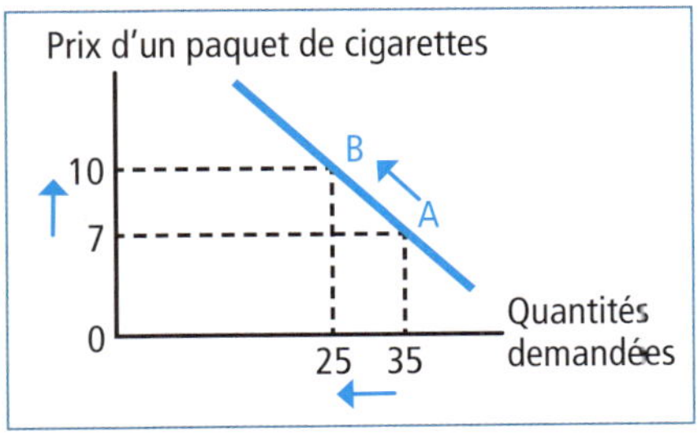

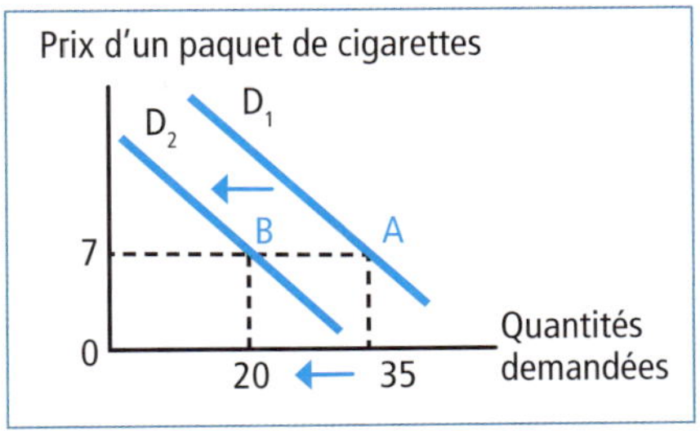

Remarque
Une taxe qui augmente le prix des cigarettes pour les consommateurs entraîne un mouvement le long de la courbe de demande (baisse de demande de cigarettes de A à B).

Remarque
Quel que soit le prix des cigarettes, les messages sanitaires déplacent la courbe de demande vers la gauche (baisse de demande de cigarettes de A à B car les messages finissent par convaincre les fumeurs de moins fumer).

C Déplacement de la courbe d'offre et le long de la courbe d'offre

• **Lorsque les quantités offertes sont affectées par une modification du prix du bien et service,** cela induit un mouvement le long de la courbe d'offre.

• **Un changement de l'offre entraîné par une modification des déterminants de l'offre autres que le prix** se traduit par un déplacement de la courbe d'offre sur la droite ou la gauche.

• **Exemple.** Sur le marché des glaces, le prix du cornet augmente et le prix du sucre (un facteur de production) baisse.

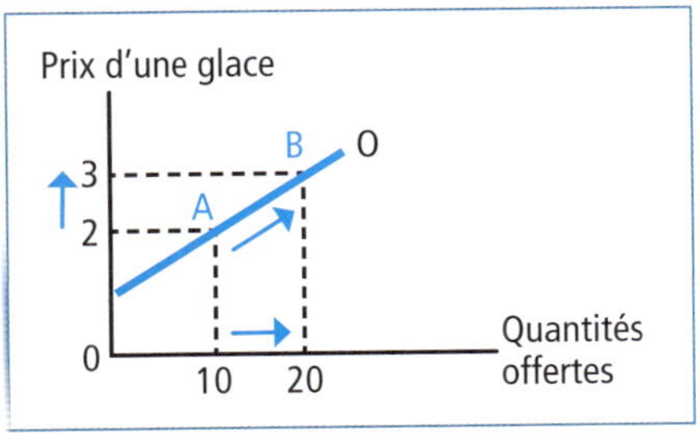

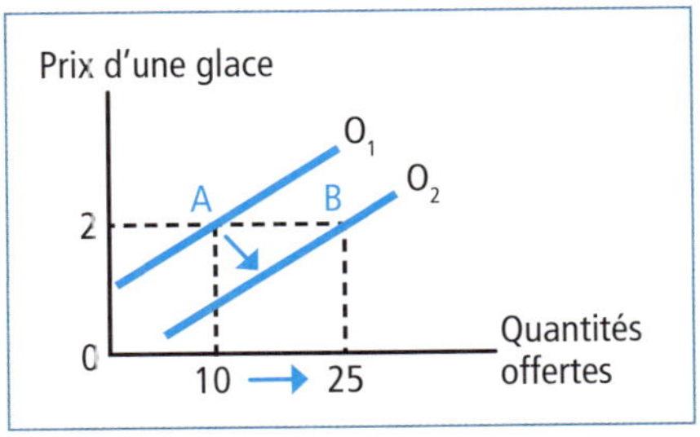

Remarque
L'augmentation du prix des glaces entraîne un mouvement le long de la courbe d'offre (hausse de l'offre de glaces de A à B).

Remarque
Quel que soit le prix des glaces, la baisse du prix du sucre déplace la courbe d'offre vers la droite (hausse de l'offre de glaces de A à B car la vente de glaces est plus profitable).

SPÉCIALITÉ SES

3 Les changements d'équilibre

A Déplacement de la demande et changements d'équilibre

• L'exemple des messages sanitaires pour les cigarettes

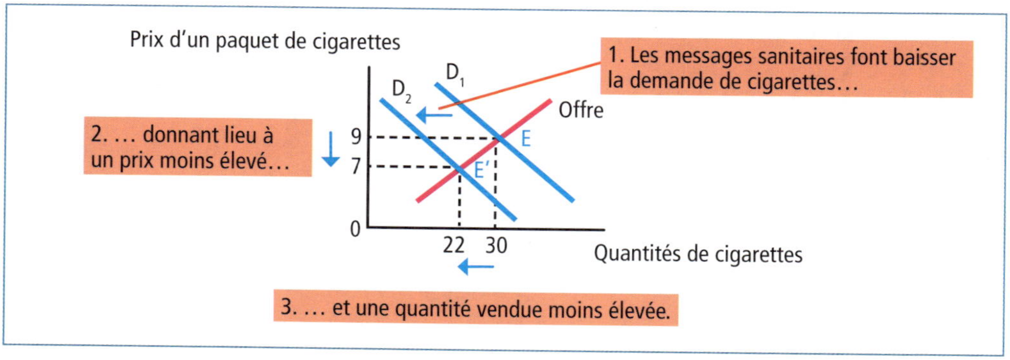

• Le déplacement de la demande de D_1 à D_2 cause une baisse du prix d'équilibre des cigarettes de 9 € à 7 € et une baisse de la quantité d'équilibre qui passe de 30 à 22 paquets de cigarettes : le nouvel équilibre (E') entre l'offre et la demande de cigarettes s'est donc déplacé par rapport à l'équilibre initial (E).

B Déplacement de l'offre et changements d'équilibre

• L'exemple de la baisse du prix du sucre des glaces

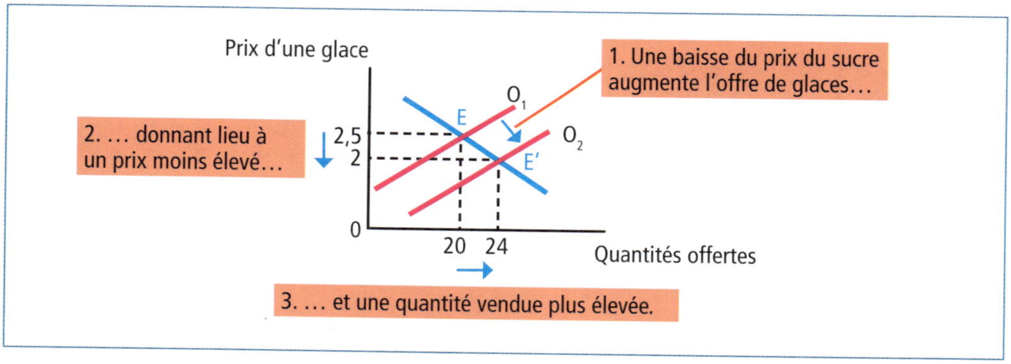

• Le déplacement de l'offre de O_1 à O_2 cause une hausse du prix d'équilibre des glaces de 2 € à 2,5 € et une hausse de la quantité d'équilibre qui passe de 20 à 24 glaces : le nouvel équilibre (E') entre l'offre et la demande de glaces s'est donc déplacé par rapport à l'équilibre initial (E).

C Déplacement de l'offre et de la demande, et changements d'équilibre

• **Cas d'une hausse simultanée de la demande et une baisse de l'offre.** Imaginons sur le marché des glaces une forte canicule et une légère hausse du prix du sucre : la demande augmente beaucoup (en raison des hausses des températures) et l'offre diminue peu (en raison de la faible augmentation du prix du sucre) :

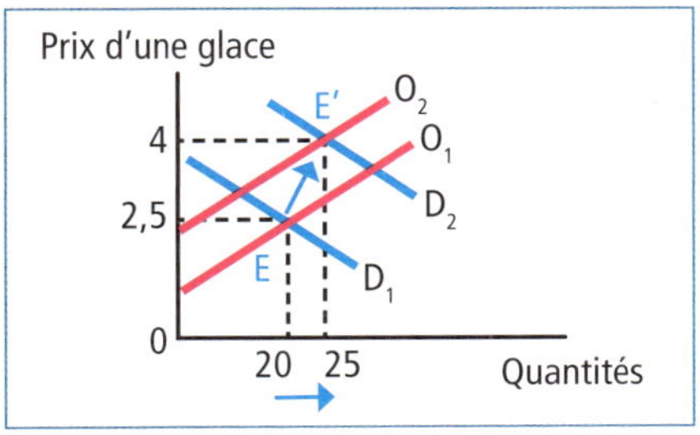

> **Remarque**
> Toute perturbation de l'offre et/ou de la demande mène à un nouvel équilibre : le marché s'autorégule par le signal des prix.

• **Conséquences.** Les quantités d'équilibre augmentent (de 20 à 25 glaces) et le prix d'équilibre augmente (de 2,5 € à 4 €).

4 L'efficacité du marché

A L'allocation optimale des ressources

• **La notion de surplus.** Pour le **consommateur**, le surplus correspond à la différence entre sa disposition à payer un bien ou un service et le prix auquel il l'a effectivement payé. Pour le producteur, le surplus correspond à son profit (différence entre le prix de vente et le coût de production).

• **L'allocation des ressources** est le nombre d'unités de biens achetés par chaque consommateur et vendus par chaque vendeur sur le marché. À l'équilibre, le marché concurrentiel détermine ce que chaque agent économique peut obtenir de mieux (allocation optimale) : la meilleure combinaison productive au moindre coût pour l'entreprise, et l'accès aux meilleures conditions aux biens et services pour les consommateurs.

• **Représentation graphique de l'allocation optimale :**

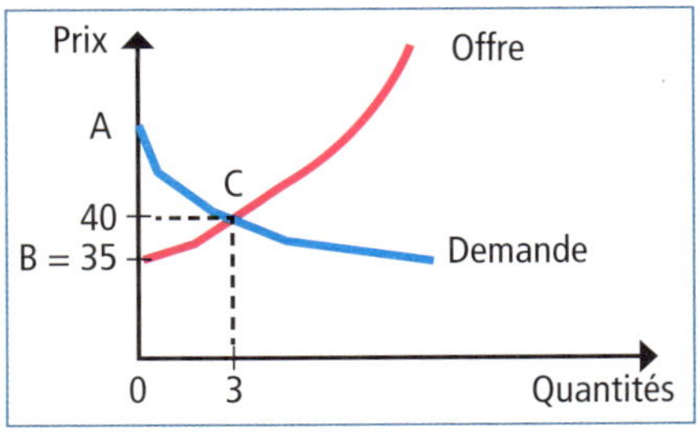

– pour une quantité produite de 3, un surplus apparaît pour l'entreprise (l'offre) si le prix de vente passe de 35 à 40 € (surplus représenté par le triangle 40, C, B) ;
– pour une quantité consommée de 3 (la demande), le prix est de 40 € alors que le consommateur était prêt à payer davantage (surplus représenté par le triangle A, C, 40) ;
– au point d'équilibre entre l'offre et la demande (point C), le surplus global de l'économie est maximum (triangle A, C, B) : il correspond à la somme du surplus du producteur et du surplus du consommateur. Autrement dit, au prix d'équilibre de 40 € et à la quantité d'équilibre de 3, le gain à l'échange entre les producteurs et les consommateurs est maximum.

B La maximisation du profit par le producteur

• **L'intérêt du producteur** est d'**accroître son profit** en **minimisant ses coûts de production** (voir méthode p. 120) : une situation d'équilibre est obtenue dès lors que le prix de vente de l'unité supplémentaire (recette marginale) égalise le coût marginal (coût généré par la production d'une unité supplémentaire).

• **Tant que la recette marginale est au moins égale au coût marginal,** l'entreprise a tout intérêt à continuer de produire : si ce n'est pas le cas, l'entreprise doit stopper la production car une unité supplémentaire produite lui coûterait plus cher qu'elle lui rapporterait.

• **Exemple d'après la courbe du coût marginal ci-dessous :** la quatrième unité produite coûte 10 € à l'entreprise, celle-ci doit la vendre à un prix minimum de 10 € si elle veut être rentable (et la cinquième quantité produite doit être vendue à un prix minimum de 14 €). Ainsi, la courbe d'offre s'identifie à la courbe du coût marginal (plus les prix augmentent, plus les quantités offertes augmentent). Mais cette identification concerne seulement la partie de la courbe du coût marginal qui se situe au-dessus du minimum du coût total moyen : en dessous de ce minimum, le prix de vente ne couvre pas les coûts de production.

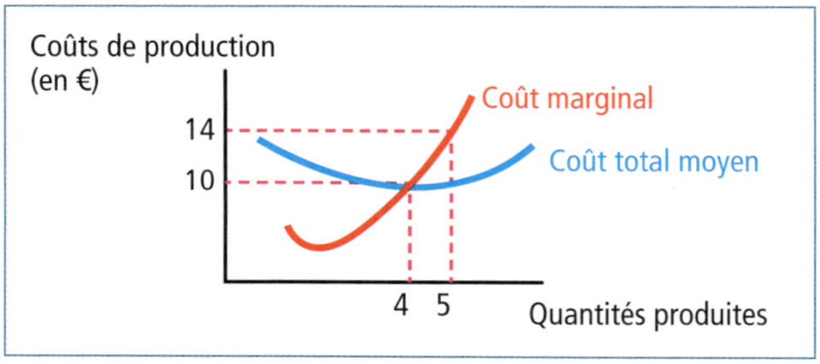

Remarque

Les deux courbes se coupent pour un prix de 10 € et pour une quantité produite de 4. À cette intersection, le coût de la quatrième quantité produite est de 10 € et le coût total est de 40 € (car 10 × 4) : l'entreprise doit donc vendre chaque quantité au moins 10 € (recette minimale de 40 €) pour être rentable !

3 Les imperfections du marché

Le monopole et l'oligopole sont deux structures de marché imparfaits : les entreprises y disposent d'un pouvoir de marché, l'allocation des ressources n'y est pas toujours efficace, et les autorités publiques les réglementent pour faire respecter la concurrence.

1 Le cas du monopole

A Les obstacles à l'arrivée de nouveaux offreurs

• **Une concurrence inexistante.** Le **monopole** est une **situation de marché dans laquelle un seul producteur fait face à une multitude d'acheteurs**. Le bien ou le service produit ne doit pas comporter de substituts proches : par exemple, les entreprises de chaussures qui vendent sous des marques différentes ne sont pas dans une situation de monopole. Au contraire, si la production et la distribution d'eau potable dans une ville sont assurées par une seule entreprise, celle-ci est dans une situation de monopole.

> **Remarque**
> **Il est rare qu'un produit ne puisse pas être remplacé par un autre produit** : en situation de monopole, les chemins de fer sont concurrencés par la route et par l'avion !

• **Les barrières à l'entrée rendent impossible pour d'autres entreprises de pénétrer le marché.** On peut en distinguer **4 types** :
– **la détention d'une ressource rare** : jusqu'au XXe siècle, l'entreprise sud-africaine De Beers avait le plein contrôle de l'industrie du diamant ;
– **des rendements croissants** (voir méthode p. 120) empêchent les petites entreprises d'être rentables : la production augmentant, le coût moyen de production diminue, ce qui permet de fixer un prix plus faible qui empêche d'autres entreprises d'entrer sur le marché ;
– **la législation sur les brevets** permet à une entreprise qui invente un nouveau procédé de fabrication ou un nouveau produit d'être la seule à pouvoir exploiter cette découverte pendant un certain nombre d'années (législation justifiée par la prise de risque et les dépenses engagées) ;
– **des stratégies de marché** lorsque le monopole se sent menacé par l'arrivée de nouveaux concurrents : il peut alors vendre à un faible prix (quitte à faire momentanément des pertes) ou avoir la capacité d'accroître rapidement son volume de production pour pouvoir réduire le prix de vente.

B La maximisation du profit par le monopole

• **Le monopole est *price maker* (ou « fixeur de prix »)** car **il a la possibilité de déterminer le prix de vente de son produit ou service** : il ne peut cependant pas vendre à n'importe quel prix (un prix trop élevé risque de ne trouver aucun acheteur).

• **Il doit satisfaire la totalité de la demande à lui seul.** Mais, plus il produit pour répondre à la demande, plus il doit baisser son prix de vente car la demande de marché réagit de manière inverse aux prix (elle augmente quand les prix baissent, voir leçon 2).

> **Remarque**
> En situation de **concurrence pure et parfaite, la demande est satisfaite par une multitude d'entreprises qui choisissent uniquement les quantités à produire**, contrairement au monopole.

• **Niveau de production et profit (voir graphique 1).**

Le **monopole doit déterminer le niveau de production qui maximise son profit** : c'est ce niveau de production qui va lui permettre de fixer le prix. Son profit est maximum au point E, lorsque sa recette marginale (supplément de recette provenant de la vente d'une unité supplémentaire) est égale à son coût marginal (coût occasionné par la production de cette unité supplémentaire).

Mot-clé

Profit : différence entre les recettes totales et le coût total de production.

Le niveau Q de production est optimal car il permet d'avoir le profit le plus élevé possible (zone bleue), en effet :

Profit rapporté par chaque quantité vendue (profit moyen) =
recette moyenne (prix) – coût total moyen = QP – QN

Donc, **profit total = profit moyen × nombre de quantités vendues = NP × OQ**

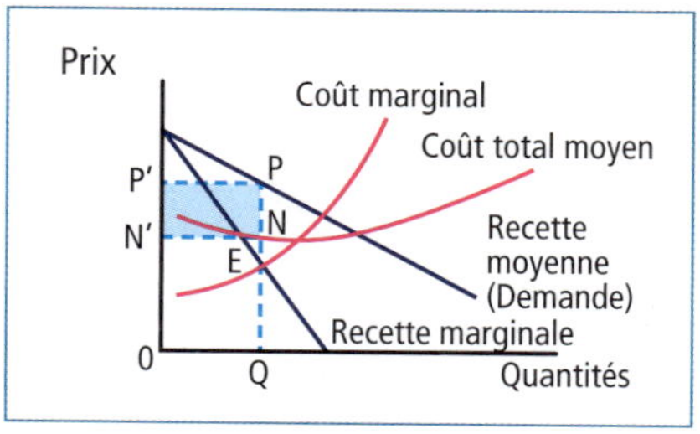

◄ Graphique 1

C Les critiques du monopole : une situation sous-optimale ?

• **Le monopole produit moins à un prix plus élevé (graphique 2).**

La recette marginale du monopole est inférieure au prix : la vente d'une unité de plus entraîne une baisse de prix, qui se répercute sur l'ensemble des quantités vendues et fait donc baisser la recette moyenne (Demande). Sur le graphique, la recette marginale est donc décroissante et en dessous de la recette moyenne.

Les consommateurs perdent doublement par rapport à une situation de concurrence pure et parfaite : ils paient un prix supérieur et doivent se contenter d'une quantité inférieure.

• **En situation de monopole, le surplus global n'est pas maximum (graphique 3).**

La hausse du prix de vente réduit le surplus du consommateur (voir leçon 2). Une partie du surplus est transférée au producteur mais une autre partie est totalement perdue pour la société. De la même manière, une partie du surplus du producteur qui existait en concurrence pure et parfaite est perdue pour la collectivité en situation de monopole. La perte collective est représentée par le triangle AEE'.

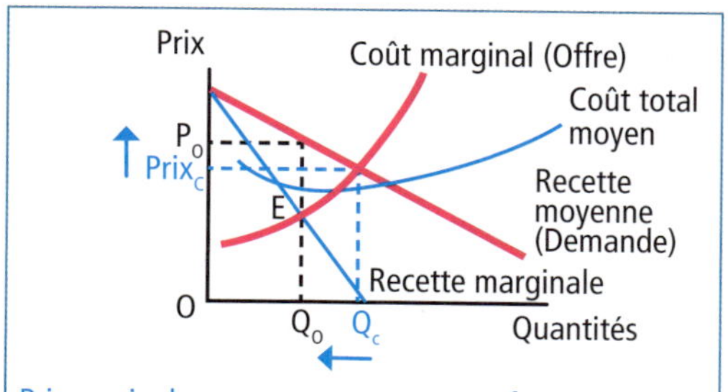

$Prix_c$: prix de concurrence pure et parfaite
Q_c : quantité de concurrence pure et parfaite

▲ Graphique 2

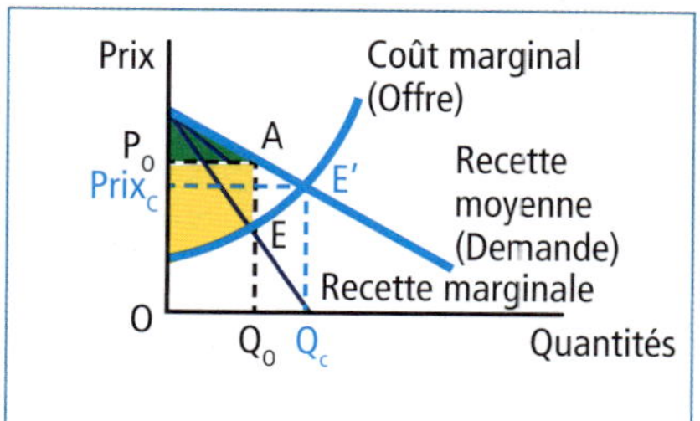

▲ Graphique 3

• **Mais le profit total est supérieur à celui obtenu en régime de concurrence pure et parfaite, et il est permanent :** le monopole a justement choisi son niveau de production et de prix pour obtenir ce « superprofit », qui est durable du fait des barrières à l'entrée du marché empêchant l'intrusion de concurrents.

D Les types de monopoles observés dans la réalité

• **Le monopole d'innovation** protège l'**entreprise innovatrice** (**nouveaux biens** et **nouvelles méthodes de production**) : ces innovations peuvent avoir pour effet l'accroissement des quantités produites et la baisse des prix, et donc l'augmentation du pouvoir d'achat et du niveau de vie.

> **Citation**
> « L'entreprise géante est devenue le moteur le plus puissant du progrès économique et en particulier de l'expansion à long terme de la production totale » (**Joseph Schumpeter**, *Capitalisme, socialisme et démocratie*, 1942).

• **Le monopole public** peut être **créé par l'État** s'il estime que **certains biens ou services** (l'eau potable, l'électricité, etc.) **doivent être fournis à la collectivité à des prix inférieurs** à ceux pratiqués par un monopole privé.

• **Le monopole naturel** est justifié par les **conditions techniques de production auxquelles correspondent des coûts fixes très élevés** (cas pour un réseau de téléphone, de chemins de fer, etc.) qui ne permettent pas à de petites entreprises d'être rentables.

2 Autre cas de concurrence imparfaite : l'oligopole

A Ententes et cartels

• **L'oligopole** désigne une **situation de marché dans laquelle quelques entreprises font face à une multitude d'acheteurs**. Ainsi, toute décision d'une entreprise a des conséquences sur les autres : elles peuvent se livrer à une guerre des prix pour conquérir le marché ou s'entendre entre elles et ainsi former un cartel.

• **L'intérêt de s'entendre.** Le **cartel** est une **forme explicite d'entente entre les entreprises** (accord exprès) **visant à limiter la concurrence** : l'accord peut définir le niveau de production, et donc le prix des produits ou services, ou alors porter sur le partage du marché. Dans ce cas, le cartel attribue à chaque entreprise des quotas de production.

• **Le cartel fonctionne comme un monopole** car les entreprises acceptent d'agir en commun. **Le cartel maximise son profit** en produisant la quantité qui égalise la recette marginale avec le coût marginal : si l'entente est parfaite (aucune triche), le profit du cartel sera équivalent à celui d'un monopole comportant plusieurs établissements.

> **Zoom**
> Les **cartels durables sont rares** car ils sont **sanctionnés par la loi**, mais aussi du fait du **risque de triche** d'**une ou plusieurs entreprises en vendant moins cher**, ou de l'entrée de nouvelles entreprises attirées par les surprofits.

B Stratégies de combat ou d'entente

• **L'oligopole doit choisir** entre **coopérer avec ses concurrents** pour obtenir le profit global le plus élevé, **ou jouer cavalier seul** pour augmenter son propre profit au détriment éventuel des autres (ici, l'oligopole n'est pas un monopole car l'objectif d'une entreprise est de maximiser son propre profit et non celui du groupe).

• La théorie des jeux étudie la prise de décision d'une entreprise et **les effets de ses comportements stratégiques** : l'exemple le plus célèbre de cette théorie est le « dilemme du prisonnier ».

• Ce dilemme permet de comprendre pourquoi certaines décisions semblent contraires à l'intérêt général. Les choix stratégiques concernent le volume de production que doit faire chaque entreprise : produire plus pour faire baisser les prix du marché et ainsi conquérir davantage de parts de marché (« guerre » des prix), ou produire moins pour faire monter les prix et ainsi accroître leurs profits (cartel : situation de « paix »).

• Voici une matrice des profits qui représente les gains associés à chaque choix en tenant compte des réactions de la concurrence : 4 situations se présentent.

Zoom

Pour l'économiste américain **Paul Samuelson** (1915-2009), « à partir du moment où l'on prend en compte la réaction des autres à nos propres actions, on rentre dans la théorie des jeux ».

Rappel

Pour que la théorie des jeux s'applique, les **produits doivent être identiques (homogénéité des produits)** : il n'y a donc qu'un seul prix de marché, et les consommateurs achètent à l'entreprise qui pratique le prix le plus bas.

		Entreprise B	
		Production faible	**Production forte**
Entreprise A	**Production faible**	80 / 80	10 / 100
	Production forte	100 / 10	50 / 60

1. **Agression réciproque** : A et B décident d'une forte production. B garde son léger avantage (profit de 60 contre 50 pour A). Cette stratégie de conquête de part de marché lancée par les deux entreprises a échoué : par contre, leur profit a diminué.
2. **Cartel** : A et B s'entendent préalablement pour réduire tous les deux leur production pour faire grimper les prix et ainsi augmenter leur profit : 80 chacun, ce qui est le choix stratégique collectif optimal.
3. **Agression gagnante de A** : A décide de produire fortement alors que B produit faiblement. A peut alors baisser ses prix et remporte des parts de marché, augmentant ainsi ses profits (100 contre 10 pour B).
4. **Agression gagnante de B** : c'est l'inverse du raisonnement précédent.

L'entreprise B possède une tactique dominante : quel que soit le choix de A, si elle décide de produire fortement, elle sort vainqueur. Par contre, l'entreprise A n'a pas de tactique dominante : elle n'a pas de meilleur choix quel que soit le choix de B. Elle doit donc prendre le meilleur choix compte tenu du choix que fera certainement son concurrent : sachant que B va jouer sa tactique dominante, A a tout intérêt à assurer ses parts de marché et ainsi son profit en produisant fortement. L'équilibre du marché se fera donc par une agression réciproque (équilibre non coopératif).

Mais l'absence de coopération ne permet pas de parvenir à une situation optimale : seule l'entente leur aurait permis de réaliser chacune un profit de 80, c'est-à-dire d'atteindre l'optimum collectif de 160 !

C Politique de la concurrence et lutte contre certaines pratiques

• L'abus de position dominante. Lorsqu'une entreprise bénéficie d'une situation de monopole ou de quasi-monopole sur un marché, **elle peut être tentée d'abuser de cette position dominante** et du pouvoir de marché qui en découle : **conditions de prix et de volume de production** imposées à ses concurrents, **interdiction de toute concurrence**, ententes illicites, etc.

• **La concurrence est fragilisée** par ces **pratiques** qui sont **défavorables à l'économie** : le surplus de profit enregistré par certaines entreprises anti-concurrentielles se fait au détriment des consommateurs et des entreprises plus vertueuses.

• **L'État lutte contre les ententes et le contournement des lois sur la concurrence.** Des lois anti-entente nationales et européennes veillent à empêcher toute concentration (monopoles et cartels) qui pourrait être nocive à la concurrence : les projets de fusion-acquisition doivent avoir l'aval des pouvoirs publics.

Mots-clés

Les fusions et les acquisitions sont des **opérations par lesquelles le contrôle du capital d'une entreprise change de main** : deux entreprises peuvent fusionner leurs activités pour organiser un **contrôle commun**, ou l'une des entreprises rachète l'autre (acquisition amicale ou hostile).

• **Exemples d'amendes infligées par l'Autorité de la concurrence en France :**

2011	**Cartel** des lessives (accord sur les prix et les promotions de quatre fabricants auprès de la grande distribution)	Amende de 368 millions d'euros
2015	**Cartel** des produits laitiers (accord sur les prix et les quantités à produire entre dix producteurs laitiers)	Amende de 192,7 millions d'euros
2015	**Abus de position dominante** de la société Orange (mécanisme de fidélisation qui oblige les entreprises clientes à s'engager sur une durée pour les services fixes et mobiles)	Amende de 350 millions d'euros
2018	**Cartel** des fabricants d'électroménagers (six fabricants se sont entendus sur une hausse des prix)	Amende de 189 millions d'euros

4 Les défaillances du marché

Le marché ne prend pas en compte les externalités, certains biens, ni l'échange d'informations imparfaites entre les agents économiques. Face à cette incapacité, l'État est obligé d'intervenir.

1 La présence d'externalités

A Les externalités négatives

• **Définition d'une externalité.** C'est la **conséquence positive ou négative de l'activité économique d'un agent économique** (un ménage ou une entreprise) **sur les autres agents**, sans compensation monétaire.

• **Le problème survient surtout des externalités négatives.** Ce sont les coûts produits par une activité de production ou de consommation (pollution, bruit, détérioration du paysage, etc.) qui affectent d'autres agents économiques sans compensation pour le tort subi.

Zoom

L'économiste anglais **A. C. Pigou** (1877-1959) fait état des « ressources que l'on emploie à la protection contre les fumées des cheminées d'une usine. Cette fumée, en effet, dans les grandes villes, cause à la communauté de lourds dommages non compensés, tant aux bâtiments qu'aux végétaux. Elle entraîne des dépenses pour laver le linge, nettoyer les chambres et éclairer ces dernières à la lumière artificielle ».
The Economic of Welfare, Macmillan, 1920.

B Les conséquences des externalités

• **Il y a ceux qui subissent des effets externes négatifs** (les nuisances sonores ou les fumées supportées par les habitants voisins d'une usine), et **ceux qui bénéficient des effets externes positifs** (les travaux de rénovation d'un quartier entraînent du bruit pour les riverains, mais leurs logements prennent de la valeur).

• **Le marché ne tient absolument pas compte de ces externalités positives ou négatives.** Par contre, **l'État intervient parfois pour contraindre les agents économiques à payer les conséquences de leurs actions** : c'est le principe de la **taxe du pollueur-payeur** par exemple, qui consiste à compenser par une taxe les dégâts causés par le pollueur sur les autres agents économiques (principe de l'internalisation de l'externalité).

Mot-clé

Depuis 2014, la **taxe carbone en France**, appelée **« contribution climat énergie », est répercutée sur les consommateurs finaux d'énergies fossiles** (carburants, fioul domestique, gaz naturel).

2 La présence de biens communs et de biens collectifs

A Des biens que le marché ne prend pas en compte

• **Les biens collectifs** sont des **biens qui peuvent être « consommés » par plusieurs personnes à la fois** (l'éclairage public, les routes, les phares, etc.) : la consommation des uns n'altère pas celle des autres (non-rivalité), et **il est impossible d'en empêcher la consommation à quiconque** (non-exclusion).

• **Les biens communs.** Ils sont caractérisés par la **non-exclusion** mais, **à la différence des biens collectifs, ils sont rivaux** : la consommation des uns altère celle des autres. Ce sont donc **des biens qui n'appartiennent à personne** mais dont l'usage entraîne sa raréfaction (les nappes phréatiques, les forêts, les pâturages des montagnes, les ressources halieutiques, etc.).

B Des biens pour lesquels l'État intervient

• **La recherche de l'intérêt général.** La rationalité des agents économiques peut conduire à des situations où l'intérêt général n'est pas atteint. L'illustration est faite par la **théorie du passager clandestin**, selon laquelle **chacun peut jouir des bénéfices d'un bien ou d'un service sans en partager les coûts** (ex. : un phare profite à tous les navires au large sans qu'ils contribuent au coût de sa construction).

• **L'intervention justifiée de l'État pour les biens collectifs…**
– **L'État prend en charge et finance par les impôts la production de certains biens collectifs.** En effet, si le marché produisait des biens collectifs, il serait impossible d'en fixer le prix car le coût marginal (voir méthode p 120) de leur utilisation est nul (le coût de production est difficilement imputable à une personne en particulier).
– De plus, **il est difficile de déterminer le nombre de consommateurs** (ex. : un phare sur une côte), sauf en mettant un « péage » : dans ce cas, le service collectif n'est pas « pur » car il exclut certaines personnes (cas d'un pont à péage ou d'une chaîne de télévision avec décodeur).

• **… mais aussi pour les biens communs.** N'appartenant à personne, **ils n'ont pas de prix et peuvent être utilisés pour un coût très faible** ou nul alors que le gain de leur exploitation est privé. L'État doit donc les préserver par la taxation et la réglementation (ex. : des quotas de pêche imposés).

> **Mot-clé**
> **La tragédie des biens communs :** le **libre accès à une ressource limitée pour laquelle la demande est forte entraîne sa surexploitation**, et, à terme, **sa disparition** (ex. : la pêche du thon rouge).

3 Les asymétries d'information

A L'inégalité d'informations

• **Une asymétrie d'information** (ou information asymétrique) désigne la **situation sur le marché où l'un des deux acteurs dispose d'une meilleure information** (il en sait plus que l'autre sur la qualité du produit, le travail fourni…).

• **Une asymétrie d'information contredit l'hypothèse de transparence de l'information** du modèle de concurrence pure et parfaite (voir leçon 2) : ainsi, **des comportements opportunistes peuvent apparaître** (ex. : un commerçant peut profiter de l'ignorance du client pour lui vendre cher un produit de mauvaise qualité), compromettant le fonctionnement efficace du marché.

> **Zoom**
> Certaines caractéristiques d'une transaction sont connues d'une partie et ne peuvent, sans coût supplémentaire, être découvertes par l'autre partie soit avant, soit après l'établissement du contrat entre les parties.

B La « sélection adverse » et le « hasard moral »

• **Au moment de l'acte d'achat (avant la passation du contrat), un client peut douter de la qualité d'un produit s'il n'a pas toute l'information à sa disposition.** Le consommateur risque alors de choisir un produit qui ne correspond pas au prix affiché, ou demander un prix si bas que les bons produits (plus chers) sont retirés du marché : on parle alors de « **sélection adverse** » pour laquelle **le prix n'est** donc **plus le parfait signal de la valeur du bien.**

> **Exemple**
>
> **Le marché des voitures d'occasion.** Les propriétaires sont les seuls à disposer de toute l'information sur le véhicule : les acheteurs sont incapables d'estimer la qualité des modèles proposés. La solution pourrait consister à fixer un prix unique (ex. : le prix moyen), mais ceci conduirait à mettre sur le marché en grande majorité des modèles de médiocre qualité. Ainsi, sur ce marché d'occasion, soit les propriétaires des modèles de bonne qualité se retirent (le prix moyen étant jugé trop bas), soit l'échange risque de ne pas avoir lieu.

• **On parle de « hasard moral » ou de « comportement caché » lorsqu'il est difficile pour une personne d'anticiper le comportement d'une autre personne après l'acte d'achat** (après la passation du contrat). C'est le cas du garagiste qui trompe son client en changeant un pneu alors que sa simple réparation aurait suffi, ou du salarié qui, une fois embauché, surfe sur Internet au travail !

> **Exemple**
>
> **L'assurance contre le vol.** Il n'est pas certain que l'assuré prenne autant de précautions contre le vol qu'il en prenait avant d'être assuré. Il peut arriver qu'il fasse une fausse déclaration de vol pour toucher la prime d'assurance. Et, dans le cas d'un véritable vol, l'assuré peut déclarer des objets non volés pour être davantage remboursé.

C Les solutions pour atténuer les risques de « sélection adverse »

• **Limiter les risques de « sélection adverse ».** Il existe des **procédures pour obtenir de l'information sur les produits ou les qualités propres à certaines personnes** (le vendeur d'une voiture d'occasion, le client qui veut emprunter à la banque, la personne qui veut se faire assurer, etc.).

• **Exemples.** Les associations de défense des consommateurs, les labels sur certains produits, la publicité comparative, le système des franchises d'assurance (somme restant à la charge de l'assuré dans le cas d'un sinistre), le diagnostic énergétique imposé aux vendeurs dans l'immobilier, etc., sont des exemples de structures et de procédures qui permettent un fonctionnement plus efficace du marché en révélant tout ou partie de l'information concernant les produits ou les vendeurs.

D Les solutions pour atténuer les risques de « hasard moral » (ou « aléa moral »)

• **Il s'agit d'inciter chaque personne disposant d'une information « privée » à prendre une décision optimale pour la personne non informée.**

• **Ces incitations passent par des contrôles** (ex. : l'expert automobile désigné par une compagnie d'assurances, la consultation de plusieurs médecins pour la fiabilité du diagnostic...), ou par **des contrats** (ex. : un salaire qui augmente avec l'ancienneté ou qui est complété par des primes de résultat, un bonus adossé à la prime d'assurance...).

5 Le financement de l'activité économique

Certains agents économiques investissent ou épargnent plus que d'autres : les marchés des capitaux et les banques vont alors assurer le transfert des capacités de financement des uns vers les besoins de financement des autres.

SPÉCIALITÉ SES

1 Capacités de financement et besoins de financement

A La fonction des agents économiques

• **Les ménages** (ceux qui occupent un même logement, hors entrepreneurs individuels) **consomment. La part de leur revenu disponible** qui n'est pas destinée à la consommation **s'appelle l'épargne**.

Revenu disponible	=	**ensemble des revenus** (salaires, primes, loyers perçus, intérêt d'épargne reçus…)	–	**prélèvements obligatoires** (impôts et cotisations sociales versés à l'État)	+	**revenus sociaux** (aides sociales reçues de l'État)

• **Les entreprises** (dont les entrepreneurs individuels) **produisent des biens et des services marchands** (leur prix de vente couvre les coûts de production).

• **L'État produit des services non marchands** (destinés à la collectivité sans but lucratif) **et redistribue les richesses nationales** pour lutter contre les inégalités.

B Deux types d'agents économiques

• **Les agents à besoin de financement** (ex. : l'État, certaines entreprises ou certains ménages) **dégagent une épargne insuffisante pour financer leurs investissements.** Pour les entreprises, l'épargne correspond à l'excédent brut d'exploitation (EBE) et, pour l'État, à ses recettes fiscales (impôts et taxes) et non fiscales (amendes, intérêts des prêts accordés, dividendes perçus en tant qu'actionnaire de diverses entreprises).

> **Mot-clé**
> **L'excédent brut d'exploitation** (ou profits bruts) **est la partie de la richesse créée par l'entreprise** (la valeur ajoutée) **qui lui revient après avoir rémunéré ses salariés.**

• **Les agents à capacité de financement** (les banques, certains ménages ou certaines entreprises) **ont une épargne disponible** qui va pouvoir être utilisée par les agents à besoin de financement.

• **L'ajustement** entre les besoins de financement des uns et les capacités de financement des autres **peut se faire par l'intermédiation financière des banques ou par les marchés de capitaux.**

> **Rappel**
> **Besoin de financement :** épargne < investissements
> **Capacité de financement :** épargne > investissements

C Le déséquilibre des finances publiques

• **Déficit budgétaire récurrent de l'État.** Depuis 30 ans, **les dépenses de l'État sont supérieures à ses recettes** (solde budgétaire déficitaire). En période de crise économique, les dépenses de l'État augmentent pour que les revenus sociaux et les investissements publics « amortissent » la crise en maintenant un certain niveau d'activité économique (relance de la demande globale). La crise fait aussi diminuer les recettes de l'État car il y a moins de consommation, moins de créations d'emplois… donc moins d'argent à prélever.

• **Un déficit public et une dette publique qui se creusent.** Le déficit public correspond au **déficit de toutes les administrations publiques** (État, collectivités locales, administrations de Sécurité sociale). L'accumulation de ces déficits au cours des années constitue la dette publique.

> **Zoom**
> **Déficit public en 2021 :** 7 % du PIB.
> **Dette publique en 2021 :** 2 151 milliards d'euros, soit 116 % du PIB.

• **L'effet « boule de neige » de la dette…** Pour financer la dette, **l'État emprunte sur les marchés financiers et s'endette** donc **davantage**. Ainsi, **la charge de la dette (les remboursements ajoutés des intérêts) augmente**, ce qui conduit l'État à s'endetter davantage : c'est l'effet « boule de neige » qui aggrave le phénomène.

• **… mais aussi un effet d'éviction qui pénalise l'activité économique.**
– **D'énormes capitaux sont nécessaires pour financer le déficit budgétaire** (et la dette), **au détriment du secteur privé** pour financer les emprunts des entreprises et des ménages.
– **Les dépenses de l'État** stimulent l'investissement des entreprises et la consommation des ménages, mais **risquent d'entraîner une hausse des prix (inflation)** si les entreprises n'augmentent pas suffisamment leur production pour répondre à la demande.
– **Un déficit budgétaire de l'État peut pousser les ménages à épargner plutôt qu'à consommer** car ils anticipent une hausse d'impôts future pour le résorber.

2 Les circuits de financement

A L'intermédiation financière

• **Le principe de la finance indirecte.** Se financer, c'est **trouver des capitaux, pour investir** par exemple. Des **intermédiaires financiers (les banques principalement)** collectent l'épargne de certains agents économiques pour la prêter à d'autres agents.

> **Exemple**
> L'épargne placée par un ménage (50) est utilisée par la banque pour accorder un crédit à long terme à une entreprise (50) : elle n'est donc plus disponible. Si le ménage veut retirer 20 de son épargne durant le mois suivant, la banque devra créer 20 de monnaie pour satisfaire la demande de retrait.

• **Les sources de financement de l'entreprise.** Lorsqu'elle a besoin de capitaux, une entreprise peut faire appel à l'**auto-financement (financement interne)**, à un **financement externe qui passe par l'emprunt bancaire**, ou aux **marchés financiers (émissions d'actions et d'obligations)**.

B Le marché des capitaux

• **Le principe de la finance directe.** **Les agents économiques se rencontrent** directement **sur les marchés de capitaux**, où **ceux qui ont une épargne disponible vont acheter des titres financiers** (ex. : obligations et actions) émis par ceux qui ont un besoin de fonds.

> **Mots-clés**
> **Action : titre de propriété d'une partie du capital d'une entreprise qui donne droit, pour l'actionnaire, à une fraction du bénéfice**, appelé le dividende, et à certains droits (participation aux décisions de l'entreprise, contrôle…).
> **Obligation : titre d'emprunt émis par une entreprise ou par un État qui donne droit, pour son détenteur, à une rémunération (l'intérêt)** dont le taux est fixe ou variable mais qui ne dépend pas des résultats de l'entreprise.

• **Le marché monétaire.** Sur ce marché, **sont conclus des prêts à court terme** : il s'agit d'**opérations interbancaires** (une banque prête à une autre banque) et d'**opérations effectuées par des entreprises**.

• **Le marché financier.** Sur ce marché, les titres nouveaux sont émis à long terme sur le marché primaire, puis font l'objet d'échanges sur le marché secondaire (leur valeur est alors fonction des ordres de vente et des ordres d'achat).

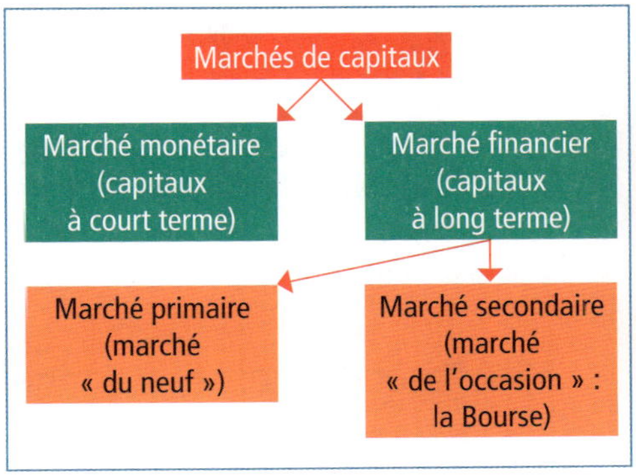

Mot-clé

Les marchés de capitaux sont des **lieux fictifs** : **les opérations sont traitées à distance** grâce aux moyens de communication modernes. **Les banques y jouent un rôle essentiel**, pour leur propre compte ou pour le compte de leurs clients.

3 Les taux d'intérêt

A Taux d'intérêt débiteur et créditeur

• **Le prix de la monnaie. Le taux d'intérêt est le prix** (le loyer) **de la monnaie empruntée ou placée.** Dans le **cas d'un emprunt**, le **taux d'intérêt** est **débiteur** : il représente le coût de l'emprunt. Dans le **cas d'un placement**, le **taux d'intérêt** est **créditeur** : il correspond au revenu de l'épargne.

• **Exemple.** Soit deux placements de 10 000 € chacun à un taux d'intérêt de 10 % :
– 1er cas : si la durée du placement est de 1 an, son rendement est de 1 000 € (car 10 000 × 10 % = 10 000 × 0,1 = 1 000) ;
– 2e cas : si la durée du placement est de 6 mois renouvelables, son rendement est de 500 € les 6 premiers mois (car 1 000 / 2 = 500), et de 525 les 6 derniers mois (car [10 500 × 10 %] / 2 = 525). Le rendement sur l'année est donc de 1 025 € (500 = 525).

▲ Taux d'intérêt des emprunts des États entre 2008 et 2021.

• **Le risque de crédit bancaire.** Lorsqu'un ménage épargne auprès d'une banque, il y a une forte probabilité qu'il puisse récupérer cette épargne (augmentée des intérêts). En revanche, lorsque cette banque accorde un **crédit**, elle prend le **risque du non-remboursement des fonds prêtés**. Il est donc normal que le **taux d'intérêt de l'épargne** soit **inférieur à celui des crédits accordés** : il rémunère le risque encouru.

• **Le risque de crédit sur les marchés de capitaux.** Sur les marchés de capitaux, les **taux d'intérêt sur le marché monétaire** sont **généralement inférieurs à ceux du marché financier**, car le risque de non-remboursement augmente avec la durée des emprunts.

> **Rappel**
> Les États, eux aussi, ont besoin d'emprunter sur les marchés de capitaux pour **financer leur dette publique**. Ceux dont on sait qu'ils ont la capacité de remboursement (les grands États) emprunteront à des taux d'intérêt plus faibles que les autres (un pays comme la Grèce, depuis la crise de 2008, emprunte à des taux d'intérêt plus élevés).

B Taux d'intérêt : nominal ou réel

• **Le taux d'intérêt nominal.** Le taux d'intérêt nominal est un **taux « apparent »** : **c'est celui que le banquier, par exemple, propose à son client lors de la signature** (et tout au long) **de son prêt** (ou de son placement).

• **Le taux d'intérêt réel.** Le taux d'intérêt réel donne une idée plus juste du montant de l'intérêt car **il prend en compte l'inflation**, c'est-à-dire **la hausse du niveau général des prix observée sur la période du prêt** (ou du placement).

Taux d'intérêt réel =
taux d'intérêt nominal – taux d'inflation

• **L'inflation avantage l'emprunteur.** Par exemple, dans le cas d'un emprunt de 1 000 € à 4 % par an (taux d'intérêt nominal), une inflation de 2 % sur l'année ramène le taux d'intérêt réel à 2 % (4 % – 2 %). L'inflation va créer un avantage pour l'emprunteur : son emprunt lui coûtera en réalité moins cher car l'inflation aura fait perdre de la valeur au montant emprunté.
En effet : au taux d'intérêt nominal de 4 %, il remboursera 40 € d'intérêt (1 000 × 0,04) qui s'ajoutent au montant emprunté, soit 1040 €. Mais l'effort de remboursement sera moindre car ces 1 040 € auront une valeur réelle de seulement 1 020 € (20 € + 1 000 €).

• **L'inflation désavantage l'épargnant.** Par exemple, dans le cas d'un placement de 1 000 € au taux d'intérêt nominal de 3 % par an, une inflation de 2 % sur l'année fera perdre du pouvoir d'achat à l'épargnant : son épargne n'augmentera que de 1 % (3 % – 2 %).
En effet : il obtiendra des intérêts d'épargne de 30 € (1 000 × 0,03) qui s'ajoutent au montant placé, soit 1 030 €. Mais ces 1030 € auront une valeur réelle de seulement 1 010 € (10 € + 1 000 €) à la fin du placement.

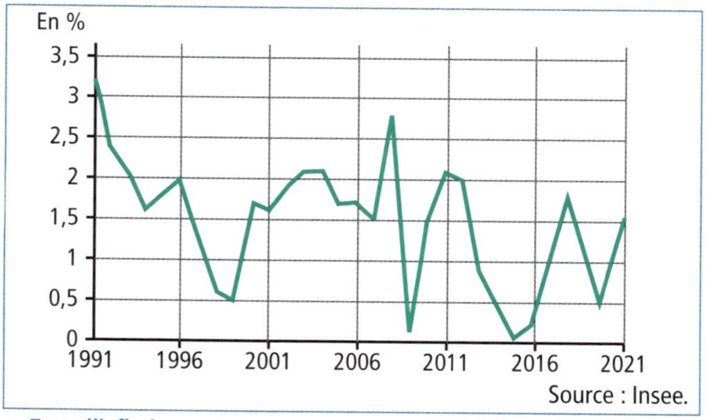

▲ Taux d'inflation en France.

6 Qu'est-ce que la monnaie ?

De plus en plus dématérialisée au fil des temps, la monnaie a toujours joué un rôle essentiel dans le fonctionnement de nos sociétés.

1 Les formes de la monnaie

A De l'économie de troc à la monnaie

• L'économie sans monnaie. **Le troc**, c'**est une économie** sans monnaie **fondée sur l'échange de biens contre d'autres biens.** Il faut alors qu'un individu demande un bien en offrant un autre bien et que la quantité du bien offert corresponde à celle du bien désiré (double coïncidence des besoins).

• Les coûts du troc :
– un **coût d'attente** découle de la double coïncidence des besoins ;
– un **coût de stockage** pour conserver des denrées périssables utilisées comme moyen d'échange (animaux, céréales…) ;
– un **coût de transport** des biens d'un lieu d'échange à un autre.

• Étant donné ces inconvénients, l'économie de troc va affecter l'efficacité du système économique : elle sera vite **supplantée par la monnaie**, même dans ses formes les plus primitives.

B L'histoire des formes de la monnaie

• La monnaie primitive ou « monnaie marchandise ». **Des outils, des denrées alimentaires, des bijoux**… ont servi d'**intermédiaires pour les échanges avec d'autres biens**. C'est la **première monnaie**, car un objet est choisi comme équivalent général, c'est-à-dire comme le bien accepté par tous qui définit un rapport d'échange simple avec tous les autres biens.

◄ Coquillage cauris utilisé comme monnaie en Afrique.

• Les monnaies métalliques. Depuis l'Antiquité, les hommes se sont servis de monnaies métalliques. Pendant très longtemps, **elles étaient définies par leur poids en métal précieux**. Aujourd'hui, il ne s'agit plus de pièces d'or ou d'argent : la valeur faciale d'une pièce de 1 € est supérieure à la valeur de la quantité de métal contenue dans la pièce (valeur intrinsèque).

◄ Solidus, monnaie romaine en or créée par l'empereur Constantin (IVe siècle av J.-C).

• La monnaie fiduciaire. La monnaie manuelle regroupe **la monnaie papier (billets de banque)** et la **monnaie divisionnaire (pièces permettant les petits paiements)**. Elle nécessite la **confiance de ses utilisateurs** (fiduciaire vient du latin *fiducia* : « la confiance »), car la valeur faciale des pièces et des billets est supérieure à la valeur du métal ou du papier.

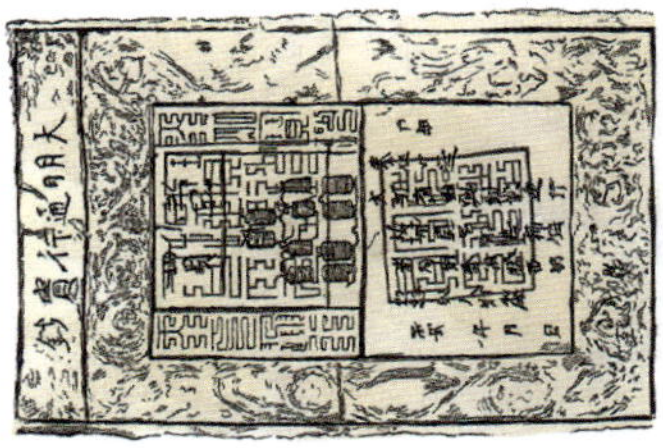

▲ Le plus vieux billet de banque est chinois (XIVe siècle).

• **La monnaie scripturale ou monnaie bancaire.** Dès le XVe siècle, les premières banques ont effectué des opérations par **jeux d'écritures** sur les comptes qu'elles tiennent. Ces **comptes courants**, actuellement gérés par informatique, définissent la **monnaie scripturale**, très largement dominante de nos jours. **Ces comptes sont la forme la plus dématérialisée de la monnaie** puisqu'ils dissocient la monnaie et ses différents supports.

Mot-clé

Les **supports monétaires** ne sont pas de la monnaie : ce sont les **chèques**, la **carte bancaire** (dont le titulaire voit son compte débité ou crédité de façon immédiate ou différée), ou le **virement bancaire** (ordre du payeur adressé directement à sa banque pour effectuer un transfert de fond sur le compte d'un bénéficiaire par débit et crédit).

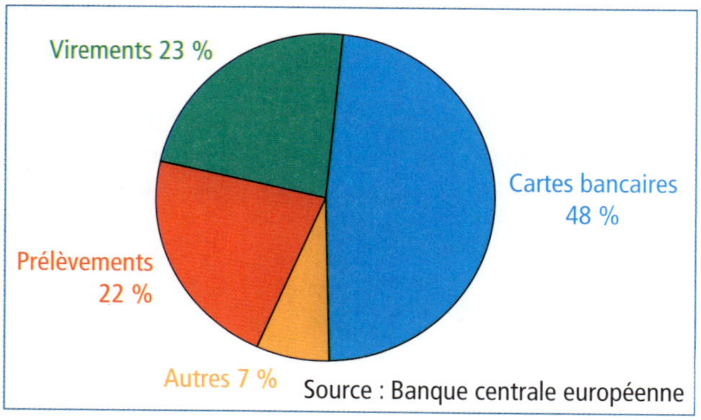

◄ **Mode de paiement dans la zone euro en 2019.**

2 Les fonctions de la monnaie

A Les fonctions économiques

• **La fonction d'unité de compte.** La monnaie sert d'**équivalent général pour mesurer et comparer des biens et des services très différents**, autrement dit pour établir leurs prix relatifs.

• **La fonction d'instrument d'échange.** La monnaie rend le **système beaucoup plus productif** en **facilitant les échanges**. Les individus échangent une marchandise contre de la monnaie qui leur permet d'acheter d'autres marchandises : **la monnaie est** donc **un intermédiaire des échanges**.

• **La fonction de réserve de valeur.** La monnaie rend l'**épargne possible** :
– pour **reporter des achats dans le temps** (motif de transaction) ;
– pour **faire face à certaines dépenses imprévues** liées aux risques du chômage ou de la maladie, par exemple (motif de précaution) ;
– pour **spéculer en achetant des titres financiers** (motif de spéculation).

Zoom

L'économiste anglais John Maynard Keynes (1883-1946) **a été le premier à comprendre que la monnaie peut être conservée pour elle-même (l'épargne)**, et qu'**elle peut donc agir sur le niveau de l'activité économique**.

B Les fonctions sociales

- **La monnaie crée du lien social. La monnaie possède un caractère collectif qui unit les membres de la communauté** par un lien social. Par exemple, **l'euro favorise la création d'une identité européenne.** Comme le langage, **la monnaie** soude les individus entre eux et **permet la communication.** À titre d'exemple, l'euro favorise la formation d'une identité européenne pour certains résidents de l'Union européenne.
- **Dans certaines sociétés archaïques** (telles que les tribus d'Amérique du Nord), **la monnaie a été essentielle à l'existence du groupe social.** Les **offrandes et les dons** (qualifiés de « monnaies fétiches ») **réglaient les grands moments de la vie du groupe** (mariages, deuils…), **participaient aux règlements des conflits** (paiement des réparations) et permettaient de communiquer avec les dieux ou les esprits.
- **Historiquement,** ces « monnaies fétiches » n'auraient servi que plus tard aux échanges économiques : il s'agit là d'une vision anthropologique contraire à celle des économistes sur la nature de la monnaie.

> **Mots-clés**
> **Groupe social :** ensemble d'individus qui partagent des normes et des valeurs et qui entretiennent entre eux des relations sociales importantes.
> **Anthropologie :** étude sociologique des peuples.

C Les fonctions politiques

- **Le pouvoir politique s'octroie le droit de manipuler la monnaie. Il sélectionne l'équivalent général, lui attribue officiellement un nom** (ex. : l'euro) **et proclame son cours légal** (moment à partir duquel les agents économiques sont légalement tenus d'accepter la monnaie en paiement).
- **Exemples**

– Le nom de l'euro a été choisi au sommet de Madrid en 1995, et son cours légal (6,55957 francs) a été mis en place en février 2002 lors de la disparition du franc.
– **Pour financer les guerres, les Romains fabriquaient davantage de pièces** avec la même quantité de métal précieux. **Ils inventèrent** alors **l'inflation : la hausse des prix.** Quant aux seigneurs, ils délimitaient leur territoire par une monnaie frappée à leur effigie.

- **Aujourd'hui, les monnaies constituent pour les grandes puissances une « arme de guerre » commerciale.** Ainsi, un pays comme la Chine cherche à affaiblir sa monnaie par rapport au dollar pour être plus compétitif : les produits chinois sont alors moins chers à l'exportation.

Le yuan, monnaie chinoise. ▶

7 La création monétaire

Il y a création monétaire dès lors que la masse monétaire augmente. Mais le pouvoir de création monétaire est limité car des règles très strictes l'encadrent.

1 La masse monétaire

A Création monétaire et croissance économique

- **Il y a création monétaire dès lors que la masse monétaire** (quantité de monnaie) **augmente.**
- **Créer de la monnaie est nécessaire.** Sans création monétaire, la production de richesses (valeur des échanges économiques mesurée par le PIB) risque d'être bloquée.
- **Vérification.** Pour un pays, la quantité de monnaie en circulation (M × V) correspond exactement au PIB. (P × T) : si le PIB augmente, alors M ou V augmente.

M	×	V	=	P	×	T
Masse monétaire		Vitesse de circulation de la monnaie		Prix		Volume des transaction ou des échanges

Mot-clé

Vitesse de circulation de la monnaie : nombre de fois que la monnaie passe de main en main entre les agents économiques au cours d'une période donnée.
Ex. : un billet de 20 € suffit à régler 40 € d'échanges si on l'utilise deux fois (sa vitesse de circulation est donc de 2). Ainsi, les 40 € dépensés (M × V) correspondent à une production vendue (P × T) de 40 €.

B Les moyens de paiement

- **La masse monétaire** est composée de moyens de paiement purs et de moyens de paiement potentiels.
- **Les moyens de paiement purs sont utilisés pour les transactions.** Ce sont **toutes les disponibilités monétaires : pièces, billets et comptes courants bancaires** (dépôts à vue).
- **Les moyens de paiement potentiels ne sont pas directement utilisables pour régler les échanges,** mais peuvent être transformables en moyens de paiement purs pour cette fin : ce sont les **livrets d'épargne** (livrets A, livrets jeunes…) **et autres titres de placements**.
- **L'épargne longue et l'épargne risquée. L'épargne longue** (bloquée à long terme, comme les plans d'épargne logement) **et l'épargne risquée** (achat d'actions et d'obligations) **ne sont pas considérées comme des moyens de paiement** car elles sont **difficilement transformables en moyens de paiement purs**.

Zoom

Les placements à vue (livrets d'épargne) doivent faire l'objet d'une opération bancaire pour que cette épargne soit transférée sur le compte courant et soit ainsi disponible pour des paiements divers.

2 Création monétaire par le crédit bancaire

A Les créances sur l'économie

• **Les banques commerciales** (ou « de second rang ») **créent l'essentiel de la monnaie scripturale.** Les créances sur l'économie représentent l'ensemble des crédits que les banques accordent aux entreprises et aux ménages. Par ce biais, elles mettent en effet en circulation de nouveaux moyens de paiement.

> **Zoom**
> Ce sont principalement les banques commerciales (Crédit Agricole, Société Générale…) qui créent de la monnaie scripturale.

• **Le multiplicateur de crédit.** Le pouvoir de création monétaire scripturale par les banques commerciales est d'autant plus grand qu'il déclenche une réaction en chaîne car **la monnaie créée va entraîner de nouvelles vagues de création de monnaie**. Ce **processus** est celui **du multiplicateur de crédit** pour lequel « les crédits font les dépôts ».
Ex. : avec 20 000 € de dépôts, une banque accorde 19 000 € de crédit, car 1 000 € (5 % des dépôts) sont conservés pour les demandes de retraits de billets de la clientèle. Ces crédits, générant des dépenses pour les bénéficiaires, alimentent les comptes bancaires (dépôts) d'autres agents économiques : les 19 000 € de dépôt font l'objet à leur tour de nouveaux crédits, et ainsi de suite… Jusqu'à parvenir à 400 000 € de monnaie créée !

> 20 fois plus de monnaie est créée, soit 400 000 € selon la formule mathématique suivante :
> 20 000 € × (1 / 0,05) = 400 000 €

> **Zoom**
> **Les autres sources de création monétaire :**
> – un excédent commercial (exportations supérieures aux importations) fait augmenter la masse monétaire du pays, car les devises détenues par le système bancaire sont d'un montant supérieur à la monnaie nationale en circulation à l'étranger ;
> – un prêt d'argent au Trésor public (« banquier de l'État ») par les banques commerciales crée de la monnaie scripturale.

B Bilan simplifié d'une entreprise et celui d'une banque

Le 3 février 2019, la « banque Dufric » accorde un crédit de 100 000 € à la Société Dupont afin de financer l'achat d'une nouvelle machine. Les bilans simplifiés suivants font apparaître une création monétaire *ex nihilo*, c'est-à-dire « à partir de rien » : la monnaie scripturale a été créée par la banque sans aucun transfert de billets de banque !

Bilan banque Dufric

Actif (ce qu'elle possède)	Passif (ce qu'elle doit)
Créance sur Dupont : 100 000 Total : 100 000	Dépôt compte courant Dupont : 100 000 Total : 100 000

Bilan Société Dupont

Actif (ce qu'elle possède)	Passif (ce qu'elle doit)
Compte courant : 100 000 Total : 100 000	Emprunt : 100 000 Total : 100 000

• **Il y a destruction monétaire lorsqu'un emprunt est remboursé** car la masse monétaire diminue du montant du remboursement.

> **Rappel**
> Un bilan doit être toujours équilibré, ce qui suppose que le total de l'actif est nécessairement égal au total du passif.

3 Le rôle de la Banque centrale

A L'émission de monnaie centrale

• **La « banque des banques ».** Les banques commerciales ont l'obligation d'avoir un **compte alimenté** en monnaie centrale au sein de la **Banque centrale** de leur pays (en France, à la Banque de France), ce qui fait d'elle la « banque des banques ».

Rappel
Quand un client d'une première banque fait un chèque d'une certaine somme au client d'une seconde banque, la première doit régler cette somme à la seconde.

• **La Banque centrale européenne (BCE).** Elle met en circulation les pièces et les billets en euros, et émet de la monnaie centrale (**billets** et **comptes courants des banques** commerciales à la BCE). À partir de leurs comptes courants, les banques commerciales effectuent leurs achats de **pièces** et de **billets demandés par leur clientèle** ainsi que leurs **paiements interbancaires**.

Zoom
Dans la zone euro coexistent la **Banque centrale européenne** (BCE), basée à Francfort, et les **Banques centrales nationales** qui appliquent les décisions de la BCE.

B Le refinancement des banques commerciales

• **Le principe du refinancement.** Sur le **marché monétaire** (voir leçon 5), les banques commerciales vont **se procurer de la monnaie centrale** (billets) pour répondre aux besoins de leur clientèle.

• **Le refinancement par le réescompte.** Les banques **revendent** les **créances** qu'elles détiennent (sur le Trésor public, les ménages ou les entreprises) : c'est le réescompte. Elles les revendent à d'autres banques commerciales ou à la Banque centrale (celle-ci crée, en échange, de la monnaie centrale en créditant les comptes qu'elles ont chez elle).

• **Le refinancement auprès de la Banque centrale.** Les banques **empruntent directement** la monnaie centrale à leur Banque centrale, moyennant paiement d'un **intérêt**.

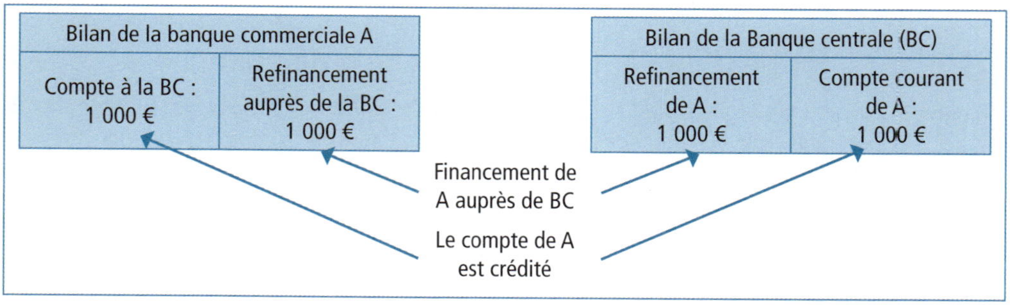

C Le contrôle de l'offre de monnaie

• **La BCE manipule ses taux d'intérêt directeurs.** Ce sont les taux auxquels elle prête de l'argent aux banques commerciales. En les augmentant, la BCE oblige les banques à augmenter les taux d'intérêt des crédits que ces dernières accordent à leurs clients (l'inverse se produit en cas de baisse des taux d'intérêt directeurs).

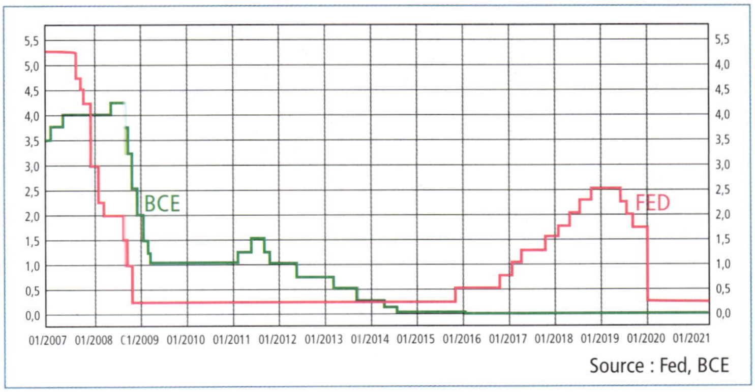

Taux d'intérêt directeurs de la BCE et de la Banque centrale américaine. ▶

• **La BCE intervient directement sur le marché monétaire.** Lorsque la BCE achète beaucoup de créances aux banques commerciales, celles-ci obtiennent de la monnaie centrale pour accorder des crédits (alors, la masse monétaire augmente). Au contraire, en vendant beaucoup de créances, la BCE « aspire » beaucoup de liquidités sur le marché : la masse monétaire diminue, et le taux d'intérêt augmente.

Mot-clé
L'intervention de la BCE sur le marché monétaire s'appelle la **« politique d'*open market* »**.

D L'intervention sur l'économie

• **Préserver le pouvoir d'achat de la monnaie.** La BCE doit veiller à la stabilité des prix et à la **lutte contre l'inflation**. Pour cela, elle doit réguler la quantité de monnaie en circulation dans l'économie.

• **Les effets d'une mauvaise régulation.** Trop de monnaie met à la disposition des agents économiques un pouvoir d'achat supérieur à la quantité de biens et services disponibles (d'où le risque d'inflation, donc de dépréciation de la monnaie). À l'inverse, pas assez de monnaie risque de limiter la consommation et l'investissement.

• **Rôle de « prêteur en dernier ressort ».** Lorsque les banques refusent, par manque de confiance, de se prêter mutuellement de l'argent, la Banque centrale joue son rôle de « **prêteur en dernier ressort** » : elle injecte en masse des liquidités (**prêts à l'ensemble des banques** dans des délais très brefs) afin d'éviter la faillite bancaire, avec ses dégâts sur l'ensemble de l'économie.

◀ La Banque centrale européenne.

8 Comment la socialisation agit-elle sur les jeunes ?

L'enfant acquiert un patrimoine culturel qui va définir son identité sociale : il accumule des expériences au travers desquelles il apprend comment se comporter.

1 Un apprentissage social

A Société et culture

• **Le modèle culturel.** Il y a culture là où il y a société, autrement dit rien n'est vraiment naturel chez l'homme. Toutes ses fonctions sont informées par la culture. L'homme vivant en société suit le modèle ou le **code culturel** qui lui a été transmis.

• **Les normes.** Les normes renvoient aux **règles de comportement** : se marier, aller à l'école... La norme indique à l'individu (et d'abord à l'enfant) la **conduite appropriée** pour une situation donnée : dire bonjour, dire « merci », par exemple, quand on reçoit un cadeau.

• **Les valeurs.** Les normes n'ont pas de signification propre (« Pourquoi ne pas voler ? ») ; il leur faut quelque chose de supérieur pour les légitimer : ce sont les **valeurs**, à savoir les **principes moraux et éthiques** qui orientent l'action sociale par l'intermédiaire des normes (on ne vole pas par respect de la propriété).

Mots-clés

• **Normes sociales** : **normes implicites** dans le sens où aucun règlement ni aucune loi ne contrôle ou ne punit leur transgression (ne pas dire « bonjour » ne fera pas l'objet d'une amende).
• **Normes juridiques** : **normes explicites** car elles sont exprimées à l'aide de codes et de règlements écrits.

B Le processus de socialisation

• **La socialisation primaire.** **L'apprentissage du code social** est très intense **de la naissance jusqu'à l'adolescence**. C'est la période où tout est à apprendre en matière de **code de conduite**, et pour laquelle l'enfant bénéficie d'une grande capacité d'apprentissage. Ainsi, l'éducation « superpose à l'être individuel et asocial que nous sommes en naissant, un être entièrement nouveau » (Émile Durkheim [1858-1917], sociologue français).

• **La socialisation secondaire.** La socialisation se poursuit **à l'âge adulte** et jusqu'à la mort, notamment dans la **vie en couple** et dans la **vie professionnelle**.

• **Entre le psychisme et le social.** La personnalité de chacun s'accommode d'une **obligation morale**, d'une **règle de conscience**. L'individu agit en fonction de sa personnalité et des valeurs collectives de son milieu inscrites dans sa conscience. En cela, la socialisation est un **facteur d'intégration** de l'individu à la société.

C Les agents de socialisation

• **Les agents primaires.** Parmi les agents de socialisation, les **agents primaires** sont ceux dont la fonction est **manifeste**. La **famille**, l'**école** (la classe) et les **institutions religieuses** ont pour but explicite de former et d'éduquer.

• **Les agents secondaires.** Ils ont une **fonction de socialisation** plus **latente** : **les médias** (télévision, radio, Internet, presse écrite, cinéma), l'école (la cour de récréation) et les **groupes de pairs** (les bandes d'amis, le voisinage, etc.), l'**entreprise** exercent de manière secondaire cette fonction de transmission des normes et des valeurs.

• Exemples :

	Fonction principale	Fonction secondaire de socialisation
La cour de récréation	Jouer, échanger	L'amitié, la tolérance...
Les médias	Informer	La violence, la démocratie...
Les groupes de pairs	Se distraire, communiquer	La solidarité, la politesse...
L'entreprise	Produire	La ponctualité, le respect de la hiérarchie...

D Des agents plus ou moins influents

• **Des agents sociaux significatifs.** Pour être efficace sur l'individu, la **socialisation** doit être transmise par des **agents sociaux** qui ont une **influence** forte sur lui : c'est le cas de la famille et de l'école pour l'enfant, mais **à l'adolescence**, l'éducation devient davantage **négociation** (heures de sorties, tenues vestimentaires, relations sexuelles, etc.).

> **Zoom**
> Le jeune forge sa personnalité en s'identifiant ou en rejetant le modèle parental.

• **La famille concurrencée.** Initialement et jusqu'au XIXe siècle, la **famille** était le **lieu unique de socialisation** et apparaissait comme un marqueur durable du statut social (position occupée dans la société : frère aîné, lycéen, membre d'un club de sport…). L'**école** est venue ensuite offrir à l'enfant un **autre lieu de socialisation** où les valeurs enseignées peuvent s'éloigner de celles des parents. Puis, l'apparition des **moyens de communication de masse** a encore augmenté la complexité de la socialisation : en effet, par une **information omniprésente et hétéroclite**, les enfants arrivent à une **connaissance des réalités** à laquelle ils ne parvenaient autrefois qu'après un long apprentissage.

• **À l'opposé, d'autres agents de socialisation voient leur influence diminuer :** ce sont les **syndicats** et les **partis politiques** (par défiance, désintérêt), mais aussi certaines **institutions religieuses** (décalage de leurs discours par rapport à la société actuelle).

• **Mais un cadre cohérent.** Qu'ils soient primaires ou secondaires, les agents de socialisation partagent souvent les **mêmes modèles** : le **travail**, le **respect de l'autorité**, la **politesse**, sont des **valeurs transmises** aussi bien par la famille que par l'école ou l'entreprise. Cette complémentarité donne un cadre cohérent dans lequel l'individu peut s'intégrer.

2 Les modes de socialisation

A Transmission et acquisition

• **Socialisation par répétition.** La socialisation par répétition est l'**apprentissage de réflexes conditionnés**, d'**habitudes acquises** dans un temps plus ou moins long : l'horaire des repas, se laver le matin, etc., sont des apprentissages élémentaires transmis essentiellement par les parents.

• **Par imitation ou interaction.** L'apprentissage résulte ici du **contact avec autrui** : la manière de s'habiller, les rites religieux, etc., sont transmis par la famille ou les camarades d'école par exemple.

• **Par tâtonnement.** L'apprentissage résulte des différentes expériences au travers desquelles l'individu rencontre des **succès** (réussites, récompenses) ou subit des **sanctions** (échecs, punitions, réprimandes). Par exemple, en étant ponctuel à son travail, le salarié sera gratifié, ce qui l'encouragera à recommencer.

• **Un processus interactif.** Tous ces mécanismes par lesquels l'individu se socialise laissent une part d'autonomie à l'individu qui agit dans son processus d'apprentissage.

Zoom
Des sanctions peuvent être négatives (« punitions ») mais aussi positives (« récompenses »).

B Les conflits de socialisation

• **Selon le sexe.** La **socialisation différentielle** selon le sexe fait apparaître des **comportements différents** entre les garçons et les filles, par exemple dans les jeux ou la répartition des tâches domestiques. La cause est à rechercher du côté de certains **agents de socialisation** qui apparaissent comme **traditionnellement sexistes** (tels les partis politiques, l'entreprise ou la famille).

• **Selon le milieu d'appartenance.** La **socialisation différentielle selon les milieux sociaux d'origine** est conforme au milieu d'appartenance dans lequel elle s'exerce : chaque milieu social (ouvrier, bourgeois…) reste attaché à la **transmission des éléments socioculturels** de son milieu. Le sociologue Pierre Bourdieu parle d'***habitus*** pour désigner les **prédispositions** que l'individu a **acquises** au cours de sa socialisation : ce sont ses goûts, ses façons d'agir et de penser. Ces prédispositions sont communes à un groupe social.

Zoom
Le sociologue français P. Bourdieu (1930-2002) a opposé le « franc-manger » populaire (abondance des plats, liberté) aux manières élaborées des milieux bourgeois (rituels et retenues). Ces goûts et ces aptitudes sont acquis pendant l'éducation, et sont donc liés à son groupe social d'appartenance.

• **Selon le milieu de référence.** Ce n'est pas tant le milieu d'appartenance qui est central que, de plus en plus, le milieu de référence : à l'image de la famille, les **agents de socialisation** vont exercer leur fonction suivant les **normes** et les **valeurs** d'**autres milieux sociaux** auxquels ils veulent **s'identifier** (pratique du golf, de l'équitation ou vacances de sports d'hiver partagées également par des milieux sociaux modestes).

• **Selon les agents de socialisation.** La **famille**, on l'a vu, a perdu le monopole de la socialisation. D'autres agents sont venus la concurrencer, mais elle agit comme un « filtre » et demeure encore l'**instance fondamentale** pour les jeunes : transmission du code linguistique, contrôle de l'usage des médias, etc.

Conflits possibles entre les différents agents de socialisation

Agents de socialisation	École (la classe)	Famille	Médias	Groupes de pairs
École (la classe)		Culture savante à l'école, langage familier à la maison	Savoirs abstraits à l'école, savoirs concrets dans les médias	Discipline à l'école, liberté avec les amis
Famille			Tolérance à la maison, violence dans les médias	Conformisme à la maison, volonté de changement avec les amis
Médias				Diversité culturelle dans les médias, attachement à une identité communautaire avec les amis

9 Comment la socialisation agit-elle à l'âge adulte ?

La socialisation de l'adulte est largement liée aux conditions et aux effets de sa socialisation primaire.

1 Une socialisation tout au long de la vie

A Les étapes de la socialisation

• **De la naissance...** **(voir leçon 8 p. 154).** La socialisation est un processus d'**intériorisation du code social** (normes et valeurs) du milieu dans lequel on vit. Elle est dite **primaire** lorsqu'elle s'applique de la petite enfance jusqu'à l'adolescence.

• **... jusqu'à la mort.** À partir de l'adolescence s'applique une **socialisation secondaire** qui se poursuit dans la vie adulte : l'individu va évoluer dans différents « sous-mondes » (ceux de l'**entreprise**, des transports collectifs, de la **vie en couple**, etc.), dont il apprend les **codes** pour s'y socialiser et se faire **une place dans la société**.

Zoom

La socialisation entre **pairs** (avec les amis, les collègues, etc.) réduit l'influence de la famille.

B La restructuration de l'identité sociale

• **La resocialisation.** La **vie** amène les adultes à une **continuelle adaptation** à de nouvelles situations : le contact avec d'autres agents de socialisation peut alors venir **contrarier la socialisation antérieure**.

– **L'exemple de la vie en couple.** Un **ajustement des personnalités** respectives s'opère, auquel s'ajoute une **prise en compte des attitudes de l'autre**. Le succès de cette (re)socialisation par **interaction** est à la base de la pérennité du couple.

– **L'exemple de la socialisation politique.** L'individu construit ses **opinions** et son **comportement politiques en relation avec les personnes qu'il fréquente** et **en fonction des événements** : après « mai 1968 », de nombreux jeunes ont développé des attitudes politiques différentes de leurs parents.

Exemple

Pour son premier emploi, il faut parfois se resocialiser pour respecter les horaires de bureau.

Mot-clé

Les attitudes politiques (croyances et valeurs politiques) sont génératrices **d'opinions** (idées relatives à la politique) et de **comportements politiques** (voter, écrire à son député, manifester...).

• **Mais l'identité sociale est liée à la force de la socialisation primaire.** La socialisation à l'âge adulte se construit sur les **bases de la socialisation primaire**. C'est pourquoi il est parfois difficile de renoncer aux normes et aux valeurs qui ont été « incrustées » plus jeune : par exemple, pour certains gagnants du loto, tout change économiquement, mais pas toujours culturellement, car ils peuvent conserver certaines pratiques ou consommations propres à leur milieu social d'origine.

2 Les enjeux de la socialisation primaire

A L'intégration sociale

• **L'intériorisation de valeurs collectives.** La **famille** initie aux **apprentissages sociaux élémentaires** (s'habiller, être propre...). L'**école** apprend des **règles de comportement** (discipline, respect...) ainsi que des **valeurs sociales** (le travail).

• **La socialisation anticipatrice.** Par anticipation, certains individus adoptent les normes et les valeurs du groupe social auquel ils vont appartenir (grâce à l'école).

Exemple
L'étudiant en droit s'identifie parfois à son futur statut professionnel en portant un costume.

B La question de la mobilité sociale

• **L'école : facteur d'ascension sociale.** L'école constitue le moyen d'assurer la **promotion sociale et professionnelle** des jeunes en les **préparant** aux **emplois futurs**. Elle leur donne ainsi la possibilité de sortir de leur milieu social d'origine (ex. : un enfant d'ouvrier devient cadre grâce à ses diplômes).

• **Le poids de l'environnement familial.** L'empreinte de la **socialisation de la famille** (langage, traditions, goûts culturels...) est telle qu'elle peut **enfermer** les individus dans leur milieu social d'origine (seulement 10 % des enfants d'ouvriers deviennent cadres). Selon le sociologue Pierre Bourdieu, les élèves venant de milieux sociaux défavorisés (ex. : le milieu ouvrier) ont plus de difficultés scolaires : ils héritent d'un faible contexte de savoirs fourni par leur milieu d'origine, mais aussi de faibles revenus rendant l'accès à la culture et à des études longues plus difficiles.

• **Des stratégies scolaires différentes.** Pour le sociologue Raymond Boudon (1934-2013), les inégalités scolaires sont liées à une **stratégie d'études courtes** pour les **enfants de milieux défavorisés** (études peu onéreuses permettant d'atteindre ou de dépasser le niveau social des parents) et à une **stratégie d'études longues** pour les **enfants de cadres** (les parents de milieux favorisés acceptent de payer cher les études de leurs enfants pour qu'ils atteignent leur niveau social).

Zoom
Des réussites scolaires paradoxales qui ne le sont pas ! Des enfants d'origine sociale défavorisée réussissent à l'école : l'explication vient souvent des incitations parentales favorables à la réussite scolaire (suivi de la scolarité, tenue langagière, lectures diverses, rythmes parentaux réguliers, etc.).

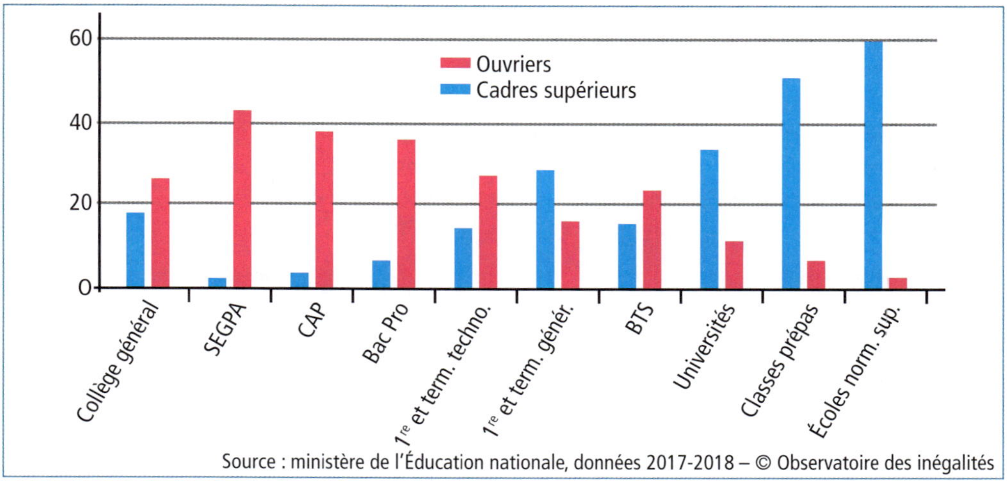

▲ Part des enfants de cadres et d'ouvrier selon les filières.

C La transmission de la culture politique

• **Le rôle de la famille dans la socialisation politique.** Les enfants reproduisent majoritairement les **attitudes politiques** de leurs **parents** sur l'axe droite/gauche lorsque :
– l'intérêt des parents pour la politique est fort ;
– les parents affichent leurs opinions politiques ;
– les choix politiques des parents sont identiques ;
– les enfants connaissent les choix politiques de leurs parents.

> **Zoom**
> Les deux tiers des Français sont du même bord politique que leurs parents, et les trois quarts des conjoints ont les mêmes affinités politiques.

• **Mais une reproduction partielle et différenciée.** La famille a moins d'influence sur certains comportements politiques de leurs enfants (ex. : l'adhésion à un parti). De plus, les enfants des classes supérieures et des ouvriers qualifiés ont un intérêt pour la politique plus grand que les enfants des classes moyennes et populaires. Quant à l'intérêt des filles, il est plus faible que celui des garçons (quel que soit le milieu social).

• **La socialisation politique secondaire.** Elle peut **transformer** le **comportement** et les **opinions politiques** des individus **acquis pendant l'enfance**, en fonction des expériences politiques qu'ils rencontrent et du contexte général de la vie politique. Par exemple, la participation à des mouvements lycéens étudiants a des répercussions plus tard sur l'activité politique des individus.

> **Zoom**
> La proximité entre les opinions des parents et de leurs enfants est plus forte à la fin de l'adolescence que plus tard.

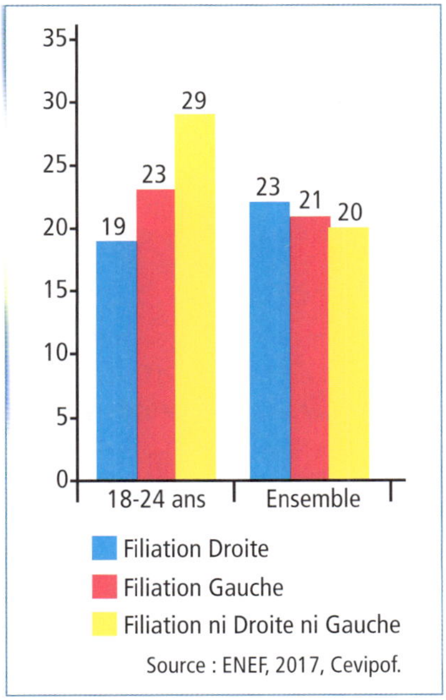

▲ Filiation politique entre enfants et parents (en %)

▲ Des étudiants de l'université Pierre et Marie Curie, Paris.

10 Comment se construisent les liens sociaux ?

Les interactions sociales entre les individus existent à des degrés divers. Mais, si un individu peut appartenir à plusieurs groupes, ceux-ci ne constituent pas tous des groupes sociaux.

1 Liens au sein des groupes primaires et des groupes secondaires

A Les groupes primaires (ou restreints)

• **Définition.** Un **groupe primaire** réunit une dizaine d'individus (en général) qui jouent un **rôle important** dans le **développement de l'identité personnelle**.

• **Leurs caractéristiques :**
– chaque membre a une **relation individualisée** avec l'autre ;
– les membres du groupe poursuivent en commun les **mêmes objectifs** ;
– des **relations affectives** existent entre les membres ;
– une forte **interdépendance** des membres, avec un sentiment de solidarité ;
– une **différenciation des rôles** entre les membres ;
– des **normes** et des **croyances propres** au groupe.

• **Exemples.** La **famille**, des **groupes d'amis** ou des **groupes de voisinage** sont des groupes restreints. La relation de face-à-face est essentielle pour y assurer des interactions et des ajustements. Les **relations** entre les membres sont **coopératives**, mais aussi parfois **conflictuelles**.

B Les groupes secondaires

• **Pas d'interactions individuelles…** Un **groupe secondaire** est une organisation où les individus **exercent une influence** les uns sur les autres, mais à un **niveau moins personnel** que dans un groupe primaire du fait de leur **nombre** et leur **dispersion géographique**. De plus, les **rapports** entre les membres sont **provisoires** plutôt que durables.

• **… mais des caractéristiques communes.** Les membres d'un groupe secondaire ont quelque chose **en commun** : un critère **économique** (le revenu des cadres supérieurs / celui des ouvriers), **politique** (un syndicat / un parti politique), **sociodémographique** (les lycéens / les retraités), etc.

• **Les groupes secondaires dans les sociétés modernes.** La notion de groupe secondaire est liée au **mode de vie moderne**. Chaque individu est plutôt **indépendant**, recherchant son intérêt. Dans ces groupes, les **relations** sont **impersonnelles**, **rationnelles** et formelles. Les communications écrites l'emportent sur les communications parlées.

Zoom

– L'**entreprise** est un **groupe secondaire** dans lequel les relations sont dictées par un **organigramme**. Le travail est à effectuer avec des objectifs, des statuts définis, pour atteindre un certain rendement.
– Mais des **groupes informels** (absence de hiérarchie, préférences personnelles) peuvent s'y former (cafétéria, salle de repos ou durant les pauses). Ils constituent des **groupes restreints**.

C Les deux grands types de liens

• **Les liens « forts ».** Dans un **réseau social**, les individus peuvent tisser des liens dits « forts » d'**entraide**, d'**échanges**, de **rencontres fréquentes** et d'**affectivité**. Ces liens se retrouvent surtout dans les **groupes restreints**.

• **Les liens « faibles ».** Dans les groupes secondaires, au contraire, les liens qui se tissent sont souvent dits « faibles » (**contacts brefs, occasionnels**) puisqu'ils se limitent à un **champ d'intérêt spécifique** (cas des relations de travail entre collègues dans une entreprise).

• **La force des liens faibles.** En matière de **recherche d'emploi**, les liens « faibles » permettent de faire des **ponts avec des personnes** des différents groupes extérieurs aux groupes primaires (ex. : contacts et rendez-vous d'embauche obtenus par ses relations de travail).

• **Le capital social**

– Il est défini comme l'**ensemble des ressources** qui sont potentiellement rendues accessibles par le **réseau de connaissances**. Il dépend alors du **nombre de liens** et du **statut social des contacts** dans les réseaux personnels.

– Pour le sociologue P. Bourdieu, le **capital social** est **détenu de façon inégale** : les **milieux favorisés** en sont plus richement dotés que les **milieux modestes ou défavorisés**. Selon lui, ce capital tient même le premier rôle dans l'explication de la reproduction sociale.

> **Zoom**
> Un cadre d'entreprise membre d'un club de golf, élu conseiller municipal et animant son profil sur Facebook aura un capital social très élevé !

2 Liens au sein des groupes d'appartenance et des groupes de référence

A Le milieu d'appartenance

• **« On ne choisit pas sa famille ».** Le **groupe** d'appartenance est celui **auquel on appartient d'emblée**, du fait de sa **famille**, de son **travail**, etc. On ne l'a pas nécessairement choisi, mais il développe un sentiment très vif d'appartenance.

• **Les éléments du statut social.** Le statut social, c'est-à-dire la position qu'un individu occupe dans la société, est étroitement lié à son **sexe**, son **âge**, sa **profession**, son **diplôme**, sa **catégorie sociale** (ouvriers, cadres, agriculteurs...), etc. Autant d'éléments qui s'imposent à l'individu et qui l'associent à **différents groupes d'appartenance**.

B L'influence du milieu de référence

• **Le groupe de référence : un « étalon ».** Nous sommes tous **influencés** par les groupes auxquels nous appartenons, mais aussi par les groupes de référence auxquels on s'identifie, que l'on y appartienne ou non. Les **normes** et les **valeurs** du **groupe « étalon »** sont ainsi empruntées.

• **Un groupe de plus en plus central.** Il est fréquent que les groupes auxquels on appartient soient aussi des groupes de référence. Mais, de plus en plus, ce n'est pas tant le milieu d'appartenance qui est central que le milieu de référence : les individus **intériorisent** les **normes** et les **valeurs d'autres milieux sociaux**, auxquels ils **veulent s'identifier**.

> **Zoom**
> La pratique du golf ou les vacances de sports d'hiver sont partagées par des milieux sociaux modestes.

3 Des groupes latents aux groupes sociaux

A Plusieurs types de groupes latents (ou quasi-groupes)

• **Les agrégats.** Un agrégat est un **ensemble d'individus rassemblés mais sans liens entre eux**. C'est le cas d'une file d'attente (personnes rassemblées sur un même lieu au même moment), ou d'une catégorie abstraite pour réaliser des études (individus ayant des caractéristiques communes mais n'interagissant pas).

• **Les catégories sociales.** Ce sont des **ensembles de personnes regroupées selon des critères qui les unissent socialement**. Les catégories sociales renvoient à des **conditions concrètes d'existence** selon le niveau de diplôme, les classes d'âge (les jeunes, les adolescents, les adultes, etc.), les catégories socioprofessionnelles, etc.

> **Zoom**
> Des personnes ayant un revenu mensuel compris entre 1 000 et 2 000 €, ou les fumeurs de 15-25 ans constituent des agrégats.

• **La foule.** La foule rassemble de manière éphémère un **grand nombre de personnes qui convergent vers un même lieu** (un spectacle de musique, une manifestation contre le racisme, etc.). Les personnes n'ont pas la volonté de s'organiser collectivement ou d'interagir au-delà du cercle étroit de ceux avec qui elles se trouvent.

• **Les communautés de pensée et d'action.** Elles regroupent un **grand nombre de personnes qui partagent certaines normes culturelles** et dont **les conduites et les pratiques s'uniformisent** (les écologistes, les révolutionnaires de gauche, les féministes, etc.). Mais ces personnes n'ont pas nécessairement de relations directes, en face-à-face, et peuvent appartenir à plusieurs communautés de pensée.

• **Les réseaux sociaux.** Chaque personne est reliée à plusieurs réseaux sociaux : un **réseau familial**, un **réseau d'amis**, un **réseau de voisinage**, un **réseau de collègues de travail**, etc.

B Les caractéristiques d'un groupe social

• **Un sentiment communautaire.** Un ensemble d'individus devient un groupe social lorsque **les personnes s'engagent collectivement** dans une **action** en vue d'**atteindre un objectif**. Pour cela, les individus doivent avoir conscience de leur **unité** et de leurs **intérêts**, et doivent être reconnus en tant que groupe par les autres.

◄ Grève à l'usine PSA Peugeot-Citroën à Poissy, 2012.

• **Exemples.** Une file d'attente à un arrêt de bus, des écologistes ou des salariés d'une entreprise produisent dans chaque cas des liens entre les personnes s'il se crée des contacts, des discussions, voire la formation d'une association (d'usagers, syndicale, politique...) qui lutte pour obtenir certaines revendications.

> **Zoom**
> Un groupe **latent** se transforme donc en groupe **social** s'il existe entre ses membres des **interactions**, mais aussi une **conscience** de la réalité sociale du groupe.

4 La sociabilité numérique

A Des liens plus nombreux et plus étendus

• **L'impact des nouvelles technologies.** Les liens qui se nouent traduisent une **évolution sociologique** induite par la **révolution technologique**.

• **Des liens exponentiels.** Depuis l'avènement du Web 2.0, les **réseaux sociaux** en ligne permettent d'**augmenter** de façon exponentielle le **nombre possible de relations avec d'autres personnes** au fur et à mesure que des membres s'ajoutent. Le graphe social permet de représenter ses amis, les amis de ses amis... jusqu'à ce qu'une partie de la planète soit reliée !

• **L'auto-organisation.** Les sites du Web 2.0 ont pour caractéristique l'auto-organisation : ce sont les **utilisateurs** eux-mêmes qui **partagent**, **échangent** des **informations**.

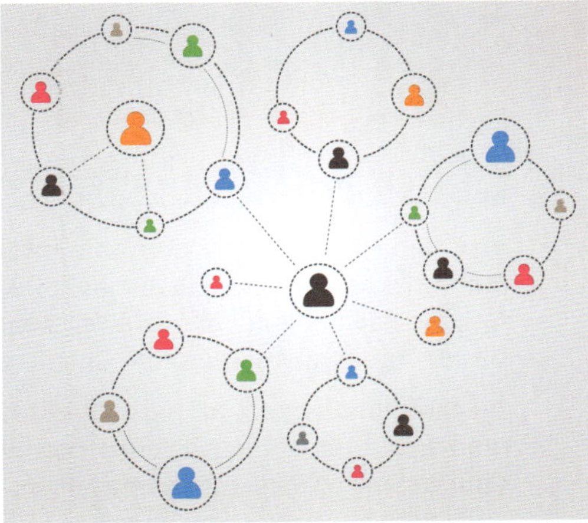

> **Zoom**
> Les avis clients publiés sur les sites web marchands et les plateformes dédiées (TripAdvisor, Amazon, BlablaCar, etc.) sont de plus en plus consultés : 70 % des français consultent des avis sur les professionnels et 80 % d'entre eux déclarent qu'ils les aident à faire leur choix.

B La sociabilité en ligne

• **Une nouvelle sociabilité.** Le **réseau social** construit sur « le Net » est un **calque des structures** qui organisent les relations dans la **vie réelle** en face-à-face. Cependant, il bouleverse la sociabilité (le tissu de relations sociales).

• **Des pratiques relationnelles innovantes.** Les **utilisateurs des plateformes** relationnelles **extériorisent** leur **« être »** et leur **« faire »** : sentiments, confidences, photographies, statut social et pratiques diverses. Mais ils peuvent aussi instaurer de la distance les uns par rapport aux autres, en se construisant des personnages, en s'inventant une identité.

• **Des liens moins forts et moins denses ?** L'homme communiquerait de plus en plus avec des **partenaires lointains**, mais de moins en moins avec ses **proches** : les **technologies numériques** peuvent alors provoquer un **détachement** par rapport aux formes habituelles de **communication**.

11 L'évolution des liens sociaux

Nos sociétés modernes connaissent une rupture du lien social et de la solidarité. Des mécanismes d'exclusion leur sont associés. Cependant, de nouveaux fondements parviennent aujourd'hui à garantir ce lien social que l'on croyait désagrégé.

1 Comment la société est-elle possible ?

A Lien social et progression de l'individualisme

• **Le lien social** est une **relation d'interdépendance** que tout être humain entretient avec les autres dès sa naissance. L'homme est **lié aux autres** et à la **société** pour assurer sa **protection** face aux **aléas de la vie** (maladie, chômage, divorce…), mais aussi pour satisfaire son **besoin de reconnaissance**, source de son identité.

• **L'individualisme (ou individualisation)** est le processus de long terme de **construction de l'individu** comme un **être autonome** (émancipé et qui se différencie des autres) qui participe à la **vie sociale** à travers le **travail**, les **loisirs**, la **famille**, les **amis**, le voisinage, etc.

Mot-clé
L'individualisation ne signifie pas l'essor de l'égoïsme, mais c'est un **processus** lié à l'expansion de l'**économie de marché** et de la **démocratie**.

B Les formes de solidarité selon Durkheim

• **Individualisme et société cohabitent.** **Le sociologue Émile Durkheim** pose la question suivante : **comment se fait-il que tout en devenant de plus en plus autonome, l'individu dépende plus étroitement de la société ?** Il est question ici de **la transformation de la solidarité sociale.**

• **Dans les sociétés archaïques.** Il y règne une **absence de différenciation sociale entre les individus** et une **faible division du travail**. La cohésion vient du fait que les **individus** sont **interchangeables** (solidarité mécanique ou solidarité par similitude). La **conscience collective** (croyances et sentiments partagés) est hégémonique et tout homme qui ne se confond pas avec le groupe est exclu.

Mot-clé
Cohésion sociale : ce qui cimente la société (liens sociaux forts et grande solidarité entre les individus).

• **Dans les sociétés modernes.** La **forte division du travail** fait apparaître des **rôles sociaux différenciés** entre les hommes (hiérarchie sociale). La solidarité organique (dite complémentaire) naît alors de l'**interdépendance des individus** dont les rôles sont fonctionnellement reliés les uns aux autres. Il apparaît alors une **conscience individuelle** à côté de la **conscience collective**.

2 La crise du lien social

A Le travail, facteur d'intégration ?

• **Le travail intègre…** Dans nos sociétés actuelles, le **travail** est le **vecteur essentiel de l'organisation sociale** et de la **construction de l'identité des individus**. De plus, le travail a été un **facteur d'émancipation chez les femmes**.

• **… contrairement à l'absence de travail.** En dehors du travail, certains **chômeurs perdent leur identité** : ils sont marqués par l'**humiliation** (le travail était perçu comme la norme), l'**ennui** (le temps au quotidien est désorganisé) et la **désocialisation** (les amitiés étaient centrées autour du travail).

• **Mais le travail perd sa fonction d'intégration.** Face au nombre important de chômeurs, le **lien social** doit être assuré par d'**autres moyens** (activités culturelles, familiales…) et le **travail partagé** (ex. : réduction du temps de travail en contrepartie de la création d'emplois). Ainsi, le travail n'est pas le seul « Grand Intégrateur ».

Zoom
Pour la sociologue **D. Méda,** « il n'y a pas que le travail dans la vie ». Plus radicalement, l'économiste américain **J. Rifkin** annonce la « fin du travail » avec l'introduction de l'informatique et de la robotique.

B Le lien social menacé

• **Le travail n'assure plus la cohésion sociale.** Le **chômage de masse**, le **développement des emplois précaires** (CDD, travail à temps partiel...) et le **télétravail** (travail à domicile réduisant le contact avec le collectif) tendent à exclure plus ou moins une partie de la population active.

• **Les grandes institutions intégratrices ne jouent plus leur rôle, comme la famille et l'école…**
Les **divorces** ont augmenté et d'**autres modèles matrimoniaux** (Pacs, concubinage, famille monoparentale) sont venus concurrencer le mariage. De son côté, l'école crée des inégalités et exclut, chaque année, environ 10 % des enfants, qui sortent du système scolaire sans qualification.

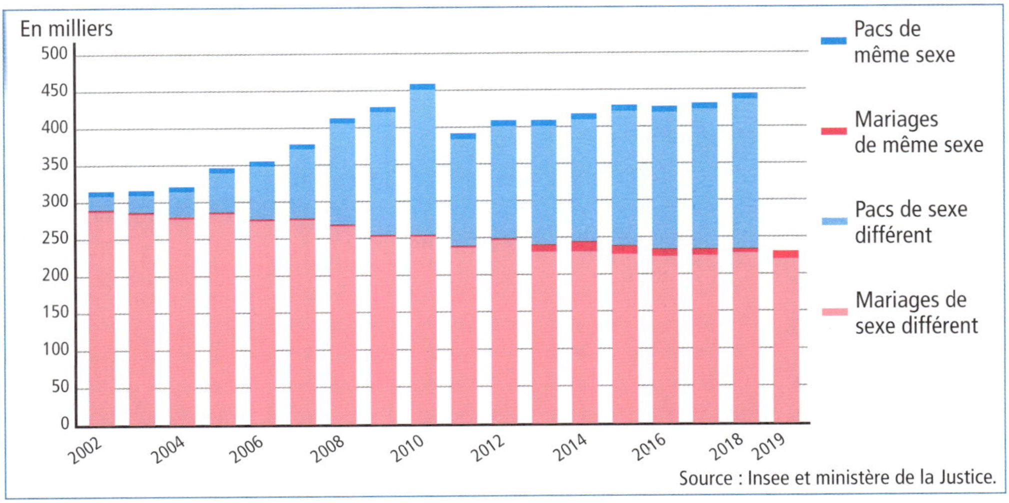

▲ Évolution du nombre de mariages et de Pacs.

• … ou comme l'Église et l'armée…
Le décalage avec la société s'est creusé par la **mise en cause des valeurs** et de la **morale** prônées par le pape. Quant aux **valeurs patriotiques**, elles sont **contestées** par beaucoup de jeunes et le service militaire obligatoire a été supprimé.

• … ou comme les syndicats et les partis politiques. Le **nombre d'adhérents** aux partis politiques **a chuté** et les syndicats ont perdu confiance dans leur capacité à défendre les droits des travailleurs.

C Le maintien de la cohésion sociale

• Les réseaux de sociabilité. Malgré la montée de l'individualisme, les **individus** restent **insérés** dans divers réseaux de sociabilité : grande **solidarité familiale intergénérationnelle** (réunions familiales, aides financières…), divorces souvent suivis de **remariages**, et **multiplication des associations** (surtout dans le domaine de la solidarité).

> **Mot-clé**
> **Le RSA** est un revenu minimum pour ceux qui ne travaillent pas et un complément de revenu pour ceux qui travaillent peu.

• L'action des pouvoirs publics. Ils garantissent toujours la solidarité par les **politiques de remédiation de l'école** (création des zones d'éducation prioritaire en 1982, devenues ensuite les réseaux de réussite scolaire) et les **politiques de protection sociale** (le RMI créé en 1988 et remplacé en 2009 par le RSA – Revenu de solidarité active).

3 Les défauts du lien social

A La spirale de l'exclusion

• La désaffiliation sociale. Étudiée par le sociologue **Robert Castel** (1933-2013), elle allie **absence de travail** et **isolement social** : les individus, dont l'intégration par le travail et l'insertion par le réseau social et familial ne sont plus assurées, deviennent des « **désaffiliés** », c'est-à-dire des **exclus**.

• L'exclusion est le résultat de ruptures en chaîne. La **perte de l'emploi** fragilise souvent le couple et conduit parfois au **divorce** : la **perte de revenus**, les **ruptures avec les amis** et la **perte de solidarité familiale** peuvent conduire ensuite à une **expulsion du logement**. En outre, les **problèmes de santé** liés à l'absence de couverture sociale peuvent s'ensuivre : dès lors, l'exclusion devient totale.

• Le monde des « sans ». Le sociologue français **Alain Touraine** (1925) montre que notre société bascule d'une opposition verticale (ceux d'en haut contre ceux d'en bas) à une opposition horizontale (ceux du dedans face à ceux du dehors). Ainsi sont apparues de **nouvelles franges de population** : les **sans-abri**, les **sans-travail**, les **sans-ressources**, les **sans-qualifications**, etc.

B La pauvreté

• Pauvreté absolue et pauvreté relative. La pauvreté absolue consiste à chiffrer ce qui, dans une société donnée, est considérée comme le minimum pour vivre (exemple du RSA). La pauvreté relative relève du jugement de valeur : elle est le fait de ne pas pouvoir accéder au mode de vie « normal » d'une société donnée à un moment donné.

• **Le seuil de pauvreté relative.** Environ 10 % des ménages vit en dessous de ce seuil (entre 900 € et 1 100 € par mois selon les critères pour une personne seule). Ces ménages comptent plus de jeunes, de femmes et de familles monoparentales, l'exclusion du marché du travail étant la principale cause de la pauvreté.

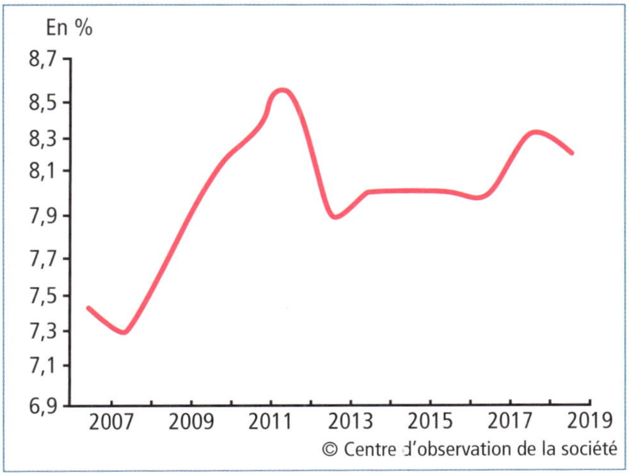

▲ La pauvreté en France.

Rappel
Pauvreté ne signifie pas toujours exclusion, mais la progression des inégalités a lié ces deux phénomènes.

• **La pauvreté disqualifiante.** Le sociologue **Serge Paugam** (1960) parle de « pauvreté disqualifiante » pour désigner le processus menant à l'exclusion : l'**individu disqualifié** est à la fois **stigmatisé** et fait l'objet d'une **dégradation de son statut** (il doit se prêter à des formalités administratives dégradantes pour démontrer la preuve de sa pauvreté).

C Des comportements déviants (voir leçon 13)

• **La montée de la violence.** La progression de la **petite délinquance** apparaît dans la croissance du nombre des vols et des cambriolages, des coups et blessures volontaires ainsi que des dégradations et des outrages. Cela révèle la très grande **dureté des relations sociales**, notamment **entre jeunes et institutions** mais aussi entre jeunes eux-mêmes.

• **La déchirure du tissu social.** Elle est marquée par l'augmentation du nombre de **suicides**. Cette montée s'explique en partie par le relâchement du lien social (**baisse de la sociabilité et de la solidarité**) et par une tendance à l'**anomie** (affaiblissement du système normatif, entraînant un décalage entre aspirations et réalité).

12 Le contrôle social

Complémentaire à la socialisation, le contrôle social a pris des formes nouvelles dans notre société. De plus, ses effets sont parfois controversés.

1 Pourquoi un contrôle social ?

A Les formes du contrôle social

• **Définition.** C'est l'**ensemble des sanctions** appliquées ayant pour objectif d'**assurer la conformité des conduites** des individus aux modèles établis par la société.

• **Sanctions positives et négatives.** Le contrôle social agit soit par **gratification** – les **sanctions** sociales sont alors **positives** (« récompenses » pour ceux dont la conduite est conforme aux normes) –, soit par **répression** : on parle de **sanctions négatives** (« punitions »).

• **Sanctions sociales.** Le contrôle social peut intervenir **entre deux individus** : chacun exerce un contrôle social sur l'autre (un mot, un regard, une posture). Les **sanctions** sont alors **sociales** : elles sont **implicites** (pas de menace) et **diffuses** (aucune institution n'a la charge de les appliquer ; elles viennent d'autrui).

• **Sanctions juridiques.** Des **institutions sociales** (ex. : les tribunaux) sont chargées d'attribuer des sanctions au regard de **codes** (ex. : Code de la route), de **règlements** (ex. : règlement intérieur d'un lycée) ou de **lois**. Ici, les **sanctions** sont **juridiques** car elles sont **explicites** et **institutionnalisées**.

	Sanctions juridiques	Sanctions sociales
Mal s'habiller pour sortir	Sanctions prévues par la loi s'il y a trouble à l'ordre public	Moqueries, regards accusateurs...
Mal s'habiller pour travailler	Sanctions prévues par le règlement intérieur d'une entreprise ou d'un lycée	Remarques des collègues de travail, stratégies d'évitement...
Insulter un policier	Sanctions prévues par la loi (outrage à agent)	Indignation, regards désapprobateurs des passants…

B Les fonctions du contrôle social

• **Une fonction de cohésion sociale.** Le **contrôle social** n'est pas toujours vu de manière péjorative. Complémentaire de la socialisation, il a pour **but** de **renforcer le lien social** : il permet une **cohésion sociale** et une **pacification** entre les individus engendrées par les règles implicites et explicites.

Zoom

Si l'on peut regarder un film au cinéma en silence, c'est parce que les individus ont intégré les règles de se taire ou de se faire discrets.

• **Une fonction de stigmatisation.** Le **contrôle social** légitime certaines **pratiques sociales** (ex. : payer à la caisse du supermarché) tout en **étiquetant** les **individus qui dévient** de ces pratiques (ex. : le voleur arrêté dans un supermarché) : il vient même renforcer leur identité de déviants en les **stigmatisant** (le voleur sera inscrit dans les fichiers de la police).

• **Contrôle social et liberté.** Le contrôle social ne doit pas être trop envahissant, au risque de limiter la capacité d'action des individus, et ainsi de réduire leur espace de liberté.

2 Les mécanismes du contrôle social

A Un contrôle social de plus en plus fondé sur la loi

• **De la communauté villageoise…** À l'origine, la **communauté villageoise** constituait un petit monde pour ses membres. Elle avait un **pouvoir régulateur** sur leurs comportements (contrôle social fondé essentiellement sur les **mœurs**).

• **… à la ville.** Dans les grandes villes (déshumanisation des relations, éloignement des membres de la famille…), les relations de face-à-face et de coopération (très fortes au sein des groupes primaires) se sont effritées. Le **contrôle social** est davantage **fondé sur la loi**.

B Les processus qui déclenchent le contrôle social

• **Le contrôle social exercé par soi-même.** Ce n'est pas parce qu'une norme existe (ex. : s'arrêter au feu rouge) qu'elle est automatiquement en vigueur. Pour la faire respecter, l'**individu s'applique à lui-même** le **code de la société** et ses contraintes qu'il a **intériorisés**.

• **Le contrôle social exercé par les autres.** Pour qu'une sanction s'applique, il faut que quelqu'un veuille faire punir le présumé « coupable ». Ensuite, il faut **attirer l'attention** des autres sur « l'infraction » commise (ex. : crier au voleur). Enfin, il faut **trouver un avantage** à prendre une telle initiative (ex. : retrouver ses affaires à la suite d'un vol).

3 Le contrôle social à l'heure des nouvelles technologies

A Du fichage au contrôle social « high-tech »

• **Le fichage : entre État sécuritaire et État de droit.** Les pouvoirs publics disposent d'un **fichage des individus** : vidéosurveillance, fichiers des abonnés téléphoniques, des interdits bancaires, etc. Ce fichage a pour objectif principal de **traquer la fraude**.

> **Mot-clé**
> **Le fichage** a toujours eu « mauvaise presse » auprès de l'opinion publique, car il est perçu comme liberticide (il porte atteinte aux libertés individuelles et collectives).

• **Un contrôle social invisible.** Avec le développement d'Internet, on s'affiche en exposant une partie de sa vie sur différents supports (blogs, sites d'échanges et de partage) ou on effectue des paiements électroniques en ligne, sans toutefois avoir l'assurance ni d'une parfaite confidentialité, ni de la propriété de ses données personnelles.

B Un contrôle social fondé sur le traçage

• **Qu'est-ce que le traçage ?** Les nouvelles technologies recueillent énormément de « traces » (identification, localisation, suivi…) que les utilisateurs laissent.

• **Comment laisse-t-on des « traces » ?** Les personnes livrent des **informations** sur eux lorsqu'elles veulent accéder à des **fournisseurs de services**, qu'ils soient **institutionnels** (ex. : déclarer sur Internet ses impôts), **transactionnels** (ex. : faire ses achats en ligne), ou **informels et interactifs** (ex. : les forums, les messageries, les sites d'échanges et de partage…).

• **Le marketing au service du contrôle social.** Toutes les **informations « abandonnées »** par ceux qui utilisent ces technologies sont **reprises** pour alimenter des **stratégies marketing**. Les entreprises établissent ainsi des **profils de consommation** grâce aux informations transmises par les consommateurs.

13 Déviance et délinquance

La déviance est une notion plus large que celle de la délinquance. Mais chacune est le fait d'une culture et d'une époque. Quant aux statistiques régulières de la délinquance, elles font débat dans la façon dont elles sont collectées.

1 Qu'est-ce que la déviance ?

A La déviance est définie par des normes

• **Des comportements qui s'écartent des normes admises.** La déviance désigne tout **comportement distinct des modèles de conduite** définis par le système social à travers ses règles (normes). Il s'agit des comportements **proscrits** (toxicomanie, délinquance, suicides, etc.) et des comportements **tolérés**.

> **Rappel**
> On parlera plutôt de « **variance** » pour un comportement toléré comme « ne pas dire bonjour ».

• **Déviance et délinquance.** La **délinquance** renvoie à des comportements dont l'infraction entraîne des **sanctions juridiques**. La **déviance** renvoie aux comportements dont l'infraction entraîne aussi des **sanctions sociales** (voir leçon 12).

> **Mot-clé**
> **Déviance :** notion plus large que la délinquance. Les comportements déviants ne sont pas tous illégaux !

• **Déviance et anormalité individuelle.** Un individu déviant socialement n'est pas un individu anormal **biologiquement**. Le criminel, le fou ou la prostituée n'ont pas d'anomalies **génétiques** les rendant incapables d'accéder à une vie normale.

B Un comportement n'est pas déviant en soi

• **La déviance suppose trois conditions :**
– l'existence d'une **norme** ;
– un comportement de **transgression** à cette norme ;
– une **stigmatisation** de cette transgression ; la déviance est alors la conséquence de l'application de normes et de sanctions par d'autres à une personne qui transgresse les règles.

• **Déviance primaire et déviance secondaire.** La **déviance primaire** est la **transgression** d'une norme, alors que la **déviance secondaire** correspond à la **reconnaissance de cette transgression** par une instance (la famille, la police, etc.). Si le déviant n'est pas reconnu comme tel, alors il n'y a pas déviance !

2 Le caractère normal et variable de la déviance

A La déviance est un phénomène normal et utile

• **Un phénomène normal.** Pour le sociologue **Émile Durkheim**, le crime est un **fait social** normal pourvu qu'il ne dépasse pas un certain seuil. Il est, en effet, « facteur de la santé publique » en ce sens que la société s'est dotée d'institutions pour sanctionner un tel acte (emploi de policiers, justice qui fonctionne).

> **Rappel**
> Là où il y a **norme** dans la société, il y a toujours des individus qui sont tentés de la **transgresser**.

• **Un phénomène utile.**
La déviance a une **fonction sociale** car elle génère des emplois (ex. : des policiers, mais aussi des serruriers à la suite d'un vol), et parce qu'elle est parfois, sur certains aspects, utile à la population (ex. : la Mafia qui organise le marché noir, les actes de sabotage menés par la Résistance pendant la guerre, etc.).

B La relativité historique des normes

• **Des comportements jadis sanctionnés.** Une conduite qualifiée de déviante il y a quelques années **ne l'est plus forcément aujourd'hui**, du fait de l'**évolution des mentalités**. L'avortement a été longtemps un crime jugé immoral et sévèrement puni, alors qu'on réprime aujourd'hui, en France, ceux qui contestent la liberté d'avorter.

• **Les sociétés modernes pénalisent des comportements jadis normaux.** Certaines formes d'**atteinte à l'environnement** (ex. : chasse, pollution, etc.) ou certaines formes de **violences morales** (ex. : harcèlement sexuel, propos racistes...) sont désormais sanctionnées. De même, des pratiques très répandues peuvent être contraires à la loi (ex. : fumer dans un lieu public).

> **Zoom**
> Certains comportements (meurtres, viols, incestes) seront toujours considérés comme déviants dans nos sociétés développées, car ils sont contraires à la raison humaine.

3 Les explications de la déviance

A L'explication culturaliste

• **Une sous-culture.** La déviance est ici analysée comme la culture d'un groupe social dont les normes et les valeurs sont en conflit avec la culture dominante.

• **La déviance des adolescents.** L'**acculturation** (choc entre, au moins, deux cultures différentes) née des conflits culturels serait **à la base de comportements déviants chez les jeunes**, en particulier. En réaction à la domination de la société, ils se réfugieraient dans des normes (délinquantes) instituées dans des groupes de pairs.

B Des situations anomiques

• **Des conflits entre les normes et les valeurs.** Nos sociétés sont marquées par de nombreux dysfonctionnements qui peuvent entraîner des comportements déviants. Un sociologue américain (R. K. Merton) montre ainsi que la déviance résulte de **conflits** entre les **buts** que s'assigne la **société** (les valeurs) et les **moyens mis à disposition** pour y parvenir (les normes).

> **Zoom**
> Certains individus défavorisés utiliseront des moyens illégaux (vols...) pour atteindre des valeurs glorifiées par la société, comme le travail ou le profit.

• **La faiblesse du contrôle social.** Le sociologue Émile Durkheim voit dans la déviance le résultat d'une **insuffisance du contrôle social**. Il parle d'« **anomie** » pour désigner dans les sociétés modernes une **perte de valeurs**, **règles** ou **coutumes** : la valeur de solidarité s'y perd, par opposition aux communautés traditionnelles, moins individualistes. Le suicide découle de cet état anomique des sociétés modernes (suicide anomique).

SPÉCIALITÉ SES

C L'explication interactionniste

• **L'étiquetage.** Un acte est déviant non parce qu'il transgresse des normes (déviance primaire), mais parce qu'il est qualifié comme tel par autrui (déviance secondaire). Selon cette explication, la déviance est perçue comme une **construction sociale** par laquelle certains individus sont catalogués comme déviants.

> **Zoom**
> On parle souvent à tort de « prédélinquants » pour désigner les jeunes ou les « Roms » (communauté immigrée roumaine).

• **Ses conséquences.** Les individus intériorisent cette **étiquette** et peuvent par conséquent devenir déviants. La sanction a, de plus, des effets de **renforcement** sur le statut de déviant (phénomène de désignation ou de stigmatisation).

• **Le processus de déviance secondaire.** La **stigmatisation** fait entrer l'individu dans un processus de déviance secondaire qui va supposer une nouvelle réaction de la société. On entre ainsi dans une **spirale** dans laquelle chaque infraction appelle une réaction sociale qui contribue elle-même à commettre de nouvelles infractions : ce processus amplifie la déviance et enferme un comportement déviant occasionnel dans une véritable **« carrière » de déviant**.

4 Comment mesurer la délinquance ?

A Les difficultés de mesure

• **Tous les crimes et délits n'entraînent pas de sanctions judiciaires.** Par crainte de représailles ou par honte (pour les viols par exemple), la victime peut ne pas porter plainte auprès des services judiciaires. C'est également le cas lorsque la victime est inconnue, ou lorsque la plainte est classée sans suite (le présumé coupable n'a pas été retrouvé).

• **Tous les délits déclarés ne sont pas réels.** Certains plaignants peuvent faire de **fausses déclarations**, soit pour **bénéficier de certains avantages** (ex. : percevoir une prime d'assurance pour le vol), soit pour **faire du tort** à certaines personnes.

• **Une délinquance réelle supérieure à la délinquance légale.** La **délinquance légale** est celle constatée et **enregistrée** par les **services de police et de gendarmerie**. Elle est souvent différente (et inférieure) à la **délinquance réelle** qui est la délinquance **perçue par la population**. On parle de « chiffre noir » de la délinquance pour qualifier cet écart :

« Chiffre noir » = délinquance réelle – délinquance légale

B Les deux grands types d'outils

• **Les statistiques des « crimes et délits constatés ».** Ce sont les **chiffres de la délinquance** publiés par le ministère de l'Intérieur. Ils récapitulent les faits recensés par les services de police et de gendarmerie. Ces statistiques sont donc liées à l'**activité policière** d'une part, et aux plaintes déposées d'autre part.

• **Les enquêtes de victimation.** Elles consistent à ne pas se tourner du côté des services d'enregistrement, mais du côté des **victimes**. Ces enquêtes réalisées par l'Insee (auprès de personnes ayant 14 ans et plus) mesurent la **délinquance vécue**

> **Mots-clés**
> • **Infraction :** action passible de contravention (tapage nocturne, menace de violence, diffamation, etc.).
> • **Délit :** plus grave, correspond au vol, à la dégradation de biens, au non-respect du feu rouge, à l'outrage à un agent de la fonction publique, etc.
> • **Crime :** encore plus grave, concerne le meurtre, l'assassinat (meurtre avec préméditation) et le viol.

et pas seulement connue. Elles ont l'avantage de refléter le **ressenti de la population**. Elles sont donc **subjectives** et peuvent diverger de ce que révèlent les statistiques du ministère.

5 L'interprétation prudente des chiffres

A L'influence de l'activité policière

- **La peur du gendarme.** Depuis les attentats de 2015 en France, le déploiement des policiers et gendarmes dans les lieux publics a fait reculer certains délits comme les vols de voitures. Toutefois, la pénalisation de nouveaux comportements fait augmenter d'autres types de délits (ex. : téléphoner en conduisant ou le harcèlement de rue).

- **La dégradation des rapports avec la jeunesse.** La découverte et la répression de nombreux **actes délictueux** relèvent des **rapports au quotidien** entre les **jeunes** et la **police** : les policiers les contrôlent, les verbalisent, les arrêtent davantage. L'augmentation de la délinquance des jeunes (dont celle des mineurs) attesterait ainsi de la **dégradation des relations** entre ces deux acteurs.

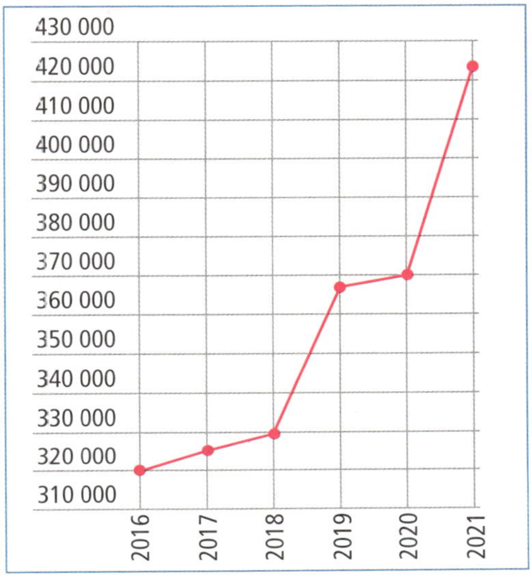

▲ Nombre de ménages victimes d'escroquerie en France.

- **Une activité policière dépendante de l'environnement économique.** L'augmentation des cambriolages est en grande partie liée à la crise économique, tandis que la multiplication des escroqueries est liée au développement des paiements en ligne. Enfin, les exigences des compagnies d'assurance (ex. : les systèmes antivol) ont contribué à la baisse du nombre de vols d'automobiles.

B L'influence des dépôts de plainte

- **Des plaintes liées au tort subi.** Les victimes déposent **plainte** lorsqu'elles espèrent **se faire indemniser** par leur assureur. En revanche, dans le cas de **violences de faible intensité** (insultes, menaces, vols mineurs), les **doutes sur l'efficacité de l'intervention policière** et la **crainte de représailles** de la part des agresseurs peuvent conduire les victimes à **refuser de déposer plainte**. Pour ces violences mineures, le « chiffre noir » tend à augmenter.

- **Le « chiffre noir » diminue pour certains délits.** Dans le cas des **agressions physiques graves**, les plaintes sont aujourd'hui plus nombreuses, car de moins en moins d'affaires restent cantonnées à la sphère privée : par exemple, depuis 2017, le phénomène de **libéralisation de la parole des femmes** explique la forte augmentation des plaintes pour violences sexuelles.

> **Rappel**
> L'affaire « Weinstein » en 2017 (producteur américain accusé de viols et d'agressions sexuelles) a relancé l'action des associations et les campagnes de sensibilisation pour lutter contre les violences faites aux femmes (ex. : #BalanceTonPorc, #MeToo).

- **Le « chiffre noir » diminue grâce aux enquêtes de victimation.** Les personnes interrogées dans les enquêtes de victimation ont tendance à relater des événements passés qu'elles auraient peut-être négligés ou pas osé déclarer aux services de police et de gendarmerie.

14 La formation de l'opinion publique

L'opinion publique est une croyance collective. C'est une représentation sociale « fabriquée », qui génère des effets sur l'organisation et le fonctionnement de nos démocraties.

1 À la recherche de l'opinion publique

A L'opinion publique selon le sens commun

- **Une simple addition.** Si l'on suit le sens courant, l'opinion publique est l'**addition d'opinions individuelles semblables sur un sujet d'intérêt public** (le « sentiment d'insécurité », la « montée du racisme », etc.).
- **Dans ce sens, l'opinion publique** est une **donnée objective** et **autonome** que les sondages se contentent d'enregistrer de façon méthodique : en somme, l'opinion publique **préexiste à l'acte d'enregistrement du sondage** (théorie du « baromètre »).

B Des définitions concurrentes de l'opinion publique

- **L'avis éclairé d'une élite au XVIIIe siècle.** L'**opinion publique** était le **principe** par lequel **les Lumières** (philosophes, écrivains) se sont opposées à l'autorité monarchique et cléricale, dans les livres mais aussi dans les conversations de salon. Elle était **fondée en raison**, c'est-à-dire censée en appeler à la raison **contre les dogmes** (l'opinion d'un public éclairé).
- **Au XIXe siècle, on parle d'opinion bruyante de la rue...** Avec la démocratisation (le suffrage universel masculin étant adopté en 1848 en France), l'opinion publique est devenue l'**opinion du peuple** exprimée essentiellement par les **élections** : un prolétariat ouvrier s'organise au sein d'organisations politiques, et manifeste dans la rue pour obtenir des droits.

> **Mot-clé**
> **Démocratie :** fondée sur l'**opinion publique** à travers des **luttes politiques** entre **groupes sociaux** qui ont duré tout au long du XIXe siècle, et qui durent toujours.

- **... mais aussi d'opinion dominante.** Au XIXe siècle, la démocratie fait des **élus** des **représentants du peuple** s'exprimant en son nom. Entre les ouvriers et les élus, chaque groupe prétend **incarner** la véritable **opinion du peuple**.
- **À partir du XXe siècle, l'opinion publique** est devenue l'opinion du peuple **exprimée par les sondages**. Elle en est venue à désigner l'inverse de ce qu'elle indiquait à l'origine : non plus une opinion fondée en raison mais sur des **préjugés**. L'opinion devient ce que les sondages prétendent observer, et qu'ils nous présentent comme phénomène réel après l'avoir mesuré.

C L'opinion publique est donc une représentation sociale

- **Une définition scientifique de l'opinion publique.** C'est un **ensemble de représentations** de ce qu'est censé penser l'ensemble de la population sur des **questions d'actualité**.

> **Citation**
> « L'expression d'une opinion est la formule nuancée qui, sur une question déterminée à un moment donné, reçoit l'adhésion sans réserve d'un sujet »
> **Jean Stoetzel** (1910-1987), introduisant le premier les sondages d'opinion en France.

- **Une croyance collective.** L'opinion publique est une **représentation sociale**, une **croyance collective** qui n'a pas de réalité objective : c'est un **produit social fabriqué** (aujourd'hui par les **sondages**) et **imposé** comme une réalité allant de soi.
- **Les journalistes parlent au nom de l'opinion publique.** Les **médias** ne se contentent pas de véhiculer l'information donnée par un sondage : ils la transforment en un **fait général et incontestable**. Les médias alimentent le **débat politique et social** en reprenant les **sondages à la radio**, **dans les journaux** et **à la télévision** pour appuyer leurs propos et se faire de la publicité : en procédant ainsi, ils révèlent l'opinion à elle-même !

2 L'opinion publique construite par les sondages d'opinion

A L'opinion publique : l'objet de la mesure est discutable

- **Les sondages de comportement et d'intention** ne mesurent pas l'opinion publique. Ils sont réalisés sur des **situations concrètes**, des **types de consommation** ou de pratiques. *Ex. :* « Consommez-vous de la pâte à tartiner X ? » pose peu de problème d'interprétation car cette consommation existe « en dehors » des sondages.
- **Les sondages d'opinion,** censés révéler ce que pensent les Français d'un sujet, **construisent l'opinion** : le sondage devient un **objet social artificiel** construit de toutes pièces, qui n'est pas l'opinion publique mais une opinion pour **enquête d'opinion**.
- **L'imposture des sondages d'opinion** tient au fait qu'ils bénéficient de manière illégitime de la crédibilité des sondages de comportement et d'intention. Leur **caractère scientifique** (l'invocation du chiffre !) brouille la perception qu'on a de la réalité.

B « L'opinion publique n'existe pas » (Pierre Bourdieu)

- **Le procès des sondages d'opinion.** Le sociologue Pierre Bourdieu critique la **prétention des sondages d'opinion** à mesurer scientifiquement l'opinion publique. Pour lui, l'opinion publique, au sens où les sondeurs l'entendent, n'existe pas.
- **Ses critiques ont pour fondement trois présupposés** que les sondages tentent de présenter comme universels :

1. Les sujets des questions font l'objet d'un consensus : les questions posées par le sondeur sont supposées d'intérêt important pour tout le monde. Les **questions** sont liées à la conjoncture et à l'actualité médiatique, elles ne sont pas celles qui se posent réellement à tous, mais celle **d'un « petit monde »** (journalistes, responsables politiques…) : de plus, leur interprétation se fait en dehors du contexte de leurs réponses.

2. Toutes les réponses se valent : on peut donc les agréger et parler d'opinion publique, alors qu'il y a ceux qui répondent au hasard, ceux qui font plaisir au sondeur, qui répondent en dilettante, qui ont peur, etc.

3. Tout le monde a une opinion : les sondages conduisent les individus qui ne se posent pas de question à produire une opinion qui n'existerait pas sans eux. De plus, ils ne prennent pas en compte les « sans opinion », ni ceux qui refusent de répondre sur lesquels on ne sait rien.

> **Zoom**
> Ce que le sondage mesure n'a pas grand-chose à voir avec ce qu'il croit avoir mesuré.

> **Zoom**
> Les sondages parlent au nom des personnes qui ne formulent pas d'opinion, ou qui la formulent d'une façon non reconnue.

> **Zoom**
> Tout le monde n'a pas la capacité de produire des opinions personnelles. Et lorsqu'une personne n'a pas d'opinion, elle se sent obligée d'en donner une !

• **Selon P. Bourdieu, la véritable opinion publique a une dimension plus sociale.** L'opinion publique n'est pas une simple somme d'opinions individuelles recueillies artificiellement et réduites à un pourcentage : dans la réalité, les **opinions** sont des **forces** et les **rapports d'opinion** sont des **conflits de force** entre des **groupes**.

Zoom

Les partis politiques savent combien leurs rapports sont complexes avec les forces sociales qui les soutiennent à un moment donné (militants, associations...).

3 Opinion publique et démocratie

A Une démocratie manipulée

• **Un fonctionnement opaque de la démocratie.** Les **sondages d'opinion** imposent l'**illusion** qu'il existe quelque chose qui serait la moyenne des opinions ou l'**opinion moyenne** : une image simplifiée des opinions (les « 60 % de Français qui pensent que... », ou les « 80 % des personnes interrogées qui estiment que... ») qui masque la **multiplicité des positions réelles** et la **diversité des préoccupations** concrètes.

Rappel

À travers les sondages d'opinion, la voix qui s'entend le plus est la voix de la majorité, qualifiée de silencieuse : l'expression de divers groupes et associations est rétrogradée à l'état de simple point de vue particulier.

Mot-clé

Le régime d'opinion est à certains égards l'envers de la démocratie.

• **L'invention des sondages d'opinion va dans le sens d'une dépossession.** Ils apportent aux leaders d'opinion (journalistes, politologues, sondeurs et responsables politiques) une légitimité qui appuie et justifie leur compétence : la **connaissance de l'opinion**. Ainsi, l'opinion publique et le pouvoir se retrouveraient confisqués par la classe dominante (malgré l'avènement du suffrage d'opinion depuis 1848).

• **Les sondages d'opinion comme instrument du complot ?** Ils fabriqueraient une **fausse démocratie consentante** (une opinion majoritaire, homogène et bien visible) avec l'appui des groupes dominants pour asseoir et légitimer leur domination sociale (violence symbolique, selon P. Bourdieu).

Zoom

Notre vie contemporaine est sous l'emprise des enquêtes d'opinion. Mais **Alexis de Tocqueville** (1805-1859) disait déjà que « c'est de plus en plus l'opinion qui mène le monde ».

B Les sondages comme composante essentielle de la démocratie

• **Les sondages ont une fonction éducative** en informant les citoyens les plus dépourvus d'**informations politiques**.

• **Ils ont une fonction modératrice sur ceux qui sont au pouvoir.** Face au pouvoir, il est bon que l'opinion publique exprime des **revendications**, des **demandes**.

• **Ils ont aussi une fonction de participation.** Les sondages imposent aux partis politiques le choix des candidats aux élections : les **citoyens participent** donc à la **sélection des candidats** (selon certains, c'est un élément qui va contre la démocratie).

• **Ils ont enfin une fonction informative.** Les **gouvernants** sont **informés** de la manière dont leur **politique** est **perçue** : ils peuvent revenir sur certaines décisions lorsque l'opinion n'y est pas favorable, ou les maintenir dans le cas inverse.

Zoom

Aucune étude n'a permis d'établir l'influence des sondages d'opinion sur l'issue d'un scrutin. Par contre, leurs prédictions ne sont pas toujours avérées. Ex. : victoire du « Oui » au référendum du Brexit en juin 2016, victoire de Donald Trump contre Hillary Clinton en novembre 2016.

15 Les techniques des sondages en sociologie

Le sondage d'opinion est un outil à la fois sophistiqué et délicat. Tout en voulant mesurer les opinions par des techniques qualitatives et quantitatives, il peut aussi les déformer et en proposer des interprétations erronées.

SPÉCIALITÉ SES

1 L'enquête quantitative

A La méthode aléatoire et la méthode des quotas

- **Le sondage d'opinion (ou sondage politique).** C'est l'**enquête quantitative** la plus connue qui exige une très grande rigueur scientifique : il s'agit d'étudier un **échantillon représentatif d'une population humaine** afin de dégager les **opinions probables** des membres de cette population.

- **À travers les échantillons, les sondeurs cherchent à constituer « une France en petit »,** avec comme principe de base d'avoir la partie pour le tout.

> **Rappel**
> Un **sondage d'opinion** est défini par la **loi** : c'est une « enquête statistique visant à donner une indication quantitative, à une date déterminée, des opinions, souhaits, attitudes ou comportements d'une population par l'interrogation d'un échantillon ».

- **Deux méthodes existent pour obtenir un échantillon représentatif :**

– la **méthode aléatoire**, ou **probabiliste** (ex. : tirage au sort) qui consiste à choisir **au hasard** des **éléments de la population étudiée** : le hasard est construit de manière scientifique pour que chaque membre de la population ait la même probabilité d'être choisi.

– la **méthode des quotas**, plus utilisée, consiste à **reconstituer** la population étudiée en un **modèle réduit**. À partir des données de base de l'Insee, il s'agit d'**interroger un échantillon de personnes** qui ont les mêmes caractéristiques socio-démographiques (sexe, âge, catégorie socio-professionnelle, commune, région) que l'ensemble de la population.

> **Exemple**
> Pour un sondage effectué dans un lycée, si le lycée compte 60 % de garçons, alors l'échantillon interrogé devra comprendre le même pourcentage de garçons.

- **Des sondages réalisés surtout par téléphone et Internet.** À l'origine, dans les années 1930, les sondeurs employaient de nombreux enquêteurs qui frappaient aux portes et interrogeaient les gens chez eux. Beaucoup de portes restaient fermées et les méthodes ont dû évoluer. Les sondages par téléphone se sont développés mais le taux de non-répondants a considérablement augmenté (les gens se sont mis à raccrocher), et les coûts aussi. Avec l'arrivée d'Internet en 2000, les sondages en ligne, moins onéreux, sont alors lancés.

B Les limites des méthodes quantitatives

- **Les défauts de l'échantillon.** Pour réduire les coûts de réalisation des sondages, les **règles** de la représentativité de l'échantillon ne sont **pas toujours respectées**. De plus, la **qualité** du sondage **baisse** lorsque l'échantillon est inférieur à 1 000 personnes : chaque sondage ayant une marge d'incertitude (appelée intervalle de confiance), plus l'échantillon est faible, plus la marge d'erreur est grande.

> **Rappel**
> Avec un échantillon de 1 000 personnes, un sondage a une marge d'erreur d'environ 3 %.

• **La formulation biaisée des questions.** Les questions ne sont pas toujours neutres et peuvent alors influencer les sondés :
– elles peuvent être « **inductrices** » lorsqu'elles conduisent la personne à répondre plutôt d'une certaine manière que d'une autre : la réponse est alors dans la question (ex. : « Êtes-vous d'accord... »).
– elles peuvent être « **ambiguës** » lorsqu'il y a plusieurs questions en une (ex. : « En cas de démission du Premier ministre, croyez-vous qu'il faudra supprimer la loi sur... »), ou qu'un terme comporte plusieurs sens (le verbe « croire » peut être interprété par le verbe « penser » ou « vouloir »).

• **La formulation ouverte des questions.** Les questions ouvertes (du type : « Que pensez-vous de la lutte contre le terrorisme ? ») sont difficiles à analyser car les réponses peuvent être inexploitables (trop longues, sans rapport direct avec la question, mal recopiées par l'enquêteur, etc.).

2 L'enquête qualitative

A L'entretien

• **C'est une entrevue entre l'enquêteur et l'enquêté.** La discussion est généralement basée sur des questions ouvertes : le lieu doit être particulièrement choisi pour mettre à l'aise la personne interrogée.

• **Deux types d'entretien :**
– **l'entretien directif** : l'enquêteur pose des questions qui s'enchaînent selon un ordre fixé à l'avance pour chercher des informations précises : cela évite que la personne interrogée ne sorte des questions et du cadre préparé.
– **l'entretien non directif (ou libre)** : il repose sur une **expression libre de l'enquêté** à partir d'un thème proposé par l'enquêteur. L'enquêteur se contente alors de suivre et de noter la réponse de l'enquêté sans poser de questions (même si c'est hors sujet).

Exemples
« Pouvez-vous me parler des problèmes de sécurité dans votre commune ? » « Quels sont, selon vous, les problèmes de sécurité les plus préoccupants ? »

B L'enquête de terrain

• **L'observation.** L'enquête de terrain consiste pour le sondeur à se rendre sur un terrain d'étude et à **observer les comportements de la population étudiée** (décrire de visu des faits).

• **L'observation participante (ou engagée).** L'enquêteur est en contact direct avec la population étudiée en **participant aux activités des sondés** (ex. : vivre aux côtés des prisonniers pour observer leurs comportements).

• **Exemple.** Le sociologue américain Howard S. Becker (né en 1928), pianiste de jazz et sociologue, a fait une analyse de la déviance dans les années 1960 en intégrant le milieu des musiciens de jazz à Chicago. Il écrit dans son ouvrage Outsiders : « j'ai travaillé au cours de cette période avec de nombreux orchestres de différents types, et j'ai pris des notes abondantes sur les événements qui se produisaient pendant que j'étais en compagnie d'autres musiciens. La plupart des personnes que j'ai observées ne savaient pas que je faisais une étude sur les musiciens ».

• **L'observation non participante.** L'enquêteur **observe de loin**, il peut être ou non identifié par les enquêtés (ex. : observer les prisonniers depuis la salle de contrôle des surveillants).

Mot-clé
Les enquêtes qualitatives sont souvent complémentaires aux enquêtes quantitatives.

C Les principales limites

• **L'identification de l'enquêteur.** Elle peut modifier les informations observées et en **altérer** la **véracité** et le **naturel** (ex. : les prisonniers, se sentant observés, peuvent modifier leurs comportements).

• **Le manque de neutralité de l'enquêteur.** Il doit **mettre de côté** ses **opinions** et ses **préjugés** pour conserver le **caractère scientifique de l'enquête** (ex. : liens d'amitié qui se créent avec les prisonniers).

3 La question de la fiabilité des sondages d'opinion

A Un échantillon pas toujours représentatif

• **Des panels de personnes volontaires.** Pour baisser les coûts de réalisation, de nombreux sondages sont réalisés avec des **échantillons de personnes volontaires** qui s'inscrivent sur les panels pour répondre à des questionnaires. Ces personnes sont parfois incitées à le faire en **étant gratifiées** (petites rémunérations ou cadeaux), ce qui peut **influencer** la **qualité des réponses**.

Zoom
Rémunérer l'opinion, ce n'est plus « donner son opinion » : mensonges, réponses convenues, refus de répondre aux sondages non gratifiés, etc.

• **Les personnes qui répondent ne ressemblent pas à celles qui ne répondent pas.** Beaucoup passent au travers des enquêtes parce qu'elles ne souhaitent pas être importunées. De plus, les retraités non diplômés et issus des classes moyennes et populaires sont mal couverts par les enquêtes faites sur Internet (population moins « connectée »).

• **Des commandes de sondages à moindres frais.** Les **commanditaires de sondages** sont souvent les **médias**. Ils en commandent de plus en plus aux instituts de sondage (la **« sondomania »** bat son plein en **période pré-électorale**, par exemple) tout en ayant de moins en moins d'argent à y consacrer : ils achètent des **enquêtes trop courtes** qui ne comportent que **quelques questions** ne permettant pas d'appréhender honnêtement ce que pensent les Français. C'est un moyen commode, pas cher et rapide, mais **peu pertinent**.

Zoom
Publiés dans les médias, les **sondages politiques** sont une vraie **vitrine** pour les instituts (BVA, Ipsos, Kantar TNS, Ifop, CSA...) dans le but d'**attirer** leur plus **gros client** : les **entreprises** pour des études marketing ou publicitaires.

B Des sondages à interpréter avec précaution

• **La traduction des données chiffrées en information médiatisée.** Les médias et les responsables politiques prennent souvent les **chiffres fournis** par les instituts **pour argent comptant** : ils oublient de signaler qu'ils ne sont qu'une **photographie à un moment**

Exemple
Un candidat pour lequel se prononcent 20 % des Français n'obtient réellement que 10 % de votes si la moitié des sondés refusent de répondre !

donné, ou de les mettre en relief avec d'autres éléments (comparaison dans le temps et l'espace). De plus, les **« sans opinion »** ne sont **pas cités** alors qu'ils peuvent atteindre des proportions importantes.

• **Des manipulation possibles.** La **manière de poser une question** (tournure, vocabulaire, champ des réponses possibles) peut **influencer** le **résultat du sondage**. De plus, il est **fréquent** de dire que **le sondage fait l'opinion** : une large diffusion de résultats orientés indiquant une forte majorité pour telle ou telle affirmation (« les Français pensent que... ») peut apporter une certaine légitimité et influencer la population dans ce sens par la suite : le sondage est alors **auto-réalisateur**.

> **Zoom**
> Les **sondages** peuvent **faire advenir les choses** en les **disant** : c'est le cas lorsqu'ils se multiplient pour montrer que « l'écart se resserre » entre deux candidats, ou que l'un « monte dans les sondages ».

• **Ne pas surestimer la crédibilité des résultats.** Les Français sont capables de **prendre du recul** vis-à-vis des **chiffres diffusés**, et ceci d'autant plus que trop de sondages tentant de mesurer leur opinion sur tout et n'importe quoi réduisent l'impact du sondage.

• **Les sondages restent des outils précieux.** Même si les sondages d'opinion ne résument pas à eux seuls l'opinion, ils apportent beaucoup à l'**analyse de la société** : lorsqu'ils prennent toutes les précautions méthodologiques, ils saisissent la **réalité sociale** et la traduisent politiquement. Ils sont d'autant plus utiles qu'ils servent à la **comparaison**, dans le temps (les évolutions sont souvent plus significatives que les valeurs absolues) comme au sein de **différents groupes de population**.

> **Mot-clé**
> **Les sondages préélectoraux,** qui saisissent les **intentions de votes**, consistent à **« faire voter » les électeurs** quelques jours avant le scrutin. Dès lors que les échantillons sont bien constitués, les résultats sont proches de ceux du scrutin.

16 La participation électorale à travers le vote

Le vote n'est pas seulement une technique qui permet de désigner les gouvernants : c'est aussi un rituel social. De plus, la question est posée de savoir pourquoi certains électeurs votent, et pourquoi d'autres ne votent pas.

1 L'aspect pluridimensionnel du vote

A La dimension institutionnelle et symbolique du vote

• **L'institutionnalisation du vote.** En France, le suffrage universel de 1848 met fin au suffrage censitaire (vote réservé à ceux qui payaient des impôts) : réservé d'abord aux hommes, il sera étendu aux femmes en 1945. Des **règles** et des **conventions** encadrent le vote : par exemple, l'**isoloir** (mis en place en 1913) garantit le **secret du vote** qui devient un **acte individuel**, et sans pression.

• **La portée symbolique du vote.** C'est un acte par lequel on affirme son **appartenance à la collectivité** et qui symbolise l'**égalité politique** des citoyens (« 1 homme = 1 voix »). Il permet également d'**exprimer pacifiquement** ses **convictions** et de légitimer ceux qui gouvernent.

B L'aspect rituel du vote

• **Le vote est un rituel…** Un rituel est un ensemble de **règles** attachées à un événement qui se reproduit dans le temps. Des règles qui apparaissent comme « naturelles » alors qu'elles sont **sociales**.

• **… par différents aspects.** Le vote se reproduit à des **dates régulières**. Il se déroule selon des **dispositifs très codifiés** (isoloir, urne, bulletin…) et des **gestes ritualisés** (avoir une carte d'électeur, glisser l'enveloppe dans l'urne, signature du registre…).

2 Le comportement électoral

A Abstention, participation et mobilisation électorale

• **L'abstention est une absence de participation électorale.** C'est le fait pour un électeur inscrit sur les listes électorales de **ne pas participer au scrutin**. L'abstention est différente du **vote blanc** (**participation au scrutin mais avec un bulletin blanc dans l'urne**) et du **vote nul** (**bulletin modifié par l'électeur**).

• **Taux d'abstention et taux de participation électorale.** Le premier calcule le nombre d'inscrits qui n'ont pas voté par rapport au total des inscrits. Le second calcule le nombre de personnes ayant voté (y compris les votes blancs et nuls) par rapport au nombre d'inscrits sur les listes électorales :

Taux d'abstention + taux de participation = 100 %.

• **Taux de mobilisation électorale.** Il mesure la **participation électorale** en prenant en compte les **non-inscrits** : il se calcule par le rapport entre le **nombre de votants** et la **population électorale potentielle** (population en droit de voter).

Rappel

Le taux d'inscription sur les listes électorales (rapport entre le nombre d'inscrits et le nombre de personnes en âge de voter) était de 90 % en France en 2017.

• **L'évolution de l'abstention.** Elle **augmente** régulièrement depuis une vingtaine d'années, mais elle est **moins forte lorsque l'élection** est perçue comme ayant un **enjeu fort** (ex. : l'élection présidentielle) et que les candidats sont connus des électeurs (ex. : les élections municipales).

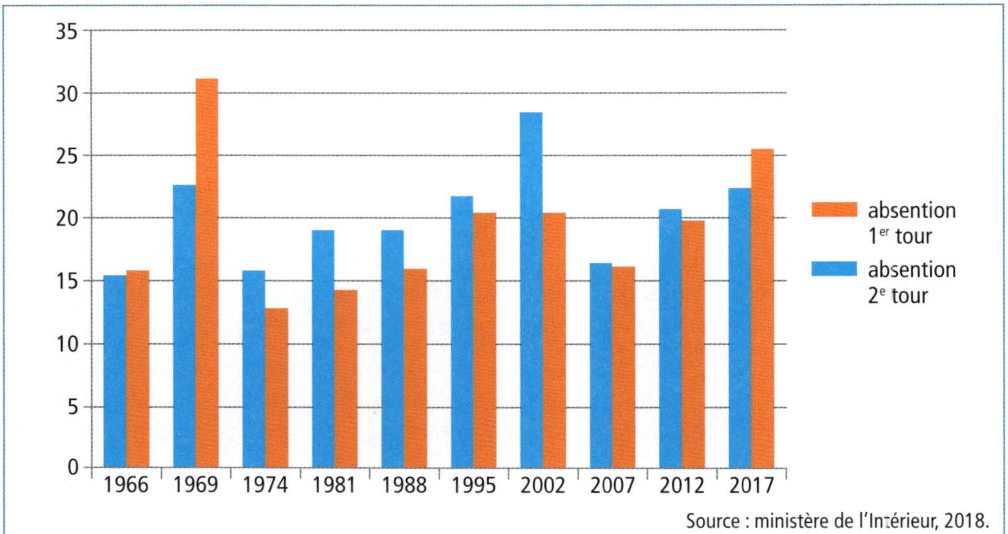

Source : ministère de l'Intérieur, 2018.

▲ Taux d'abstention aux élections présidentielles en France de 1996 à 2017.

B Le profil des abstentionnistes

• **Le portrait-type.** Les abstentionnistes (et les non-inscrits) sont plutôt **jeunes** et issus des **catégories populaires** aux revenus modestes, peu diplômés, chômeurs ou ouvriers.

• **Les abstentionnistes « hors du jeu politique ».** Nombreux au sein des **populations populaires**, ils sont **peu intéressés** par la vie politique et s'autoexcluent par **manque de connaissances des enjeux** (barrières culturelles) : ils peuvent aussi s'abstenir pour protester par **rejet du système politique**.

• **Les abstentionnistes « dans le jeu politique ».** **Plus diplômés** et **plus jeunes**, ils **s'intéressent à la politique** mais **s'abstiennent** par intermittence et de **manière stratégique** selon le contexte de l'élection (lorsque le type d'élection ou de candidat ne leur convient pas), ou pour **protester**.

Mot-clé

Les « hors-jeu » représentent le **tiers des abstentionnistes** ; ceux qui sont « dans le jeu » en représentent les **deux tiers**.

• **Une « politisation négative ».** L'abstentionnisme et le vote protestataire sont le signe d'une politisation qui continue à être forte mais qui s'accompagne d'une **défiance** à l'égard des politiques (promesses de campagnes non tenues, inefficacité des décisions prises, élus condamnés, etc.).

3 Comment expliquer le vote ?

A Les variables sociologiques lourdes

• **Des variables lourdes.** Dans les années 1940-1950, les travaux de l'école américaine de Columbia montrent que le vote est **prédéterminé** par les **caractéristiques socio-économiques** des individus comme la **profession**, la **pratique de la religion**, le **revenu**, le **patrimoine**, etc. : elles constituent des variables lourdes lorsqu'elles permettent de prédire le vote.

> **Zoom**
> Selon l'école de Columbia, « une personne pense politiquement comme elle est socialement ».

• **Quelles sont ces variables aujourd'hui en France ?** Les **catholiques pratiquants** votent majoritairement **à droite**, les **« sans religion »** et les musulmans, majoritairement **à gauche**. Ceux ayant un **patrimoine élevé** (logement, épargne…) votent plus **à droite** que ceux ayant un patrimoine plus faible. Les **travailleurs indépendants** (agriculteurs, chefs d'entreprise…) votent fortement **à droite** alors que les **salariés ouvriers et employés** votent plus **à gauche** que les salariés cadres.

B Les variables psychologiques lourdes

• **L'identification partisane…** Dans années 1960, l'école américaine de Michigan montre que la **stabilité des comportements électoraux** s'explique par l'**attachement affectif** à l'un des deux grands partis politiques américains (parti démocrate et parti républicain).

• **… s'explique par la transmission des préférences politiques.** La **famille** transmet à travers la socialisation un attachement à un parti politique ou un positionnement sur l'axe droite-gauche (voir leçon 16).

C Les « fausses variables »

• **Le genre et l'âge.** On observe **peu de différences** de vote **entre hommes et femmes**. De même, ce n'est pas l'âge en soi qui explique le vote mais plutôt les **facteurs liés à des catégories d'âges** (ex. : les plus âgés votent davantage à droite car ils ont un patrimoine plus élevé).

• **Le déclin du « vote de classe » et du clivage religieux.** Les ouvriers ne votent plus aussi massivement à gauche que par le passé (ex. : le Rassemblement national obtient de bons résultats parmi eux), et avec le **recul du poids de la religion** et des pratiques religieuses, la croyance détermine moins les orientations électorales.

17 La volatilité électorale

Le clivage droite-gauche illustre la diversité des sensibilités politiques. Mais il est aujourd'hui brouillé, et de plus en plus d'électeurs sont instables.

1 Les caractéristiques du clivage droite-gauche

A L'origine de ce positionnement politique

• **La Révolution française de 1789.** Le **clivage droite-gauche** remonte à 1789 lorsque les députés de l'Assemblée constituante devaient décider si le Roi **Louis XVI** pouvait disposer d'un **droit de veto pour interdire les lois**. Ceux qui étaient pour le veto se sont placés à droite du Président de séance, les autres à gauche.

• **À partir du XIXe siècle,** ce vocabulaire droite-gauche va progressivement se développer pour classer les **positions politiques** des **parlementaires** : droite et gauche vont devenir des **repères** pour **structurer** la **vie politique française**, encore de nos jours.

> **Rappel**
> La droite et la gauche ne sont pas des partis politiques !

B L'apparition plus tardive des valeurs de droite et de gauche

• **Le positionnement droite-gauche s'opère sur le terrain des valeurs depuis la fin du XIXe siècle.** Les enjeux du débat politique ne vont pas se cibler sur une question unique, mais vont s'articuler autour de **deux axes** : le **libéralisme économique** par opposition à l'**interventionnisme de l'État**, et le **libéralisme culturel** par opposition au **traditionalisme religieux**.

> **Mots-clés**
> • **Libéralisme économique :** idéologie qui attribue un rôle minimal à l'État dans le fonctionnement de l'économie.
> • **Libéralisme culturel :** système de valeurs qui privilégie l'autonomie de l'individu, libre de choisir son mode de vie.

• **Les différentes familles de pensée.** Il n'y a pas un contenu universel et constant associé à la droite et à la gauche. Il y a plutôt **des droites** et **des gauches** : sur les valeurs familiales et le mariage homosexuel, il y a à droite une minorité ouverte à une permissivité croissante, et à gauche une minorité assez réticente à certaines évolutions. Sur les enjeux migratoires, les politiques restrictives à l'égard de l'accueil des migrants ne convainquent pas toute la droite et les politiques ouvertes sont loin de faire l'unanimité à gauche.

• **Sans oublier le centre (ou les centres).** Les positions centristes sont souvent **difficiles à caractériser** car ceux qui se revendiquent du centre politique sont parfois sur des **positions intermédiaires** concernant un grand enjeu politique, parfois plutôt à gauche sur un enjeu et à droite sur un autre.

> **Zoom**
> Emmanuel Macron propose des politiques de type centriste (politiques économiques libérales et mesures de protection sociale et de non-discrimination des minorités).

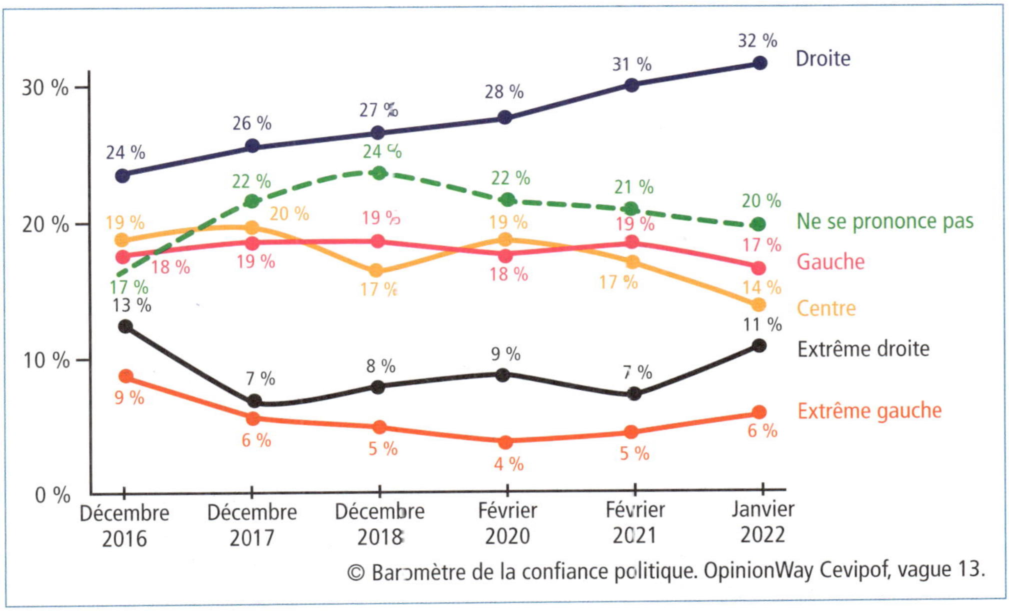

▲ Positionnement politique des Français.

2 Vers un effacement du clivage droite-gauche ?

A Un sentiment identitaire brouillé

• **Le débat droite-gauche n'est plus pertinent** pour 70 % des Français en 2018 : c'est un **débat dépassé** qui ne permet plus de comprendre les prises de position des partis et des hommes politiques.

• **Mais les Français revendiquent une identité politique en termes de droite et de gauche.** Ils déclarent qu'être de droite ou de gauche ce n'est pas la même chose, et qu'il existe des **différences** dans l'univers des **valeurs politiques** entre les **partis** de droite et de gauche.

• **Une contradiction qui s'explique.** La perception des notions de droite et de gauche comme dépassée exprime plutôt la **déception** face à l'offre politique représentée par les partis politiques des deux familles. Les Français se sentent plutôt de droite ou plutôt de gauche en fonction de ce qu'ils pensent, tout en estimant que les gouvernants mettent en œuvre des politiques semblables lorsqu'ils sont au pouvoir.

> **Zoom**
> Les Français attendent des **programmes politiques clairs, résumables en propositions** de droite ou de gauche. Mais ils sont déçus par les réalisations.

B Une recomposition du paysage politique

• **Une nouvelle opposition droite-gauche.** Un **clivage nouveau** oppose les **partisans d'un monde ouvert et unifié** devenu un grand marché mondial à **ceux qui préfèrent un monde entrouvert et divers** dans lequel les communautés nationales préserveraient leurs spécificités.

• **L'exemple de la mondialisation et de l'intégration européenne.** Des **fractures** entre les partis politiques français apparaissent autour de la **question des frontières** concernant aussi bien les **flux migratoires** que les **échanges économiques** (protectionnisme ou libre-échange).

3 La mobilité électorale

A Un vote plus volatil (ou mobile)

• **Qu'est-ce que la volatilité ?** C'est la propension des électeurs à **modifier** leurs **comportements électoraux** entre deux scrutins consécutifs et comparables.

• **Le vote sur enjeu.** Les électeurs **votent** plus facilement pour des **partis différents** en fonction de l'**enjeu de l'élection** : ils **modifient** leurs **choix** en fonction des **questions qui les touchent** au quotidien, mais aussi en fonction des **qualités prêtées aux candidats** (leur image est souvent plus déterminante que leurs propositions).

B Un nouvel électeur ?

• **Un électorat plus jeune.** La **volatilité du vote** touche davantage un **électorat jeune**, souvent **instruit**, et qui a **du mal à se positionner** sur l'axe droite-gauche.

• **Un électeur plus stratégique et rationnel.** L'électeur mobile est **sensible** à l'**offre politique du moment**. Il est comparé à un **consommateur rationnel** qui **maximise les avantages** procurés par son vote.

• **Mais un électeur toujours influencé par des variables sociales.** L'électeur d'aujourd'hui est moins passif et plus compétent dans la **compréhension de la vie politique**. En cela, son vote est moins captif que par le passé, mais il reste encore largement **influencé** par les variables sociales lourdes (voir leçon 16).

C Le rôle des campagnes électorales et des médias

• **Les campagnes électorales captent l'électorat volatil.** Les campagnes électorales sont le **moment privilégié** où les partis politiques **exposent** des **thèmes** et des **enjeux** (ex. : la sécurité, l'emploi…) à travers leurs **programmes** pour **convaincre** les électeurs indécis.

• **Les médias contribuent au « vote sur enjeu ».** En mettant sur le devant de l'actualité des **thèmes de débat** (ex. : l'insécurité, le pouvoir d'achat, etc.), les médias renforcent l'**intérêt des individus** sur certains sujets. Ils peuvent donc **influencer** le vote, en étant à l'origine d'un « vote sur enjeu ».

18 Les risques économiques et sociaux

Vivons-nous dans un monde infiniment plus dangereux qu'autrefois, ou est-ce la perception que nous en avons qui nous en donne la certitude ? En fait, l'attitude de chacun face aux risques dépend de nombreux facteurs individuels et collectifs.

1 Une société du risque

A La définition économique du risque

- **La notion de risque** concerne un **événement** qui se produit avec une **probabilité** connue ou qu'il est **possible d'estimer**. Une activité risquée implique que les événements et leurs conséquences sont incertains : leur **réalisation** est **plus ou moins probable**.
- **Un événement est sûr (ou certain)** lorsqu'il se produit avec une **probabilité totale** (de 1 ou de 0). Une activité sûre implique que le **résultat** est **certain**.

Rappel
En économie, le risque est associé à l'incertitude, que les effets soient bénéfiques ou néfastes.

B Le progrès n'a pas éliminé le risque

- **Les progrès scientifiques et le progrès social (lois sociales)** ont permis à nos sociétés de **gérer**, voire d'**éliminer** un certain nombre de **risques** : disparition de certaines maladies dans nos sociétés modernes, meilleure maîtrise face aux catastrophes naturelles, arrêt du travail avec la retraite, remboursement des soins de santé, etc.
- **Pourtant, nos sociétés n'ont jamais été aussi anxieuses** quant aux risques qui subsistent (ex. : le chômage) et quant aux risques futurs mal connus (ex. : retraites, changement climatique, etc.). Le sentiment de vivre aujourd'hui dans un **monde plus dangereux** qu'il ne l'était autrefois est largement partagé. Nos sociétés cherchent alors à **atteindre** le plus **haut niveau de sécurité**.

Zoom
Que ce soit à un niveau individuel ou collectif, les individus cherchent à atteindre une situation utopique de risque nul.

- **Le développement des nouvelles technologies d'information** diffuse et amplifie les **craintes individuelles** face à ce qu'on a appelé les « **nouveaux risques** » (ex. : accidents industriels, effets sur la santé des nanoparticules, production d'OGM, etc.).

C Des risques économiques et sociaux davantage pris en compte

- **La société du travail salarié a produit des dangers.** Plusieurs risques ont été **pris en charge** par la **société** depuis le début du XXe siècle : les **accidents du travail**, la **perte d'emploi** (chômage), l'interruption de travail liée à la maladie (ou à la maternité pour les femmes), la **vieillesse** (retraite et dépendance), ainsi que la **pauvreté** (ex. : le RSA, revenu de solidarité active).
- **Le développement de la protection sociale en France après 1945.** L'objectif n'a pas été seulement de garantir un revenu face à certains risques, mais aussi de **réduire les inégalités de revenus** des plus riches vers les moins riches.

2 Les perceptions des risques et les attitudes face au risque

A Les perceptions du risque

• **La notion de « perception du risque ».** Les risques sont déterminés et sont acceptés, ou non, par la population en fonction de la perception qu'elle en a. Cette perception correspond aux **croyances**, aux **attitudes**, aux **jugements** et aux **sentiments**, mais aussi aux **valeurs socioculturelles** et aux **dispositions** que les individus adoptent **à l'égard des dangers** et de leurs **bénéfices éventuels**.

• **Le risque peut être calculé ou être irrationnel :**
– **il est calculé** lorsqu'il est caractérisé par des **probabilités** associées à des **dangers particuliers** (ex. : habiter près d'une centrale nucléaire) ;
– **il est irrationnel** lorsque les comportements humains ne **s'alignent pas toujours** sur l'**éventualité réelle des accidents** : de nombreux individus acceptent de courir des risques de probabilité relativement élevée tout en refusant de s'exposer à d'autres, bien moins vraisemblables.

> **Exemple**
> Des personnes qui vont refuser de prendre l'avion par peur alors que la probabilité d'un accident aérien est extrêmement faible, mais qui vont conduire après avoir consommé de l'alcool.

B Des individus classés face aux activités risquées

• **En situation d'incertitude,** **trois attitudes** sont théoriquement **possibles** pour les individus quant à leur goût pour le risque :
– **la recherche du risque** (« l'amour du risque ») : le risque est perçu comme l'occasion de **gains importants et rapides** ;
– **son évitement** (on parle « d'aversion au risque ») : le risque est perçu comme la **source de pertes potentielles** ;
– **l'indifférence à l'égard du risque** (neutralité) : l'**incertitude** n'est synonyme ni de chance ni de désagréments.

• **En général, les individus préfèrent un gain relativement sûr à un gain bien plus important mais moins probable.** Mieux vaut recevoir 100 euros qu'avoir une chance sur 10 d'en recevoir 1 000. Toutefois, chaque individu a son propre comportement face au risque.

> **Zoom**
> En période d'euphorie boursière, certains sont à la recherche du risque pour espérer gagner beaucoup d'argent.

C L'attitude face au risque dépend d'une grande variété de facteurs

• **Les facteurs individuels (ou psychologiques).** Qu'il s'agisse par exemple de fumer, de fréquenter les fast-foods ou du mode de conduite automobile, chaque individu **évalue le risque** : l'attitude qui en découle résulte d'une **comparaison coûts/bénéfices** de chaque terme de l'alternative.

• **Exemple.** Le jeune conducteur peut être dans la recherche de plaisir en roulant vite malgré le risque d'accident plus élevé, car il estime avoir un degré de contrôle sur la situation, ou parce qu'il n'a jamais eu d'accident, ou encore pour se survaloriser par rapport à ses amis.

• **Des facteurs collectifs (ou sociologiques).** Les **sociétés** n'ont pas toutes la même attitude face aux risques : des chiffres différents sur la criminalité entre les pays traduisent de **grandes disparités** dans la **tolérance** à la violence et, notamment, aux **risques induits** par les armes à feu. De même, les nombreux accidents en Chine liés à l'exploitation des mines de charbon ne seraient pas tolérables dans des pays plus démocratiques comme la France.

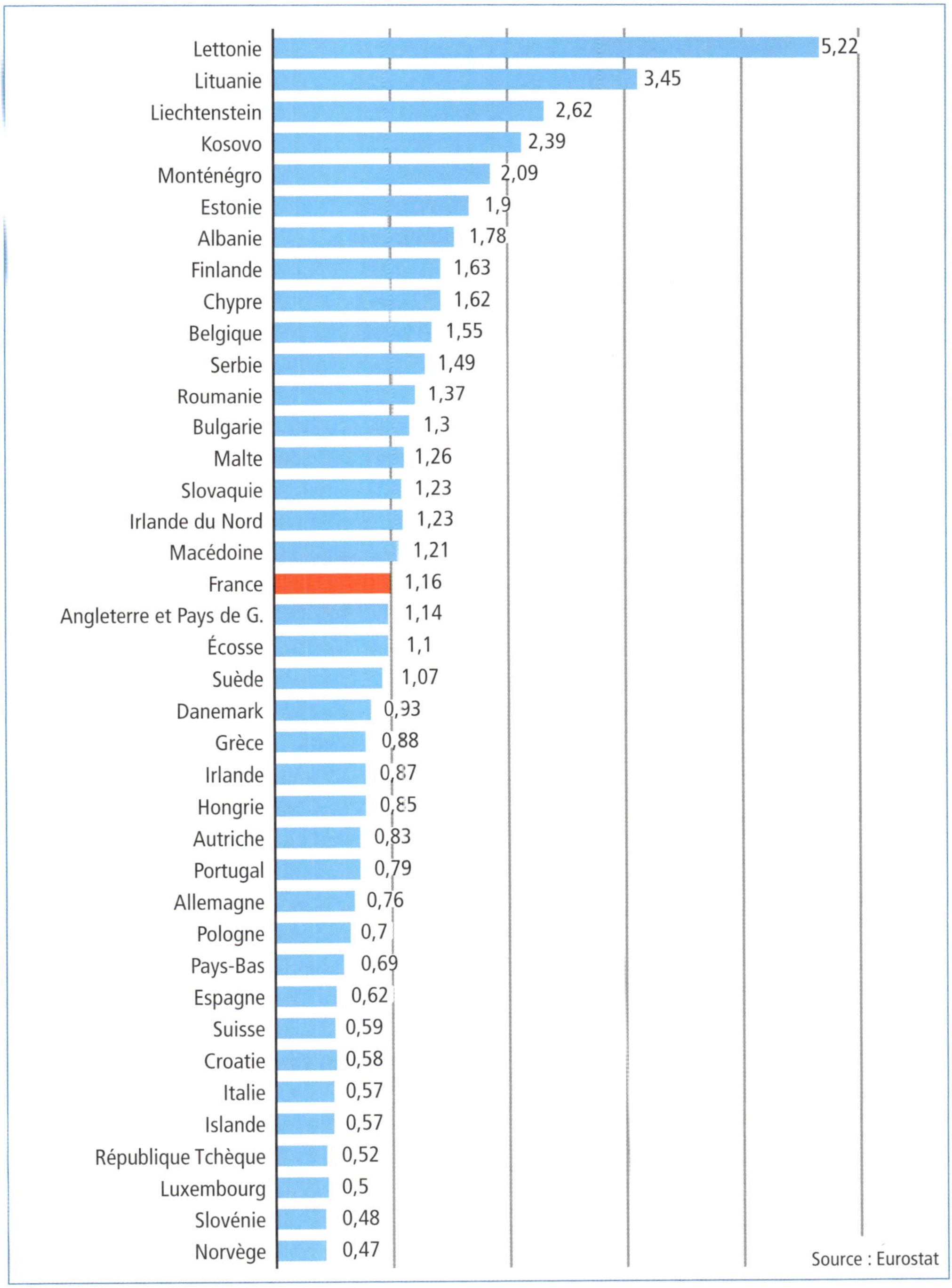

▲ Taux d'homicide pour 100 000 habitants en 2018.

19 Comment gérer les risques économiques et sociaux ?

La gestion des risques repose sur plusieurs institutions protectrices : la famille, le marché de l'assurance et les pouvoirs publics. Ces derniers permettent davantage de partager les risques sociaux grâce à des systèmes d'assurances sociales.

1 La gestion collective des risques

A Le partage des risques

• **Notre société est celle du partage des risques.**
L'**assurance** a contribué à la **sécurité de l'homme** et de ses activités. Elle permet aux individus de **se prémunir** contre la survenance de certains événements indésirables.

> **Zoom**
> **Henry Ford** (industriel américain, 1863-1947) disait que les gratte-ciels de New York n'auraient sans doute jamais existé en l'absence d'assureurs pour couvrir le risque de travailler à une pareille hauteur.

• **Un partage des risques bénéfique…**
– **Il unit les individus par la solidarité et le contrat** (de travail, d'assurance, de mariage, etc.), renforçant ainsi le **lien social**.
– **Il permet aux entrepreneurs d'innover** en se lançant dans des **investissements potentiellement rémunérateurs**, mais parfois très **incertains**.
– **Il améliore le bien-être et le confort de la population** : le fait de réduire la probabilité d'un risque **accroît** le **montant des revenus** escomptés et réduit les fluctuations de revenus.

> **Mot-clé**
> **L'assurance** fournit à l'innovateur un parachute en cas d'échec.

• **… mais pas toujours.**
– **Dans le cas de l'assurance,** l'individu qui y souscrit se débarrasse du risque de subir un sinistre : il **verse de l'argent** chaque mois, même si rien ne lui arrive, de sorte que le jour où il subit un sinistre il n'a pas besoin d'assumer la totalité des dommages.
– **L'individu peut alors n'avoir plus aucune incitation à éviter qu'un dommage ne se produise** (ex. : vol d'une voiture volontairement pas fermée à clé) : c'est l'**aléa moral** (voir leçon 4) pour lequel l'assureur n'a aucun moyen de contrôler le sérieux de la personne.

B Les mécanismes de gestion collective des risques

• **La prévention : auto-assurance et précaution.**
– **La prudence (ou auto-assurance) permet de diminuer ou supprimer le risque.** L'**éducation** (à la santé, aux accidents de la vie quotidienne, aux risques professionnels, etc.) joue, en la matière, un rôle primordial : l'enfant qui apprend à traverser aux feux rouges pratique une forme élémentaire mais importante d'auto-assurance.

– **La précaution permet de faire face, dans le futur, à toute éventualité désagréable**. Par exemple, c'est le cas de l'individu averse au risque (préférant la certitude à l'aléa) qui épargne pour anticiper le risque d'être un jour au chômage, ou malade (**épargne de précaution**).

• **La mutualisation des risques en assurance.** S'assurer, c'est accepter le principe de **payer pour les autres** (paiement d'une **cotisation**) sachant que peut-être, un jour, ce sera pour soi-même. Sans assurance, les personnes souffrant d'une maladie chronique, les personnes responsables d'un accident de la route ou encore les personnes ayant subi un incendie ne pourraient pas régler leurs factures toutes seules.

• **La diversification.** Un individu averse au risque préfère **supporter plusieurs petits risques qu'un risque unique et très important** (« ne pas mettre tous ses œufs dans le même panier »). C'est l'un des principes de la finance moderne : détenir un portefeuille diversifié de titres financiers (actions et obligations diverses) protège contre les fluctuations des marchés financiers.

Exemple

Si sur dix véhicules assurés, un seul en moyenne est confronté à un sinistre, les dix cotisations versées permettent de payer les dommages de ce dernier.

Zoom

La « loi des grands nombres » montre que 100 tirages à pile ou face, chacun pour un enjeu de 10 euros, constituent un pari beaucoup moins risqué qu'un tirage unique pour une mise de 1 000 euros.

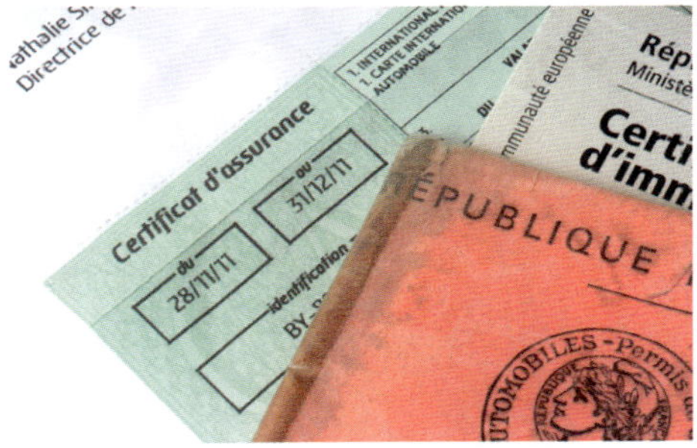

2 Les institutions protectrices des risques

A Des institutions privées et publiques

• **La famille, lieu de partage et de gestion des risques.** La famille se protège grâce aux **aides financières** et **autres services** rendus entre parents et enfants (ex. : gardes d'enfants), à une **division des tâches** au sein du couple (l'un peut s'investir davantage dans la sphère professionnelle que l'autre), à des **revenus plus importants** lorsque les deux conjoints travaillent, ou à l'**assistance mutuelle** imposée par la loi pour les personnes mariées.

• **Le marché et ses mécanismes de régulation.** Les banques, les sociétés et les mutuelles d'assurance mettent en place des **mécanismes d'épargne** et d'**assurance** permettant de mieux gérer les risques individuels (ex. : vol, accident de voiture, etc.).

• **Les mécanismes gérés par les autorités publiques.**
– **Les dispositifs publics de gestion des risques** sont apparus avec l'**État-providence** (État interventionniste), qui impose des **systèmes de solidarité** obligatoire pour faire face aux risques tels que le chômage, la vieillesse, les accidents du travail, l'invalidité, le veuvage et la maladie.
– **La participation obligatoire à un système de mutualisation des risques** évite que les individus présentant des risques faibles refusent d'y participer à cause des **cotisations**, alors que ceux qui présentent des risques élevés s'y inscrivent pour **bénéficier des prestations**.

Zoom

Exemple d'intervention de l'État sur le marché du travail : il fournit une sécurité aux individus en réglementant les embauches et les licenciements, en fixant une indemnisation chômage, ou en mettant en place le salaire minimum.

B La protection sociale : instrument de la politique publique

• **La protection sociale** désigne tous les **mécanismes de prévoyance collective permettant aux individus de faire face aux risques sociaux** lesquels peuvent provoquer une baisse de leurs ressources ou une hausse de leurs dépenses : **vieillesse, maladie, invalidité, chômage, maternité, charges de famille**, etc.

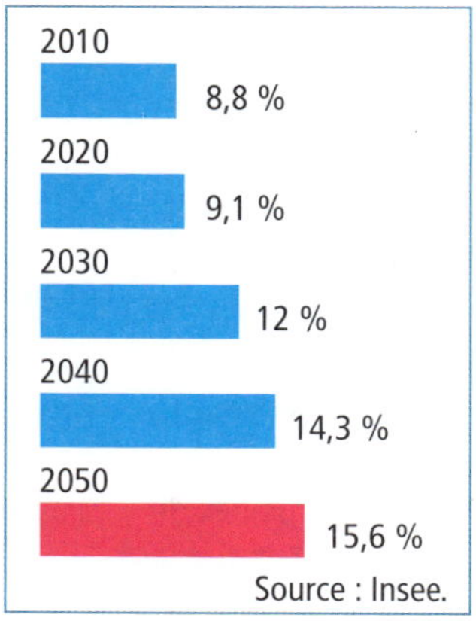

▲ **Personnes âgées de plus de 75 ans en % de la population totale**

• **Une logique d'assurance sociale consiste à couvrir un risque de perte de revenus** (ex. : chômage, maladie, vieillesse, accident du travail) : les prestations sociales sont financées par des **cotisations** (comme dans une assurance privée), et sont donc réservées à **ceux qui cotisent**.

• **Une logique d'assistance** instaure une **solidarité** entre les individus pour **lutter** contre les **formes de pauvreté**. La prestation assure alors un **revenu minimum**, qui ne couvre pas forcément un risque spécifique. Ce revenu minimum est versé sous condition de ressources, et est financé par l'impôt (ex. : le revenu de solidarité active).

Rappel

Les **allocations familiales** répondent à une logique de **protection universelle** : elles sont accordées à **tous les individus, sans conditions de cotisations ni de ressources.**

• **Tous les pays n'ont pas choisi le même système de protection sociale.** Par exemple, l'Allemagne a choisi un système d'assurance sociale alors que les pays anglo-saxons ont plutôt choisi un modèle d'assistance. La France, au lendemain de la Seconde Guerre mondiale, a fait le choix d'un système mixte d'assurance sociale et de sécurité sociale.

20 Gouvernance et organisation des entreprises

La gouvernance d'entreprise est une question de société : son contenu a évolué avec les différentes phases du capitalisme. Toute entreprise est aussi un ensemble coordonné de personnes qui produit du lien social, des règles et des contraintes.

1 Le développement des entreprises

A Les étapes dans la vie d'une entreprise

Zoom

La vision de **Steve Jobs** (1955-2011), fondateur d'Apple, a été de rendre l'utilisation d'un ordinateur accessible à chaque personne.

• **Il existe quatre grandes phases dans la vie d'une entreprise.** Le cycle de vie schématise ces différentes étapes, mais toutes les entreprises ne traversent pas l'ensemble des phases du cycle de vie.

1. La création : à la création de l'entreprise, son **fondateur** est **souvent le seul dirigeant**, et les **résultats** de l'entreprise **peuvent être déficitaires**.

2. L'expansion : la **clientèle est plus forte** pour les produits ou les services proposés par l'entreprise.

3. La stabilisation (ou maturité) : il s'agit de la **phase la plus longue** car la demande de marché est stable (chiffre d'affaires solide).

4. Le retournement : face à la menace de sa disparition, l'entreprise peut **rebondir** grâce à une **renaissance** (revitalisation) qui passe par le **développement de nouveaux produits ou services**, ou la **conquête de nouveaux marchés**. L'entreprise n'est donc pas condamnée à disparaître après avoir atteint un certain degré de maturité.

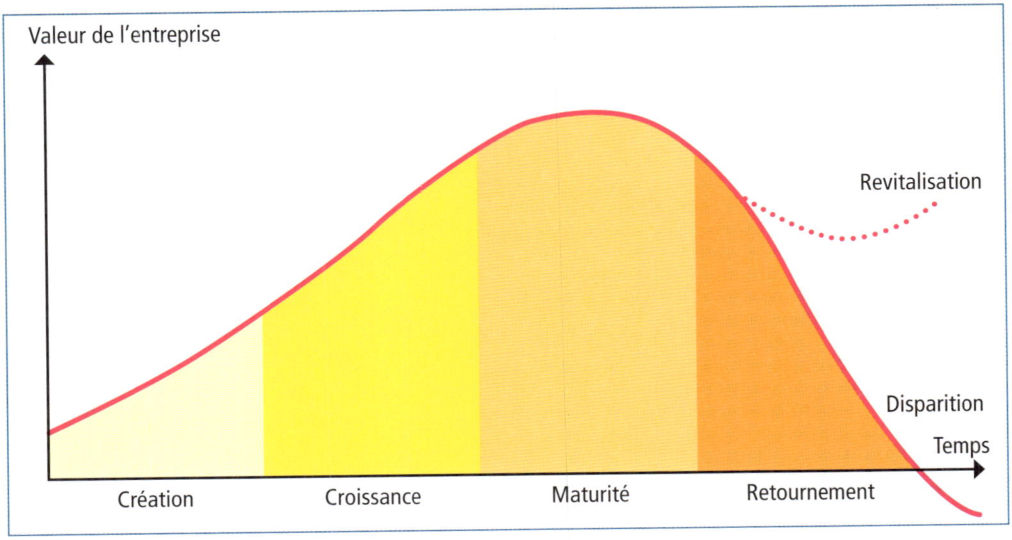

▲ Le modèle du cycle de vie de l'entreprise.

• **Une forme juridique appropriée.** La forme juridique de l'entreprise doit être adaptée à la **croissance** et à la **trajectoire de développement** de l'entreprise car elle génère certains coûts :
– **les entreprises individuelles** appartiennent à **une seule personne physique** (petits commerçants, artisans ou agriculteurs) ;
– **les entreprises sociétaires** (ou sociétés) réunissent des **associés** qui **mettent en commun des capitaux**. Juridiquement, les sociétés sont des **personnes morales** : leurs **droits** et **obligations** sont distincts de ceux des personnes physiques qui les constituent. Parmi les sociétés, on trouve les SARL (sociétés à responsabilité limitée) et les SA (sociétés anonymes).

B Entreprises et entrepreneurs à travers l'histoire

• **L'entreprise moderne date du XVIe siècle,** avec les **marchands** et les **commerçants** qui assument le risque dans l'**échange des produits** et de la **monnaie**.

• **La Révolution industrielle au XVIIIe siècle** a fait apparaître l'**ingénieur-entrepreneur**, l'**innovateur** et le **dirigeant**, qui ont accompagné la transformation industrielle jusqu'à la fin du XIXe siècle : le **capitalisme libéral** était né.

• **L'apparition de grands groupes industriels et financiers à la fin du XIXe siècle** appelle une **autre vision de l'entreprise** : le **capitalisme managérial**, où le **manager** (qui peut être un groupe de personnes) remplace l'entrepreneur individuel. La grande entreprise va ainsi s'imposer comme une **organisation industrielle** dirigée par des **« spécialistes »** jusqu'au milieu de la décennie 1970. Pour **se développer**, les plus grandes entreprises ont eu **besoin de capitaux** en provenance d'**actionnaires** (voir leçon 5) qui n'étaient pas les dirigeants.

> **Zoom**
> Dans les **grandes entreprises**, le **pouvoir économique** est **transféré** des mains des **propriétaires** vers le groupe des **managers**.

• **Le capitalisme actionnarial au début des années 1980 marque le retour au pouvoir des actionnaires.** Dans un contexte de **développement du marché boursier**, les **règles de rentabilité** imposent aux dirigeants d'augmenter le cours boursier de l'entreprise pour **créer de la valeur** aux **actionnaires**.

> **Zoom**
> La **course à la rentabilité** à court terme a conduit les entreprises à **réduire** leurs **coûts de production : réduction des salaires et des emplois, hausse de la productivité, sous-traitance**, etc.

C La notion de gouvernance

• **La gouvernance d'entreprise** désigne la façon dont le **pouvoir** est **organisé** au sein d'une entreprise (l'organisation du contrôle et de la gestion).

• **Une organisation plus ou moins centralisée.**
– **lorsque l'autorité est concentrée au niveau hiérarchique supérieur et détenue par un nombre très restreint de responsables**, l'organisation est qualifiée de centralisée ;
– **si,** au contraire, l'autorité est partagée par un **grand nombre de responsables** et s'étend jusqu'aux **niveaux hiérarchiques inférieurs des cadres**, l'**organisation** est plutôt qualifiée de **décentralisée**.

• **Les individus se réalisent mieux dans une organisation décentralisée.** Elle leur donne une certaine **liberté** ainsi que l'occasion de prendre des **initiatives** et de faire preuve de leurs compétences.

• **Des règles de gouvernance de plus en plus participatives.** Elles consistent à prendre en considération les **intérêts de toutes les parties prenantes liées à l'entreprise** : les salariés, les actionnaires, les dirigeants, les sous-traitants, les fournisseurs, les banques, etc. La satisfaction de leurs intérêts est donc une clé de la réussite de l'entreprise.

Rappel
Plus le nombre de partenaires est important, plus la coopération entre toutes les parties prenantes de l'entreprise est difficile à mettre en œuvre.

2 L'entreprise, lieu de relation sociales

A L'organisation hiérarchique de l'entreprise

• **L'organisation horizontale de l'entreprise.** Cette organisation de l'entreprise indique comment le **travail** est **divisé** entre les **différentes fonctions**. Il distingue les **fonctions d'exécution** (la fabrication dans les « ateliers ») et les **fonctions de conception** (objectifs fixés par les ingénieurs et la direction).

• **L'organisation verticale de l'entreprise.**
Elle renvoie à la hiérarchisation des différentes personnes composant l'entreprise (dirigeants et salariés) et à la façon dont **se coordonne** leur **travail**.
Des **rapports de direction** et de **subordination** s'établissent. Les supérieurs hiérarchiques donnent des ordres aux travailleurs, les contrôlent et les sanctionnent. Pour les travailleurs, la relation de subordination découle du contrat de travail qui fixe leurs conditions de travail et leur rémunération.

B Coopération et action collective dans l'entreprise

• **Le principe de coopération.** Une entreprise est performante lorsqu'elle accomplit une **action collective** et **atteint** les **objectifs** qu'elle s'est fixés (ex. : une entreprise recrute des vendeurs et investit dans des voitures de fonction pour atteindre un certain chiffre d'affaires annuel). La **mise en place de l'objectif** est un **acte de coopération**.

Mot-clé
Coopération : mode d'organisation sociale qui permet à des individus ayant des intérêts communs de travailler ensemble avec le souci de l'intérêt général.

• **L'intérêt général avant tout.** C'est aux dirigeants de faire passer l'**intérêt collectif** avant les préférences individuelles de chacun des membres de l'entreprise. Certains **syndicats** optent également pour la **coopération** : par exemple, en Allemagne, ils négocient largement, sans pourtant s'interdire la confrontation sociale.

C Conflits et action collective dans l'entreprise

• **Des relations parfois conflictuelles.** Si les **relations sociales** dans l'entreprise peuvent être coopératives, elles peuvent être aussi conflictuelles. Un conflit est nécessairement précédé de **tensions** (relatives aux conditions de travail, aux salaires, à la politique générale de l'entreprise), alors que des tensions (même fortes) ne débouchent pas automatiquement sur des **conflits**.

• **Les raisons de l'action collective.** Les conflits supposent une action collective qui peut s'expliquer par la **somme des intérêts individuels** (chacun estime si les avantages sont supérieurs aux coûts, en temps ou en argent par exemple) ou par un **sentiment communautaire** (ex. : des salariés qui, en se réunissant, renforcent la **solidarité** entre eux).

• **Les formes de conflits collectifs.** Les conflits peuvent prendre **différentes formes** :
– **la diffusion de revendications par tracts**, lors d'assemblées du personnel, de manifestations… ;
– **la grève.**

Histoire-Géographie Géopolitique Sciences politiques

PRÉSENTATION

Comprendre le monde passé et contemporain

La **spécialité d'histoire-géographie, géopolitique et sciences politiques** fait partie des trois spécialités que doivent choisir les élèves de première. Proposée dans la plupart des lycées, à raison de quatre heures d'enseignement par semaine, elle donne des **clés de compréhension du monde passé et contemporain** sur le plan des relations sociales, politiques, économiques et culturelles.
Pour cela elle développe une **approche pluridisciplinaire** qui fait appel à l'histoire, la géographie, la science politique et la géopolitique.

Un enseignement pluridisciplinaire

L'histoire

L'histoire est la connaissance du passé. Les événements qui la constituent se succèdent dans le temps. Pour se repérer, les hommes ont inventé la chronologie. Pour connaître l'histoire, l'historien s'appuie sur les traces et les témoignages de l'existence, de l'organisation et des activités des hommes.
Une mise en perspective. Les événements sont ainsi mis en perspective et leur comparaison permet d'établir des **continuités** ou des **ruptures**. L'histoire **contextualise le rôle des acteurs** et s'avère donc un outil irremplaçable pour comprendre le monde contemporain. C'est déjà ce qu'affirmait le grand historien et homme politique français **François Guizot** au XIXe siècle.

La géographie

L'organisation des territoires. La géographie est avant tout l'étude des logiques d'organisation des territoires. Elle analyse **l'influence des acteurs** sur ces territoires.
Le changement d'échelles. Il permet de confronter toutes sortes de situations et de logiques d'appropriation de l'espace du local au plus global. Grâce à la **réalisation de cartes** et la connaissance des lieux proches comme éloignés, la géographie permet **la comparaison** et encourage le développement de l'esprit critique.

La science politique

L'étude de la nature du pouvoir. La science politique permet de saisir les phénomènes dans leur spécificité politique, à savoir « les fondements, les objectifs, l'exercice et les effets du pouvoir ». Elle peut donc être considérée comme l'étude de la conceptualisation et du **fonctionnement des institutions qui permettent de gouverner les hommes.**
Les domaines de la science politique. Ils sont traditionnellement au nombre de quatre : les concepts politiques, les régimes, les acteurs politiques et les relations internationales.

La géopolitique

« Tout État a la politique de sa géographie. » Cette affirmation célèbre de Napoléon Ier peut être considérée comme une des toutes premières définitions de la géopolitique. Dans les années 1970, le géographe Yves Lacoste l'a complétée et modernisée : « La géopolitique prend en compte les **rivalités des pouvoirs** dans la mesure où celles-ci portent sur des **territoires**. »
Des enjeux de pouvoirs Dans la perspective du programme de première, il convient surtout d'étudier, en considérant leur **profondeur historique**, les enjeux de pouvoir entre des territoires considérés et les conséquences qu'ils entraînent.

Document

Prenez tous les faits dont se compose l'histoire d'un peuple, qu'on est accoutumé à considérer comme les éléments d'une vie ; prenez ses institutions, son commerce, son industrie, ses guerres, tous les détails de son gouvernement : quand on veut considérer ces faits dans leur ensemble, dans leur liaison, quand on veut les apprécier, les juger, qu'est-ce qu'on leur demande ? On leur demande en quoi ils ont contribué à la civilisation de ce peuple, quel rôle ils y ont joué, quelle part ils y ont prise, quelle influence ils y ont exercée.

François Guizot, *Introduction au Cours d'histoire moderne*, 1828.

Un enseignement thématique large et valorisant

Des thèmes qui permettent de mieux comprendre le monde actuel

Appréhender des questions essentielles. En première, en partant des acquis des enseignements communs de seconde en histoire-géographie et en sciences économiques et sociales, les thèmes étudiés sont : la **démocratie**, les **dynamiques des puissances internationales**, les **frontières**, les **sources et modes de communication** et les **relations entre États et religions**. Ils se déclinent en quelques grands axes abordés par le biais d'études de cas et d'exemples (les jalons) et débouchent sur un travail conclusif qui met le thème en perspective.

Acquérir des capacités et des méthodes essentielles. L'enseignement de la spécialité histoire-géographie, géopolitique et sciences politiques met l'accent sur quatre capacités et méthodes : analyser, interroger, **adopter une démarche réflexive ; se documenter** (voir p. 200-201); **travailler de manière autonome** (voir p. 202-203) ; s'exprimer à l'oral. Elle est évaluée pour le baccalauréat en **contrôle continu**, par une épreuve comportant **une composition** (voir p. 204-205) et une **étude critique de document**.

Une spécialité qui ouvre la voie à toutes sortes d'études

Les cursus universitaires. Cette spécialité est très utile pour aborder sereinement de nombreux cursus universitaires, particulièrement **l'histoire**, la géographie, les sciences sociales, le **droit** et les **sciences politiques**.

Les classes préparatoires aux grandes écoles (CPGE). L'histoire, la géographie, la géopolitique et la science politique sont indispensables pour réussir en **CPGE littéraires,** en **CPGE économiques et commerciales**. Cet enseignement post-baccalauréat pluridisciplinaire, dispensé dans plus d'une centaine de lycées, permet ensuite, au bout de deux ou trois ans, d'**intégrer de nombreuses écoles** (journalisme, instituts d'études politiques, écoles de commerce et de management, etc.) ou de poursuivre des études universitaires en licence ou Master 1, la scolarité en CPGE permettant l'obtention des crédits ECTS nécessaires.

Zoom

La **BEL (Banque d'épreuves littéraires).** C'est le nom du concours passé en fin de 2e année de CPGE littéraires. Outre l'intégration dans l'une des **écoles normales supérieures** (Lyon, Paris, Saclay), sa finalité première, ce concours offre des places dans plus de quarante écoles et formations de haut niveau : toutes les **grandes écoles de commerce** ; des écoles de **journalisme** et **d'interprétariat** ; le **management de la fonction publique** (IEP, ISMaPP) ; les **écoles des Chartes et du Louvre** ; l'école militaire de **Saint-Cyr**, etc.
Le site Internet de la BEL donne tous les renseignements utiles sur le concours et ses débouchés : http://www.concours-bel.fr

Se documenter

COMMENT FAIRE ?

L'écoute active en cours est obligatoirement complétée par un **travail de documentation** d'abord aidé par les enseignants, puis **progressivement en autonomie**. Toutes les sources d'information accessibles ne sont pas équivalentes. **Les sources imprimées sont à privilégier** tout en les complétant **par des recherches sur Internet**.

Connaître les principales sources de documentation

Atlas, dictionnaires, encyclopédies et usuels

Les Atlas, dictionnaires et encyclopédies sont nécessaires pour acquérir un vocabulaire de base correct et pour faire le point sur de grandes questions. Il faut posséder un dictionnaire, mais aussi consulter les encyclopédies en bibliothèque ou sur Internet.

Les lieux « classiques » où se documenter

Votre bibliothèque « personnelle » doit comporter vos manuels de lycée. Vous serez surpris du nombre d'informations qu'ils recèlent. Il faut y ajouter au minimum un dictionnaire et un atlas.

Au CDI, vous trouverez les encyclopédies, des revues et un grand nombre d'ouvrages spécialisés. Vous serez guidé par le professeur documentaliste et votre professeur de spécialité. Vous pouvez aussi utiliser la **base de données informatiques interactive du CDI**. Elle est accessible grâce à des terminaux disponibles dans les salles de lecture et par Internet. Le principe de recherche ne diffère pas du système traditionnel, à la différence qu'il faut remplir des champs de valeur (auteur, titre, époque ou thème) et, ensuite, recopier les cotes pour obtenir l'ouvrage qui vous paraît le plus pertinent.

Le cas particulier d'Internet

Une « caverne d'Ali Baba »

La plupart des internautes utilisent d'abord les moteurs de recherche (et principalement Google) pour se documenter. Les multiples réponses à leurs requêtes, pas toujours appropriées, les laissent souvent perplexes tant il leur est difficile de démêler l'essentiel de l'accessoire.

Une obligation de tri

La meilleure démarche à suivre pour gagner du temps est de savoir où trouver des informations pertinentes.

Les grands sites marchands : ils sont toujours référencés en premier par les moteurs de recherche et contribuent à brouiller la clarté des réponses proposées. Ils peuvent cependant avoir une certaine utilité en indiquant des titres d'œuvres en rapport avec le sujet à traiter.

Les encyclopédies en ligne : Wikipédia (http://wikipedia.fr/) est la plus utilisée, malgré la méfiance – en partie injustifiée – que lui voue encore une fraction du monde universitaire. Elle peut se révéler utile pour des détails factuels mais elle ne permet que rarement d'avoir une vue d'ensemble cohérente sur un sujet précis. L'encyclopédie **Larousse** (http://www.larousse.fr/), accessible gratuitement en ligne, offre moins de choix que Wikipédia, mais la plupart des articles sont de bonne qualité (nombreuses cartes historiques). L'encyclopédie **Universalis** (http://www.universalis.fr/) reste la plus fiable pour débroussailler une question mais l'accès à l'ensemble des articles est payant.

Exercice d'application

OBJECTIF

Faire une fiche de lecture.

RÉALISATION

Conseils généraux

Une fiche de lecture a pour but de **rendre accessible, de manière structurée**, en quelques pages, **un ouvrage** essentiel à l'approfondissement d'un thème du programme. C'est un outil documentaire qui doit être utile. Il faut donc la faire avec soin en respectant des consignes précises. Elle doit être la plus courte possible, en tenant compte, bien sûr, de la taille de l'ouvrage à ficher. Elle doit surtout être accessible au lecteur et donc être rédigée avec soin : le style « télégraphique » est à éviter.

Préparer la fiche

Il faut lire attentivement l'ouvrage à ficher et noter dans un fichier informatique « brouillon » les idées essentielles. Donner un titre général à chaque chapitre permet d'en dégager l'idée principale. Ensuite, il faut dactylographier la fiche en la rédigeant à l'ordinateur, en respectant les consignes données par le professeur (police de caractères, nombre de signes, mise en page des titres et intertitres, etc.).

Rédiger la fiche

L'introduction présente l'ouvrage : auteur, titre, date de publication, type d'ouvrage, thème principal. Suivant les consignes données par le professeur, vous devrez donner plus ou moins de précisions sur la bibliographie de l'auteur, sur le genre de l'ouvrage ou le contexte de son écriture et de sa publication.

Le développement synthétise les idées principales de l'ouvrage soit en suivant son ordre, soit en regroupant certains chapitres qui ont la même thématique. **Il ne s'agit pas de résumer tout ce qui est écrit** mais d'en extraire les idées fortes. Il faut aussi recopier quelques courts passages marquants du livre. Ces citations doivent être limitées (une à deux par chapitre) et concises (une à deux phrases). Elles permettent d'illustrer votre synthèse. Il ne faut en aucun cas que votre fiche de lecture soit un collage d'extraits de l'ouvrage mis bout à bout !

La conclusion permet de dégager l'intérêt principal de l'ouvrage. Elle doit aussi adopter une démarche critique en soulignant ses limites (les oublis, les erreurs, les passages difficilement compréhensibles, etc.). Il faut aussi indiquer en quoi l'ouvrage vous a été utile et ce qu'il vous a appris.

LES MÉTHODES

Travailler de manière autonome

COMMENT FAIRE ?

Le plus grand changement induit par l'**enseignement supérieur** est une véritable **liberté dans la gestion de son temps de travail**, en grande partie parce que les horaires des cours semblent s'être considérablement allégés. C'est à cela que vous prépare, **dès le lycée**, l'**apprentissage du travail en autonomie**.

Savoir « gérer sa liberté »

L'autonomie est une liberté « surveillée »

Cette liberté presque totale de la gestion du temps est en fait **plus un piège qu'un atout**, car **qui dit « liberté » dit « responsabilités »**. Vous devez comprendre que si les contraintes apparentes sont moins fortes que pour un travail encadré, elles n'en sont pas moins réelles. Les tentations sont grandes de se dire que l'on à toujours le temps de se « mettre au travail ».

La maîtrise du temps

Travailler en autonomie, c'est, dès le début, **savoir gérer votre temps**. C'est un sujet difficile, car la majorité de votre travail dans le supérieur se fera en dehors des cours qui ne sont que la base de votre progression personnelle. **Le temps est votre seule ressource « non renouvelable »**. Ne pas savoir travailler et « gérer » son temps est la principale source d'abandons et d'échecs, bien plus que la difficulté supposée des études. C'est pour cela que cette capacité doit être acquise dès le lycée.

Connaître ses comportements

Les biorythmes

C'est un terme technique pour désigner qu'il y a des moments où l'on se sent bien et des moments plus difficiles. Apprenez à les reconnaître pour les exploiter. Certains sont « du matin » et d'autres de « l'après-midi ». **Travaillez donc intensément dans vos périodes de plus grande disponibilité** et moins dans vos périodes de forme moindre.

Les difficultés du travail individuel

Il existe des attitudes semblables à tous les êtres humains (ou presque), surtout en ce qui concerne notre propension à l'effort. L'homme n'est pas porté naturellement au travail. Aussi il faut savoir s'astreindre à un **minimum de règles et de méthodes** pour pouvoir travailler dans des conditions idéales, c'est-à-dire de rendement maximum. Il vaut mieux travailler peu... et bien. Pour cela, il faut acquérir une pratique quotidienne et connaître un certain nombre de règles (voir page suivante).

C'est pourquoi la **planification du travail en autonomie** est indispensable, en ayant bien à l'esprit que cette planification n'est qu'indicative et qu'elle est faite pour être transgressée. C'est là que se jouera une grande partie de votre réussite dans le supérieur, qui ne dépend donc pas exclusivement de l'engrangement de connaissances pointues et de la consolidation des méthodes de raisonnement historiques ou géographiques.

Les grandes lois comportementales régissant le travail en autonomie

Attitude	Définition	Exemple
Loi de Parkinson	*Le travail à faire prend toujours tout le temps disponible.*	Il faut toujours déterminer la durée optimale d'un travail à faire et ne pas la dépasser. Tout le monde a fait l'expérience des devoirs faits à la maison, sur lesquels on passe beaucoup plus de temps qu'en classe, pour des notes souvent pas meilleures.
Loi de Murphy	*Le travail à faire prend toujours trop de temps.*	Corollaire de la première loi, elle montre que la gestion du temps est la condition première de la réussite aux concours et aux examens. Il faut savoir estimer le temps idéal à mettre pour une tâche déterminée.
Loi d'Illich	*La productivité s'annule au-delà d'une certaine quantité de travail.*	Il ne sert à rien de s'abrutir des heures entières à son bureau. Au bout de deux heures, le cerveau n'enregistre plus rien de constructif. Travaillez intensément par « plages » et ménagez-vous des repos.
Loi de Laborit	*On repousse toujours les exercices difficiles à la fin.*	On programme toujours la sortie avant de faire le travail scolaire, etc. Gérer son temps, c'est aussi inscrire des tâches difficiles (ou barbantes, n'ayons pas peur des mots) dans des emplacements judicieux, qu'il faut respecter.
Loi de Pareto	*Un quart du travail donne la quasi-totalité des résultats.*	Il s'agit donc d'identifier les priorités. Cette loi peut cependant se révéler dangereuse si on la transforme en simple pratique « des impasses ». N'oubliez pas que vous ne travaillez pas uniquement pour les examens, mais aussi pour acquérir un savoir qui vous aidera, plus tard, pour choisir une profession.
Loi de Fraisse	*Ajouter un intérêt personnel à un travail permet de mieux le faire.*	Essayez de trouver un centre d'intérêt même aux travaux qui vous paraissent les plus austères. Amusez-vous en travaillant. Qui sait ? Vous verrez que les résultats s'en ressentiront. Il vaut mieux prendre les contrôles comme une sorte de « challenge » qu'il faut réussir que comme une action rébarbative et obligée.

LES MÉTHODES

Rédiger une composition

La **composition** évalue les **capacités d'analyse**, la **maîtrise des connaissances** et la **capacité à les organiser**, la **capacité à rédiger** ainsi que la **maîtrise de différents langages**. Le sujet de la composition porte généralement sur l'un des axes ou sur l'objet de travail conclusif d'un thème (voir page suivante).

Composition

COMMENT FAIRE ?

La composition est une **réponse organisée** à un sujet. Elle permet d'évaluer la capacité à **comprendre un énoncé** et à **mobiliser ses connaissances** en vue de rédiger un **devoir construit** et étayé par des exemples précis.

Étapes de la préparation

Analyser le sujet

Il faut repérer les **mots-clés** dans l'énoncé et les expliquer ainsi que délimiter l'**espace** et le **temps** qui sont concernés par le sujet.

Dégager la problématique

La problématique doit tenir compte des mots-clés, des bornes chronologiques. **Elle annonce ce que l'on veut démontrer**.

Mobilisation des savoir-faire

Construire un plan

L'élaboration du plan se réalise au brouillon. Il faut s'interroger sur la nature du plan :
– le **plan thématique** met en évidence dans chacune de ses parties un thème majeur du sujet ;
– le **plan chronologique** est organisé en parties délimitées par des dates ou des périodes constituant des ruptures, des charnières à l'intérieur des bornes chronologiques du sujet ;
– le **plan analytique** (plus rare) permet de rechercher les causes et les conséquences d'un événement ou d'un phénomène.

Développer le sujet

Le développement du sujet se réalise au brouillon. Il consiste d'abord à mobiliser les connaissances correspondant au plan : répertorier les idées essentielles, les mots-clés, les événements, les dates. Il faut ensuite **hiérarchiser ces connaissances** : associer chaque idée au thème de chaque partie, dégager des arguments et des exemples éventuels illustrant ces arguments.

Rédaction de la composition

Rédiger l'introduction et la conclusion

L'introduction doit :
- définir les termes du sujet afin d'en présenter l'intérêt ;
- mettre en évidence la problématique ;
- annoncer le plan (en utilisant des phrases courtes reliées entre elles par des connecteurs logiques).

La conclusion doit :
- répondre à la problématique de l'introduction ;
- ouvrir le sujet afin de montrer ses prolongements sur la période suivante.

Rédiger le développement

La rédaction doit insister sur la hiérarchisation des connaissances (à la fois dans la présentation et le contenu). Chaque partie du développement devra comporter :
- une première phrase annonçant l'idée principale ;
- des **sous-parties distinctes** développant chacune un argument répondant à cette idée ;
- des **exemples** venant appuyer l'argumentation ;
- des **connecteurs logiques** pour articuler le raisonnement ;
- une **phrase de transition** permettant de passer à la partie suivante.

Axes et objets de travail conclusifs des cinq thèmes du programme

Thème 1 : Comprendre un régime politique : la démocratie	
Axe 1	Penser la démocratie : démocratie directe et démocratie représentative
Axe 2	Avancées et reculs des démocraties
Objet de travail conclusif	L'Union européenne et la démocratie
Thème 2 : Analyser les dynamiques des puissances internationales	
Axe 1	Essor et déclin des puissances : un regard historique
Axe 2	Formes indirectes de la puissance
Objet de travail conclusif	La puissance des États-Unis aujourd'hui
Thème 3 : Étudier les divisions politiques du monde : les frontières	
Axe 1	Tracer des frontières
Axe 2	Les frontières en débat
Objet de travail conclusif	Les frontières internes et externes de l'Union européenne
Thème 4 : Regard critique sur les sources et les modes de communication	
Axe 1	Les grandes révolutions techniques de l'information
Axe 2	Liberté ou contrôle de l'information
Objet de travail conclusif	L'information à l'heure d'Internet
Thème 5 : Analyser les relations entre États et religions	
Axe 1	Pouvoir et religion : des liens historiques traditionnels
Axe 2	États et religions : une inégale sécularisation
Objet de travail conclusif	État et religions en Inde

1 Les caractéristiques de la démocratie aujourd'hui

La démocratie est basée sur des **valeurs** et des **principes intangibles**. Elle se définit comme « le gouvernement du peuple, par le peuple, pour le peuple », selon la formule du président américain Abraham Lincoln, reprise dans l'article 2 de la Constitution de la Ve République. **Elle n'est pas le système politique le plus répandu dans le monde**. Même si de nombreux pays se disent démocratiques, les « vraies » démocraties ne concernent qu'un peu plus du tiers de la population mondiale.

1 Les caractéristiques communes de la démocratie

A Les valeurs fondant la démocratie

• **La liberté.** C'est la valeur première de la démocratie. Telle qu'elle a été définie dès le XIXe siècle (voir le discours de Thiers ci-dessous), **chaque citoyen peut choisir de vivre comme il l'entend**, dans les limites fixées par la loi. Il peut être gouvernant ou gouverné, il peut s'exprimer sans entrave. **La liberté** qu'elle soit individuelle (expression, croyance) ou collective (réunion, manifestation, etc.) **est garantie par l'État**.

• **L'égalité.** Chaque individu bénéficie des mêmes droits et est soumis aux mêmes obligations. C'est **une des valeurs fondatrices de la Révolution française** telle qu'elle est rappelée dès l'article 1 de la Déclaration des droits de l'homme et du citoyen (1789) : « Les hommes naissent et demeurent libres et égaux en droits. Les distinctions sociales ne peuvent être fondées que sur l'utilité commune. »

• **Deux valeurs indissociables.** Il n'est pas possible de dissocier la liberté et l'égalité comme valeurs démocratiques, comme le soulignait le philosophe Raymond Aron en 1955 : « La logique du libéralisme conduit à la démocratie par l'intermédiaire du principe de l'égalité devant la loi. Mais la démocratie exige, pour être réelle, le respect des libertés personnelles. »

B Les principes organisant la démocratie

• **Le principe représentatif.** Il est inséparable du **suffrage universel**. Les citoyens élisent des représentants qui vont exercer le pouvoir en leur nom. Pour être réellement démocratique, le principe représentatif doit satisfaire à quatre conditions : des **élections** à intervalles réguliers, l'**expression libre** des opinions politiques, la possibilité de **discuter les décisions prises** et l'**autonomie relative des gouvernants** dès lors qu'ils agissent pour le bien public.

Texte-clé

Les libertés nécessaires selon Thiers. « Pour moi, Messieurs, il y a cinq conditions qui constituent le nécessaire en fait de liberté. La première est celle qui est destinée à assurer la sécurité du citoyen. La seconde, c'est cette liberté d'échange dans les idées qui crée l'opinion publique. Mais, lorsque cette opinion se produit, il ne faut pas qu'elle soit un vain bruit, il faut qu'elle ait un résultat… Voilà ce que j'appelle la liberté électorale. La liberté de représentation nationale est, selon moi, la quatrième. Enfin vient la dernière, c'est de faire que l'opinion publique devienne la directrice des actes du Gouvernement. »
Discours au Corps législatif, 11 janvier 1864.

• **La séparation des pouvoirs.** Les trois **pouvoirs** (exécutif, législatif, judiciaire) constituant l'État doivent être **équilibrés** et **confiés à des organes différents** afin d'éviter qu'une personne ou un groupe ne concentre tous les moyens de gouverner en ses mains. Cette séparation, analysée par **Montesquieu** dès le milieu du XVIIIe siècle, ne peut être remise en cause et doit explicitement être inscrite dans la **Constitution**, c'est-à-dire la loi suprême définissant l'organisation et le fonctionnement politique d'un État.

Mots-clés

• **Régime parlementaire :** le pouvoir exécutif et le pouvoir législatif sont dépendants l'un de l'autre. Le chef du gouvernement est responsable devant le Parlement qui peut le renverser mais qui, en contrepartie, peut aussi être dissous par l'exécutif.
• **Système présidentiel :** les pouvoirs exécutif et législatif sont strictement séparés. Le président ne dispose pas du droit de dissolution mais ne peut pas être renversé par le Parlement.
• **Système politique français :** c'est une combinaison hybride entre régime parlementaire et système présidentiel.

2 Les démocraties comparées aux régimes autoritaires

A État de droit contre État despote

• **L'État de droit, garant de la démocratie.** Dans une démocratie, l'attribution et le **fonctionnement du pouvoir politique sont soumis à des règles** respectueuses des libertés individuelles et collectives qui ne peuvent être modifiées que par l'expression de la volonté générale. L'État de droit garantit aussi le **respect des minorités**, car la démocratie ne signifie pas l'octroi de tous les pouvoirs à ses représentants même élus par la majorité des citoyens ainsi que le **contrôle rigoureux des processus électoraux**.

• **L'État despote, symbole de l'arbitraire.** L'absence d'État de droit laisse le citoyen démuni face à l'arbitraire. **Il ne peut recourir à une autorité indépendante pour se défendre**, puisque c'est le pouvoir qui fixe les règles du jeu. Il contrôle directement ou indirectement la justice. Il décide seul de l'étendue des libertés individuelles et collectives ou de **la façon dont sont organisées les élections** dont les résultats ne peuvent être sérieusement vérifiés.

B Pluralisme politique ou parti unique

• **La démocratie est indissociable du pluralisme politique.** La liberté politique est inséparable de la démocratie. Elle s'incarne dans le pluralisme politique qui s'apparente à une **situation de libre compétition des candidats et des partis**. Le citoyen doit toujours avoir le choix entre plusieurs candidats afin de se faire une opinion à partir de sources d'informations multiples et indépendantes. Ce pluralisme est renforcé par le **secret du vote**, qui met l'électeur à l'abri des pressions d'où qu'elles puissent venir.

• **Le parti unique, symbole du régime autoritaire.** L'existence d'un parti unique ou d'un statut privilégié reconnu à l'un d'entre eux, **vide de son sens le processus électif démocratique**. Le citoyen vote, certes, mais **n'a pas le choix de son vote**. Plusieurs pays qui se disent des démocraties contrôlent et détournent de cette manière le suffrage universel.

Mots-clés

• **Régime autoritaire :** c'est un régime politique qui n'accepte pas les oppositions à sa politique et qui, de fait, les interdit, les élimine, les réprime ou les encadre pour les neutraliser.
• **Régime totalitaire :** c'est un régime politique autoritaire, qui, en plus, impose l'adhésion à une idéologie unique que nul ne peut discuter. Il opère une modification totale des structures politiques, économiques et sociales sans se soucier du coût humain engendré.

2 La démocratie à Athènes au ve siècle

Le terme de démocratie apparaît seulement dans le troisième quart du ve siècle sous la plume d'Hérodote. C'est à l'origine **un terme polémique inventé par les ennemis de l'organisation démocratique** qui s'insurgent contre la prédominance du peuple *(démos)*.

1 Une démocratie directe

A La citoyenneté athénienne

• **La naissance de la démocratie.** Après avoir été dirigée par des rois et par les grandes familles, la cité d'Athènes met progressivement en place une **nouvelle façon de se gouverner**. Les **décisions politiques passent aux mains d'un groupe d'hommes, les citoyens,** qui sont égaux devant la loi.

• **Être citoyen.** Pour cela, la règle générale veut qu'il faille être **le fils d'un citoyen et d'une mère athénienne.** Au terme de sa dix-huitième année, le jeune Athénien est inscrit par son père comme membre du dème (de la commune) de sa famille. Il profite ainsi de ses droits de citoyen mais doit également remplir **certains devoirs** (se conformer aux lois votées, honorer les dieux vénérés dans la cité, accomplir son service militaire).

• **L'évolution du statut de citoyen.** Avant les conflits qui opposent les Grecs aux Perses, est citoyen celui qui, en tant qu'**homme adulte libre**, se trouve dans la **capacité de payer son équipement afin de faire la guerre**. Après les victoires remportées contre les Perses (490/480 av. J.-C.) et le renforcement de la puissance d'Athènes lié à la mise en place d'une **imposante flotte de guerre** constituée de rameurs, **la citoyenneté est étendue aux indigents** (les thètes).

B Les citoyens, acteurs de la démocratie

• **Le rôle majeur de l'Ecclésia.** Cette **assemblée des citoyens** est le cœur de la démocratie athénienne. Elle se réunit quatre fois par mois, sur la colline de la Pnyx. Les citoyens participent à des discussions publiques où chacun peut défendre son point de vue, puis décident, par **vote à main levée**, une nouvelle loi, l'exclusion de citoyens de la vie publique (**ostracisme**) ou une déclaration de guerre.

• **La désignation des magistrats.** Les **responsabilités politiques sont partagées** entre différents groupes **et limitées dans le temps**. Tous les ans, à l'Ecclésia, les citoyens qui siègent à l'assemblée de la Boulè et au tribunal de l'Héliée sont désignés par **tirage au sort**. Cela signifie que **tout citoyen en**

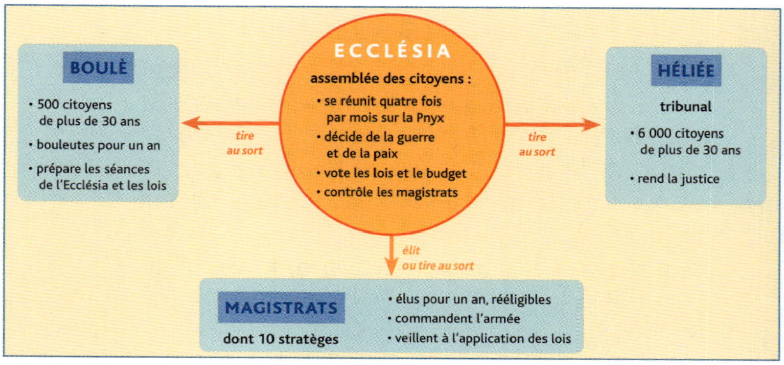

▲ Le fonctionnement de la démocratie athénienne au ve siècle av. J.-C.

vaut un autre et que le hasard, d'origine divine, a sa place dans la vie civique. Les **magistrats les plus importants sont élus** car leur tâche nécessite des compétences particulières (commandement de l'armée, gestion du trésor public).

- **Le misthos.** Pour que les plus pauvres puissent participer au gouvernement de la cité, les élus reçoivent une **petite somme d'argent**, le misthos, institué par **Périclès**, stratège de 443 à 429 av. J.-C. Progressivement cette indemnité est étendue à tous les citoyens se rendant aux séances de l'Ecclésia et devient donc une **sorte « d'indemnité » de participation à la vie politique athénienne**.

Biographie

Périclès (490-429 av. J.-C.). Né dans une famille aristocratique, il devient l'homme le plus influent d'Athènes par sa réélection quinze fois de suite au poste de stratège (443-429 av. J.-C.). Son nom reste attaché aux grands travaux de l'Acropole et à la période d'apogée de la cité, contemporaine d'une politique impérialiste affirmée par la mise en place de la ligue de Délos. Il meurt lors de l'épidémie de peste qui ravage Athènes au début de la guerre du Péloponnèse.

2 Les limites de la démocratie athénienne

A De nombreux exclus

- **La démocratie n'est pas l'expression de l'ensemble du peuple.** Le déséquilibre entre citoyens et non-citoyens est très fort. Peu de personnes (environ 15 % des habitants) détiennent la citoyenneté à Athènes.
- **Les esclaves.** Être esclave signifie l'**exclusion de la vie politique**, des droits civils, des fêtes religieuses et de tous les lieux (palestre et gymnase) où les futurs citoyens recevaient leur éducation. L'**esclave est le négatif du citoyen**, il assure les tâches permettant au citoyen de s'occuper des affaires politiques.
- **Les femmes.** Ce sont d'**éternelles « mineures »** qui vivent toujours sous la tutelle d'un homme. Leur intégration dans la cité ne se fait pas en tant que citoyenne mais en tant que fille ou femme de citoyen. L'idée qui prévaut dans l'Athènes du ve siècle est que **le féminin est un masculin « non terminé »**. Ce qui caractérise plus que tout la condition féminine, c'est donc l'**exclusion de la vie politique** (*cf.* Aristophane avec *L'Assemblée des femmes*).

B Les inégalités entre citoyens

- **Une faible participation à la vie politique.** Les paysans éloignés de la ville ne peuvent participer régulièrement aux séances. Dans la pratique d'ailleurs, la colline de la Pnyx ne peut accueillir plus de 6 000 personnes, soit au maximum **15 % des citoyens** théoriquement en capacité de décider.
- **L'exclusion de certaines magistratures.** Les plus importantes (stratèges, archontes) sont réservées aux **citoyens qui sont éduqués** et qui ont les **capacités financières** d'exercer ces charges pendant une année entière. De fait, les thètes (citoyens les plus pauvres) en sont systématiquement exclus.
- **L'art de la parole.** À la tribune de la Pnyx (« Qui demande la parole ? » était la formule traditionnelle), certains orateurs de talent, comme Périclès, ont exercé un réel ascendant sur leurs auditeurs par leur **maîtrise de l'argumentation** qui inspirera d'ailleurs philosophes et auteurs tragiques. Les **techniques de persuasion** deviennent au ve siècle un objet de réflexion et d'enseignement comme le prouve le développement de la sophistique. **Les sophistes** s'attachent à former, dans des cours privés et payants, les élites de la tribune, capables de **convaincre le peuple par un discours adapté aux attentes de l'auditoire**.

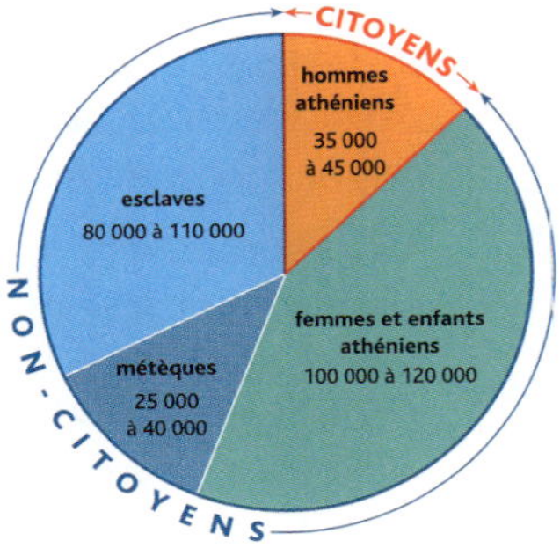

▲ La population d'Athènes au milieu du ve siècle av. J.-C.

SPÉCIALITÉ HGGSP

3 L'évolution de la notion de liberté au début du XIXe siècle

Le discours de Benjamin Constant *De la liberté des Anciens comparée à celle des Modernes* (1819) est considéré comme **un des textes majeurs fondant le libéralisme politique** en France. D'une manière très pédagogique, l'auteur y oppose la **conception antique de la liberté** (« participer directement ») à la **conception héritée du siècle des Lumières et des révolutions** américaines et françaises (« être représenté »).

1 Les libertés antiques et modernes selon Benjamin Constant

A Les Anciens, la liberté pour faire la guerre

• **La guerre, état ordinaire de l'Antiquité.** En Grèce, les États sont principalement des cités. Leur petite taille les oblige à **se combattre sans cesse** sous peine de disparaître ou à s'allier entre elles pour résister aux plus forts. L'**organisation politique** est ainsi **entièrement tendue vers la guerre.**

• **La démocratie, un concept antique limité.** Voir l'Antiquité comme le premier moment de la démocratie représentative est une erreur. **La plupart des régimes politiques sont autoritaires** et gouvernés par un petit nombre de personnes (une aristocratie guerrière à Sparte, des tyrannies plus ou moins despotiques à Syracuse ou à Thèbes, etc.). Seule Athènes possède une démocratie basée sur un large corps civique.

• **La liberté à Athènes, un droit restrictif.** Même à Athènes, **la liberté est uniquement vue comme collective**. C'est l'Ecclésia, assemblée de tous les citoyens, qui décide du gouvernement, des lois et du droit. **Rien ne garantit les libertés individuelles.** Elles sont **soumises au choix collectif,** et donc parfois à l'arbitraire. Ainsi, dans un moment de fureur, l'assemblée des citoyens, dominée par les démagogues, décide de la mise à mort immédiate de six généraux pourtant vainqueurs de la **bataille navale des Arginuses** (406 av. J.-C.) au prétexte qu'ils n'auraient pas recueilli le corps des marins athéniens engloutis par les flots à cause d'une tempête.

B Les Modernes, la liberté pour commercer

• **La diminution du pouvoir du citoyen.** L'**augmentation de la taille des États** et du nombre d'habitants a **modifié la notion de citoyenneté**. Un citoyen athénien pouvait à lui seul influer sur une décision collective. Au début du XIXe siècle, **l'influence directe d'un citoyen** français ou américain **est négligeable**.

• **Le commerce, état ordinaire aujourd'hui.** **La guerre** était le **principal moyen** antique d'obtenir ce que l'on voulait. Il est **désormais remplacé par le commerce**, un moyen plus doux et civilisé de posséder. Certes la guerre n'a pas disparu mais elle est devenue l'exception tant elle est une charge pour les peuples.

Texte-clé

La liberté chez les Anciens

« [Elle] consistait à exercer collectivement, mais directement, plusieurs parties de la souveraineté toute entière, à délibérer, sur la place publique, de la guerre et de la paix, à conclure avec les étrangers des traités d'alliance, à voter les lois, à prononcer les jugements, à examiner la gestion des magistrats, à les faire comparaître devant tout le peuple, à les mettre en accusation, à les condamner ou à les absoudre ; mais en même temps que c'était là ce que les anciens nommaient liberté, ils admettaient comme compatible avec cette liberté collective l'assujettissement complet de l'individu à l'autorité de l'ensemble. »

B. Constant, *De la liberté des Anciens comparée à celle des Modernes*, 1819.

• **Commerce et liberté individuelle.** En rapprochant des peuples étrangers, le commerce rapproche leurs modes de vie et leurs pensées. Il réduit le risque de guerre. De plus, il **favorise la circulation des richesses** et **rend le pouvoir dépendant de son développement**. Tout État qui restreint le principe essentiel de **libre circulation** se restreint lui-même.

Texte-clé

La liberté chez les Modernes

« C'est pour chacun le droit de n'être soumis qu'aux lois, de ne pouvoir être ni arrêté, ni détenu, ni mis à mort, ni maltraité d'aucune manière. C'est pour chacun le droit de dire son opinion, de choisir son industrie et de l'exercer, de disposer de sa propriété, d'en abuser même ; d'aller, de venir sans en obtenir la permission… C'est, pour chacun, le droit de se réunir à d'autres individus, soit pour conférer sur ses intérêts, soit pour professer le culte que lui et ses associés préfèrent. Enfin, c'est le droit, pour chacun, d'influer sur l'administration du Gouvernement. »

B. Constant, *De la liberté des Anciens comparée à celle des Modernes*, 1819.

2 Benjamin Constant et le libéralisme politique

A Les erreurs de la Révolution et de l'Empire

• **La haine de la liberté individuelle.** Les **grands principes de 1789** contenus dans la Déclaration des droits de l'homme ont été **pervertis par la Terreur (1793-1794)** qui, en interprétant de manière abusive la pensée de Montesquieu et de Rousseau, a justifié la tyrannie et les excès de la guillotine parce que la patrie était « en danger ». Or la souveraineté de la nation ne peut, en aucun, cas, **entraîner l'assujettissement des citoyens à l'arbitraire.**

• **Le despotisme napoléonien.** Le rétrécissement progressif des libertés individuelles sous le Consulat (1799-1804) fait entrer Benjamin Constant dans l'**opposition au régime**. Détracteur de la loi de 1802 sur les tribunaux spéciaux qui peuvent rendre la justice criminelle sans que le prévenu n'ait connaissance des faits qui lui sont reprochés avant son procès, il s'exile et **combat** alors de l'étranger **Napoléon qu'il assimile désormais à un tyran**.

B Les « libertés nécessaires »

• **Être représenté.** Le monde moderne a besoin d'une **nouvelle organisation** qui laisse plus de temps aux intérêts privés garantis par l'extension des libertés individuelles. Pour cela, les citoyens doivent **déléguer la conduite des nations à des mandataires politiques**, des sortes d'intendants qui veillent sur leurs intérêts.

• **Surveiller ses représentants.** Cette liberté des Modernes recèle pourtant des dangers. Le plus grave est de laisser les mandataires du pouvoir politique sans surveillance en renonçant à une « participation citoyenne à l'exercice du pouvoir ». Il faut donc que le corps des citoyens possède le **droit de révoquer ses représentants**, si le besoin s'en fait sentir.

• **Les fondements du libéralisme politique français.** Les analyses de Benjamin Constant forment la base de la doctrine libérale telle qu'elle sera développée et enrichie tout au long du XIXe siècle. Ainsi **Thiers**, dans son célèbre **discours sur les « libertés nécessaires »** (1864), les reprend quand il évoque la condition « incontestable et indispensable » de la liberté individuelle et celle, non moins importante, dont le but est « que **l'opinion publique**, bien constatée ici à la majorité, **devienne directrice des actes du gouvernement.** »

Biographie

Benjamin Constant (1767-1830). Écrivain consacré par l'immense succès de son roman *Adolphe* (1816), il commence sa carrière politique pendant la Révolution. Fasciné par Napoléon Ier qu'il admire mais auquel il reproche sa « tyrannie », il rédige pour lui une Constitution libérale (l'Acte additionnel) lors du court retour de l'Empereur au pouvoir (les Cent Jours en 1815), puis devient un des chefs du parti libéral pendant la Restauration. Il se définit, à cette époque, comme le « maître d'école de la liberté » pouvant acclimater en France la démocratie libérale anglo-saxonne.

4 Tocqueville et la démocratie américaine

En parcourant les États-Unis au début des années 1830, pendant la présidence d'Andrew Jackson, Alexis de Tocqueville **cherche à comprendre « sur place » comment fonctionne la démocratie** qui, pour lui, attend inévitablement une Europe encore majoritairement gouvernée par des régimes monarchiques d'un autre âge. En analysant ses forces et ses faiblesses, il espère ainsi faciliter la tâche de ceux qui, sur le Vieux Continent, vont se charger de mettre en place **le système politique « de l'avenir ».**

1 Une société fondée sur l'idéal démocratique

A L'Amérique « jacksonienne »

- **Un pays libre.** Pour l'Européen habitué aux sociétés hiérarchisées, souvent autoritaires et répressives, l'Amérique apparaît immédiatement comme **le pays de la vraie liberté.** Sans monarchie héréditaire ni surveillance tatillonne des autorités, c'est une démocratie où **les citoyens sont maîtres de leur destin politique** en désignant eux-mêmes leurs représentants.
- **Un pays égalitaire.** **Dépourvus d'aristocratie héréditaire**, les États-Unis offrent des opportunités à tous ceux qui travaillent dur (sauf les esclaves) et qui en sont récompensés par une **ascension sociale parfois spectaculaire**. Ils sont aussi un pays touché, à cette époque, par un vaste esprit de réforme découlant de l'évangélisme protestant : adoucir le sort des prisonniers, diffuser l'instruction, autoriser les syndicats ouvriers et abolir l'esclavage.
- **Un pays en ébullition citoyenne.** Tocqueville découvre une **vie politique extraordinairement animée**, contrastant avec la langueur politique de l'Europe. La multiplication des fonctions électives permet à de **nombreux Américains** d'accéder largement aux **responsabilités locales, voire nationales,** par l'intermédiaire de **partis politiques** où se nouent de fortes solidarités.

B Ce qui fait l'Amérique démocratique

- **Un ensemble constitutionnel équilibré.** Tocqueville analyse, dans le premier volume de *De la démocratie en Amérique*, les effets bénéfiques de la **division des pouvoirs** tels qu'il a pu les observer. La séparation et l'indépendance de la justice, le **présidentialisme marqué de la Constitution** (pouvoirs législatif et exécutif strictement séparés) et la structure fédéraliste de l'Union américaine garantissent, selon lui, un régime à la fois démocratique et mesuré, **loin des excès des expériences révolutionnaires vécues par la France** quelques décennies auparavant.
- **L'évidence du suffrage universel.** Contrastant avec le suffrage censitaire (seuls les 200 000 citoyens les plus riches votent) alors en vigueur en France, les États-Unis lui semblent le « laboratoire » du suffrage universel masculin. Il permet, selon lui, **« d'accorder gouvernés et gouvernants »** tout en se gardant de la tyrannie majoritaire, tant les droits individuels des citoyens semblent solidement garantis par la Constitution.

Biographie

Andrew Jackson (1767-1845). C'est ce président démocrate « nouveau style » que rencontre Tocqueville lors de son voyage aux États-Unis. Considéré comme le défenseur des simples citoyens face à l'aristocratie financière, Jackson est un héros militaire qui a battu les Anglais à la Nouvelle-Orléans en 1815 et qui a détruit la puissance des Indiens dans le Sud. Opposé à l'intervention de l'État dans l'économie, il personnifie, pour Tocqueville, la démocratie américaine, « agressive et vivace ».

La démocratie en Amérique : discours d'Andrew Jackson lors de la campagne présidentielle de 1828. ▶

2 Un pays qui doit servir d'exemple à l'Europe

A La démocratie n'est pas l'anarchie

• **Une réflexion nouvelle sur la démocratie.** Tocqueville affirme avoir voulu étudier « l'influence qu'exercent les idées et les sentiments démocratiques sur la société politique ». Cette **démarche très novatrice** ne suit pas les chemins balisés de l'étude historique ou philosophique. L'auteur accomplit, en fait, une des premières études réellement **sociologiques** de l'histoire des sciences humaines. Sans vouloir juger, il essaie de dégager les permanences et les lois profondes de l'organisation de la société américaine.

• **La démocratie est positive.** Tocqueville **s'adresse surtout aux détracteurs de la démocratie « universelle »** qui y voient uniquement un bouleversement de l'ordre établi, débouchant sur l'anarchie; voire la guerre civile. Il s'adresse indirectement à l'un des hommes politiques majeurs de la période, François Guizot, inamovible chef du gouvernement de 1840 à 1848, farouche opposant au suffrage universel (voir document page 198).

B Une évolution inéluctable

• **« Répandre un bonheur médiocre sur tous les hommes ».** Pour Tocqueville, les sociétés européennes s'orientent inéluctablement vers l'égalité. Au lieu de se perdre en polémiques, il faut en tirer la conclusion majeure : **le « règne universel » de la démocratie est en marche**. L'exemple américain a montré que ce régime permet de « répandre un bonheur médiocre sur tous les hommes », ce qu'aucun régime n'avait réussi à faire auparavant. Et la **révolution de février 1848** lui donne assez vite raison puisqu'elle établit la **IIe République** française et le **suffrage universel masculin**.

• **Un avenir démocratique n'est pas sans danger.** La démocratie ne met pas le pouvoir politique à l'abri des abus. Elle doit être accompagnée de **modération** et de **moralité** sous peine d'être désordonnée et d'accentuer le règne dangereux de la majorité qui, si elle n'a pas de contre-pouvoir, détruit les minorités et les libertés locales.

Biographie

Alexis de Tocqueville (1805-1859). Envoyé aux États-Unis en 1831 par le gouvernement français pour étudier le régime des prisons, Tocqueville rencontre de multiples Américains et même le président Andrew Jackson.
Il revient en France avec des très nombreuses informations consignées dans des carnets qui servent de base à son ouvrage *De la démocratie en Amérique* (1835-1840) qui le rend aussitôt célèbre ainsi que sa thèse résumée rapidement par la formule : « La démocratie est la forme d'organisation politique et sociale de l'avenir et les États-Unis son laboratoire. »

SPÉCIALITÉ HGGSP

5 La fin de la démocratie : le Chili de 1970 à 1973

L'histoire du Chili de 1970 à 1973 illustre l'**arrivée au pouvoir de manière démocratique d'un gouvernement socialiste**, puis sa fin tragique, dans une **Amérique du Sud** alors **sous emprise** presque exclusive **de régimes dictatoriaux**. Cette évolution se fait dans un contexte de **crises multiples** (politique, économique, sociale) aggravé par les **enjeux idéologiques de la guerre froide.**

1 Un socialiste légalement au pouvoir

A Les élections présidentielles de 1970

• **La lenteur des réformes dans les années 1960.** Dans un pays où **700 propriétaires détiennent plus de 75 % des terres agricoles**, la **réforme agraire** initiée par le président démocrate-chrétien Eduardo Frei (de 1964 à 1970) **paraît bien timide** à l'aile gauche de son parti. Au début 1970, à peine 10 % des terres avait été redistribué à de petits paysans.

• **L'alliance du centre et des gauches.** Devant la montée des revendications sociales (près de 1 500 grèves en 1969), l'aile progressiste de la démocratie chrétienne fait alliance avec les communistes et les socialistes autour du **programme dit « d'Unité populaire »**, défendu par Salvador Allende en vue des présidentielles de l'été 1970.

• **Une élection de justesse.** Avec 36,5 % des voix contre 35,3 % au candidat de la droite, **Salvador Allende crée la surprise en remportant les élections présidentielles**, le 4 septembre 1970.

B Allende président

• **La peur des Américains.** Dans le contexte de la **guerre froide**, les **Américains craignent que l'arrivée d'un socialiste au pouvoir** en Amérique du Sud renforce l'opposition à leur domination, déjà affaiblie par la mise en place du **régime communiste de Fidel Castro** à Cuba en 1959. Le président Nixon ordonne à la CIA *(Central Intelligence Agency)* d'**empêcher la confirmation de l'élection d'Allende** par le Parlement chilien.

• **L'engagement démocratique d'Allende.** Pour obtenir le soutien des démocrates chrétiens au Parlement, **Salvador Allende s'engage à respecter « la liberté et la légalité »**. Ce pacte, qu'il tiendra jusqu'à la fin, lui ouvre les portes de la présidence grâce à un vote massif du Parlement en sa faveur, le 24 octobre 1970.

C Une révolution sociale légaliste

• **Un gouvernement d'Union populaire.** Le 3 novembre 1970, Allende forme un gouvernement

> **Mot-clé**
> **Guerre froide :** période (1947-1991) de très fortes tensions idéologiques, géopolitiques, militaires et économiques au cours de laquelle les États-Unis et l'URSS s'affrontent indirectement par pays alliés interposés.

▲ Salvador Allende et le poète Pablo Neruda lors de la campagne présidentielle de 1970.

avec des communistes, des socialistes et des chrétiens de gauche. Mais **il n'obtient pas le soutien de l'extrême gauche révolutionnaire (MIR)** qui ne lui pardonne pas son alliance « réformiste » avec le centre.

• **Les « 40 mesures ».** Allende décide d'appliquer rapidement le programme de l'Unité nationale : **nationalisation** des industries **du cuivre, du textile, de l'aéronautique, des banques**, accélération de la réforme agraire, blocage des prix, **augmentation de 60 % des salaires**. Mais, dès l'automne 1971, Allende doit faire face à l'**obstruction systématique du Parlement**, les démocrates chrétiens s'étant alliés avec la droite contre lui.

2 L'échec de la « voie socialiste » chilienne

A L'opposition des États-Unis

• **Le président américain Nixon contre Allende.** La **visite du leader marxiste cubain Fidel Castro au Chili**, en novembre1971, renforce les craintes des Américains de voir le pays basculer dans le camp communiste.

• **Une volonté d'asphyxie financière.** Richard Nixon décide d'amplifier la guerre économique contre le Chili. Les entreprises américaines rejoignent les conservateurs et l'Église dans leur lutte contre le pouvoir socialiste. Un **véritable blocus financier est organisé**, coupant tous les crédits internationaux dont avait pu bénéficier le pays jusque-là.

B La dégradation de la situation économique et sociale

• **L'hyperinflation et les « casseroles « vides ».** La chute du cours du cuivre et les conséquences du « blocus » américain entraînent une forte dégradation de la situation économique en 1972 **(inflation de 225 %)**. Contraint d'**instaurer le rationnement**, Allende doit faire face à une **agitation grandissante** (grève des camionneurs soutenue par les États-Unis, manifestation de ménagères avec des casseroles vides, etc.).

• **Le refus de la voie révolutionnaire.** Malgré la montée d'oppositions radicales, **Allende refuse de s'appuyer sur le MIR** qui prône l'armement du peuple pour hâter le passage à la révolution communiste. Au contraire, pour essayer de sauvegarder l'unité nationale, **il fait entrer des militaires au gouvernement** (nov. 1972), espérant consolider son pouvoir.

C Le coup d'État militaire

• **Les élections législatives de mars 1973.** Les **progrès de l'Union populaire aux élections de 1973** ne sont pas suffisants pour qu'Allende obtienne une majorité au Parlement. Mais ils renforcent la conviction des opposants que **seul un coup d'État peut arrêter l'expérience socialiste**.

• **La fin de la démocratie chilienne.** Le 11 septembre 1973, le **général Pinochet**, commandant en chef de l'armée de terre depuis novembre 1972, s'empare du pouvoir par un **putsch** au cours duquel **Allende trouve la mort**, probablement un suicide, dans son palais présidentiel. Ce putsch débouche sur une **répression sanglante**, la dissolution du Parlement et l'**interdiction des partis politiques**.

Biographie

Salvador Allende (1908-1973). Médecin issu d'une famille aisée, il fonde le parti socialiste chilien en 1933. Après trois tentatives malheureuses, il est élu président de la République en 1970 et déclare vouloir mener le pays légalement vers le socialisme. Ses réformes économiques et ses sympathies pour Fidel Castro cristallisent le mécontentent américain et celui des classes dirigeantes chiliennes. Il se suicide lors du coup d'État militaire de septembre 1973.

6 Le retour de la démocratie en Espagne et au Portugal

Au début des années 1970, dans **un environnement européen démocratique**, **les dictatures espagnole et portugaise**, en place depuis des décennies semblent dans des **impasses politique et gouvernementale** qui menacent leur avenir.

1 Les deux dernières dictatures d'Europe de l'Ouest

A Le Portugal salazariste

• **Une très longue dictature.** Le Portugal détient le record de **la plus longue dictature en Europe** (*Estado Novo* de 1932 à 1974). Elle affiche une **allégeance inconditionnelle envers l'Église catholique**. Salazar, son chef, affirme d'ailleurs qu'elle est au cœur de son engagement d'homme politique : « Si nous nous appelons démocrates-chrétiens, nous ne reconnaissons pas pour autant une démocratie qui ne soit pas fondée sur le christianisme, car hors du christianisme nous ne comprenons pas ce qu'est ou pourrait être la liberté, l'égalité et la fraternité humaine ». **Anticommuniste affirmé**, Salazar entretient d'excellents rapports avec le dictateur espagnol Franco.

• **Le tournant des années 1960.** À la fin des années 1960, **le Portugal s'affaiblit** toujours davantage. Son agriculture reste archaïque, l'industrialisation marque de profonds retards et l'**émigration** (principalement **vers la France**) reste bien souvent la seule solution pour échapper à la pauvreté. S'y ajoute le poids des **guerres coloniales** africaines (au Mozambique et en Angola) qui ruinent l'État portugais et épuisent des forces militaires incapables d'en venir à bout.

> **Biographie**
>
> **Antonio de Oliveira Salazar (1899-1970).** Professeur d'économie politique, il devient l'homme fort du Portugal dès 1928 à la suite du putsch militaire de 1926 du général Carmona. Son programme – l'*Estado Novo* – se veut un retour à la grandeur passée du Portugal avec le soutien de l'armée, des milices paramilitaires (les chemises vertes) et de l'Église catholique. Il se résume, en fait, à un fort conservatisme autoritaire, pourchassant avec dureté toute opposition. Après sa mort, son dauphin, Marcelo Caetano ne peut conserver le pouvoir que quatre ans, chassé par la révolution des œillets (1974).

B L'Espagne franquiste

• **Le poids de la guerre civile.** L'Espagne est marquée, jusque dans les années 1960, par la terrible guerre civile **opposant les nationalistes d'extrême droite aux républicains** de 1936 à 1939 (environ 450 000 morts). Au terme de ce conflit meurtrier qui a profondément ébranlé l'Europe juste avant la Seconde Guerre mondiale, son vainqueur, le **général Franco**, met en place une **dictature très répressive** dans le pays.

• **Franco, le « Caudillo ».** Le **général Franco** est à la fois chef d'État, chef de gouvernement, généralissime des armées et chef du parti unique. **Traditionaliste et antimoderne**, l'idéologie franquiste se caractérise par une **hostilité** viscérale au marxiste et au communisme, **à la démocratie et à la liberté d'expression**. Son projet politique d'une Espagne unie, forte et indépendante *« Espana una, grande y libre »*, en fait **un opposant déterminé**, avec l'appui conjoint de l'armée, de l'Église et du parti franquiste, **à toutes les tentatives sécessionnistes ou régionalistes**, réprimées par la terreur et l'arbitraire (arrestations, assassinats, etc.).

2 Deux transitions démocratiques rapides

A Les militaires portugais initiateurs de la démocratie

• **La « révolution des œillets ».** Au printemps 1974, dans un pays très affaibli économiquement et démographiquement, l'**armée portugaise** et ses généraux engagent le **processus de démocratisation** du Portugal, avec l'approbation du peuple. Un coup d'État militaire et un soulèvement populaire associé (la « révolution des œillets ») renversent la dictature salazariste. Les militaires mettent en place un gouvernement civil, organisent des élections libres (Assemblée constituante) et engagent un processus de décolonisation.

▲ Manifestation à Lisbonne pendant la « révolution des œillets » au printemps 1974.

• **Le Portugal démocratique.** L'**Europe de l'Ouest** décide, dès 1975, d'**accorder une large aide financière** au Portugal sous condition que le pays évolue vers une « démocratie pluraliste ». Ce qui est fait par le **gouvernement du socialiste Mário Soares (1976-1979)**. L'Assemblée constituante élue en 1975 adopte, le **2 avril 1976**, une **Constitution démocratique**, calquée en grande partie sur le modèle français de la Ve République. Malgré une situation économique difficile et les craintes de ne pas être préparé au choc de la concurrence européenne, le Portugal est intégré à la Communauté économique européenne en 1986.

B Juan Carlos, roi d'Espagne, initiateur de la démocratie

• **Le retour de la monarchie.** À l'automne 1975, deux jours après la mort de Franco, le rétablissement officiel de la monarchie espagnole s'incarne dans la personnalité du **prince Juan de Bourbon**, sous le nom de **Juan Carlos Ier**. Se réalise ainsi, en apparence, la stratégie politique envisagée par le « Caudillo », avec l'assentiment conjoint de l'armée, de l'Église catholique afin de maintenir l'influence conservatrice et religieuse dans le pays et empêcher toute évolution vers un régime républicain démocratique auquel de très nombreux Espagnols aspirent.

• **Le roi et la transition vers la démocratie.** Dès 1976, le roi Juan Carlos désigne le libéral Adolfo Suárez comme Premier ministre, en charge d'élaborer une **Constitution démocratique**. Préparée par le Parlement issu des premières élections libres après 40 ans de franquisme (le 15 juin 1977), elle est **approuvée le 6 décembre 1978 par 88 % des Espagnols.** Le 23 février 1981, **le roi intervient directement pour mettre fin à une tentative de coup d'État** d'un militaire nostalgique du franquisme qui s'était introduit, armé, dans l'enceinte des Cortes, pendant une retransmission télévisée des débats parlementaires. Dès 1986, l'Espagne est prête pour intégrer la CEE (qui devient UE en 1993).

Biographie

Francisco Franco (1892-1975).
El Caudillo (« le guide »), ce surnom qu'il s'est lui-même attribué, résume bien la carrière politique du chef d'État autoritaire qui a dirigé l'Espagne pendant 36 ans. Vainqueur des républicains à la fin de la guerre civile (1939), il rétablit la monarchie mais s'en proclame « régent à vie ». Dans les années 1960, le fort développement économique a pu faire croire un instant que le franquisme survivrait à son fondateur en se transformant en pouvoir conservateur traditionaliste. Il n'en a rien été.

7 Le fonctionnement démocratique de l'Union européenne

La démocratie est le fondement du projet politique commencé en 1948 (congrès de La Haye) **ayant abouti à l'Union européenne.** Elle est le premier critère exigé pour tout État désirant rejoindre l'Union, définie par le sommet de Copenhague (1993). **L'Union européenne fonctionne cependant d'une manière complexe :** le pouvoir de décision est délégué à des représentants soit élus directement (Parlement européen) soit issus des États membres où ils ont été désignés (Commission européenne, Conseil européen, etc.).

1 Les institutions européennes

A La Commission européenne

• **L'organe exécutif de l'Union.** Créée en 1958, elle est « gardienne des traités » et garante de l'intérêt général des territoires et des populations de l'Union, avec le pouvoir de proposer et de mettre en œuvre les politiques communautaires. Elle bénéficie d'un quasi-monopole du **droit d'initiative législative** en matière d'union douanière, de marché intérieur et de monnaie unique (rôle de négociation des accords de commerce avec le reste du monde). S'il a une forte personnalité, **son président peut jouer un rôle politique non négligeable**, comme ce fut le cas de **Jacques Delors** entre 1985 et 1995.

• **Une structure double et contrôlée.** La Commission est organisée en deux structures coordonnées. Le collège des commissaires européens est un organe politique établissant les orientations stratégiques de l'Union (principe de **collégialité des décisions**). Les quarante directions générales constituent l'organe administratif, chacune sous l'autorité d'un commissaire. Les commissaires sont tous désignés par les États membres (un par État). **Responsable devant le Parlement européen**, elle rend compte de sa gouvernance, pouvant être censurée par une majorité des deux tiers des eurodéputés.

B Le Conseil européen

• **Un lieu du pouvoir européen.** Mis en place en 1974 comme plateforme informelle de discussion entre chefs d'État et de gouvernements, le Conseil européen est devenu, en 2009 (traité de Lisbonne), une institution officielle et le **lieu de grandes décisions politiques**.

• **Un président symbolique.** Le Conseil européen se réunit à Bruxelles, deux fois par semestre et décide à l'unanimité ou à la **majorité qualifiée**. Son **président** est désigné pour un **mandat de deux ans et demi**, renouvelable une fois (en complément du système de la présidence tournante d'un semestre). Son pouvoir réel est inexistant.

C La Cour de justice européenne

• **La juridiction suprême de l'Union européenne.** Elle « assure le respect du droit dans l'interprétation et l'application des traités » (article 19 du traité de l'Union). Elle siège à Luxembourg depuis 1952. Composée de 27 juges (un juge par État membre) et 11 avocats généraux, tous élus pour un mandat renouvelable de six ans, elle statue sur les différends oppo-

> **Mot-clé**
>
> **Acquis communautaire :** ensemble des textes juridiques communautaires hérités des différents traités, c'est-à-dire la somme des droits et obligations qui lient les États membres.

sant les gouvernements des États et les institutions européennes, selon trois juridictions (cour de justice, tribunal de première instance, tribunal de la fonction publique).

• **Un recours très accessible.** La Cour de justice peut être saisie par le Parlement européen, le Conseil, la Commission, un État membre, des entreprises, des organisations diverses et par les particuliers. Le traité de Lisbonne a étendu son contrôle aux actes du Conseil européen et **renforcé ses compétences dans le domaine de la liberté, de la sécurité et de la justice.**

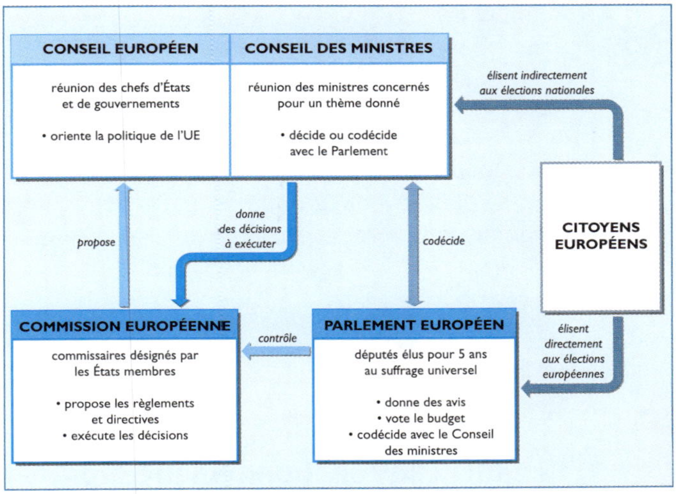

▲ Le fonctionnement politique de l'Union européenne.

2 La citoyenneté européenne

A Une citoyenneté supplémentaire

• **Une création du traité de Maastricht.** La citoyenneté européenne est définie, depuis 1992, par l'article 9 du traité de Maastricht : « Est citoyen de l'Union toute personne ayant la nationalité d'un État membre. » Elle est conçue comme **une citoyenneté additionnelle**, ne se substituant pas à la citoyenneté nationale mais s'y ajoutant : « La citoyenneté de l'Union s'ajoute à la citoyenneté nationale et ne la remplace pas ». Autrement dit, un citoyen français, ou allemand, ou italien est aussi, depuis 1992, citoyen européen.

• **Une participation à la démocratie déléguée.** Le citoyen européen peut participer à la vie politique européenne, en particulier lors des élections des députés au Parlement européen, comme le rappelle l'article 10-1 du traité de Maastricht : « Le fonctionnement de l'Union est fondé sur la démocratie représentative. » Les **citoyens européens** peuvent être **éligibles et électeurs**.

B Un organe représentatif, le Parlement européen

• **Un organe démocratiquement désigné par les citoyens.** Les députés européens sont élus **au suffrage universel direct** (élection par pays, sur liste nationale, à **la proportionnelle**, mandat de cinq ans). Le nombre de députés européens de chaque pays est fonction de sa taille démographique avec une **surreprésentation des petits pays**.

• **Des fonctions législatives réelles mais encadrées.** Le Parlement européen joue trois rôles essentiels : il examine et **adopte les actes législatifs européens avec le Conseil** ; il exerce un contrôle sur les activités des autres institutions de l'Union, notamment la Commission, afin de garantir que ce les-ci fonctionnent démocratiquement ; il examine et adopte le budget européen avec le Conseil.

Biographie

Jacques Delors (1925-). Homme politique socialiste français, il est député européen en 1979 puis ministre de l'Économie et des Finances (1981-1984). En janvier 1985, il devient président de la Commission européenne, poste qu'il occupe pendant 10 ans. Partisan d'une Europe fédérale, il donne à l'idée européenne une nouvelle impulsion par le traité de l'Acte unique (1986) et celui de Maastricht (1992). Il quitte la vie politique après avoir renoncé à se présenter à l'élection présidentielle française de 1995.

8 L'Union européenne face aux États et aux citoyens

Dans un monde en pleine évolution et dans un contexte de **crise durable de la gouvernance** mondiale, l'Union s'avère difficile à diriger. Au sein de l'Union, les débats européens se poursuivent sur fond de joutes politiques, de rapports de force multiples et de la montée d'un **euroscepticisme** de plus en plus marqué.

1 Une Union européenne impossible à réformer ?

A Le difficile fonctionnement supranational

• **L'Union, garante des libertés fondamentales.** La libre circulation des personnes inscrite dans le traité de Maastricht est obtenue en 1995 quand les accords de Schengen, signés dix ans plus tôt, entrent en application. Les contrôles aux frontières entre les États membres sont supprimés. L'Union européenne permet alors les **« quatre libertés »** : libre circulation des biens, des services, des capitaux et des personnes.

• **Les États et la réforme institutionnelle de l'Union.** Malgré l'augmentation du nombre d'États membres, les institutions ont peu évolué depuis les années 1960. Le fonctionnement reste donc complexe et parfois sclérosant. Il devient fondamental d'améliorer la coopération et la prise de décision. C'est le sens du traité d'Amsterdam signé en 1997. Mais les divisions entre les pays limitent sa portée : **l'unanimité des décisions** est maintenue pour la politique étrangère et la tentative de réforme des institutions n'aboutit pas. Le traité de Nice en 2001 est aussi un compromis tiède négocié dans un climat électrique. Il instaure le principe d'une majorité qualifiée pour la prise de décision **mais n'est pas adapté à l'Europe élargie** qui s'annonce.

B Un fédéralisme impossible ?

• **Le projet de Constitution européenne.** Le Conseil européen réunit une Convention sur l'avenir de l'Europe en février 2002. La présidence en est confiée à l'ancien président français Valéry Giscard d'Estaing. Un projet de Constitution européenne est signé à Rome par les chefs d'État et de gouvernement le 29 octobre 2004. Repensant le fonctionnement de l'Union pour l'adapter à une Europe à l'échelle du continent, la Constitution crée les postes de président et de ministre des Affaires étrangères, réduit le nombre de membres de la Commission européenne, donne **plus de pouvoirs au Parlement** européen et **favorise une majorité qualifiée** plutôt que l'unanimité dans les décisions.

> **Mot-clé**
>
> **Fédéralisme :** courant politique favorable à la transformation de l'Union européenne en une fédération d'États. Ces derniers acceptent de céder une partie de leurs pouvoirs à une institution supranationale. Dans ce but, les fédéralistes sont partisans d'un approfondissement des politiques européennes.

• **Le « non » français et néerlandais.** Comme les traités précédents, ce texte doit être ratifié par tous les États membres. Mais, au printemps 2005, **les citoyens français et néerlandais refusent ce traité par référendum**. Le processus de ratification est rapidement arrêté. L'Europe, ballottée entre des positions très divergentes, entre dans une période de doute et de crise.

• **Le rafistolage de Lisbonne (2007).** Pour sortir de cette impasse institutionnelle, le traité de Lisbonne est signé le 13 décembre 2007. Beaucoup d'éléments du traité constitutionnel sont repris, mais ce tour de passe-passe, contournant le rejet des citoyens, **renforce l'image d'une Europe en « déficit démocratique ».**

Les titres des journaux après le « non » français au référendum sur la Constitution européenne (2005). ▶

2 Une Union européenne sans les citoyens ?

A Le manque d'enthousiasme des Européens

• **Le renforcement illusoire de la gouvernance européenne.** Ce renforcement n'a pas entraîné de réelle adhésion auprès des peuples. Au contraire, l'euro est accusé d'avoir fait gonfler les prix. Le taux de participation aux élections européennes ne dépasse que rarement 50 % des inscrits. Seulement un tiers des Européens a, aujourd'hui, une image positive de l'Union. **L'euroscepticisme progresse partout.**

• **Le déficit démocratique.** Bien que les différents traités tendent à renforcer le rôle du Parlement et que les institutions européennes cherchent à se rapprocher des citoyens, l'Union est régulièrement accusée de déficit démocratique. **Les peuples s'intéressent surtout aux thématiques nationales** et le pouvoir de Bruxelles, jugé peu représentatif, concentre les critiques. Les directives de la Commission européenne, qui fondent de plus en plus les législations nationales, sont souvent mal acceptées des opinions publiques car non débattues et issues de commissaires nommés et non élus.

B De nouveaux enjeux pour la démocratie européenne

• **Un enjeu politique.** Les partis politiques **souverainistes** s'opposent aux autorités de Bruxelles qu'ils accusent d'attenter à la souveraineté nationale. Certains mouvements d'extrême droite (comme en France ou aux Pays-Bas) préconisent même de quitter l'euro. Les fédéralistes souhaitent au contraire renforcer le rôle et le pouvoir de l'Union. À ce titre, ils ne sont pas forcément favorables à des élargissements supplémentaires, de peur de diluer l'esprit de la construction européenne dans un vaste espace peu intégré.

• **Une Europe « puissance ».** Ces différences de point de vue se retrouvent aussi entre les pays favorables à une « Europe puissance » et ceux qui se contenteraient d'une zone de libre-échange aux politiques communautaires restreintes. L'Europe est de plus en plus à **« géométrie variable »**, voire « à la carte », dans laquelle **chaque pays participe en fonction de ses intérêts.**

Mot-clé

• **Majorité qualifiée :** processus de décision qui nécessite l'accord d'une forte majorité des membres, et non plus l'unanimité. Elle a été fixée à 55 % des membres et 65 % de la population de l'Union.

• **Souverainisme :** doctrine défendue par ceux qui veulent protéger la souveraineté nationale mise en péril, selon eux, par un pouvoir accru de l'Union européenne. À l'inverse des fédéralistes, les souverainistes militent pour une « Europe des nations », où l'autonomie politique des États serait préservée. Ils souhaitent donc un affaiblissement, voire une disparition, des institutions européennes communes.

9 Ce qui fait la puissance internationale

Depuis le XVIIIe siècle, l'**État territorial** est devenu la forme privilégiée d'exercice de l'autorité politique et **ses stratégies de puissance** sont devenues les grilles d'analyse de l'ordre mondial. Mais cette domination de la forme étatique semble **aujourd'hui menacée** dans un siècle de globalisation des flux extraterritoriaux.

1 Les moyens traditionnels de la puissance

A Les fondements de la puissance

• **La démographie, élément toujours déterminant de la puissance.** Cette corrélation entre démographie et puissance semble toujours vérifiée au début du XXIe siècle, où le **renversement du monde en faveur des nouvelles puissances émergentes que sont la Chine, l'Inde et le Brésil** reflète d'abord un basculement du rapport de force démographique.

• **La technologie militaire et la suprématie économique.** La guerre devient, à partir du XXe siècle, le reflet de la capacité d'un État à mobiliser ses ressources industrielles (capacités d'innovation, de production et de distribution) en temps de paix comme en temps de guerre. **L'hégémonie prolongée des États-Unis sur le monde** depuis 1918 s'explique d'ailleurs par la **maîtrise conjointe des puissances économiques et militaire** à l'échelle mondiale.

B L'ère nucléaire, une redéfinition des moyens de la puissance

• **L'arme nucléaire, moyen ultime de la puissance ?** L'apparition de l'arme nucléaire après 1945 a modifié la signification des éléments de puissance. Si, durant une courte période, l'avance des États-Unis dans le domaine nucléaire a semblé conforter les moyens traditionnels de sa puissance, **la diffusion de la bombe atomique a radicalement modifié le paysage géopolitique**. Ainsi, un État comme la Corée du Nord, malgré son économie moribonde, est devenue inattaquable par des puissances bien supérieures depuis ses deux essais nucléaires de 2006 et 2009.

• **L'ambivalence du statut de puissance nucléaire.** L'évolution de la Russie postsoviétique démontre pourtant l'asymétrie entre l'élément de puissance nucléaire et les moyens de puissance traditionnels. La Russie demeure au début du XXIe siècle la seconde puissance nucléaire mondiale. Mais elle **n'a pu empêcher l'extension de l'OTAN** et de son bouclier antimissile à ses frontières, englobant les anciens satellites de l'époque soviétique comme la République tchèque ou la Pologne. Cette **relativisation de la puissance atomique** explique pourquoi le monde a connu une dénucléarisation depuis la fin de la guerre froide (traités START I et II).

Mot-clé

Hyperpuissance : concept popularisé en 1999 par Hubert Védrine (ministre français des Affaires étrangères de 1997 à 2002) pour définir la superpuissance des États-Unis devenue sans rivale après la chute de l'URSS en 1991.

2 La redistribution des moyens de la puissance

A L'affaiblissement de l'État

• **Une privatisation militaire.** L'entretien permanent de forces armées et la maîtrise de technologies avancées de communication et de destruction sont devenus des moyens accessibles à des groupes terroristes. Ils **rivalisent avec l'hyperpuissance américaine** sur la maîtrise de l'information, flux essentiel dans un monde relié et globalisé par des réseaux de communication (télévision, Internet).

• **Une privatisation économique.** Les États abandonnent aux firmes multinationales (FMN) des instruments de souveraineté sur leur territoire. Ainsi, la compétition mondiale entre États pour attirer les flux d'investissements directs étrangers (IDE) les amène à multiplier incitations fiscales, zones franches et conditions dérogatoires. **Les FMN renforcent ainsi leur puissance financière au détriment des États,** renversant le rapport de force traditionnel. La firme russe Gazprom présente un chiffre d'affaires de 157 milliards et un bénéfice à comparer avec les 40 milliards de budget de l'État ukrainien.

B Le *soft power*, un moyen de la puissance renouvelé

• **Les diverses facettes du *soft power*.** Joseph **Nye** considère la puissance internationale comme la capacité d'un État à modeler les choix des autres acteurs afin qu'ils se rallient à lui. Ce *soft power* s'appuie sur trois piliers : l'**attractivité de sa culture**, ses **valeurs politiques** et leur **cohérence avec son action internationale et ses politiques extérieures** si elles sont légitimes et moralement fondées.

• **Le *soft power*, vecteur de la puissance américaine.** Nye soulignait lui-même le triomphe du *soft power* américain lors de la guerre du Golfe en 1991. La retransmission des principales étapes du conflit fut l'œuvre de la chaîne d'information en continu CNN qui, sans être dépendante du gouvernement américain, **généralisa dans le monde un regard américain** sur cette guerre. Elle mit en scène par exemple la **notion de guerre « propre »** sans dommages collatéraux sur les populations civiles.

Mot-clé

***Soft power* :** « puissance douce » désignant la capacité à influencer sans avoir recours à des moyens contraignants.

C Une nouvelle puissance collaborative en réseau

• **La fin du monopole de l'information stratégique.** Ces technologies **rendent quasiment impossible le monopole sur l'information stratégique** qu'exerçaient jusqu'à la fin du XXe siècle les chancelleries diplomatiques et les états-majors militaires. Le dévoilement par l'ONG WikiLeaks de centaines de milliers de télégrammes diplomatiques du département d'État américain inaugure une nouvelle époque où **chaque État devra pouvoir rendre compte** à une opinion publique devenue mondiale **des moyens employés sur la scène internationale.**

• **Les nouvelles connectivités numériques.** Les tentatives des révolutions arabes des années 2011-2012 ont ouvert la route à une **nouvelle forme de la puissance en réseau**, une puissance collaborative des uns avec les autres dont la force réside dans le **nombre et la mobilité induite par la connectivité numérique**. Les « Indignés » espagnols (2011) à l'origine du parti radical Podemos (2016), « Nuit debout » (2016) et le mouvement des Gilets jaunes en France (2018-2020) ainsi que les très controversés « Convois de la liberté » des camionneurs canadiens (2022) noyautés en partie par l'extrême droite illustrent la complexité des multiples voies que peuvent prendre ces nouvelles formes de la puissance.

10 L'Empire ottoman, de l'essor au déclin

Puissance considérable dominant une grande partie du pourtour méditerranéen au **XVIe siècle**, l'Empire ottoman devient au XIXe siècle **« l'homme malade de l'Europe »** et disparaît après la Première Guerre mondiale. Pour diriger cet immense conglomérat territorial disparate, les sultans ont progressivement mis en place une administration remarquable, mais se sont montrés incapables de créer un véritable État.

1 L'apogée du XVIe siècle

A L'immensité de l'Empire

• **Les conquêtes territoriales.** Depuis la prise de Constantinople par les Turcs en 1453, l'Empire ottoman ne cesse de s'agrandir. Il atteint son apogée territoriale sous le règne de Soliman le Magnifique (1520-1566) qui **s'empare de la Hongrie** (bataille de Mohács en 1526) et parvient même à **assiéger Vienne**, sans succès, en 1529. Vers 1550, l'Empire englobe, en Asie, tout le Proche-Orient, en Afrique, l'Égypte et les États barbaresques (Alger, Tunis et Tripoli) et, en Europe, la péninsule balkanique et la Grèce, la Hongrie et la Crimée.

• **La domination maritime.** La flotte ottomane contrôle une grande partie des côtes méditerranéennes et **supplante les Vénitiens** dans le commerce avec l'Orient. Soliman n'hésite pas à recourir aux services de **redoutables corsaires** (comme Khayr ad-Din, dit « Barberousse ») rendant dangereuse toute navigation sous un pavillon chrétien. On n'en comprend que mieux le retentissement de la victoire navale de l'Espagne et de Venise sur la flotte ottomane à **Lépante** (1571), même si elle n'est guère exploitée par les Occidentaux sur le moment. Les Ottomans conquièrent Chypre et s'installent de manière durable en Tunisie.

B La puissance du sultan

• **Le représentant de la monarchie universelle.** Le sultan est un chef politique et religieux. Il affirme avoir pris à la fois la succession des **empereurs byzantins** et celle du prophète Mahomet. Il est donc un chef spirituel et temporel et le **calife** ayant autorité sur tous les musulmans. **Le sultan n'est cependant pas un despote absolu** comme le dépeignent les Occidentaux. Il ne peut gouverner sans le **divan** (cour de justice et conseil des ministres) et le **grand vizir** (Premier ministre).

• **Une puissance militaire et administrative.** La force militaire de l'Empire provient des **janissaires** (fantassins professionnels très entraînés issus de familles chrétiennes converties à l'islam). Sa cohésion territoriale est due au caractère remarquable de son administration. D'un côté, les régions formant l'Empire proprement dit et dirigées par des **beys et beylerbeys** dépendant directement du pouvoir central. De l'autre, **des pays conquis qui jouissent d'une large autonomie**, particulièrement en Europe où les rois sont maintenus en Hongrie et Transylvanie.

Biographie

Soliman le Magnifique (vers 1495-1566) : le règne de ce sultan ottoman correspond à l'apogée de l'Empire. Vainqueur des Hongrois (1526), il devient le dirigeant le plus puissant d'Europe, exploitant les divisions des princes chrétiens en se rapprochant de la France de François Ier, alors désireux de trouver un contrepoids à la puissance de l'empereur Charles Quint. Grand organisateur et protecteur des arts, il laisse à l'Empire un code de loi et fait construire deux grandes mosquées à Constantinople.

• **Un jeu diplomatique subtil.** L'Empire joue, au XVIe siècle, sur les divisions des princes chrétiens. Ainsi, en 1536, **Soliman fait alliance avec la France** de François Ier qui cherche des alliés extérieurs contre Charles Quint et qui obtient un régime privilégié par le système des **capitulations** (accords donnant des droits particuliers à certains étrangers).

Le sultan Soliman le Magnifique dominant la Méditerranée. Détail d'une carte vénitienne du XVIe siècle. ▶

2 « L'homme malade de l'Europe »

A Un empire dépecé

• **Le reflux territorial.** À partir du XIXe siècle, l'Empire connaît un recul territorial incessant au **Maghreb** (l'Égypte occupée par Bonaparte en 1798, l'Algérie dès 1830, puis la Tunisie sous protectorat français en 1881) et dans les **Balkans** face aux révolutions grecques (1830), serbes (1804-1813 et 1815-1817), moldavo-roumaines (1821) et bulgares (1876).

• **L'effondrement européen.** L'Empire perd tous ses territoires européens après les **deux guerres balkaniques** (1912-1913), prélude au premier conflit mondial. En 1913, il ne lui reste plus que la Turquie, l'Arménie, la Mésopotamie, la Syrie, la Palestine et une partie de l'Arabie.

B Un empire subordonné à l'Europe

• **L'extension des capitulations.** Elle symbolise le **déséquilibre** diplomatique et économique croissant **entre l'Empire et l'Europe occidentale**. Ce dernier n'a pas su se réformer malgré la tentative d'Abdülmecid (sultan de 1839 à1861) de créer un État de droit libéral et de réorganiser le fonctionnement de l'État (Constitution libérale de 1876, jamais appliquée). Incapable d'assainir ses finances, il devient débiteur des puissances occidentales qui le mettent sous tutelle financière (commission de la dette publique crée en 1881). **L'Allemagne y joue alors un rôle économique prépondérant**, s'implantant en Turquie et en Perse (construction de voies ferrées, etc.).

• **Le chaos politique.** La mise sous tutelle européenne entraîne la **révolte des étudiants** des écoles religieuses et un éclatement de fait des structures administratives. Les pays occidentaux ne parviennent pas à mettre en place un véritable plan de découpage de l'Empire, **« trop pourri »** selon le mot d'un diplomate anglais. Ils laissent le pays se décomposer jusqu'à la révolution des **Jeunes-Turcs** à Constantinople en 1908 qui met fin officieusement au sultanat sans parvenir à installer, dans l'immédiat, un pouvoir stable.

Mot-clé

Balkanisation : terme décrivant la désagrégation des territoires ottomans en Europe centrale à la fin du XIXe siècle. C'est un processus de fragmentation de zones multiethniques entre des nationalités revendiquant le contrôle de ces territoires, au nom d'un droit historique et moral souvent « imaginaire », suivant la formule de Benedict Anderson.

SPÉCIALITÉ HGGSP

11 La Russie depuis 1991

Malgré les tentatives réformatrices de **Mikhaïl Gorbatchev**, secrétaire général de l'URSS de 1985 à 1991, profondément ébranlé par la **chute du mur de Berlin** à l'automne 1989, le système communiste s'effondre définitivement à la fin de 1991. Cette même année, **toutes les républiques fédérées de l'Union accèdent à l'indépendance.** L'Empire soviétique a vécu.

1 La fin difficile du système soviétique

A Les difficultés économiques

• **La mise en place d'une économie de marché chaotique.** Dès l'année 1992, la Russie connaît une très **brutale libéralisation des prix**. Malgré l'éphémère construction d'une communauté économique intégrée (CEI sans les pays baltes ni la Géorgie), l'économie planifiée à bout de souffle et la destruction des structures politiques fédérales cèdent la place à une économie de marché chaotique. Cette thérapie de choc débouche sur des **privatisations massives** souvent mafieuses et met en lumière la corruption des dirigeants tandis que des pans entiers de l'économie russe sont acquis par les Occidentaux.

Texte-clé

La démission de Gorbatchev

« En raison de la situation qui prévaut actuellement, je mets fin à mes fonctions de président de l'URSS. J'ai défendu fermement l'autonomie, l'indépendance des peuples, la souveraineté des républiques. Mais je défendais aussi la préservation d'un État de l'Union, l'intégrité du pays. Les événements ont pris une tournure différente. La ligne de démembrement du pays et la dislocation de l'État a gagné, ce que je ne peux accepter car j'y vois de grands dangers pour nos peuples et pour toute la communauté mondiale. »

Discours télévisé de Mikhaïl Gorbatchev (25 décembre 1991).

• **Le mécontentement populaire.** Avec **2 600 % d'inflation** en 1992 et 1 000 % l'année suivante, le niveau de vie des Russes baisse subitement. En 1994, le **chômage**, inconnu auparavant, atteint 7,5 %. Cette situation génère un vif mécontentement de la population et de fortes dissensions politiques entre les conservateurs du Parlement et le président Boris Eltsine quant aux réformes économiques à engager. Reprenant l'avantage, après une tentative avortée de coup d'État conservateur contre lui, Eltsine engage un référendum sur la Constitution et des élections législatives libres. Le parti communiste y obtient plus de 22 % des voix, soulignant le **développement d'une nostalgie précoce du temps de l'URSS**. En 2000, selon un sondage, 75 % de la population russe, toujours plus appauvrie, regrette l'époque soviétique.

B Le déclassement international

• **La fin d'un des deux « Super-Grands ».** L'année 1991 consacre la dislocation politique de l'URSS et le début de la **liquidation de l'héritage de la guerre froide**. La superpuissance soviétique s'est effondrée face à la superpuissance américaine laquelle, prise à contre-pied, ne sait pas toujours quoi en penser. D'où des interrogations stratégiques majeures puisque **le monde ne peut plus être lu de manière binaire**, débouchant sur un attentisme prudent (traité de limitation des armements nucléaires).

Biographie

Boris Eltsine (1931-2007) : membre du parti communiste soviétique dès 1961, il s'oppose à Gorbatchev en 1987 et devient, en 1989, le leader du parti « démocratique ». Élu président de la République au suffrage universel en juin 1991, il parvient, en août 1991, à faire échouer une tentative de coup d'État fomenté par des nostalgiques de l'URSS. Désormais homme fort du régime, il mène une politique libérale qui révèle les faiblesses économiques d'une Russie amorçant un déclin international accéléré.

• **Le désarroi d'une puissance.** La présidence de Boris Eltsine (1991-1999) symbolise le désarroi des premières années postsoviétiques. La production industrielle chute de façon vertigineuse, l'anarchie administrative se développe partout tandis qu'explosent la **criminalité organisée** et la **corruption**, installée jusqu'aux plus hauts sommets de l'État. La première **guerre en Tchétchénie** décidée par Eltsine en 1994 pour redorer le blason militaire de la Russie se révèle être un **désastre militaire et humain**.

2 Le rétablissement partiel de la puissance russe

A Une nouvelle orientation nationaliste

• **Vladimir Poutine au pouvoir.** Avec l'avènement au pouvoir de Vladimir Poutine en 1999, la Russie revient à une **idéologie plus conservatrice et plus dirigiste**. Le personnel politique de l'État est renouvelé en profondeur dans tous les compartiments des administrations centrales et régionales. Le discours politique se fait beaucoup plus nationaliste (thèmes de la **Grande Russie**, de la mère patrie, de l'âme russe). La **population russe** semble, dans son ensemble, **consentante** pour une politique autoritaire permettant le retour à une fierté nationale bien comprise, avec la bénédiction de l'église orthodoxe russe.

▲ Vladimir Poutine au pouvoir en Russie depuis 1999.

• **L'obsession de la grandeur perdue.** Vladimir Poutine montre une volonté inébranlable dans le **retour de la Russie comme puissance mondiale** même si ce projet politique induit des limitations démocratiques majeures. Les efforts de reconstruction d'une solide **industrie d'armement** débouchent sur une revalorisation emblématique de l'armée russe et permettent à la fois de développer les **exportations de matériel militaire** et de **moderniser l'outil de défense du pays**.

B Un retour fracassant sur la scène internationale

• **La puissance guerrière.** La Russie n'hésite pas à recourir à l'**emploi de la force** pour retrouver une influence dans les anciens territoires soviétiques. Ainsi, en 2014, elle est à l'origine de la « récupération » par des troupes militaires « non identifiées » de la **péninsule de Crimée** appartenant à l'Ukraine, jugée trop proche des Occidentaux. **Début 2022**, la Russie va même jusqu'à défier ouvertement le camp occidental en **envahissant l'Ukraine** dans le but d'y établir un gouvernement pro-russe au moment où le pouvoir en place légitimement élu envisageait de rejoindre l'OTAN.

• **Le *soft power*.** Sur le plan de la séduction internationale, le Kremlin, et ses gratte-ciels en arrière-plan, a essayé un temps de peaufiner une image de modernité avec l'organisation des **Jeux olympiques d'hiver** à Sotchi, en février 2014, et de la **Coupe du monde de football** à Moscou en juillet 2018.

• **L'arme diplomatique.** Sur le plan stratégique, la Russie s'impose dans des **alliances inattendues** avec la **Chine** et l'**Iran** (accords économiques de Shanghai), avec la **Turquie**, avec la **Syrie** (intervention décisive dans le conflit contre l'État islamique). Elle revient **dans tous les horizons du monde** (présence en mer Méditerranée, dans les océans Pacifique, Atlantique, Arctique et Indien ; coopération militaire avec les pays africains, soutien au Venezuela).

SPÉCIALITÉ HGGSP

12 L'enjeu des langues

S'imposer comme le pays de la **langue véhiculaire mondiale** permet de disposer d'un véritable outil de la puissance internationale. À chaque époque, on a toujours **« parlé » la langue des puissances dominantes**. Le **latin** dans l'Antiquité, l'**espagnol** au XVIe siècle, le **français** au temps de Louis XIV et des Lumières, puis l'**anglais**, d'abord langue de la Grande-Bretagne, puissance coloniale impériale du XIXe siècle et langue des États-Unis, hyperpuissance du XXe siècle. Demain, peut-être, le **chinois** mandarin.

1 Les langues, un enjeu de puissance en Europe

A Les langues officielles dans l'Union européenne

• **Une reconnaissance formelle.** À chaque élargissement, la langue nationale de tout nouvel État membre a été reconnue comme langue officielle en Europe (24 langues officielles à ce jour). La législation linguistique affirme le principe que **tout citoyen européen doit pouvoir, dans sa propre langue,** s'informer de ce qui est décidé en son nom et comprendre les textes émanant de l'administration de Bruxelles.

• **Le Parlement européen, une « tour de Babel ».** À Strasbourg, le Parlement respecte un **multilinguisme intégral** lors des séances plénières, lors des réunions des commissions et des groupes politiques (cohortes d'interprètes en cabine de traduction), mais non sans la réticence de bon nombre de députés souhaitant **un alignement** majoritaire **en faveur de la langue anglaise**.

B L'hégémonie de fait de l'anglais

• **Le recul du français.** À partir de 2004, **la francophonie a régressé** significativement, dans l'Union européenne, à cause de l'élargissement à l'est. Aujourd'hui, le français est la langue étrangère d'environ 7,5 % des citoyens européens.

• **L'anglais, langue véhiculaire.** D'une manière générale, le nouveau contexte d'une Europe élargie a renforcé l'usage de la langue anglaise qui s'installe désormais comme la langue véhiculaire de l'Europe. C'est la langue étrangère la plus apprise dans les écoles européennes et **parlée par plus de 20 % des Européens.** Bien que la Commission européenne se défende de favoriser la langue anglaise, elle l'utilise dans 80 % des documents internes.

Mots-clés

• **Langue véhiculaire :** langue apprise en plus du parler local et servant de moyen de communication entre des communautés de langues différentes.
• **Langue vernaculaire :** langue locale, parlée couramment au sein d'une communauté.

2 Le français, un vecteur de rayonnement mondial

A La francophonie

• **Près de 300 millions de francophones.** La langue française, malgré la suprématie incontestable de l'anglais, jouit d'un réel respect au niveau international (274 millions de locuteurs en 2016 en tenant compte du nouveau mode de calcul de l'Organisation internationale de la

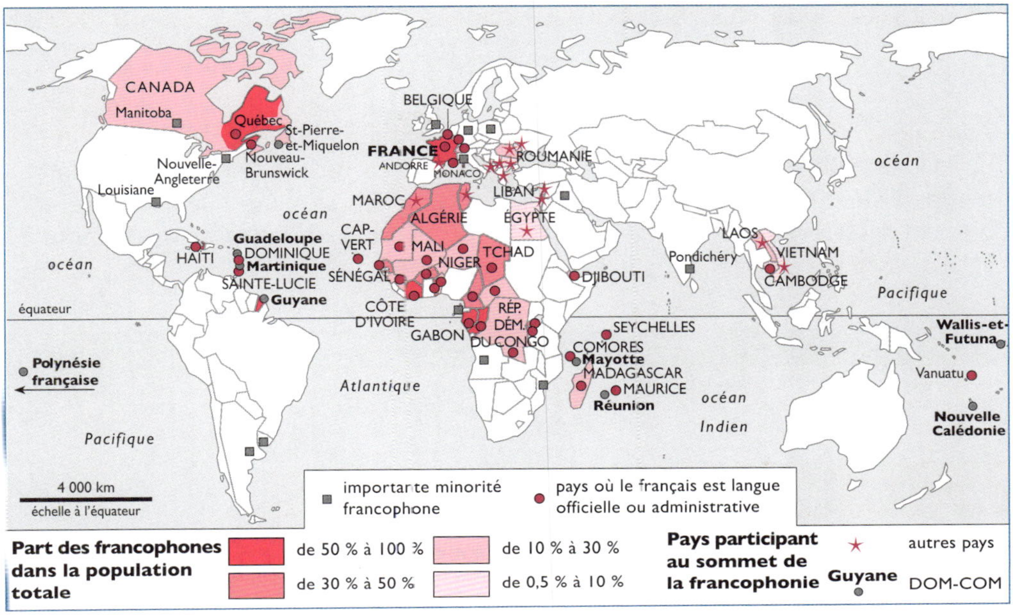

▲ La francophonie dans le monde.

francophonie ou OIF). Le français serait, aujourd'hui, la deuxième langue la plus apprise et la **cinquième langue la plus parlée** (après le chinois mandarin, l'anglais, l'espagnol, l'arabe et l'hindi). En 2050, il paraît possible que le français soit parlé par 750 millions de personnes dont 85 % en Afrique.

• **Une organisation internationale.** Aujourd'hui, la francophonie est structurée en **une organisation internationale regroupant plus de cinquante États**. Elle assure la promotion et la diffusion de la langue française et organise un sommet de la francophonie, tous les deux ans, dans une ville emblématique (Djerba en Tunisie en 2021). La France n'y joue qu'un rôle secondaire et ce sont surtout les pays africains et le Québec qui y contribuent. Ils y voient une sorte de moyen de **résister à l'américanisation du monde**.

B L'expression culturelle internationale de la France

• **Le statut particulier de la culture.** La France œuvre à l'Organisation mondiale du commerce (OMC) pour la reconnaissance d'un statut particulier de la culture **(refus de sa « marchandisation »)**. Les 800 centres de **l'Alliance française**, répartis dans 136 pays, participent largement à la diffusion de la culture française. Elle est aidée par le Bureau international de l'édition française (BIEF) qui regroupe des éditeurs francophones. En ce qui concerne les traductions littéraires, **la France vend quatre fois plus de droits d'auteurs** qu'elle n'en achète à l'étranger.

• **Le cinéma français.** Il est l'un des seuls qui, au niveau planétaire, **peut entamer l'hégémonie américaine.** Pourtant, malgré la notoriété du festival de Cannes et l'importance de la production cinématographique hexagonale, la part du marché mondial des films français reste modeste et se concentre dans des **aires géographiques limitées** (63 % des entrées en Europe, 18 % aux États-Unis, 10 % en Asie, 8 % en Amérique latine).

Mot-clé

Instituts Confucius : ce sont des instituts culturels chinois rendant hommage au célèbre philosophe (vers 551-479 av. J.-C.) qui a influencé la civilisation de la Chine jusqu'à nos jours. Ils diffusent la langue et les éléments de la culture chinoise. En 2020, on en compte plus de 525 répartis dans plus de 120 pays et régions du monde, dont plus d'une quarantaine en Afrique où ils essaient de supplanter les relais linguistiques anglais et français.

SPÉCIALITÉ HGGSP

13 Les nouvelles technologies

Aux **perspectives initiales** offertes par les **extraordinaires avancées technologiques** des dernières décennies a succédé le **désenchantement récent** suscité par le « virage mercantiliste et manipulateur », pris par les géants du Web. Le numérique serait-il véritablement passé, en l'espace de quelques décennies, du stade de l'utopie émancipatrice à celui de **menace croissante** pour les libertés fondamentales **sans que les États soient capables de réagir** ?

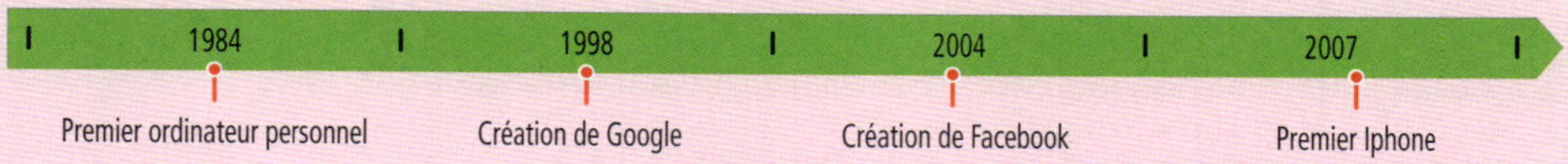

1 La puissance des géants du numérique

A Un poids économique considérable

• **Des pourvoyeurs d'emplois.** Sur le plan économique, le numérique a suscité l'apparition d'un secteur d'activité dynamique, **en croissance continue**, et pourvoyeur d'emplois plus ou moins qualifiés s'occupant de la conception, de la fabrication, de la commercialisation ou de la maintenance d'appareils connectés. Selon l'INSEE, rien qu'en **France**, le numérique, en 2021, pèse **120 milliards d'euros** dans le PIB et entretient **1,5 million d'emplois**.

• **Des entreprises concentrées.** Dans le monde, l'industrie du numérique est concentrée dans les mains de puissants acteurs tels que Google, Apple, Facebook, Amazon et Microsoft (les **GAFAM**). **Tous d'origine américaine,** ils ont réussi à imposer leur marque et à **dominer le marché** en proposant des produits ou des services souvent très appréciés. Seules **quelques entreprises chinoises** (les **BATX**) sont en mesure, aujourd'hui, de leur faire une concurrence, limitée pour le moment à l'Asie.

B Un danger pour les libertés ?

• **Une liberté surveillée.** Par ces multiples prouesses technologiques (la géolocalisation par exemple, l'invention des smartphones) et parce que ces géants comme les GAFAM ou les BATX chinois **stockent et utilisent massivement des renseignements sur leurs utilisateurs**, le numérique place le monde en liberté surveillée. Ces multinationales recueillent et croisent une multitude d'informations telles que les numéros de téléphone, de Sécurité sociale, de carte de crédit, l'adresse, l'âge, la consommation, les pratiques sportives ou religieuses, les lieux fréquentés, etc.

• **« Le panoptique, c'est le Web ».** C'est ce qu'affirme le philosophe italien Maurizio Ferraris, faisant allusion à un **type de prison où le gardien peut surveiller tous les détenus en même temps**. Son chef n'est cependant pas un humain, mais une mémoire infinie dotée d'un savoir essentiellement bureaucratique.

Mots-clés

• **BATX :** cet acronyme désigne Baidu (moteur de recherche), Alibaba (plateforme commerciale), Tencent (messagerie et réseau social) et Xiaomi (téléphones portables et high-tech), les quatre géants du Web chinois qui sont en mesure de contester l'hégémonie américaine dans le secteur des nouvelles technologies.
• **GAFAM :** cet acronyme désigne Google, Apple, Facebook, Amazon et Microsoft, les cinq entreprises américaines (*big Five*) dominant le monde numérique américain et européen, voire mondial. Leur capitalisation boursière est supérieure au PIB de la France.

Texte-clé

« Les penseurs de la Silicon Valley prétendent remplacer l'État et ses services publics, mais aussi des institutions et des valeurs comme la vie privée, le couple, l'enseignement, etc., sans jamais prendre en compte ni les questions de légitimité, ni de souveraineté. Or, malgré toute leur importance dans la vie quotidienne des citoyens, les conditions d'utilisation (CGUS) d'une plateforme en ligne ne peuvent prétendre à la même valeur que la Déclaration des droits de l'homme ou la Constitution des États-Unis. »
J.-B. Soufron, « La Silicon Valley et son empire », revue *Esprit*, 2016/10.

2 Citoyens et États face aux nouvelles technologies

A La prise de conscience des citoyens

• **Le rôle des associations.** Organisés en collectifs divers, de plus en plus de citoyens réclament des comptes et des **garanties en matière de protection de leurs libertés** aux grands acteurs privés et publics du numérique. Une trentaine d'associations conduites par l'*American Civil Liberties Union* (ACLU) a adressé, en mai 2018, un courrier au **dirigeant d'Amazon, Jeff Bezos**, lui enjoignant d'arrêter de vendre à la police son service de reconnaissance faciale Regoknition, critiqué pour son « dangereux pouvoir de surveillance ».

• **Les rôles des ONG et des associations de défense des libertés numériques.** Elles ont lancé, sur le site *Battle for the Net*, une campagne de défense de la neutralité du Net. L'**ONG Reporters sans frontières** exerce des pressions auprès de Google et d'Amazon afin que ces plateformes n'empêchent pas la messagerie Signal, dont le cryptage permet de contourner la censure d'États autoritaires, d'utiliser certains de leurs services.

B La difficile élaboration de règles protectrices

• **La Cour suprême américaine.** Elle a rendu, en juin 2018, un arrêt considérant que **le quatrième amendement de la Constitution américaine** protégeant la vie privée **s'appliquait aux données de géolocalisation** enregistrées par un téléphone portable.

• **Le rôle de la CNIL en France.** Pionnière en la matière, la France dispose, depuis 1978, d'une autorité administrative indépendante, la CNIL (Commission nationale de l'informatique et des libertés) qui entend **garantir la protection des données personnelles des utilisateurs du numérique** en faisant accepter aux acteurs publics et privés de nouvelles règles en la matière. Ainsi la loi « pour une République numérique » de 2016 reconnaît aux personnes un droit à « l'autodétermination informationnelle ».

• **Le rôle de l'Union européenne.** En 2016, l'Europe a signé un accord avec les États-Unis sur la protection des données dans les accords commerciaux baptisé **Privacy Shield**. Enfin, le **Règlement général sur la protection des données (RGPD)** est entré en vigueur en 2018. Ce texte européen impose désormais aux entreprises de préciser à leurs utilisateurs quelles données elles collectent et quels usages elles en font.

• **Des règles illusoires ?** Censé être protecteur, le **RGPD** ne met pourtant pas fin au problème. Selon le journaliste Vincent Fagot, depuis son entrée en vigueur, il **aurait permis aux GAFAM**, plus rapides à s'adapter à ces nouvelles exigences, de **conforter leur hégémonie en matière d'exploitation de données personnelles.**

Biographie

Bill Gates (1955-). En 1975, à l'âge de vingt ans, Bill Gates fonde Microsoft. Au début du XXIe siècle, cette entreprise américaine devient, pour une dizaine d'années, la première entreprise mondiale avec une capitalisation boursière dépassant les 700 milliards de dollars. Considéré à cette époque comme l'homme le plus riche du monde, Bill Gates délaisse peu à peu la direction de Microsoft pour se consacrer à la gestion de sa fondation philanthropique.

SPÉCIALITÉ HGGSP

14 La Chine et les « nouvelles routes de la soie »

Depuis les années 1980, la Chine s'est inscrite dans la mondialisation contemporaine dont elle a été l'illustration la plus spectaculaire (PIB multiplié par 80 en 40 ans). Le dirigeant chinois Deng Xiaoping en avait énoncé le principe fondateur : « Le développement, il n'y a que cela de vrai. » **Après avoir été l'atelier du monde**, la deuxième puissance économique mondiale cherche des **relais de puissance** en essayant de **maîtriser les espaces maritimes et continentaux qui lui sont utiles.**

1 Une nouvelle stratégie de puissance

A Dépasser la puissance industrielle

• **Le principe OBOR *(One belt one road).*** Le commerce extérieur ayant été le facteur principal de sa croissance, la Chine ne peut se passer de la mondialisation. Après avoir pensé l'industrialisation, l'aménagement et le développement de sa large façade maritime, la Chine met en place **une organisation en réseaux très sophistiquée et systématique des espaces continentaux eurasiatique et africain** selon le principe de projection spatiale OBOR *(One belt one road).*

• **Un partenariat « gagnant-gagnant ».** Constatant l'actuelle impasse de la mondialisation, la Chine applique un nouveau principe confucéen : « **Je ne gagne que si et seulement si tu gagnes aussi** ». En proposant aux pays tiers de **financer ou de rénover une partie de leurs infrastructures**, elle accélère la mise en place de ses couloirs de circulation stratégiques.

B Penser le monde dans sa globalité

• **Une stratégie cohérente.** De par sa **diaspora mondiale** importante, la Chine a été sans doute le premier État à comprendre le monde dans sa globalité. Cette perception historique a joué un grand rôle dans l'analyse de la mondialisation, à toutes les échelles.

• **Une « toile » d'influence mondiale.** À la faveur de moyens financiers considérables, la Chine réalise, depuis deux décennies, des **« routes de la soie continentales »** et des **« routes de la soie maritimes »**. Elles **organisent** désormais **les échanges mondiaux à son profit**, étant toutes en connexion les unes les autres au gré de zones portuaires stratégiques en Asie, en Afrique et en Europe, le continent américain étant quant à lui moins concerné.

2 Les traductions géographiques

A La stratégie du « collier de perles »

• **Des accords avec de nombreux États.** L'image du collier de perles illustre l'**action de la diplomatie chinoise du président Hu Jintao** (2002-2013), à **passer des accords** avec des pays tels le Cambodge, le Myanmar, le Bangladesh, l'Iran, les Seychelles, l'Île Maurice, le Soudan (location d'accès portuaires, construction d'infrastructures, financement d'aménagements de transports).

• **La sécurisation des routes maritimes vitales.** La Chine adopte une **stratégie** volontariste pour **contrôler les routes maritimes** longeant les littoraux de la mer de Chine orientale et de la mer de Chine méridionale, du golfe du Bengale et de la mer d'Oman dans l'océan Indien, **en direction du golfe Persique** (sécurisation des flux d'importation d'hydrocarbures) et de la **mer Rouge** (acheminement maritime des exportations chinoises et libre circulation des porte-conteneurs).

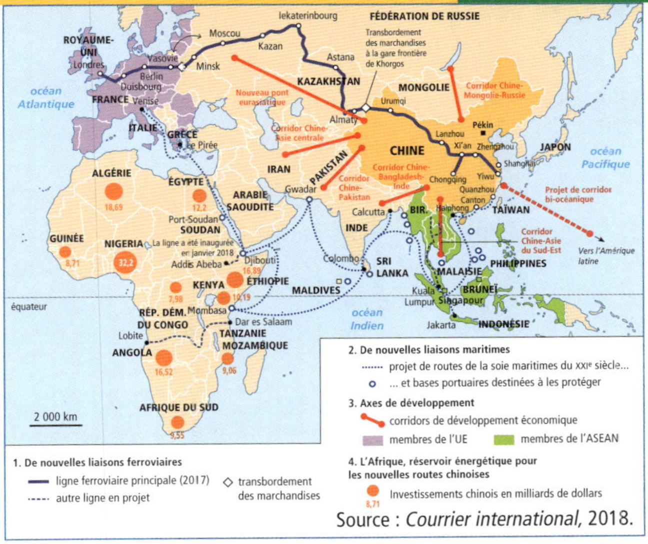

Source : *Courrier international*, 2018.

Les « nouvelles routes de la soie ». ▶

B Les « nouvelles routes de la soie » maritimes

• **Les routes polaires.** Aujourd'hui, la Chine développe de nouvelles stratégies d'accès, d'une part à l'océan Glacial Arctique par le détroit de Behring (**« route de la soie polaire »**, accords de partenariat avec l'Islande) et, d'autre part, en direction de l'océan Pacifique Sud (**« route de la soie Antarctique »**), d'être présente pour l'exploitation future de gisements d'hydrocarbures et de sites de minerais divers.

• **Les routes africaines et méditerranéennes.** Dans la même intention se développe une **« route de la soie africaine »** pour faciliter et sécuriser l'exploitation des richesses du continent. De son côté, la mer Méditerranée devient une nouvelle mer de Chine (**« route de la soie méditerranéenne »**) à la faveur d'initiatives chinoises de plus en plus nombreuses (rachat du port du Pirée en Grèce, accords de partenariat avec Gênes et Trieste en Italie, Marseille en France, investissements dans le secteur énergétique au Portugal).

Mot-clé

Routes de la soie : dès l'Antiquité, des expéditions de marchands tracent des routes dans les régions désertiques pour relier la Chine à l'Empire romain. Elles servent à transporter la précieuse soie chinoise jusqu'à Rome. Elles ont permis au monde asiatique d'entrer en contact avec l'Occident.

C Les « nouvelles routes de la soie » terrestres

• **Le renouveau des circulations eurasiatiques.** La Chine a repris une stratégie de **circulation continentale** d'est en ouest, en direction de l'Europe après l'implosion de l'URSS, à travers l'Asie centrale. Depuis le début du XXIe siècle, cette idée récurrente des routes de la soie terrestres n'a cessé de prendre de l'ampleur, au sud de la Sibérie russe, dans les **républiques d'Asie centrale**, à travers l'Iran et la Turquie, et **à destination de l'Union européenne**.

• **Des infrastructures globales.** On peut considérer « les nouvelles routes de la soie » terrestres selon une conception désormais très élargie : **axes routiers** en premier lieu, mais aussi **axes ferroviaires**, voire trajets d'**hydrocarbures** (pétrole et gaz). Les investissements colossaux (au moins 3 000 milliards de dollars) se font souvent **en partenariat avec des pays étrangers** (Népal, Kazakhstan, etc.).

• **Une nouvelle façon de penser le monde.** Ainsi conçues dans une approche globale, les « nouvelles routes de la soie » sur le continent eurasiatique reflètent la façon chinoise de savoir penser l'espace et ses connexions à cette échelle continentale. **Elles construisent un nouveau centre du monde**, centre décalé en direction de l'empire du Milieu.

15 Formes et lieux de la puissance aux États-Unis

Les États-Unis restent encore aujourd'hui la **puissance dominante** d'abord grâce à leur poids militaire, leur maîtrise des flux monétaires et financiers, la domination de l'économie tertiaire de la connaissance ainsi que leur influence culturelle toujours inégalée. Cette puissance s'incarne dans des territoires spécifiques, les mégarégions et dans des lieux emblématiques (New York, Hollywood, etc.).

1 Les formes de la puissance

A Le *hard power*

• **Une puissance militaire sans rival.** Avec un budget global de la Défense dépassant les **770 milliards de dollars** en 2022, les dépenses militaires américaines sont plus de trois fois supérieures à celles de la Chine, son grand rival stratégique aujourd'hui. Elles représentent à elles seules environ **la moitié des dépenses militaires** des principaux **pays du monde**. Cette suprématie renouvelée provient **d'une décennie ininterrompue d'augmentation** (+ 70 % entre 2002 et 2012) et d'une **reprise de cette tendance** depuis l'arrivée au pouvoir de **Donald Trump** en 2017.

• **Une domination économique renouvelée.** Elle s'appuie sur le maintien d'une **maîtrise monétaire** (suprématie du dollar) et **financière** : Wall Street représente encore près de la moitié de la capitalisation boursière mondiale. Elle se traduit par une capacité productive et financière des États-Unis profondément renouvelée en deux décennies. **Délaissant le secteur manufacturier classique** laissé à la Chine, les États-Unis se sont tournés vers les **services à forte valeur ajoutée** profitant d'un investissement inégalé dans la recherche et le développement (30 % des dépenses mondiales). Ils possèdent encore 8 des 10 plus grandes firmes multinationales mondiales.

B L'émergence du *smart power*

• **L'importance du *soft power*.** L'influence culturelle mondiale des États-Unis reste incontestable. La **quasi-hégémonie de l'américain** comme langue internationale véhicule une **culture de masse globale**, imprégnant les entreprises comme les consommateurs. L'*American way of life* s'est répandue partout comme un modèle de consommation (alimentation, mode, culture).

• **Les limites du *soft power*.** L'efficacité du *soft power* est aujourd'hui remise en cause. La vidéothèque de 20 000 films hollywoodiens détenue par l'ancien dictateur nord-coréen Kim Jong-il ne le rendait **pas plus sensible aux valeurs américaines**. Les messages vidéo régulièrement adressés par le président Obama au peuple iranien n'ont pas eu plus d'effet que les sanctions économiques engagées depuis les années 1980 sur la détermination du gouvernement iranien de se doter d'une arme nucléaire.

• **La « puissance intelligente ».** Elle impose d'**utiliser les différents moyens de puissance selon trois dimensions superposées**. Dans la première, où seule la force militaire intervient, les États-Unis

Mots-clés

• ***Hard power*** : « puissance dure », principalement militaire, détenue par un État.
• ***Smart power*** : « puissance intelligente » qui combine les moyens traditionnels de coercition militaire ou économique du *hard power* et les moyens d'influence du *soft power*.

restent une superpuissance incontestée et sans rivale. Dans la deuxième, où la répartition de la richesse économique importe, **la globalisation rééquilibre les forces entre les États-Unis et les puissances émergentes**, telles l'Inde et la Chine. Dans la troisième, celle des **relations transnationales** où il n'y a aucune puissance régulatrice (réchauffement climatique, lutte contre le terrorisme, régulation financière), il faut, pour continuer à dominer, susciter la coopération de tous les acteurs.

2 Les territoires de la puissance

A Les mégarégions américaines

• **Le poids mondial des grandes métropoles.** La constitution des **GAFAM** comme nouveaux moteurs de l'économie mondiale conforte le **poids économique des métropoles**. Ces firmes sont presque toujours issues de **clusters urbains où se mêlent universités, micro-entreprises innovantes et fournisseurs de moyens spécialisés.**

▲ Les mégarégions, base territoriale de la puissance américaine.

• **Des métropoles aux mégarégions.** Ces vastes étendues urbaines « définies par un réseau de relations en vue d'intérêts économiques communs » (Richard Florida) sont au nombre de onze. Elles regroupent les **créateurs de nouvelles technologies** ainsi que les moyens pour les développer et les imposer. Elles forment des **ensembles économiques équivalant à de véritables États** et sont devenues les **acteurs majeurs de la nouvelle puissance économique** américaine.

B Quelques lieux emblématiques

• **Le Massachusetts Institute of Technology.** Situé près de Boston, il est considéré comme **la plus riche université au monde** (6 milliards de dollars de dotation) offrant la plus large palette d'enseignements (72 laboratoires) tous reconnus pour leur excellence (plus de **80 lauréats du prix Nobel** parmi ses anciens étudiants).

• **New York.** C'est la métropole américaine qui concentre le plus « d'acteurs à capacité mondiale d'intervention », que ce soit dans la diplomatie (siège de l'**ONU**), l'économie **(Wall Street)**, l'éducation **(Université de Columbia)**, les médias (le **New York Times**) et la culture (**Metropolitan Museum**).

• **La Californie.** La **Silicon Valley** est le cœur de la mégarégion de *Northern California*. S'appuyant sur l'université de Stanford, elle est devenue le **cœur numérique du monde**, chaque nouvelle vague d'innovation bénéficiant de la réussite des autres (fondation de HP en 1939, de Google en 1998, siège de Facebook). **Los Angeles** domine la mégarégion de *Southern California*, particulièrement grâce aux industries du divertissement (cinéma, télévision) implantées à **Hollywood** qui génèrent environ 50 milliards de revenus par an. En Europe, les films américains représentent plus de 80 % du marché.

16 Unilatéralisme et multilatéralisme

Une décennie d'unilatéralisme débouchant sur des échecs militaires (Irak) et moraux (Guantanamo) a sévèrement abîmé l'image des États-Unis dans le monde, **alimentant l'antiaméricanisme.** La présidence de Barack Obama (2009-2017) apparaît en fin de période comme une tentative de **restauration de cette réputation internationale**, de même que celle de Joe Biden (depuis 2021) après « **l'unilationnisme** » de l'ère Trump (2017-2021).

1 L'unilatéralisme américain

A Une conséquence des attentats du 11 septembre

• **Le 11 septembre 2001, un traumatisme américain.** Les attentats meurtriers du 11 septembre 2001 à New York et Washington surprennent le peuple américain. Ils constituent la **première attaque ennemie sur le territoire métropolitain** des États-Unis depuis la seconde guerre anglo-américaine de 1812. Ils visent de surcroît des emblèmes du ***hard power*** (le Pentagone) et du ***soft power*** (le World Trade Center).

• **La guerre unilatérale contre le terrorisme.** Entouré de conseillers formés durant la guerre froide, l'inexpérimenté président Bush Junior (2001-2009) adopte une **politique unilatérale** en décidant de **mener une « guerre mondiale » contre un supposé « axe du mal »** (la Corée du Nord, l'Iran et l'Irak) qui financerait le terrorisme d'Al-Qaïda. Les États-Unis se déploient en Afghanistan dès la fin 2001 pour traquer les chefs de cette organisation terroriste. En 2003, le président Bush envoie l'armée américaine renverser le régime dictatorial de Saddam Hussein en Irak dans le but de **reconstruire un « Grand Moyen-Orient » démocratique**.

B Des résultats qui mettent à mal la puissance américaine

• **L'échec en Irak.** L'opération irakienne, conduite sans l'assentiment du Conseil de sécurité de l'ONU, s'enlise rapidement face à la résistance locale. Les exactions commises par les soldats américains (torture à la prison d'Abou Ghraib) **ruinent l'image des États-Unis dans le monde.**

• **L'échec en Afghanistan.** La présence des États-Unis en Afghanistan **ne parvient pas à éradiquer le terrorisme** et il faut attendre dix ans pour qu'Oussama Ben Laden, chef historique d'Al-Qaïda, soit finalement éliminé en mai 2011 au Pakistan par les forces spéciales américaines.

Texte-clé

« Le monde ploie sous le poids de nouvelles menaces […] la résurgence de conflits ethniques ou sectaires, la montée de mouvements sécessionnistes, les insurrections, les États défaillants. Les États-Unis ne vacilleront jamais dans leur engagement en faveur de la sécurité internationale. Mais dans un monde où les menaces sont plus répandues et les missions plus complexes, l'Amérique ne peut pas agir dans l'isolement. L'Amérique ne peut à elle seule assurer la paix. »

Discours du président américain Barack Obama, lors de la réception du prix Nobel de la paix, 10 décembre 2009.

Mots-clés

• **Multilatéralisme :** organisation de la politique extérieure d'un État conformément aux principes démocratiques en tenant compte des positions de tous les acteurs concernés.

• **Unilatéralisme :** organisation de la politique extérieure d'un État sans tenir compte des positions des acteurs concernés (autres États, organisations internationales, etc.).

2 Le retour au multilatéralisme ?

A Le déclin de l'hyperpuissance américaine

• **Un rival régional.** La polarisation stratégique des États-Unis vers le Moyen-Orient durant la décennie 2000 permet l'émergence d'un rival régional comme **le Venezuela d'Hugo Chávez** dans la chasse gardée traditionnelle de l'Amérique latine. Chávez n'hésite pas à nationaliser le pétrole vénézuélien et à exproprier des firmes américaines comme ExxonMobil pour contrer la puissance étasunienne.

• **La Chine, puissance devenue majeure.** La montée en puissance économique de la Chine, qui réalise le deuxième PIB mondial dès 2010, est mal appréhendée, d'autant que **la Chine est devenue le premier créancier de l'État américain.** Depuis 2013, la Chine dégage un excédent annuel de plus de 500 milliards de dollars dans ses relations commerciales avec les États-Unis. Elle détient environ 10 % de la dette fédérale américaine. La Chine protège la prolifération nucléaire de son allié nord-coréen entre 2006 et 2009. Elle n'hésite pas à **défier plus nettement les États-Unis en mer de Chine** pour réaffirmer sa souveraineté sur Taïwan.

B Le multilatéralisme affiché de Barack Obama

• **Une considération retrouvée pour ses partenaires.** À partir de 2009, Barack Obama renoue avec le multilatéralisme. Le nouveau président démocrate accepte de mener un **dialogue plus constructif avec l'ONU** et ses principaux partenaires occidentaux, particulièrement avec l'Union européenne.

• **Une nouvelle politique étrangère.** Barack Obama se **désengage progressivement des conflits les plus sensibles** (Irak puis Afghanistan). Il organise la **reconfiguration des forces militaires** américaines qui n'ont plus pour mission d'être, à elles seules, « les gendarmes » de la démocratie. Il annonce aussi un **retour stratégique vers l'Asie-Pacifique** et négocie, à partir de 2011, un traité de libre-échange avec onze pays de cette région (Partenariat Transpacifique).

C La parenthèse « unilationniste » de Donald Trump

• **Un contre-pied affiché de la politique étrangère de son prédécesseur.** L'élection surprise de Donald Trump semble avoir modifié en apparence la stratégie étrangère américaine. Adepte de la politique du tweet et des décisions à l'emporte-pièce, le nouveau président **paraît revenir à l'unilatéralisme**, particulièrement en décidant de **se retirer seul des accords de Paris sur le climat** en juin 2017.

• **Une accélération du déclin international américain ?** Cette politique à la fois spectaculaire et incohérente souligne en fait le glissement des États-Unis vers une nouvelle impuissance internationale. Le sabotage systématique des conférences du G7 ou des accords laborieusement trouvés ne profite guère, en fin de compte, aux États-Unis mais **renforce la déconstruction de leur image internationale** au profit de la Chine et contribue à la montée de nouvelles tensions mondiales.

> **Mot-clé**
>
> **Unilationnisme :** néologisme récent construit sur la contraction des termes unilatéralisme et isolationnisme. Il pourrait servir à qualifier la politique étrangère incohérente de Donald Trump qui veut imposer à nouveau la volonté américaine au reste du monde sans en avoir désormais les moyens tout en revendiquant un repli identitaire et en refusant de s'impliquer dans les affaires internationales.

• **Le retour du multilatéralisme ?** Les premières décisions du nouveau président américain Joe Biden (retour dans l'accord de Paris sur le climat) font écho à son discours de prise de fonction où il affirme qu'il faut « réparer nos alliances et nous engager à nouveau avec le monde ».

SPÉCIALITÉ HGGSP

17 Points d'appui et zones d'influence des États-Unis

Les États-Unis sont le seul pays à disposer d'**une force de frappe et de projection sur tous les océans et sur tous les continents**. Ils possèdent aussi un puissant réseau d'alliances hérité de la guerre froide (OTAN). Il faut y ajouter leur **rôle majeur dans la gouvernance mondiale** (ONU, OMC, G8, FMI, etc.). Les limites à la puissance américaine, même si elles sont réelles et plus visibles depuis la présidence Trump (2017-2021), demeurent encore relativement mineures, d'autant plus que le pays peut s'appuyer sur **une autre arme de domination, le *soft power*.**

1 Un *hard power* toujours dominant

A Une capacité d'intervention mondiale

• **La logique insulaire.** Depuis plus d'une décennie, le contexte international renforce la logique insulaire du territoire des États-Unis. **Ouvert sur les deux plus grands océans du monde**, le pays est inscrit, davantage même que durant la guerre froide, dans une géopolitique et une géostratégie planétaires.

• **Une avance militaire conséquente.** Malgré les progrès de la Chine, les États-Unis conservent une primauté militaire qui empêche l'émergence de tout rival global. Même si la part des dépenses militaires américaines dans leur total mondial décroît régulièrement, les États-Unis possèdent des **outils de projection de puissance** dont leurs rivaux restent dépourvus. En 2018, la Chine n'a que deux porte-avions à propulsion diesel classique quand les États-Unis disposent de **dix porte-avions à propulsion nucléaire** qui servent de **bases mobiles** pour déployer des forces sur l'ensemble du globe.

• **Les quatre armées américaines *(Army, Navy, Air Force, Marines)*.** Elles utilisent un réseau de **112 bases principales extérieures** pour leur déploiement rapide en cas d'intervention militaire. Ces bases et leurs personnels permanents fondent la division du monde en **cinq grands commandements géographiques** couvrant l'ensemble du globe : l'EUCOM *(European Command)*, le PACOM *(Pacific Command)*, le CENTCOM *(Central Command)* pour le Moyen-Orient et l'Asie centrale, l'AFRICOM *(African Command)* et le SOUTHCOM *(Southern Command)* pour l'Amérique du Sud. Ils comptent près de **250 000 soldats** déployés. La Chine ne dispose encore d'aucune base militaire extérieure dans le monde.

B Une avance technologique

• **La *Missile Defence Agency*.** Elle bénéficie de budgets annuels entre 7 et 10 milliards de dollars pour construire et améliorer en permanence un **bouclier antimissile balistique** protégeant le territoire national. La composante navale de ce bouclier antimissile, la technologie Aegis, a été **vendue au Japon** afin de se protéger de la prolifération nord-coréenne. Depuis 2009, **les États-Unis aident les Européens** à se doter d'une défense antimissile européenne dans le cadre de l'OTAN.

• **La maîtrise des nouvelles technologies.** Les drones (près de 400 frappes militaires entre 2004 et 2015 au Pakistan) permettent de mener des opérations extérieures sans déploiement long et coûteux de troupes. En 2021, les États-Unis **disposent de quatre fois plus de satellites que la Chine et la Russie**. Les effectifs américains du **commandement de la lutte dans le cyberespace** seront portés à 20 000 personnes en 2028 (contre 6 000 en 2018).

Mot-clé

Cyberespace : conception de l'organisation d'un nouvel espace selon la dynamique informatique.

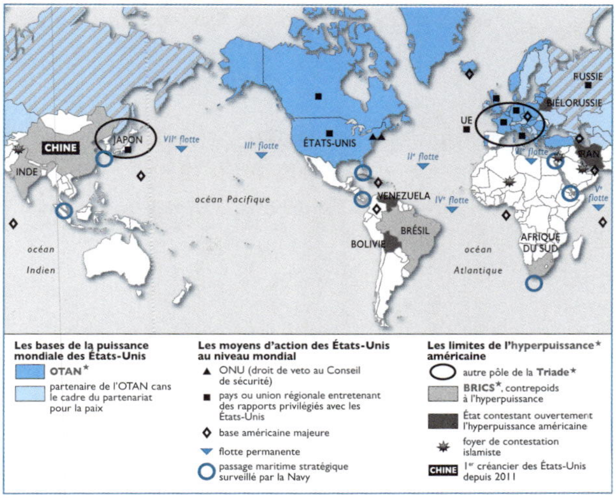

La puissance mondiale des États-Unis. ▶

2 Un réseau d'alliances encore inégalé

A L'OTAN

• **La rénovation de 1991.** La puissance américaine bénéficie d'un **réseau d'alliances stratégiques hérité de la guerre froide** que les États-Unis ont fait évoluer. L'Organisation du traité de l'Atlantique nord, formée en 1949-1950 avec le Canada et l'Europe de l'Ouest contre le communisme soviétique, est rénovée dès 1991 pour devenir **un outil de gestion des crises régionales** européennes (interventions en Bosnie en 1995 et au Kosovo en 1999). Étendue au début du XXIe siècle aux anciens pays satellites de l'URSS, l'OTAN se transforme, avec la guerre en Afghanistan, en **alliance mondiale pour la démocratie et la sécurité globale.**

• **La « *smart defense* ».** Elle permet aux États-Unis de promouvoir **une mutualisation des moyens** qui allège le fardeau du maintien de l'ordre international. L'opération en Libye, en 2011, apparaît comme un modèle pour les futures interventions extérieures des États-Unis qui ont entrepris le premier déploiement de forces durant dix jours avant de céder la conduite des opérations à une coalition franco-britannique.

B La reprise des alliances militaires et diplomatiques

• **La guerre contre le terrorisme.** L'administration Obama (2009-2017) privilégie la recherche d'alliances diplomatiques qu'elle organise dans le cadre du droit international de l'Organisation des Nations unies. Dans la guerre contre le terrorisme, les États-Unis parviennent à former une **coalition de quarante États contre l'État islamique** en septembre 2014.

• **La diplomatie des pactes commerciaux.** Inaugurée par le président Clinton (1993-2001) qui avait mis en œuvre l'ALENA avec le Canada et le Mexique, elle reprend à partir de 2009. L'administration Obama négocie alors l'élargissement de l'ALENA au **Partenariat transpacifique,** un accord de libre-échange global qui associerait les États-Unis et le Canada avec des pays d'Amérique latine et d'Asie-Pacifique ainsi qu'un **Partenariat transatlantique** (avec l'Europe).

• **Après l'intermède isolationniste de l'ère Trump** (2017-2021), la nouvelle administration Biden a annoncé la reprise de ses « engagements internationaux » et le « renforcement de ses alliances ». Mais le retrait des troupes américaines d'Afghanistan en août 2021 a précipité la chute du régime soutenu par les États-Unis et permis le retour au pouvoir des talibans.

18 Les frontières dans le monde d'aujourd'hui

Les frontières marquent des **ruptures** et des **discontinuités** dans l'espace mondial. Le long de ces lignes, **les mobilités**, qu'elles soient matérielles ou humaines, **se modifient**, parfois s'arrêtent, mais la plupart du temps s'adaptent.

1 Les frontières délimitent les territoires

A La frontière « westphalienne »

- **La « dyade ».** La frontière est dite « westphalienne » quand elle sépare deux États. Elle a un statut juridique, la « dyade ». **Elle distingue au moins deux formes d'organisation de territoires** qui peuvent être différents par la langue, par la civilisation ou par le niveau de vie.
- **Les espaces transfrontaliers.** De part et d'autre de la frontière se développent des espaces frontaliers, c'est-à-dire sous l'influence de celle-ci. Ils sont militarisés quand les tensions s'accroissent, ils peuvent être aussi une sorte de « fin » du territoire national. **Il existe de plus en plus d'espaces qui s'organisent à partir des différences de part et d'autre de la frontière :** l'exemple des frontaliers français qui, tous les jours, vont travailler en Suisse ou au Luxembourg en est une illustration.
- **Une importante dimension géopolitique.** Les frontières sont toujours à l'origine de **différends territoriaux entre des États** (frontières entre l'Inde, le Pakistan et la Chine par exemple) qui peuvent donner lieu à des guerres de plus ou moins grande intensité.

B Les autres frontières

- **Frontières sociales et culturelles.** Le terme « frontière » désigne aussi **tous les éléments, en particulier sociaux et culturels, qui séparent des groupes humains**. Le franchissement de la ligne qu'ils représentent est rendu plus ou moins possible en fonction du degré d'adaptation à la culture de l'autre. Or, les différences d'aptitude à cette mobilité conduisent parfois à des formes de relégation dans l'espace, voire de ségrégation. **Une rue, un boulevard périphérique peuvent alors constituer**, en particulier dans les grandes métropoles, **des barrières souvent infranchissables** pour les populations les plus pauvres ou identifiées à un genre, une origine, un niveau social.
- **Les nuances anglo-saxonnes.** Pour les Anglo-Saxons, le mot « frontière » signifie avant tout un espace mouvant, flou, qui marque la limite entre les territoires colonisés et ceux qui restent à conquérir. Aux États-Unis, c'est la différence entre le **mot « *frontier* »**, qui est l'expression de cette conception, et le terme ***« border »*** qui désigne la limite entre deux États. Le premier, dans l'histoire de ce pays, est lié aux mobilités qui ont permis la conquête de l'Ouest. Le second est surtout associé, de nos jours, à la **frontière avec le Mexique** que de nombreux Américains souhaitent voir fermée aux migrants mexicains.

2 Les frontières organisent les circulations

A Frontières ouvertes et fermées

• **La frontière est au cœur d'un système de contrôle.** Il permet de filtrer les passages en fonction de nombreux critères politiques, culturels ou économiques. Des périodes peuvent être marquées par de **larges ouvertures** quand d'autres sont caractérisées par une **forte étanchéité**. Par ailleurs, des **mobilités clandestines** cherchent toujours à contourner ou à éviter les points de franchissement officiels.

• **Les frontières fermées.** Cette situation dépend de décisions des États. Elles peuvent être bilatérales ou, au contraire, être imposées par un des pays concernés sur une dyade en particulier. Il y a aujourd'hui **une quarantaine de frontières qui sont plus ou moins fermées dans le monde**, en particulier en Amérique du Nord, en Afrique et en Asie.

• **40 000 kilomètres de « murs ».** La fermeture de la frontière peut être immatérielle, mais ces dernières années ont vu se multiplier le **développement d'obstacles** de plus ou moins grande intensité (la barrière renforcée avec des moyens de très haute technologie comme celle qui sépare les États-Unis du Mexique, ou les murs entre l'État d'Israël et les territoires palestiniens). On dénombre 40 000 kilomètres d'obstacles aux formes de circulation. Dans tous les cas, les frontières fermées poussent presque toujours les migrants à des prises de risques assumées quels que soient les obstacles mis sur leur chemin. **Jamais une barrière n'a pu arrêter un clandestin déterminé.**

▲ **Une frontière hautement symbolique, la frontière entre le Mexique et les États-Unis.**

B Des frontières « intelligentes »

• **Des outils numériques pour moderniser les frontières.** C'est une solution qu'essaie de concrétiser la Commission européenne. Elle promeut le projet de « frontières intelligentes » en utilisant les **outils numériques** pour mieux contrôler les entrées et les sorties. La circulation à l'intérieur de l'espace communautaire serait ainsi facilitée. D'ici à 2022, tous les voyageurs qui circulent en dehors de l'espace Schengen seront identifiés par leurs empreintes faciales ou digitales : une base de données sera constituée, permettant d'identifier la situation du migrant qui veut entrer et se déplacer dans l'espace communautaire.

• **Une aide pour améliorer les conditions des migrations.** La mise en place de frontières intelligentes permettrait aussi de migrer dans des conditions beaucoup plus sûres, **en réduisant le rôle des passeurs clandestins**. Elle faciliterait également les mouvements de retour, un migrant ne redoutant plus de ne pas pouvoir revenir dans son pays d'accueil. Ce serait donc un excellent moyen de lutter efficacement contre les « antimondes ».

Mot-clé

Système westphalien : organisation géopolitique de l'Europe née à la fin de l'époque moderne. Elle reconnaît l'État comme seule organisation politique des sociétés et fait des frontières les délimitations intangibles de la puissance territoriale directe qu'il y exerce. Saint-Simon en donne une définition saisissante au début du XVIIIe siècle : « Le traité de Westphalie de 1648 établit un nouvel ordre par une opération politique qu'on appela équilibre des puissances. […] Depuis ce traité, la guerre a été l'état habituel de l'Europe. »

19 Pour protéger l'Empire romain : le *limes*

Pour matérialiser les milliers de kilomètres de frontières de l'Empire romain, des **routes** sont tracées ***(limes)*** dès le IIe siècle avant J.-C. Elles séparent les provinces romaines des territoires barbares. Dans les zones les moins sûres, **la frontière** se fait défensive, parfois sous la forme d'un **mur**, mais la plupart du temps elle repose sur un **« système ouvert »** comme pour le *limes* rhénan.

1 Les frontières de l'Empire romain

A Une zone défensive

- **Des frontières matérialisées.** Contrairement aux **Grecs** qui **ne concrétisent leurs frontières** que par quelques bornes, les Romains **matérialisent** celles qui les séparent des mondes barbares. La plupart du temps, il ne s'agit que d'une route qui peut longer un fleuve ou une barrière naturelle (fossé, forêt infranchissable, désert).

- **Des frontières renforcées.** Dans les zones dangereuses ou menaçantes pour la sécurité de l'Empire, la frontière est renforcée. On y construit parfois **des murs de protection** comme le mur d'Hadrien en Grande-Bretagne comparable à une petite « Muraille de Chine ». Mais la plupart du temps, la frontière est simplement **surveillée par l'armée** établie dans des **camps permanents** construits dans les zones les plus sensibles.

B Un système « ouvert »

- **Une épaisseur géographique.** Les frontières les mieux protégées sont en fait des **zones de contact** avec les territoires étrangers, de plusieurs kilomètres de profondeur. Si **la route en reste l'élément essentiel** (pour le déplacement des troupes), elle comporte des ramifications qui mènent soit à des ouvrages d'art défensifs (ponts, palissades, fossés, tours de guet), soit à de véritables **centres stratégiques de défense** (places fortifiées et camps permanents de l'armée où sont stationnées les légions).

- **Un déploiement humain considérable.** La frontière **fixe donc des milliers de soldats romains** de manière parfois dynamique (les patrouilles, les surveillants d'avant-garde en territoire étranger) mais la plupart du temps statique. Les légions affectées à la surveillance des frontières sont implantées dans des **camps (*castra*)**. Ces espaces rectangulaires, entourés d'une enceinte, sont divisés en quartiers où alternent bâtiments administratifs, religieux et utilitaires et casernement (tentes des soldats).

- **Les *cabanae*.** Autour de ces camps se créent des *cabanae*. Là où **vivent tous ceux qui accompagnent les soldats** (concubines, prostituées, enfants) ou en dépendent (commerçants, artisans, etc.). Ces *cabanae* forment rapidement de véritables villes.

> **Mot-clé**
>
> **Légion :** principale division de l'armée romaine, elle compte environ 6 000 hommes. Chaque légion porte un numéro et un surnom. Établies majoritairement aux frontières de l'Empire, les légions, ont, dès le Ier siècle, un recrutement de plus en plus local. Cette barbarisation de l'armée en fait peu à peu l'instrument des chefs locaux et contribue à la désagrégation progressive du pouvoir impérial dès le début du IIIe siècle.

Les frontières de l'Empire romain à son apogée (fin du IIe siècle). ▶

2 Le *limes* rhénan

A Un projet gigantesque

• **550 km de frontières fortifiées.** Pour protéger le nord européen de l'Empire, **se met en place sur plus d'un siècle** l'immense *limes* germanique. Débuté sous l'empereur Claude (vers 41) il n'est achevé qu'à la fin du règne d'Antonin le Pieux (161). Il unit deux frontières « naturelles » fluviales facilement surveillables. Partant du Rhin (Coblence), il déploie des milliers de tours de guet, des centaines de châteaux forts et huit camps de légionnaires jusqu'au Danube (Ratisbonne).

• **Une défense illusoire.** Ce *limes*, construit pendant la paix romaine, ne parvient guère à arrêter les invasions barbares. **Percé dès 166**, il oblige les empereurs (Marc Aurèle, Commode, Septime Sévère, etc.) à d'incessantes opérations militaires pour éviter que trop de Germains n'entrent en territoire romain. Il est **totalement enfoncé** par les tribus germaniques des Alamans **dès 254**. La Belgique est envahie en 259 et la Gaule en 268. Les Alamans atteignent l'Italie du Nord en 260.

B Un vecteur majeur de la romanisation

• **Une zone de contact avec les Barbares.** Le *limes* est avant tout un espace où se rencontrent Romains et Barbares. Dès le Ier siècle, l'Empire recrute de nombreux effectifs sur place. Cette **barbarisation de l'armée romaine** entraîne un intense brassage ethnique, linguistique et culturel. La formation de nombreux couples « mixtes » (Romains et Germains), la vigueur des échanges économiques, les déplacements fréquents des troupes **accélèrent la romanisation de la Germanie**, bien au-delà du *limes*, et lui permettent de se diffuser en terres barbares.

• **Le développement urbain.** Les camps de légionnaires et les *cabanae* qui s'y fixent aux alentours sont à l'origine de la création de **nombreuses villes**, comme **Strasbourg**, Mayence, **Bonn**, Nimègue ou **Cologne**. Elles vont permettre le considérable développement de la puissance de l'Allemagne rhénane dès le haut Moyen Âge.

> **Mot-clé**
>
> **Les *ex castris* :** ce sont des fils de soldats nés dans les *cabanae* près des camps de légionnaires frontaliers et qui deviennent soldats à leur tour. Souvent issus d'unions mixtes, ils symbolisent le recrutement de plus en plus local de l'armée et témoignent de la puissance de la romanisation.

20 La conférence de Berlin et le partage de l'Afrique

La colonisation des territoires africains au XIXe siècle s'inscrit dans le contexte d'une **Europe impérialiste**. Dominant le monde par son dynamisme démographique, sa puissance économique et financière ainsi que par sa technologie, le Vieux Continent, **au nom de la supériorité présumée de sa civilisation**, se partage l'Asie, le Pacifique et l'Afrique. La conférence de Berlin (1884-1885) **fixe les règles entre les principaux pays colonisateurs**.

1 L'Europe et l'Afrique

A L'Afrique, un enjeu colonial récent

• **L'empire colonial britannique.** Jusqu'en 1850, le **seul empire colonial réellement constitué** est celui de la Grande-Bretagne. Vers 1850, il regroupe 240 millions d'habitants sur environ 22 millions de km² (Canada, Afrique du Sud, Inde).

• **L'accélération de la colonisation.** L'expansion coloniale devient un enjeu de puissance après 1850. Les pays européens, touchés par une grave crise économique (la Grande Dépression) veulent trouver de **nouveaux débouchés** pour leurs industries. La **France**, amoindrie par sa défaite militaire contre l'Allemagne (1870), y voit un moyen de **restaurer sa puissance**.

• **Les Européens et l'Afrique.** Encore largement inconnue et jusque-là délaissée par l'expansion coloniale, l'Afrique devient subitement un **enjeu européen**. Des missionnaires catholiques et protestants, des explorateurs (Brazza, Stanley), poussés par des sociétés de géographie françaises ou anglaises, popularisent le continent africain désormais presque entièrement cartographié.

B L'irruption allemande

• **Le retard colonial allemand.** Voulant retarder le plus possible une nouvelle guerre franco-allemande qu'il juge inévitable après la défaite française de 1871 et la perte de l'Alsace-Lorraine, **Bismarck a isolé diplomatiquement la France** en Europe. Mais **il lui laisse le champ libre dans l'expansion coloniale** pensant la détourner de son obsession de revanche en s'occupant à conquérir des territoires extra-européens. Ainsi, l'Allemagne ne participe guère à l'expansion coloniale européenne dans les années 1870.

Mot-clé

Impérialisme : selon Lénine, dans la tradition marxiste, domination qu'exerceraient sur le monde les systèmes capitalistes les plus avancés, Europe occidentale et Amérique du Nord. Par extension, toute politique de domination d'un pays sur un autre, d'ordre militaire, politique, financier, économique et culturel.

• **L'engouement allemand pour l'Afrique.** Constatant le potentiel économique africain (matières premières, construction de voies ferrées, etc.) et le trop rapide renforcement de la puissance française par son expansion mondiale, **Bismarck décide**, dans les années 1880, **d'entrer dans l'aventure coloniale** *(Weltpolitik)* en organisant une conférence à Berlin à propos du Congo où s'affrontent Belges, Français, Anglais et Portugais.

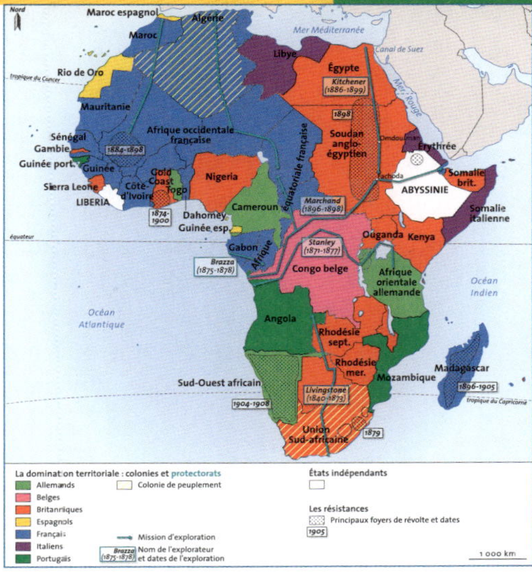

Le partage de l'Afrique par les puissances européennes à la fin du XIXe siècle. ▶

2 Le « Scramble for Africa »

A Les règles du jeu colonial définies à Berlin

• **Quatorze nations à Berlin.** La Conférence de Berlin se tient de novembre 1884 à février 1885. Invités par Bismarck, les treize principaux pays européens plus la Turquie y discutent des problèmes africains. En prenant prétexte des affrontements occidentaux au Congo, l'Allemagne entend en effet **poser des règles pour le futur partage de l'Afrique** et faire accepter les protectorats qu'elle a déjà mis en place sur le Togo, le Cameroun et la Namibie.

• **Libre circulation et occupation effective.** L'acte final de la conférence (26 février 1885) pose le principe de la liberté de circulation et de commerce sur les deux fleuves Niger et Congo. Il **définit aussi la frontière comme une ligne de partage entre deux pays colonisateurs.** Tout pays européen établi sur une côte peut désormais revendiquer l'arrière-pays jusqu'à ce qu'il se heurte à une zone d'influence d'un autre pays européen, la seule condition étant qu'il occupe réellement le terrain et qu'il le fasse savoir.

B L'Afrique dépecée

• **Une course aux frontières.** La « course aux clochers », ou « scramble » pour les Britanniques, s'accélère après la conférence de Berlin, car elle pousse à la **concurrence coloniale.** À partir du moment où une puissance européenne s'établit à un endroit et l'a notifié aux autres États, elle peut établir sa zone d'influence. Pour les déterminer, plusieurs voies sont privilégiées : missions d'exploration, expéditions militaires, traités, cartographie des territoires. On peut dire qu'en ce sens cette conférence pose un **droit international de la colonisation**.

• **Des tensions ravivées.** La pénétration européenne sur le territoire africain a donné lieu à des **compromis** mais aussi a suscité de **vives tensions** (incident de Fachoda entre la France et la Grande-Bretagne en 1898). Les Européens ont été confrontés à des mouvements de résistance auxquels ils répondent par la répression. **En 1914, le partage colonial de l'Afrique est réalisé.** Seuls le Liberia et l'Abyssinie (qu'on n'appelle pas encore Éthiopie) ont échappé à cette occupation coloniale. En effet, les Italiens qui ont tenté de s'emparer de l'Abyssinie ont été écrasés par les hommes de Ménélik II en 1896.

Biographie

Bismarck (1815-1898) : il devient chancelier de Prusse en 1862 et œuvre dès ce moment à la construction de l'unité allemande qu'il réalise après une guerre victorieuse contre l'Autriche (1866) pour écarter un rival germanique et contre la France (1870-1871), ennemi commun mobilisant les énergies nationalistes germaniques. Entre 1871 et 1880, il laisse le champ libre aux ambitions coloniales françaises, pensant la détourner ainsi de sa volonté de revanche contre l'Allemagne.

21 La frontière entre les deux Corées

À l'issue de la capitulation sans condition du Japon en 1945, la Corée, qui était jusque-là sous sa domination se trouve occupée par les deux « Alliés » de la Seconde Guerre mondiale, l'URSS et les États-Unis. Son territoire devient rapidement un **enjeu de la rivalité idéologique et stratégique entre Soviétiques et Américains**. En 1948, deux États coréens antagonistes (Corée du Nord et Corée du Sud) sont créés, séparés par **une frontière fermée**, qui au cours du temps va devenir de plus en plus **infranchissable**.

1 Une frontière née d'une guerre

A Les causes de la guerre de Corée

• **Une possession japonaise de 1905 à 1945.** Après le protectorat en 1905 et l'annexion japonaise en 1910, la péninsule coréenne subit une occupation rigoureuse jusqu'en 1945. Les élites coréennes, systématiquement exclues de tous les postes dirigeants, forment, dès 1919, un **parti de résistance nationale** qui constitue un gouvernement provisoire en exil à Shanghai, dirigé par **Syngman Rhee**.

• **Le partage de 1945.** Dès la fin de la Seconde Guerre mondiale, la Corée est divisée en **deux zones occupées**, américaine au sud et soviétique au nord, séparées par le **38e parallèle** qui sert, dès lors, de **frontière officieuse**.

• **Frontière et guerre froide.** Les **négociations sur la réunification du pays n'aboutissent pas** à cause de la guerre froide, l'URSS refusant que l'ONU puisse contrôler les élections qui se dérouleraient dans sa zone. En juillet 1948, l'élection à la présidence de la République de Syngman Rhee en zone américaine entraîne la création de la **Corée du Sud**. L'URSS riposte par la fondation de la République populaire de **Corée du Nord**, non reconnue par les Nations unies.

B Une guerre pour effacer une frontière

• **Une guerre de réunification.** Après l'évacuation quasi-simultanée des troupes américaines et soviétiques (1948-1949), **Kim Il-sung** ordonne à 600 000 soldats coréens du Nord de **franchir le 38e parallèle** en direction du sud dans le but de réunifier la péninsule.

• **Guerre civile et conflit de la guerre froide.** À la fois guerre civile intercoréenne et expression militaire de la guerre froide, la guerre de Corée (1950-1953) a été **particulièrement meurtrière dans un temps court** (3 millions de morts, 6 millions de sans-abri). Elle s'est développée en trois phases : invasion communiste nord-coréenne de presque toute la péninsule, réaction de l'Organisation des Nations unies et contre-attaque des États-Unis, désengagement soviétique remplacé par l'engagement de troupes chinoises à partir du nord de la péninsule et stabilisation du front dès fin 1951.

• **La ligne de cessez-le-feu pour frontière.** L'impossibilité pour les deux camps de l'emporter oblige à de longues négociations qui aboutissent à **l'armistice de Panmunjom le 27 juillet 1953**. La ligne de cessez-le-feu, dont le tracé se

> **Biographie**
>
> **Kim Il-sung (1912-1994).** Dictateur nord-coréen qui déclenche la guerre de Corée en 1950 en envahissant la Corée du Sud. Après l'armistice de 1953, il décide de fermer son pays au reste du monde. Cette orientation politique est renforcée à partir de 1967 par la mise en place de l'idéologie *Juche* qui prône l'autarcie et le repli total sur ses propres forces.

situe globalement **un peu au nord du 38e parallèle**, devient la frontière de fait entre les deux Corées, aucun traité de paix n'ayant été signé par la suite.

Garde-frontière nord-coréen dans un poste d'observation sur la frontière entre les deux Corées. ▶

2 La frontière la plus militarisée au monde

A Une frontière longtemps entièrement fermée

• **Une frontière infranchissable.** La frontière entre les deux Corées (frontière intercoréenne), paradoxalement dénommée **zone démilitarisée** (DMZ), coupe la péninsule coréenne sur 248 km d'est en ouest, et 4 km de large. C'est la frontière la plus minée au monde, la plus surveillée, la plus infranchissable.

• **Une coupure entre deux mondes.** Elle est d'abord l'expression de l'**affrontement entre l'URSS et les États-Unis,** notamment pendant toute la guerre froide jusqu'en 1989. Elle symbolise aussi l'**opposition entre deux systèmes**, dans l'ordre politique (régime démocratique au Sud, régime dictatorial semi-totalitaire au Nord) et économique (économie capitaliste libérale au Sud, économie communiste collectiviste, voire autarcique au Nord).

• **Un statu quo aux soubresauts imprévisibles.** Dans les années 1970, les deux Corées manifestent des **velléités de rapprochement** sans ingérence étrangère en entrouvrant temporairement la frontière. Dans les années 1980, les relations se tendent à nouveau. En 1994, l'arrivée au pouvoir de l'imprévisible **Kim Jong-il semble aggraver les relations entre les deux pays**. La Corée du Nord est inscrite sur la liste des États terroristes en 2002 et s'active pour la **possession de l'arme nucléaire** (retrait du traité de non-prolifération nucléaire en 2003).

B Les évolutions contemporaines

• **Un vestige de la guerre froide.** Aujourd'hui, dans sa forme, la frontière intercoréenne apparaît toujours comme un reliquat de la période de la guerre froide. Elle en reste le **dernier signe militaire, stratégique et géopolitique** emblématique.

• **Entre détente et tensions persistantes.** La frontière illustre la **variabilité des relations entre la Corée du Nord et la Corée du Sud**. En mars 2013, la Corée du Nord annonce qu'elle est à nouveau en état de guerre avec la Corée du Sud et ferme complètement la frontière. Mais, cinq mois plus tard, le programme de rencontres entre les familles coréennes désunies par la frontière, initié en 1985, stoppé en 2010, reprend.

• **Une évolution liée à celle du régime nord-coréen.** La Corée du Nord semble désormais **évoluer « à la chinoise »** avec le **maintien d'une dictature politique** de la dynastie des Kim et la **mise en place d'une économie néo-capitaliste d'État** amenée à s'intégrer de plus en plus à la mondialisation. **Protégé par une frontière à fermeture variable** et une dissuasion nucléaire suffisante, le régime autoritaire du Nord pourrait, à l'avenir, se développer rapidement, et **n'est pas près d'envisager une réunification effective des deux Corées.**

Biographie

Kim Jong-il (1942-2011). Fils de Kim Il-sung, il dirige la Corée du Nord de 1994 à 2011. Dictateur fantasque et complexé, amateur de films américains et de bonne chère, il mène une politique imprévisible qui alterne période de détente (sommets avec la Corée du Sud) et de tensions (poursuite de l'armement nucléaire, incidents transfrontaliers avec la Corée du Sud) tandis que la population s'enfonce dans une crise économique et sociale toujours plus grave.

SPÉCIALITÉ HGGSP

22 La frontière germano-polonaise de 1939 à 1990

Du début de la Seconde Guerre mondiale en 1939 à la chute du mur de Berlin en 1989, la très controversée frontière germano-polonaise s'inscrit dans trois grandes phases distinctes : 1939-1945, **le temps de la guerre** contre l'Allemagne nazie ; 1945-1990, la victoire des Alliés, le retour à la paix et l'avènement de **la guerre froide** ; après 1989, la fin de la guerre froide, **la réunification allemande**, et l'adhésion de la Pologne à l'Union européenne.

1939	1945	1950	1970	1990

- 1er septembre 1939 : invasion de la Pologne par l'Allemagne nazie
- Juillet 1945 : conférence de Postdam (fixation de la frontière germano-polonaise sur la ligne Oder-Neisse)
- Juillet 1950 : accord de Görlitz (l'Allemagne de l'Est reconnaît la ligne Oder-Neisse)
- Décembre 1970 : traité de Varsovie (l'Allemagne de l'Ouest reconnaît la ligne Oder-Neisse)
- Novembre 1990 : accord définitif entre l'Allemagne réunifiée et la Pologne

1 La frontière dans la guerre

A L'invasion de la Pologne par les nazis en 1939

• **Les frontières retrouvées de la Pologne.** Après plus d'un siècle de domination autrichienne, la Pologne retrouve, au lendemain de la Première Guerre mondiale, **ses principales frontières historiques du XVIIIe siècle** grâce au traité de Versailles de 1919. Le couloir de Dantzig (ville libre) sépare la Prusse orientale du reste du territoire de l'Allemagne nazie (IIIe Reich).

• **Le pacte germano-soviétique.** À la fin de l'été 1939, suite aux accords germano-soviétiques Ribbentrop-Molotov (et le protocole secret de partage de la Pologne entre les deux négociateurs), l'**Allemagne** envahit militairement la Pologne et **récupère la moitié occidentale du pays**, Prusse orientale comprise.

B La fixation de la frontière germano-polonaise

• **La ligne Oder-Neisse.** À la conférence de Postdam (17 juillet-2 août 1945), il est décidé que tous les territoires situés à l'est de la ligne Oder-Neisse seraient confiés à l'administration polonaise. Cette ligne, longue de 472 kilomètres, suit le tracé du cours de l'Oder et de son affluent la Neisse. **Elle annexe au territoire polonais des régions majoritairement germaniques.**

• **Un provisoire qui dure.** Les frontières définitives de la Pologne auraient dû être confirmées par **un traité de paix** qui n'eut jamais lieu et qui aurait garanti internationalement la refonte territoriale polonaise telle qu'elle avait été décidée par l'URSS et acceptée par les États-Unis. **La Pologne**, de toute façon, **considère la ligne Oder-Neisse comme définitive dès 1945.**

L'armée allemande envahit la frontière polonaise, le 1er septembre 1939. ▶

Mots-clés

- **Allemagne de l'Ouest ou RFA (République fédérale d'Allemagne) :** partie de l'Allemagne sous domination des alliés occidentaux après la Seconde Guerre mondiale qui devient une République fédérale, libérale et démocratique de 1949 à 1990, arrimée à l'Europe de l'Ouest et aux États-Unis. Sa capitale était Bonn.
- **Allemagne de l'Est ou RDA (République démocratique d'Allemagne) :** partie de l'Allemagne sous domination soviétique après la Seconde Guerre mondiale qui devient une démocratie populaire de 1949 à 1990, arrimée à l'URSS et au bloc soviétique jusqu'à sa réunification avec la RFA. Sa capitale était Berlin-Est.

2 La frontière dans la paix

A Les tensions de la guerre froide

- **Une frontière d'abord reconnue par la RDA.** Dès 1950, la République démocratique allemande (RDA), démocratie populaire téléguidée par l'URSS, **reconnaît la ligne Oder-Neisse**, qualifiée de **« frontière de la paix et de l'amitié »**. Les populations germaniques des anciens territoires allemands (Silésie) sont transférées en Allemagne et remplacées par des Polonais provenant de l'est du pays.
- **Une frontière source de contentieux entre l'Est et l'Ouest.** Jusqu'en 1970, cette frontière va être à l'origine de tensions diverses entre la Pologne et l'Allemagne de l'Ouest, liées en partie à l'**expulsion des Allemands de Silésie.**
- **L'*Ostpolitik*.** Soucieuse, dans le cadre de la **détente**, de ménager les pays d'Europe de l'Est en vue d'une possible réunification allemande, la RFA multiplie les gestes d'apaisement envers la Pologne à partir de 1970. **Par deux fois, elle reconnaît la ligne Oder-Neisse** comme frontière entre la Pologne et l'Allemagne de l'Est (traité germano-soviétique d'août 1970 et traité germano-polonais de décembre 1970).

B La reconnaissance définitive

- **Un problème qui ressurgit.** Au lendemain de la **chute du mur de Berlin** en novembre 1989, se pose à nouveau le problème de la ligne Oder-Neisse entre le territoire allemand et le territoire polonais. Les exilés allemands de Silésie allaient-ils contester à nouveau son tracé géographique selon le principe du droit au retour ?
- **Une gestion franco-allemande.** Soucieuse d'un renforcement de la **construction européenne** mais inquiète des nouveaux enjeux posés par l'inéluctable réunification de l'Allemagne, la France s'applique à s'assurer de la reconnaissance officielle de la frontière germano-polonaise sur l'Oder-Neisse en échange de son accord au chancelier allemand **Helmut Kohl** pour une réunification rapide.
- **La décision allemande.** En dépit d'une partie de l'opinion publique allemande nostalgique des territoires cédés à la Pologne en 1945, le chancelier allemand confirme l'**intangibilité de la ligne Oder-Neisse** comme frontière germano-polonaise : « Personne ne doit se tromper : nous sommes placés devant une décision tout à fait claire. Ou bien nous confirmons la frontière existante, ou bien, nous gaspillons aujourd'hui et maintenant notre chance de réaliser l'unité allemande. » Ce contentieux entre l'Allemagne et la Pologne est définitivement réglé lors des **accords entre Berlin et Varsovie**, le 14 novembre **1990**.

Mots-clés

- **Démocratie populaire :** État d'Europe de l'Est dont le régime dictatorial repose sur la domination du Parti communiste et l'étatisation de l'économie, ainsi que sur le modèle de l'URSS qui surveille son évolution politique et sa diplomatie.
- ***Ostpolitik* :** « politique orientale » menée par l'Allemagne de l'Ouest à partir de 1970, visant à normaliser ses rapports avec la RDA, l'Europe de l'Est et l'URSS communiste dans le cadre général de la détente.

23 Dépasser les frontières : le droit à la mer

Enjeux planétaires colossaux pour l'humanité, les mers et océans du monde (360 millions de km², 71 % de la surface du globe terrestre) font désormais l'objet d'une **législation internationale importante,** surtout depuis la deuxième moitié du XXe siècle. La **convention de Montego Bay signée en 1982** en est l'architecture juridique principale. Les Nations unies ont été à l'avant-garde de la définition des usages des mers et océans en distinguant des droits nationaux et des droits internationaux.

1 Le droit à la mer, une construction séculaire

A Un droit lié à la maîtrise progressive des océans

• **Le traité de Tordesillas (1494).** Dès la fin du XVe siècle, les puissances occidentales (Espagne, Portugal, Angleterre, France, Pays-Bas) prennent en compte les horizons océaniques. Ainsi se met en place une **géopolitique des mers et océans** dans le monde. La première conception politique du partage implicite des espaces maritimes est incarnée par le **traité de Tordesillas, sous l'égide de la papauté**. L'Espagne et le Portugal fixent une ligne de démarcation océanique pour leurs futures possessions outre-mer.

• **Mer, commerce et liberté.** Au début du XVIIe siècle, l'anglais Walter Raleigh définit l'importance des circulations maritimes : « **Qui tient la mer tient le commerce du monde**, qui tient le commerce tient la richesse, qui tient la richesse du monde tient le monde lui-même. » Côté hollandais, le thème de la liberté d'accès aux mers et océans est développé par l'**avocat Hugo Grotius** (1609, doctrine de la liberté des mers), pour soutenir les Compagnies néerlandaises des Indes orientales et des Indes occidentales, déjà rivales des Britanniques.

B La construction contemporaine du droit à la mer

• **Les Quatorze points de Wilson.** En 1918, dans une déclaration destinée à fonder un monde meilleur après le drame de la Première Guerre mondiale, le président américain Woodrow Wilson affirme « **l'absolue liberté de navigation sur les mers**, en dehors des eaux territoriales, en temps de paix aussi bien qu'en temps de guerre ».

• **La convention de Montego Bay (1982).** Adoptée à l'initiative des Nations unies, elle est l'instrument juridique le plus important du XXe siècle pour une **utilisation pacifique des mers et océans**, fondée sur une coopération internationale de 174 États et un cadre juridique commun. **Son champ d'application est très large et concerne l'ensemble de l'espace marin et ses marges**. Il réglemente la navigation, le survol, l'exploration et l'exploitation des ressources marines, la conservation des ressources biologiques, la protection et la préservation du milieu marin et la recherche scientifique marine. S'y ajoutent un **tribunal international du droit de la mer** et une autorité internationale des fonds marins.

Mots-clés

• **Eaux territoriales :** espace maritime côtier d'une largeur maximale de 12 milles (22 km) où l'État riverain possède une souveraineté complète (surface, sous-sol, espace aérien) équivalent à celle qu'il exerce sur ses eaux intérieures.
• **ZEE (zone économique exclusive) :** espace marin propriété d'un État qui peut disposer seul de ses ressources dans un rayon de 370 km (200 milles marins) autour des côtes.

Dates-clés

Les principaux textes juridiques définissant « le droit à la mer »
1968 : comité pour les utilisations pacifiques du fond des mers et océans, au-delà des limites des juridictions internationales.
1970 : traité interdisant de placer des armes nucléaires et d'autres armes de destruction massive sur le fond des mers et océans ainsi que dans leur sous-sol.
1973 : convention internationale pour la prévention de la pollution par les navires.
1982 : convention des Nations unies signée à Montego Bay (Jamaïque), sur le droit des mers.
1988 : convention de Rome sur la répression d'actes illicites contre la sécurité de la navigation maritime (contre les actes de terrorisme maritime et non contre la piraterie).

2 Du « droit à la mer » aux « droits de la mer » ?

A De nouvelles logiques nées de la mondialisation

• **Une « Journée mondiale de l'océan ».** Elle est célébrée tous les ans, le 8 juin, pour rappeler l'**importance des étendues océaniques pour l'avenir de l'humanité.** Elle souligne combien les logiques écologiques, économiques et géopolitiques de la mondialisation ont profondément modifié les rapports des mers et océans aux sociétés humaines.

• **La convention MARPOL.** Réactualisée en 2019, elle a été signée par 152 pays représentant 99,2 % du tonnage mondial du transport maritime et couvre la prévention des risques de pollutions marines. Elle est à l'origine de la **diminution très sensible de la pollution liée au transport** commercial qui représente aujourd'hui la quasi-totalité du trafic maritime.

B Les logiques contraires des États

• ***Sea power* et *Sea control*.** Malgré une prise de conscience mondiale, **la préservation des océans se heurte à des logiques de puissance contraires**. Dominer les océans ou leurs ressources sont redevenus des enjeux qui empêchent un vrai « droit des mers ». Ainsi **les États-Unis n'ont-ils toujours pas ratifié la convention de Montego Bay** et la gestion commune de la biodiversité maritime ne progresse guère malgré les travaux de la Conférence intergouvenementale réunie sur l'égide de l'Onu depuis 2018.

• **Les nodules polymétalliques.** Depuis les années 1970, l'intérêt pour ces gisements de fer, cuivre, cobalt, manganèse, nickel dans toutes les plaines abyssales de grandes profondeurs, s'est renforcé avec l'envolée des prix des minerais. Désormais, **l'exploitation de ces nodules représente un enjeu stratégique** certain pour de nombreux pays (France, Allemagne, Japon, Corée du Sud, Russie, Grande-Bretagne, États-Unis, Chine, Inde, Belgique). Mais ne s'agit-il pas ici d'une ultime frontière à ne pas dépasser, avec des **risques écologiques considérables**, les fonds abyssaux étant des écosystèmes très stables peu résilients et donc très fragiles ?

• **La pêche.** Alors que les capacités de pêche ont considérablement augmenté depuis un demi-siècle, **cinq pays se partagent les deux tiers des prises en haute mer** (Chine, Japon, Taïwan, Corée du Sud, Espagne), avec des **effets très dévastateurs sur les ressources halieutiques**. Aujourd'hui, d'une manière générale, la gouvernance des mers et des océans est loin d'être maîtrisée. Le « droit des mers » n'est que balbutiant.

Mot-clé

OMI (Organisation maritime internationale) : créée en 1948 à Londres, cette institution spécialisée des Nations unies regroupe aujourd'hui 174 États adhérents. Sa mission est de faire que « le transport maritime soit sûr, sans danger, respectueux de l'environnement, efficace et durable ». Elle a mis en place ou modernisé de nombreuses conventions, comme celle sur la sauvegarde de la vie en mer dite SOLAS, dont la version initiale avait été adoptée en 1914, après le naufrage du *Titanic*.

SPÉCIALITÉ HGGSP

24 Les enjeux de Schengen et du contrôle aux frontières

La question migratoire est au cœur de nombreux enjeux politiques européens. Les camps de réfugiés en sont devenus l'aspect le plus visible. Ils symbolisent, malgré Schengen, **l'incapacité** des États du Vieux Continent **à mettre en place une véritable politique d'accueil des étrangers**.

1 La lente émergence d'une politique des frontières

A Du traité de Rome à Schengen

• **Le projet européen.** L'Union européenne ne se définit pas uniquement comme une association de libre-échange, son projet est également social, politique et culturel. **La libre circulation des personnes**, à l'intérieur de l'espace communautaire, est, en théorie, **une des bases de l'intégration européenne**.

• **Le traité de Rome de 1957.** Il prévoit la **libre circulation** des travailleurs dans le territoire des États membres. Il reconnaît également **le libre accès et le droit au séjour** dans ce dernier. Il faut cependant attendre les années 1980 pour que soit envisagée une première harmonisation des politiques migratoires.

• **Les accords successifs de Schengen.** En 1985, le premier accord de Schengen (Benelux, France, RFA) **transfère les contrôles des personnes aux frontières externes des États signataires**. En 1990, la **convention de Dublin** établit l'organisation du droit d'asile, dont la demande se fait dans l'État qui a reçu le demandeur. Elle prévoit des sanctions contre les transporteurs clandestins et la solidarité entre pays membres (un refus est ainsi généralisé à tout l'espace européen).

B L'agence Frontex

• **Une création récente.** En 2004 est créée l'agence Frontex qui aide les États membres et associés à l'espace Schengen à **gérer leurs frontières extérieures**. Elle contribue également à harmoniser les contrôles aux frontières au sein de l'Union.

• **Une agence au départ sans moyens.** L'agence n'a alors **ni agents ni forces d'intervention**. Elle coordonne des opérations s'appuyant sur les ressources militaires et frontalières des États membres.

• **De Frontex à l'Agence européenne de garde-côtes et de garde-frontières.** C'est le nom que prend Frontex en 2016, face à la récente crise migratoire en Méditerranée. Elle reçoit pour objectif d'**aider les États directement confrontés à la pression migratoire** (la Grèce, l'Italie, la Slovaquie, la Bulgarie, la Roumanie ou la Pologne).

▲ Les migrations méditerranéennes vers l'espace Schengen.

2 La politique des frontières à l'épreuve des crises

A L'accélération des migrations

• **2015, année terrible ?** Poussés par la recrudescence des conflits et de la misère, plus de 850 000 migrants tentent, cette année-là, de franchir la Méditerranée. La photographie du corps d'un enfant syrien sans vie sur une plage turque en septembre 2015 crée un **traumatisme mondial**.

• **La route des Balkans.** Des centaines de milliers de Syriens, d'Afghans et d'Irakiens l'ont suivie depuis 2015. Leur périple commence en **Turquie** d'où ils rejoignent la Grèce par la mer Égée. C'est là qu'ils rencontrent **les passeurs qui leur feront emprunter la route des Balkans**. Elle traverse la Macédoine, la Hongrie, puis les flux se séparent. Les migrants à destination de l'Allemagne et de la Suède se dirigent d'abord vers l'Autriche. Ceux qui veulent gagner le Royaume-Uni passent par l'Italie et la France jusqu'à Calais.

• **Calais, nouvelle frontière.** Cette ville est devenue la **porte d'entrée « terrestre » de l'Angleterre** depuis l'ouverture du tunnel sous la Manche en 1994. Depuis 2003 et l'accord franco-britannique du Touquet, **la frontière du Royaume-Uni a été « déplacée » en France**. Des milliers de migrants y sont retenus et forment la **jungle de Calais**. Ils symbolisent l'impuissance de l'Europe à gérer ses frontières.

SPÉCIALITÉ HGGSP

B La cacophonie européenne

• **Les décisions des pays européens « frontaliers ».** En 2015, **la Hongrie ferme physiquement sa frontière avec la Serbie** par où transitaient jusque-là des flux considérables de migrants. En 2016, ce sont la Slovénie et la Serbie qui décident de ne plus laisser transiter de sans-papiers par leurs territoires, tout comme la Macédoine. **Ces migrants se retrouvent pris au piège**, bloqués aux frontières : 34 000 en Grèce, 1 500 en Macédoine.

• **Le Brexit.** En juin 2016, le Royaume-Uni décide de quitter l'Union européenne. Le souhait de **contrôler intégralement sa politique migratoire a été un argument décisif** au moment du référendum conduisant au Brexit.

• **Les hésitations allemandes.** L'Allemagne est le pays qui reçoit le plus de demandes d'asile. Depuis 2015, le pays est confronté à une **arrivée massive de demandeurs d'asile** (plus d'un million) : la prospérité économique, l'accueil favorable voulu par les autorités fédérales ont attiré des flux incessants par la route des Balkans. **Face aux contestations**, en particulier celles de l'opinion publique et des municipalités confrontées à ces arrivées massives, le gouvernement allemand a été obligé de **durcir les conditions d'attribution** du droit d'asile.

• **Deux visions des frontières.** Les accords de Schengen ont instauré une **liberté de circulation** à l'intérieur de l'Europe **sans instituer de politique commune des migrations**. Chaque État cherche à contrôler les entrées sur son territoire, accusant les pays voisins de laxisme, sous la pression d'**une opinion publique de plus en plus xénophobe**. Cette situation fait ressortir les fractures entre l'**Europe de l'Ouest**, traditionnelle région d'immigration, et **celle de l'Est**, incapable de gérer des flux massifs et soudains. Ces fractures sont accentuées, depuis mars 2020, par la crise sanitaire liée au Covid-19.

Mot-clé

Jungle de Calais : la fermeture du centre de rétention de Sangatte en 2002 entraîne la dispersion des migrants le long du littoral dans des bidonvilles (jungle de Calais). En 2015, ils sont regroupés dans un site unique (« nouvelle jungle »). Démantelé quelque mois plus tard, il renaît presque aussitôt de ses cendres. Le maintien de ces « jungles », quelles que soient les actions des autorités, s'explique par la proximité du port de Calais et du site d'Eurotunnel d'où se font les tentatives pour monter dans les camions qui franchissent ensuite la Manche par mer ou via le tunnel.

25 Les frontières de la France

Le fonctionnement des frontières d'un État européen adhérent à l'espace Schengen comme la France pose des problèmes particuliers selon le lieu, les circonstances, les modalités de passage et la nationalité du passager étranger. **Les Européens peuvent voyager librement** d'un État membre à l'autre, sans visa et seulement avec une pièce d'identité. Les voyageurs **non européens sont soumis à des procédures administratives plus contraignantes** (obligation d'un passeport en cours de validité, visas souvent nécessaires, notamment pour un séjour au-delà de trois mois).

1 Les logiques frontalières françaises

A Des frontières multiples

• **4 200 kilomètres de frontières.** Par sa situation géographique européenne et ses territoires d'outre-mer, la France possède de **multiples frontières avec 35 territoires étrangers**, européens ou non. Elle se place au 43e rang mondial, avec 2 913 km de ligne frontalière pour la France métropolitaine et 1 263 km pour la France d'outre-mer.

• **Les frontières terrestres.** Sur le continent européen, la France est frontalière de l'Espagne, de l'Italie, de la Suisse, de l'Allemagne ainsi que du Luxembourg et de la Belgique. En Amérique du Sud, par la Guyane, **elle possède une frontière commune avec le Brésil**.

• **Les frontières maritimes et aériennes.** Ses frontières maritimes correspondent aux façades Atlantique, de la Manche, de la mer du Nord et de la Méditerranée. S'y ajoutent les côtes de ses territoires d'outre-mer qui lui permettent de disposer de la deuxième **zone d'exploitation exclusive** mondiale (ZEE, *voir pages 250-251*) **soit près de 12 millions de km²**. Sa cinquantaine d'aéroports internationaux matérialise ses frontières aériennes. **Chacun de ces aéroports fonctionne comme une porte d'entrée dans le pays** et le voyageur étranger, en débarquant, doit suivre les procédures administratives correspondant à son statut.

B Les différents statuts de la frontière

• **Frontière interne, frontière externe.** Selon la logique des accords de Schengen, les frontières françaises fonctionnent à deux échelles. Le principe initial de la **libre circulation des Européens** dans le territoire européen **annule, de fait, le contrôle frontalier national** entre ressortissants de l'Union. Pour les passagers non-européens, et comme tous les autres États membres entre eux, **la France consent à déléguer un contrôle d'entrée dans l'Union** au pays concerné par l'accueil initial des étrangers.

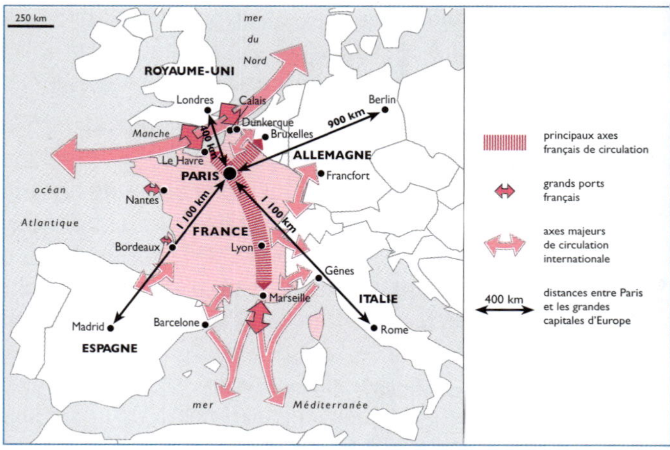

▲ Les frontières de la France en Europe.

• **Une gestion commune.** **Elle est assurée en réciprocité** avec des systèmes de visas internationaux communs à 90 jours et le maintien de visas nationaux au-delà de cette durée ; et selon des catégories particulières (touristes, professionnels, étudiants, chercheurs).

• **Les aéroports internationaux.** La France accueille chaque année des dizaines de millions de passagers régis selon **des réglementations différentes** en fonction de leur identité et de leur profil de séjour. Elle peut ainsi être le premier pays d'arrivée de certains étrangers désirant se rendre ailleurs en Europe. Dans ce cas, **c'est elle qui fait office de pays « frontière extérieure »**. Ainsi, en acceptant un voyageur étranger, elle l'autorise, de fait, à voyager ensuite librement dans tout l'espace Schengen.

2 Les enjeux politiques des frontières françaises

A Une conséquence des crises migratoires

• **Les crises de 2015 et de 2020.** L'arrivée de plus d'un million de migrants dans l'Union européenne en 2015 conjuguée aux menaces terroristes et à la crise sanitaire du Covid-19 en 2020 **ont durablement remis en cause le principe de libre circulation** et la gestion déléguée des frontières. Plusieurs pays dont la France ont utilisé la possibilité offerte par les accords de Schengen de **rétablir un contrôle temporaire aux frontières** en cas de graves menaces troublant l'ordre public.

• **Les tensions avec l'Italie.** En 2016, face à une forte croissance des demandes d'asile, la France refoule 64 000 migrants puis 85 000 en 2017. Une partie d'entre eux se concentre **sur la frontière franco-italienne, générant de vives tensions diplomatiques entre les deux pays.** L'Italie reproche à la France de ne pas respecter son engagement européen concernant les « relocalisations » de migrants (10 000 autorisés théoriquement à entrer sur le territoire français depuis les *hotspots* italiens et à peine 650 réellement admis en France en 2018).

B Une remise en cause de l'espace Schengen ?

• **Une dénonciation de l'Europe « passoire ».** Lors de périodes de crises migratoires, le discours anti-Schengen est exacerbé, particulièrement par les partis d'extrême droite argumentant de la **meilleure fiabilité des frontières nationales** pour arrêter les flux de migrants, la France redevenant seul maître de sa politique migratoire.

• **Une tentation dangereuse.** **Quitter Schengen coûterait plusieurs milliards d'euros** par an à la France (nécessité d'augmenter considérablement les capacités douanières du pays, impact considérable sur l'économie en général et le tourisme en particulier). Il faudrait aussi savoir **« comment » quitter Schengen** : maintenir la libre circulation avec seulement certains pays frontaliers, exclure de l'accord nos sept **régions ultrapériphériques d'outre-mer** (dans les océans Indien, Atlantique et Pacifique), etc.

Mots-clés

***Hotspots* et camps :** il y a aujourd'hui 360 lieux de confinement en Europe dans 44 pays, offrant à peine 47 000 places. Les *hotspots* sont des lieux dotés de structures permettant l'accélération des formalités douanières. Ils ont été mis en service en 2015-2016, en Italie et en Grèce, pour accueillir les réfugiés arrivant dans l'Union européenne. Les camps, en particulier au sud-est de l'Europe, sont les endroits où sont étudiées les demandes d'admission et à partir desquels on peut expulser les migrants.

• **Un ennemi imaginaire ?** En refusant l'entrée sur son territoire à des **réfugiés qui, de toute façon, y viendront, au risque de leurs vies,** la France et l'Union européenne, portées par une opinion publique de plus en plus frileuse, s'inventent un ennemi imaginaire qui leur permet d'éviter de regarder en face **l'échec des politiques frontalières et migratoires** communes, encore accentué par la crise sanitaire du Covid-19 débutée au printemps 2020.

SPÉCIALITÉ HGGSP

26 Les espaces transfrontaliers intra-européens

Selon la formule de Jacques Delors, **« la frontière est le laboratoire de l'Europe »**. Depuis le début de la construction européenne et le projet politique, social et économique d'une intégration des États membres entre eux, **les régions européennes frontalières** se sont inscrites peu à peu dans des **coopérations de proximité**. Le programme Interreg III définit les priorités de la politique régionale européenne et plus particulièrement transfrontalière. Mais il en existe aussi **une traduction humaine** : les **travailleurs pendulaires** qui passent chaque jour la frontière en sont l'incarnation.

1 Une réalité juridique

A Une politique européenne ancienne

• **Un demi-siècle d'histoire.** La coopération transfrontalière européenne a débuté par **le temps des pionniers** où des réalités déjà anciennes se sont amplifiées comme le long de de la frontière franco-belge. Puis est venue la **reconnaissance officielle de la coopération** (1980-1990) avec le premier programme Interreg. À partir de 1990, cette coopération est encouragée par l'Union européenne qui pousse à la formation d'eurorégions. Selon des logiques transfrontalières, elles doivent **estomper les discontinuités des frontières** des États nations.

• **Les eurodistricts.** Ces entités administratives plurinationales regroupent des agglomérations situées de part et d'autre d'une frontière. L'eurodistrict de **Bâle** rassemble près de 850 000 habitants dans plus de 220 communes suisses, françaises et allemandes. Il a permis, par exemple, la mutualisation des transports en commun : **l'aéroport de Bâle-Mulhouse ou EuroAirport**, bien que situé du côté français, est officiellement binational franco-suisse.

B Trois espaces emblématiques

• **La Conférence du Rhin supérieur.** Depuis 1996, le groupement local de coopération entre des Länder allemands (Bade-Wurtemberg, Sarre, Rhénanie-Palatinat), des départements français (Moselle, Haut-Rhin, Bas-Rhin), le Luxembourg et les cantons nord-ouest de la Suisse s'est imposé sous l'appellation Conférence du Rhin supérieur. Dans cet espace économique de première importance se développe un **partenariat européen approfondi** : **échanges culturels** (« pass Musées ») et **universitaires** (manuel scolaire transfrontalier), plurimodalité des **transports** et participations croisées aux foires de Bâle, de Strasbourg et de Karlsruhe.

• **L'Eurodistrict Regio Pamina.** L'espace transfrontalier du Rhin supérieur-Centre Sud (Palatinat du Sud, Mittlerer Oberrhein, Alsace du Nord), dénommé Eurodistrict Regio Pamina depuis 2008, est une entité autonome centrée sur Karlsruhe. Il est l'aboutissement d'une **longue coopération franco-allemande** et d'une **volonté forte de « vivre ensemble »**. Ses racines puisent dans l'immédiate après Seconde Guerre mondiale où se sont développés les premiers jumelages entre villes françaises et allemandes. Les migrations pendulaires sont importantes : 16 000 frontaliers français traversent quotidiennement la Lauter et le Rhin pour aller travailler sur le territoire allemand.

• **De l'initiative Saar-Lor-Lux à l'idée de la Grande Région.** À l'origine, le territoire Saar-Lor-Lux, ancré dans un département lorrain en France, dans un Land allemand et au Luxembourg a été marqué par les discours de l'unité géographique, historique et économique. « **Chez les gens d'ici, la notion de frontière, ça sonne faux et** dur. D'ailleurs elle n'existe pas. » Le thème de la **frontière ouverte** prédomine donc depuis longtemps. Avec le renforcement de cette coopération, la problématique d'intégration régionale européenne s'est élargie vers un espace plus vaste. On parle désormais de la « Grande Région ».

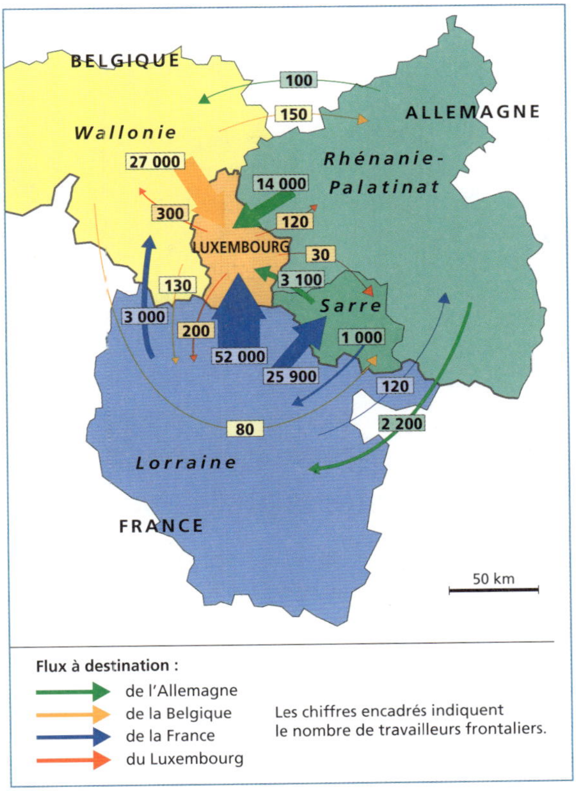

▲ Les flux de travailleurs frontaliers entre la France, le Luxembourg, la Belgique et l'Allemagne.

2 Une réalité quotidienne

A Les migrations pendulaires

• **L'effet frontière.** Il organise un territoire à partir des différences de part et d'autre de la frontière. Chaque jour **des milliers de travailleurs franchissent une frontière européenne** pour aller travailler dans un pays voisin. C'est le quotidien de milliers d'Alsaciens de la région de Mulhouse ou d'Altkirch qui ont leur emploi en Suisse, en particulier dans les usines chimiques de la périphérie de Bâle.

• **La frontière, une interface.** Les frontières existent toujours en tant que barrière : l'Alsace est une région française, Bâle-Ville un canton suisse avec des degrés d'autonomie très différents. Mais les frontières sont également des interfaces, c'est-à-dire **des zones de mise en contact**, avec des axes et des points qui permettent leur franchissement quotidien. Les emplois sont plus nombreux et mieux payés du côté suisse, le prix du foncier est plus abordable en Alsace où des citoyens helvètes et allemands construisent souvent des résidences secondaires ou principales.

B La Suisse, pays transfrontalier par excellence

• **300 000 transfrontaliers.** À la faveur de salaires deux à trois fois plus élevés, l'économie suisse attire, chaque année, plus de **300 000 travailleurs** dont environ 170 000 Français, 70 000 Italiens et 60 000 Allemands. Ils se répartissent dans les régions de l'Arc lémanique francophone, du Mittelland germanophone (cantons de Berne, de Bâle et de Zurich) et du Tessin italophone.

• **Le canton de Genève et la préférence indigène.** La moitié des frontaliers français (85 000) travaillent dans le canton de Genève et résident majoritairement dans le pays de Gex en France. L'« invasion » des frontaliers dans « l'Eldorado helvétique » a entraîné des **réactions de rejet xénophobes de la part de la population suisse** : instauration d'un quota de travailleurs étrangers dès 2014 et d'une « préférence indigène ».

Mots-clés

• **Effet frontière :** les différences économiques, sociales et de peuplement de part et d'autre d'une frontière stimulent des échanges entre les espaces délimités.
• **Migration pendulaire :** déplacement quotidien de population, particulièrement entre le domicile et le lieu de travail.

27 Comment s'informe-t-on aujourd'hui ?

La **convergence** entre l'**audiovisuel**, les **télécommunications** et l'**informatique** donne lieu a un **bouleversement des moyens et des pratiques d'information** aussi bien dans leur contenu que dans leurs vecteurs de diffusion. À l'**information verticale et contrôlée** succède aujourd'hui une **information horizontale et débridée** sans que les inégalités préexistantes ne soient réellement comblées. Ce sont toujours les puissances dominantes qui contrôlent, sous des formes renouvelées, l'information.

1 Les moyens pour s'informer

A L'explosion de l'information

• **Instantanéité et complexité.** Aujourd'hui, l'information disponible est multiple, instantanée, et **se joue des frontières**. Des données de plus en plus diversifiées sont transmises sur toute la planète en temps réel.

• **Un coût toujours plus élevé. Produire de l'information coûte cher.** Il faut des journalistes dans le monde entier, des relais de transmission, des services de documentation, de diffusion et des outils de production onéreux (imprimerie, studios de télévision, etc.).

• **La convergence numérique.** Elle a bouleversé à la fois les supports et la façon de s'informer, en rendant l'information plus accessible à tout moment. Chaque événement peut être capté par toute personne équipée d'un **smartphone, soit plus de 40 % de la population mondiale** en 2022. Il peut aussi être immédiatement diffusé dès que l'on a la possibilité de se raccorder au réseau Internet. **Ainsi, plusieurs types d'information viennent en concurrence**, celle qui est **produite par les professionnels** et celle de **n'importe quel internaute** *via* la Toile.

B Anciens et nouveaux supports de diffusion

• **La presse écrite.** Elle doit relever de nombreux défis. Dans les années 1970 d'abord, **face à la radio et à la télévision,** qui la concurrencent dans le **domaine de la rapidité d'accès à l'information** et qui captent une part importante du **marché publicitaire**. Puis face à Internet, au coût de diffusion beaucoup plus bas. Pour survivre, la presse s'est diversifiée et utilise aujourd'hui massivement Internet.

• **La radio.** Média majeur des années 1960-1980, **elle conserve aujourd'hui tout son intérêt par la simplicité de sa technique et son universalité**. La création de radios d'information en continu illustre sa capacité de résistance. France Info est la 3e radio la plus écoutée en France en audience cumulée début 2022.

• **La télévision.** Au carrefour de nombreuses innovations, elle devient, à la fin du XXe siècle, le **principal moyen d'information** (création des chaînes d'information en continu) et le journal télévisé reste encore le support d'information privilégié d'une majorité d'adultes, surtout après quarante ans.

> **Mot-clé**
>
> *Mass media :* c'est une abréviation de *media of mass communication* qui signifie, en français « moyens de communication de masse ». Ces moyens d'information comprennent la presse écrite, la radio, la télévision et Internet qui parvient aujourd'hui à diffuser et à faire converger tous les moyens traditionnels préexistants.

• **Internet.** La Toile a **profondément modifié l'accès à l'information**, surtout chez les jeunes. En 2022, en, France, on considère que plus d'un adolescent ou jeune adulte sur deux **s'informe exclusivement par les réseaux sociaux.**

Les nouvelles façons de s'informer dans les pays en retard de développement : le toit d'une maison de Tananarive (Madagascar). ►

2 Les conséquences de la révolution de l'information

A Surinformation et désinformation

• **L'uniformisation de l'information.** La plupart des médias s'approvisionnent **aux mêmes sources** (agences de presse, grandes agences d'image, principaux comptes des réseaux sociaux) ; et sous une apparence de multiplicité, ce sont **souvent les mêmes informations qui sont reprises partout**, morcelées ou **abusivement simplifiées.**

• **La manipulation.** Abreuvés d'images en temps réel, **les individus semblent de plus en plus démunis et isolés** face à l'information, qu'ils ne savent pas décrypter correctement.

• **Quelle régulation ?** Jusqu'à l'apparition d'Internet, les moyens de régulation étaient bien définis. **En France, l'État puis des institutions spécifiques sont les garants de l'indépendance des médias** (lois, réglementation, code de la profession protégeant les journalistes, etc.). **Dans la tradition anglo-saxonne, c'est la profession elle-même qui se régule** (charte de bon comportement adoptée par la presse anglaise dès 1989). L'immatérialité internationale d'**Internet oblige à une nouvelle réflexion** puisqu'aucune autorité ou groupement d'intérêt national ne peut entièrement maîtriser la Toile.

B Les nouvelles inégalités

• **La domination des pays du Nord.** Malgré l'émergence de géants chinois, le monde médiatique est plus que jamais dominé par les pays du Nord. **CNN, contrôlée par des capitaux américains,** est toujours la seule chaîne de télévision implantée dans la quasi-totalité des pays du monde. **Les deux tiers des entreprises d'information et de divertissement** sont encore aujourd'hui, directement ou indirectement, détenus par les **investisseurs américains ou européens.**

• **La fracture numérique.** Les nouveaux moyens de diffusion de l'information n'ont pas fait disparaître l'opposition Nord Sud. **Dans les pays développés**, la pénétration des appareils numériques a atteint la **quasi-totalité de la population**. Plus de 95 % des habitants des pays du Nord surfent régulièrement sur Internet et presque tous possèdent au moins un téléphone portable. D'autres régions du monde affichent un retard plus ou moins important. En janvier 2022, seuls **36 % des Africains ont accès à Internet** et 20 % utilisent un réseau social. Au Burkina Faso, les chiffres tombent à 22 % et 8 %.

Mot-clé

Régulation : définition des objectifs, des méthodes, des instruments pour maintenir en équilibre le système de la communication. Elle comprend des lois (antitrust), des règlements (directives européennes sur la protection des données personnelles), des cahiers des charges (groupes publics d'audiovisuel), des autorités indépendantes (Hadopi, Conseil supérieur de l'audiovisuel en France), etc.

SPÉCIALITÉ HGGSP

28 Le développement de la presse à grand tirage

Longtemps réservée à une élite, **la lecture devient le principal moyen d'information** des Français à partir de la deuxième moitié du XIXe siècle. Grâce à l'utilisation de la presse rotative et aux progrès de la scolarisation, la presse devient accessible à un nombre croissant de personnes.

1 La naissance de la presse à grand tirage

A Le tournant des années 1850

• **Une presse jusque-là pour les élites.** Du XVIe siècle aux années 1840, la presse, presque exclusivement politique, reste destinée aux élites. Les procédés d'impression sont coûteux, **les moyens de diffusion** (exclusivement par abonnement) **sont limités**.

• **Un développement spectaculaire.** Les perfectionnements techniques (rotative à grand débit de Marinoni) conjugués à un public alphabétisé de plus en plus large conduisent à un **abaissement spectaculaire de ses prix de vente** (quelques centimes). L'introduction de la **publicité** lui permet encore de diminuer les coûts de production et d'en faire des entreprises très rentables.

• ***Le Petit Journal*.** Symbole de cette démocratisation, *Le Petit Journal* est fondé par Millaud en 1863. Il tire à 200 000 exemplaires en 1870 et à près de 2 millions en 1895. Cette très large diffusion l'oblige à **adapter son contenu**. Pour ne choquer personne, il se veut « neutre politiquement ». Pour attirer les lecteurs, il donne une place de plus en plus large aux faits divers. Pour les fidéliser, il offre des **feuilletons**, et à partir de 1884, un supplément illustré en couleur.

B L'émulation par la concurrence

• **Une concurrence féroce.** En 1876, Jean Dupuy lance *Le Petit Parisien*, basé sur la même formule et dont le succès est immédiat. Nous sommes entrés dans l'ère de l'abondance : **1 300 périodiques sont publiés** à Paris en 1880.

• **Les journaux de province.** Ils ne sont pas en reste. De nombreuses régions se dotent d'un quotidien qui devient rapidement une institution incontournable, qui fait et défait les réputations politiques et qui **contribue à l'élargissement des horizons locaux**. Parmi les plus importants, il faut citer *le Progrès de Lyon* (1859), *Le Petit Marseillais* (1868), *L'Écho du Nord* (1868), *La Dépêche de Toulouse* (1870), *La Petite Gironde* (1872).

▲ Les presses rotatives Marinoni à l'exposition universelle de Paris en 1889.

2 L'ère des médias imprimés

A L'entre-deux-guerres

• **Une pratique généralisée.** En 1939, les Français achètent environ 12 millions de quotidiens. La pénétration de la presse a progressé au sein des foyers. Désormais, grâce à une **alphabétisation généralisée, c'est toute la famille qui peut lire et commenter les nouvelles** qu'elle découvre dans les pages de son journal favori.

• **Le triomphe de la presse provinciale.** Le déséquilibre entre Paris et la province s'est retourné en faveur de cette dernière. En 1939, les quotidiens régionaux vendent plus d'exemplaires que ceux de la capitale. **La majorité de la population lit une presse de proximité** aux étiquettes politiques moins accusées et soucieuses de préserver les équilibres locaux.

• **Une presse parisienne orientée à droite.** Seuls *L'Humanité* éditée par le PCF et *Le Populaire* dirigé par Léon Blum peuvent modestement s'opposer au *Petit Parisien* ou au *Journal* aux options très conservatrices. **La radicalisation progressive de la presse parisienne explique en partie la désaffection qu'elle subit** de la part d'un public lassé des articles élogieux sur Mussolini ou Franco. Ainsi les ventes du *Matin*, au nationalisme de plus en plus fascisant, s'effondrent (1,1 million d'exemplaires en 1919 contre seulement 320 000 en 1939).

• **L'éclatant succès de *Paris Soir*.** Seul quotidien français novateur de l'entre-deux-guerres, il connaît un développement fulgurant : 100 000 exemplaires en 1931 et 2 millions en 1938. Cette réussite s'explique par son **indépendance d'esprit**, la diversité de ses rubriques (horoscope, vie quotidienne, sport, cinéma), la **qualité de ses articles** (Pierre Lazareff, rédacteur en chef, n'hésite pas à engager Georges Simenon comme reporter) **et l'attrait de sa mise en page** (nombreuses photographies, maquette aérée).

B Depuis 1945

• **Les ordonnances de 1944.** Elles ont pour but de définir un nouveau statut des entreprises de presse basé sur la **transparence et le respect du pluralisme**. Dès les années 1960, elles n'empêchent pas la **constitution de grands empires**, comme celui de Robert Hersant. Il parvient, en une vingtaine d'années, à contrôler plusieurs quotidiens et hebdomadaires nationaux (*Le Figaro*, *L'Express*) et de nombreux quotidiens régionaux (*Le Midi libre*, *La Voix du Nord*, *L'Est républicain*, etc.).

• **Le déclin progressif de la presse écrite.** Il est lié au changement des habitudes des Français et à la concurrence des autres médias. **Il frappe d'abord la presse quotidienne parisienne** dès les années 1980 (disparition de *L'Aurore*) avant de **menacer les quotidiens régionaux** au début des années 2000. Même les newsmagazines (*L'Express*, *Marianne*), les périodiques grand public (*Paris Match*, *Voici*, *Gala*) et les revues spécialisées, pourtant réputées insubmersibles en raison d'un lectorat fidèle, **peinent à survivre aujourd'hui**. Seule la presse « télé » parvient encore à tirer son épingle du jeu.

Mot-clé

Les magazines : c'est un modèle venu d'Amérique. *Marie-Claire* en est l'archétype. Démarqué des concepts anglo-saxons (valorisation des femmes actives), l'hebdomadaire dépasse déjà le million d'exemplaires en 1939. *Match*, inspiré de l'américain *Life*, se situe dans la même lignée. Grâce à ses reportages photographiques, les ventes frôlent le million et demi en 1939. *L'Auto* (rebaptisé *L'Équipe* après la guerre) s'impose comme le premier magazine sportif. *Le Journal de Mickey*, importé d'Amérique par Paul Winkler en 1934, a déjà séduit 400 000 lecteurs en 1939.

29 Radio et télévision au XXe siècle

Après la presse, vecteur incontesté de l'information jusqu'aux années 1930, deux médias dominent en France. D'abord la **radio** qui conserve jusqu'à nos jours ses atouts majeurs : **simplicité et adaptabilité**. Puis la **télévision** qui semble, dans les années 1980, le **« rouleau compresseur informatif »** qui va tout emporter. Un célèbre pamphlet de cette époque la qualifie d'ailleurs de la « folle du logis dans les sociétés démocratiques ».

1 La radio, média révolutionnaire du milieu du siècle

A L'invention de la TSF

• **Des débuts modestes.** La TSF (téléphonie sans fil) **naît dans l'indifférence générale** au début du siècle. Héritière de l'évolution technique des transmissions militaires perfectionnées pendant la Première Guerre mondiale, **elle commence à se développer au début des années 1920**. Quelques émetteurs parviennent à diffuser des programmes captés par une poignée de « galénistes », comme on les surnomme à l'époque, c'est-à-dire des possesseurs d'un poste de réception à galène.

Biographie

Guglielmo Marconi (1874-1937) : il est le **principal inventeur de l'émetteur permettant la télégraphie sans fil**. Combinant des découvertes antérieures, il y parvient en 1896, dépose un brevet en 1899 et fonde la *Marconi's Wireless Telegraph Co.* Il arrive à intéresser rapidement de nombreux partenaires (les postes anglaises, les armées, le Vatican ou les grands organes de presse).

• **Les années 1930.** Dès cette époque, **la situation a considérablement évolué**. Une bonne couverture du territoire (une douzaine de grands émetteurs relais provinciaux ont été mis en place) et la chute du prix des récepteurs **ont multiplié le nombre d'auditeurs (20 millions)** même s'il reste encore inférieur à celui des autres grandes puissances (33,2 millions en Grande-Bretagne, 33,6 millions en Allemagne, 104 millions aux États-Unis en 1937).

Année	1930	1935	1937	1938	1939	1944
Nombre de postes récepteurs déclarés (millions)	0,5	1,9	3	4	5	5,5
Public potentiel (millions)	2	7,6	12	16	20	22

▲ Le développement de la radio en France de 1930 à 1944.

B Succès et contrôle par les autorités

• **L'État et la radio.** L'État s'intéresse rapidement à ce média qui s'affirme comme un **redoutable instrument politique**. L'achat des appareils doit être déclaré et, depuis 1923, il est frappé d'une taxe modique transformée en redevance en 1933. En 1929, le ministère des PTT (Postes, Télégraphe, Téléphone) devient de plein exercice et se trouve officiellement chargé de la radiodiffusion. À partir de 1935, le pouvoir prend carrément les choses en main.

• **Radios publiques et radios privées.** D'un côté, les radios d'État (Radio-Paris, Radio-PTT, Radio-Journal de France, diffusées sur tout le territoire) sont directement contrôlées par le gouvernement. **Elles fusionnent en 1939 pour former la radiodiffusion française nationale**. De l'autre, les radios privées (le Poste Parisien lié au quotidien *Le Petit Parisien*, Radio-Cité de Marcel Bleustein-Blanchet, Radio 37 de Jean Prouvost ou Radio-Luxembourg du groupe Havas) **nécessitent une autorisation mais peuvent émettre presque sans contraintes.**

• **Des contenus diversifiés.** Si les radios publiques offrent des **programmes classiques** (théâtre, musiques symphoniques, causeries, journal parlé de plus en plus contrôlé par les autorités), les postes privés proposent des **divertissements pionniers**. Radio-Cité organise des émissions musicales pour découvrir les chanteurs de demain (**« le crochet radiophonique » financé par Monsavon**), le Poste Parisien lance « la course au trésor » (organisée par Pierre Dac) et Radio 37 se fait l'écho des grands succès du septième art (« Le Cinéma vous parle »).

• **Le rôle du sport.** Les manifestations sportives prennent une importance grandissante dans les programmes. En 1938, les auditeurs peuvent suivre en direct, pour la première fois, **les étapes du Tour de France**, grâce aux commentaires de Georges Briquet, Jean Antoine et Alex Virot. Le vainqueur, l'Italien **Gino Bartali, devient immédiatement une vedette**. Signe des temps, la figure du **« radio reporter »** commence à se substituer à celle, plus convenue, du journaliste de presse. En 1939, **Georges Briquet tient d'ailleurs son propre rôle** de commentateur du Tour de France aux côtés de Fernandel **dans le film *Les Cinq Sous de Lavarède* de Maurice Cammage.**

2 Radio et télévision depuis les années 1950

A L'adaptation de la radio, média inusable

• **Les mutations techniques.** Principal moyen de communication « moderne » des années 1930, la radio **s'adapte sans peine à l'arrivée de la télévision** à la fin des années 1940 (le premier journal télévisé est diffusé le 29 juin 1949 devant une poignée de téléspectateurs). **L'apparition du transistor en 1948** et de la **stéréophonie en 1956** en font le premier média nomade de qualité.

• **Le média des jeunes ?** La jeunesse des Trente Glorieuses est friande de radio, aussi bien quand elle diffuse, sur les radios dites périphériques (Europe 1, RTL), **la musique qu'elle aime,** que des **informations non censurées par le pouvoir** (principalement pendant Mai 68). Elle demeure jusqu'à nos jours un média indétrônable dans toutes ses déclinaisons (généraliste, thématique ou de proximité).

B La télévision, média hégémonique de la fin du siècle

• **L'envol dans les années 1960.** La télévision, après des **taux d'équipement timides dans les années 1950 comparés aux pays anglo-saxons**, devient « le » média de la fin du XXe siècle. Longtemps malthusienne (une seule chaîne jusqu'en 1964 !) et tenue en laisse par un pouvoir politique qui comprend son utilité et qui craint son impact sur l'opinion publique, la télé, comme on l'appelle désormais, **prend son envol dans les années 1960.**

• **L'hégémonie des années 1990.** La troisième chaîne apparaît en 1973, le monopole d'État est aboli en 1982 et les opérateurs privés sont autorisés à partir de 1984 (Canal Plus). La télévision devient la reine des médias des années 1990. Chaque Français passe alors en moyenne **plus de trois heures par jour devant le petit écran**. Mais elle est peu à peu concurrencée par de nouveaux moyens de communication.

• **Les mutations contemporaines.** En 2022, **les Français** (principalement les moins de 25 ans) **regardent moins la télévision** que cinq ans auparavant. Mais cela ne signifie pas qu'ils sont moins sensibles aux médias de l'image. Ils les utilisent différemment et privilégient **les écrans « nomades »** (tablettes, smartphones, etc.) leur permettant de voir ce qu'ils désirent à tout moment. **Et, grâce aux réseaux sociaux, ils participent désormais largement à la construction de l'information.**

30 Naissance et extension du réseau Internet

La diffusion massive des **techniques de l'informatique dans tous les secteurs de la vie courante** (ordinateur, téléphone, objets connectés, etc.) et leur **mise en réseau par le biais d'Internet** ont tellement bouleversé la civilisation contemporaine que certains vont jusqu'à parler de l'avènement d'un nouvel individu, l'***homo numericus***, remplaçant peu à peu l'*homo sapiens*.

1 Du numérique à Internet

A Le développement de l'informatique

• **Le test de Turing.** Entre 1937 et 1946 sont conçus les premiers essais d'ordinateurs. Ce sont alors de gigantesques machines à calculer programmables grâce à des suites d'opérations arithmétiques et logiques, participant à l'effort de guerre américain. Dès 1950, le mathématicien britannique **Alan Turing a l'intuition du développement futur d'une intelligence artificielle** et élabore le « test de Turing » dans lequel les machines doivent imiter l'intelligence humaine et tromper la vigilance des hommes. Les progrès des ordinateurs sont cependant très lents et leur diffusion ne concerne que quelques communautés de scientifiques.

• **Les ordinateurs personnels.** Tout change à la fin des années 1970 avec l'apparition des ordinateurs personnels grand public, plus petits et dotés de microprocesseurs, tel l'Apple II de Steve Wozniak et Steve Jobs (1977). Le premier succès commercial est le **Macintosh d'Apple en 1984**. Les usages de l'informatique se multiplient avec le **traitement de texte**, les **premiers logiciels de création graphique**, mais aussi les **jeux**, qui attirent immédiatement un public familial.

• **Les innovations des années 1990.** La deuxième grande révolution date des années 1990 avec la popularisation progressive des ordinateurs portables et d'importantes **innovations** dans plusieurs domaines simultanés : le **son** (lancement du CD audio, fichiers MP3), l'**image fixe** (l'appareil photo numérique), l'**image animée** (le caméscope numérique), le **téléphone portable**, la télévision numérique.

B Mise en réseau et convergence

• **Au départ, les militaires américains.** Le **projet militaire Arpanet**, né aux États-Unis en 1969, a pour but de faciliter **les échanges d'informations entre les ingénieurs de la Défense et les grandes universités américaines**. En parallèle se développent des réseaux locaux d'entreprises. Dans les années 1980, la volonté de relier ces réseaux malgré leurs différences technologiques aboutit à la **création de protocoles universels** permettant le transport de données numériques : TCP (*Transmission Control Protocol*) et IP (*Internet Protocol*). La partie universitaire du réseau se sépare alors de la partie militaire et devient Internet.

• **L'extension mondiale des années 1990.** Internet permet aux ordinateurs de nombreuses universités de **communiquer** entre elles **quel que soit le matériel utilisé**. Internet arrive en Europe, en Asie du Sud-Est et en Australie en 1991. Les grandes universités, les multinationales s'y relient directement. Mais, pour les autres (particuliers, petites entreprises), le coût des infrastructures est tel qu'**ils ne peuvent s'y connecter que par le réseau télépho-**

nique grâce à des opérateurs publics ou privés (FAI ou fournisseurs d'accès à Internet) pour des usages de plus en plus diversifiés : messagerie différée ou instantanée, forums, services et jeux en ligne, réseaux sociaux mettant en contact des millions d'utilisateurs, encyclopédie contributive.

• **Le smartphone.** À partir de 2007, l'invention du « smartphone » (téléphone connecté) par Apple provoque l'irruption d'un **nouvel outil mobile**, peu encombrant et puissant, permettant de **réunir pratiquement tous les usages du numérique** : accès permanent à Internet via un forfait illimité, multitude d'applications, production, stockage et partage d'informations, de son, de photos, de vidéos.

> **Mot-clé**
>
> **Minitel :** terminal informatique simplifié relié au réseau téléphonique visant, au départ, à remplacer l'annuaire téléphonique papier par un annuaire électronique et devenant rapidement un fournisseur de services (messagerie, accès à des banques de données, etc.). Distribué gratuitement à des millions de Français par France Télécom à partir de 1980, **il crée une première convergence numérique** entre le téléphone, l'ordinateur et le téléviseur.

• **La convergence numérique.** Le smartphone **commande également de plus en plus d'objets connectés** qui pénètrent dans tous les domaines de la vie quotidienne (montres, lunettes, maisons). On parle de convergence numérique : des contenus qui nécessitaient jusqu'ici différents supports peuvent désormais circuler sur un même réseau grâce à la numérisation.

2 La déferlante Internet

A Le tournant des années 2000

• **Une conquête sur à peine 10 ans.** Les statistiques témoignent de l'incroyable succès de ce qu'on appelle les nouvelles technologies d'information et de communication (NTIC). Les experts font remarquer que **la radio a mis 38 ans pour atteindre 50 millions d'utilisateurs**, la télévision 13 ans et **Internet seulement 4 ans.** En 1997, le monde comptait déjà 325 millions d'ordinateurs fixes, 215 millions de téléphones portables et 117 millions d'internautes. Dix ans plus tard, on atteignait 3,3 milliards de portables et 1,3 milliard d'internautes.

• **La France, championne d'Internet.** Pour la France, par exemple, grâce à une intense publicité et à une concurrence effrénée entre les opérateurs, **il n'a fallu que 6 ans pour passer de 5,8 millions** (10 % des actifs), fin 1997, **à 41,6 millions de portables** (69 % des actifs) fin 2003 avec plus de 16 millions de Français connectés au Web. Le pays était préparé au développement d'Internet grâce à un ancêtre franco-français, le **Minitel**, mis en service dès 1980.

B La situation actuelle

• **Le monde en réseau.** Aujourd'hui, le numérique a largement conquis le monde entier. Début 2022, d'après les estimations de l'agence *We are social*, le monde **comprend 5 milliards d'internautes** (63 % de la population), 5,3 milliards d'utilisateurs du portable (67 %) et 4,6 milliards d'usagers des réseaux sociaux (58 %), dont 4,2 milliards passent régulièrement par les données mobiles.

• **La planète « jeune ».** Le réseau social Facebook a dépassé les 2 milliards d'utilisateurs en juin 2017. **En France, 99 % des 18-24 ans et 84 % des 13-19 ans possèdent un smartphone** en 2022. Tous les indicateurs continuent d'afficher des taux de croissance impressionnants : on estime que la planète compte **un nouvel internaute toutes les 10 secondes.**

> **Mot-clé**
>
> **FAI :** opérateur privé » ou public disposant de serveurs connectés à Internet et ayant accès à un réseau de diffusion grand public (réseau téléphonique fixe ou mobile, câble, fibre optique, etc.). Il permet à toute personne ayant accès à ces réseaux de se connecter au Web via un abonnement.

31 L'affaire Dreyfus et la presse

Au moment de la condamnation du capitaine Dreyfus pour trahison en 1894, **la presse reflète l'opinion d'une très grande majorité de Français** convaincue de sa **culpabilité**. Par la suite, anti-dreyfusards et dreyfusards s'opposent violemment pour la conquête de l'opinion dans de nouveaux journaux créés à l'occasion. **Peu à peu, toute la presse ou presque s'empare de « l'Affaire »** qui occupe dès lors une place considérable dans la vie politique.

1 D'une affaire judiciaire banale à « l'Affaire »

A L'affaire judiciaire

• **Le procès de 1894.** En décembre 1894, le capitaine Alfred Dreyfus est traduit devant le conseil de guerre après avoir été accusé de transmettre des documents secrets à l'Allemagne. Le général Mercier, alors **ministre de la Guerre**, demande à ses services **la constitution d'un dossier à charge** où plusieurs faux sont introduits. Les preuves paraissent si accablantes que Dreyfus est **condamné au bagne à vie et déporté en Guyane.**

• **« Il n'y a pas d'affaire Dreyfus ».** Cette affirmation du **chef du gouvernement Jules Méline en décembre 1897** illustre la position des autorités républicaines depuis 1894. Le respect de la « chose jugée » et de l'opinion publique, majoritairement anti-dreyfusarde à cause des violentes campagnes antisémites de la presse, interdit toute reconsidération d'une « péripétie » judiciaire déjà ancienne.

B « L'Affaire »

• **Une crise politique et morale.** L'affaire d'espionnage se transforme en crise politique et morale en 1898 **lors de l'acquittement du vrai coupable**, le commandant Esterhazy. **Les défenseurs de Dreyfus, que Clémenceau qualifie en 1898 d'intellectuels**, sont convaincus de son innocence, et lancent une vaste campagne en faveur de sa réhabilitation. Elle oblige la IIIe République à rouvrir le procès et le met face au dilemme de choisir **entre vérité et « raison d'État ».**

• **Une amplification nationaliste.** Les anti-dreyfusards accusent les dreyfusards de bafouer l'honneur de l'armée et au-delà celui de la France. Leur **nationalisme** prend, dans une partie de la presse, une tonalité violemment antisémite et rencontre un large écho dans l'opinion publique, faisant ainsi de l'Affaire un **révélateur des fractures idéologiques du pays.**

2 La presse au cœur de l'Affaire

A La puissance de la presse anti-dreyfusarde

• **11 millions d'exemplaires contre Dreyfus.** À l'occasion de l'affaire Dreyfus, la quasi-totalité de la presse se mobilise pour convaincre l'opinion de la culpabilité de ce dernier. **Tous les grands quotidiens de Paris et de province sont anti-dreyfusards** avec quelques nuances.

Le Petit Journal (près de 2 millions d'exemplaires dans les plus gros tirages) est franchement contre Dreyfus tandis que son concurrent direct *Le Petit Parisien* (800 000 exemplaires) est plus attentiste.

• **Émotion et invective.** La presse anti-dreyfusarde recourt au registre de l'invective et de l'émotion. Elle multiplie les articles et les **caricatures présentant Dreyfus et ses soutiens comme des traîtres à la nation française** en raison de **leur origine juive**. Elle utilise les stéréotypes antisémites et vise à diffuser auprès de l'opinion la thèse de l'existence d'un **complot juif** menaçant gravement l'intégrité de la France. Elle tente de discréditer les entreprises de révision du procès de Dreyfus en les associant à un désir de saper les fondements de l'autorité de l'État et de l'armée.

B Les armes décalées de la presse dreyfusarde

• **Une presse très minoritaire.** Représentant au départ **moins de 10 % du tirage quotidien français**, elle cherche à convaincre l'opinion que l'accusation de Dreyfus repose sur la fabrication de faux et une entreprise de dissimulation de la vérité entretenue notamment par des membres de l'état-major.

• **« J'accuse ! »** Avec la publication de « J'accuse ! » de Zola, la presse dreyfusarde amplifie le débat et le **transfère sur le terrain politique** en désignant publiquement les principaux acteurs au sein de l'armée, de la presse et de la justice, responsables de l'erreur judiciaire. **Très réactive, cette presse se développe par la création de nombreux nouveaux titres** (*Le Signal*, *Voltaire*, *Le Siècle*). Elle sait aussi riposter en publiant des articles et des caricatures destinés à prouver aux lecteurs le caractère infondé des accusations des journaux anti-dreyfusards.

Cinq Centimes
L'AURORE
Littéraire, Artistique, Sociale
ERNEST VAUGHAN
J'Accuse...!
TRE AU PRÉSIDENT DE LA RÉPUBLIQUE
Par ÉMILE ZOLA

▲ « J'accuse ! » d'Émile Zola.
Cet article de presse a transformé une erreur judiciaire antisémite en une crise politique qui a failli emporter la République.

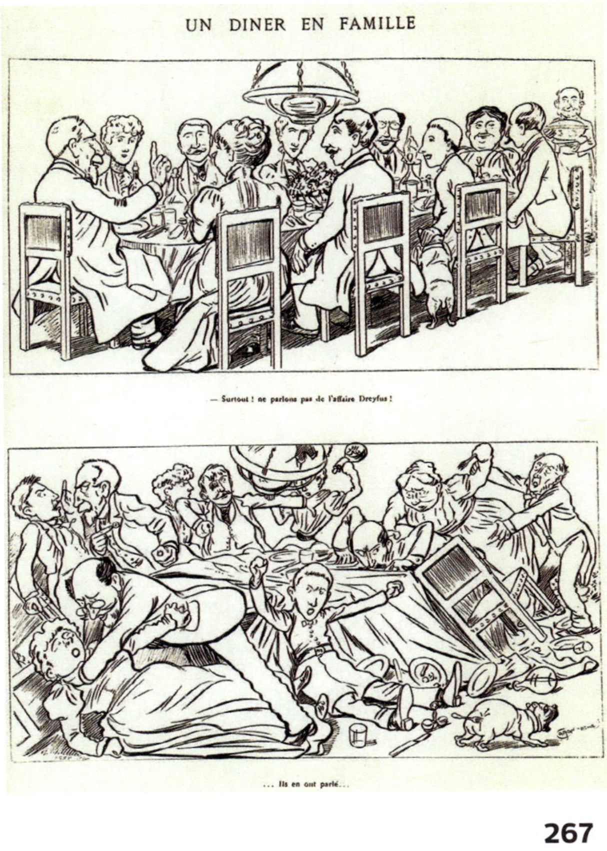

◄ « Ils en ont parlé ». Caricature de Caran d'Ache pour *Le Figaro*, 14 février 1898.
Seul le dessin de presse parvient à traduire en un seul document comment l'Affaire devient un séisme qui touche toute la société française. Évoquer Dreyfus et immédiatement l'ordre familial et moral est sens dessus dessous. ►

32 De l'Agence Havas à l'AFP

Dès 1835, Charles-Louis Havas, traducteur de journaux étrangers au départ, fonde une agence qui s'inscrit dans une **position stratégique d'informateur relais** pour différents publics (États, entreprises, médias). Elle devient progressivement une source indispensable pour tous ceux qui ont besoin d'informations. D'où **son statut « protégé »**, lorsqu'elle se transforme en Agence France-Presse (AFP) en 1944 : d'abord par l'État, puis par une loi qui la rend **théoriquement indépendante** de tous les pouvoirs.

1 L'agence Havas

A Un développement rapide

• **Un besoin croissant d'informations.** À partir des années 1830, une nouvelle dynamique de la communication et de l'information des États et des acteurs de pouvoir se met en place pour distribuer toujours plus de nouvelles d'actualité. C'est en France que se développe, dès 1835, la **première officine d'informations régulières**, pour répondre à une demande croissante de la société (bureau de traduction des nouvelles du monde à l'initiative de Charles-Louis Havas). Dès lors, **un marché des informations se développe** et s'impose peu à peu à l'échelle du monde.

• **Le télégraphe électrique.** L'avènement de la technologie du télégraphe électrique (en remplacement des pigeons voyageurs) et la mise en place **des câbles océaniques transatlantiques bouleversent le monde de la communication** et de l'information et donc le fonctionnement des agences. Havas devient indispensable à la presse (synthèse des nouvelles du monde) mais aussi aux décideurs (faits boursiers, cote des actions, etc.).

• **Un traitement privilégié.** Havas, « officiellement officieuse » par rapport à l'État, bénéficie dès lors d'un traitement de faveur. **Sa branche publicité**, qui se développe à côté des services d'informations, **devient très lucrative** et permet à l'entreprise de se diversifier.

B Le temps des hésitations

• **Une société anonyme de droit privé.** La transformation de l'Agence Havas en **société anonyme**, sous la tutelle de la Banque de Paris et des Pays-Bas **en 1879**, permet de mieux séparer la branche publicité de la branche information. Mais cette dernière connaît des moments difficiles au début du XXe siècle, **concurrencée par les agences de presse étrangères** (Associated Press, Reuters, Continentale) et **critiquée pour son conformisme** ou le manque de fiabilité de ses dépêches de presse.

▲ Le premier téléscripteur (Télex) acquis par l'agence Havas en 1895. Il permet d'imprimer en clair, en moins d'une minute, n'importe quelle dépêche provenant du monde entier.

• **Les emprunts russes et la corruption.** La branche publicité d'Havas bénéficie du monopole de fait que l'entreprise détient sur l'information, ce qui lui permet de recourir souvent au mélange des genres, d'où le développement grandissant de la corruption. Ainsi, entre 1901 et 1914, **Havas diffuse**, moyennant des subventions déguisées provenant du gouvernement russe, **des informations systématiquement positives sur la Russie** pour inciter les Français à y investir via des emprunts prétendus « très sûrs ».

2 L'Agence France-Presse

A Indépendance et moralisation

• **De l'Agence Havas à l'Agence France-Presse.** Après avoir **collaboré avec le régime de Vichy** et l'occupant nazi en se transformant en Office français de l'information à partir de 1940, l'Agence Havas est nationalisée et remplacée par l'Agence France-Presse en 1944. Après 1945, l'agence s'applique à la reconstruction de son réseau international.

• **Une agence sous influence ?** Contrôlée par l'État, l'AFP est alors fréquemment dénoncée comme **un outil de propagande aux mains des gouvernements français** (6 directeurs de 1944 à 1956). Sa crédibilité internationale en est affectée (tutelle financière fixée par la loi de finance). Pendant la guerre d'Algérie, **l'agence ignore ainsi la réalité de la torture** pratiquée par l'armée française.

• **Le statut de 1957.** Le gaulliste historique Jean Marin qui dirige l'AFP de 1954 à 1975 est à l'origine du statut de 1957 garantissant **l'indépendance de l'agence** par rapport à tous les pouvoirs. Le réseau mondial de l'Agence France-Presse couvre aujourd'hui 151 pays (200 bureaux dans le monde, 2 300 collaborateurs dont 1 500 journalistes) et se classe au **troisième rang des agences mondiales d'information** derrière l'américaine Associated Press et la britannique Reuters.

B Les défis de l'ère numérique

• **Les problèmes financiers.** L'AFP est **victime de l'ampleur de la révolution induite par le développement des NTIC.** La fin du XXe siècle a été marquée par des gestions parfois inadaptées occasionnant de forts déficits (dérive des dépenses en 1998-1999) et donc des tensions avec l'État et les syndicats. Le développement d'Internet à partir de 2005 et de la gratuité de certains médias affecte fortement ses équilibres budgétaires, entraînant des plans sociaux.

• **Un retour en grâce ?** Paradoxalement, l'AFP ne semble pas hors-jeu dans le nouveau monde de l'information. Elle a développé une chaîne d'information de référence (AFP TV) et apparaît de plus en plus, dans un univers où les ***Fake news*** (voir p. 272-273) explosent, comme **une source d'information fiable et indépendante.**

Mot-clé

NTIC : les nouvelles technologies d'information et de communication correspondent à tout ce qui permet de communiquer aujourd'hui (audiovisuel, informatique, télématique).
La **convergence numérique** fait désormais du réseau Internet le vecteur principal des NTIC. Le smartphone en est l'exemple le plus visible. Il réunit en un seul objet facilement transportable télévision, téléphone, appareil photo, ordinateur, Internet, etc. Il est à la fois producteur et récepteur d'information.

SPÉCIALITÉ HGGSP

33 Les médias et la guerre du Vietnam

La « sale » guerre du Vietnam (novembre 1955-avril 1975) a tué plus de 58 000 soldats américains et fait près de 160 000 blessés. Ce conflit sanglant et très traumatisant pour le monde occidental a révélé, pour la première fois, **la puissance des médias sur les opinions publiques** aux États-Unis et dans les pays occidentaux. Le bourbier vietnamien a consacré l'importance désormais irréversible de l'impact du **photojournalisme** en temps de guerre.

1 Les médias pour cacher la « sale » guerre

A Un engagement militaire considérable

• **Une guerre sans front.** La guerre du Vietnam est le plus grand engagement militaire des États-Unis depuis la Seconde Guerre mondiale (environ 536 000 soldats déployés en 1968). **Cette guerre n'a ni front ni batailles.** Le Vietcong contrôle de vastes espaces ruraux s'étendant largement sur les hauts plateaux et dans le delta du Mékong. Il se dissimule parmi la population civile majoritairement paysanne, tend des embuscades, mine le terrain, ce qui provoque de **lourdes pertes dans l'armée américaine.**

• **Une « sale » guerre.** Cette difficulté à progresser et à lutter contre un ennemi que l'on ne voit pas pousse les Américains à recourir à des méthodes violentes telles que **l'utilisation de bombes incendiaires au napalm ou l'usage de défoliant** (l'agent orange) pour déloger les combattants en brûlant les villages et en détruisant le couvert végétal qui masque les bases militaires de l'ennemi. Les milliers de morts et de personnes contaminées renforcent l'opposition au gouvernement du Sud-Vietnam et encouragent de nombreux paysans à rejoindre les rangs du Vietcong.

B Un consensus médiatique originel

• **La censure.** Dans un premier temps s'établit un consensus entre les médias et le gouvernement. Des chercheurs universitaires, Noam Chomsky et Edward Herman, ont montré comment les médias dominants ont servi l'idéologie des élites au pouvoir, en censurant eux-mêmes les informations selon une **grille de lecture systématique intitulée « modèle de propagande ».**

• **Le contexte de la guerre froide.** Au nom de la politique américaine d'**endiguement du communisme**, les actes répréhensibles de l'armée américaine sur les populations civiles vietnamiennes sont minimisés, voire occultés. La **télévision**, notamment, ne montre longtemps que des **images neutres**, aseptisées du conflit, sans violence ni brutalité.

• **La propagande cinématographique.** Le film *Les Bérets Verts*, produit par l'acteur John Wayne avec l'appui de la multinationale cinématographique Warner et de l'armée de terre américaine, raconte l'**engagement d'un journaliste américain**, au départ opposé à cette guerre, et qui, envoyé sur le terrain pour suivre les troupes d'élites (les fameux Bérets verts qui donnent le titre à l'œuvre) en découvre progressivement les « bienfaits ». Sorti en 1968, au moment de l'élection de Richard Nixon, ce film va dans le **sens de la poursuite d'une guerre devenue de plus en plus complexe et coûteuse en argent**, en hommes et en armement. Son indéniable succès en salles ouvre paradoxalement l'ère de la défaite médiatique des autorités et du Pentagone.

La photographie qui a changé le cours de la guerre du Vietnam : enfants vietnamiens fuyant le bombardement au napalm de leur village par l'armée américaine. ▶

2 Les médias pour dénoncer la « sale » guerre

A La guerre des images

• **Le tournant de l'offensive du Têt.** Alors que les citoyens américains pensaient que leur armée gagnait la guerre dans la jungle, ils découvrent la tragédie de janvier 1968, lors de l'offensive du Têt. À cette occasion, **les reporters américains filment dans les villes de Saïgon et Hué, en direct, les combats d'une extrême violence**.

• **Le basculement de l'opinion publique.** La contestation qui ne touchait jusque-là que les campus universitaires ou quelques intellectuels se répand dans l'opinion publique. La diffusion des bombardements, des combats rapprochés, des scènes de carnage fait dire au président américain Johnson que **la télévision « avait installé le défaitisme au domicile de tous les Américains »**. L'opinion publique se détourne progressivement d'un conflit dont elle comprend de moins en moins les enjeux.

• **Une photographie décisive.** Nick Ut, envoyé par l'*Associated Press* comme photographe de guerre, prend, en juin 1972, **une photographie qui devient le symbole de l'horreur de la guerre** du Vietnam : une petite fille vietnamienne, Phan Thi Kim Phuc, nue, fuyant sur la route, les bras écartés et lançant des appels au secours. Parue le 12 juin dans le *New York Times,* elle est deux jours plus tard à la une des plus grands journaux du monde.

B La catharsis hollywoodienne

• ***Apocalypse Now.*** Réalisé par Francis Ford Coppola en 1979, soit juste après la fin de la guerre, ce film n'hésite pas à présenter **une armée américaine ayant perdu ses repères moraux**, particulièrement dans les scènes d'attaques aéroportées. Le film de Coppola illustre la fonction cathartique du cinéma américain. Il a permis aux États-Unis, très peu de temps après le conflit, de **crever en partie « l'abcès mémoriel** » qu'il représentait.

• **Une réflexion sur la guerre.** Après *Apocalypse Now,* d'autres grands films s'emparent de la guerre du Vietnam, comme *Platoon* (1986), *Full Metal Jacket* (1987) ou *Né un 4 juillet* (1989). Malgré des scènes souvent spectaculaires, ils privilégient une approche psychologique afin de bien montrer **l'inutilité de la guerre** et de mieux faire comprendre les **graves séquelles qu'elle crée chez les soldats américains** eux-mêmes.

Film-clé

Apocalypse Now : Francis Ford Coppola souhaite réaliser dès 1975 le film « définitif » sur la guerre du Vietnam. Dans un souci de réalisme maximal, le tournage se déroule aux Philippines, mais son retard – plus de deux ans et demi – en fait l'un des films les plus chers de l'histoire du cinéma américain. Récompensé par une **Palme d'or au festival de Cannes en 1979**, *Apocalypse Now* raconte, porté par la musique de Richard Wagner *(La Chevauchée des Walkyries),* les horreurs de la guerre au travers de la mission secrète d'un officier américain chargé d'en éliminer un autre devenu fou.

SPÉCIALITÉ HGGSP

34 L'information fragmentée

Le développement des nouvelles techniques d'information et de communication a **profondément modifié la façon de s'informer et d'apprendre**. La convergence numérique a accéléré **l'horizontalité de l'information** en permettant à **tout individu connecté à Internet** de diffuser un message qui peut être repris des milliers de fois en quelques minutes par les réseaux sociaux et venir concurrencer ou **contredire l'information produite par les professionnels** (journalistes, enseignants, etc.).

1 Une information décuplée et accessible

A Une somme de savoirs

• **Une bibliothèque infinie.** L'essor du numérique, d'abord sur CD ou DVD, puis aujourd'hui sur Internet, a donné accès à une **somme impressionnante de connaissances** en tout genre, jusqu'ici seulement réservées à une élite culturelle : les livres patrimoniaux numérisés de Gallica (Bibliothèque nationale) ou de Google Books, les publications en ligne des revues savantes, l'encyclopédie gratuite contributive Wikipédia.

• **Des interactions toujours plus grandes.** L'équipement massif des établissements comme des ménages, pour un coût de plus en plus modique, a permis une fréquente **mise en contact des élèves, des étudiants et des chercheurs avec cette somme de savoirs** (essor des MOOC, *Massive Open Online Courses*, formations en ligne ouvertes et massives). La mise en réseau des établissements a suscité des **innovations technologiques** permettant de **travailler autrement et de rendre le savoir plus attractif** (les écoles en contact avec le spationaute Thomas Pesquet ou avec les scientifiques de la base française en Antarctique).

B Un accès de tous à l'information

• **L'information en continu.** Les multiples sites d'informations, agences de presse, médias en ligne donnent accès aux **actualités en temps réel**, ce qui permet d'enrichir quotidiennement sa culture **(les fils RSS des sites)**. Une recherche indexée dans les archives des médias présents sur Internet ou dans les fichiers de son propre ordinateur facilite la mise en relation des informations et le suivi d'un sujet d'actualité.

• **Un moyen d'échapper à la censure.** Par ses milliards de pages Web et par ses contributeurs, Internet contribue à **échapper à la censure, à la propagande ou à la culture officielle** utilisées par certains régimes moins démocratiques. **Internet est d'ailleurs le vecteur de diffusion de l'information le plus craint par les dictatures** qui n'ont parfois d'autre parade que de **couper temporairement son accès** (Syrie, Birmanie, Corée du Nord, Turquie, Venezuela, Chine, etc.).

Mot-clé

***Fake news* : information fausse mais que rien ne distingue d'une information vérifiée** tant qu'elle n'a pas été identifiée comme telle. Elle peut donc être largement diffusée (Internet, réseaux sociaux) pendant un certain laps de temps et causer des dégâts parfois irréparables. La seule façon de s'en prémunir est de **n'utiliser que des informations provenant de sources fiables et identifiées** (agences de presse, grands médias).

Texte-clé

« Aujourd'hui, les citoyens sont de plus en plus autonomes vis-à-vis des élites médiatiques et intellectuelles : ils se forment leurs jugements sur les grandes questions de société en étant de moins en moins influencés par ce que disent les journalistes, les universitaires. Internet a favorisé l'affirmation d'opinions sur tous les sujets, de même qu'une fragmentation accrue de l'information et du débat : on discute de plus en plus avec des personnes avec lesquelles on partage les mêmes opinions, en s'appuyant sur des sources orientées idéologiquement. »
Romain Badouard, maître de conférences en sociologie, dans *La Croix*, 10 octobre 2017.

2 Une information déstructurée et inégalitaire

A Une individualisation croissante de l'information

• **Les moteurs de recherche sur Internet.** Ils ne donnent pas toujours directement accès aux meilleures ressources. **Leurs résultats répondent à des algorithmes souvent liés au placement de produits des annonceurs** et non pas au référencement des sites de qualité.

• **La fiabilité de l'information pose problème.** **L'absence de validation universitaire** systématique des sites peut induire l'internaute en erreur en propageant **des données erronées**, non remises à jour ou **manipulées** au service d'une idéologie quelconque (querelles autour du vandalisme de certaines pages de l'encyclopédie Wikipédia). **Les médias en ligne peuvent faire circuler en masse des informations fausses** que l'internaute ne prend pas forcément la peine de vérifier comme les ***Fake news*** **diffusées pendant les campagnes électorales américaines de 2016 et 2020.**

• **La multiplicité des ressources numériques et leur absence de hiérarchisation.** **Elles créent une individualisation croissante de l'information et de la connaissance qui remet en cause le patrimoine commun** qui était souvent transmis par l'école (le déclin de la culture classique) et une **perte de sens critique** dans les travaux d'étudiants (la technique du copier-coller remplace la réflexion personnelle).

B Des conséquences négatives

• **La fracture numérique.** Elle empêche l'accès universel à la culture : **les populations des pays du Sud ou des zones isolées dans les pays du Nord sont moins bien équipées**, ce qui accentue les inégalités. Malgré les progrès récents, 3,5 milliards de personnes n'ont pas accès à Internet sur la planète.

• **L'exclusion numérique.** Elle tient **certaines populations défavorisées à l'écart des potentialités du numérique et donc des sources d'informations**, quelles qu'elles soient, par manque de maîtrise des technologies : c'est **« l'illectronisme »**. Selon une étude datant de janvier 2019, **26 % des plus de 60 ans** (et 59 % des plus de 85 ans) n'ont **aucune pratique d'Internet** en France. Cette exclusion numérique a été cruellement mise en lumière lors du **premier confinement** français lié à la pandémie du Covid-19 et la généralisation de l'enseignement en distanciel. **Plus d'un collégien et lycéen sur quatre a affirmé n'avoir pas pu suivre correctement les cours à distance** à cause d'une mauvaise connexion Internet.

• **Une déstructuration des esprits ?** Les spécialistes dénoncent l'influence néfaste des écrans sur la **concentration et le fonctionnement de l'esprit**. La psychologue américaine Yalda Uhls a montré que l'utilisation du multimédia a tendance à diminuer l'empathie. L'apprentissage sur Internet semble moins efficace que l'interactivité avec un professeur : une étude de l'université de Pennsylvanie a montré que seuls 5 % des utilisateurs suivaient la totalité d'un MOOC. **La mémoire événementielle en semble affectée** : un internaute américain sur deux n'est pas capable, aujourd'hui, de hiérarchiser cinq faits importants ayant trait à l'actualité internationale de l'année écoulée.

Mot-clé

Illectronisme : il s'agit du nouvel **analphabétisme de l'ère du numérique**. Un illectronique est une personne qui ne maîtrise pas les opérations de base permettant d'utiliser les ressources électroniques (près d'un Français sur quatre début 2019).

35 Témoignages et lanceurs d'alerte

Internet est porteur de **nombreux progrès synonymes de liberté**. Mais son expansion fulgurante coïncide aussi avec **le péril d'une régression des libertés individuelles**. De l'enthousiasme des débuts, les défenseurs des libertés sont passés au stade de la vigilance. Les **lanceurs d'alerte professionnels et scientifiques** jouent, aujourd'hui, un rôle salutaire pour **défendre la démocratie et les citoyens**.

1 Le Web, lieu du débat public

A Au départ, une « utopie démocratique »

• **Un lieu de débats et de témoignages.** Internet a initialement été conçu par ses fondateurs comme un lieu permettant à chacun de partager des connaissances et de débattre sans entraves. Surnommé par ses premiers adeptes **« infobahn »**, **« l'autoroute de l'information »**, le Web est perçu comme le **symbole de la liberté** par excellence.

• **Le Web 2.0.** Lorsqu'il naît en 1999 et avec lui l'Internet participatif, **un nouvel espace de débat public semble émerger**. Pionnier de la liberté d'Internet, l'Américain **John Perry Barlow** fonde l'*Electronic Frontier Foundation*, l'**association de défense de la liberté d'expression sur Internet**. Il fait partie de la première génération d'idéalistes de l'Internet, perçu comme abolissant les frontières et permettant de lutter contre la censure des pouvoirs politiques.

B Une évolution contradictoire

• **Blogs, chats et réseaux sociaux.** Ils permettent à une opinion publique mondialisée de participer directement au débat civique tout en s'affranchissant de la censure ou de la confiscation de la politique par des élites jalouses de leur pouvoir. Dès 2011, l'**ONU** publiait un rapport considérant que le fait de **couper l'accès à Internet était contraire à la liberté d'opinion et d'expression**.

• **La peur des dictatures.** Percevant le Web comme une menace, **les régimes autoritaires** déploient toute une batterie de mesures destinées à en **contrôler ou à en interdire purement et simplement l'accès à leurs habitants**. Ainsi, la **Chine** a érigé « une **grande muraille numérique** [autour de ses réseaux] capable de filtrer quasiment tout ce qui rentre et sort » et le réseau de la Corée du Nord fonctionne comme un Intranet sous haute surveillance.

• **Une régression des libertés individuelles.** Dans un des pays réputés parmi les plus libres et

> **Texte-clé**
>
> **Une définition européenne des lanceurs d'alerte**
>
> « Le Comité des ministres [...] reconnaissant que les personnes qui font des signalements ou révèlent des informations concernant des menaces ou un préjudice pour l'intérêt général (**« lanceurs d'alerte »**) peuvent contribuer à renforcer la transparence et la responsabilité démocratique, [...] recommande aux États membres de disposer d'un cadre normatif, institutionnel et judiciaire pour [les] protéger. »
>
> Recommandation CM/Rec(2014)7 du Conseil de l'Europe, 30 avril 2014.

> **Texte-clé**
>
> **Une transposition dans le droit français**
>
> « Un lanceur d'alerte est une personne physique qui révèle ou signale, de manière désintéressée et de bonne foi, un crime ou un délit, une violation grave et manifeste d'un engagement international régulièrement ratifié ou approuvé par la France, d'un acte unilatéral d'une organisation internationale pris sur le fondement d'un tel engagement, de la loi ou du règlement, ou une menace ou un préjudice grave pour l'intérêt général, dont elle a eu personnellement connaissance. »
>
> Article 6 de la loi du 9 décembre 2016, dite loi Sapin II.

les plus démocratiques de la planète comme les États-Unis, Internet est devenu un vecteur de prédilection des ***fake news***, de manipulation des élections, de propagation de la haine raciste et de **vols massifs de données personnelles**.

2 Du témoin au lanceur d'alerte

A Des pratiques anciennes

• **Transparence et démocratie.** Dès l'Antiquité gréco-romaine, on peut établir une correspondance entre la naissance des premiers régimes démocratiques et la transparence dans l'espace public, celui de la cité, où **agora et forum** symbolisent **le lieu par excellence du débat citoyen**. Au XVIIIe siècle, **Jeremy Bentham** déclare que **« la publicité est l'âme de la justice »**. Des **philosophes des Lumières** comme Rousseau défendent le projet d'une **société transparente** où seraient abolies les zones obscures que l'absolutisme royal s'était ménagé pour mieux protéger les privilèges d'une minorité.

• **Daniel Ellsberg et la guerre du Vietnam.** Pendant cette guerre, grâce au soutien du *New York Times*, Daniel Ellsberg, ancien agent du Pentagone considéré *a posteriori* comme **le premier lanceur d'alerte**, organise la divulgation de dossiers secrets, les ***Pentagon Papers***. Il révèle ainsi à l'opinion publique **les mensonges du pouvoir politique sur la réalité du conflit** mené en Asie du Sud-Est par les États-Unis.

B Lanceurs d'alerte à l'ère du numérique

• **WikiLeaks.** Sur Internet se multiplient de retentissantes divulgations symbolisées par WikiLeaks. Le site fondé par **Julian Assange** en 2006 est devenu le lieu où **témoignages et preuves apportés par les lanceurs d'alerte sont diffusés**. Ils concernent de nombreux crimes et délits (blanchiment d'argent sale, paradis fiscaux, finance offshore, corruption, surveillance généralisée et indue des citoyens par les États, répression et torture, etc.).

• **Edward Snowden.** Ses révélations, en 2013, dans *The Guardian* et *The Washington Post* sur l'existence du **programme d'espionnage à grande échelle des principaux serveurs Internet mené par la National Security Agency (NSA)** américaine font le tour de la planète et lui valent une condamnation par la justice américaine l'obligeant à s'exiler en Russie.

• **La lutte contre « l'économie de la surveillance ».** Les révélations d'Edward Snowden ont entraîné une prise de conscience planétaire des dangers de ce que les défenseurs des libertés appellent désormais « l'économie de la surveillance ». Selon le célèbre lanceur d'alerte : « Tout a changé. **Le gouvernement et les entreprises privées tiraient profit de notre ignorance**. Mais, désormais, nous savons. Les gens sont conscients. Nous sommes encore impuissants, mais nous essayons. **Les révélations ont équilibré le combat**. Les gouvernements et les entreprises sont dans le jeu depuis longtemps et nous commençons tout juste. »

Quelques lanceurs d'alerte

Edward Snowden contre la « surveillance » du monde par les États-Unis.
Chelsea Manning contre la violation des droits humains dans l'armée américaine.
Antoine Deltour contre le gouvernement luxembourgeois et les accords fiscaux avec de grandes firmes multinationales.
Bennet Omalu contre le lobby du football américain.
Erin Brockovitch contre la Pacific Gas and Electric Company, lors d'une pollution du réseau d'eau potable en Californie.

SPÉCIALITÉ HGGSP

36 Les théories du complot

Les nouvelles façons de communiquer ont permis à des **individus rompus aux pratiques de la manipulation** de **donner une nouvelle jeunesse à des informations fausses ou déformées** datant parfois de plusieurs siècles. Ainsi, les **théories du complot**, très ancrées dans les nébuleuses d'extrême droite et chez les fondamentalistes religieux, trouvent, sur le Net, un **espace de diffusion inédit** qui leur permet de se propager de manière beaucoup plus large et incontrôlée qu'autrefois.

1 Le complotisme, un produit des extrêmes

A Se créer une identité contre la norme

• **Une vision duale de la société.** L'idée que **le monde se divise en ami/ennemi** est à la base des théories du complot. Elle permet de **se construire facilement une identité face à l'autre** qui représente la norme, la majorité et, **aujourd'hui, le « système »**. Cette idée disculpe des échecs personnels **à cause d'un prétendu complot ennemi** qui empêche de réussir. **Elle justifie les moyens utilisés** (mensonges, amalgames, action violente) et **le mépris de leur réfutation**, puisque celle-ci est faite par l'ennemi.

• **La communauté contre l'universalité.** L'appartenance à la communauté structure les mouvances complotistes. Elle fait passer ce qu'elle considère comme **ses valeurs constitutives avant les droits individuels et universels**. Cette attitude explique le rejet des normes dominantes (démocratie, liberté, etc.) et le fait de les combattre par tous les moyens.

B Un fondement de l'identité d'extrême droite

• **Au départ, l'abbé Barruel.** Ses *Mémoires pour servir l'histoire du jacobinisme* (1798) sont l'une des bases conceptuelles du complotisme et de la **pensée contre-révolutionnaire**. Selon Barruel, **la disparition de l'Ancien Régime**, impensable car correspondant à la société parfaite voulue par Dieu, **est**, par essence, **un complot satanique**. Pour lui, **la Révolution, dans ses principes mêmes**, a cherché à détruire la religion et la France.

• **L'extrême droite identitaire.** En France, la marginalisation de la pensée contre-révolutionnaire à la fin du XIXe siècle par le triomphe de la démocratie républicaine, entraîne sa **radicalisation**. **L'idée qu'une supposée « essence raciale » de la France crée son identité** et qu'il faut **la défendre contre l'étranger** (particulièrement **le juif**) devient l'un des axes majeurs de la pensée d'extrême droite. Elle s'incarne dans l'Action française de Charles Maurras et débouche sur le statut des Juifs du gouvernement de Vichy en 1940.

Biographie

Charles Maurras (1868-1952) : théoricien politique français de l'extrême droite, inventeur du nationalisme intégral (« la nation est la forme le plus parfaite des sociétés humaines ») qu'il défend dans son journal *L'Action française*. Violemment xénophobe et antisémite, il salue l'arrivée du maréchal Pétain au pouvoir en 1940 comme « une divine surprise ». Il est condamné à la réclusion à perpétuité en 1945.

▲ Charles Maurras en 1936.

2 Le complotisme sur Internet

A Internet et la culture des extrêmes

• **« Le Web rend notre culture vulnérable aux extrêmes ».** La formule de Lawrence Lessig est corroborée par Mitchell Baker, la présidente de Mozilla : « On voit aujourd'hui une explosion des conflits et des violences sur la Toile, que la technologie rend possibles, voire magnifie. » De plus, **les internautes aguerris en désinformation peuvent entrer en contact**, beaucoup plus facilement que dans la vie « réelle », **avec un grand public crédule** et souvent désarmé face aux techniques de persuasion qu'ils déploient.

• **Une diffusion massive.** Internet offre une fenêtre de diffusion massive **aux propos extrémistes. Le manque de contrôle de la fiabilité des sources** permet d'accréditer n'importe quelle fausse information que l'on peut étayer par des preuves tronquées et qu'il est difficile de réfuter en quelques phrases. **La diffusion virale** fait le reste. L'internaute de bonne foi, convaincu à tort, transmet lui-même la fausse information et **contribue à l'élargissement sans fin de sa diffusion.**

B Vieux et jeunes complots

• **Le « vieux fond antisémite ».** Rebaptisée aujourd'hui « complot sioniste » pour éviter de tomber sous le coup de la loi, **c'est la matrice** qui a généré l'immense majorité des thèses complotistes. Elle est basée sur l'idée de départ que **les diasporas, les peuples sans patrie, s'installent dans les nations constituées pour en prendre le contrôle.** Combinée **à l'antisémitisme natif des sociétés occidentales chrétiennes** (les Juifs seraient le peuple ayant mis à mort Jésus), cette théorie se décline sous des dizaines de formes et **réapparaît sans cesse, particulièrement depuis deux siècles**, aussi bien à l'**extrême droite** politique (*La France juive* de Drumont, 1886 ; ***Mein Kampf* d'Hitler,** 1925) que religieuse (les fondamentalistes religieux radicaux), voire à l'**extrême gauche** (les Juifs associés au patronat et au grand capital).

• **Le Protocole des Sages de Sion.** Il s'agit d'un **faux grossier fabriqué par la police secrète russe en 1905** détaillant la mise en place progressive d'une prétendue conspiration juive pour prendre « les leviers de commande de l'univers » sous couvert de démocratie. Relayé aux États-Unis par Henry Ford, amplifié en Allemagne par Hitler, ce faux, **malgré toutes les preuves apportées quant à son origine totalement inventée, continue d'être un levier de propagande antisémite,** particulièrement au Moyen-Orient. **Internet lui redonne une nouvelle jeunesse** en en faisant un document prétendument « historique ».

• **La remise en cause de la réalité perçue et du savoir.** Plus contemporaine, il faut la mettre en relation avec la **surabondance d'information** et une **méfiance** grandissante face aux sources du **savoir traditionnel « vertical ».** La plus célèbre thèse complotiste est celle qui **nie la réalité des attentats du 11 septembre 2001** à New York. Mais d'autres fleurissent dans des domaines aussi divers que **la technologie** (les Américains ne seraient jamais allés sur la Lune) **ou la médecine** (les vaccins seraient dangereux et ne serviraient qu'à engraisser les multinationales pharmaceutiques).

Texte-clé

« **Le complotisme se répand dans l'électorat français.** Au cœur de cette vague amplifiée par les réseaux sociaux, les électeurs de Marine Le Pen apparaissent comme les plus sensibles aux mythes conspirationnistes, selon une étude menée par l'IFOP […]. Début février, cette vaste enquête avait déjà montré qu'un Français sur cinq était "d'accord" avec au moins cinq thèses complotistes. Un nouveau volet de données vient démontrer la perméabilité particulièrement forte de l'électorat d'extrême droite aux théories conspirationnistes, notamment celle sur un prétendu "complot sioniste". »
Lucie Soulier, *Le Monde*, 20 février 2019.

37 États et religions aujourd'hui, l'exemple de l'Europe

Les rapports entre **les États et les religions** ont été un axe majeur de l'histoire européenne depuis près de deux millénaires. Jusqu'à la Renaissance, ils sont **étroitement complémentaires**. La religion, principalement catholique, est **nécessaire au fonctionnement des États**. L'irruption de la réforme protestante modifie profondément cette situation et enclenche un **processus de sécularisation** qui s'amplifie jusqu'à nos jours.

1 La sécularisation de l'Europe occidentale

A Les États laïcs

• **La France, championne de la laïcité.** Depuis la loi de 1905, la séparation entre les Églises et l'État est absolue (sauf en Alsace et en Moselle) : **« L'État ne reconnaît et ne subventionne aucun culte. »** La liberté religieuse est garantie au titre des libertés individuelles fondamentales (liberté de conscience) mais ne peut se faire de manière exagérément ostentatoire dans l'espace public.

• **Le Portugal.** Le principe de séparation, déjà inscrit dans la Constitution de 1911, est repris par celle de 1976 qui fonde le Portugal démocratique. **En 2004**, le Portugal signe un **nouveau Concordat** remplaçant celui de 1940 qui **met fin à de nombreux privilèges** dont bénéficiait encore l'Église catholique.

B Les États avec des accords de collaboration réciproque

• **Le statut de la majorité des États européens.** Il concerne **l'Allemagne, les Pays-Bas, la Belgique, le Luxembourg, l'Espagne et l'Italie** ainsi que la plupart des pays ayant rejoint l'Union européenne depuis 2004 (comme la Pologne, la Slovaquie ou la Bulgarie).

• **Des collaborations à géométrie variable.** **Partout, il n'y a plus ni religion d'État ni religion officielle** (c'était le cas en Espagne jusqu'en 1976 et en Italie jusqu'en 1984) mais **une collaboration réciproque avec l'État dans certains domaines**. En Allemagne, l'article 140 de la loi fondamentale de 1949 garantit la liberté religieuse des Églises protestantes et de l'Église catholique qui bénéficient du *Kirchensteuer* (l'impôt ecclésiastique). En Belgique, au Luxembourg et aux Pays-Bas, l'État, suivant des modalités diverses, rémunère les ministres du culte des confessions reconnues officiellement.

C Les États avec une religion officielle

• **Le Danemark et la Grèce.** Dans ces deux pays, il existe **une religion officielle**. Ainsi, la **Constitution danoise** de 1953 spécifie que « **l'Église évangélique luthérienne** est l'Église nationale danoise et jouit, comme telle, du soutien de l'État ». En **Grèce**, la constitution de 2008 précise que « la religion dominante est celle de **l'Église orthodoxe orientale du Christ** ». Le président de la République grecque doit prêter serment, lors de sa prise de fonction, au nom de la Sainte-Trinité.

• **Le Royaume-Uni.** En Angleterre, **l'Église anglicane** est une Église d'État placée sous l'autorité du souverain. Il en est de même pour **l'Église presbytérienne écossaise** (la *Kirk*). Les autres religions relèvent du droit commun. En Angleterre et en Écosse, l'instruction religieuse qui doit faire une place essentielle « aux valeurs chrétiennes » fait partie du programme scolaire dans les écoles publiques.

2 Les évolutions au XXIe siècle

A Le développement de l'islam

• **L'évolution numérique depuis la Seconde Guerre mondiale.** Les grands courants d'immigration en provenance du bassin méditerranéen lors des Trente Glorieuses ont entraîné la **constitution d'une minorité religieuse islamique conséquente** en Europe occidentale, renforcée au moment de la décolonisation. On estime qu'il y a aujourd'hui environ **16 millions de musulmans** dans l'Union européenne, dont environ 5,5 millions en France et plus de 3,5 millions en Allemagne.

Texte-clé

L'Église catholique accepte la sécularisation de la société.

« Les chrétiens actifs dans le développement économique et social et dans la lutte pour le progrès, la justice et la charité doivent être persuadés qu'ils peuvent ainsi beaucoup pour la prospérité de l'humanité et la paix du monde. Qu'ils maintiennent au milieu des activités terrestres une juste hiérarchie des valeurs, fidèles au Christ et à son Évangile. »

Constitution pastorale *Gaudium et Spes* (joie et espoir), adoptée lors du concile de Vatican II en 1965.

• **De nouvelles demandes.** Cette augmentation rapide et récente **n'a pas été prise en compte par les récentes législations concernant le statut des religions**. Or la sédentarisation de ces nouvelles populations religieuses les a amenées à demander des lieux de culte et des moyens pour le pratiquer.

B Une remise en cause des acquis de la sécularisation ?

• **Une crispation identitaire.** Certaines demandes des populations musulmanes sont apparues à une partie de l'opinion publique comme contradictoires avec l'évolution de la sécularisation européenne et **ont entraîné des réactions de rejet** débouchant sur une crispation identitaire. Cette dernière a favorisé **le développement des partis d'extrême droite** associant religion musulmane et immigration, particulièrement aux Pays-Bas, en Allemagne, en France et, plus récemment, en Italie. La **radicalisation d'une infime minorité des musulmans** européens se proclamant en lutte contre l'Occident, a amplifié ce rejet depuis plusieurs années.

• **Une incohérence des politiques publiques ?** L'incapacité des politiques publiques à **intégrer la majorité des musulmans dans la société européenne** souligne **les limites des législations en place**. Souvent il est demandé à ces populations des efforts d'assimilation alors qu'aucun moyen juridique ou financier n'est mis à leur disposition. Ainsi, il est clairement apparu que l'opacité contrainte du financement du culte islamique (construction de mosquées, écoles coraniques), faute de soutien légal, renforçait le développement de l'islam radical et le processus de confessionnalisation chez une partie des musulmans.

Mots-clés

• **Concordat :** accord diplomatique signé entre un État et le Saint-Siège (le « gouvernement » de l'Église catholique siégeant au Vatican dans la ville de Rome).

• ***Kirchensteuer* (impôt ecclésiastique) :** en Allemagne, reconnues comme des « corporations de droit public », les Églises chrétiennes bénéficient d'un impôt spécifique prélevé directement par l'État. Elles assurent, dans les écoles, un enseignement confessionnel obligatoire (sauf dispenses demandées par les élèves).

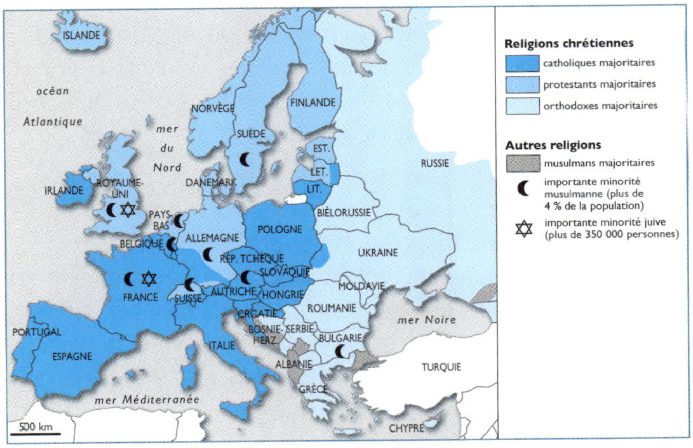

▲ Les principales religions en Europe aujourd'hui.

38 Charlemagne et l'Église

Selon certains chroniqueurs de l'époque, **Charlemagne aurait refusé de s'agenouiller devant le pape en 800 lorsque celui-ci le couronna empereur**. Dans la tradition romaine et byzantine, **il se considère de fait comme le chef de l'Église terrestre** et **voit dans le pape son subordonné**. Mais, en même temps, Charlemagne a besoin de l'Église, dépositaire exclusive du savoir et de l'écrit, pour administrer son Empire.

1 L'empereur au-dessus du pape

A Le responsable des chrétiens devant Dieu

• **Un empereur sacré.** Depuis son père Pépin le Bref, le roi des Francs est sacré, c'est-à-dire que **l'Église lui confère un pouvoir venu directement de Dieu**. Il commande le peuple élu en étant l'intermédiaire de Dieu, comme le montre la place de son trône dans le palais d'Aix-la-Chapelle. Positionné en hauteur sous le portrait du Christ, il domine l'assemblée de ses sujets placés en dessous.

• **Un devoir d'expansion de la foi.** Cette *dilatatio christianitatis* est la première mission de l'empereur. Il doit **lutter contre les païens tout en étendant son territoire**. La guerre contre les Saxons est à l'origine d'une véritable terreur religieuse codifiée dans le capitulaire (loi) saxon de 785 : « Tout Saxon non baptisé qui cherchera à se dissimuler parmi ses compatriotes et qui refusera de se faire baptiser sera mis à mort. »

B Le vrai chef de l'Église

• **Un césaropapisme.** Charlemagne le confirme dès l'*Admonitio generalis*, son plus célèbre capitulaire (celui qui crée les écoles primaires) en prenant pour modèle le roi de la Bible Josias : « **Il m'appartient de défendre en tous lieux la sainte Église** : en dehors par la guerre de conversion, au-dedans pour la protéger et diffuser la foi. » **Le pape comme les évêques** ne sont que des ministres du culte **à son service**. C'est l'empereur qui contrôle le recrutement des évêques et la discipline du clergé.

• **Le décideur du dogme et de la foi.** Se qualifiant de *rex et sacerdos* (roi et prêtre), **Charlemagne veut unifier les croyances de l'Église**. Il impose aux monastères un règlement unique (la règle bénédictine). Il fixe le dogme (ce en quoi il faut croire) en condamnant les hérésies. Il impose sa version de la principale prière chrétienne de l'époque, le Credo.

Mot-clé

Césaropapisme : absorption par le souverain temporel (César) des fonctions spirituelles qui relèvent du chef de l'Église (le pape). Ce dernier conserve sa fonction religieuse mais est soumis au souverain. C'est le mode de fonctionnement de l'Empire romain chrétien (325-476), de l'Empire byzantin (395-1453), de l'Empire carolingien (751-924) puis d'une manière plus discontinue du Saint Empire romain germanique (au moins de 996 à 1250).

Texte-clé

Le couronnement de Charlemagne

« Venant donc à Rome, Charlemagne y passa tout l'hiver. C'est alors qu'il reçut les titres d'empereur et d'Auguste. Et il s'en montra d'ailleurs si mécontent qu'il aurait renoncé, affirmait-il, à entrer dans l'église ce jour-là, bien que ce fût le jour de la Nativité [Noël], s'il avait pu connaître d'avance les desseins du pape. »

Éginhard, *Vie de Charlemagne*, vers 830.

• **Le protecteur des États du pape.** Possesseur de territoires autour de Rome qui lui ont été concédés par Pépin le Bref, **le pape a besoin de l'aide de Charlemagne** pour les conserver et les agrandir. Aussi l'empereur exerce-t-il un véritable contrôle sur les États pontificaux, n'hésitant pas à intervenir dans leurs affaires intérieures et dans la désignation des évêques.

2 Un empire administré par l'Église

A Le clergé au service de l'empereur

• **Le rôle des évêques.** Dans tout l'Empire, **les évêques sont désignés directement par Charlemagne**, sans que le pape ait son mot à dire. Ils jouent, avec les comtes, le rôle d'administrateur et de surveillant (les *missi dominici*).

• **Le clergé récompensé.** Pour s'assurer de la fidélité du clergé, l'empereur leur donne des terres et leur permet de **lever un impôt, la dîme**, généralisée en 779. **Il leur assure l'immunité**, c'est-à-dire une protection qu'il garantit personnellement.

B L'Église « éducatrice de l'État »

• **Les conséquences de la réhabilitation de l'écrit.** En réhabilitant l'écrit et le droit romain, **l'empereur a besoin du clergé** qui possède alors le monopole du savoir. Il doit donc développer les écoles pour éduquer les gens d'Église qui forment la quasi-totalité de son administration.

• **La « Renaissance carolingienne ».** Comme chef de l'institution chrétienne, Charlemagne doit en célébrer l'importance par la **construction d'abbayes et de basiliques**. Il doit aussi aider à la propagation du message chrétien en **multipliant les ateliers de copistes** permettant la **diffusion des textes sacrés** qui doivent être les plus beaux possibles. Ainsi l'Empire carolingien est « un État d'Église avec une Église d'État ».

Notion-clé

Les deux glaives : théorie fondant la **théocratie pontificale**, issue des écrits de saint Augustin (354-430) et développée par Innocent III, pape de 1198 à 1216. Le pape est *vicarius Christi* (vicaire de Jésus-Christ) et possède la *plenitudino potestatis* (la puissance totale). Il détient donc le glaive spirituel (religieux) et le glaive temporel (le gouvernement des États). Il est ainsi supérieur aux rois qu'il doit commander. Cette théorie ne s'appliquera jamais réellement dans l'Occident médiéval. Elle s'incarne dans la « querelle des investitures » qui voit s'opposer le pape et l'empereur du Saint Empire. Après quelques succès du pape (il oblige l'empereur Henri IV à venir lui demander pardon à genoux), cette querelle conforte la prééminence du pouvoir temporel sur le pouvoir spirituel, particulièrement en France.

◄ **Le denier d'argent de Charlemagne (800).** Le souverain y apparaît revêtu de tous les attributs du pouvoir des empereurs romains (couronne de lauriers, cuirasse et manteau pourpre). Au revers, l'inscription « la religion chrétienne » et la croix confirment la prééminence religieuse de l'empereur.

SPÉCIALITÉ HGGSP

39 Le calife et l'empereur byzantin

La **détention du pouvoir temporel et spirituel par un seul homme** qui prévalait dans l'Empire romain, particulièrement depuis sa christianisation par Constantin (306-337), **se maintient en Orient tout au long du Moyen Âge** alors qu'elle n'est plus qu'épisodique en Europe occidentale. **L'empereur byzantin** puis **le calife** se disent à la fois souverains temporels et chefs d'une religion qu'ils essaient d'étendre au monde entier.

1 Un pouvoir théoriquement sans partage

A L'empereur, le Basileus

• **L'héritier des empereurs romains.** Détenteur d'une magistrature comme dans la Rome antique, **l'empereur est « l'autorité légitime, le bien commun de tous ses sujets »** (traité de droit byzantin dit *Épanagôgé*). Lors de son avènement, l'empereur est présenté au Sénat, puis acclamé par le peuple et par l'armée lors d'une cérémonie à l'Hippodrome.

• **Le lieutenant de Dieu sur terre.** Dans le royaume terrestre, l'empereur occupe la place que Dieu occupe dans le royaume des Cieux. **Son pouvoir** est une émanation de la providence et **n'a** donc **aucune limite théorique**. Il est « la loi incarnée ».

• **L'empire universel.** L'empereur chrétien a pour **mission d'étendre son empire**, car comme il n'y a qu'un royaume céleste, il n'y a qu'un royaume terrestre. Toute terre chrétienne est inaliénable et doit être reconquise si elle a été perdue. L'empereur est donc aussi **un chef de guerre permanent**.

B Le calife, le successeur de Mahomet

• **Les premiers califes.** Mahomet n'ayant pas organisé de succession, les musulmans de Médine choisissent **son beau-père Abu Bakr pour le remplacer** en 632. Dans un climat de guerre civile, se succèdent trois califes appelés « légitimes » jusqu'à la proclamation, par un arbitrage discuté, d'un nouveau calife, Mo'awiya, en 661. Il impose le principe de la **succession héréditaire** et fonde la dynastie Omeyyade (661-750).

• **Le calife omeyyade.** « Lieutenant de Dieu et chef militaire des croyants (émir) », il reste avant tout **un chef bédouin administrant un immense territoire** où de nombreuses populations ne sont ni arabes ni musulmanes. Mais, en se fixant à Damas, le calife, désormais **chef de guerre à la tête d'un immense empire**, met en place un **rituel monarchique** teinté d'influences perses et byzantines.

Le solidus d'or de l'empereur byzantin Léon VI le Sage, IXe siècle. ▶
Détenteur des deux pouvoirs, temporel et spirituel, le Basileus est vêtu de la chlamyde (manteau des empereurs romains), du loros (écharpe impériale) et tient le globe surmonté de la croix chrétienne (l'orbe crucigère).

• **Une adaptation du modèle byzantin ?** Avec la dynastie abbasside (750-1258), le calife, bientôt installé à Bagdad, se transforme en **monarque de droit divin** en devenant **imam** (chef de la prière) et en adoptant des noms de règne évoquant la faveur divine (laqâb). Il est **souvent représenté à la manière du Basileus**.

Mot-clé

Basileus : titre donné au départ aux rois de Perse et porté ensuite par les empereurs byzantins. Le Basileus (« roi » en grec) est l'incarnation vivante du césaropapisme *(voir p. 280-281)*. « Lieutenant de Dieu sur terre », il dirige « l'empire universel » grâce à son pouvoir temporel sur les hommes et son pouvoir spirituel sur l'Église. Le patriarche (chef de l'Église byzantine) est son vicaire et lui obéit.

2 Le problème de la succession

A Principe dynastique et usurpations à Byzance

• **La liberté de Dieu.** L'essence même du pouvoir du Basileus **interdisait le principe dynastique**, Dieu ne devant choisir que les meilleurs, qui n'étaient pas forcément les enfants. Ce principe s'impose cependant assez vite et **favorise aussi toutes les contestations**.

• **De multiples usurpations du trône.** Chaque usurpation réussie devient le signe que Dieu désire un changement de dynastie. Ainsi **les meilleurs empereurs du xe siècle sont-ils tous des usurpateurs**, mais ils s'allient à la famille régnante et conservent auprès d'eux les héritiers légitimes, appelés porphyrogénètes (nés dans la salle recouverte de marbre rouge – le porphyre – où accouche l'impératrice).

B Principe dynastique et mise sous tutelle à Bagdad

• **La succession d'Hârûn ar-Rashîd.** Il veut rendre officiel le **système de désignation de l'héritier par le souverain régnant** en choisissant au début du VIIIe siècle son second fils comme futur calife et en faisant placarder sa décision sur la Kaaba. Cela n'empêche pas **une guerre civile** à sa mort et **l'assassinat du successeur désigné**. Dès lors, même si le califat demeure dynastique et reste dans le clan abbasside, presque chaque succession entraîne une lutte pour le pouvoir.

• **Vers la fiction califienne.** Les troubles engendrés à chaque succession favorisent l'émergence d'administrateurs et d'hommes de guerre qui captent peu à peu le pouvoir. **Le califat passe sous la tutelle d'émirs** d'origine persane ou turque qui deviennent de véritables Premiers ministres et généraux en chef. Ils ne laissent **au calife qu'un pouvoir symbolique**, celui d'incarner l'unité de l'*umma* (communauté des musulmans) et le *dar al-islam*, le rêve d'expansion de l'islam aux limites du monde.

▲ **Le dinar d'or du calife Abd al-Malik, VIIIe siècle.**
Successeur du prophète Mahomet (inscription en arabe « Il n'y a de dieu que Dieu, Mahomet est le prophète de Dieu »), le calife, représenté à la manière de l'empereur byzantin, est, par le cimeterre (l'épée) qu'il tient, le propagateur de la foi islamique.

40 La mise en place de la laïcité en Turquie

Après la fin de la Première Guerre mondiale, le traité de Sèvres est **très défavorable à l'Empire ottoman**, menacé de démantèlement. Une **résistance nationaliste turque, dirigée par le militaire Mustafa Kemal s'organise**. Elle débouche sur une guerre d'indépendance qui renverse le dernier sultan calife, pourtant soutenu par les forces françaises et britanniques.

1 De l'Empire ottoman à la Turquie

A La prise du pouvoir

• **Atatürk et l'abolition du sultanat.** Au terme de la guerre de « libération » de la Turquie, Mustafa Kemal apparaît comme **le sauveur de la nation, ce qui lui vaudra plus tard le nom d'Atatürk** (le Turc-père). Il parvient d'abord à faire élire une Grande Assemblée nationale turque représentative, en avril 1920, puis à déposer le sultan calife Mehmed VI (novembre 1922) qui reste cependant calife mais qui préfère se réfugier sur un navire de guerre anglais.

• **Le maintien temporaire du califat.** La première initiative du nouveau régime est d'affirmer **la séparation des pouvoirs politique (sultanat) et religieux (califat)**. Mustafa Kemal justifie la dissociation du sultanat (pouvoir politique à Constantinople) et le maintien du califat religieux (Abdümecid II qui remplace Mehmed VI), par le fait que « le califat est une chose très importante dans l'islam, parce qu'il forme un lien sacré entre les musulmans ».

B La naissance de la Turquie

• **La République turque. La République est proclamée le 29 octobre 1923**, par la Grande Assemblée nationale turque réunie à **Ankara, nouvelle capitale** disjointe d'**Istanbul (Constantinople), trop marquée par son passé religieux**. Mustafa Kemal, surnommé le *Ghazi* (le « victorieux ») depuis ses guerres contre les Grecs pendant la Première Guerre mondiale, en devient président.

• **L'abolition du califat.** Le 3 mars 1924, la Grande Assemblée nationale vote l'abolition du califat. Mehmed VI ainsi que le 101e calife Abdlülmecid sont contraints à l'exil définitif, accusés de symboliser l'opposition politique et religieuse à Mustafa Kemal. Ce dernier justifie l'abolition en déclarant que **« la souveraineté appartient sans restriction ni condition à la nation »**.

Mots-clés

• **Franc-maçonnerie :** association de personnes, plus ou moins secrète, constituée en « loge maçonnique », et qui exprime une solidarité de pensée philosophique, morale, voire politique. Sous la IIIe République, le Grand Orient de France et la Grande Loge défendent **la République et la laïcité**, ce qui leur attire l'hostilité de l'extrême droite.

• **Traités de Sèvres et de Lausanne :** le premier, signé en 1920, est censé régler le sort de l'Empire ottoman. Mais il lui est tellement défavorable (dépècement presque total) qu'il n'est pas appliqué et entraîne une guerre d'indépendance menée par Mustafa Kemal. La victoire de ce dernier contre le sultan permet la signature d'un **second traité (Lausanne)** moins défavorable et qui, surtout, reconnaît la souveraineté de Kemal sur la Turquie nouvellement créée.

2 La Turquie laïque

A Les réformes kémalistes

• **L'exemple de la Révolution française.** Nul doute que l'engagement dans la **franc-maçonnerie** a fortement conditionné les choix philosophiques et politiques de Mustafa Kemal Atatürk, très inspiré par la Révolution française et **admirateur du siècle des Lumières.**

• **Laïcité et éducation.** La **laïcité** est **inscrite dans la Constitution**, le droit de vote est accordé aux femmes et la **mixité établie dans tous les niveaux de l'enseignement scolaire** jusqu'à l'université (interdiction de toutes les écoles religieuses au nom de la laïcité et du progrès). Selon Mustafa Kemal, « **ce sont les instituteurs qui élèvent les peuples au rang des nations véritables**. C'est vous, maîtres d'école, qui allez édifier la nouvelle génération, la nouvelle Turquie. Car la base de la République turque, c'est la culture ».

• **Lutter contre la pauvreté.** L'objectif principal est de résoudre le problème de la pauvreté en Turquie, en prenant modèle sur les civilisations occidentales. Mustafa Kemal affirme ainsi que « nous allons élever notre nation au niveau des **civilisations les plus riches et les plus modernes du monde**. Nous allons mettre notre culture nationale au-dessus du diapason de la civilisation contemporaine. La forme du gouvernement de l'État turc est la République ».

B L'évolution contemporaine

• **Une nouvelle laïcité ?** Aujourd'hui, sous le régime du président Erdogan, **la physionomie de la laïcité turque a bien changé**. Le propos présidentiel l'atteste à tout moment : « En Turquie, nous ne considérons pas que la laïcité soit hostile à la religion. **Les individus ne peuvent pas être laïcs ; c'est l'État qui peut l'être**. Auparavant, nos filles ne pouvaient pas poursuivre leur scolarité en portant le voile. Aujourd'hui, nous pouvons voir des femmes voilées, dans les universités, au Parlement et dans différents postes au sein de l'État. C'est ça la laïcité. »

• **Une nouvelle islamisation ?** Il s'agit désormais de mettre en place un grand projet d'islamisation de la société. Ainsi, il a été décidé la **construction de la plus grande mosquée de Turquie**, à Istanbul, de même que le retour du voile dans tous les lieux publics. Le président turc n'hésite pas à brandir le Coran, lors de ses meetings.

Biographie

Mustafa Kemal Atatürk : fondateur et premier président de la Turquie (1923-1938), il a joué un rôle important dans les orientations politiques de son pays, après la Première Guerre mondiale. L'aperçu le plus remarquable de son action réside dans une stratégie très affirmée et volontariste d'**occidentalisation de la société turque** (procédure de **laïcisation de l'État** à l'encontre de l'emprise historique de l'islam, imposition de l'alphabet latin à la place de l'écriture arabe précédente).

Portrait officiel de Mustafa Kemal (1881-1938), premier président de la République laïque de Turquie. ▶

41 États et religions aux États-Unis

Par rapport à la conception de la laïcité française, on peut s'interroger, aux États-Unis, sur **les rapports ambigus entre les États américains et la religion**, dans une société qui a été formée originellement par des dissidents religieux. Comme le rappelle **Tocqueville** dans *De la démocratie en Amérique* : « C'est **la religion** qui **a donné naissance aux sociétés anglo-américaines**. »

1 Historique des rapports entre États et Églises

A Des Églises et des États théoriquement séparés

• **Le premier amendement de la Constitution (1791).** Il établit un équilibre social entre la liberté religieuse totale de l'individu et la neutralité absolue de l'État. Cet équilibre est même assimilé à un mur entre Église et État par le président Jefferson dès 1802 dans sa *Lettre* à la paroisse de Danbury. **La séparation entre les Églises et les États est rappelée constamment** dès la fin du XIXe siècle et tout au long du XXe siècle, notamment par les **arrêts de la Cour suprême fédérale**.

> **Notion-clé**
> **Le premier amendement de la Constitution des États-Unis (1791) :** il indique que « le Congrès ne pourra faire aucune loi concernant l'établissement d'une religion ou interdisant son libre exercice ». Cette double clause est le pilier sur lequel s'est établie l'attitude religieuse des États américains depuis deux siècles.

• **Une séparation respectée au XIXe siècle.** **Cette séparation** entre Églises et États **s'impose au protestantisme** qui domine et façonne la société américaine. Les différentes Églises protestantes, qui sont celles des premiers Américains, forment les cadres de pensée et de fonctionnement de la société américaine, en particulier autour des **valeurs d'individualisme, de libre entreprise et de puritanisme**.

• ***In God We Trust.*** Aux États-Unis, **l'immigrant peut conserver sa religion** qui a souvent été un facteur de persécution dans son pays d'origine (Juifs russes et polonais arrivant à New York entre 1880 et 1914). Mais **il doit aussi adapter l'exercice de son culte aux contraintes imposées par une religion civile** qui offre des repères et un horizon commun à tous les Américains, anciens et nouveaux. Ainsi, **en 1956**, le président Eisenhower fait de la sentence ***In God We Trust* la devise nationale**.

B La différenciation entre le Nord et le Sud

• **L'évolution au XXe siècle.** Les Églises protestantes divergent rapidement entre les **Églises du Sud, majoritairement évangéliques**, qui représentent des communautés rurales où les valeurs morales conservatrices sont essentielles, et les **Églises progressistes du Nord-Est** urbain et industriel.

• **Des positions différentes face aux grandes questions de société.** Les Églises protestantes du **Sud** cherchent à imposer l'**enseignement du créationnisme** dans les écoles tandis que celles du Nord s'engagent dans la lutte contre la ségrégation raciale.

> **Mot-clé**
> **Créationnisme :** doctrine religieuse chrétienne qui affirme l'origine divine du monde et réfute la théorie darwinienne de l'évolution naturelle par sélection des espèces. Elle est promue par les protestants fondamentalistes des États du Sud pour être enseignée dans les écoles publiques américaines.

2 Les évolutions contemporaines

A La religion, marqueur essentiel de la vie politique

• **Kennedy.** Son élection, en 1960, comme premier président catholique, et donc non protestant, est une rupture fondamentale. **Kennedy** lui-même avait veillé à rassurer la population américaine sur sa neutralité vis-à-vis de Rome en déclarant : « **Je crois en une Amérique où la séparation de l'Église et de l'État est absolue**, où aucun prélat catholique ne dit au président [si celui-ci est catholique] comment agir, et où aucun pasteur protestant ne dit à ses ouailles pour qui voter. »

• **L'instrumentalisation de la religion.** Le **président républicain Ronald Reagan** pratique, dans les années 1980, cette stratégie en **ralliant des pasteurs conservateurs comme la « Majorité morale » de Jerry Falwell ou la « Coalition chrétienne » de Pat Robertson**. Elle prône le rétablissement de la prière dans les écoles publiques et la mise hors-la-loi de l'avortement. **George W. Bush** proclame, en 2000, que **Jésus-Christ est son philosophe préféré**. Cependant, la Cour suprême refuse en permanence de revenir sur le « mur » constitutionnel de séparation entre les Églises et les États.

B Diversification et sécularisation

• **La diversification religieuse.** Depuis cinquante ans, le paysage religieux des États-Unis se diversifie avec l'**arrivée massive d'immigrations extra-européennes** : les populations venues d'Amérique centrale et d'Amérique du Sud renforcent la présence du catholicisme aux États-Unis. Les populations immigrées d'Afrique et d'Asie ont développé **la pratique de l'islam** en **multipliant par trois** le nombre de musulmans américains depuis 1990.

• **Le télévangélisme.** Incarné par des figures aussi populaires que Billy Graham ou Rick Warren, il utilise désormais **Internet pour atteindre des catégories de population peu concernées par la pratique religieuse**, comme la jeunesse des grands centres urbains.

• **Les Américains sans religion.** Une véritable sécularisation de la société américaine, quoique beaucoup plus tardive que celle des sociétés européennes, semble aussi s'opérer avec la progression nette des **Américains se déclarant sans religion : 8 % en 1990 et plus de 25 % aujourd'hui**.

Mot-clé

Églises évangéliques : courant religieux du protestantisme qui croit à l'autorité supérieure de la Bible et à la nécessaire propagation de son message. Les évangélistes sont surtout présents dans le sud des États-Unis où ils représentent un tiers de la population *(Bible Belt)*.

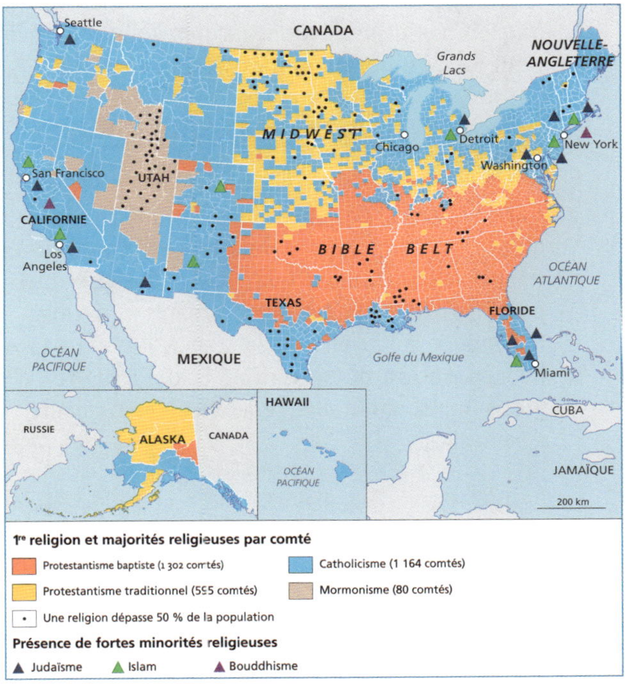

États et religions aux États-Unis aujourd'hui. ▶

42 Sécularisme et minorités religieuses en Inde

L'étendue du territoire indien, l'importance de la population, sa forte **diversité religieuse** et la **suprématie de la religion hindouiste** rendent **complexe le fonctionnement de la société et l'organisation démocratique de l'État**. Cette complexité est encore aggravée par les fréquentes tensions religieuses qui secouent le pays, notamment entre hindous et musulmans.

1 Le sécularisme indien

A L'absence de religion d'État

> **Mot-clé**
>
> **Sécularisme :** reconnaissance par l'État de toutes les religions et garanties accordées aux minorités religieuses. L'article 30 de la Constitution indienne de 1950 les autorise à créer leurs propres écoles et à obtenir des subventions de l'État pour leur fonctionnement.

• **Les difficultés religieuses liées à l'indépendance.** Dès 1947, à la fin de l'empire colonial britannique et lors du passage à l'indépendance, **le gouvernement indien est confronté à de graves tensions religieuses dans le pays**, notamment entre les **deux principales religions hindouiste et musulmane** à cause du développement d'un nationalisme hindou très militant et agressif.

• **Le rôle de Gandhi.** Guide spirituel de l'Inde et acteur de l'indépendance du pays, il prône, jusqu'à son assassinat en 1948, **la tolérance mutuelle en matière religieuse** : « Les religions sont comme des routes différentes qui convergent vers un même point. Qu'importe que nous empruntions des voies différentes pourvu que nous arrivions au même but. »

• **La Constitution de 1950.** Sous l'influence de **Nehru**, héritier spirituel de Gandhi, elle pose le principe du **sécularisme**, favorisant une cohabitation religieuse même si elle reste toujours fragile. En principe, l'État ne reconnaît aucune religion officielle mais **le poids de l'hindouisme rend les équilibres religieux très précaires**.

B L'esprit du sécularisme indien

• **Une forme de laïcité moderne.** Le sécularisme indien est parfois comparé à la laïcité telle qu'elle est comprise en France. Il est **constitutif de la profonde diversité religieuse du pays** qu'il faut bien réguler, organiser, pacifier. Cependant, à l'inverse de la France, il n'y a **pas de séparation nette entre l'État et les religions** mais plutôt une tolérance bienveillante envers elles.

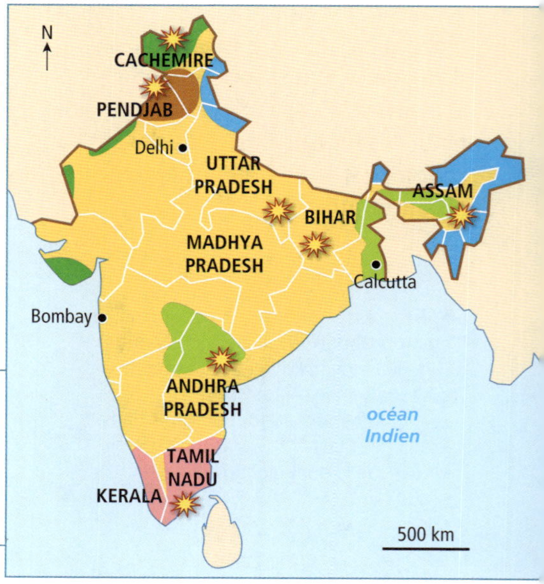

Les minorités religieuses en Inde. ▶

• **Une garantie des droits fondamentaux.** L'Inde assure les droits fondamentaux religieux et culturels à tous les citoyens, minorités comprises. Comme le précise le politologue indien Rajeev Bhargava : « Aucune institution éducative financée par l'État ne doit dispenser d'éducation religieuse. La **Constitution ne confère à la religion aucun droit de regard sur les lois du pays.** Toutes les lois pénales sont sécularistes. **Une seule anomalie majeure** persiste : **une partie des lois civiles** qui traitent de la famille, du mariage et de l'héritage **relèvent de la religion.** »

2 Les minorités religieuses en Inde

A Géographie des minorités religieuses

• **Moins de 80 % d'hindouistes.** En 2015, la publication des statistiques de l'affiliation religieuse de la population indienne a suscité une grande émotion auprès des ultranationalistes indiens. Pour la première fois depuis l'indépendance, **le nombre d'hindouistes descendait en dessous de la barre des 80 %** (970 millions) tandis que **le nombre de musulmans augmentait** (181 millions) et que celui des chrétiens (27 millions) et des sikhs (21 millions) restait stable. Il faut aussi comptabiliser 8 millions de bouddhistes et 4 millions de jaïns.

• **Une répartition inégale.** Dans le nord du pays, **les musulmans sont majoritaires dans l'État du Jammu-et-Cachemire.** De fortes minorités musulmanes sont installées au nord-ouest du Rajasthan, dans l'Uttar Pradesh, et au Bengale occidental. Les **sikhs** sont nombreux dans le **Pendjab**. Quant aux **chrétiens**, ils sont significativement présents dans le **Kerala** au sud-ouest, à Goa et dans les territoires de l'est indien au-delà de l'État indépendant du Bangladesh musulman.

B Vers une conception ethnique de l'Inde

• **Des minorités religieuses inquiètes.** Aujourd'hui le développement de la confessionnalisation pose à nouveau le problème de la reconnaissance et du statut des minorités religieuses et des communautés tribales dans la société indienne. Avec **la montée en puissance du nationalisme hindou**, les **chrétiens**, les **musulmans** et toutes les **autres minorités religieuses** de l'Inde, tous **considérés comme des citoyens inférieurs**, sont désormais stigmatisés par le Parti du peuple hindou (parti d'extrême droite du Premier ministre Modi). Les églises sont profanées, des chrétiens et des musulmans sont agressés et « reconvertis » à l'hindouisme. L'année 2017 marque une telle recrudescence des violences interreligieuses que le gouvernement américain et le Vatican sont intervenus pour demander le respect de la Constitution de 1950.

• **La fin de l'Inde sécularisté ?** Comme le souligne l'historienne Charlotte Thomas : « Aujourd'hui, c'est bien l'idée même de l'Inde sécularisté telle qu'elle a été conçue par les pères fondateurs lors de l'indépendance qui est en jeu. ». Dans le Gujarat, l'**abattage illégal des vaches sacrées,** auparavant puni de sept ans de prison, **est désormais sanctionné par la réclusion à perpétuité**. L'extrême droite de Narendra Modi essaie même d'imposer une ethnicisation de la démocratie indienne en s'appuyant sur l'**idéologie de l'hindutva (hindouité)**, selon laquelle la nation indienne serait hindoue de par son essence.

Mots-clés

• **Confessionnalisation :** processus permettant de se forger une identité par la confrontation religieuse.

• **Hindutva (hindouité) :** ce qui fait l'essence de l'Inde par rapport au reste du monde. Ce concept, inventé par l'idéologue d'extrême droite Vinayak Damodar Savarkar en 1923, trouve une seconde jeunesse aujourd'hui par la **confessionnalisation** qui touche l'Inde contemporaine.

SPÉCIALITÉ HGGSP

43 Des enjeux géopolitiques : l'Inde et le Pakistan

La partition de l'empire colonial britannique des Indes intervient en 1947, selon un **critère de démographie religieuse**. Le **Pakistan**, majoritairement **musulman**, devient la République islamique du Pakistan. L'**Inde**, majoritairement **hindoue**, se transforme en République de l'Inde. Depuis cette époque, **le Pakistan et l'Inde**, un sixième de la population mondiale à eux deux, **s'affrontent** de manière récurrente et cyclique. **Trois conflits ouverts** les ont opposés militairement. Cette conflictualité s'explique par leurs différends relatifs à la **souveraineté sur le Cachemire**.

1 Les enjeux initiaux entre les deux pays

A Le contexte de la décolonisation

• **La volonté britannique.** Le conflit entre l'Inde et le Pakistan à propos du Cachemire plonge ses racines dans le passé colonial de la péninsule indienne. Le colonisateur anglais, soucieux de neutraliser les tensions religieuses, prône une **séparation progressive des communautés musulmane et hindoue**. L'**indépendance** « improvisée » **de 1947 accélère le processus de manière dramatique** par la création de deux États : l'Inde à majorité hindouiste et le Pakistan, proclamé République islamique.

• **L'exode de 1947.** Durant l'été et l'automne 1947, **un gigantesque exode concerne 10 à 15 millions de personnes**, des musulmans et des hindous tentant de gagner leur État respectif. Ces déplacements s'accompagnent d'un **déferlement de violence, lié au tracé des nouvelles frontières** et à la montée des tensions intercommunautaires. Ces transferts sont incomplets, puisqu'en 1948 il reste 35 millions de musulmans en Inde, facteur d'affrontements ultérieurs. Ces transferts sont surtout à l'origine d'attentats, de viols, de massacres collectifs et de pillages. Le bilan approximatif s'élève entre 300 000 et 500 000 morts. Le Pendjab, frontalier du Cachemire, est la région la plus touchée, avec un tiers de sa population déplacée.

B Le problème du Cachemire

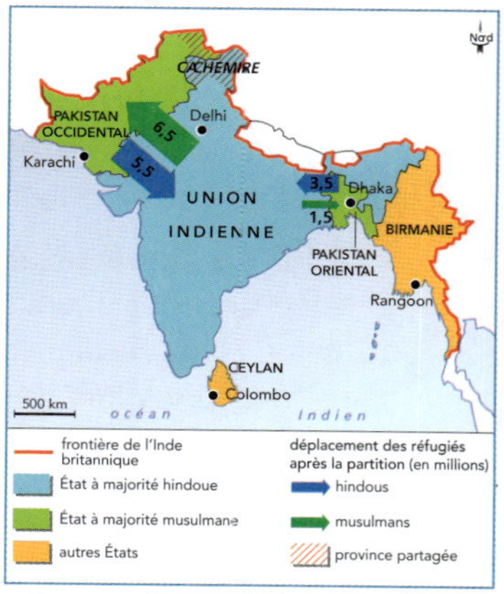

▲ Les transferts religieux au moment de l'indépendance de l'Inde (1947).

• **La première guerre indo-pakistanaise.** À l'occasion de la partition trop hâtive en 1947, l'État princier du Cachemire, à majorité musulmane, hésite à rejoindre l'un ou l'autre de ses voisins, puis choisit le rattachement à l'Inde. Le Pakistan encourage un gouvernement cachemiri rival, entraînant un conflit armé. Le cessez-le-feu imposé par l'ONU débouche sur un **découpage du territoire immédiatement contesté** : au nord-ouest, Azad Cachemire, au Pakistan et revendiqué par l'Inde ; au sud-est, Jammu-et-Cachemire en Inde et revendiqué par le Pakistan ; au nord-est, Aksai Chin, petit territoire administré par la Chine et toujours revendiqué par l'Inde.

• **L'eau, source de conflictualité.** Au carrefour de plusieurs ensembles montagneux et avec l'enjeu vital d'un **immense réservoir d'eau**, le Cachemire, qualifié de « veine jugulaire » du Pakistan, devient un *casus belli* territorial permanent entre l'Inde et le Pakistan, ce dernier étant privé de la maîtrise des principales sources de l'Indus et de bon nombre de ses affluents.

2 Des tensions sans cesse ravivées

A Pendant la guerre froide

• **L'Inde et le Pakistan dans deux camps opposés.** Au début de la guerre froide, **le Pakistan fait le choix d'une alliance avec les États-Unis**, tout en développant d'excellentes relations diplomatiques avec la Chine de Mao Tsé-toung. **L'Inde se rapproche alors de l'URSS.**

• **Les affrontements militaires.** Dans les années 1960, la guerre indo-chinoise de 1962 permet à la Chine de rectifier à son profit sa frontière avec l'Inde. Encouragé par la défaite de l'Inde contre la Chine, **le Pakistan déclenche sans succès, en 1965, une deuxième guerre**. La troisième guerre, résultant de la naissance du Bangladesh (sécession de la province orientale du Pakistan), ne débouche sur aucune avancée, les deux pays reconnaissant simplement la ligne de cessez-le-feu imposée par l'ONU en 1949.

B Depuis 1989

• **La course au nucléaire.** Pour rattraper son retard militaire par rapport à la Chine, **l'Inde se lance dans un ambitieux programme nucléaire** et parvient à fabriquer sa première bombe atomique en 1998. **Le Pakistan, pour contrer le rival indien, se dote aussi de l'arme nucléaire** et peut faire son premier essai réussi la même année. Désormais, les deux pays, qui n'ont pas signé les traités de non-prolifération, peuvent revendiquer le statut de puissance nucléaire.

• **Les changements stratégiques liés au terrorisme islamique.** Les attentats du 11 septembre 2001 aux États-Unis et la guerre d'Afghanistan qui en découle déstabilisent le Pakistan. Ils ont pour conséquence la **réouverture du conflit du Cachemire avec l'Inde** (un million de soldats le long de la frontière commune). En même temps, **l'Inde décide d'enrayer le terrorisme islamique au Cachemire** et **le Pakistan rompt avec les talibans et les mouvements islamistes radicaux**. Les conditions sont peut-être en train d'être réunies désormais pour le retour à un dialogue bilatéral indo-pakistanais. Il peine cependant à s'amorcer, comme en témoigne le regain de tension entre les deux pays depuis 2019.

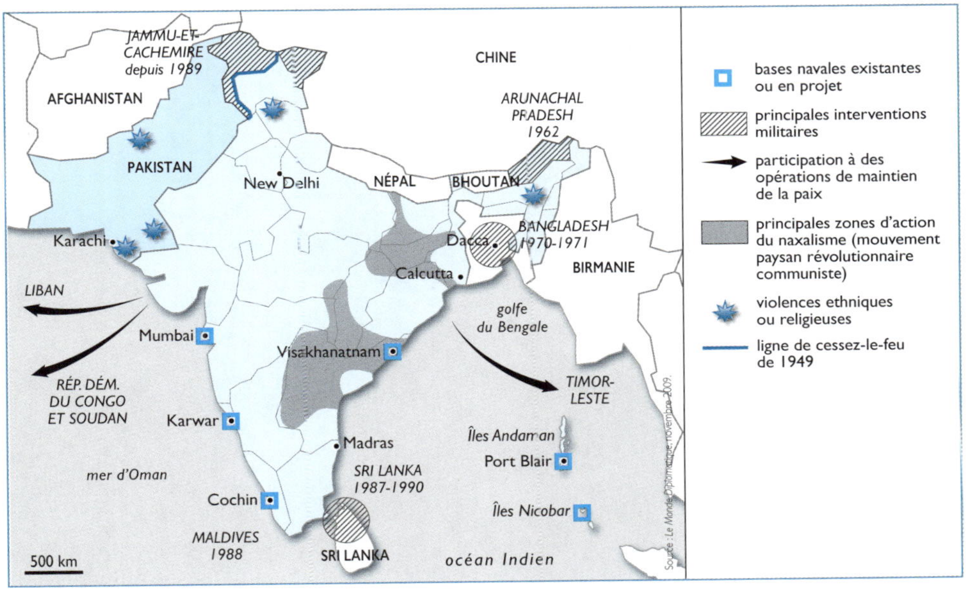

L'Inde aujourd'hui, un pays sous tensions internes et externes. ▶

Français

LES MÉTHODES

LE COURS

Les outils

La poésie du XIXe siècle au XXIe siècle

La littérature d'idées du XVIe siècle au XVIIIe siècle

Le roman et le récit du Moyen Âge au XXIe siècle

Le théâtre du XVIIe siècle au XXIe siècle

Définition de l'épreuve

L'épreuve du Bac de français est constituée d'une épreuve écrite et d'une épreuve orale. Elle porte sur les objets d'étude de la classe de 1re et sur les œuvres au programme, renouvelées par quart tous les ans.

L'épreuve écrite

Durée	4 heures
Coefficient	5

Le sujet de l'épreuve écrite de français permet de choisir un exercice parmi les deux proposés : un commentaire ou une dissertation.
Cette épreuve est notée sur 20 points.
Plusieurs critères entrent dans la notation :
– la maîtrise de la langue et de l'expression ;
– l'aptitude à lire, analyser et interpréter un texte ;
– l'aptitude à mobiliser une culture littéraire (maîtrise des savoirs littéraires) ;
– la capacité à construire une réflexion argumentée et structurée et à prendre en compte d'autres points de vue que le sien ;
– l'aptitude à formuler une argumentation de manière précise, en respectant son déroulement logique.

Le commentaire

Le commentaire porte sur un texte littéraire, en lien avec un des objets d'étude de la classe de 1re. Ce texte ne sera jamais extrait d'une des œuvres au programme.
La méthode et les conseils relatifs au commentaire sont donnés **pages 300-301**.

La dissertation

La dissertation prend la forme d'une question littéraire sur l'une des œuvres au programme et sur le parcours littéraire associé.
Le sujet propose trois dissertations liées au même objet d'étude, chacune en rapport avec l'une des trois œuvres du programme et son parcours associé. Le candidat doit veiller à choisir le sujet qui porte sur l'œuvre étudiée en classe pendant l'année.
La méthode et les conseils relatifs à la dissertation sont donnés **pages 298-299**.

L'épreuve orale

Durée	20 minutes
Préparation	30 minutes
Coefficient	5

Cette épreuve permet d'évaluer la qualité d'expression orale du candidat mais aussi sa capacité à mobiliser ses connaissances, développer son propos et discuter avec l'examinateur. Elle vise également à valoriser son investissement personnel, sa faculté à justifier ses choix et à les expliquer.

Cette épreuve comprend deux étapes qui se succèdent et sont précédées d'un temps de préparation de 30 minutes (les textes officiels précisent que le temps consacré à l'accueil du candidat n'empiète ni sur celui de la préparation ni sur la durée de l'épreuve).
L'ensemble de cette épreuve est noté sur 20 points.
La méthode et les conseils relatifs à l'épreuve orale sont donnés **pages 302-303**.

Accueil du candidat, « descriptif des activités » et préparation

Le candidat arrive en salle d'examen muni d'un « descriptif des activités ». L'examinateur possède ce même descriptif, remis en amont par l'enseignant de français.
Ce descriptif rend compte du travail qui a été mené avec la classe pendant l'année : récapitulatif des œuvres et textes étudiés. Il est également composé d'une partie individuelle dans laquelle le candidat a indiqué l'œuvre qu'il a retenue parmi toutes les lectures obligatoires proposées par son professeur. Cette œuvre fera l'objet de la seconde partie de l'épreuve.
Pour la 1re partie de l'épreuve, l'examinateur indique au candidat sur quel texte il va être interrogé. Ce texte est toujours choisi parmi ceux mentionnés sur le descriptif comme ayant fait l'objet d'une étude détaillée. Il indique également la question de grammaire. La préparation de l'explication de texte peut alors commencer. Elle dure 30 minutes.

1re partie : exposé sur un des textes du descriptif

Cette première partie dure 12 minutes. Elle est notée sur 12 points répartis en fonction des trois temps de son déroulement :
– lecture de l'extrait à voix haute (2 points) ;
– explication linéaire du texte ou d'un passage d'une vingtaine de lignes sélectionné par l'examinateur (8 points) ;
– réponse à une question de grammaire qui s'appuie sur un passage extrait du texte à expliquer (2 points).

Sur quel texte peut porter l'explication linéaire ?

Pour chaque objet d'étude, le candidat a étudié cinq textes au minimum de façon détaillée :
– trois extraits au moins de l'œuvre au programme ;
– deux extraits sur le parcours associé.
En tout, il y a donc au moins cinq textes pour chacun des quatre objets d'étude : ce qui correspond à vingt textes au minimum à travailler pour l'épreuve.

2nde partie : présentation de l'œuvre choisie et entretien

Cette partie de l'épreuve dure 8 minutes. Elle est notée sur 8 points.
Elle se déroule en deux temps successifs :
– la présentation de l'œuvre retenue par le candidat et l'explication argumentée de ce choix ;
– l'entretien au cours duquel le candidat doit répondre aux questions de l'examinateur, afin d'expliquer, de justifier et de défendre ses choix.

LES MÉTHODES

L'organisation de l'année et le jour J

Pour réussir l'écrit et l'oral de français, il est essentiel de bien savoir s'organiser, le jour J mais aussi au fil de l'année.

Travailler tout au long de l'année

Préparer l'oral

• **Réunir les documents nécessaires**

Vous vous présenterez à l'oral avec un « descriptif des activités » établi par votre professeur.

• **Pour chacun des objets d'étude,** vous devez réunir tout ce qui figurera dans le **descriptif** et tout ce qui pourra vous aider dans votre travail de révision :

– les **œuvres** au programme choisies par votre professeur et les lectures cursives qui les éclairent ;

– les **textes** expliqués en classe (la première partie de l'oral portera sur l'un d'eux) ;

– les **études** réalisées en classe ;

– une rapide **biographie** de chacun des auteurs abordés ;

– une **fiche synthétique sur les œuvres et les parcours étudiés** ;

– une **fiche sur chacun des livres lus de façon cursive** (personnages, intrigue, contexte, intentions de l'auteur) ;

– une **fiche synthétique sur les différents mouvements littéraires** rencontrés au cours des séquences.

> **Conseil**
> Faites bien la différence entre les textes étudiés précisément (explications de textes) et ceux simplement parcourus (lectures cursives, documents complémentaires).

> **Conseil**
> N'attendez pas la fin de l'année pour classer les documents dont vous avez besoin lors de l'épreuve orale ! Commencez à faire ce travail de rassemblement pendant l'année, à la fin de chacune des quatre étapes du programme.

• **Revoyez les différentes notions de vocabulaire** (formation et sens des mots), de grammaire (natures, fonctions, types de phrases et de propositions, valeurs des modes et des temps) et de conjugaison. Faites des fiches synthétiques sur les points à maîtriser.

• **Préparez l'entretien** en choisissant et en étudiant soigneusement l'œuvre littéraire que vous allez présenter. Préparez des fiches : sur chacun des personnages, sur le déroulement de l'histoire, sur les marques du genre, sur le mouvement littéraire et sur les principaux enjeux. Renseignez-vous sur l'auteur et sur les autres œuvres qu'il a écrites.

• **S'entraîner**

– **Lisez à haute voix** régulièrement les textes que vous avez expliqués en classe et entraînez-vous, seul(e) ou devant un(e) camarade, à les expliquer en une dizaine de minutes.

– **Exercez-vous aussi à présenter l'œuvre littéraire que vous avez choisie**. Imaginez les questions que l'on peut vous poser. Travaillez avec un(e) camarade et interrogez-vous mutuellement.

Préparer l'écrit

• **Pour chacun des deux exercices du bac (le commentaire et la dissertation),** constituez, au fil de l'année, un **dossier** comprenant :
– les **conseils méthodologiques** : les indications de votre professeur, les devoirs-modèles que vous avez examinés de près (voir par exemple pp. 304-307), les suggestions relevées dans des ouvrages comme celui-ci (voir pp. 298-303) ;
– les **comptes-rendus de vos devoirs** : comparez le corrigé proposé et ce que vous avez fait afin de voir dans quelle direction vous pouvez progresser ;
– vos **copies corrigées** : relisez attentivement les annotations de votre professeur et, lorsque vous abordez un nouveau devoir, notez, sur une feuille que vous garderez dans votre dossier, les qualités et les défauts de votre précédente copie afin de ne pas tomber dans les mêmes travers mais de bien présenter les mêmes points positifs.

Remarques sur les copies	Conseils pour progresser
Le sujet est mal compris.	Lire attentivement la consigne et en peser chacun des termes ; reformuler la consigne à la 1re personne du singulier pour mieux se l'approprier.
Le texte est mal compris.	Lire attentivement le texte sans se perdre dans les détails. Se demander ce que l'auteur a voulu dire et dans quel but.
Le devoir manque de rigueur.	Bâtir un plan clair et solide au brouillon : 1A, 1B, 1C ; 2A, 2B…
Le plan d'ensemble ne convient pas.	S'il s'agit d'un commentaire, définir clairement les intentions de l'auteur et revoir les principes de composition d'un plan (voir p. 300). S'il s'agit de la dissertation, lire attentivement la consigne et déduire le plan de la consigne elle-même (voir p. 298).
Le devoir est superficiel ; l'analyse ou/et la réflexion ne sont pas assez approfondies.	Creuser chacun des arguments ou chacune des pistes : quelles causes, quelles implications, par quels procédés… ?
La rédaction est négligée, confuse, incorrecte.	Écrire des phrases courtes. Surveiller l'orthographe. Relire. S'entraîner dans l'année en rédigeant régulièrement des petits paragraphes.

Être prêt(e) le jour J

• **Qu'il s'agisse de l'écrit ou de l'oral, prévoyez bien l'organisation matérielle :** la trousse, la convocation et la pièce d'identité en cours de validité, le transport jusqu'au centre d'examen. Prévoyez aussi de quoi boire et grignoter durant les 4 heures de l'écrit.

• **Pour l'oral, présentez les documents répertoriés sur le descriptif dans deux porte-revues :** l'un pour vous et l'autre pour l'examinateur. **Apportez les œuvres intégrales** étudiées ainsi que **celle retenue pour l'entretien**.
Ne négligez pas non plus votre tenue : anticipez son choix en fonction de la température prévue, et optez pour un vêtement confortable et adapté à la présentation d'un examen.
Enfin, prévoyez assez de temps pour votre trajet jusqu'au centre d'examen et pour trouver la salle où se déroule l'épreuve dans un lycée que vous ne connaissez peut-être pas. Évitez toute source de stress inutile !

LES MÉTHODES

La dissertation

La dissertation porte sur une des quatre œuvres au programme et sur son parcours associé. Elle permet de vérifier vos **connaissances** ainsi que votre **capacité à organiser et approfondir une réflexion.**

Choisir le sujet de dissertation

• Vous pouvez choisir de traiter le sujet de dissertation **si vous maîtrisez la technique de l'exercice, si vous comprenez clairement la question posée et si vous disposez de connaissances précises** sur l'œuvre et le parcours au programme.

• Une dissertation obtient **une bonne note** quand elle répond aux critères suivants :
– le sujet est compris ;
– le devoir répond à la question posée ;
– les règles de la dissertation sont respectées ;
– les connaissances sont solides et bien employées (plus de la moitié du devoir est occupée par des exemples précis) ;
– le plan est clair et cohérent ;
– le devoir est correctement rédigé.

À savoir

Mémorisez des citations courtes extraites des œuvres au programme. Elles vous aideront à illustrer vos arguments. C'est indispensable pour la poésie.

La lecture du sujet

La composition du sujet de dissertation

Le plus souvent, le sujet de dissertation comprend **3 étapes** :
1. Un **constat** qui lie la question proprement dite à l'œuvre et au parcours.
2. Le **problème à analyser**, sous la forme d'une question ou d'une affirmation à discuter.
3. Des **indications méthodologiques** rappelant, notamment, la place des exemples.

L'analyse du sujet

• Sans laisser de côté aucun des termes du sujet, **dégagez la question posée**. Gardez, autant que possible, dans votre introduction, les termes employés et assurez-vous de bien comprendre leur signification et leur portée, c'est-à-dire ce qu'ils impliquent.

• **Délimitez, ensuite, précisément le champ d'étude :** s'agit-il plutôt des personnages, du genre, des tonalités, des enjeux de l'œuvre ou du parcours ?

Les grandes lignes du plan

Le plan thématique

• Lorsqu'une question commence par un mot interrogatif *(pourquoi, en quoi, comment…)* et admet grammaticalement une infinité de réponses possibles, il s'agit d'une interrogation « partielle » qui implique un plan thématique. Vous devrez dégager **deux ou trois réponses pertinentes à la question posée** et les présenter de la façon la plus logique et dynamique possible.

Rappel

Le plan, dans ses grandes lignes, se devine dans le sujet lui-même : **la dissertation doit présenter, de manière cohérente et organisée, les différentes réponses** possibles à la question posée.

• Quand la question est introduite par « Dans quelle mesure », il est possible de proposer deux réponses qui développent la réflexion, puis une 3e partie qui ouvre une perspective différente, voisine de la réfutation.

Ex. : « Dans quelle mesure *Le Mariage de Figaro* est-il engagé dans son temps ? »
1) Beaumarchais s'engage en dénonçant les privilèges.
2) Il s'engage en soulignant les qualités de Figaro.
3) Au-delà de son engagement dans son temps, l'œuvre nous touche encore aujourd'hui.

Le plan dialectique

• Quand la question posée par le sujet est « totale », elle n'admet grammaticalement que deux réponses possibles : **« Oui »** et **« Non »**. En formulant les deux réponses contradictoires, vous avez posé les grandes orientations de votre plan ; cependant, comme il ne s'agit pas de présenter un sondage d'opinion mais une pensée cohérente, vous devez **reformuler les réponses de façon à rendre leur cohabitation possible au sein de la même réflexion**.

• Dans ce type de plan, une **3e partie** (la synthèse), qui dépasse la contradiction des premières parties (la thèse et l'antithèse), est la bienvenue. Mais, si vous ne trouvez pas cette 3e réponse possible, renoncez-y plutôt que de proposer une perspective hors sujet ou, au contraire, répétitive par rapport à ce qui a été déjà dit. En ce cas, donnez de l'ampleur à votre conclusion en proposant une vision plus synthétique et élargie du problème.

L'introduction : 3 étapes

• **La 1re étape consiste à amener le sujet en partant d'une observation incontestable** : par exemple, présentez l'œuvre et montrez en quoi elle s'inscrit dans le parcours au programme.

• **La 2e étape pose le problème du sujet.** Une expression comme « À ce propos, on peut se demander si… » peut exprimer le lien entre le constat initial et la question qui va être examinée au cours de la dissertation. Si le sujet comprend une citation, vous devez la reproduire dans son intégralité avant de formuler clairement la question.

• **La 3e étape annonce le plan** de façon précise et souple.

Conseils

• Ne commencez pas votre constat par une banalité du type « De tout temps, les hommes… ».
• Ne vous écartez pas des termes du sujet.
• Ne répondez pas à la question dès l'introduction, car cela rendrait le développement inutile.
• Ne présentez pas lourdement le plan : au lieu de « Dans une première partie, je… », préférez « Dans un premier temps », « D'abord », « Ensuite », « Enfin »…

La conclusion : 2 étapes

• **La 1re étape propose une réponse à la question du sujet** en rassemblant les différentes pistes abordées.

• **La 2nde étape élargit la réflexion à une problématique plus vaste** en privilégiant le domaine littéraire ou, plus généralement, artistique (pensez aux prolongements étudiés au cours de l'année). Une question, une citation sont également possibles, à condition, bien entendu, d'être pertinentes.

Conseils

• Ne réduisez pas la 1re étape à un résumé : il faut plutôt souligner la logique de la progression.
• Ne proposez pas, en guise d'ouverture, un proverbe, une évidence, une question trop large (« Quel est le rôle de la littérature ? »), une erreur historique…

LES MÉTHODES

Le commentaire

Le commentaire littéraire **éclaire les significations d'un texte et les émotions qu'il suscite** chez le lecteur ou le spectateur. Il porte sur un extrait se référant à l'un des quatre objets d'étude au programme.

Choisir le commentaire

Pour choisir le commentaire, il est nécessaire de **maîtriser la technique de l'exercice** et d'**avoir bien compris le texte**. Il est préférable que ce dernier vous plaise. Si le sens d'un mot vous échappe, vérifiez que le contexte vous permet de le comprendre sans risquer un grave contresens. Le fait de ne pas connaître l'auteur ne doit pas vous arrêter, car on n'attend pas de votre part un devoir érudit.

Les objectifs du commentaire

Le commentaire n'a pas pour finalité de mettre en lumière un sens caché mais de **montrer comment l'auteur a su toucher son lecteur**. Il s'agit de dégager objectivement ce que le texte dit au lecteur/spectateur, ce que ce dernier éprouve, et de **montrer les procédés littéraires** (genre, tonalité, style...) employés à cette fin.

La lecture du texte

Une lecture personnelle

Posez-vous les questions suivantes : **« De quoi parle le texte ? Quelles sont les intentions de l'auteur ? Quelles sont les émotions (rire, indignation, compassion...) ressenties ? »** Notez vos premières impressions : elles constituent, le plus souvent, l'armature de votre commentaire.

Une lecture renseignée

- Après cette première lecture du texte, faites appel à vos connaissances. Notez les informations mémorisées pendant l'année, en rapport avec l'objet d'étude défini par le sujet du commentaire, et qui vous semblent utiles ici.

- Si vous avez des connaissances relatives à l'auteur et à son œuvre, confrontez-les prudemment avec le texte. En effet, il est dangereux de plaquer un savoir sans discernement : les auteurs n'écrivent pas toujours le même texte !

Le plan

Les qualités d'un bon plan

Le plan doit être **cohérent** et aborder les différents enjeux du texte de façon progressive. **Commençant par les perspectives les moins importantes,** il met en avant, dans la dernière partie, l'enjeu principal de l'extrait. Chaque partie s'apparente à une définition du texte (« Ce texte, c'est... ») et aucune d'elles ne se réduit à un constat quant à la forme (genre, tonalité, procédés de style).

Méthodes

Deux méthodes sont généralement proposées, et sans doute la démarche la plus efficace se situe-t-elle à mi-chemin :

- **1re méthode :** noter, au fur et à mesure de la lecture linéaire, tout ce que l'on peut observer, puis opérer des regroupements pour dégager les lignes maîtresses du plan.
- **2nde méthode :** partir de ses impressions de lecture (personnelle et renseignée) pour bâtir les grandes lignes du plan, puis chercher, dans le texte, ce qui permet de développer telle ou telle perspective.

Conseils

S'il est, souvent, préférable de bâtir un **plan de dissertation en 3 parties,** un **plan de commentaire en 2 parties** bien équilibrées est, certainement, plus efficace qu'une progression en 3 axes peu cohérents et redondants.

L'introduction : 3 étapes

L'introduction comprend **3 étapes incontournables** qui doivent se différencier clairement tout en s'enchaînant avec souplesse :

- **La 1re étape introduit le texte** en le plaçant dans un contexte plus large : une situation historique, un mouvement littéraire, un genre… Le titre de l'œuvre (que vous devez souligner) d'où est tiré le texte, ainsi que le nom de l'auteur et la date doivent être rappelés.
- **La 2e étape présente le texte et ses enjeux** : son genre, sa tonalité, son thème, ce qui s'y passe, les intentions de l'auteur… Cette étape ne doit pas se réduire à un simple résumé du passage, car on attend que soit exposée la problématique de votre étude : « Comment la fiction est-elle au service de l'argumentation ? » ; « Comment le poète renouvelle-t-il la forme traditionnelle du sonnet ? etc. »
- **La 3e étape annonce le plan** d'une façon à la fois claire et souple.

Conseils

- Évitez les banalités sur le genre.
- Ne commencez pas votre introduction par « Ce texte… », car le déterminant démonstratif ne renvoie à rien qui précède.
- Évitez tout jugement de valeur : « Ce texte est particulièrement bien écrit… »
- Dans l'annonce du plan, préférez la 1re personne du pluriel à la 1re personne du singulier et ne parlez pas de « partie », mais dites plutôt : « Tout d'abord », « Dans un premier temps »…

La conclusion : 2 étapes

- **La 1re étape dresse un bilan** de ce qui a été analysé sans entrer dans les détails ni apporter de nouvelles perspectives. Il est possible de s'appuyer, à ce moment-là, sur une expression-clé du passage, ou sur le titre du poème, ou de l'œuvre.
- **La 2nde étape est une ouverture littéraire.** Il s'agit de situer le texte dans une perspective plus large (genre, mouvement littéraire, auteur…). Rapprocher le passage étudié d'un autre texte rencontré en classe est une bonne idée, à condition, bien entendu, qu'ils présentent de réels points communs.

Conseils

- Le bilan ne doit pas se réduire à un résumé.
- L'ouverture s'appuie sur des connaissances extérieures pertinentes : on évitera toute inexactitude.
- Les maladresses, lourdeurs et incorrections sont à proscrire car la conclusion sera lue en dernier.

LES MÉTHODES

L'oral

L'épreuve orale, qu'il s'agisse de l'explication de texte ou de l'entretien, porte sur le travail effectué durant l'année. Le sérieux des candidats est récompensé.

L'explication de texte

Explication de texte et commentaire : deux exercices proches

• **L'explication de texte à l'oral est proche du commentaire** proposé à l'écrit. La principale différence est que le texte est déjà connu puisqu'il a fait l'objet d'une étude détaillée en classe et figure sur le descriptif établi par le professeur et transmis à l'examinateur une quinzaine de jours avant l'épreuve.

• **Dans les deux cas, il s'agit de mettre en avant le sens du texte et les émotions qu'il suscite** en s'appuyant sur un relevé et une analyse des procédés littéraires employés. Comme le commentaire, l'explication de texte est organisée en **3 étapes** :

1. Une **introduction**, qui présente le texte et le situe dans l'œuvre.

2. Un **développement** construit.

3. Une **conclusion**, qui souligne ce qui est important dans le texte et s'achève par un élargissement (parcours, objet d'étude, prolongement…).

Conseil

Composition de l'introduction :

1. Présentation de l'auteur et de l'œuvre.
2. Situation du passage dans l'œuvre intégrale étudiée.
3. Présentation du texte et de ses caractéristiques.
4. Présentation du plan choisi (linéaire ou composé).

Les particularités de l'explication de texte à l'oral du bac

• **L'explication de texte linéaire est préconisée.**

Le **plan linéaire** suit le mouvement du texte pour éclairer la démarche de l'auteur. Cette progression nécessite d'opérer des rapprochements pour écarter les répétitions. Vous éviterez un commentaire mot à mot ou ligne à ligne car il risque fort de se réduire à une simple paraphrase. Vous commencerez par dégager le plan du texte pour montrer ses enjeux.

• **L'explication du texte est précédée de sa lecture à voix haute.** Notée sur 2 points, elle ne doit pas être négligée, et vous devez vous entraîner durant l'année pour qu'elle soit correcte (les liaisons, les pauses, la versification), fluide et expressive, sans être pour autant théâtrale.

• **L'explication est suivie d'une question de grammaire** portant sur le texte étudié. Votre réponse est notée sur 2 points, et vous ne devez pas négliger cette partie nouvelle de l'oral. Vous devrez maîtriser la terminologie et montrer que vous êtes capable d'analyser une phrase ou un de ses segments. N'oubliez pas d'examiner cette question durant le temps de préparation.

Les attentes de l'examinateur

- Une lecture correcte (liaisons, versification), fluide et expressive.
- Une expression orale juste et soignée qui ne consiste pas en la lecture de la feuille de préparation.
- Une bonne compréhension du texte, un plan clair qui met en avant ce qui est important et ne dissocie pas le contenu des procédés.
- Une étude qui s'appuie précisément sur des citations du texte.
- Une explication et une réponse à la question de grammaire qui témoignent du sérieux de votre préparation, de la solidité de vos connaissances et de vos méthodes.

Conseil

Portez des vêtements neutres et montrez-vous poli(e) en disant « Bonjour, Monsieur/Madame », « Au revoir » et « Merci ».

Méthode

Durant l'année

- **Lisez les textes à voix haute :** assurez-vous de bien prononcer les noms propres et certains mots particuliers, repérez les liaisons et, pour la versification, les diérèses. Entraînez-vous régulièrement.
- **Appropriez-vous les explications de texte** conduites en classe et complétez-les si nécessaire. Mémorisez-les et entraînez-vous à les noter au brouillon en une vingtaine de minutes et à les présenter en 10 minutes oralement. Il est très utile de travailler cela avec un(e) camarade.
- **Choisissez l'œuvre** que vous présenterez dans la 2nde partie. Mémorisez sa structure, ses enjeux. Renseignez-vous sur son auteur et son contexte.

Le temps de préparation : 30 minutes

- **Notez les grandes lignes de votre explication** en n'utilisant que le recto des feuilles que vous numéroterez. Ne rédigez pas l'étude dans son intégralité : vous n'en avez pas le temps.
- **Préparez soigneusement l'introduction et la conclusion** en pensant que le dernier point de votre conclusion peut constituer le point de départ de l'entretien.

La 1re partie de l'épreuve : 12 minutes

- **Annoncez le titre et l'auteur** du texte que vous allez lire à voix haute.
- **Lisez sans précipitation** et ne vous interrompez que si l'examinateur vous indique qu'il veut que vous passiez à l'explication.
- **Ne lisez pas votre brouillon ;** pensez à citer le texte (ne recopiez pas les citations sur votre brouillon) ; regardez l'examinateur. Évitez les tics de langage, les mots familiers, les phrases inachevées.
- **Répondez à la question de grammaire** en mobilisant vos connaissances.

La 2nde partie de l'épreuve : 8 minutes

- **Présentez avec conviction l'œuvre** que vous avez choisie.
- **Développez vos réponses** en vous appuyant précisément sur les documents rassemblés.
- **N'hésitez pas à montrer votre culture personnelle,** vos centres d'intérêt et votre sensibilité.

SUJET DU BAC CORRIGÉ

Le commentaire

SUJET

Objet d'étude : « Le roman et le récit du Moyen Âge au XXIe siècle »

Vous ferez le commentaire de l'extrait du *Colonel Chabert* d'Honoré de Balzac.

Honoré de Balzac, *Le Colonel Chabert*, extrait (1832).

Le colonel Hyacinthe Chabert, déclaré mort par erreur à la bataille d'Eylau, a contacté l'avoué Derville pour retrouver son rang et ses droits. Sa femme Rose, désormais remariée au comte Ferraud, le rejette et n'entend pas lui restituer ses biens. Le colonel refuse toute transaction avec elle et disparaît. Quelques années plus tard, l'avoué Derville retrouve le colonel.

En 1840, vers la fin du mois de juin, Godeschal, alors avoué, allait à Ris, en compagnie de Derville, son prédécesseur. Lorsqu'ils parvinrent à l'avenue qui conduit de la grande route à Bicêtre[1], ils aperçurent sous un des ormes du chemin un de ces vieux pauvres chenus[2] et cassés qui ont obtenu le bâton de maréchal[3] des mendiants en vivant à Bicêtre comme les femmes indigentes vivent à la Salpêtrière[4]. Cet homme, l'un des deux mille malheureux logés dans l'*Hospice de la Vieillesse*, était assis sur une borne et paraissait concentrer toute son intelligence dans une opération bien connue des invalides, et qui consiste à faire sécher au soleil le tabac de leurs mouchoirs, pour éviter de les blanchir, peut-être. Ce vieillard avait une physionomie attachante. Il était vêtu de cette robe de drap rougeâtre que l'Hospice accorde à ses hôtes, espèce de livrée[5] horrible.

« Tenez, Derville, dit Godeschal à son compagnon de voyage, voyez donc ce vieux. Ne ressemble-t-il pas à ces grotesques qui nous viennent d'Allemagne[6] ? Et cela vit, et cela est heureux peut-être ! »

Derville prit son lorgnon, regarda le pauvre, laissa échapper un mouvement de surprise et dit :

« Ce vieux-là, mon cher, est tout un poème, ou, comme disent les romantiques, un drame. As-tu rencontré quelquefois la comtesse Ferraud ?

– Oui, c'est une femme d'esprit et très agréable ; mais un peu trop dévote, dit Godeschal.

– Ce vieux bicêtrien est son mari légitime, le comte Chabert, l'ancien colonel ; elle l'aura sans doute fait placer là. S'il est dans cet hospice au lieu d'habiter un hôtel, c'est uniquement pour avoir rappelé à la jolie comtesse Ferraud qu'il l'avait prise, comme un fiacre, sur la place[7]. Je me souviens encore du regard de tigre qu'elle lui jeta dans ce moment-là. »

Ce début ayant excité la curiosité de Godeschal, Derville lui raconta l'histoire qui précède[8]. Deux jours après, le lundi matin, en revenant à Paris, les deux amis jetèrent un coup d'œil sur Bicêtre, et Derville proposa d'aller voir le colonel Chabert. À moitié chemin de l'avenue, les deux amis trouvèrent assis sur la souche d'un arbre abattu le vieillard qui tenait à la main un bâton et s'amusait à tracer des raies sur le sable. En le regardant attentivement, ils s'aperçurent qu'il venait de déjeuner autre part qu'à l'établissement.

« Bonjour, colonel Chabert, lui dit Derville.

– Pas Chabert ! pas Chabert ! je me nomme Hyacinthe, répondit le vieillard. Je ne suis plus un homme, je suis le numéro 164, septième salle, ajouta-t-il en regardant Derville avec une anxiété peureuse, avec une crainte de vieillard et d'enfant. Vous allez voir le condamné à mort ? dit-il après un moment de silence. Il n'est pas marié, lui ! Il est bien heureux.

– Pauvre homme, dit Godeschal. Voulez-vous de l'argent pour acheter du tabac ? »

Avec toute la naïveté d'un gamin de Paris, le colonel tendit avidement la main à chacun des deux inconnus, qui lui donnèrent une pièce de vingt francs ; il les remercia par un regard stupide, en disant : « Braves troupiers[9] ! » Il se mit au port d'armes, feignit de les coucher en joue, et s'écria en souriant : « Feu des deux pièces ! vive Napoléon ! » Et il décrivit en l'air avec sa canne une arabesque imaginaire.

1. Bicêtre : lieu près de Paris, où était établi un asile d'aliénés.
2. chenu : aux cheveux blancs.
3. obtenir le bâton de maréchal : arriver au plus haut grade.
4. la Salpêtrière : hospice accueillant des femmes indigentes, c'est-à-dire des pauvres.
5. livrée : costume de domestique.
6. grotesques d'Allemagne : allusion aux personnages fantastiques des contes d'Hoffmann.
7. Derville rappelle ainsi que la comtesse a acquis son rang grâce à son mariage avec Chabert.
8. L'auteur fait référence à l'histoire qui constitue l'ensemble du livre.
9. troupiers : simples soldats.

Corrigé rédigé

Introduction rédigée

[Présentation du texte] Grand admirateur de Napoléon, Balzac imagine le terrible destin d'un colonel d'Empire déclaré mort à Eylau. *Le Colonel Chabert*, un des récits de *La Comédie humaine*, raconte le vain combat du héros pour reconquérir sa place dans le monde. À la fin de l'histoire, vingt ans après les démarches entreprises, Derville, l'avoué qui l'a soutenu, et Godeschal, son successeur, rencontrent par hasard le colonel : atteint de démence, il n'est plus qu'un matricule interné à Bicêtre.

[Problématique] Soucieux de représenter les rouages de la société, Balzac se penche sur ce héros broyé par la Restauration. Mais s'agit-il uniquement de montrer la folie du personnage ?

[Annonce de la 1re partie] Nous verrons que la représentation de la démence du héros **[2e partie]** permet à Balzac de critiquer ses contemporains au nom de ses valeurs **[3e partie]**, tout en affirmant l'ambition esthétique de son projet romanesque.

I Une scène centrée sur la folie du colonel Chabert

I-1 Un passage centré sur le personnage éponyme

En effet, dans deux scènes séparées par une courte ellipse, le colonel est le point de mire de la narration. Dans la première rencontre, il est progressivement éclairé : d'abord présenté comme l'un des indigents, il attire l'attention des deux hommes en raison de *« sa physionomie attachante »*. Il n'acquiert une identité que lorsque Derville le nomme, mentionne sa femme, *« la jolie comtesse Ferraud »* et raconte un passé que l'expression *« l'histoire qui précède »* vient résumer. Simple objet des regards dans la première scène, le personnage devient, dans la seconde, pleinement acteur. Il parle plus longuement que ses deux visiteurs et multiplie les gestes. La focalisation sur Chabert tout au long de l'épilogue éclaire les symptômes de sa démence.

I-2 La représentation de la folie

Dès le début du texte, Chabert est l'*« un de ces vieux pauvres chenus et cassés »*. La construction syntaxique reprise et étoffée dans l'expression *« l'un des deux mille malheureux logés dans* l'Hospice de la Vieillesse » attribue au personnage toutes les caractéristiques des indigents et des déments peuplant Bicêtre. L'univers de Chabert se réduit à des actes et à des faits sans importance : faire sécher son tabac ou bien tracer des raies sur le sable avec un bâton. Seuls viennent rompre la monotonie de cette existence sans horizon, un déjeuner *« autre part »* le lundi, le spectacle d'un condamné à mort dont il ne mesure pas la gravité, une pièce de vingt francs. Le personnage est coupé de la réalité : il ne reconnaît pas son ancien avoué et semble avoir perdu le fil du temps. À la fin du texte, il lance un anachronique *« vive Napoléon ! »*. Dans le monde qu'il a dessiné autour de lui, tout est prétexte à amusement : l'exécution d'un condamné comme la comédie militaire qu'il joue aux deux visiteurs pour les remercier des vingt francs.

[Transition] En plaçant son personnage à la croisée des regards et en soulignant sa démence, Balzac éclaire le destin tragique de son héros et dénonce ses contemporains.

II Le personnage au service d'une dénonciation

II-1 La déshumanisation du personnage

Les mots *« vieux »* et *« vieillard »* sont connotés négativement tout au long de l'extrait. On les trouve associés à un lexique de la dégradation : *« vieux pauvres chenus et cassés »*. Plus loin, le groupe *« ce vieux »* est repris par *« le pauvre »* comme si les deux noms étaient synonymes. À la fin du texte, le manque de discernement qui caractérise ici la vieillesse est comparé à la *« naïveté d'un gamin de Paris »* et mis en scène dans un mime pitoyable. *« Je ne suis plus un homme »*, explique le personnage à ses visiteurs. Il efface jusqu'à son nom en refusant d'être appelé Colonel Chabert : *« Je me nomme Hyacinthe »*, puis *« Je suis le numéro 164, septième salle »*. Le pronom démonstratif *« cela » (« cela vit »)* employé par Godeschal résume cette déshumanisation.

II-2 Le regard critique de Balzac

Le glorieux colonel d'Empire s'est effacé comme ont disparu les idéaux révolutionnaires et impériaux. *La Comédie humaine* dépeint la société cruelle et ambitieuse de la Restauration. En mettant en scène un héros de l'Empire détruit, le romancier exprime ses regrets et ses critiques. Derville accuse violemment la comtesse Ferraud : sa comparaison crue *(« il l'avait prise comme un fiacre »)* retourne contre elle le procédé de déshumanisation. La critique du romancier devient plus féroce encore lorsque Godeschal présente l'épouse du colonel comme *« une femme d'esprit et très agréable ; mais un peu trop dévote »*. Ici, Balzac dénonce l'hypocrisie sociale et religieuse de la comtesse mais aussi de tous ceux qui abandonnent à la Salpêtrière *« les femmes indigentes »* et à Bicêtre les *« deux mille malheureux »*.

[Transition] Balzac ne se contente pas de tendre un miroir à la réalité : il prend position et défend ses valeurs, tout en manifestant un vrai projet esthétique.

III Une scène qui montre le rôle de l'écrivain selon Balzac

III-1 Un art de la mise en scène pour donner vie au personnage

La présence de deux visiteurs au lieu d'un seul rend possible un dialogue qui dynamise la scène. Le passé de Chabert est évoqué dans un discours narrativisé *(« Derville lui raconta l'histoire qui précède »)* et par quelques indices tels que le *« mari légitime »* ou le *« regard de tigre »*. Les marques d'oralité *« Tenez »*, *« mon cher »*, la répétition de l'exclamation nominale *« Pas Chabert ! »* contribuent à l'illusion de réel, de même que l'ancrage géographique (Ris, Paris, Bicêtre et la Salpêtrière) et que les détails réalistes : la *« robe de drap rougeâtre »*, *« la souche d'un arbre abattu »* ou les *« raies sur le sable »*. Par ailleurs, Balzac, en doublant la focalisation interne, donne au lecteur l'impression qu'il va se faire sa propre opinion : Godeschal, le nouvel avoué, et Derville, celui qui s'est retiré, écœuré par ce qu'il a vu, ne voient pas Chabert de la même manière.

III-2 Les ambitions littéraires

En effet, si Balzac entreprend de représenter le réel et de dénoncer ses contemporains, il affirme aussi un projet esthétique dont Derville se fait l'écho en se référant aux romantiques après que Godeschal a évoqué les grotesques d'Hoffmann : *« Ce vieux-là* [...] *est tout un poème ou, comme disent les romantiques, un drame »*. L'écrivain puise son inspiration dans la réalité, mais il la transfigure. Ces références montrent clairement une intention esthétique dont témoigne la composition même de l'épilogue : deux rencontres, deux ellipses *(« En 1840 »*, donc vingt ans plus tard, et *« Deux jours après »)*, deux visiteurs, deux dessins avec un bâton. Sur l'*« avenue »* qui constitue le cadre des deux rencontres, Chabert est représenté assis, la première fois sur *« une borne »* et la seconde sur *« un arbre abattu »*. L'une et l'autre suggèrent la tragique destinée d'un héros insoumis.

Conclusion rédigée

L'épilogue du *Colonel Chabert* est caractéristique de l'écriture réaliste. En effet, Balzac emploie toute la palette des procédés narratifs et stylistiques pour donner vie à ses personnages. Mais il s'agit moins de promener, avec Stendhal, un miroir sur une grande route[1] que de créer un univers correspondant à *« une vision personnelle du monde »* (Maupassant). Le romancier prestidigitateur séduit son lecteur et l'amène à partager son point de vue critique. Toutefois, si le roman nous touche encore aujourd'hui, c'est parce que son auteur y sonde les profondeurs de la nature humaine. C'est aussi parce que la composition de l'épilogue et la mise en scène des personnages témoignent de la portée universelle de l'art.

1. Stendhal : *« Un roman : c'est un miroir que l'on promène le long d'un chemin »* (voir p. 367).

SUJET DU BAC CORRIGÉ

La dissertation

SUJET

Œuvre : *Alcools* d'Apollinaire – Parcours : « Modernité poétique ? »

Le vers *« À la fin tu es las de ce monde ancien »* ouvre le recueil *Alcools*.

La rébellion contre l'héritage du passé, au nom de la modernité poétique, vous semble-t-elle caractériser le recueil d'Apollinaire ?

Vous répondrez à cette question de façon organisée et argumentée en vous appuyant sur *Alcools*, sur les poèmes étudiés ainsi que sur vos lectures personnelles.

Corrigé (plan détaillé)

Introduction rédigée

La naissance du XXe siècle se fait dans l'enthousiasme et la joie de « l'esprit nouveau » : *« Les étoiles mouraient le jour naissait à peine »*, écrit Guillaume Apollinaire pour conclure le recueil *Alcools* qu'il publie en 1913. Dans le premier vers de « Zone », le constat qui clôt l'ouvrage semble même un manifeste : *« À la fin tu es las de ce monde ancien »*. Peut-on aller jusqu'à dire que la rébellion contre l'héritage du passé caractérise le recueil d'Apollinaire, voire toute œuvre poétique ?

Après avoir considéré les formes et les enjeux de cette rupture avec le « monde ancien », nous verrons quelle place occupe la tradition dans *Alcools*. Mais, si l'on veut caractériser les vers d'Apollinaire et peut-être toute poésie, sans doute faut-il dépasser la question de l'héritage et de la modernité pour laisser les émotions nous bousculer.

[Le plan suivant propose des arguments et des exemples ; ces derniers sont des pistes à approfondir : il faudra opérer des choix pour privilégier la précision de l'analyse.]

I Modernité poétique et rébellion

I-1 Le refus des conventions littéraires étouffantes

Argument – Le poète, parce qu'il utilise le langage à des fins esthétiques, ne se plie pas aux usages communs et rejette les conventions littéraires.

Alcools – On relève : la variété comme principe d'organisation (voir p. 333), le mélange des voix (« Les Femmes »), des niveaux de langue (langage familier : « Schinderhannes »), la syntaxe malmenée, la suppression de la ponctuation…

Autres exemples – Apollinaire suit Baudelaire et Rimbaud, mais aussi Hugo : *« Et sur les bataillons d'alexandrins carrés / Je fis souffler un vent révolutionnaire. »*

I-2 Le rejet des démarches rationnelles

Argument – La modernité poétique choisit la liberté et la fantaisie ; elle se libère de la raison.

Alcools – On relève les images étonnantes de « Zone », du « Voyageur », de « Vendémiaire ». La rupture avec les conventions poétiques et grammaticales va de pair avec un goût pour le rêve et un rejet de la rationalité, que l'on retrouve dans la peinture cubiste qui, libérée de la représentation fidèle, éclaire les principes esthétiques d'*Alcools.*

Autres exemples – Pour André Breton (voir p. 330) la poésie est *« débâcle de l'intellect »*.

I-3 La vocation poétique à saisir la modernité repousse toute idée d'héritage

Argument – Le poète fait de la modernité elle-même l'âme de son projet.

Alcools – Apollinaire oppose « le monde ancien » et le monde moderne. Dans « Mai », l'éloignement des tziganes et de l'*« air de régiment »*, après celui de la barque, exprime cette disparition du « monde ancien ». Les paysages modernes sont nombreux : tour Eiffel (« Zone »), *« Sonneries électriques des gares »* (« Le Voyageur »)…

Autres exemples – Baudelaire peignait déjà la ville (« Tableaux parisiens », dans les *Fleurs du Mal*). *La Prose du transsibérien et de la petite Jehanne de France* de Blaise Cendrars (1913), illustrée par les peintures abstraites de Sonia Delaunay, célèbre aussi la modernité.

II Le poète, héritier et imitateur

II-1 Le poète explore un chemin ouvert par ses prédécesseurs

Argument – Le rejet du passé ne signifie pas une rupture complète avec les repères des aînés.

Alcools – Apollinaire emprunte un chemin ouvert par Baudelaire et Rimbaud : paysages urbains, images et formes nouvelles. Il reprend aussi la musicalité de Verlaine : forme de la chanson, rythme des vers, jeux sur les sonorités (*« Le vent du Rhin secoue sur le bord les osiers / Et les roseaux jaseurs et les fleurs nues des vignes »* dans « Mai »).

Autres exemples – La forme ancienne du sonnet plaît encore à Baudelaire. Jusqu'au XIXe siècle, les poètes revendiquaient l'héritage, non la rupture : l'imitation pour Du Bellay est *« innutrition »* (fait de se nourrir d'une forme ancienne pour écrire une œuvre nouvelle) ; le poète s'inspire de Pindare, de Virgile ou d'Ovide.

II-2 Les thèmes et les tonalités intemporels

Argument – Si les formes évoluent et si la rébellion s'affiche, les poètes, souvent lyriques, partagent des thèmes et des tonalités qui traversent les siècles.

Alcools – Les images de la femme, idéale mais cruelle, héritées de l'amour courtois et avivées par l'expérience personnelle (Annie Pleyden et Marie Laurencin) hantent *Alcools* ; elles sont souvent associées à la nature (autre thème intemporel) : *« Les pétales tombés des cerisiers de mai / Sont les ongles de celle que j'ai tant aimée »* (« Mai »).

III Modernité et monde ancien : une relation complexe à dépasser

III-1 La nostalgie et le thème du temps qui passe

Argument – Le monde ancien que le poète rejette s'efface en laissant une empreinte si forte que la modernité s'exprime avec nostalgie et sur un ton élégiaque.

Alcools – La présence des légendes (« Nuit rhénane », « La Loreley ») marque cet attachement au « monde ancien ». On retrouve une tonalité élégiaque dans « La Chanson du Mal Aimé », « Les Colchiques » ou « Automne ». Le temps efface tout si vite que *« même les automobiles ont l'air d'être anciennes »* (« Zone »). La modernité assisterait-elle à sa destruction même ?

Autres exemples – On retrouve cette nostalgie chez Cendrars, dans *La Prose du transsibérien et de la petite Jehanne de France : « Un vieux moine me lisait la légende de Novgorod ».*

III-2 Le renouvellement des formes anciennes

Argument – Le poète moderne selon Apollinaire, comme plus tard les surréalistes, s'approprie les formes anciennes et les bouscule.

Alcools – On relève : les octosyllabes de « Les Cloches » (sauf le dernier vers), le jeu des rimes et le refrain dans « Le Pont Mirabeau », mais la ponctuation est absente. *« Et l'unique cordeau des trompettes marines »* est un alexandrin, mais il est l'unique vers de « Chantre ».

Autre exemple – André Breton, le chef de file du surréalisme qui se dit héritier d'Apollinaire, renouvelle la forme médiévale du blason dans « Union libre ».

III-3 La force de la poésie transcende la tension entre modernité et tradition

Argument – Au-delà de la reprise des « vers antiques » pour exprimer *« des pensers nouveaux »* (André Chénier), la poésie se définit par les émotions qu'elle suscite.

Alcools – Les images nouvelles associées aux airs de comptines (« Marie »), l'usage original du lexique (« Nuit rhénane ») ne valent que par les émotions partagées. La suppression de la ponctuation invite le lecteur à s'approprier le poème en le lisant avec sa propre sensibilité.

Autres exemples – De manière générale, les images poétiques nous touchent par-delà la question de l'héritage ou de la rupture : Du Bellay, Hugo, les surréalistes…

Conclusion rédigée

Ainsi, lorsque Apollinaire, soutenant une modernité qui semble condamner « le monde ancien », nous fait entendre les *« Sonneries électriques des gares »*, il les mêle, dans le même vers (« Le Voyageur »), au *« chant des moissonneuses »*. La tour Eiffel, quant à elle, symbole de « l'esprit nouveau », est comparée à une « Bergère » veillant sur *« le troupeau des ponts »* (« Zone »). Mais, en considérant que la poésie se définit par la force des émotions suscitées, nous pouvons renvoyer dos à dos l'ancien et le nouveau afin de chercher en nous un bouleversement poétique (*« un éclat de rire »* ou de vers, dans « Nuit rhénane ») capable de briser notre vision habituelle du monde. Faisons alors nôtre la définition de Saint-John Perse : au-delà des réseaux ou des ruptures esthétiques, *« Poète est celui-là qui rompt avec l'accoutumance »*.

1 Discours, genres et tonalités

Le « **genre** » et la « **tonalité** » sont deux notions **spécifiquement littéraires** qui permettent de caractériser un texte et d'en comprendre les enjeux ; le « **discours** » est, quant à lui, une notion beaucoup plus large.

1 Les discours

On appelle « discours » toute parole orale ou écrite. Cette notion prend en compte l'**intention du locuteur (auteur, narrateur, personnage)**.

Discours narratif	Le locuteur **raconte** une histoire, qu'elle soit réelle ou fictive. Un certain temps s'écoule.
Discours descriptif	Le locuteur **décrit** un paysage, un objet, une personne (portrait). À la différence du discours narratif, la description s'apparente à un arrêt sur image.
Discours explicatif	Le locuteur **explique** un phénomène, une situation, un fonctionnement.
Discours argumentatif	Le locuteur cherche à faire partager son opinion à son destinataire en le **convainquant** avec des arguments et en le **persuadant** avec des procédés littéraires touchant sa sensibilité.

2 Les genres

Un genre regroupe des œuvres littéraires qui présentent des **caractéristiques formelles communes**.

A Les genres rattachés au discours narratif

La frontière entre les histoires vraies et la fiction n'est pas étanche, et certains auteurs choisissent de recourir à la fiction (« l'autofiction ») pour raconter leur propre vie.

Les récits d'histoires vraies	Compte-rendu historique ou journalistique, autobiographie ou biographie fidèles.
Les fictions	Apologues (à visée didactique) : conte, fable. Récits (sans visée didactique) : roman, nouvelle.

B Le théâtre et ses sous-genres

Le théâtre est destiné à être **représenté sur une scène** (voir p. 376). Les sous-genres théâtraux sont fonction des époques et de l'intention du dramaturge (auteur de théâtre) qui peut souhaiter amuser ou émouvoir le spectateur.

Comédie	Personnages du peuple, mariage, fin heureuse.
Tragédie	Personnages de haut rang, destin, issue fatale.
Tragi-comédie	Personnages de haut rang, destin, fin heureuse.
Drame (XIXe siècle)	Mélange des genres.

C La poésie

La poésie accorde une priorité à la beauté du texte et **utilise le langage d'une manière particulière**. Elle peut obéir à des règles (voir p. 321) ou, au contraire, s'en affranchir. Selon les époques et les poètes, elle joue un rôle différent mais elle cherche toujours à **susciter des émotions**.

D Les genres rattachés au discours argumentatif

L'**argumentation directe** prend la forme d'un essai ou d'un article de journal, alors que l'**argumentation indirecte** a recours à la fiction pour contourner la censure et/ou toucher son lecteur : roman, conte, fable, poème, pièce de théâtre…

3 Les tonalités

A Une tonalité qui joue la distance

Le rire établit une distance entre le thème traité et le lecteur ou le spectateur. La **tonalité comique** présente différents aspects qui peuvent s'associer :

Définition-clé

Tonalité : elle caractérise l'**effet produit** sur le destinataire. On distingue ainsi différentes tonalités en fonction de ce que ressent le lecteur ou le spectateur.

L'humour	Un sujet sérieux est traité de manière légère.
L'ironie	On laisse entendre le contraire de ce que l'on dit.
L'absurde	Les événements présentés et leur interprétation sont en décalage, si bien que ce qui se passe paraît incompréhensible.
Le burlesque	Un genre ou registre noble, comme l'épopée, est traité de façon ordinaire, voire vulgaire.
Le grotesque	Le bizarre et le monstrueux sont sources de comique.
La satire	Le rire est destiné à dénoncer.

B Des tonalités qui suscitent l'empathie ou le rejet

Différentes tonalités partagent cette proximité entre le thème traité et le lecteur/spectateur :

- **Tonalité pathétique.** Le texte touche le lecteur et l'invite à **avoir pitié** des personnages ou de la situation évoquée.
- **Tonalité tragique.** Le texte inspire au lecteur ***« terreur et pitié »*** (Aristote) en présentant des personnages victimes de la fatalité. La lutte qu'ils mènent est vaine, et l'issue fatale (la mort ou simplement l'échec) est programmée.
- **Tonalité épique.** Le texte met en avant les exploits d'un héros et les valeurs d'un peuple. Le registre épique caractérise le genre de l'épopée mais se rencontre également au théâtre et dans des romans.
- **Tonalité lyrique.** Le texte communique au lecteur les sentiments exprimés par l'auteur. Quand il s'agit de tristesse ou de nostalgie, on parle de **tonalité élégiaque.**
- **Tonalité polémique.** L'auteur prend position dans un débat d'idées et amène son destinataire à adopter son opinion en rejetant celles de ses adversaires.
- **Tonalité épidictique.** Le texte vante les qualités (un **éloge**) ou souligne les défauts (un **blâme**) d'un personnage ou d'une institution.

Conseil

Ne confondez pas **la tonalité comique,** qui vise à déclencher le rire, **et le genre de la comédie,** qui, lui, obéit à des règles formelles et ne provoque pas nécessairement le rire.

Conseil

Ne confondez pas **le genre de la tragédie** (théâtre) **et la tonalité tragique** (pas nécessairement au théâtre).

2 Les outils grammaticaux

Pour bien s'exprimer et bien comprendre les textes, il est nécessaire de **maîtriser les principaux outils grammaticaux** de notre langue.

1 Les classes grammaticales (natures)

A Les mots invariables

Adverbes	*Lentement, vite, loin, aujourd'hui, enfin…*
Prépositions	*À, après, avant, avec, dans, de, derrière, dès, devant, en, par…*
Conjonctions de coordination	*Et, mais, ou, donc, or, car, pourtant, ni…*
Conjonctions de subordination	*Puisque, étant donné que, si bien que, lorsque, quand bien même…*
Interjections	*Ah !, Oh !, Eh bien !, Hélas !, Parbleu !…*

B Les mots variables

- **Les noms** communs et les noms propres.
- **Les pronoms remplacent** un nom, un adjectif, une proposition.

  Ex. : « Es-tu prêt ? – Je le suis. » *(Le pronom* le *remplace l'adjectif* prêt.*)*

Pronoms personnels	*Je, tu, il, on, elle, nous, vous, me, moi, le, la, en, y…*
Pronoms possessifs	*Le mien, le tien, le sien, le nôtre, le leur…*
Pronoms démonstratifs	*Celui, celui-ci, celui-là, celle, celle-ci, ceux, ceux-là, ceci, cela, ce…*
Pronoms indéfinis	*Chacun, les uns, personne, rien, la plupart, les mêmes…*
Pronoms relatifs	*Qui, que, quoi, dont, où, lequel, duquel, à laquelle, desquels…*
Pronoms interrogatifs	*Qui, que, quoi, lequel, duquel, à laquelle…*

- **Les déterminants** accompagnent un nom dont ils **précisent** le genre et le nombre.

Déterminants démonstratifs	*Ce, cet, cette, ces, ce …-ci, cet …-là…*
Déterminants possessifs	*Mon, ton, son, ma, ta, sa…*
Déterminants indéfinis	*Chaque, tout, l'autre…*
Adjectifs numéraux cardinaux	*Un, deux, trois…*
Articles	Articles indéfinis : *un, une, des.* Articles définis : *le, la, les,* l'article défini élidé *l'* et les articles définis contractés *au* (= *à* + *le*), *du* (= *de* + *le*), *des* (= *de* + *les*). Articles partitifs : *du, de la, de l'.*

Conseil

Ne confondez pas les **déterminants** (placés devant un nom) et les **pronoms** (qui jouent un rôle de remplaçants).
Ex. : Je leur ***(pronom personnel)*** demande leur ***(déterminant possessif)*** avis.

- **Les adjectifs** viennent **préciser le sens** d'un nom ou d'un pronom. Ils peuvent se mettre au **comparatif** ou au **superlatif**.

  Ex. : Pierre est **plus** petit **que** Paul. (comparatif)
  Pierre est **vraiment/très** petit. (superlatif)

- **Le verbe** exprime une **action** ou un **état**.

  Ex. : Écrire *(action)* ; paraître *(état)*.

FRANÇAIS BAC 2023

2 Les fonctions

La fonction d'un mot, c'est **son rôle dans la phrase**.

Sujet du verbe	***Je*** *serai là demain.*
Compléments d'objet du verbe	COD : *Je lis* ***un roman****.* COI : *Tu ressembles* ***à ton frère****.*
Complément d'agent (voix passive) du verbe	*Il fut admiré* ***de tous****.*
Compléments circonstanciels (lieu, temps, manière, moyen, cause, but, conséquence, comparaison, concession, condition…)	*Il se lève* ***à sept heures*** (CC de temps) ***par habitude*** (CC de cause).
Attribut du sujet	*Il deviendra sûrement* ***médecin****.* *Ce travail est* ***intéressant****.*
Attribut du COD	*Je trouve ce roman* (COD) ***très étrange****.*
Complément du nom	*Un roman* ***d'aventures****.*
Complément de l'adjectif	*Ce coureur est beaucoup plus rapide* ***que moi****.*
Apposition au nom	*Voltaire,* ***l'auteur de*** **Candide**. ***Intéressant****, son travail l'a absorbé toute la journée.*
Épithète du nom (pour un adjectif)	*Il effectue un travail* ***intéressant****.*

3 La conjugaison des verbes

A Les temps de l'indicatif

Temps simples		**Temps composés**	
Présent	*Je finis*	**Passé composé**	*J'ai fini*
Futur	*Je finirai*	**Futur antérieur**	*J'aurai fini*
Imparfait	*Je finissais*	**Plus-que-parfait**	*J'avais fini*
Passé simple	*Je finis*	**Passé antérieur**	*J'eus fini*

B Les temps du subjonctif

Temps simples		**Temps composés**	
Présent	*Que je parle*	**Passé**	*Que j'aie parlé*
Imparfait	*Que je parlasse*	**Plus-que-parfait**	*Que j'eusse parlé*

C Les temps du conditionnel

Temps simples		**Temps composés**	
Présent	*Je raconterais*	**Passé 1re forme**	*J'aurais raconté*
		Passé 2e forme	*J'eusse raconté*

D Les temps de l'impératif

Il existe un **présent** et un **passé** de l'impératif. Les verbes ne se conjuguent qu'à trois personnes.

Ex. : Présent : *Cours, courons, courez.* – Passé : *Aie couru, ayons couru, ayez couru.*

E Les valeurs des modes

- **L'indicatif** est le mode des actions certaines.
- **Le subjonctif** exprime une action qui ne se réalisera peut-être pas car elle dépend d'une volonté, d'un souhait.

  Ex. : Je veux que tu viennes. *(Tu ne viendras pas nécessairement.)*
- **Le conditionnel** exprime une action incertaine car soumise à la réalisation d'une hypothèse.

  Ex. : Si tu étais prêt, nous **partirions**.

Il peut aussi avoir une valeur temporelle de futur dans le passé.

Ex. : Il a promis qu'il **viendrait**.

- **L'impératif** exprime l'ordre, l'interdiction, la prière ou le conseil.

F Les valeurs des temps

- **Le présent de l'indicatif**

Présent de l'énonciation	*Aujourd'hui, je **rédige** mon devoir.*
Passé récent ou futur proche	*Il **sort** à l'instant. Il **revient** bientôt.*
Présent d'habitude	*Il **se lève** toujours à sept heures.*
Présent de vérité générale	*Flaubert **est** un romancier du XIXe siècle.*
Présent de narration	*Napoléon **fait route** vers Milan.*

- **Le futur.** Il exprime **une action qui va se produire**. Parfois, le futur a une valeur proche de l'impératif (ordre ou conseil).

  Ex. : Tu **viendras** me voir à la récréation.
- **L'imparfait.** Il exprime **une action passée non limitée dans le temps**. C'est le temps de l'**arrière-plan**, de la description ; il peut aussi exprimer une **habitude** (imparfait itératif).
- **Le passé simple.** Il exprime **une action passée limitée dans le temps**. C'est le temps du récit. Il permet, notamment, d'exprimer des actions qui se succèdent.
- **Les temps composés** expriment une **action antérieure à une action exprimée au temps simple correspondant**.

  Ex. : Aujourd'hui, je **vais** au musée ; hier, **je suis allé(e)** au cinéma.

G La voix active et la voix passive

- **À la voix active,** le sujet est actif : il **fait l'action**.
- **À la voix passive,** le sujet est passif : c'est le **complément d'agent** qui effectue l'action exprimée par le verbe.

  Ex. : a) Le loup *(sujet)* dévore l'agneau *(COD)*.
  Le verbe est au présent de la voix active.
  b) L'agneau *(sujet)* est dévoré par le loup *(C. d'agent)*.
  Le verbe est au présent de la voix passive.
  c) L'agneau a été dévoré par le loup *(C. d'agent)*.
  Le verbe est au passé composé de la voix passive.

Conseil

Ne confondez pas, particulièrement aux temps composés, **voix active** et **voix passive.** On reconnaît une forme verbale passive à ce qu'elle est suivie, ou peut être suivie, par un complément d'agent (on peut lui adjoindre *« par quelqu'un »*).

H La forme pronominale

On parle de « forme pronominale » (réfléchie ou réciproque) lorsque le pronom sujet et le pronom complément désignent **la même personne**.

Ex. : **Tu te** regardes dans le miroir. *(forme réfléchie)*
Ils se parlent. *(forme réciproque)*

4 La phrase

A Les modalités

Modalité déclarative	La phrase se termine par un point et délivre une information.
Modalité interrogative	La phrase se termine par un point d'interrogation et exprime une question.
Modalité injonctive	La phrase se termine par un point ou un point d'exclamation et exprime un ordre.
Modalité exclamative	La phrase se termine par un point d'exclamation et exprime un sentiment, une émotion ou une sensation.

Définition-clé

L'**interrogation rhétorique** est une question qui n'attend pas de réponse. Elle manifeste une émotion, invite le lecteur à réagir.
Ex. : Qui pourrait imaginer une pareille situation ?

Pour mettre une phrase à la forme négative, on utilise deux mots, en général des adverbes, parfois un pronom.

Ex. : Je **n'**ai **pas** lu ce roman. – **Personne** *(pronom)* **ne** me parle sur ce ton.

B Les types de phrases selon le nombre de verbes conjugués

Phrase non verbale ou nominale	Elle ne comprend aucun verbe conjugué.
Phrase simple	Elle comprend un et un seul verbe conjugué.
Phrase complexe	Elle comprend plusieurs verbes conjugués, donc plusieurs propositions. Ces propositions peuvent être juxtaposées (placées côte à côte sans aucun lien), coordonnées (reliées par une conjonction de coordination) ou encore liées par un rapport de subordination.

C Les propositions

- **Les propositions indépendantes** se suffisent à elles-mêmes.

  Ex. : La syntaxe est simple ; les propositions indépendantes sont les plus nombreuses.
  (Cette phrase est composée de deux propositions indépendantes juxtaposées.)

- **Les propositions principales** dirigent une ou plusieurs autres propositions appelées « subordonnées ».

- **Les propositions subordonnées** dépendent des propositions principales.

  Ex. : [La syntaxe est élaborée] [**parce que** les propositions subordonnées sont nombreuses.]
  (Prop. principale) *(Prop. subordonnée)*

On distingue plusieurs sortes de propositions subordonnées : **relatives** (introduites par un pronom relatif), **conjonctives** (introduites par une conjonction de subordination) et **interrogatives indirectes** (introduites par un adverbe ou un pronom interrogatif).

Quelques subordonnées conjonctives circonstancielles :

Subordonnée de condition	***Si tu es d'accord***, *nous allons au cinéma.*
Subordonnée de cause	*Nous allons au cinéma* ***parce qu'il pleut***.
Subordonnée de conséquence	*Il pleut,* ***si bien que nous allons au cinéma***.
Subordonnée de but	*Nous appelons Zoé* ***pour qu'elle nous rejoigne***.
Subordonnée de comparaison	*Je me promène* ***comme le font les escargots***.
Subordonnée d'opposition	***Bien qu'il pleuve,*** *je me promène.*

• **Attention** à la construction de la **subordonnée interrogative indirecte** : le sujet n'est pas inversé comme dans l'interrogation directe.

Ex. : Quelle position défend l'auteur ? → Nous verrons **quelle position l'auteur défend**.

Bien qu'elles ne soient pas centrées sur un verbe conjugué, on parle de « proposition infinitive ou participiale » quand l'infinitif ou le participe ont un sujet différent du sujet principal.

Ex. : Ce matin, **j**'ai entendu [**les oiseaux** chanter]. – [**L'hiver** venu], **la cigale** eut faim.

5 L'énonciation

• **On appelle « énonciation » toute communication, orale ou écrite, avec des mots.** Elle suppose un **locuteur** et un **destinataire** et s'inscrit dans un certain **contexte spatio-temporel** (où et quand).

• **Différents indices de l'énonciation** renvoient au locuteur ou au destinataire : **pronoms personnels** *(je, nous, me, moi…)*, **pronoms possessifs** *(le mien, le tien…)* et **déterminants possessifs** *(ma, ta…)*. L'**apostrophe** peut aussi désigner le destinataire : *« Cher ami… »*

Rappel

Attention ! tous les indicateurs de lieu ou de temps ne sont pas des indices de l'énonciation :
- *aujourd'hui* et *demain* se définissent par rapport au moment où je parle (énonciation) ;
- *ce jour-là* ou *la veille* ne se définissent pas par rapport au moment où je parle : ce ne sont pas des indices de l'énonciation.

• **La double énonciation.** Il arrive parfois que se superposent, dans un même texte, plusieurs situations d'énonciation. La double énonciation est **un phénomène courant au théâtre** car, tandis qu'un personnage s'adresse à un autre personnage, l'auteur parle à son public.

3 Les outils stylistiques

Le **style** d'un écrivain caractérise sa façon particulière de jouer avec les procédés grammaticaux et le lexique afin de donner plus de force ou d'émotion à ce qu'il exprime.

1 La phrase

A L'enchaînement des phrases

• **Enchaînement chronologique.** Dans un récit, les actions peuvent s'enchaîner chronologiquement. On peut alors relever les **indices temporels** *(alors, ensuite…)*.

• **Enchaînement logique.** Les phrases peuvent également s'enchaîner de manière logique : les **connecteurs logiques** peuvent être des conjonctions de coordination *(car, mais…)*, des adverbes *(puis, pourtant…)* ou des conjonctions de subordination *(parce que, comme…)*.

• **La parataxe.** Lorsque 2 phrases ou 2 propositions sont posées côte à côte sans que soit explicite le rapport qui les unit, on parle de **« parataxe »** ou d'**« asyndète »** (absence de liaison).

Ex. : Il pleut ; nous travaillons. *(Lien implicite : de cause à conséquence.)*

B La syntaxe

L'énumération	Des termes de même nature se succèdent.	*Il avait lu Balzac, Flaubert, Zola…*
Le parallélisme	Des constructions ou des termes de même sens sont juxtaposés.	*« Il n'avait pas de fange en l'eau de son moulin, / Il n'avait pas d'enfer dans le feu de sa forge »* (Hugo).
Le chiasme	Il consiste à croiser des termes de même nature grammaticale ou de sens équivalent.	*« Il faut manger pour vivre et non pas vivre pour manger. »*
L'ellipse	Elle consiste à supprimer certains mots grammaticalement attendus.	*« Je t'aimais inconstant ; qu'aurais-je fait fidèle ?* [= si tu avais été fidèle] » (Corneille).
L'anacoluthe	Elle est une rupture de la syntaxe.	*« Exilé sur le sol au milieu des huées, / Ses ailes de géant l'empêchent de marcher »* (Baudelaire). *« Exilé »* devrait se rapporter à *« ailes »* et donc s'écrire *« exilées »* ; il se rapporte, en fait, au possesseur des ailes : le poète.

2 Le lexique

A Le sens des mots

• Un **champ lexical** regroupe l'ensemble des mots qui se rapportent à la **même notion**. On parlera, par exemple, du champ lexical de la joie, de l'amour ou, plus concrètement, de la ville ou du jardin.

Attention !

Il ne faut pas confondre le **champ lexical** d'une notion et la **famille** d'un mot : *familial,* et *généalogie, ascendant* appartiennent au champ lexical de la famille, tandis que *familial* et *familier* sont des mots de la même famille.

• Le **champ sémantique** d'un mot est l'ensemble des différentes significations possibles de ce mot. En effet, la plupart des mots ont plusieurs sens ; on dit qu'ils sont **« polysémiques »** et on parle de la **« polysémie »** d'un mot. Par exemple, le cœur désigne l'organe qui assure la circulation sanguine, un lieu central (« le cœur d'une ville »), le siège des sentiments, ou de la mémoire (« par cœur »), le courage (« du cœur à l'ouvrage »).

• On distingue le **sens dénoté,** objectif et commun à tous, du **sens connoté**, qui, plus subjectif, varie selon les locuteurs et les destinataires. Par exemple, une des connotations de *blanc* est « la pureté ».

Conseil

L'étude des procédés ne se réduit pas à un relevé ; il faut montrer comment les figures de style contribuent au sens du texte.

B Les procédés de comparaison

La comparaison	Deux éléments sont rapprochés par un outil de comparaison *(comme…).*	*« La Terre est bleue comme une orange »* (Eluard).
La métaphore	La comparaison est implicite ; l'outil de comparaison est absent, et, souvent, le comparé n'est pas là non plus. La métaphore filée se poursuit sur plusieurs termes.	*« Cette faucille d'or »* (Hugo), pour désigner la Lune.

C Les procédés d'animation

La personnification	Elle présente une chose ou un animal sous les traits d'une personne.	La Fontaine a souvent recours à ce procédé dans ses fables.
L'allégorie	Elle est une représentation concrète, donc plus compréhensible, des divers aspects d'une idée.	*« Mon beau navire ô ma mémoire »* (Apollinaire).

D Les procédés de substitution

La périphrase	Plusieurs termes viennent se substituer à un mot unique.	Ulysse, *l'homme aux mille ruses.*
La métonymie	Un mot est remplacé par un autre mot dont le sens est logiquement proche du premier.	*Les cordes* pour désigner les instruments à cordes.
La synecdoque	Elle est une forme de métonymie : on remplace la partie par le tout ou le tout par la partie.	*Boire un verre* pour désigner le contenu du verre.

E Les procédés d'opposition

L'antithèse	Des constructions ou des termes s'opposent.	*« Paris est tout petit / C'est là sa vraie grandeur »* (Prévert).
L'oxymore ou alliance de mots	Elle associe deux termes antithétiques.	*« Voilà un beau jeune vieillard pour quatre-vingt-dix ans ! »* (Molière).
L'antiphrase	Une expression dit le contraire de ce que l'on veut signifier.	*« Ô ministres intègres ! »* (Hugo). Ruy Blas dénonce la corruption.
La prétérition	Elle consiste à délivrer une information en disant qu'on ne va pas la donner.	*Je ne vous rappellerai pas que la tragédie naît au Ve siècle avant Jésus-Christ.*

F Les procédés d'insistance ou d'atténuation

L'hyperbole	Elle amplifie les termes.	*Je meurs d'ennui.*
L'anaphore	Elle est une forme particulière de répétition : le mot (ou l'expression) repris(e) est situé(e) en tête de phrase ou de vers.	*« J'ai vu lever le jour, j'ai vu lever le soir, / J'ai vu grêler, tonner, éclairer et pleuvoir, / J'ai vu peuples et rois, et depuis vingt années / J'ai vu presque la France au bout de ses journées »* (Ronsard).
La gradation	Les termes suivent une progression.	*« Va, cours, vole, et nous venge ! »* (Corneille).
La litote	Elle dit le moins pour suggérer le plus.	*« Va, je ne te hais point »* (Corneille). Chimène avoue ainsi son amour à Rodrigue.
L'euphémisme	Il atténue le côté déplaisant d'une réalité ou d'une idée.	*Il nous a quittés* pour « Il est mort ».

G Les sonorités

Un son à lui tout seul n'est pas significatif ; c'est la répétition de ce son qui peut être évocatrice.

- **L'allitération** est la répétition d'une même **consonne** ou d'une même catégorie de consonnes ; on pourra, par exemple, parler d'« allitération en dentales » (répétition de *t* et *d*).
- **L'assonance** est la répétition d'un même **son « voyelle »** (*a, i*… mais aussi *an, on*…).

H Quelques suggestions d'interprétations des procédés

Le tableau qui suit donne de simples pistes : votre interprétation est, avant tout, liée au sens du texte.

Procédés	Interprétations : le procédé permet de…
Répétition, anaphore, parallélisme, chiasme, allitération, assonance…	• Insister sur un terme ou une idée. • Créer un certain rythme.
Allégorie, personnification	• Rendre le texte vivant. • Rendre l'idée accessible. • Toucher le lecteur.
Hyperbole	• Impressionner le lecteur. • Ridiculiser ce qui est évoqué.
Euphémisme, périphrase	• Éviter de dire, de façon crue, une réalité difficile.
Comparaison et métaphore	• Dire ce que l'on a du mal à exprimer avec les mots ordinaires. • Surprendre le lecteur pour le toucher. • La métaphore peut être une véritable métamorphose : le regard de l'écrivain modifie le monde.
Antithèse et oxymore	• Surprendre le lecteur. • Choquer le lecteur.

4 Les principaux mouvements littéraires

Les œuvres, d'une manière ou d'une autre, se définissent par rapport à des mouvements littéraires et esthétiques français ou européens.

IXe-XIVe siècles →	XVe-XVIe siècles →	XVIIe siècle →	XVIIIe siècle →	XIXe siècle →	XXe siècle
Littérature médiévale	Humanisme	Baroque, classicisme	Lumières	Romantisme, réalisme, naturalisme	Surréalisme, absurde

1 Le Moyen Âge

Au début du Moyen Âge, on ne distingue pas la poésie et le récit. La **chanson de geste**, qui glorifie les valeurs du chevalier guerrier (XIe siècle), fait progressivement place à une **poésie lyrique**, qui idéalise la femme (XIIIe siècle). Puis les longs récits en vers, guerriers ou courtois, sont remplacés par des poèmes plus courts (XIVe-XVe siècles).

2 Le XVIe siècle

La Renaissance, tout imprégnée des œuvres antiques, prend l'Italie comme modèle.

A L'humanisme

L'humanisme met l'homme au cœur de ses préoccupations et affirme sa confiance, plus nuancée après les guerres de Religion, dans l'humanité.

Auteurs-clés

- **Humanisme :** Rabelais (v. 1494-1553), Montaigne (1533-1592)…
- **Pléiade :** Du Bellay (1522-1560), Ronsard (1524-1585)…

B La Pléiade

Les poètes de la Pléiade défendent les qualités de la langue française et renouvellent la poésie.

3 Le XVIIe siècle

Le XVIIe siècle prend pour modèle l'**« honnête homme »**, un homme sociable et cultivé.

Auteurs-clés

- **Baroque :** Cervantès (1547-1616), Shakespeare (1564-1616), Théophile de Viau (1590-1626)…
- **Classicisme :** La Fontaine (1621-1695), Molière (1622-1673), Pascal (1623-1662), Racine (1639-1699)…

A Le baroque

Le mouvement baroque s'étend dans toute l'Europe et touche la littérature française dans la première moitié du XVIIe siècle. On le reconnaît à son goût pour l'illusion, le foisonnement, l'exubérance, les jeux de miroir qui expriment toute la complexité du monde.

B Le classicisme

Le classicisme, qui prône la mesure et l'équilibre, est, sous le règne de Louis XIV, une réaction spécifiquement française à l'esthétique baroque.

4 Le XVIIIe siècle et les Lumières

Les Lumières sont d'abord un mouvement d'idées : le « philosophe » réfléchit par lui-même et se met en quête de la vérité ; il revendique sa liberté et dénonce les abus.

Auteurs-clés

Montesquieu (1689-1755), Voltaire (1694-1778), Rousseau (1712-1778), Diderot (1713-1784), Beaumarchais (1732-1799)…

5 Le XIXe siècle

Le siècle qui suit la Révolution française connaît une grande instabilité politique et de grands bouleversements sociaux, économiques et esthétiques.

A Le romantisme (poésie, théâtre)

Dans la première moitié du siècle, le romantisme, sous l'égide de Victor Hugo, rejette l'esthétique classique et affirme la primauté de la sensibilité.

Auteurs-clés

- **Romantisme :** Chateaubriand (1768-1848), Lamartine (1790-1869), Hugo (1802-1885), Musset (1810-1857)…

B Le réalisme (roman)

En réaction au lyrisme et à l'idéal romantique, l'écrivain réaliste veut représenter la réalité.

C Le naturalisme (roman)

Le naturalisme reprend le projet des réalistes et y ajoute une dimension scientifique.

Auteurs-clés

- **Réalisme :** Balzac (1799-1850), Flaubert (1821-1880)…
- **Naturalisme :** Zola (1840-1902), Maupassant (1850-1893)…

D Le Parnasse (poésie)

En réaction à l'idéal romantique, le Parnasse prône « l'art pour l'art » et le culte de la beauté.

E Le symbolisme (poésie)

Après Baudelaire et en opposition avec le naturalisme, les symbolistes expriment leur subjectivité et préfèrent suggérer plutôt que décrire avec précision.

Auteurs-clés

- **Parnasse :** Leconte de Lisle (1818-1894), Heredia (1842-1905)…
- **Symbolisme :** Verlaine (1844-1896), Mallarmé (1842-1898)…

6 Le XXe siècle

A Le surréalisme (poésie)

La Première Guerre mondiale bouleverse les mentalités, et le surréalisme exprime ce désordre. Refusant les formes et les principes traditionnels, il accorde une grande place à l'inconscient.

B L'absurde

- **Pour les philosophes et romanciers** Jean-Paul Sartre (1905-1980) et Albert Camus (1913-1960), la vie de l'homme est absurde et ne peut tirer sa grandeur que de l'action.
- **Au théâtre,** l'absurde rejette les structures traditionnelles (intrigue, place de la parole…).

C Le Nouveau Roman

Les nouveaux romanciers remettent en question les ressorts traditionnels du roman, dont les notions de « personnage » et d'« intrigue ».

Auteurs-clés

- **Surréalisme :** Paul Eluard (1895-1952), André Breton (1896-1966), Louis Aragon (1897-1982)…
- **Absurde :** Samuel Beckett (1906-1989), Eugène Ionesco (1909-1994)…
- **Nouveau Roman :** Nathalie Sarraute (1900-1999), Alain Robbe-Grillet (1922-2008)…

5 Étudier les enjeux et les formes de la poésie

Poursuivant, au fil des siècles, l'étude de la poésie commencée en 2nde, le programme de 1re porte sur les transformations de l'écriture poétique depuis le XIXe siècle et amène à réfléchir sur les différents enjeux du genre. Pour bien **comprendre les ambitions des poètes** des XIXe, XXe et XXIe siècles, il est utile de se tourner vers les mythes et conceptions antiques qui nourrissent les différents projets.

1 Le regard de l'Antiquité sur la poésie

Étymologie

Poème : issu du grec *poiema*, ce mot désigne à la fois un objet fabriqué et le résultat d'une véritable naissance. Fabriquer et/ou donner vie : au fil des siècles, la définition du poète évolue entre ces deux pôles. Tantôt il est un **simple artisan du langage**, tantôt il est un **véritable démiurge**, plus proche des dieux que des hommes.

A Poésie et vérité

• **Homère, l'aède aveugle qui voit la vérité.** La tradition représente le légendaire aède (poète) Homère comme âgé et aveugle. L'*âge* est synonyme de « **sagesse** » et de « **connaissance** » ; quant à la cécité, étant aussi l'apanage des devins, elle signifie que le poète, incapable de voir la réalité ordinaire, perçoit **une autre vérité**, atteint le véritable sens du monde.

• **Apollon : art et vérité.** Apollon est le dieu à la fois de la Connaissance et des Arts, deux domaines que nous dissocions aujourd'hui mais que la poésie réunit. **Dieu de la Vérité,** Apollon s'adresse aux hommes en empruntant la voix des oracles, notamment celle de la pythie à Delphes. **Protecteur des arts,** il est aussi à l'origine de la lyre et la légende dit qu'il en offrit une à Orphée, figure mythologique du poète. Ainsi, la mythologie grecque, en associant art et vérité, exprime une conception ambitieuse de la poésie.

B Le pouvoir des poètes

• **Les Muses : inspiration divine et tradition.** Les neuf Muses de la mythologie sont les filles de Zeus et de Mnémosyne, la déesse de la Mémoire. Filles du dieu des dieux, elles confèrent à la connaissance et à la poésie une essence divine ; filles de Mnémosyne, elles nous rappellent que **la poésie a le pouvoir de garder en mémoire et de transmettre nos traditions et nos valeurs**.

• **Orphée et le pouvoir de la lyre.** Dans l'épisode de sa descente aux Enfers à la recherche d'Eurydice, Orphée charme, avec ses chants, les arbres et l'herbe qui lui montrent le chemin, ainsi que Cerbère, le terrible chien à trois têtes ; il obtient d'Hadès le retour d'Eurydice, à condition de ne pas se retourner pour la regarder ; mais le poète ne parvient pas à obéir et la perd définitivement. Ainsi, le mythe, tout en exprimant le **pouvoir supérieur du poète**, nous montre sa **fragilité**, voire son **désespoir**.

▲ Augustin Pajou, *La Muse Terpsichore*, v. 1768.

Rappel

Le sculpteur **Pygmalion,** qui s'est consacré à son art au point d'ignorer les femmes, sculpte une statue si belle qu'il en tombe amoureux. Aphrodite, touchée par le talent de l'artiste, donne vie à l'œuvre sous les traits de Galatéa et lui permet de l'épouser. De même, le poète cherche à donner vie à son œuvre, à concurrencer, en un sens, les dieux ou le Dieu créateur.

2 Les fonctions de la poésie

A Poésie, mémoire et société

• Filles de la déesse de la Mémoire, les Muses nous rappellent que l'une des fonctions de la poésie est de transmettre, de génération en génération, la culture d'un peuple.

• La versification et les divers procédés de reprise que l'on rencontre en poésie constituent des moyens mnémotechniques efficaces. À une époque où le livre n'existe pas, **les formes poétiques préservent la tradition, et le poète est chargé de célébrer les valeurs de son temps et le monde qui l'entoure**.

Ex. : C'est le cas pour l'*Iliade* et l'*Odyssée* d'Homère, mais aussi pour les épopées médiévales telles que *La Chanson de Roland* (XIe siècle) qui met en scène les valeurs de la chevalerie.

On retrouve cette célébration chez les romantiques et dans la poésie contemporaine, mais il s'agit souvent de louer la nature ou la femme.

B Le poète engagé dans les combats de son temps

Au fil des siècles, de nombreux poètes ont utilisé la force de la poésie pour exprimer leur engagement. Voici quelques exemples, au croisement de la littérature d'idées et de la poésie :

Théodore Agrippa d'Aubigné (1552-1630) dans *Les Tragiques* (1616)	Le poète protestant dénonce les massacres de la Saint-Barthélemy (1572) et l'intolérance religieuse.
Jean de La Fontaine (1621-1695) dans ses *Fables*	Dans **« Les Animaux malades de la peste »**, le fabuliste critique le roi qui agit selon *« ses appétits gloutons »* et s'appuie sur la caution de la Cour.
Victor Hugo (1802-1885) dans *Les Châtiments*	**Le poète** s'en prend à Napoléon III et joue sur tous les registres (pathétique ou satirique) pour transmettre sa critique véhémente.
Les **poètes de la Résistance,** tels Paul Eluard et Louis Aragon	Les poètes ont mis leur art au service de la lutte contre l'occupant allemand. Le poème « Liberté » de Paul Eluard (*Poésie et Vérité*, 1942) est parachuté sur le sol français par des avions anglais.

C Poésie et langage

• **« L'art pour l'art »**

La poésie se caractérise par son utilisation particulière du langage ; sous la plume du poète, les mots ne sont plus des instruments invisibles : ils prennent couleur et vie car le poète est à leur service. En ce sens, la poésie est inutile : elle n'a d'autre but qu'elle-même. Telle est la position que défend, avec verve et humour, **Théophile Gautier** dans la célèbre préface de son roman *Mademoiselle de Maupin* (voir p. 327).

Après Gautier, **les poètes du Parnasse** érigent en école littéraire ce principe de « l'art pour l'art ».

• **Travail de la forme et émotions : la mise en page.**

Le travail de la forme, caractéristique de la poésie, suscite en nous des émotions. D'abord, la mise en page du poème bref au milieu de sa page capte notre attention et nous isole de notre environnement.

Ex. : C'est le cas des *Calligrammes* (1918) de Guillaume Apollinaire qui donnent au poème une forme figurative.

Calligramme de Guillaume Apollinaire. ▶

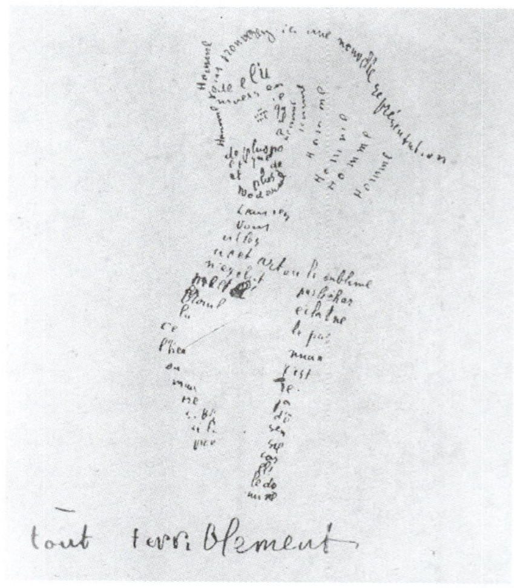

• **Travail de la forme et émotions : la musique.** Le poème est aussi (*« avant tout »*, écrit même Verlaine) musique ; les sonorités et les rythmes contribuent à rapprocher la poésie de la musique. Le poète, descendant d'Orphée, est également musicien.

> **Citation-clé**
> *« De la musique encore et toujours !*
> *Que ton vers soit la chose envolée*
> *Qu'on sent qui fuit d'une âme en allée*
> *Vers d'autres cieux à d'autres amours »*
> (Paul Verlaine, « Art poétique »,
> in *Jadis et Naguère*, 1884).

• **Travail de la forme et émotions : les images.** Le poème peut aussi nous émouvoir grâce à ses images. Étonnantes chez les poètes surréalistes (*« La Terre est bleue comme une orange / Jamais une erreur les mots ne mentent pas »*, Paul Eluard, 1929), elles sont plus simples mais tout aussi émouvantes dans la poésie plus traditionnelle de Victor Hugo *(« Je ne regarderai ni l'or du soir qui tombe / Ni les voiles au loin descendant vers Harfleur »)*.

D Poésie et sentiments

Amoureux ou inconsolable, Orphée inaugure, avec sa lyre, la **poésie lyrique** : les vers sont destinés à exprimer, mieux que ne peut le faire notre langage ordinaire, les sentiments et les émotions. Avec ses mots, le poète nous fait partager ce qu'il ressent, et nous pouvons nous reconnaître en lui.

Ex. : Dans leurs poèmes d'amour, Eluard et Aragon (*Les Yeux d'Elsa*, 1942) sont les héritiers de cette tradition lyrique. On peut évoquer également Victor Hugo se souvenant, sur le mode élégiaque, de sa fille Léopoldine dans *Les Contemplations*.

E Poésie et connaissance (XIXe-XXe siècles)

• **Victor Hugo (1802-1885).** Chef de file du romantisme, Victor Hugo définit le poète comme un **prophète** chargé de comprendre la parole de Dieu *(« Dieu parle à voix basse à son âme »)* et de guider l'humanité *(« Peuples ! Écoutez le poète »)* (voir p. 327).

• **Charles Baudelaire (1821-1867).** La perspective chrétienne en moins, Baudelaire s'inscrit dans cette tradition du poète supérieur **en quête d'un sens et d'un idéal**. Être supérieur comparé à un albatros (*« Le poète est semblable au prince des nuées »* dans *L'Albatros*), le poète aspire à l'idéal. Mais, comme pour Orphée qui perd Eurydice, cette quête d'absolu est vouée à l'échec, et le poète reste prisonnier du *« spleen »*, cet ennui profond qui l'étouffe comme un *« cachot humide »*.

• **Arthur Rimbaud (1854-1891).** Héritier de cette tradition et pourtant profondément révolutionnaire, Arthur Rimbaud ambitionne de se faire ***« voyant »*** afin de donner naissance à *« un verbe poétique accessible un jour ou l'autre à tous les sens »* et susceptible de *« not*[er] *l'inexprimable, de fix*[er] *des vertiges »* (voir p. 328).

• **André Breton (1896-1966) et les surréalistes.** Les surréalistes pensent, quant à eux, que la vérité se trouve dans **l'inconscient** et qu'il faut parvenir à libérer l'esprit de l'emprise de la raison pour réconcilier enfin les contraires (André Breton, dans *Vigilance*, parle de *« l'absence et la présence qui sont de connivence »*) et atteindre ainsi *« le cœur des choses »* (voir p. 330).

3 Les formes poétiques traditionnelles

A Les vers

• **Le décompte des syllabes.** À la fin d'un mot, le *e* se prononce quand le mot suivant commence par une consonne, mais il se fond dans la liaison quand ce dernier commence par une voyelle. À la fin d'un vers, le *e* ne se prononce pas.

*Ex. : « Le mon**de est** plein de gens qui ne sont pas plus sages ; / Tout bourgeois veut bâtir comme les grands seigneurs »* (La Fontaine).

• **La diérèse.** Parfois, la mesure du vers impose une modification de la prononciation d'un mot qui va s'allonger grâce à la **diérèse**.

Ex. : Ainsi, dans « La Grenouille qui se veut faire aussi grosse que le Bœuf », l'adjectif *« envieuse »*, qui est la clé de l'histoire, est allongé par une diérèse en même temps que la Grenouille grossit pour égaler le Bœuf : *« Envieuse, s'étend, et s'enfle, et se travaille. »*

• **Les principaux types de vers**

La poésie traditionnelle française a recours, essentiellement, à des **vers pairs** (nombre pair de syllabes) qui donnent une cadence régulière à la syntaxe. Les vers les plus courants sont l'**octosyllabe** (8 syllabes), le **décasyllabe** (10) et l'**alexandrin** (12).

Au XIXe siècle, Paul Verlaine vantera les mérites du **vers impair** :

Ex. : « Et pour cela préfère l'Impair
Plus vague et plus soluble dans l'air
Sans rien en lui qui pèse ou qui pose »
(Verlaine, « Art poétique », 1884).

Les vers sont souvent regroupés en strophes.
Lorsqu'un poète (La Fontaine ou Apollinaire, par exemple) a recours à plusieurs types de vers dans le même poème, on parle d'**« hétérométrie »**.

Types de vers	Types de strophes
dissyllabe : 2 syllabes	distique : 2 vers
trisyllabe : 3 syllabes	tercet : 3 vers
tétrasyllabe : 4 syllabes	quatrain : 4 vers
pentasyllabe : 5 syllabes	quintil : 5 vers
hexasyllabe : 6 syllabes	sizain : 6 vers
heptasyllabe : 7 syllabes	septain : 7 vers
octosyllabe : 8 syllabes	huitain : 8 vers
ennéasyllabe : 9 syllabes	neuvain : 9 vers
décasyllabe : 10 syllabes	dizain : 10 vers
hendécasyllabe : 11 syllabes	onzain : 11 vers
alexandrin/dodécasyllabe : 12 syllabes	douzain : 12 vers

• Selon le modèle classique, l'**alexandrin** est partagé en deux parties égales, les **hémistiches,** coupées par une **césure :**

Ex. : « Que toujours, dans vos vers, // le sens coupant les mots
Suspende l'hémisti//ch(e), en marque le repos » (Boileau).

• Les poètes romantiques, rejetant les modèles classiques, privilégient l'alexandrin ternaire : *« J'ai disloqué // ce grand niais // d'alexandrin »* (Hugo).

B Les rimes

• On peut distinguer les différentes rimes selon leur **qualité** :

Rimes pauvres	1 seul son commun *(rond/pont).*
Rimes suffisantes	2 sons communs *(rond/marron).*
Rimes riches	3 sons communs *(marron/larron).*

• On peut également étudier leur **disposition** :

Rimes plates ou suivies	Progression *aabb.*
Rimes croisées	Progression *abab.*
Rimes embrassées	Progression *abba.*

C Les procédés liés à l'enchaînement des vers

L'enjambement	La phrase – ou le groupe syntaxique – ne s'achève pas à la fin du vers ; la construction se poursuit dans le vers suivant.	*« Prophète ! si ta main me sauve De ces impurs démons des soirs »* (Hugo).
Le rejet	Un mot – ou un petit groupe de mots – est rejeté au vers suivant.	*« Serait-ce déjà lui ? C'est bien à l'escalier Dérobé. Vite ouvrons… »* (Hugo).
Le contre-rejet	Une phrase – ou une construction – commence tout à la fin d'un vers et se poursuit dans le vers suivant.	*« Souvenir, souvenir, que me veux-tu ? L'automne Faisait voler la grive à travers l'air atone »* (Verlaine).

D Quelques types de poèmes

• **La ballade,** apparue au Moyen Âge et adoptée par la **poésie lyrique**, est proche de la chanson. Elle comprend, le plus souvent, trois strophes de même structure (vers et rimes), un refrain (un vers qui se répète en fin de couplet) et un envoi.

• **L'ode.** Inspirée de l'Antiquité, l'ode fait son entrée dans la littérature à la Renaissance, notamment avec Ronsard. Utilisée pour écrire un **éloge** (*Ode à Cassandre* de Ronsard), c'est-à-dire **célébrer un personnage** ou un événement, elle comporte des strophes semblables (nombre et mesure des vers).

• **Le sonnet.** Forme importée d'Italie à la Renaissance, le sonnet est, sans doute, **la forme poétique la plus courante de la poésie française**. Écrit en alexandrins, il est composé de deux quatrains (strophes de quatre vers) et de deux tercets (strophes de trois vers). Les tercets sont unis par la rime et par la syntaxe.

4 La poésie libérée des contraintes

A Le poème en vers libres

• Au cours des siècles, les auteurs ont pris des libertés avec la versification ; déjà au XVIIe, l'hétérométrie et le jeu des enjambements libèrent la poésie de son carcan sous la plume de La Fontaine. Mais c'est dans la seconde moitié du XIXe siècle, avec Baudelaire (un épilogue en vers libre composé pour la 2e édition des *Fleurs du Mal*) et surtout Rimbaud (avec deux poèmes des *Illuminations* : « Marine » et « Mouvement »), que cette forme nouvelle apparaît.

• Au XXe siècle, certains poètes comme Apollinaire puis les surréalistes se débarrassent également de la ponctuation. **C'est alors au lecteur de participer à la création du poème** en y ajoutant son interprétation et son rythme. Au XXIe siècle, le vers libre est très répandu.

B Le poème en prose

La paternité du poème en prose est souvent attribuée à Baudelaire, qui a fortement contribué, avec son *Spleen de Paris*, à le faire connaître. En réalité, on rencontre des poèmes en prose chez le romantique Aloysius Bertrand (1807-1841).
Henri Michaux (*Plume*, 1938) et Philippe Jaccottet (*Cahier de verdure*, 1990) adoptent souvent cette forme poétique.

Rappel

Le **poème en prose** doit être distingué de la **prose poétique** que l'on peut rencontrer dans les romans. **Il forme, en effet, un tout, élaborant lui-même ses propres règles.**

6 La poésie au XIXe siècle

Après que les romantiques, autour des années 1830, ont rejeté la rigidité de l'esthétique classique, tout devient possible, et les poètes de la seconde moitié du XIXe siècle inventent de nouvelles formes qui préparent la poésie moderne.

Victor Hugo (1802-1885)	Théophile Gautier (1811-1872)	Charles Baudelaire (1821-1867)	Stéphane Mallarmé (1842-1898)	Paul Verlaine (1844-1896)	Arthur Rimbaud (1854-1891)

1 Le romantisme

A L'origine

• **Un mouvement venu d'Allemagne.** L'œuvre *De l'Allemagne* (1810) de Madame de Staël contribue à introduire en France le **romantisme allemand** ; l'auteur renoue également avec la tradition médiévale.

• **L'influence anglaise.** Les **romans anglais** qui font la part belle à l'imagination (le roman gothique) ou qui décortiquent les sentiments (Jane Austen, *Orgueils et Préjugés*) constituent, sans doute, aussi une source d'inspiration pour les écrivains français du début du siècle.

• **Les précurseurs**

Au XVIIIe siècle, la sensibilité examinée *(Les Confessions)* ou exprimée *(La Nouvelle Héloïse, Rêveries d'un promeneur solitaire)* par **Jean-Jacques Rousseau** annonce le romantisme.

François-René de Chateaubriand (1768-1848) est souvent considéré comme un préromantique : ses fictions montrent la place des sentiments et ses *Mémoires d'outre-tombe* expriment ses relations avec la nature, ses émotions, voire son malaise.

B Les caractéristiques du genre

• **Le *« mal du siècle »*.** Enthousiasmée par l'idéal révolutionnaire et les conquêtes napoléoniennes, la jeunesse de la Restauration (retour de la monarchie en 1815) ne trouve pas, ensuite, sa place dans une société qu'elle juge médiocre.

• **L'expression de soi**

L'artiste romantique, percevant le monde comme un reflet de sa sensibilité, **projette sur la nature ses sentiments exacerbés**. *« Chaque paysage est un état d'âme »*, écrit le Suisse allemand Amiel. Ainsi, Lamartine évoque l'automne pour exprimer sa tristesse :

> Ex. : *« Salut, derniers beaux jours ! Le deuil de la nature*
> *Convient à ma douleur et plaît à mes regards »*
> (« L'Automne »).

La poésie devient la forme favorite de **l'épanchement lyrique**.

Citation-clé

« Condamnés au repos par les souverains du monde, livrés aux cuistres de toute espèce, à l'oisiveté et à l'ennui, les jeunes gens voyaient se retirer d'eux les vagues écumantes contre lesquelles ils avaient préparé leurs bras » (Musset, *La Confession d'un enfant du siècle*, 1836).

Rappel

Chez les romantiques, le **rythme binaire** classique de l'alexandrin (2 hémistiches de part et d'autre de la césure) est atténué par des enjambements ou remplacé par une cadence ternaire : *« Demain, dès l'aube, à l'heure où blanchit la campagne »* (Victor Hugo).

• Une conception ambitieuse de la poésie
Renouant avec Orphée (voir p. 321) et faisant du poète un prophète capable de pressentir l'avenir et de guider l'humanité, Victor Hugo a une conception ambitieuse de la poésie.

Ex. : *« Peuples ! écoutez le poète !*
Écoutez le rêveur sacré !
Dans votre nuit, sans lui complète,
Lui seul a le front éclairé ! »
(« Fonction du poète »,
in *Les Rayons et les Ombres,* 1840).

▲ Caspar David Friedrich, *Deux Hommes contemplant la Lune,* v. 1825-1830. Metropolitan Museum of Art, New York.

Chargé d'une mission, le poète doit agir dans son siècle. Le *« rêveur sacré »* est aussi un homme engagé contre la misère et l'oppression. Ainsi, en écrivant « Mélancholia », Victor Hugo défend la cause des enfants contraints de travailler, *« Accroupis sous les dents d'une machine sombre »* : *« Jamais on ne s'arrête et jamais on ne joue ».* Dans *Les Châtiments,* le poète en exil dénonce, sur une tonalité satirique (« Fable ou Histoire ») ou pathétique (« Souvenir de la nuit du 4 »), le coup d'État de Napoléon III.

• Les auteurs
Poésie et théâtre (voir p. 386) sont les genres privilégiés de la génération romantique dont **Victor Hugo** est le chef de file, accompagné notamment d'**Alphonse de Lamartine**, **Alfred de Musset**, **Alfred de Vigny** et **Gérard de Nerval**.

2 « L'art pour l'art » et le Parnasse

Théophile Gautier, romantique à ses débuts, prend ses distances par rapport au mouvement qu'il a soutenu en demandant **à la poésie de ne pas avoir d'autre but qu'elle-même (« l'art pour l'art »)**. Il sera suivi, dans la seconde moitié du siècle, par les parnassiens, un mouvement dont la revue *Le Parnasse contemporain* est très admirée. **Le travail de la forme** est, pour eux, une priorité ; il débouche, parfois, sur une surenchère de procédés, mais certains poèmes ne laissent pas indifférent, comme « Les Conquérants » de José Maria de Heredia ou « Midi » de Charles-Marie Leconte de Lisle.

Ex. : *« Il n'y a de vraiment beau que ce qui ne peut servir à rien ; tout ce qui est utile est laid ; car c'est l'expression de quelque besoin ; et ceux de l'homme sont ignobles et dégoûtants, comme sa pauvre et infirme nature. L'endroit le plus utile d'une maison, ce sont les latrines »*
(Gautier, préface de *Mademoiselle de Maupin*, 1835).
Le poète pose, ici, les fondements de « l'art pour l'art » et dissocie le beau de l'utile.

3 Dans le sillage du romantisme

A Charles Baudelaire (1821-1867)

• Le déchirement entre « Spleen et Idéal ». Héritier d'Orphée et du *« rêveur sacré »* selon Hugo, Baudelaire conçoit le monde comme *« une forêt de symboles ».* En conciliant les sensations, le poète pourra participer à *« l'expansion des choses infinies »* (« Correspondances »). Mais, écrasé par le *« spleen »* (un ennui profond), il ne parvient pas à atteindre l'idéal.

FRANÇAIS BAC 2023

• ***Les Fleurs du Mal* (1857).** Le recueil des *Fleurs du Mal*, qui valut à Baudelaire un procès et une censure, rassemble des poèmes qui expriment ce **douloureux déchirement entre « Spleen et Idéal »**, mais aussi des vers pleins de sensualité et d'autres qui posent un nouveau regard sur la réalité quotidienne (les *Tableaux parisiens* dans l'édition de 1861). Le titre du recueil montre que **la beauté de la poésie réside dans la poésie elle-même et non dans l'objet évoqué**.

• **Les poèmes en prose.** Le recueil posthume du *Spleen de Paris* (voir p. 325) marque une étape dans l'histoire de la poésie française en réunissant des poèmes en prose.

B Le symbolisme

Dans la seconde moitié du XIXe siècle, le symbolisme oppose à l'esprit positiviste en vogue son **goût pour la sensibilité et l'irrationnel**. Le monde ne se réduit pas à ce que nous percevons, et le symbole permet d'accéder à une vérité nouvelle. Le chef de file du symbolisme est Jean Moréas, mais les grands poètes qui s'apparentent à ce courant affirment, avant tout, un projet personnel en dehors de tout mouvement réglé.

C Arthur Rimbaud (1854-1891)

• Enfant précoce et poète adolescent, Rimbaud, après avoir rejeté la poésie à la mode (le Parnasse) qui l'avait un moment séduit, révolutionne le genre poétique en se lançant dans une expérience sans précédent (voir aussi p. 323).

• À 17 ans, il publie *Le Bateau ivre*, un long poème dans lequel, sous l'identité d'un navire, il se libère de toutes entraves, *« dispersant gouvernail et grappin »* pour découvrir *« la nuit verte aux neiges éblouies »* et voir *« quelquefois ce que l'homme a cru voir »*. Dans la lettre dite « du Voyant », écrite en 1871, il annonce que « Je *est un autre* » et que ***« Le Poète se fait voyant par un long, immense et raisonné dérèglement de tous les sens »***.

• Âgé de 21 ans, il renonce finalement à cette expérience de la folie *(« l'histoire d'une de mes folies »)* pour abandonner la poésie et partir en Afrique, sans prêter attention à la publication de ses poèmes.

D Paul Verlaine (1844-1896)

Compagnon de Rimbaud qu'il finira par blesser d'un coup de revolver, Verlaine cherche à émouvoir le lecteur par sa **musique** (voir p. 323) et ses images tout en **nuances** *(« Car nous voulons la Nuance encor, / Pas la couleur, rien que la nuance », « Art poétique »)*.

Ex. : « Il pleure dans mon cœur
Comme il pleut sur la ville ;
Quelle est cette langueur
Qui pénètre mon cœur ? »
(Verlaine, « Il pleure dans mon cœur... », in *Romances sans paroles*, 1874).

E Stéphane Mallarmé (1842-1898)

Stéphane Mallarmé poursuit le travail de la forme entrepris par les parnassiens avec un projet beaucoup plus ambitieux. En quête du Livre par excellence, un idéal de beauté et de vérité, il propose des **poèmes ciselés et abstraits, proches de l'hermétisme**.

7 La poésie aux XXe et XXIe siècles

Avant même le grand bouleversement de la Première Guerre mondiale, les poètes, *« las de ce monde ancien »*, ont inventé de nouvelles voies tout aussi ambitieuses.

Guillaume Apollinaire (1880-1918) — **Blaise Cendrars** (1887-1961) — **Paul Eluard** (1895-1952) — **André Breton** (1896-1966) — **Yves Bonnefoy** (1923-2016) — **Philippe Jaccottet** (né en 1925)

1 Avant la guerre : « l'esprit nouveau »

• Guillaume Apollinaire (1880-1918)

Tout en exprimant ses sentiments dans une poésie lyrique, Apollinaire évoque la **modernité (« l'esprit nouveau »)** du siècle. La libération de la forme entamée dans la seconde moitié du XIXe siècle se poursuit et se généralise aux autres arts (le cubisme en peinture, par exemple). Apollinaire abandonne la ponctuation et explore les liens entre poésie et dessin en composant ses *Calligrammes* (1918).

Ex. : « À la fin tu es las de ce monde ancien
Bergère ô tour Eiffel le troupeau des ponts bêle ce matin
Tu en as assez de vivre dans l'antiquité grecque et romaine
Ici même les automobiles ont l'air d'être anciennes
La religion seule est restée toute neuve la religion
Est restée simple comme les hangars de Port-Aviation »
(Apollinaire, « Zone », in *Alcools*, 1913).

• Blaise Cendrars (1887-1961)

Se souvenant d'un voyage en Russie effectué à 16 ans, Frédéric-Louis Sauser, dit Blaise Cendrars, publie, en 1913, *La Prose du transsibérien et de la petite Jehanne de France*, un long poème illustré par Sonia Delaunay. Le vers libre métamorphose la forme ancienne de la ballade : **au croisement de la tradition et de la modernité**, la poésie réside dans le **mélange des arts**.

• Tradition et modernité. La poésie du début du siècle approfondit les **voies déjà ouvertes**. On retrouve ainsi, avec Saint-John Perse (Alexis Leger, 1887-1975), un lyrisme hérité des romantiques mais renouvelé par la quête d'une harmonie profonde entre la nature et l'Homme. S'inscrivent dans ce courant d'une poésie sensible et ambitieuse les poètes Pierre Reverdy ou Max Jacob.

Ex. : « Crusoé ! – ce soir près de ton Île, le ciel qui se rapproche louangera la mer, et le silence multipliera l'exclamation des astres solitaires »
(Saint-John Perse, « Images à Crusoé », in *Éloges*, 1909).

▲ Robert Delaunay, *Tour Eiffel*, 1910, Basel, Kunstmuseum.

FRANÇAIS BAC 2023

2 Après la guerre : le surréalisme

A Le dadaïsme

Après l'euphorie des premières années du siècle, la Première Guerre mondiale provoque un sentiment d'absurdité. L'horreur et l'inutilité des combats appellent une révolte qui se traduit dans les arts. Le dadaïsme, conduit par Tristan Tzara, tourne en dérision les valeurs et les formes traditionnelles.

B Le surréalisme

Ainsi baptisé lors de la parution du *Manifeste du surréalisme* (1924), le surréalisme est un courant conduit par André Breton qui poursuit l'entreprise de destruction amorcée par Tzara tout en proposant de nouvelles valeurs. **L'amour et l'inconscient permettent d'atteindre une surréalité** que la raison et la conscience nous empêchent de rejoindre. S'affranchissant de la logique, poésie et peinture explorent de nouveaux territoires. Aux côtés de poètes comme **Paul Eluard** (1895-1952) ou **Louis Aragon** (1897-1982), on trouve les peintres Magritte ou Dali, le cinéaste Buñuel.

3 La Seconde Guerre mondiale : poésie et engagement

Durant la guerre, nombreux sont les poètes qui s'engagent du côté de la **Résistance** : Paul Eluard, Louis Aragon, René Char, Robert Desnos (mort en déportation)… Leurs poèmes célèbrent les héros de la lutte contre le nazisme et défendent les valeurs de la liberté. Leur engagement ne se réduit pas à la diffusion clandestine de leurs œuvres ; ils participent également aux missions sur le terrain.

Ex. : « Un homme est mort qui n'avait pour défense
Que ses bras ouverts à la vie
Un homme est mort qui n'avait d'autre route
Que celle où l'on hait les fusils »
(Paul Eluard, « Gabriel Péri », in *Au rendez-vous allemand*, 1945).

4 La diversité de la poésie contemporaine

A Des chemins variés

Francis Ponge (1899-1988) prend le parti des choses (*Le Parti pris des choses*, 1942). Chez lui, la croûte du pain *« façonnée »* dans le *« four stellaire* […] *en vallées, crêtes, ondulations, crevasses »* acquiert une dimension cosmique, tandis que l'on admire avec l'orange le *« fragile et rose ballon ovale »* et *« la forme parfaite du fruit »*. Le poète modifie notre regard sur le réel. D'autres poètes, comme **Raymond Queneau** (1903-1976) et le groupe de l'**Oulipo** (Ouvroir de littérature potentielle), inventent de nouvelles contraintes formelles pour stimuler l'écriture poétique. La littérature devient jeu chez **Georges Perec** (1936-1982) ou **Jacques Prévert** (1900-1977) sans perdre de sa force émotive.

B Et aujourd'hui ?

La poésie n'est pas lettre morte malgré le triomphe du genre romanesque ; on peut évoquer **Philippe Jaccottet** (né en 1925), **Yves Bonnefoy** (1923-2016) ou **Jean-Michel Maulpoix** (né en 1952) et rappeler que des revues et de nombreux sites, des manifestations comme « Le Printemps des poètes » ou des rencontres de slam continuent de faire vivre la poésie.

8 La poésie : œuvres et parcours

1 *Les Contemplations* (I à IV) de Victor Hugo

A Le contexte

• **Le romantisme.** Le romantisme rejette non seulement la rigueur des classiques mais aussi la médiocrité et la rigidité de la société de la Restauration. L'expression des sentiments est placée au premier plan ; ainsi, le lyrisme domine dans *Les Contemplations* **(voir p. 326)**.

• **La mort de Léopoldine.** Âgée de 18 ans, Léopoldine, la fille du poète, se noie dans la Seine avec son mari le 4 septembre 1843. Hugo, bouleversé, ne publiera rien pendant dix ans.

• **L'exil.** Après avoir critiqué Napoléon III en 1853 dans *Châtiments* (rebaptisé *Les Châtiments* en 1870), Hugo, trouvant une certaine paix à Guernesey, réunit les poèmes qui, sous le titre des *Contemplations*, seront publiés en 1856 et obtiendront un grand succès.

Auteur

Victor Hugo (1802-1885), dramaturge, romancier et poète, est le **chef de file du mouvement romantique**.

B Les principaux repères

• **Composition du recueil.** La ligne directrice de l'ouvrage est **chronologique**, et le **bouleversement** que représente la **mort de Léopoldine** aimante un recueil qui comprend deux grands mouvements : « Autrefois » (I : la jeunesse ; II : l'amour pour Juliette Drouet ; III : les combats) et « Aujourd'hui » (livres IV à VI). Sur une page blanche, entre le deuxième et le troisième poème de *Pauca meae* (livre IV), une ligne de pointillés, titrée « 4 septembre 1843 », marque la rupture.

Info-clé

Pauca meae (Virgile) se traduit par **« Peu de choses pour la mienne »**. Le sens ambigu (« quelques poèmes pour ma fille » ? « peu de souvenirs de ma fille » ?) invite le lecteur à lire activement le recueil *« miroir »* (préface) de sa propre vie.

• **Réflexions sur la mort.** Le deuil amène le poète à exprimer ses **réactions successives** à l'insoutenable : révolte, nostalgie, quête d'un sens ; la rébellion contre un Dieu injuste fait place à une acceptation des projets divins.

• **Au-delà du lyrisme.** Les tonalités lyrique, élégiaque mais aussi pathétique (« Mélancholia »), vibrent dans ce recueil romantique. Mais le lyrisme vise l'universel, comme le précise la préface adressée au lecteur : *« Ma vie est la vôtre ;* […] *la destinée est une. Prenez donc ce miroir et regardez-vous-y. »*

C Parcours : *« Les Mémoires d'une âme »*

• **Poésie et écriture de soi.** Le terme *« Mémoires »* employé par Hugo dans la préface des *Contemplations* affecte à la poésie une **mission autobiographique**. On retrouvera cette veine lyrique chez Baudelaire, Rimbaud ou Verlaine.

• **La dimension spirituelle.** La poésie, selon Hugo, participe à une **quête de l'invisible**. Il s'agit de *« traverser les tumultes »* de l'existence pour *« contempler Dieu »* (préface). Le titre même du recueil invite à cette *« contemplation »*, ce dépassement que chercheront, ensuite, Baudelaire ou Rimbaud.

2 *Les Fleurs du Mal* de Baudelaire

A Le contexte

• **« Les poètes maudits ».** Cette expression dont Verlaine fait, en 1884, le titre d'un de ses recueils désigne les poètes qui, tels Baudelaire, Rimbaud ou Verlaine, se sont sentis **incompris et rejetés**. Les poètes de la seconde moitié du XIXe siècle sont les héritiers de la génération romantique, victime du « mal du siècle ». La mort de son père, le remariage de sa mère, une jeunesse désordonnée qui conduit sa famille à le placer sous tutelle : Baudelaire est tout le contraire de Victor Hugo, écrivain établi et reconnu.

Auteur

Charles Baudelaire (1821-1867). Héritier des romantiques, Baudelaire ouvre une voie vers la **poésie moderne**.

• **La place des femmes.** Les femmes occupent une place importante dans la poésie de Baudelaire. Trois d'entre elles sont à connaître : l'exotique et sensuelle **Jeanne Duval**, **Marie Daubrun**, la comédienne aux yeux verts qui le quittera pour un autre poète et **Madame Sabatier** l'égérie des artistes qui incarne l'amour idéalisé.

• **Du romantisme au symbolisme : une conception ambitieuse de la poésie.** Depuis l'Antiquité **(voir p. 321)**, deux conceptions de la poésie coexistent : l'une d'elles voit en l'artiste un *être exceptionnel « Qui plane sur la vie et comprend sans effort / Le langage des fleurs et des choses muettes »* (Baudelaire, « Élévation »). Sans appartenir à un courant défini, Baudelaire se situe entre les romantiques (le poète est un *« prophète »*, un *« rêveur sacré »* selon Hugo) et les symbolistes, qui, dans une perspective platonicienne, entreprennent de découvrir, au-delà de nos sens, un monde plus vrai qui nous dépasse.

• **La publication des *Fleurs du Mal*.** Rassemblant des poèmes publiés dans des revues et des textes inédits, Baudelaire, en perfectionniste, compose minutieusement un recueil de cent poèmes qu'il publie en **juin 1857**. En raison de quelques poèmes critiqués dans la presse, Baudelaire, accusé d'« offense à la morale religieuse et aux bonnes mœurs », est condamné à une amende et doit retirer six pièces. La décision ne sera annulée qu'en 1946.

Rappel

Le **Second Empire** voudrait soumettre les arts à la morale ; et, en 1857, se tiennent les **procès de deux grandes œuvres littéraires :** ***Madame Bovary*** de Flaubert (procès gagné) et ***Les Fleurs du Mal*** de Baudelaire.

B Les principaux repères

• **La composition du recueil de 1857.** Deux principes président à l'organisation du recueil :

Un parcours autobiographique, selon le modèle des romantiques (*Les Contemplations* de Hugo) mais avec une *« impersonnalité volontaire »* (une lettre de 1858) ouvrant sur l'universel.	Le premier poème, « Bénédiction », marque la naissance du poète et le dernier, « La Mort des artistes », sa disparition.
Une composition théâtrale en cinq actes, le premier acte exposant le problème et les quatre suivants déployant des réponses possibles.	*Spleen et Idéal :* le dilemme fondateur
	Fleurs du Mal : la débauche
	Révolte : le poète maudit
	Le Vin : la fuite dans le paradis artificiel
	La Mort

• **L'édition de 1861.** Baudelaire enrichit *Spleen et Idéal* et *La Mort* ; il crée une nouvelle section *(Tableaux parisiens)* qui comprend des poèmes figurant en 1857 dans *Spleen et Idéal* et de nouveaux poèmes. Le recueil compte désormais **126 poèmes**.

• **Le renouvellement du lyrisme.** Influencé par les romantiques, Baudelaire écrit à la 1re personne, exprime ses émotions, raconte ses souvenirs. Mais il s'agit moins de parler de soi que d'**atteindre l'universel**. Le « je » est un procédé d'écriture : il peut représenter Baudelaire mais aussi le poète ou l'homme en général.

• **Le déchirement entre le spleen et l'idéal.** Aspirant à s'élever pour atteindre l'idéal et déchiffrer enfin le monde, le poète est prisonnier du *« spleen »* qui l'étouffe et l'empêche de s'élever.

• **Thèmes traditionnels et thèmes nouveaux.** On retrouve, dans *Les Fleurs du Mal,* les thèmes de la femme, de l'exotisme, du souvenir, de la mort, mais aussi des thèmes plus originaux comme la ville *(Tableaux parisiens)* ou le chat.

C Parcours : « Alchimie poétique : la boue et l'or »

• ***« Tu m'as donné ta boue et j'en ai fait de l'or. »*** Ce dernier vers de « Ébauche d'un épilogue pour la deuxième édition des *Fleurs du Mal* » résume une des lignes majeures du recueil. Le poète est doublement ambitieux. Dans le sonnet des « Correspondances », il adopte une **vision platonicienne du monde** et se donne pour vocation d'utiliser la palette des sensations pour déchiffrer *« la forêt de symboles »* et atteindre les *« choses infinies »*. Le titre du recueil comme le dernier vers de l'épilogue ouvrent une perspective un peu différente : le poète, en alchimiste, **métamorphose la réalité négative**. Il tire ses *« Fleurs »* du *« Mal »* lui-même comme en témoigne le poème « Une charogne ».

> **Info-clé**
>
> **Platon** est un **philosophe grec** pour qui notre monde sensible, c'est-à-dire perceptible par nos sens, n'est que le pâle reflet d'un monde parfait, appelé « monde des idées ».

• **Les poètes alchimistes.** Le terme *« alchimiste »*, qui exprime cette transformation d'une réalité décevante en un monde idéal, renvoie à **Arthur Rimbaud** qui a intitulé un de ses textes *« L'Alchimie du verbe »* : *« J'inventai la couleur des voyelles ! – A noir, E blanc, I rouge, O bleu, U vert. – [...] je me flattai d'inventer un verbe poétique accessible, un jour ou l'autre, à tous les sens. »* La transformation de la *« boue »* en *« or »* suppose un **travail sur le langage**, mais son ambition démesurée porte les germes de l'échec : l'angoisse du spleen chez Baudelaire ou la folie chez Rimbaud.

• **La beauté repensée.** On retiendra aussi l'idée que la beauté d'un poème ne tient pas à ce qu'il peint (une charogne chez Baudelaire, un pou chez Lautréamont) mais à sa **métamorphose par la force du langage poétique**. Francis Ponge **(voir p. 330)**, dont les poèmes travaillés transfigurent les objets du quotidien, est, à sa façon, aussi un alchimiste.

3 *Alcools* (1913) d'Apollinaire

A Le contexte

• **L'« esprit nouveau ».** Les artistes et écrivains de la fin du XIXe siècle ont amorcé le virage de la modernité, et les quatorze premières années du XXe siècle sont marquées par une euphorie à peine assombrie par la perspective de la guerre.

• **Les villes** se développent, et cette urbanisation, déjà célébrée dans *Les Fleurs du Mal*, inspire les poètes comme les peintres. Mais la représentation fidèle de la réalité n'est plus un enjeu ; le **regard personnel de l'artiste** compte désormais davantage. Le rêve et la fantaisie, présents dans les œuvres, font écho à l'euphorie générale.

> **Auteur**
>
> 
>
> Guillaume Apollinaire de Kostrowitzky, dit **Guillaume Apollinaire (1880-1918),** illustre le bouillonnement artistique des premières années du XXe siècle.

• **La liberté de la forme.** Baudelaire et Rimbaud ont introduit de nouvelles formes poétiques libérées des contraintes de la versification traditionnelle ; avant les surréalistes **(voir p. 330)**, Apollinaire, pour mieux exprimer une modernité dynamique, renonce à la ponctuation et met à mal la syntaxe. Associant poésie et dessin, il compose les *Calligrammes* (1918) **(voir p. 322)**.

• **Le voyage en Allemagne.** *Alcools*, notamment la section *Rhénanes*, est fortement marqué par le séjour d'Apollinaire sur les bords du Rhin, comme en témoignent les mythes évoqués (les ondines ou la Loreley), les paysages, les noms propres…

• **Les amours déçus.** Certains poèmes sont des « *chanson*[s] *du Mal-Aimé* » : en Allemagne, Apollinaire tombe amoureux d'Annie Pleyden qui le repousse ; la relation nouée en 1907 avec l'artiste-peintre Marie Laurencin s'achève en 1912.

B Les principaux repères

• **Composition du recueil.** Le recueil se constitue progressivement ; en 1904, Apollinaire pense à un recueil intitulé *Vent du Rhin* ; le titre *Alcools*, retenu en 1912, suggère le pluriel et le désordre. En effet, Apollinaire multiplie les thèmes et les points de vue selon une **esthétique de la désorganisation** qui rappelle la peinture cubiste. Certains poèmes sont très longs (ex. : « Vendémiaire ») d'autres, très courts (ex. : « Chantre », réduit à 1 vers unique) ; certains ont un titre et d'autres non ; certains sont isolés, d'autres regroupés en sections ; certains sont en vers réguliers ou presque (ex. : « La Loreley »), d'autres en vers libres (ex. : « Zone »). Le **désordre**, à l'image du « cœur changeant », semble être, paradoxalement, le principe d'organisation d'*Alcools*, comme l'indiquent d'ailleurs les poèmes qui ouvrent et ferment le recueil. Le premier vers de « Zone » commence par *« À la fin »*, tandis que « Vendémiaire » s'achève sur une naissance : *« le jour naissait à peine »*.

• **Les principaux thèmes.** La **figure du Mal-Aimé**, les images à la fois idéalisées et cruelles de la femme traversent le recueil. La **quête amoureuse** prend la forme de l'errance, partagée avec les musiciens, tziganes ou saltimbanques croisés dans de nombreux poèmes. Elle rejoint d'autres aspirations ou itinéraires : le voyage dans les souvenirs, la recherche de l'identité (« Guillaume, qu'es-tu devenu ? »), le désir d'un monde nouveau (« Zone », « Vendémiaire »).

• **Le lyrisme.** La présence de la 1re personne, l'évocation des souvenirs et l'expression des sentiments relèvent de la tonalité lyrique, voire élégiaque (*« Tu seras loin je pleurerai / J'en mourrai peut-être »* dans « Les Cloches »). Mais le « je » est aussi une instance poétique qui permet au lecteur de s'approprier le poème.

C Parcours : « Modernité poétique ? »

• **Les différentes facettes de la « modernité ».** L'évocation **de la ville**, du train (le transsibérien de Cendrars), de la tour Eiffel (« Zone ») érigée en 1887-1889 sont des signes tangibles de la modernité poétique. Le recours au **vers libre** en est un autre, de même que la **disparition de la ponctuation**. Le lecteur est alors amené à participer à la création du poème en y mettant ses propres signes, son propre rythme. Cette démocratisation de la poésie se poursuivra avec les surréalistes.

• **Une modernité qui se nourrit de la tradition.** *« À la fin tu es las de ce monde ancien »* écrit Apollinaire dans le premier vers d'*Alcools*. Mais le passé, bien que mis à distance, nourrit la modernité. Après Rimbaud qui disait s'inspirer de la *« vieillerie poétique »*, des *« refrains niais »* et des *« rythmes naïfs »*, Apollinaire, comme Cendrars, reprend des personnages (les saltimbanques, la Loreley), des formes (la chanson), une tonalité (le lyrisme) pour les renouveler à sa façon.

9 Étudier la littérature d'idées

Si la pensée mathématique abstraite ou la démarche scientifique expérimentale (la physique, par exemple) démontrent des vérités vérifiables, **les sciences humaines** et **la littérature d'idées,** quant à elles, **confrontent des opinions.**

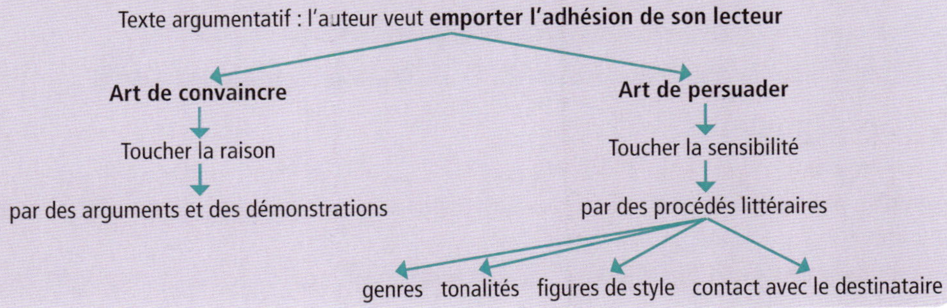

1 Littérature d'idées : enjeux et démarches

A Définition et enjeux

• **Un texte à comprendre dans son contexte.** Plus que tout autre, le texte d'idées (ou texte argumentatif) doit être situé dans son contexte car c'est souvent celui-ci qui explique les prises de position de l'auteur. Ainsi, on ne peut lire convenablement une fable de La Fontaine comme « Les Obsèques de la Lionne » sans connaître, au préalable, le fonctionnement de la Cour. Par conséquent, lorsqu'on aborde un texte d'idées, il est essentiel de **s'interroger sur l'identité de l'auteur et des destinataires visés ainsi que sur le contexte du propos.**

• **Un texte qui cherche à emporter l'adhésion du lecteur/spectateur.** Avec la seule force de la logique et des mots, il s'agit d'**amener quelqu'un à adopter un point de vue** qui n'était peut-être pas le sien au départ. La naissance de la démocratie athénienne (ve siècle av. J.-C.) est aussi celle de la **rhétorique** qui permet de régler les conflits sans user de violence. La rhétorique antique distingue trois sortes d'éloquences :

L'éloquence judiciaire	Le discours s'adresse à des juges ; il s'agit d'accuser (le **réquisitoire**) ou, au contraire, de défendre (la **plaidoirie**) une personne ou une situation.
L'éloquence délibérative	Le discours s'adresse à une assemblée et pèse les différentes positions possibles avant de se prononcer pour une solution.
L'éloquence épidictique	Le discours trouve sa place dans une cérémonie au cours de laquelle il fait l'**éloge** ou le **blâme** d'une personne ou d'une situation. On peut citer, pour exemple, l'éloge de Jean Moulin par Malraux à l'occasion du transfert des cendres du résistant au Panthéon.

B Les démarches

• **Convaincre,** c'est toucher la **raison** du destinataire en présentant une **thèse** étayée par des **arguments**, eux-mêmes illustrés par des **exemples**. Lorsque le locuteur s'oppose à une thèse, on parle de **« réfutation »**.

• **Persuader.** Toucher la raison du destinataire s'avère souvent insuffisant si, par ailleurs, on n'atteint pas sa **sensibilité**. Tel est l'art de persuader grâce à des **procédés** littéraires : genres, tonalités, ressources grammaticales et stylistiques.

• **Délibérer.** La délibération suppose une discussion, une **confrontation** des différents points de vue. Elle peut prendre la forme d'un dialogue ou ne concerner qu'un seul individu qui, envisageant différentes perspectives, cherche à prendre la décision la mieux adaptée.

2 Argumenter et raisonner : l'art de convaincre

A Les arguments

• **La place des arguments.** Présentés comme des constats indiscutables et illustrés par des exemples qui montrent leur solidité, les arguments viennent soutenir ou, au contraire, réfuter une thèse.

• **Arguments particuliers**

L'argument *ad hominem* consiste à viser la personne que l'on critique plutôt que l'opinion qu'elle défend.

> *Ex. :* En répondant à d'Alembert qui tentait d'apaiser sa colère contre Rousseau, Voltaire définit son ennemi comme *« un petit bout d'homme pétri de vanité »*.

On parle d'**« argument d'autorité »** quand on fait référence à des auteurs connus.

B Les raisonnements

• **Le raisonnement inductif** part d'observations particulières pour en tirer une conclusion plus générale.

> *Ex. : « Jetez les yeux sur toutes les nations du monde, parcourez toutes les histoires. Parmi tant de cultes inhumains et bizarres, parmi cette prodigieuse diversité de mœurs et de caractères, vous trouverez partout les mêmes idées de justice et d'honnêteté, partout les mêmes notions de bien et de mal. »* Dans ce passage de l'*Émile* (1762), Jean-Jacques Rousseau s'appuie sur *« toutes les nations du monde »* pour tirer une morale universelle.

Rappel

Le **syllogisme** est un raisonnement déductif complexe et aisément détourné. Il comprend trois étapes : les **deux prémisses** et la **conclusion**.

Ex. : « Tous les hommes sont mortels ; or Socrate est un homme ; donc Socrate est mortel. »
Un syllogisme faux : « Tout ce qui est rare est cher ; or un cheval pas cher est rare ; donc un cheval pas cher est cher. »

• **Le raisonnement déductif,** à l'inverse du raisonnement inductif, **part d'une considération générale pour l'appliquer ensuite à un cas particulier**.

• **Le raisonnement par analogie** consiste à **rapprocher la situation à laquelle on s'intéresse d'une autre qui ne prête pas à débat afin d'en tirer des conclusions**.

> *Ex. :* Molière a recours de façon amusante à ce type de raisonnement dans *Le Médecin malgré lui*, lorsqu'il compare les médecins aux cordonniers : *« Un cordonnier en faisant des souliers ne saurait gâter un morceau de cuir qu'il n'en paie les pots cassés ; mais ici l'on peut gâter un homme sans qu'il en coûte rien. »*

• **Le raisonnement par l'absurde.** On parle de « raisonnement par l'absurde » quand l'auteur **tire les conséquences absurdes de la thèse qu'il veut réfuter**.

> *Ex. :* Dans *Le Meilleur des mondes* (1932), Aldous Huxley s'en prend aux dérives de la science en envisageant les conséquences effrayantes de son développement.

• **Le raisonnement concessif** consiste à **admettre certains des arguments de la thèse adverse** pour mieux conforter sa propre position.

3 L'art de persuader

A Le contact avec le destinataire

Les indices personnels	Pronoms personnels de 1re ou 2e personne, déterminants *(mon, votre)* ou pronoms *(le mien, le vôtre)* possessifs.
Les apostrophes	*Ex. : « Peuples ! Écoutez le poète ! »* (Hugo).
Les interrogations rhétoriques	*Ex. : « Qui ne fait châteaux en Espagne ? »*
Les modalisateurs	Les *peut-être* et les *sans doute* expriment la subjectivité de l'auteur.
Le vocabulaire affectif	Il exprime l'implication de l'auteur et touche le destinataire.

B Les figures de style (voir p. 316)

La comparaison, la métaphore	Elles touchent la sensibilité du lecteur et l'invitent à participer à la démarche argumentative.
Les figures de répétition, les procédés d'amplification et le jeu sur les rythmes	Ils donnent de la force au propos.
Les figures d'opposition (paradoxe, antithèse, oxymore)	Elles attirent l'attention du lecteur et peuvent le choquer pour l'amener à réagir.
La litote et l'ironie	Elles établissent une connivence entre l'auteur et le lecteur, qui doit déchiffrer les sous-entendus.

C Les tonalités

- La tonalité caractérisant, par définition, l'effet d'un texte sur son destinataire, il n'est pas étonnant de voir les auteurs en jouer pour toucher leurs lecteurs ou spectateurs.
- Ainsi, Marivaux (*La Vie de Marianne*, 1731) a recours à la **tonalité pathétique** pour émouvoir ses lecteurs et dénoncer une société souvent égoïste et hypocrite.
- De même, les **tonalités comique** (Rabelais par exemple) ou **satirique** (*Les Caractères* de La Bruyère) invitent le lecteur à se ranger du côté de l'auteur en considérant les travers de tel caractère ou l'absurdité de telle situation.
- Quant à la **tonalité polémique**, fortement présente chez Olympe de Gouges, prenant position dans un débat, elle se met aisément au service d'une thèse.

D Les genres : argumentations directe et indirecte

- Les auteurs ont recours à des genres variés pour défendre leurs positions :

– l'**argumentation directe** expose **explicitement** la thèse (le genre privilégié est l'**essai**) ;

– l'**argumentation indirecte** passe par le **détour de la fiction** (conte, fable, roman, théâtre…).

- Si des siècles de rhétorique ont démontré l'efficacité des procédés de style et des tonalités dans l'argumentation, on peut s'interroger sur l'efficacité du détour par la fiction. Que retenons-nous de *Candide* : la réflexion philosophique et la critique sociale ou bien les pérégrinations du personnage éponyme à la surface du globe ? En effet, si, d'un côté, la fiction séduit le lecteur et maintient son attention, d'un autre côté, ne l'accapare-t-elle pas au détriment de la thèse elle-même ?
- Il ne faut cependant pas oublier de prendre en compte la censure qui fait de l'argumentation indirecte une arme susceptible de franchir les contrôles.

10 L'argumentation directe

L'argumentation directe **défend des idées sans le détour de la fiction.** Elle prend principalement la forme de l'essai.

Montaigne, *Essais* (1580-1588)

Pascal, *Pensées* (1670)

Montesquieu, *De l'esprit des lois* (1748)

Diderot et l'*Encyclopédie* (1751-1772)

Rousseau, *Discours sur l'inégalité* (1755)

1 Lire ou étudier une argumentation directe

A Thème, thèse, arguments et exemples

Un essai traite d'un **thème**, et il est important de le dégager clairement. Dans l'extrait que vous lisez, s'agit-il de penser l'histoire (Montesquieu, *Considérations sur les causes de la grandeur des Romains et de leur décadence*, 1734), la politique (Montesquieu, *De l'esprit des lois*, 1748), la nature humaine (Montaigne, *Essais*) ? Dans le cadre de ce thème, l'auteur défend une **thèse** et s'appuie, pour cela, sur des **arguments** et des **exemples**.

B Un contexte historique

L'essai trouve sa place dans un débat d'idées, et l'auteur prend position par rapport à d'autres points de vue.

Ex. : Voltaire, dans l'article « Homme » du *Dictionnaire philosophique* (1764), s'oppose à la position que Rousseau expose dans le *Discours sur l'origine et les fondements de l'inégalité* (1755) : *« L'homme abandonné à la pure nature n'aurait pour tout langage que quelques sons mal articulés* [...]. *Il n'aurait pas plus de connaissance de Dieu et de l'âme que des mathématiques ; ses idées seraient renfermées dans le soin de se nourrir. L'espèce des castors serait très préférable. »*

C Un contexte biographique

Ajoutons au contexte historique les données biographiques. Ainsi, on comprendra mieux le combat mené par Olympe de Gouges en faveur des enfants non reconnus par leur père quand on connaît les circonstances de sa naissance. De manière générale, il est important de **mesurer le degré d'implication personnelle de l'auteur** et la part de **subjectivité** de ses propos.

Citation-clé

Écrire pour se comprendre : « *Me peignant pour autrui, je me suis peint en moi de couleurs plus nettes que n'étaient les miennes premières. Je n'ai pas plus fait mon livre que mon livre m'a fait, livre consubstantiel à son auteur, d'une occupation propre, membre de ma vie* » (Montaigne, *Essais*, livre II, 1588).

2 Diversité des formes et des projets

A Le choix de la forme brève

Le moraliste du XVIIe siècle **La Rochefoucauld** exprime ses préceptes et réflexions avec des **maximes**. La forme brève séduit, permet une lecture plus libre, favorise la méditation. Le lecteur est, en effet, invité à s'arrêter pour savourer la formulation autant que l'idée exprimée.

La forme concise et fragmentaire des ***Caractères*** de La Bruyère autorise un rythme de lecture personnel : il est possible de piocher un portrait ou un autre et de s'y arrêter pour réfléchir.

Les ***Pensées*** de **Pascal** réunissent également des fragments variés qui s'offrent à notre réflexion.

Ex. : *« Que chacun examine ses pensées : il les trouvera toujours occupées au passé et à l'avenir. Nous ne pensons presque point au présent ; et, si nous y pensons, ce n'est que pour en prendre la lumière, pour disposer de l'avenir. Le présent n'est jamais notre fin ; le passé et le présent sont nos moyens ; le seul avenir est notre fin. Ainsi nous ne vivons jamais, mais nous espérons de vivre ; et, nous disposant toujours à être heureux, il est inévitable que nous ne le soyons jamais »* (Pascal, *Pensées*, 1670).

B L'éloge paradoxal

Les auteurs, pour capter l'attention de leur lecteur au cours d'un essai, peuvent recourir à des anecdotes ou à des digressions, comme le fait Montesquieu dans *De l'esprit des lois* en abordant, sur le mode de l'**éloge paradoxal**, la question de l'esclavage.

> **Définition-clé**
> **Éloge paradoxal :** éloge qui, en réalité, sert à dénoncer un fait, un comportement…

Ex. : *« Si j'avais à soutenir le droit que nous avons eu de rendre les nègres esclaves, voici ce que je dirais : "Les peuples d'Europe ayant exterminé ceux de l'Amérique, ils ont dû mettre en esclavage ceux de l'Afrique, pour s'en servir à défricher tant de terres.*
Le sucre serait trop cher, si l'on ne faisait travailler la plante qui le produit par des esclaves" » (Montesquieu, *De l'esprit des lois*, 1748).

C L'essai comme instrument d'interrogation

- Lorsqu'on parle d'« essai », on pense à des traités qui défendent une thèse, comme l'*Émile* de Rousseau ; il existe, en effet, de nombreux ouvrages composés pour défendre un point de vue.
- Mais la notion d'« essai » recouvre aussi une autre perspective : celle de la **réflexion**. L'auteur s'interroge, fait le point sur son existence. L'essai est plus proche alors de la méditation que de l'argumentation. C'est le cas des ***Essais*** de **Montaigne** : l'écriture est un **instrument de réflexion plus que de démonstration**, laissant la place à l'interrogation et au doute.

Si cette introspection peut intéresser le lecteur, c'est qu'il partage la même *« humaine condition »* que Montaigne. L'expérience et les réflexions personnelles acquièrent une portée universelle.

- Au XVIIIe siècle, la deuxième phrase de l'œuvre autobiographique de Rousseau, *Les Confessions*, rappelle qu'en s'étudiant soi-même on peut atteindre l'universel : *« Je veux montrer à mes semblables un homme dans toute la vérité de la nature ; et cet homme, ce sera moi. »*

11 Le dialogue argumentatif

Forme privilégiée du débat, le dialogue, quelle que soit sa forme littéraire, se prête bien à l'argumentation.

1 Le fonctionnement argumentatif du dialogue

A L'art de convaincre et d'interroger

• **Le dialogue didactique.** La fonction du **dialogue entre un maître et son disciple** est, en général, **didactique** : la forme dialoguée est alors davantage une mise en scène attrayante relevant de l'art de persuader.

Ex. : C'est ce qui se passe dans les *Entretiens sur la pluralité des mondes* (1686) de Fontenelle, au cours desquels le philosophe amène la Marquise à réfléchir. Dans sa préface, l'auteur présente son ouvrage destiné à transmettre ses connaissances en sciences physiques : *« J'avertis ceux pour qui ces matières sont nouvelles que j'ai cru pouvoir les instruire et les divertir tout ensemble. »*

Étymologie

« Heuristique » et **« maïeutique »** viennent, respectivement, des mots grecs ***eurestikos*** (« qui permet de découvrir ») et ***maieutikos*** (« art d'accoucher »).

• **Le dialogue heuristique** est, quant à lui, une **recherche** et non une démonstration. La confrontation des points de vue soulève des questions, et le lecteur nourrit sa réflexion ; le débat ne lui apporte pas une solution préfabriquée mais le guide dans ses analyses.

Ex. : Ainsi, les deux personnages, « Moi » et « Lui », du *Neveu de Rameau* de Diderot se quittent sans être parvenus à une conclusion commune.

Platon confère au dialogue heuristique une force particulière, celle de la **maïeutique :** Socrate interroge son interlocuteur et l'amène à dégager et approfondir ce qu'il savait implicitement.

B L'art de persuader

• **Des idées incarnées par des personnages.** Le dialogue est un moyen efficace pour **toucher la sensibilité du lecteur ou du spectateur**, car les personnages peuvent aisément incarner des idées. Les notions abstraites prennent corps, et le destinataire les comprend plus aisément.

• **L'efficacité de la double énonciation**

En général, l'**empathie** ou, au contraire, l'**antipathie** du lecteur/spectateur pour le personnage influent sur sa réception des idées exprimées. Les personnages mis en présence dans le dialogue ne sont, en réalité, que des pantins dans la main de l'auteur. Manipulé par l'écrivain, le lecteur est amené à se ranger du côté du protagoniste raisonnable en rejetant la position adverse.

Ex. : On se rangera plus aisément du côté d'Elmire, qui défend des positions raisonnables, que du côté de Tartuffe, dont on a perçu toute l'hypocrisie dans la comédie de Molière.

C'est la **double énonciation**, caractéristique du **dialogue fictif**, qui rend possible cette utilisation ; en effet, doivent être distingués l'échange qui a lieu entre les deux personnages et celui qui rapproche l'auteur de son destinataire.

Ex. : Ainsi, quand, dans la scène d'exposition de *Tartuffe*, Madame Pernelle, discréditée par sa colère, vante le comportement religieux de Tartuffe, le spectateur comprend que Molière, lui, le dénonce.

2 Les formes littéraires du dialogue

A Le dialogue en tant que genre spécifique

- **Les origines du genre.** Lorsqu'on parle de « dialogue », on évoque aussi un genre à part entière dont l'origine remonte à l'Antiquité avec les célèbres dialogues dans lesquels le philosophe grec Platon (Ve-IVe siècles av. J.-C.) met en scène son maître Socrate. La plupart des dialogues ont pour titre le nom de l'interlocuteur de Socrate : Protagoras, Ménon…

- **Le dialogue au XVIIIe siècle.** Les philosophes des Lumières apprécient le genre du dialogue car il répond à la fois au souci de construire un raisonnement cohérent et à celui de ne pas rebuter le lecteur par une démonstration désincarnée. **Voltaire** emprunte cette forme *(Dialogues philosophiques)* et **Diderot** l'apprécie tout particulièrement *(Le Neveu de Rameau)*.

- **Les formes du dialogue.** Le dialogue est, en général, rapporté sous une **forme théâtrale**, comme dans le *Supplément au voyage de Bougainville* de Diderot (1772/1796). Il peut aussi être inséré dans une trame narrative.

B Le dialogue de théâtre

- Dans la **comédie**, le dialogue peut devenir un outil au service de l'opinion que le dramaturge veut transmettre.

  Ex. : Lorsque, au tout début de *L'École des femmes*, Arnolphe dit ce qu'il pense de l'éducation des jeunes filles, son égoïsme dessert son point de vue, et le spectateur adhère rapidement à la thèse adverse.
  « Et c'est assez pour elle, à vous en bien parler,
  De savoir prier Dieu, m'aimer, coudre, et filer »
  (Molière, *L'École des femmes*, I, 1, 1663).

> **Info-clé**
> L'interdiction, en leur temps, de *Tartuffe* (1669) et du *Mariage de Figaro* (1784) montre bien que la censure a perçu la **force subversive du théâtre.**

- La **tragédie**, parce qu'elle met en avant les valeurs d'une société, a plus rarement une fonction argumentative. On peut tout de même s'interroger sur l'assise du pouvoir royal en voyant la fragilité du roi dans *Le Cid* de Corneille ou réfléchir à la tyrannie en regardant évoluer Néron et sa mère Agrippine dans *Britannicus* de Racine.

C Le dialogue dans le roman et dans le conte philosophique

- **Les personnages incarnent des positions.**

Dans les contes philosophiques et dans certains romans, les personnages incarnent des positions, et **le lecteur est amené à réfléchir aux points de vue qui sont exprimés.**

Les péripéties de l'intrigue sont l'occasion de dialogues dans lesquels s'expriment les opinions ces personnages. Selon que les personnages sont négatifs ou positifs, le lecteur sera ou non disposé à recevoir la thèse incarnée.

  Ex. : Pangloss, obstiné et incapable de s'adapter, incarne une vision optimiste (celle du philosophe Leibniz) que Voltaire rejette.
  « Il est démontré, disait-il [Pangloss], *que les choses ne peuvent être autrement : car, tout étant fait pour une fin, tout est nécessairement pour la meilleure fin. Remarquez bien que les nez ont été faits pour porter des lunettes ; aussi avons-nous des lunettes »*
  (Voltaire, *Candide*, 1759).

- **La vie des personnages sert la thèse de l'auteur.**

D'une autre manière, le dialogue, quand il révèle la cruauté ou la misère des personnages, peut servir la position de l'auteur ; il ne s'agit plus là d'incarner une position mais de **servir d'exemple** pour soutenir une thèse ou nourrir une dénonciation.

12 La narration argumentative

En racontant une histoire, l'écrivain amène son lecteur à **réfléchir tout en le divertissant.**

1 Le roman

• **Terrain privilégié** de l'**analyse des rapports de l'homme et du monde**, le roman, explicitement ou implicitement, permet à l'auteur d'exprimer ses critiques, ses réflexions ou ses valeurs. Avant la naissance de ce genre au XVIIe siècle, Rabelais a recours au récit de fiction pour exprimer les valeurs de la Renaissance. Les géants incarnent l'appétit de savoir des humanistes.

Quelques exemples de romans du XVIIIe siècle à visée argumentative :

Montesquieu, *Lettres persanes,* 1721	Le roman réunit la correspondance de deux Persans avec leurs amis restés en Perse. Le regard étranger permet, de façon amusante, la dénonciation des mœurs et des institutions. Grâce à la fiction le romancier contourne la censure.
Rousseau, *La Nouvelle Héloïse,* 1761	Centré sur l'analyse de la passion et de la vertu, ce roman épistolaire exprime également la place de la nature : le monde de Clarens est un paradis terrestre ayant échappé à la corruption de la modernité.
Choderlos de Laclos, *Les Liaisons dangereuses,* 1782	Dans ce roman épistolaire, l'auteur analyse les rouages du libertinage et montre les ravages d'une société hypocrite et dénuée de sentiments.
Diderot, *La Religieuse,* 1796	En imaginant les Mémoires de Suzanne Simonin, contrainte d'entrer au couvent par ses parents, Diderot fait le procès des institutions religieuses et célèbre la liberté, cette valeur-clé des Lumières.

• **Au XIXe siècle,** le roman, notamment avec Victor Hugo *(Claude Gueux, Les Misérables)* et Émile Zola *(Germinal, L'Assommoir)*, continuera d'alerter les lecteurs sur les souffrances et les injustices dont le peuple est victime.

2 L'apologue

A Le conte

• **Charles Perrault.** Transmis par la tradition orale, les **contes populaires** sont, en France, écrits par **Charles Perrault au XVIIe siècle**. L'histoire se déroule dans un espace-temps lointain *(« Il était une fois… »)*, et les personnages, simplifiés à l'extrême, en général dépourvus d'une identité définie (Cendrillon, le Petit Poucet…), servent une démonstration destinée aux adultes, principalement aux femmes, dans les salons.

> **Définition-clé**
>
> **Apologue : court récit à visée didactique** ; la morale peut être **explicite** (une moralité à la fin, par exemple) ou **implicite.**

• **Le conte philosophique.** S'inspirant des contes traditionnels et des romans d'aventures pour les détourner et s'en moquer, Voltaire excelle dans le genre du conte philosophique. Dans *Zadig (1747-1748), Candide* (1759) et *L'Ingénu* (1767), ses trois grands récits, il imagine un personnage qui découvre un nouvel environnement. La progression d'ensemble du conte sert un **projet philosophique**, tandis que les chapitres, à la fois indépendants et liés comme les maillons d'une chaîne, s'en prennent à différentes institutions ou situations : l'intolérance, la guerre ou l'esclavage dans *Candide,* par exemple.

B La fable

• Le poète grec Ésope (VIIe-VIe siècles av. J.-C.) est, traditionnellement, considéré comme le père de la fable. Au XVIIe siècle, Jean de La Fontaine renouvelle le genre en donnant vie aux récits. Les **personnages simplifiés** – animaux ou êtres humains – servent une démonstration.

• La morale peut être une **leçon de vie** *(« Rien ne sert de courir ; il faut partir à point »)* ou une **critique des institutions** comme dans « Les Animaux malades de la peste ». Veillez, toutefois, à ne pas lire toutes les fables avec l'éclairage de cette dénonciation des abus de pouvoir, car La Fontaine peut aussi exprimer son admiration pour le prestige royal comme dans « Le Chêne et le Roseau ».

• Attention à ne pas restreindre la fable à sa visée argumentative car elle a une **force poétique** essentielle : jeu sur les tonalités et l'implicite, théâtralisation du récit, utilisation originale de la versification.

Ex. : « Pour moi, satisfaisant mes appétits gloutons,
J'ai dévoré force moutons.
Que m'avaient-ils fait ? Nulle offense :
Même il m'est arrivé quelquefois de manger
Le Berger »
(Jean de La Fontaine, « Les Animaux malades de la peste », in *Fables*).
La brièveté du 5e vers de ce passage, combinée avec le rejet, contribue à donner vie aux propos du Lion et à souligner la gravité de ses crimes.

C L'utopie

• Définition et fonctions

Étymologiquement, l'utopie est un **« non-lieu »**, un lieu qui n'existe nulle part. Le mot a été créé par l'Anglais Thomas More (1478-1535), qui, avec *Utopia* (1516), imagina une île merveilleuse s'opposant en tous points à l'Angleterre de son époque. Mais l'idée de décrire un monde parfait pour nous amener à réfléchir sur le réel ne date pas de la Renaissance ; le philosophe grec Platon a déjà eu recours à ce procédé dans *La République*.

L'utopie fait rêver le lecteur. Elle est aussi un **miroir tendu à un réel critiquable** en même temps qu'un **laboratoire d'idées nouvelles** en matière d'urbanisme, d'organisation sociale, de politique, etc.

• Quelques utopies

Rabelais, *Gargantua* (1534)	**L'abbaye de Thélème,** imaginée à l'inverse de la vie monastique ordinaire, démontre les vertus de la liberté et de l'éducation.
Cyrano de Bergerac, *L'Autre monde – Les États et Empires de la Lune, Les États et Empires du Soleil* (1657/1662)	L'écrivain réfléchit à la société de son temps en présentant des sociétés idéales.
Fénelon, *Les Aventures de Télémaque* (1699)	**La Bétique :** une réflexion sur les conditions du bonheur.
Montesquieu, *Lettres persanes* (1721)	**Les Troglodytes :** une réflexion sur les conditions du bonheur.
Voltaire, *Candide* (1759)	**L'Eldorado :** un modèle de science et de sagesse.

• Les contre-utopies

Au XXe siècle, certains auteurs montreront que les mondes stables ne sont pas toujours des modèles. Les contre-utopies (ou dystopies) que sont *Le Meilleur des mondes* (Huxley 1932) ou *1984* (Orwell, 1949) dénoncent les totalitarismes et s'inquiètent d'une mauvaise utilisation de la science.

13 La littérature d'idées à la Renaissance

La Renaissance est littéralement vécue comme une « seconde naissance ». L'humanisme, **né en Italie au XVe siècle,** se répand en Europe.

Imprimerie par Gutenberg (v. 1440-1450)

Découverte de l'Amérique (1492)

Rabelais (1494-1553)

Ronsard (1524-1585)

Montaigne (1533-1592)

Massacre de la Saint-Barthélemy (1572)

1 Le contexte

A Les découvertes scientifiques

• **La révolution copernicienne.** Au Moyen Âge, les hommes, suivant le modèle biblique, pensent que la Terre est au centre de l'Univers. Après avoir lu les ouvrages grecs des pythagoriciens, l'astronome polonais **Copernic** (1473-1543) révolutionne la science en montrant, en 1543, que les planètes tournent sur elles-mêmes et autour du Soleil – ce que vérifiera Galilée avec sa lunette au début du XVIIe siècle.

• **L'imprimerie.** Vers 1440-1450, l'Allemand **Gutenberg** met au point l'imprimerie qui permet à la fois une plus grande diffusion des textes et une plus grande fiabilité.

> **Rappel**
> La **Bible** est le premier ouvrage imprimé.

• **La médecine.** L'Église interdit la dissection des cadavres au nom de la future résurrection des corps ; mais le chirurgien français Ambroise Paré (v. 1509-1590) ne s'arrête pas à cette interdiction et pose, grâce à la dissection, les **fondements de l'anatomie moderne**. La connaissance du corps humain fait partie du savoir humaniste.

B Les Grandes Découvertes

Christophe Colomb débarque en Amérique du Sud. **Vasco de Gama** fait route vers l'Inde. **Magellan** entreprend le tour du globe. **Jacques Cartier** découvre le Canada… Ces découvertes repoussent les frontières du monde connu et assurent la fortune des pays européens.

La prise de position du dominicain **Las Casas** en faveur des Indiens d'Amérique montre que la découverte d'autres civilisations pose la difficile question de la nature humaine. La colonisation brutale des peuples et leur conversion forcée au catholicisme choquent la pensée humaniste faite de tolérance et de mesure.

C Le modèle italien

• **La prospérité italienne : le *Quattrocento*.** Depuis le XIVe siècle, l'Italie exerce sa **domination économique** sur l'Europe grâce à ses banques, ses ports et son industrie. Le *Quattrocento* marque le **début de la Renaissance**.

> **Info-clé**
> *Quattrocento* est la contraction, en italien, de ***millequattrocento*** (XVe siècle).

Quand, en 1453, Constantinople, l'ancienne capitale de l'Empire romain d'Orient, est prise par les Turcs, de nombreux savants, emportant leurs manuscrits grecs et latins, se réfugient en Italie : l'Antiquité va bientôt inspirer toute l'Europe. Lors des guerres d'Italie (1494-1559), les Français découvrent puis adoptent le raffinement et la culture du *Quattrocento*.

• **Des conditions favorables aux artistes.** Comme l'Italie, la France connaît, au XVIe siècle, un développement économique favorable aux artistes. De nouvelles catégories sociales urbaines apparaissent : les banquiers, les riches marchands, les artisans. La noblesse et la haute bourgeoisie protègent et financent les artistes. Ainsi, François Ier accueille Léonard de Vinci à Amboise, dans l'actuel château du Clos-Lucé où il mourra trois ans plus tard, en 1519.

2 La question religieuse

A Le retour aux textes

• L'imprimerie permet une diffusion plus large de la Bible, et les humanistes prônent le **retour aux sources** du savoir. C'est ce que l'on voit dans le programme éducatif de Gargantua qui consacre de nombreuses heures à la lecture des textes anciens.

• Les humanistes, tels Érasme ou Rabelais, critiquent l'église catholique et prônent une religion plus proche des textes et de l'esprit de bienveillance des Évangiles. Cette protestation conduit à la **Réforme** menée par **Luther** (1483-1546). Le mouvement se propage en Allemagne et en Europe du Nord. **Calvin** (1509-1564) l'introduit en France.

B Les guerres de Religion

• Après l'enthousiasme et l'esprit de tolérance de la première moitié du XVIe siècle, la réconciliation entre les catholiques et les partisans de la Réforme s'avère impossible. Le conflit se déchaîne de 1562 à 1598, date de l'**édit de Nantes** qui autorise le culte protestant.

• Le 23-24 août 1572, lors de la **nuit de la Saint-Barthélemy**, plus de 20 000 protestants sont massacrés à Paris. La confiance en l'homme qui caractérisait les premières décennies de la Renaissance est fortement entachée.

3 Les valeurs et la littérature d'idées

A La culture antique et la défense de la langue française

Les **sujets mythologiques** apparaissent dans la littérature, la peinture et la sculpture. Mais la Renaissance, loin d'être un repli sur le passé, revendique, au contraire, une **modernité** qui se nourrit du savoir et de l'esthétique antiques. Ainsi, **Joachim Du Bellay,** dans sa *Défense et Illustration de la langue française* (1549), affirme la grandeur du français devenu, avec François Ier, la **langue officielle** du royaume de France.

B Une réflexion sur l'homme

• **La place de l'homme.** L'homme est au cœur des préoccupations humanistes, et l'on ne s'étonne pas de voir **Montaigne** se prendre lui-même pour objet d'étude afin de découvrir les traits essentiels de la nature humaine : « *Chaque homme porte en lui la forme entière de l'humaine condition* », écrit-il dans le 3e livre des *Essais*.

Rappel

Les **humanistes** de la Renaissance souscrivent à la devise du poète latin Térence (v. 185-159 av. J.-C.) : *« Je suis homme, et rien de ce qui est humain ne m'est étranger. »*

En faisant de ses héros des géants pacifiques et bons vivants, Rabelais manifeste son enthousiasme pour la **capacité de l'homme à rayonner sur son univers**. Montaigne, après les guerres de Religion, se montrera plus mesuré.

• **L'homme idéal** de la Renaissance est **instruit** de tout, **curieux** de tout et **capable de vivre heureux** en société. La liberté de pensée, la tolérance et l'ouverture aux autres sont des valeurs essentielles que les philosophes des Lumières reprendront à leur compte.

C Les valeurs humanistes défendues par les écrivains

• **La tolérance et la question de la guerre.** Les humanistes de la Renaissance ont pris **conscience de la relativité des valeurs** : *« Le monde n'est que variété et dissemblance »*, écrit **Montaigne**. Ils prônent donc la paix et la tolérance. Ainsi, Rabelais se moque de l'esprit conquérant de Picrochole (inspiré de Charles Quint) et souligne l'esprit pacifique de Gargantua. **Érasme** (v. 1469-1536), le grand humaniste hollandais ami de Rabelais, ne cessera de vouloir réunir les hommes : *« le monde entier est notre patrie à tous »*, proclame-t-il en regrettant les querelles religieuses.

▲ Érasme.

• **L'éducation.** Les humanistes accordent autant d'importance au développement du **corps** qu'à celui de l'**intelligence**. *« Mens sana in corpore sano »* : la devise latine de Juvénal préside à l'éducation du géant Gargantua. Si le programme scolaire du géant multiplie les matières et suppose qu'il se lève à 4 heures du matin, Rabelais insiste sur la lecture des textes originaux et la nécessité de se forger sa propre opinion. Montaigne reprendra cette idée dans sa formule *« Mieux vaut tête bien faite que tête bien pleine »*.

D Rabelais : l'enthousiasme et la fantaisie

Médecin humaniste et grand érudit, Rabelais (v. 1494-1553) exprime sa **confiance en l'homme** dans quatre récits divertissants destinés à **amuser autant qu'à instruire**, car, sous la Renaissance, on ne saurait dissocier les plaisirs du corps et ceux de l'esprit. Jouant sur les mots et passant, sans transition, de l'invention du *« torchecul »* à des réflexions sur la guerre ou le savoir, Rabelais nous fait rire tout en exprimant les **grands combats de l'humanisme**.

Citation-clé

« Rire est le propre de l'homme » (Rabelais.)

E Montaigne : un humanisme plus posé et inquiet

• Michel Eyquem de Montaigne (1533-1592) est en quête de la nature humaine *(« l'humaine condition »)* et d'une sagesse universelle. L'écriture devient l'instrument de cette recherche, si bien que les *Essais* sont constitués des différentes strates des éditions amendées et remaniées. Traitant de l'amitié, de l'éducation ou de la diversité des usages dans le monde, Montaigne exprime **toutes les valeurs de tolérance de l'humanisme**. Mais l'expérience des guerres de Religion ont assombri sa vision de l'homme : *« Il n'y a point de bête au monde tant à craindre à l'homme que l'homme. »*

• Difficile d'utiliser le terme d'« autobiographie » pour qualifier les *Essais*, car il ne s'agit pas, pour Montaigne, comme ce sera plus tard le cas pour Rousseau avec ses *Confessions*, de se raconter pour s'analyser et se comprendre.

14 La littérature d'idées au XVIIe siècle

Le XVIIe siècle n'introduit pas de rupture par rapport à la Renaissance. **Les réflexions morales et religieuses occupent le premier plan.**

Blaise Pascal (1623-1662) – **François de La Rochefoucauld** (1613-1680) – **Jean de La Fontaine** (1621-1695) – **Jean de La Bruyère** (1645-1696) – **Jacques Bossuet** (1627-1704) – **Fénelon** (1651-1715)

1 Le contexte

- Henri IV (roi de 1594 à 1610) puis Louis XIII (roi de 1610 à 1643) ont progressivement **renforcé le pouvoir royal**. Après la Fronde (rébellion de la noblesse) sous la régence d'Anne d'Autriche, **Louis XIV**, âgé de 16 ans en 1655, exerce une **autorité absolue**.
- L'homme idéal est l'« honnête homme » ; il est mesuré, curieux de tout sans excès, sociable.

2 Pascal : scientifique et philosophe

Savant et écrivain janséniste, Pascal présente, dans son œuvre, sa vision du monde : interprétant les **textes de saint Augustin**, les jansénistes croient à la **prédestination**. Après la rédaction des *Provinciales,* lettres anonymes critiquant très sévèrement les jésuites, il approfondit sa réflexion sur l'homme, sur le monde et sur Dieu dans des fragments regroupés sous le titre de *Pensées*.

3 Réflexions sur l'homme et la société

A Réflexion sur la société et les institutions

- **Cyrano de Bergerac,** notamment dans *Les États et Empires de la Lune*, imagine un monde utopique qui lui permet d'exprimer sa vision de la société et des hommes de son temps.
- En 1699, **Fénelon,** dans *Les Aventures de Télémaque,* critique le siècle de Louis XIV.

B Les moralistes

- **La Bruyère,** avec ses **portraits satiriques** (*Les Caractères*, 1688-1696), dénonce les travers de ses contemporains et définit l'idéal de l'honnête homme, un homme avant tout sociable.
- **La Rochefoucauld** adopte la forme concise de la **maxime** pour édicter des règles de vie.
- Les *Oraisons funèbres* de **Bossuet** ainsi que ses différents écrits *(Sermons, Discours sur l'histoire universelle…)* sont caractérisés par la morale religieuse et l'art de l'**éloquence**.

C La Fontaine

S'inspirant d'Esope et jouant avec toutes les ressources de la narration et de la versification, La Fontaine fait œuvre de **moraliste** et réfléchit aux **institutions** de son temps.

15 La littérature d'idées au XVIIIe siècle

Renouant avec l'humanisme de la Renaissance, les écrivains des Lumières **défendent des valeurs qui sont les nôtres aujourd'hui.**

Montesquieu (1689-1755) | Voltaire (1694-1778) | Diderot (1713-1784) | Rousseau (1712-1778) | D'Alembert (1717-1783) | Beaumarchais (1732-1799)

1 Le contexte

A Une société en mouvement

• **Une société d'ordres et un pouvoir absolu.** La société française, figée dans son carcan d'Ancien Régime hérité du Moyen Âge est organisée en **trois ordres immuables** : le tiers état, le clergé, et la noblesse. Le **roi**, qui gouverne de manière absolue, est perçu comme la **clé de voûte** de cette société immobile. Quand, à la mort de Louis XIV en 1715, Louis XV est trop jeune pour régner, le duc d'Orléans assure la Régence ; Paris retrouve alors un climat de fête qui perdure sous Louis XV (règne de 1723 à 1774) puis Louis XVI.

• **La montée de la bourgeoisie.** Le XVIIIe siècle voit la montée d'une **bourgeoisie d'affaires** dont le **rôle économique** s'affirme. Écartée du pouvoir politique et dépourvue de privilèges, elle n'apprécie pas l'aristocratie de la Cour. Cette progression de la bourgeoisie se lit dans *Zadig* (1747-1748) de Voltaire, par exemple : le marchand Sétoc se montre plus ouvert que les piliers de la Cour (l'Envieux) et de la religion (les prêtres des Étoiles).

B L'ouverture sur le monde

Info-clé

Les **lettres de cachet** transmettent un ordre direct du roi et peuvent conduire à une incarcération sans jugement.

• **La circulation des idées en Europe.** En Europe, les idées circulent. Par exemple, Voltaire échange plus de 20 000 lettres avec les intellectuels de l'Europe des Lumières. Les **régimes politiques de Prusse** (un monarque éclairé, c'est-à-dire raisonnable) et **d'Angleterre** (une monarchie constitutionnelle) deviennent des **modèles**. La justice anglaise intéresse aussi les philosophes : depuis 1679, l'*habeas corpus* protège l'individu contre une justice arbitraire puisque toute arrestation s'accompagne obligatoirement d'un passage devant un juge – ce qui n'est pas le cas en France avec les lettres de cachet.

• **Un monde élargi à des colonies.** Depuis la découverte du « Nouveau Monde » (1492), les pays européens n'ont cessé d'installer leurs **influences dans les territoires nouvellement découverts et conquis**. Sources de rivalités, ces colonies ont également une importance économique. En effet, le **commerce triangulaire** qui se met en place (France, Afrique, Antilles) est source de gros profits, qu'il s'agisse de la vente des esclaves ou de celle du sucre. L'existence de ce commerce d'hommes ainsi que la multiplication des **récits de voyage** remettent à l'ordre du jour la question de la nature humaine et de la dignité, déjà soulevée à l'occasion des Grandes Découvertes de la Renaissance. Olympe de Gouges fera des colons une de ses cibles.

2 La pensée des Lumières

A Un modèle social : le philosophe

Après l'« honnête homme » du XVIIe siècle, cultivé et sociable, vient, au XVIIIe siècle, le **« philosophe »**. Il fréquente les salons, les cafés ou les clubs. Les idées bouillonnent ; la **raison** et l'**expérience** dominent – ce qui n'empêche pas l'humour (« l'esprit ») d'être présent.

B La dénonciation et l'expression des valeurs

• **La dénonciation des abus.** **Les écrivains revendiquent la liberté et dénoncent les abus de toutes sortes :** ceux de la justice comme ceux de la noblesse. C'est au nom de la liberté et de la dignité de l'homme que les philosophes, notamment Montesquieu et Voltaire, rejettent l'esclavage, après Condorcet en 1781 et Olympe de Gouges en 1791. Beaumarchais, lui, s'en prend aux privilèges de la noblesse.

• **La dénonciation de la monarchie absolue.** **Les philosophes critiquent l'absolutisme.** Ils ne remettent pas pour autant en cause le régime monarchique, ni n'envisagent un bouleversement radical ; il s'agit, tout au plus, de rendre les institutions en place plus équitables et efficaces.

• **La question religieuse.** L'existence de Dieu n'est pas remise en question, mais Il est, avant tout, conçu comme le ***« grand horloger »*** qui a créé le monde, laissant ensuite le mécanisme fonctionner tout seul. Les philosophes s'en prennent aux institutions catholiques jugées intolérantes et prisonnières des apparences.

• **Les valeurs.** Développant un fort esprit critique, les Lumières défendent des valeurs : la **liberté** de l'homme, sa **dignité**, la place de la raison et du **progrès** dont témoigne le grand projet de l'*Encyclopédie* conduit par Diderot et d'Alembert.

C Les grands auteurs

• **Montesquieu (1689-1755).** Le roman épistolaire des *Lettres persanes* (1721) permet à Montesquieu de poser sur la société parisienne un œil étranger et **critique**. Dans ses *Considérations sur les causes de la grandeur des Romains et de leur décadence* (1734) et surtout dans *De l'esprit des lois* (1748), il fait porter son **étude sur la société française et son régime politique**.

• **Denis Diderot (1713-1784).** Diderot participe activement à la rédaction de l'*Encyclopédie* et exprime, dans des œuvres de formes variées, ses pensées philosophiques (loin de Dieu, et proche de la nature et de l'homme) et esthétiques.

> **Citation-clé**
>
> *« Je pense, donc je suis. »* Cette célèbre citation est la seule certitude de **Descartes**, celle à partir de laquelle il construit son savoir. **Son *Discours de la méthode* (1637) ouvre la voie du doute et de la raison** qu'empruntent, après lui, les philosophes des Lumières.

• **Voltaire (1694-1778).** Son œuvre est très variée ; on retient, notamment, ses contes philosophiques : *Zadig* (1747-1748), *Micromégas* (1752), *Candide* (1759), *L'Ingénu* (1767). Dans ces fictions amusantes, Voltaire présente ses réflexions philosophiques ou politiques.

Ex. : Le discours du roi idéal de L'Eldorado : *« Je n'ai pas assurément le droit de retenir des étrangers ; c'est une tyrannie qui n'est ni dans nos mœurs, ni dans nos lois : tous les hommes sont libres »* (Voltaire, *Candide*, 1759).

• **Jean-Jacques Rousseau (1712-1778).** Rousseau, grand ennemi de Voltaire, défend l'idée que la civilisation pervertit un **homme naturellement bon**. Il écrit des essais consacrés à la **société** (*Du contrat social* en 1762, *Discours sur l'origine et les fondements de l'inégalité parmi les hommes* en 1755) et à l'**éducation** (*Émile ou De l'éducation*, 1762).

16 La littérature d'idées : œuvres et parcours

1 *Gargantua* de François Rabelais

A Le contexte

• **La genèse de l'œuvre.** En 1532, découvrant un **récit populaire fantaisiste**, *Les Grandes et Inestimables Chroniques du grand et énorme Gargantua,* Rabelais entreprend d'en écrire la suite. Quelques mois plus tard, il publie *Pantagruel*, sous le pseudonyme d'Alcofribas Nasier, anagramme de son nom. Désormais, il poursuivra son entreprise littéraire parallèlement à sa carrière de médecin. En 1534 paraît *Gargantua,* le personnage éponyme étant le père de Pantagruel ; Le *Tiers Livre* et le *Quart Livre* sont respectivement publiés en 1546 et 1552. Un *Cinquième Livre* dont l'authenticité est discutée paraîtra après la mort de l'écrivain en 1564. Ces récits sont condamnés par l'Église.

• ***Gargantua*, un récit humaniste.** **(Voir p. 361.)**

Auteur

Moine **humaniste**, médecin, **François Rabelais (1494 ?-1553)** maîtrisait parfaitement le latin et le grec mais s'intéressait aussi à la **culture populaire**. Il est principalement connu pour ses deux récits *Pantagruel* et *Gargantua.*

Citation-clé

À propos de Rabelais : « *Il berce Adam pour qu'il s'endorme / Et son éclat de rire énorme / Est un des gouffres de l'esprit !* » (Victor Hugo, « Les Mages », in *Les Contemplations*, 1856).

B Les principaux repères

• **Les principaux personnages.**

– **Gargantua :** un géant, fils de Grandgousier et de Gargamelle.

– **Les précepteurs :** les sophistes (contre-modèle) et Ponocrates (le modèle).

– **L'ami :** Frère Jean des Entommeures, un moine à qui Gargantua offre l'abbaye de Thélème.

– **Les ennemis :** Picrochole et ses mauvais conseillers.

• **Les grandes étapes du récit.** L'histoire se déroule en Touraine (région de Rabelais) et à Paris. Le récit suit un ordre chronologique :

Chapitres 1 à 6	Généalogie et naissance de Gargantua
Chapitres 7 à 15	Jeunesse de Gargantua
Chapitres 16 à 24	Gargantua à Paris ; son éducation
Chapitres 25 à 51	Guerre contre Picrochole
Chapitres 52 à 58	Fondation de l'abbaye de Thélème

• **Le mélange des tonalités.**

– Rabelais, reprend le ton fantaisiste et joyeux des *Chroniques du grand et énorme Gargantua.* Il n'écrit pas en latin comme ses contemporains lettrés mais dans un **français courant**, voire trivial. Le style reste cependant littéraire. Le genre noble de l'épopée est parodié ; en effet, le **burlesque** (voir p. 310) occupe une place centrale : la naissance de Gargantua, l'invention du torche-cul, la façon dont le héros « [paie] *sa bienvenue aux Parisiens* » (chapitre 17)…

– Rabelais est un humaniste qui, sans jamais abandonner la fantaisie débridée du **récit populaire**, propose à ses lecteurs **ses réflexions sur les grands sujets de son temps** tels que l'éducation, la guerre ou la religion.

C Parcours : « Rire et savoir »

• **La place du savoir.** Composé dans la **première moitié du XVIe siècle**, avant que les guerres de religion ne viennent assombrir les perspectives, *Gargantua* témoigne de l'enthousiasme caractéristique de l'humanisme naissant. Rabelais, comme Érasme ou Thomas More, affirme sa confiance dans la capacité de l'homme à comprendre le monde et exprime une **soif de savoir à la mesure des géants** qu'il imagine.

• **La place du rire et de la fantaisie.** Chez Rabelais comme chez l'auteur anglais d'*Utopia* (1516), **la fantaisie narrative est le vecteur des valeurs à défendre**. En imaginant une île qui donne son nom au genre de l'utopie, Thomas More divertit son lecteur tout en lui proposant un modèle de société. Rabelais emprunte ce chemin, comme en témoigne le chapitre 57 consacré à l'abbaye idéale de Thélème, mais la fantaisie chez lui prend une **tonalité burlesque**. Le rire est franc et les sujets les plus grossiers sont abordés. Le savoir n'est pas chez Rabelais l'objet sacré d'un culte ; il est à la portée de qui veut s'en emparer. Rabelais, qui parle latin et grec, fait le choix du français, langue populaire, pour partager ses réflexions.

• **Les fonctions du rire.** Le rire joue **plusieurs rôles** : il **réjouit** et donne envie de poursuivre la lecture, il installe une **connivence** entre l'auteur et son lecteur, il permet d'adopter le **recul nécessaire** à un savoir solide. On pourra ici se rapprocher de la comédie et de la **fonction critique** (*castigat ridendo mores,* voir p. 382) qu'elle revendique.

2 *Les Caractères* (livres V à X) *de* Jean de La Bruyère

A Le contexte

• **Le règne de Louis XIV.** La Bruyère forme le projet de **peindre les mœurs de son époque** à partir du moment (1661) où Louis XIV se met à exercer un pouvoir absolu. Le roi fixe l'étiquette de la cour qu'il déplace à Versailles en 1673 et les courtisans, soucieux de plaire au roi ou aux Grands, sont les cibles privilégiées de La Bruyère.

• **L'idéal de l'honnête homme.** Au XVIIe siècle, le modèle est l'« honnête homme ». **Cultivé, modéré et sociable**, il fuit les excès de la passion.

Auteur

Auteur d'une seule œuvre, *Les Caractères*, étoffée au fil de ses rencontres et de ses observations, **Jean de La Bruyère (1645-1696)** est un moraliste de la fin du Grand Siècle (XVIIe siècle), célèbre pour ses portraits satiriques.

• **Le classicisme.** À contre-courant de l'esthétique baroque qui domine en Europe à cette époque, Louis XIV impose le modèle classique **inspiré de l'Antiquité**. La Bruyère d'ailleurs commence par traduire *Les Caractères* de Théophraste (IVe siècle av. J.-C.). Rien ne plaît tant aux classiques que **l'équilibre et la juste mesure**. Ce mouvement touche aussi bien la littérature que l'architecture (Jules-Hardouin Mansart) ou l'art des jardins (André Le Nôtre). Il rejoint l'idéal social et moral de l'honnête homme.

B Les principaux repères

Citation-clé

« Je rends au public ce qu'il m'a prêté ; j'ai emprunté de lui la matière de cet ouvrage » (La Bruyère, préface des *Caractères*, 1688).

• **Une écriture discontinue.** L'œuvre de La Bruyère est divisée en **seize chapitres, eux-mêmes formés de nombreuses « remarques »** enrichies au fil des ans. Le principe d'organisation des *Caractères* est justement cette fragmentation : la mosaïque de portraits et de maximes constitue dans son ensemble une peinture de la société du XVIIe siècle. Le choix de la forme brève permet le recours à différents procédés susceptibles de **séduire le lecteur tout en servant la satire** : les formules percutantes (l'attaque au début et la pointe à la fin), la généralisation, le choix des détails significatifs, l'implicite.

• **La progression des chapitres V à X. Les chapitres au programme suivent l'ordre social.** Après une vision globale des comportements mondains dans le chapitre V, La Bruyère emprunte le chemin de l'ascension sociale, par le biais de la fortune (VI), de l'installation en ville (VII), de la fréquentation de la cour (VIII) et notamment des Grands (IX). Le chapitre X atteint, avec le roi, le sommet de la pyramide.

FRANÇAIS BAC 2023

• **La satire sociale.** La Bruyère fait œuvre de **moraliste**. Les bourgeois ne rêvent que de s'enrichir et d'approcher la noblesse. Les courtisans sont animés d'une ambition similaire. On les voit, **superficiels et hypocrites**, renier leurs amis et flatter les Grands.

• **La réflexion politique.** Le roi n'échappe pas à la plume satirique de La Bruyère qui dénonce son goût pour le luxe, ses abus de pouvoir, son mépris pour ses sujets. L'idéal de l'honnête homme reste la mesure qui révèle **les excès d'un monarque** ayant pris comme symbole le soleil.

C Parcours : « La comédie sociale »

• **Une formulation à plusieurs sens.** La formulation du parcours peut surprendre pour une œuvre qui ne relève pas du genre théâtral. **On peut la comprendre de deux manières** selon que l'on rapporte le mot « comédie » à la société elle-même ou à l'œuvre qui la représente : la vie mondaine est une comédie dont La Bruyère dénonce la futilité et l'hypocrisie ; la comédie est un genre qu'il ne faudrait pas restreindre au théâtre.

• **La dénonciation de l'hypocrisie.** La Bruyère dénonce les prétentions et les faux-semblants. La **transparence** et l'**ordre** sont des **valeurs à la fois esthétiques et morales**. Relisez *Les Précieuses ridicules* et *Le Misanthrope* de Molière. Écoutez Cléanthis peindre sa maîtresse dans *L'Île des esclaves* de Marivaux. Découvrez les pages que Proust consacre au salon de Madame Verdurin. Selon Roland Barthes, *« nous avons eu en France **une grande littérature de la mondanité, de Molière à Proust** : et c'est dans cette tradition d'un imaginaire tout entier dirigé vers les phénomènes de **clôture sociale** que s'inscrit évidemment La Bruyère. »*

• **La théâtralisation.** La brièveté des « remarques » et l'art de mettre en scène des personnages types s'apparentent chez La Bruyère aux **procédés de la comédie**. Les romanciers aussi composent des scènes qui se déroulent dans des **mondes clos** : on pense aux salons fréquentés par la Princesse de Clèves (Madame de Lafayette), par Bel-Ami (Maupassant), ou par Swann (Proust).

3 *Déclaration des droits de la femme et de la citoyenne* d'Olympe de Gouges

A Le contexte

• **La Révolution et la *Déclaration des droits de l'homme et du citoyen* de 1789.** L'Assemblée des États généraux, convoquée par le roi pour régler les problèmes financiers de l'État, se proclame Assemblée nationale, puis Assemblée constituante. Le **26 août**, comme préalable à la Constitution, elle vote la ***Déclaration des droits de l'homme et du citoyen***. Cette dernière est composée d'un préambule et de dix-sept articles. Selon l'article I, *« Les hommes naissent et demeurent libres et égaux en droits »*. Le terme est à prendre au sens d'« être humain » mais **les femmes ne bénéficient pas de ces droits** alors que nombre d'entre elles ont participé activement aux événements révolutionnaires.

Auteure

Redécouverte récemment, **Olympe de Gouges (1748-1793)** est une révolutionnaire engagée qui a lutté contre l'esclavage et s'est battue pour les droits des femmes. Elle est morte guillotinée sous la Terreur.

• **Un texte adressé à la reine.** En 1791, Olympe de Gouges, qui avait déjà exprimé ses idées dans des lettres et affiches, adresse à la reine Marie-Antoinette, **une version détournée de la *Déclaration* d'août 1789**. Elle reprend le préambule et les dix-sept articles en remplaçant notamment les occurrences du mot *« homme »* par le mot *« femme »*, ou par les mots *« homme et femme »*, puis elle ajoute un « postambule » virulent.

B Les principaux repères

> **Citation-clé**
> *« La femme a le droit de monter sur l'échafaud ; elle doit avoir également celui de monter à la tribune »* (O. de Gouges, article X, in *Déclaration des droits de la femme et de la citoyenne*, 1791).

- **Une œuvre de circonstances.** La *Déclaration* de 1791, marquée par le contexte révolutionnaire et le bouillonnement d'idées des Lumières, est à lire en parallèle de la *Déclaration* de 1789.
- À une époque où la supériorité masculine est acceptée comme une évidence, les revendications de l'auteure passent inaperçues et l'œuvre ne sera publiée dans son intégralité qu'en 1986 par Benoîte Groult.
- **Un pastiche et un pamphlet.** Le préambule et les dix-sept articles de la *Déclaration* d'Olympe de Gouges constituent **un pastiche du texte promulgué en 1789**. Le postambule, adressé aux femmes, adopte une tonalité plus ouvertement polémique. L'ensemble, parce qu'il **dénonce l'abus de pouvoir des hommes**, peut être considéré comme un **pamphlet**.
- **Un manifeste et ses enjeux.**

– Il s'agit aussi **d'un manifeste revendiquant pour les femmes la liberté et les mêmes droits que les hommes** : constitutionnel (article IV), pénal (VII à IX), d'expression (X et XI), fiscal (XIII à XV), de propriété (XVII). Les articles XII et XVI soulignent l'importance pour la société tout entière de garantir les droits des femmes.

– Olympe de Gouges **dénonce la condition des femmes** qui, mariées ou non, subissent la tyrannie des hommes et ne peuvent accéder aux responsabilités alors qu'elles ont participé à la Révolution. Sous l'Ancien Régime, selon l'auteure, elles exerçaient secrètement le pouvoir grâce à leurs charmes ; mais la Révolution a mis fin à cette immoralité de l'aristocratie sans donner aux femmes le moyen de jouer un rôle dans la vie politique.

C Parcours : « Écrire et combattre pour l'égalité »

- **Écrire et combattre.**

– L'intitulé du parcours rapproche **deux verbes que l'on pourrait être tenté d'opposer**. En effet, l'écrivain est souvent présenté comme un être replié sur son œuvre, aux antipodes de l'homme d'action. Mais de nombreux auteur(e)s ont été aussi des hommes ou des femmes d'action tels George Sand (une femme), Albert Camus, ou le romancier anglais George Orwell.

– Une autre façon de relier les deux verbes est de considérer avec **Jean-Paul Sartre** que **la plume peut être prise pour une épée**. Ainsi, pour lutter contre le totalitarisme qui fait de certains hommes des esclaves, George Orwell s'est battu aux côtés des Républicains durant la guerre d'Espagne et a écrit *La Ferme des animaux*.

- **Le combat pour l'égalité.** Se battre pour l'égalité consiste souvent à débusquer les inégalités de tous ordres. On peut identifier trois grands domaines de lutte :

– **L'égalité des sexes.** Le combat semble récent mais déjà au Moyen Âge, avec Christine de Pizan (ou Pisan), les femmes tentaient de s'affirmer. Ce combat, selon les époques et les cultures, connaît des formes et des enjeux variés.

– **La lutte contre le racisme.** Après Montesquieu et Voltaire, qui dénonçaient l'esclavage au XVIIIe siècle, on peut citer *La Case de l'oncle Tom* de la romancière Harriet Beecher Stowe (1852) ou *La Couleur des sentiments* de Kathryn Stockett (2009).

– **L'égalité sociale.** Les auteurs sont nombreux à dénoncer l'injustice sociale : Victor Hugo et Émile Zola ou Charles Dickens…
Les causes peuvent se croiser comme dans le film *Les Figures de l'ombre* de Theodore Melfi (2016) rendant hommage aux mathématiciennes afro-américaines, qui ont travaillé pour la NASA au début de la conquête spatiale.

17 Étudier un récit

De l'épopée antique à l'autofiction contemporaine en passant par les grands romans réalistes ou naturalistes du XIXe siècle, la **palette des genres narratifs** est très étendue. Certaines techniques sont toutefois communes.

1 Techniques narratives

A Histoire et récit : le traitement du temps

• **L'histoire et le récit.** Histoire et récit sont à distinguer : l'**histoire** concerne l'enchaînement des événements et suit, nécessairement, un déroulement chronologique, alors que le **récit** est la mise en forme de l'histoire par un narrateur, qui raconte, à sa manière, ce qui s'est passé.

Des études portant sur les contes ont montré que l'histoire s'organisait, le plus souvent, selon un **schéma narratif** identique. Ce schéma ne s'étudie que sur une histoire complète, principalement les contes, fables et nouvelles, qui forment un tout, et cet outil n'est donc pas pertinent pour étudier une simple page de roman.

• **Le traitement du temps.** Le récit est le fait d'un narrateur qui prend position par rapport à l'histoire. Plusieurs démarches peuvent se combiner, jouant sur la position du narrateur par rapport au fait raconté ou sur le rythme du récit.

> **Notion-clé**
>
> **Le schéma narratif :**
> – la situation initiale est stable ;
> – l'élément perturbateur rompt l'équilibre initial…
> – … et déclenche les péripéties ;
> – l'élément de résolution apporte une réponse au problème posé au départ ;
> – la situation finale est stable.

Récit chronologique	Le narrateur raconte les événements dans l'ordre où ils se sont produits.
Retour en arrière ou analepse	Le narrateur évoque des événements antérieurs à l'action principale.
Anticipation ou prolepse	Le narrateur évoque des événements qui se produiront plus tard.
Ellipse	Le narrateur saute certains moments jugés peu importants.
Sommaire	Le narrateur résume certains moments jugés peu importants.
Pause	Le narrateur interrompt son récit pour insérer une description ou émettre un jugement.

B Histoire et récit : la position du narrateur

La position du narrateur par rapport à l'histoire n'est pas toujours la même :

• **Narrateur externe.** Le narrateur n'appartient pas à l'histoire, qui semble se raconter toute seule, à la **3e personne**. Cependant il peut arriver que l'**auteur**, par de ponctuelles **intrusions**, vienne exprimer son opinion.

> **Notion-clé**
>
> **L'auteur** est la personne bien réelle qui a écrit l'œuvre (tableau, musique, roman, essai…) ; **le narrateur** est la personne qui raconte une histoire. Dans le récit fictif à la 1re personne, il faut distinguer l'auteur (réel) et le narrateur (fictif).

• **Narrateur interne.** Qu'il soit partie prenante de l'action ou simple témoin, le narrateur prend la parole à la **1re personne** et exprime sa **subjectivité**. Il **se raconte**, comme dans *À la recherche du temps perdu*, ou bien il **évoque un personnage qu'il a connu**, comme dans *Le Grand Meaulnes* d'Alain-Fournier.

• **Les points de vue.** On appelle « point de vue » (ou « focalisation ») l'angle selon lequel le narrateur présente les événements ; cet angle peut changer au cours du récit, et certains écrivains, tel Flaubert, aiment à glisser d'un point de vue à un autre.

Point de vue omniscient ou « focalisation zéro »	L'auteur sait tout de ses personnages.
Point de vue (ou focalisation) externe	Le lecteur voit ce qui se passe comme s'il se tenait devant la scène représentée.
Point de vue (ou focalisation) interne	Le lecteur voit ce qui se passe par les yeux d'un personnage.

C L'insertion du dialogue : les paroles rapportées

• **Le discours direct.** Les paroles sont rapportées **telles qu'elles ont été prononcées** et insérées dans le récit par des **propositions introductrices** placées au début de la réplique ou bien par des **propositions incises** appelées aussi **« incises narratives »**. Les intonations sont exprimées par la ponctuation et le verbe de parole employé *(murmurer, crier…).*

• **Le discours indirect.** Les paroles sont **insérées dans une proposition subordonnée**, et l'intonation de l'oral a disparu. Les personnes et les temps sont modifiés. Le futur du discours direct devient, par exemple, un présent du conditionnel.

• **Le discours indirect libre** **garde l'intonation de la parole prononcée** sans recourir à des guillemets ou des incises. Les temps du récit et la 3e personne sont conservés. Très souvent employé par Flaubert et Maupassant, il permet d'entrer dans la pensée du personnage.

Ex. : Les pensées de Jeanne en discours indirect libre : « *Et parfois elle s'arrêtait tout à coup, et s'asseyait au bord de la route pour réfléchir à des choses tristes. Pourquoi n'avait-elle pas été aimée comme les autres ? Pourquoi n'avait-elle pas même connu les simples bonheurs d'une existence calme ?* » (Maupassant, *Une vie*, 1883).

• **Le discours narrativisé.** Les propos du personnage sont simplement **résumés**, et c'est au lecteur de les imaginer avec les renseignements donnés.

D L'insertion de la description

• Les techniques d'insertion de la description dans un récit

– Certains auteurs choisissent de glisser les **notations descriptives** dans la narration proprement dite, sous forme de petites touches brèves qui ne viennent pas interrompre le cours du récit.

– La description peut aussi être placée à l'occasion d'une pause dans la narration, pour poser le cadre ou parce que l'action justifie cette insertion. On parlera alors de « pause descriptive ».

Ex. : La description de la pension Vauquer et de sa gérante au début du *Père Goriot* de Balzac.

– D'autres romanciers ont recours au **point de vue interne** pour insérer une description. Le personnage arrive dans un endroit nouveau et prête son regard au lecteur.

Ex. : La célèbre scène de la première rencontre de Frédéric Moreau avec Madame Arnoux au début de *L'Éducation sentimentale* (1869) de Flaubert : « *Frédéric, pour rejoindre sa place, poussa la grille des Premières, dérangea deux chasseurs avec leurs chiens. Ce fut comme une apparition : elle était assise, au milieu du banc, toute seule ; ou du moins il ne distingua personne, dans l'éblouissement que lui envoyèrent ses yeux.* »

La gérante de la pension Vauquer. ►

• **L'organisation de la description.** Lorsqu'elle constitue une pause dans le récit, la description est **organisée** : la progression est verticale ou horizontale, d'une vision d'ensemble à une représentation précise, d'un plan à un autre pour créer un effet de profondeur.

• **Les fonctions de la description**

Effet de réel	La description donne l'illusion que le cadre et l'intrigue sont réels. Parfois même, le décor fictif du roman trouve sa place dans un contexte réel : le Paris sous Haussmann dans *Au Bonheur des dames* de Zola, par exemple.
Fonction informative	Le texte a une visée didactique : décrire un milieu de façon précise, scientifique.
Fonction symbolique ou programmatique	La description contribue à élaborer le sens même du roman et annonce ce qui va se passer : c'est souvent le cas dans les romans de Zola.
Fonction esthétique	Le romancier manie sa plume comme un pinceau (les descriptions impressionnistes dans *L'Œuvre* de Zola, par exemple).

• **Le portrait** est une forme particulière du **discours descriptif**. On distingue, en général, le portrait physique du portrait moral, mais les deux sont liés quand les romanciers s'attachent à faire passer, par une silhouette ou un visage, des informations sur le caractère de leur personnage.

Ex. : Dans les premières pages du *Colonel Chabert*, Balzac fait de son héros une créature fantastique, digne d'un tableau de Rembrandt en clair-obscur, afin d'exposer, de façon implicite, le destin particulier de ce soldat que l'on a cru mort.

2 Identité et rôle des personnages

A Une identité et une personnalité

En apportant des détails sur le milieu évoqué et sur ses personnages, l'écrivain donne naissance à l'illusion romanesque. Les héros semblent au lecteur de véritables personnes à qui il peut s'identifier.

• **Le nom du personnage**

Dans le conte, les personnages n'ont pas toujours de nom (le roi, la fée…) ou bien ils ont un surnom (Cendrillon, Candide). Les héros des nouvelles ou des romans ont, de leur côté, une identité. Tout d'abord, ils ont un nom, et **ce nom peut être particulièrement significatif**.

> **Roman-clé**
>
> ***Madame Bovary* de Flaubert :** le nom de jeune fille de l'héroïne est Emma Rouault. Le titre choisi par le romancier efface le prénom du personnage pour inscrire un statut social (une femme mariée : « *Madame* ») qui sera au cœur de l'intrigue et de la réflexion sur la société.

Ex. : La particule d'Eugène de Rastignac le situe dans le monde de l'aristocratie et lui ouvre les portes des salons de la noblesse (Balzac, *Le Père Goriot*).

Souvent le personnage romanesque fait corps avec son milieu.

Ex. : Conformément au déterminisme cher à Zola (voir p. 367), Claude Lantier *(L'Œuvre)* se définit par le milieu des peintres auquel il appartient et qu'il contribue à représenter.

• **La personnalité**

Les personnages des contes sont, en général, simplifiés à l'extrême. Candide, par exemple, incarne la naïveté suggérée par son prénom. Les héros de romans sont, eux, beaucoup plus complexes : les **données physiques et psychologiques** viennent étoffer leur portrait. Et différents procédés permettent de leur donner vie :

Portrait complet du personnage	Le portrait du colonel Chabert au début du roman de Balzac.
Notations descriptives	Le portrait de Madame Arnoux au fil de *L'Éducation sentimentale* de Flaubert.
Monologue intérieur	Les rêveries de Madame Bovary dans le roman de Flaubert.
Confrontation entre les personnages	Rastignac tenté par Vautrin et Bianchon dans *Le Père Goriot* de Balzac.

B Le personnage : héros ou antihéros ?

• **Un modèle.** Héritier du héros de l'Antiquité, de ce demi-dieu qui accomplit des exploits, le héros peut être considéré comme un modèle à suivre. C'est ce qui se passe dans les **épopées**, les **récits de chevalerie** à la gloire des valeurs médiévales. Les **romans d'aventures**, tels *Le Comte de Monte-Cristo* d'Alexandre Dumas ou *Michel Strogoff* de Jules Verne, s'inscrivent aussi dans cette lignée, de même que certains contes qui présentent des modèles de comportement (la patience et la douceur de Cendrillon, par exemple). Le lecteur est invité à s'identifier à un modèle de courage, de vertu ou d'intelligence.

Dans ce cas, le personnage est, avant tout, un instrument au service de l'éducation du lecteur.

• **Un modèle détourné.** Le modèle épique s'estompe au fil des siècles, et les personnages se font de plus en plus humains. On peut même avancer que la naissance du roman s'accompagne d'une désacralisation du héros, avec le personnage de **Don Quichotte**, le héros médiocre et décalé du roman de Cervantès (1605-1615).

Certains romanciers inversent même les valeurs héritées de l'épopée pour imaginer des héros dont le triomphe repose sur un détournement de la morale.

Ex. : Bel-Ami, le personnage du roman éponyme de Maupassant.

• **Un miroir.** Davantage qu'un modèle ou qu'un repoussoir, le personnage du roman ou de la nouvelle est, le plus souvent, un miroir dans lequel le lecteur cherche une analyse de ses propres sentiments et émotions.

Ex. : Ainsi, Marcel Proust décortique la jalousie dans *Un amour de Swann*.

C Personnages et intrigue : le schéma actanciel

Selon le schéma actanciel de Greimas, les personnages se définissent par la place qu'ils occupent dans l'intrigue. On distingue six fonctions :

Le sujet	Moteur principal de l'action, il accomplit une quête.
L'objet	Il est le but de cette quête.
L'adjuvant	Il aide le sujet.
L'opposant	Il contrarie le parcours du sujet.
Le destinateur	À l'origine de l'action du sujet, il le pousse à agir.
Le destinataire	Il tire profit de cette action.

Rappel

Les personnages peuvent changer de **fonction** au cours du roman. Les six forces répertoriées ci-contre ne sont pas nécessairement incarnées par des personnages : il peut s'agir d'institutions ou de valeurs.

D Les fonctions du personnage

• **La représentation d'un type.** Le personnage peut représenter **un type humain ou une catégorie sociale**.

– Dans les contes populaires et philosophiques, les personnages se réduisent souvent à **une seule caractéristique** : par exemple la méchanceté (les sœurs de Cendrillon, Vanderdendur dans *Candide*) ou bien l'intelligence (le Petit Poucet, Zadig).

– Chez Balzac, les personnages, bien que dotés d'une personnalité plus riche que les héros des contes, représentent aussi un **type humain** : le père Goriot symbolise la paternité malheureuse, Grandet *(Eugénie Grandet)* l'avarice, Rastignac l'ambition sociale…

– Chez Zola, la famille de Maheu, dans *Germinal* (1885), illustre la **condition sociale** misérable des mineurs ; les différents membres de la famille, masculins ou féminins, jeunes ou âgés, incarnent divers destins possibles.

• **Au service d'une cause.** Le personnage, principalement dans le roman et la nouvelle, peut aussi exprimer la vision du monde de l'écrivain, voire son **engagement**.

Ex. : Victor Hugo, en écrivant son court récit *Claude Gueux,* puis son grand roman *Les Misérables*, dénonce la misère du peuple et l'injustice d'une société qui punit au lieu de soigner et d'éduquer. Le destin de Jean Valjean, ancien forçat désireux d'aider les plus pauvres, sert la cause de l'auteur.
Émile Zola *(Germinal, L'Assommoir)* dénonce la misère des ouvriers ou, au contraire, fait l'éloge de la modernité *(Au Bonheur des dames).*
Albert Camus, au XXe siècle, invente les personnages de *La Peste* pour montrer nos différentes réactions face à une situation de crise et souligner l'importance de l'action au service des hommes.

• **L'illusion de réel.** En choisissant de placer certains personnages au premier plan, le récit ne donne qu'une « vision » (Maupassant) et non une photographie de la réalité. Le lecteur suit des héros qui se détachent en se distinguant des autres personnages – ce qui crée une illusion de réel. On distingue ainsi traditionnellement :
– les personnages principaux ;
– les personnages secondaires ;
– les figurants anonymes que les héros croisent en diverses circonstances…
Balzac, en inventant le **retour des personnages** d'un roman à un autre (un personnage de premier plan dans une œuvre fait une apparition dans un autre récit), crée un véritable **univers romanesque parallèle au réel** – avec son notaire (Derville) ou son médecin (Bianchon). Grâce à ce procédé qui sera, ensuite, repris par d'autres romanciers (la famille des Rougon-Macquart de Zola, par exemple), la fiction devient un trompe-l'œil efficace.

3 Les différents genres narratifs

A Les récits vrais (principaux genres)

L'autobiographie	L'auteur raconte sa propre vie ; il emploie un point de vue rétrospectif en proposant un retour en arrière sur les événements qu'il a vécus. Il raconte et analyse les faits passés en demandant à son lecteur d'accorder crédit à ses propos. Il peut écrire pour mieux se comprendre, se justifier, étudier la nature humaine. On considère que Rousseau a ouvert la voie de l'autobiographie avec *Les Confessions.*
Le journal intime	Le récit de vie n'est pas rétrospectif mais s'écrit au fil des jours.
Les Mémoires	L'auteur évoque sa vie parce qu'il a vécu des événements historiques importants. C'est le cas de Chateaubriand *(Mémoires d'outre-tombe)* ou du général de Gaulle *(Mémoires de guerre).*
La biographie	L'auteur raconte, de façon plus ou moins romancée, la vie d'une autre personne.

Il peut arriver que fiction et vérité se mêlent étroitement, soit que l'auteur modifie, consciemment ou non, les événements, soit qu'il choisisse de recourir au détour de la fiction (autofiction) pour parler de lui, comme dans certains romans de Marguerite Duras *(L'Amant, L'Amant de la Chine du Nord)* ou dans *W ou le Souvenir d'enfance* de Georges Perec.

B Les récits fictifs

Selon la longueur de l'œuvre et sa visée, on distingue plusieurs genres :

Le roman	Long récit dans lequel les personnages peuvent être nombreux et complexes, les intrigues multiples.
La nouvelle	Récit resserré dans lequel les personnages et les péripéties sont réduits.
L'apologue (conte, fable)	Récit court à visée didactique (l'histoire véhicule une leçon).

C La place dominante du roman

• **Définition.** Le roman se définit, sans doute, par son souci **de donner vie à un monde complexe** qui associe **mensonge et vérité**. Fruit d'une création, comme le rappelle Proust en faisant œuvre de romancier et non d'autobiographe, le genre romanesque nous invite à pénétrer dans un monde original qui, pourtant, d'une manière ou d'une autre, ressemble au nôtre.

• **La diversité du genre romanesque**

– **Priorité à l'intrigue.** Certains romans accordent la priorité à l'intrigue : c'est le cas des **romans d'aventures** ou **de science-fiction**, héritiers, pour nombre d'entre eux, des épopées antiques. Le **roman policier**, notamment lorsqu'il est centré sur une énigme à résoudre, appartient aussi à cette catégorie.

– **Priorité à l'analyse psychologique.** On parle alors de « **romans d'analyse** » (Madame de Lafayette en est le précurseur avec *La Princesse de Clèves*) ou bien encore de « **romans d'apprentissage** » lorsqu'ils montrent l'évolution d'un personnage en prise avec la société.

– **Priorité à la représentation du réel.** Le roman **historique** cherche à faire vivre le passé et s'en approche au plus près. De nombreux romanciers privilégient l'analyse de la **société**, pour la transformer, comme Victor Hugo avec *Les Misérables*, ou bien dans un but presque scientifique, comme Balzac, écrivain réaliste, et Zola, chef de file du naturalisme. Pour les **réalistes** ou les **naturalistes** (voir p. 367), les personnages et l'intrigue sont ainsi des instruments au service d'une démonstration.

▲ *Vingt Mille Lieues sous les mers* de Jules Verne.

Œuvre-clé

À la recherche du temps perdu **de Marcel Proust** (1871-1922) comprend sept volumes (dont *Du côté de chez Swann* en 1913, *À l'ombre des jeunes filles en fleurs* en 1918, *Le Temps retrouvé* en 1927). L'écrivain s'inspire de sa propre vie pour écrire un roman dont l'ambition est de lutter contre le temps destructeur en créant une œuvre d'art éternelle.

– **Priorité à la création.** Le romancier puise, dans la réalité historique ou autobiographique, un matériau qui nourrit une œuvre originale, dotée de sa propre vie.

18 Le récit, des origines à la Renaissance

Dans l'Antiquité, l'épopée est un genre prestigieux ; au Moyen Âge, le roman, qui lui succède, est un genre populaire.

L'ÉPOPÉE →	L'ÉPOPÉE MÉDIÉVALE →		LES RÉCITS HUMANISTES DE RABELAIS	
L'*Iliade* et l'*Odyssée* d'Homère (VIIIe s. av. J.-C.)	*Chanson de Roland* (fin XIe s.)	*Le Roman de la Rose* de G. de Lorris et J. de Meung (XIIIe s.)	*Pantagruel* (1532)	*Gargantua* (1534)

1 L'épopée

A Épopée antique et action

Dans l'*Iliade* et l'*Odyssée* d'**Homère** (VIIIe siècle av. J.-C.), les péripéties s'enchaînent : scènes de combat (Achille et Hector), retournements de situation (la ruse du cheval de Troie)... Ces épopées inspireront nos romans d'aventures et de science-fiction.

Rappel

À l'origine de nos romans d'apprentissage : Ulysse, orgueilleux et curieux au début de son voyage, devra apprendre la patience et la modestie pour triompher des épreuves.

B Épopée antique et héros

L'*Iliade* et l'*Odyssée* mettent en scène des **personnages hors du commun** capables de nous éblouir par leur force (Achille) ou leur ruse (Ulysse). Virgile s'inspire de ces deux épopées fondatrices pour glorifier Rome et son héros Énée (*Éneide*, Ier siècle av. J.-C.). Mais les héros épiques, dont le destin est tracé par les dieux, demeurent, avant tout, des symboles et non des êtres de chair.

2 Naissance du mot *roman*

A Sens premier du mot

Au Moyen Âge, le mot *roman* désigne la langue populaire pour la distinguer du latin. Cette étymologie nous éclaire tout en rappelant deux caractéristiques du roman : sa **laïcité** et sa **dimension populaire**.

B La chanson de geste et les romans médiévaux

- Les romans de chevalerie et les romans courtois, plus proches de l'épopée que du roman, sont, en fait, de **longs poèmes en vers** écrits en langue romane.
- **Les chansons de geste,** telle la *Chanson de Roland*, défendent les **valeurs guerrières** de l'honneur, du **courage** et de la **fidélité**. Le chevalier Roland qui, tombé dans un piège tendu par un traître, se bat jusqu'à la mort sans demander de l'aide est un modèle d'héroïsme selon les critères du Moyen Âge.

Mort de Roland à la bataille de Roncevaux. ▶

• **Les romans courtois** mettent aussi en avant les qualités extraordinaires des **preux chevaliers**, mais les héros combattent autant pour une dame que pour leur suzerain ou pour la réalisation d'une **quête prestigieuse** comme celle du Graal. Outre les différentes versions de la légende de Tristan et Iseut au XIIe siècle, on retiendra les romans de Chrétien de Troye (XIIe siècle) tels *Le Chevalier au lion* ou *Le Conte du Graal,* dont d'autres auteurs imagineront la suite au XIIIe siècle. On peut citer aussi *Le Roman de la Rose* de Guillaume de Lorris puis Jean de Meung (XIIIe siècle) qui raconte, de façon métaphorique, une conquête amoureuse.

> **Œuvre-clé**
>
> Le ***Roman de Renart***, qui comprend 80 000 vers, est constitué de courts récits indépendants composés par différents auteurs à partir du XIIe siècle. Les héros sont des animaux, notamment Renart le goupil (le renard) et Ysengrin le loup. Les auteurs s'amusent souvent à parodier les romans de chevalerie.

• **Les lais,** tels ceux de Marie de France, présentent de courtes histoires destinées à faire rêver le lecteur ou à lui proposer une analyse des sentiments.

• **Les fabliaux** (XIIIe-XIVe siècles) s'inspirent de la vie quotidienne des citadins et des vilains (paysans libres).

3 Rabelais et le récit humaniste au XVIe siècle

A L'humanisme

Ce mouvement qui va transformer les mentalités en Europe se développe d'abord en **Italie dès la fin du XIVe siècle** : les artistes et les intellectuels se tournent vers **le savoir et la culture gréco-latins**, tout en formant le projet d'explorer les espaces inconnus. Les **découvertes scientifiques de Copernic (1473-1543) qui seront confortées par Galilée (1564-1642)** et les **progrès de l'imprimerie dès le XVe siècle** contribuent à changer les repères et donnent à l'homme un pouvoir sur le monde qui l'entoure.

L'humanisme se répand en Europe : le mot désigne à la fois les humanités (la culture antique) et la dignité de l'homme.

B Rabelais et les géants

Médecin humaniste, grand érudit, **Rabelais** (v. 1494-1553) exprime sa **confiance en l'homme** dans quatre récits divertissants destinés à amuser autant qu'à instruire car, à la Renaissance, on ne saurait dissocier les plaisirs du corps de ceux de l'esprit. **Rabelais nous fait rire** *(« Rire est le propre de l'homme »)* **tout en exprimant les valeurs essentielles de l'humanisme**, notamment le respect de l'autre et l'éducation.

Bien qu'ils développent des récits de fiction, on peut penser que *Gargantua* et *Pantagruel* ne sont pas des romans comme on l'entend aujourd'hui. En effet, les péripéties paraissent s'enchaîner au hasard des circonstances et les héros ne sont pas dotés d'une psychologie complexe ; ils sont là pour divertir en incarnant les valeurs humanistes.

> **Roman-clé**
>
> Le récit ***Gargantua*** paraît en 1534, deux ans après ***Pantagruel***, avec le titre *La Vie très horrifique du grand Gargantua, père de Pantagruel, jadis composée par M. Alcofribas abstracteur de quinte essence – Livre plein de pantagruélisme.* Gargantua, fils de Grandgousier et de Gargamelle, est le père de Pantagruel.

Pantagruel par Gustave Doré. ▶

19 Le récit au XVIIe siècle

Au XVIIe siècle, tandis que le conte divertit et instruit, le roman prend son essor ; le genre n'étant pas encore codifié, il présente des formes variées qui continueront de se diversifier par la suite.

Cervantès,
Don Quichotte
(1605-1615)

Madame de Lafayette,
La Princesse de Clèves
(1678)

Charles Perrault,
Histoires ou Contes du temps passé (Contes de ma mère l'Oye)
(1697)

1 L'essor du genre romanesque

A Les débuts du roman

Le roman est, au départ, un **divertissement mondain** qui ne prétend aucunement égaler la poésie ou la tragédie, toutes deux considérées comme des genres nobles. Les femmes sont les principales lectrices de ces œuvres dont la publication se poursuit, parfois, sur plusieurs années.

Progressivement, le genre s'affirme et séduit des auteurs désireux de faire partager à leurs lecteurs leurs **réflexions philosophiques** et leur **vision du monde**.

B Le développement de l'individualisme

Certes, il existe des récits depuis d'Antiquité : les épopées d'Homère et de Virgile, les chansons de geste, les romans courtois, les lais et fabliaux, les récits de Rabelais… Mais il faut attendre le XVIIe siècle pour découvrir des personnages qui ne sont plus de simples pantins incarnant un modèle (héros courageux ou sage humaniste).
À une époque où l'individualisme gagne du terrain, où l'homme commence à acquérir son indépendance par rapport à Dieu et aux valeurs de Son monde, il devient possible de créer des personnages qui se définissent justement par le fossé qu'ils creusent entre eux et leur environnement.

> *Ex. :* Le géant Gargantua de Rabelais (XVIe siècle) n'est pas un héros de roman car il fait corps avec le projet humaniste qu'il incarne. À l'inverse, l'héroïne de Madame de Lafayette, la princesse de Clèves (XVIIe siècle), trace elle-même son destin, contre l'avis de son milieu.

C Deux œuvres fondatrices

• ***L'Ingénieux Gentilhomme Don Quichotte de la Manche* (1605-1615).** Ce roman de l'auteur espagnol **Cervantès** raconte les aventures d'un pauvre noble épris de chevalerie. Mais le preux Don Quichotte ne trouve pas de combat à sa mesure. Ce personnage décalé inaugure le héros solitaire, en marge d'une société dont les valeurs nouvelles lui restent étrangères. À sa manière, Emma Bovary (Flaubert, 1857), qui ne comprend pas la réalité et rêve sa vie, est une descendante de Don Quichotte.

• *La Princesse de Clèves* (1678). **Madame de Lafayette** met en scène une héroïne tragique, éprise du duc de Nemours mais fidèle à son mari. Les personnages idéalisés acquièrent, ici, une psychologie et une force individuelle. Prisonnière des lois de la Cour, la Princesse **affirme sa liberté** et, même après la mort de son mari, se refuse à l'homme qu'elle aime pourtant passionnément.
Ce roman, écrit par une femme de la Cour pour les lectrices des salons, est bien plus qu'un roman précieux. La multiplicité des péripéties romanesques a fait place à un resserrement autour du déchirement tragique vécu par le personnage.

D Des genres variés

D'autres œuvres, de tonalités variées, sont aussi à retenir.

• **Le roman sentimental.** À partir de 1607, *L'Astrée* d'Honoré d'Urfé inaugure la mode des bergers et des paysages bucoliques. Le roman renoue avec la littérature courtoise en faisant de la femme aimée un être inaccessible. Le **mouvement précieux**, qui rejette l'ordinaire, compose des œuvres qui codifient le parcours amoureux, comme chez **Mademoiselle de Scudéry** avec la « carte du Tendre ».

• **Le roman héroïque et ses parodies.** S'inspirant de l'épopée, le roman héroïque fait l'éloge de personnages de l'Antiquité ou du Moyen Âge. Il suscite la parodie, et certains romanciers, comme **Scarron** (*Le Roman comique*, 1651-1657), se moquent de cet idéalisme.

> **Citation-clé**
> La scène du bal au début de *La Princesse de Clèves* fonde le *topos* romanesque de la première rencontre : *« Monsieur de Nemours fut tellement surpris de sa beauté que, lorsqu'il fut proche d'elle, et qu'elle lui fit la révérence, il ne put s'empêcher de donner des marques de son admiration. Quand ils commencèrent à danser, il s'éleva dans la salle un murmure de louanges. »*

• **Le roman philosophique.** La forme romanesque peut devenir un **instrument de réflexion** : **Cyrano de Bergerac** (1619-1655) écrit *Les États et Empires de la Lune* puis *Les États et Empires du Soleil*, deux utopies qui dénoncent le réel ; en 1699, **Fénelon** mêle pensées philosophiques et politiques dans *Les Aventures de Télémaque*.

2 Charles Perrault : un Moderne

A Le contexte : la querelle des Anciens et des Modernes

La Renaissance a pris l'Antiquité comme référence. Dans la première moitié du siècle, les quelques auteurs, dont Corneille, qui tentent de s'affranchir de ces modèles anciens sont rappelés à l'ordre.

La querelle entre les Anciens (Boileau, Bossuet, Racine, La Bruyère…) et les Modernes (Perrault, Fontenelle…) est ouvertement déclenchée, en 1687, lorsque Charles Perrault présente, à l'Académie française, son poème *Le Siècle de Louis le Grand* dans lequel il place la littérature de son époque au-dessus de celle des Latins.

B Les contes publiés en 1697

Pour se démarquer des modèles antiques qu'il rejette, Charles Perrault réunit les **contes populaires** transmis par la tradition orale et leur donne une forme littéraire. Lus dans les salons, ils sont davantage destinés aux femmes qu'aux enfants.

Ex. : Dans « Le Petit Chaperon rouge », la fillette qui a obéi sagement finit dévorée par le loup. C'est la mère, parce qu'elle a imprudemment envoyé sa fille dans les bois sans l'avertir des dangers, qui est punie chez Perrault : les femmes sont bien les destinataires du conte.

20 Le récit au XVIIIe siècle

Tandis que le conte s'avère un moyen de contourner la censure pour exprimer les valeurs des Lumières, le roman, profitant de ce qu'il échappe à toute codification, prend son essor et acquiert ses lettres de noblesse.

Montesquieu, *Lettres persanes* (1721)

Abbé Prévost, *Manon Lescaut* (1731)

Voltaire, *Candide* (1759)

Rousseau, *La Nouvelle Héloïse* (1761)

Diderot, *Jacques le Fataliste* (1765-1784)

Choderlos de Laclos, *Les Liaisons dangereuses* (1782)

1 L'essor des genres narratifs

A Le contexte : un souffle de liberté

Sous la régence de Philippe d'Orléans (1715-1723), puis sous Louis XV et Louis XVI, les fêtes se multiplient, le libertinage des mœurs accompagne les idées nouvelles. La fantaisie et les subtilités du langage sont à la mode. Dans les cafés, qui abondent, les philosophes échangent leurs réflexions sur le monde, la société, les institutions…

B Le succès du roman

Ayant échappé à la codification littéraire, le roman est le genre idéal pour les écrivains en quête de liberté et trop à l'étroit dans l'esthétique classique. Sa forme convient parfaitement aux auteurs qui souhaitent faire passer des idées et une sensibilité nouvelles.

C Réalisme et analyse psychologique

Les écrivains du Siècle des lumières imaginent des intrigues qui se déroulent au cœur de la **réalité** : **passion et société** dans *La Nouvelle Héloïse* (1761) de Rousseau, **liberté féminine** dans *La Vie de Marianne* de Marivaux (1731-1741) ou *La Religieuse* de Diderot (1796)… On aurait tort de penser que seule la raison trouve grâce aux yeux des auteurs du XVIIIe siècle. C'est l'être humain tout entier, avec ses raisonnements mais aussi ses sentiments, qui les intéresse.

Info-clé

En Angleterre, ***Robinson Crusoé***, écrit par Daniel Defoe en 1719, souligne la force dominatrice de l'homme civilisé et fonde un mythe que les auteurs continuent de décliner.

D La naissance de l'autobiographie

Les Confessions, que Rousseau publie en 1782, sont considérées comme la première autobiographie car l'auteur part en quête de lui-même, se raconte pour mieux se comprendre et confie au lecteur le soin de garantir la sincérité de son portrait.

Citation-clé

« Je veux montrer à mes semblables un homme dans toute la vérité de la nature ; et cet homme ce sera moi » (Rousseau, première page des *Confessions*).

2 La diversité des formes romanesques

A Le roman picaresque

Venu d'Espagne au XVIIe siècle, le roman picaresque est une forme de **roman d'aventures** où les péripéties se multiplient : *Histoire de Gil Blas de Santillane* (publié entre 1715 et 1735) de Lesage. Voltaire s'en moque en multipliant, dans ses contes, les péripéties invraisemblables.

B Le roman épistolaire

- Si les romans épistolaires prolifèrent au XVIIIe siècle, c'est sans doute pour plusieurs raisons : l'illusion de réel qu'ils procurent, le goût pour le naturel, la possibilité de l'analyse psychologique.
- Dans les *Lettres persanes*, la lettre est avant tout un moyen, pour Montesquieu, de présenter avec un regard neuf (celui des Persans) la vie et les institutions françaises.
- En 1761, dans une tout autre tonalité, **Rousseau** écrit *La Nouvelle Héloïse*, un vaste roman qui raconte l'amour impossible de Julie et de Saint-Preux. Le titre fait allusion à la correspondance célèbre du moine Abélard et de la jeune Héloïse au Moyen Âge.
- L'utilisation que **Laclos** fait de la lettre en 1782 est encore différente : *Les Liaisons dangereuses* est un roman libertin dans lequel seul le dénouement sauve la morale.

C Les pseudo-Mémoires

Dans un souci de réalité, de nombreux romans prennent la forme de Mémoires et donnent l'**illusion de l'authenticité** : *La Vie de Marianne* de Marivaux ou encore *Manon Lescaut* de l'**abbé Prévost**.

D Un roman novateur : *Jacques le Fataliste* de Diderot

Ce roman, dont l'écriture s'étend de 1765 à 1784, date de la mort de son auteur, se noue et se dénoue en permanence pour mieux surprendre le lecteur. Diderot poursuit une réflexion sur la fatalité et la liberté dans un récit qui se permet même de se moquer de son lecteur : *« Vous voyez, lecteur, que je suis en beau chemin, et qu'il ne tiendrait qu'à moi de vous faire attendre, un an, deux ans, trois ans, le récit des amours de Jacques, en le séparant de son maître et en leur faisant courir à chacun tous les hasards qu'il me plairait. »*

3 Le conte

A La découverte des *Mille et Une Nuits*

À partir de 1704, Antoine Galland traduit de l'arabe le recueil anonyme des *Mille et Une Nuits.* Les féeries orientales séduisent le public.

B Les contes destinés aux enfants

Le XVIIIe siècle s'intéresse à l'éducation des enfants, et certains récits connaissent un succès qui traverse les siècles comme *La Belle et la Bête* publiée par Madame Leprince de Beaumont en 1757.

C Les contes de Voltaire

Pour se moquer de ses contemporains ou des genres à la mode mais aussi pour critiquer les institutions et exprimer ses idées, Voltaire reprend et **détourne le genre du conte**. Les héros (Zadig, Candide, l'Ingénu) posent un **regard distancié sur la réalité** (voir aussi p. 349).

21 Le récit au XIXe siècle

Le roman est le **genre majeur du XIXe siècle.** Mode d'expression favori de la bourgeoisie, il profite du développement des villes et d'une plus grande diffusion du livre et de la presse. Les nouvelles, aussi appelées « contes », occupent une place importante, notamment en raison de leur parution dans les journaux.

Balzac, *La Comédie humaine* (1829-1850)

Stendhal, *Le Rouge et le Noir* (1830)

Flaubert, *Madame Bovary* (1857)

Hugo, *Les Misérables* (1862)

Zola, *Les Rougon-Macquart* (1871-1893)

1 Le récit romantique

A Roman et romantisme en Angleterre et aux États-Unis

- Si le romantisme français s'exprime surtout au théâtre et en poésie, la situation n'est pas la même en Angleterre où ce courant donne naissance au roman noir (*Dracula* de Bram Stoker, 1897), aux romans psychologiques des sœurs Brontë ou aux œuvres engagées de Dickens (*David Copperfield*, 1849-1850).
- L'Américain Edgar Poe choisit la forme resserrée de la nouvelle pour donner toute leur force à ses récits fantastiques qui seront traduits par Baudelaire (*Histoires extraordinaires*, 1856).

B Le roman et l'expression du *moi*

La sensibilité romantique s'épanche dans une poésie lyrique et trouve peu sa place dans le genre romanesque. On citera, quand même, les récits *Atala* (1801) et *René* (1802) de **Chateaubriand**, les romans *Adolphe* (1816) de Benjamin Constant et *La Confession d'un enfant du siècle* (1836) de **Musset**.

C Le récit engagé

- L'écrivain romantique se doit de **guider les hommes** et d'**améliorer leur sort**. **Victor Hugo** s'en prend à une société qui punit au lieu d'éduquer en imaginant le personnage de Jean Valjean dans *Les Misérables*. Il avait déjà pris parti contre le système judiciaire dans deux récits de jeunesse : *Le Dernier Jour d'un condamné* (1829) et *Claude Gueux* (1834).
- D'autres écrivains empruntent cette voie du roman social, comme Eugène Sue avec ses *Mystères de Paris* (1842-1843) ou la romancière George Sand dans *La Mare au diable* (1846).

▲ Chateaubriand (1768-1848).

D Le roman populaire

Le roman de cape et d'épée, qui situe ses actions aux multiples rebondissements dans un cadre historique, connaît ses heures de gloire avec **Alexandre Dumas**, qui publie plus d'une centaine de romans dont *Les Trois Mousquetaires* (1844) et *Le Comte de Monte-Cristo* (1844-1846). Ces romans sont d'abord publiés en feuilletons dans la presse.

2 Le récit réaliste

A Balzac et le réalisme

• **L'illusion de réel.** En imaginant *La Comédie humaine* (une centaine de romans), Honoré de Balzac crée un prodigieux univers parallèle à la réalité. Lorsque le lecteur retrouve, dans *Illusions perdues,* Eugène de Rastignac, le héros du *Père Goriot*, il a l'impression d'avoir affaire à un monde bien réel.

> **Citation-clé**
>
> *« Un roman : c'est un miroir que l'on promène le long d'un chemin »* (attribué à Saint-Réal par Stendhal dans *Le Rouge et le Noir*).
> Stendhal se veut réaliste, mais ses romans, *Le Rouge et le Noir* (1830), *La Chartreuse de Parme* (1839) laissent percevoir ses aspirations romantiques.

• **L'ambition de *La Comédie humaine*.** L'organisation du roman en plusieurs parties appelées « scènes » *(Scènes de la vie parisienne, Scènes de la vie privée…)* révèle le projet du romancier : il s'agit bien de tendre à la réalité le miroir évoqué par Stendhal et, comme il l'affirme dans son avant-propos, de *« faire concurrence à l'état civil »*. Les mécanismes sociaux (notamment l'argent) et psychologiques (la passion amoureuse, l'ambition) sont découpés au scalpel.

B Flaubert et la voie du roman moderne

• **Un projet réaliste.** Après Balzac, Flaubert emprunte à son tour le chemin du réalisme et s'applique à donner une image sans indulgence de son époque. Dans le conte *Un cœur simple* ou dans les grands romans que sont *Madame Bovary* (1857) et *L'Éducation sentimentale* (1869), il mêle pathétique et ironie pour transmettre une vision sombre et grinçante de son temps.

> **Info-clé**
>
> En 1857, *Madame Bovary* et *Les Fleurs du Mal* sont accusés d'« outrage à la morale publique et religieuse ». Flaubert gagne son procès alors que Baudelaire le perd.

• **Un projet esthétique.** Mais, pour Flaubert, le réalisme n'est pas une fin en soi, car **l'œuvre n'a d'autre but qu'elle-même**. Les phrases sont ciselées, passées au « gueuloir » (Flaubert avait l'habitude de hurler ses romans). Ce projet esthétique *(« un livre sur rien, un livre sans attache extérieure »)*, qui prime sur l'intention réaliste, ouvre la voie au roman moderne.

3 Le récit naturaliste

A Émile Zola et le roman expérimental

• **Journaliste et romancier,** **Émile Zola (1840-1902)** est une figure importante de la littérature et de la vie politique de la fin du XIXe siècle. Très connu depuis le succès de *Thérèse Raquin* en 1867, il continue d'écrire des nouvelles *(Contes à Ninon)* qui paraissent dans la presse et des articles dans lesquels il prend courageusement position. On se souvient notamment de « J'accuse ! », sa lettre ouverte au président parue dans le journal *L'Aurore* en 1898.

Émile Zola : « une plume-scalpel » (*La Halle aux charges*, juillet 1885). ▶

• **Un projet scientifique : *Les Rougon-Macquart*.** À une époque où la science a le vent en poupe, Émile Zola se passionne pour les travaux du médecin Claude Bernard et se propose d'étudier le **double déterminisme social et familial** à partir d'une famille de son invention : les Rougon-Macquart. Inspirée de *La Comédie humaine* de Balzac, la fresque romanesque de Zola compte 20 romans chargés de démontrer que les personnages sont marqués par leur hérédité et leur environnement.

Rappel

La théorie de l'hérédité chez Zola s'exprime par le thème de l'alcoolisme, qui marque les fils de Gervaise *(L'Assommoir)* : Étienne *(Germinal)* ne supporte pas l'alcool, Claude *(L'Œuvre)* devient fou et se suicide, Jacques *(La Bête humaine)* a des pulsions meurtrières.

• **Du projet à sa réalisation.** Zola se documente beaucoup avant d'écrire ses romans ; on le voit visiter les mines en vue de la rédaction de *Germinal* ou rencontrer la directrice du *Bon Marché* pour mettre au point *Au Bonheur des dames*. Les descriptions sont précises et minutieuses, mais **le projet réaliste bascule souvent dans le fantastique**. Malgré le souci de vérité et la démonstration du double déterminisme, l'écriture, pour notre plus grand plaisir, dépasse le projet austère et laisse libre cours à l'imaginaire.

B Maupassant et la « vision du monde »

Comme Zola, Maupassant situe ses personnages dans un milieu qu'il souhaite analyser : le journalisme parisien dans *Bel-Ami* (1885), la spéculation immobilière autour des villes de cure dans *Mont-Oriol* (1887). Pour Maupassant, le roman est plus une « vision » qu'une démonstration scientifique.

Citation-clé

« Le réaliste, s'il est un artiste, cherchera non pas à nous montrer la photographie banale de la vie, mais à nous en donner la vision plus complète, plus saisissante, plus probante que la réalité même » (Maupassant, préface de *Pierre et Jean*).

4 Le récit fantastique ou surnaturel

• Parallèlement aux deux courants qui se succèdent – le réalisme puis le naturalisme – apparaissent des contre-courants qui explorent de nouvelles voies, notamment le surnaturel et le fantastique : Barbey d'Aurevilly (*L'Ensorcelée*, 1854) et Villiers de L'Isle-Adam (*Contes cruels*, 1883), par exemple.

• Les auteurs réalistes ou naturalistes peuvent eux-mêmes se tourner vers le fantastique comme Balzac dans son roman *La Peau de chagrin* (1831), Mérimée avec *La Vénus d'Ille* (1837) ou Maupassant dans de nombreuses nouvelles et dans son récit intitulé *Le Horla* (1886-1887).

• La nouvelle, par sa brièveté, convient particulièrement à la tonalité fantastique car elle permet un resserrement de l'intrigue autour de l'hésitation entre une interprétation réaliste et une interprétation surnaturelle des événements étranges racontés.

Illustration de la nouvelle *Le Horla* de Maupassant. ▶

22 Le récit aux XXe et XXIe siècles

Au XXe siècle, tandis que certains romanciers continuent d'écrire pour donner une image du réel, d'autres écrivains s'interrogent sur les enjeux de la littérature et brouillent les frontières entre les récits vrais et les fictions.

Proust, *À la recherche du temps perdu* (1913-1927)
Céline, *Voyage au bout de la nuit* (1932)
Malraux, *La Condition humaine* (1933)
Camus, *L'Étranger* (1942)
Marguerite Yourcenar, *Mémoires d'Hadrien* (1951)
Nathalie Sarraute, *Enfance* (1983)

(Cette liste est, bien sûr, incomplète, et nous n'avons pas assez de recul pour sélectionner des noms plus récents.)

1 Dans la continuité du XIXe siècle

A Les fresques romanesques

Au début du XXe siècle, sous l'influence de Balzac et de Zola, certains romanciers composent des **romans-fleuves** afin de donner une image de la société.

Ex. : Les Thibault (1922-1940) de Roger Martin du Gard.

B Les écrivains engagés

Certains écrivains utilisent la fiction pour exprimer leur opinion. André Malraux, en inscrivant ses romans dans l'histoire récente (*La Condition humaine* en 1933), montre que l'écrivain se doit de réfléchir aux grandes questions de son temps. Jean-Paul Sartre et Albert Camus (*La Peste*, 1947) érigent en principe l'**engagement de l'écrivain**.

2 De nouvelles voies : première moitié du XXe siècle

A Marcel Proust : le roman comme œuvre d'art

Empruntant une voie ouverte par Flaubert, Marcel Proust compose un long cycle romanesque : *À la recherche du temps perdu* (1913-1927). Tout en représentant la société de son temps et en analysant la personnalité et les émotions d'un narrateur qui lui ressemble fort, Proust affirme que **la littérature est, avant tout, une création** : *« le produit d'un autre moi que celui que nous manifestons »* dans la réalité.

Rappel

Selon Proust, alors que le temps détruit les êtres et les souvenirs, le romancier construit une œuvre qui donne vie aux personnages. C'est pourquoi le dernier volume de ce cycle s'intitule *Le Temps retrouvé*.

B André Gide : genèse du roman

Le roman *Les Faux-Monnayeurs* (1926) exprime tout le malaise d'un genre lassé des formes anciennes. En effet, André Gide compose un **roman à tiroirs**, racontant l'histoire de sa propre genèse. Son ambition est de *« purger le roman de tous les éléments qui n'appartiennent pas spécifiquement au roman »* et d'inviter le lecteur à participer à la création du livre.

C Louis-Ferdinand Céline : un nouveau langage

En donnant une **dimension littéraire au langage familier**, Céline (Louis-Ferdinand Destouches) renoue avec les origines du genre. Dans *Voyage au bout de la nuit* (1932), il exprime sa vision sombre du destin des hommes.

Ex. : « Les miennes d'idées elles vadrouillaient plutôt dans ma tête avec plein d'espace entre. C'étaient comme des petites bougies pas fières et clignoteuses à trembler toute la vie au milieu d'un abominable univers bien horrible » (dernière page du *Voyage au bout de la nuit*).

3 Le Nouveau Roman

A Le refus du roman traditionnel

- Les deux Guerres mondiales ont bouleversé la pensée et la sensibilité occidentales, si bien que **les notions d'« individu » et de « personnage » sont remises en question**.
- Dans *La Jalousie*, Alain Robbe-Grillet nomme un de ses personnages « A. » ; le deuxième s'appelle simplement « Franck » ; quant au troisième, il n'est jamais désigné, et on ne devine sa présence que par le verre ou le couvert qui lui sont destinés.

Citation-clé

Le personnage *« a, peu à peu, tout perdu : ses ancêtres, sa maison soigneusement bâtie […], ses propriétés et ses titres de rente, ses vêtements, son corps, son visage, et, surtout, ce bien précieux entre tous, son caractère qui n'appartient qu'à lui, et souvent jusqu'à son nom. »* (Nathalie Sarraute, *L'Ère du soupçon*, 1956).

B Les traits distinctifs du Nouveau Roman

Le **rejet des repères traditionnels** que sont l'intrigue et les personnages n'aboutit pas à leur disparition complète. Mais **la description prend le dessus**, le plus souvent minutieuse et en focalisation externe.

C Des voies différentes

- Les romanciers au cœur ou en marge du Nouveau Roman suivent des routes qui leur sont propres : celle de la « sous-conversation » chez Nathalie Sarraute ou celle de l'objectivité chez Alain Robbe-Grillet. Michel Butor, dans *La Modification*, écrit un récit à la 2e personne du pluriel, amenant le lecteur à adopter l'identité du personnage.

Ex. : La Modification de Michel Butor s'ouvre sur cette phrase : *« Vous avez mis le pied gauche sur la rainure de cuivre, et de votre épaule droite vous essayez en vain de pousser un peu plus le panneau coulissant. »*

• Pour d'autres romanciers, comme les membres de l'Oulipo (Ouvroir de littérature potentielle), le renouveau du roman passe par l'invention de **nouvelles contraintes formelles**, comme dans *Le Chiendent* (1933) de Raymond Queneau ou le roman *La Disparition* (1969), dans lequel Georges Perec n'utilise pas la voyelle *e*.

Ex. : La Disparition de Georges Perec commence ainsi : *« Anton Voyl n'arrivait pas à dormir. Il alluma. Son Jaz marquait "minuit vingt". Il poussa un profond soupir, s'assit dans son lit, s'appuyant sur son polochon. »*

▲ Les écrivains du Nouveau Roman devant le siège des éditions de Minuit, en 1959. De gauche à droite : Alain Robbe-Grillet, Claude Simon, Claude Mauriac, Jérôme Lindon, Robert Pinget, Samuel Beckett, Nathalie Sarraute, Claude Ollier.

4 Les chemins de l'autobiographie

• Certains écrivains écrivent ce qu'ils ont vu ou vécu dans les camps de la Seconde Guerre mondiale pour témoigner. Leur récit autobiographique est destiné à garder la **mémoire** de ce qui s'est passé et à alerter les lecteurs. On peut citer *L'Écriture ou la Vie* (1994) de George Semprun, *Si c'est un homme* (1947) de Primo Levi.

• Mais la plupart des récits autobiographiques affichent une **quête de soi**. Certains auteurs choisissent, pour cela, **la fiction** ; on parle alors d'**« autofiction »**. La vérité factuelle n'est pas nécessaire ; les scènes recréées parlent autant de soi si ce n'est mieux, que les faits avérés. Ainsi, d'une manière ou d'une autre, Marguerite Duras se raconte dans ses romans, depuis *Un barrage contre le Pacifique* (1950) jusqu'à *L'Amant* (1984) et *L'Amant de la Chine du Nord* (1991). Les récits de Patrick Modiano (prix Nobel en 2014) poursuivent une enfance douloureuse. On peut aussi citer, pour exemple de cet enjeu du récit, les œuvres d'Éric Fottorino, qui, de *Rochelle* (1991) à *Dix-Sept-Ans* (2018), évoquent la même quête d'identité.

Info-clé

Autofiction est un mot créé en 1977 par Serge Doubrovsky, critique littéraire et romancier, pour désigner son roman *Fils*. Plus largement, ce mot caractérise les œuvres qui croisent récit autobiographique et fiction dans le but d'affiner la quête de soi.

5 Et aujourd'hui ?

• Il semblerait que le roman français continue de frôler les marges du genre romanesque en mettant **l'auteur et sa conscience au centre de l'œuvre**. Parallèlement, d'autres auteurs continuent de faire vivre des personnages, comme J.-M. G. Le Clézio (prix Nobel en 2008), évoquent l'Histoire, comme Pierre Lemaitre (*Au revoir là-haut* en 2013) ou accordent une grande place à l'imaginaire, comme Laurent Gaudé (*La Mort du roi Tsongor*, 2002). D'autres continuent d'analyser la réalité de leur temps, tel Nicolas Mathieu qui a obtenu le Prix Goncourt en 2018 pour *Leurs Enfants après eux*.

• La biographie romancée est en vogue ces dernières années. On peut citer *Charlotte* (2014) de David Foenkinos qui évoque la vie tragique de Charlotte Salomon, une femme peintre, ou encore *Légende d'un dormeur éveillé* (Gaëlle Nohant, 2017) sur le poète résistant Robert Desnos.

23 Le roman et le récit : œuvres et parcours

1 *Histoire du chevalier des Grieux et de Manon Lescaut*, plus communément appelé *Manon Lescaut* (1731) de l'abbé Prévost

A Le contexte

• **Le contexte historique.** La fin du règne de Louis XIV, période durant laquelle se déroule l'histoire de Manon Lescaut, est marquée par une austérité que la Régence (1715-1723) s'applique ensuite à dissiper. Sous Louis XV, les divertissements et l'argent sont au premier plan, ce qui n'empêchera pas en 1733 la condamnation de *Manon Lescaut* au nom de l'ordre moral.

• **Les Lumières.** Si les philosophes des Lumières défendent la raison et s'en prennent aux institutions de leur temps au nom de la liberté, ils ne rejettent pas pour autant la sensibilité et les sentiments, comme en témoignent *La Vie de Marianne* (1731) de Marivaux ou *La Nouvelle Héloïse* (1761) de Rousseau.

• **Le développement du roman.** **(Voir p. 364)**

> **Auteur**
>
> 
>
> Orienté sans grande vocation vers une carrière religieuse, Antoine-François Prévost, dit **l'abbé Prévost (1697-1763)**, est essentiellement connu pour le septième tome des *Mémoires et Aventures d'un homme de qualité*, le récit mouvementé de la passion du chevalier Des Grieux pour Manon Lescaut.

B Les principaux repères

• **La forme du roman.** Pour donner l'illusion du réel, l'abbé Prévost adopte une forme à la mode, celle des Mémoires. L'enchâssement du récit accroche également l'attention du lecteur : le narrateur, le marquis de Renoncour (« l'homme de qualité »), rapporte les confidences du chevalier Des Grieux.

• **Le cadre du récit.** L'histoire se déroule au début du XVIIIe siècle. À une époque où l'Europe s'ouvre largement sur le monde, le cadre de l'histoire, très précis bien que rarement décrit, inclut l'Amérique puisque Manon est exilée à la Nouvelle Orléans.

> **Info-clé**
>
> **Le libertinage.** Ce mot désigne les mœurs considérées comme contraires à la morale ; cependant, le **libertin** (le latin *libertinus* désigne un esclave affranchi), dès le XVIIe siècle, est d'abord un penseur qui rejette les dogmes, notamment la pensée religieuse.

• **Les deux personnages principaux.**

– **Des Grieux :** le jeune aristocrate de province, élevé dans le respect de la religion et de la morale, est attaché au code de l'honneur. Mais sa passion pour Manon vient progressivement à bout de toutes ses valeurs puisqu'il finit par voler et tricher au jeu.

– **Manon Lescaut :** on ne la connaît que par le regard fasciné de Des Grieux. Personnage ambigu (d'origine populaire mais cultivée, à la fois victime et instigatrice), elle se caractérise avant tout par sa liberté : aucune personne, aucune morale ne la contraint.

• **Le mélange des genres et des registres.**

– **Le roman d'aventures :** l'auteur s'inspire du roman picaresque **(voir p. 365)** qui raconte les aventures d'un héros en marge de la société. Le romancier met en scène différents lieux et différentes conditions sociales, multiplie les rebondissements (« un instant malheureux me fit retomber dans le précipice »), sans être arrêté par les invraisemblances de son histoire.

– **Une forme classique :** bien que foisonnant, le roman se plie à la rigueur de l'esthétique classique. Centré sur une intrigue unique et sur l'analyse d'une passion dévastatrice, il est construit en deux parties qui alternent les retrouvailles et les séparations, enchaînant des forfaits de plus en plus graves. Cette gradation rappelle la tragédie classique.

– **Différentes tonalités** : la tonalité tragique (« l'ascendant de ma destinée ») cohabite avec la coloration burlesque que produit l'écart entre la grandeur des sentiments et les tromperies dignes de la farce (« toutes les parties scandaleuses de notre histoire »). Mais, dans ce récit à la première personne, c'est sans doute la tonalité lyrique qui domine.

C Parcours : « Personnages en marge, plaisirs du romanesque »

• **L'intitulé du parcours.** Les deux perspectives ne se situent pas sur le même plan : d'un côté l'art de la narration et de l'autre, l'émotion du lecteur. L'absence de connecteur logique et le choix du pluriel ouvrent grand le champ de la réflexion.

• **Les personnages en marge.** Des Grieux s'écarte des valeurs transmises par son éducation, se met en marge de son milieu. Dans le même temps, Manon soutire de l'argent à ses amants. Les romanciers – et leurs lecteurs ! – affectionnent ces personnages qui ne restent pas dans le rang : Vautrin chez Balzac (*Le Père Goriot*) par exemple, ou Meursault (*L'Étranger*) chez Camus. La relation entre l'individu et la société est au cœur du genre romanesque.

• **Les plaisirs du romanesque.** Le roman ne nous procure pas seulement le plaisir de fréquenter l'interdit ou l'impossible, il nous offre aussi la possibilité d'arrêter le cours de notre existence pour mieux nous voir dans le miroir que nous tendent tous ces personnages différents.

2 *La Peau de chagrin* (1831) d'Honoré de Balzac

A Le contexte

• **Le gouvernement : « une aristocratie de banquiers et d'avocats ».** L'intrigue de *La Peau de chagrin* est contemporaine de son écriture, ancrée dans le réel. Après les rêves révolutionnaires de 1789 puis l'enthousiasme suscité par Napoléon Ier, la Restauration est vécue comme un retour en arrière. Déçus par une société gouvernée par l'argent, les jeunes gens de 1830, tel Raphaël de Valentin, sont en proie au « mal du siècle ».

Auteur

Honoré de Balzac (1799-1850) a composé *La Comédie humaine*, une grande fresque qui comporte plus de quatre-vingt-dix romans et nouvelles. Il est considéré comme le maître du roman réaliste.

• **Romantisme et réalisme.** Avec Balzac, le romantisme **(voir pp. 326 et 366)**, qui prône le rêve et les passions, voit s'ouvrir une nouvelle perspective : pour dénoncer la médiocrité du réel, l'écrivain entreprend de le peindre minutieusement. Ainsi, *La Comédie humaine* entend « faire concurrence à l'état civil » en déployant un univers fictif, véritable miroir de la réalité.

• **Les modes littéraires : un goût pour l'Orient et pour le fantastique.** L'Orient, à la mode au XVIIIe siècle, continue de fasciner les Français (*Les Orientales* de Victor Hugo, 1829). Quant au fantastique **(voir p. 368)** qui irrigue *La Peau de chagrin*, il a d'abord connu un grand succès en Angleterre. Balzac s'inspire aussi de *Faust* (1790) de l'écrivain allemand Goethe.

B Les principaux repères

• **Le titre.**

Le chagrin est une partie de la croupe d'un âne ou d'un mulet utilisé pour sa peau. Le mot « chagrin » prend ici un double sens et la Peau, venue d'Orient, reste un objet mystérieux.

FRANÇAIS BAC 2023

• **Un récit en trois parties.**

« Le talisman »	Le récit, à la troisième personne, rapporte une journée décisive pour Raphaël de Valentin, de son projet de suicide aux excès d'une orgie en passant par l'acquisition d'un talisman, une mystérieuse Peau de chagrin aux pouvoirs magiques.
« La femme sans cœur »	Le héros raconte à son ami Émile sa vie jusqu'à cette journée mémorable, notamment sa passion destructrice pour Fœdora.
« L'agonie »	Les désirs de Raphaël sont comblés mais le talisman, double de la vie du héros, rétrécit à mesure qu'il formule des souhaits. Le jeune homme ne peut échapper à la maladie et à une mort précoce.

• **Les trois personnages principaux.**

– **Raphaël** est un héros romantique : poète, jeune aristocrate ruiné en proie à de violentes passions.

– Deux femmes s'opposent : **Fœdora**, la « femme sans cœur » et **Pauline**, la jeune fille pure qui se révèle passionnée dans la troisième partie du roman.

• **Un roman fantastique.** Le fantastique tient à l'intrusion du surnaturel dans un cadre réaliste, ce qui crée, grâce au jeu des points de vue, une tension entre une lecture rationnelle des faits (celle des scientifiques) et une lecture surnaturelle (pour Raphaël, la Peau a un pouvoir magique).

• **Un roman philosophique.** La dimension fantastique invite le lecteur à s'interroger sur les choix du héros. Les personnages incarnent différentes existences possibles tandis que la Peau de chagrin qui rétrécit symbolise le passage destructeur du temps et l'absurdité de la vie.

Citation-clé

« Tuer les sentiments pour vivre mieux ou mourir jeune en acceptant le martyr des passions, voilà notre arrêt. »
Rastignac dans *La Peau de chagrin.*

C Parcours : « Les romans de l'énergie : création et destruction »

• **L'énergie chez Balzac.** Cette notion, au cœur de la pensée balzacienne (« Tout est mouvement », explique Planchette le physicien) repose dans *La Peau de chagrin* sur les multiples dualités qui donnent vie à l'œuvre : Fœdora/Pauline ; pauvreté/richesse ; existence studieuse et créatrice/dispersion dans la débauche…

• **La dualité création et destruction.** *La Peau de chagrin* est tout le contraire d'un roman d'initiation, car le récit de la vie de Raphaël de Valentin suit la pente d'une inéluctable destruction. On pourra s'interroger sur les romans d'apprentissage (*Bel-Ami* de Maupassant, par exemple) ou de désillusion (*Madame Bovary* de Flaubert). On s'intéressera aussi au processus même de la création littéraire.

3 *Sido* (1930) et *Les Vrilles de la vigne* (1908) de Colette

A Le contexte

• **Un monde d'hommes.** Les romans de Colette paraissent dans un contexte masculin ; la série des *Claudine* sera d'ailleurs publiée sous le nom de Willy, son premier mari.

• **L'effervescence de la Belle Époque.** Le XXe siècle s'ouvre dans l'enthousiasme des temps nouveaux et Colette se libère des carcans : on la voit en mime au Moulin Rouge ; elle coupe ses cheveux et adopte la mode des « garçonnes », affiche sa liaison avec Mathilde de Morny (Missy), divorce, se remarie…

Auteure

Colette (1873-1954), de son vrai nom **Sidonie Gabrielle Colette,** est la deuxième femme élue (1945) à l'académie Goncourt et la première à avoir des funérailles nationales.

• **Deux œuvres, deux contextes.** *Les Vrilles de la vigne* et *Sido* n'ont pas été écrites dans les mêmes circonstances. La première, un recueil d'articles et récits parus dans des journaux, est éditée alors que Colette a 33 ans (quelques textes plus récents figurent toutefois en annexe). *Sido* paraît plus de vingt ans après.

B Les principaux repères

• **L'écriture de soi.** « Ce papier qui recueille, depuis tant d'années, ce que je sais de moi, ce que j'essaie d'en cacher, ce que j'en invente et ce que j'en devine », peut-on lire dans *La Naissance du jour* (1928), une œuvre centrée aussi sur sa mère, Sido. Le projet autobiographique de Colette est complexe, la dissimulation et la création venant brouiller et enrichir à la fois la quête de soi. Toute l'œuvre de l'auteure, même lorsqu'il s'agit de romans, est traversée par ce projet.

• ***Sido.***

– **La composition :** la première partie porte le titre de l'œuvre, les deux suivantes sont consacrées aux autres membres de la famille. On découvre d'abord le père, le Capitaine Colette, très attaché à Sido, dont il est le second mari, puis la fratrie. Mais la figure maternelle envahit le texte comme elle a pris possession de la famille.

– **La complexité de la figure maternelle :** le portrait que Colette brosse de sa mère, au milieu de son jardin ou bien dans sa maison au retour d'un voyage à Paris, nous invite à idéaliser cette figure maternelle. Mais la Sido littéraire diffère sans doute du personnage réel, certains détails venant nuancer l'éloge : les « sentences, excommunicatoires le plus souvent » révèlent un caractère autoritaire, tandis que la jalousie se devine quand il est question d'Adrienne.

• ***Les Vrilles de la vigne.***

Les thèmes et les tonalités de ce recueil « fait de pièces et de morceaux » (Colette) sont variés : fiction (« La dame qui chante »), dialogues animaliers, poèmes en prose lyriques dédiés à Missy (« pour M. »), critique mordante mais amicale des mondaines avec le personnage de Valentine… Le texte d'ouverture qui donne son titre au recueil, avec la parabole du rossignol, place l'œuvre sous le signe du pouvoir littéraire : « dans le printemps menteur où fleurit la vigne crochue, j'écoute le son de ma voix… »

C Parcours : « La célébration du monde »

• **Parcours et objet d'étude.** L'intitulé du parcours semble concerner la poésie plus que les genres narratifs. Ce choix est une façon de suggérer la perméabilité des genres : les œuvres de Colette se découvrent à la confluence du roman et de la poésie et nous amènent à nous interroger sur les moyens dont dispose le récit pour célébrer le monde.

• **Les procédés de la célébration.** Vocabulaire riche et suggestif, métaphores, rythmes légers, allitérations et assonances : l'écriture de Colette partage avec le lecteur toute la palette des sensations. Les sens s'associent pour tisser les souvenirs de l'enfance, permettre à Colette de prendre possession du réel et de faire un avec la nature. Les descriptions en prose poétique sont propices à cette célébration tandis que le discours direct donne vie aux évocations.

• **Les enjeux de la célébration.** La place accordée aux sensations chez Colette annonce le projet de Marcel Proust **(voir p. 359)**, qui confie aux sens puis, de façon plus sûre, à l'écriture, la mission de retrouver le « temps perdu ». Il s'agit de plus, chez Colette, de se fondre dans le monde, d'atteindre l'harmonie d'un univers réconcilié. Cette perspective embrase aussi les romans de Giono, certaines pages de Camus (la scène du bain dans *La Peste*) et, plus récemment, les récits de Sylvain Tesson ou les pages que Paolo Cognetti consacre à la montagne.

Citation-clé

« Ainsi, immobile et les yeux clos, elle habite chaque pelouse, chaque arbre, chaque fleur. » (Colette, « Dialogue de bêtes », *Les Vrilles de la vigne*)

FRANÇAIS BAC 2023

24 Étudier une pièce de théâtre

Le terme grec qui a donné le mot *théâtre* désigne « ce qui est regardé » et définit ainsi la spécificité de ce **genre littéraire : une représentation avant d'être un texte.** C'est donc sous l'angle du **spectacle** que le texte de théâtre doit être abordé et étudié.

1 Le texte théâtral

A L'organisation spécifique du texte de théâtre

- La spécificité du texte théâtral tient à sa finalité qui est la **représentation**. En effet, l'organisation en **actes** et en **scènes**, plutôt qu'en parties et en chapitres, est liée au spectacle lui-même.
- À l'origine, les changements d'acte permettent le renouvellement des bougies. Quant aux changements de scène, invisibles pour les spectateurs, ils facilitent le calendrier des répétitions en indiquant les noms des comédiens présents à tel ou tel moment de la pièce.

Vocabulaire-clé

- **Didascalie :** indication concernant le décor ou le jeu des comédiens.
- **Réplique :** parole d'un personnage.
- **Dialogue :** échange de répliques.
- **Stichomythie :** échange de répliques très brèves.
- **Tirade :** longue réplique.
- **Monologue :** parole d'un personnage seul sur scène (à ne pas confondre avec la tirade).
- **Aparté :** parole qu'un personnage prononce à seule destination du public.

B Un texte destiné à être prononcé

- **Le texte en vers.** La tragédie classique (XVIIe siècle) tire sa force et sa musicalité de la **versification** elle-même afin d'émouvoir les spectateurs.

  Ex. : Les alexandrins de l'Infante au début du *Cid* de Corneille expriment le déchirement tragique du personnage.

- **La *commedia dell'arte*** propose à ses comédiens d'improviser à partir d'une grille définie : le **« scénario »**. Sans le jeu des acteurs, la pièce n'existe pas.

▲ Une représentation de *commedia dell'arte* par la troupe des Gelosi (1571-1604).

C La question de la place du texte

La tradition littéraire occidentale tend à sacraliser le texte en accordant à la **parole des personnages** la première place. Des auteurs et des théoriciens comme Eugène Ionesco *(Notes et Contre-Notes)* ou Antonin Artaud (*Le Théâtre et son Double*, 1938) ont condamné cette suprématie de la parole et souligné la place du spectacle.

Citation-clé

Influencé par le théâtre asiatique, celui de Bali notamment, Artaud prône un *« théâtre de la cruauté »*, c'est-à-dire un spectacle où s'affirme la présence physique intense des comédiens.

D Un genre qui puise ses racines dans l'Antiquité

• Qu'elles s'en nourrissent ou qu'elles le rejettent, les œuvres théâtrales de notre histoire littéraire se définissent par rapport à la tragédie et à la comédie de l'Antiquité grecque.

• **La tragédie.** Elle célèbre les **valeurs** (honneur, gloire...) de la société et expose les **forces** (destin, dieux...) à redouter. Elle fédère les spectateurs en leur faisant éprouver ***« terreur et pitié »*** (Aristote) : cette fonction cathartique (la catharsis) ***« purge les passions »*** des spectateurs.
Les personnages de haut rang sont déchirés par un **dilemme**, entraînés vers la mort par un destin qu'ils ne peuvent contrer malgré leurs efforts.

• **La comédie.** Destinée à faire rire, elle a aussi une **fonction satirique**. Elle met en scène des personnages types : le barbon (vieillard avare, égoïste, naïf), les jeunes gens amoureux, ainsi qu'un esclave (un valet ou une servante) débrouillard et insolent. L'intrigue tourne autour d'un mariage, et tout se termine bien pour les jeunes gens qui s'aiment.

2 Les contraintes du théâtre

A Les contraintes matérielles

• **Le temps de la représentation.** Alors que le romancier dispose d'une infinie liberté, le dramaturge voit peser sur son œuvre une succession de contraintes matérielles. Il évolue tout d'abord dans un **temps réduit**. Les tentatives pour créer de très longues pièces (*Le Soulier de satin* de Paul Claudel, par exemple) restent exceptionnelles, et la représentation devra être relativement brève.

De plus, si le lecteur peut revenir en arrière et reprendre un passage qu'il a mal compris, le spectateur, lui, est pris dans le **rythme imposé** par la représentation. À l'auteur donc de veiller à ce que son texte soit clair en soulignant ou répétant les éléments essentiels.

• **L'espace de la représentation.** De même, l'**espace est réduit** : les comédiens se déplacent entre les trois murs de la scène, auxquels s'ajoute le **« quatrième mur »** virtuel.

> **Notion-clé**
>
> **« Quatrième mur ».** Cette notion a été mise en avant par le metteur en scène André Antoine dans un souci de vraisemblance. Dans cette **conception de l'espace scénique**, le spectateur est un voyeur devant une action qui semble se dérouler sans lui. Cette notion appartient, en réalité, à Denis Diderot qui, en 1758, dans son *Discours sur la poésie dramatique*, écrit : *« Imaginez, sur le bord du théâtre, un grand mur qui vous sépare du parterre ; jouez comme si la toile ne se levait pas. »*

B La codification du théâtre

À ces contraintes matérielles s'ajoutent des **contraintes culturelles** : le théâtre est un genre traditionnellement codifié **(voir p. 382)**.
On peut supposer que cette codification, qui existe dans d'autres pays comme le Japon, est inhérente au genre théâtral lui-même. En effet, le théâtre, destiné à être représenté devant un groupe, est une célébration collective qui trouve sa place dans une société elle-même régie par des codes.
De plus, pour être compréhensible aisément, le théâtre doit se définir par rapport à des **repères** que le spectateur maîtrise ; par exemple, les conditions sociales et les caractères sont rapidement identifiables : le valet fourbe, le vieillard égoïste et avare...

3 Une œuvre collective

A Les personnes impliquées dans la représentation théâtrale

La représentation théâtrale est bel et bien une création collective. Le travail de l'**auteur** est prolongé par celui du **metteur en scène** qui dirige les **comédiens** et les **techniciens** (lumière, costumes, son…). Le public est partie prenante de la représentation. Le dramaturge peut même lui confier un rôle, comme le fait Molière dans *L'Avare* (1668) lorsque le monologue d'Harpagon devient un véritable dialogue avec la salle.

Citation-clé

« Que de gens assemblés ! […] De grâce, si l'on sait des nouvelles de mon voleur, je supplie que l'on m'en dise. N'est-il point caché là parmi vous ? Ils me regardent tous et se mettent à rire. Vous verrez qu'ils ont part sans doute au vol que l'on m'a fait » (célèbre monologue d'Harpagon dans *L'Avare* de Molière).

B Le metteur en scène : les choix

- **Le metteur en scène fait son apparition à la fin du XIXe siècle,** avec André Antoine (1858-1943), quand le genre théâtral s'est assoupli. Entre le **simple traducteur** fidèle et invisible de la pensée de l'auteur (les metteurs en scène Jacques Copeau ou Jean Vilar) et le **créateur** qui utilise la pièce du dramaturge pour en faire sa propre œuvre (Antoine Vitez), il existe des conceptions différentes du rôle du metteur en scène.
- **Le metteur en scène doit répondre à différentes questions :** traduction du texte ou utilisation/recréation ? mise en valeur de la psychologie (la dimension romanesque du théâtre) ou projet pictural ? quelle place accordée aux spectateurs ? À cette dernière question, Ariane Mnouchkine (le Théâtre du Soleil) répond en repensant l'espace scénique (plusieurs scènes, par exemple) pour permettre au public de participer pleinement à la représentation.

4 Un spectacle

A Le décor et ses fonctions

- **Une fonction esthétique.**

Lorsque le rideau se lève, c'est le décor que le spectateur découvre en premier, un décor dont la fonction peut être de le **séduire** par sa précision (dans *Rhinocéros* de Ionesco, par exemple) ou, au contraire, par son dépouillement (*En attendant Godot* de Samuel Beckett).

Info-clé

À la fin du XIXe siècle, avec l'électricité, l'**éclairage** devient une des **ressources du théâtre**. Il est possible de mettre en lumière un personnage ou, au contraire, de le dissimuler, comme Musset en rêvait au début de *Lorenzaccio* (pièce destinée à être lue) lorsqu'il imaginait une scène nocturne.

- **Une fonction informative.**

Le décor délivre des **informations** sur le milieu social.

Ex. : Le Bourgeois gentilhomme nous montre, par exemple, la maison d'un riche bourgeois.

Les meubles ou accessoires peuvent, par ailleurs, jouer un rôle dans l'intrigue.

Ex. : Dans *Le Tartuffe*, Elmire invite son mari Orgon à se cacher sous une table pour surprendre les intentions du personnage éponyme.

- **Une fonction symbolique.**

Le décor et les accessoires ont souvent une fonction symbolique.

Ex. : L'épée que brandit Iphicrate au début de *L'Île des esclaves* de Marivaux représente le pouvoir exercé par la force ; c'est, d'ailleurs, le sens du nom du personnage.

B Le costume et ses fonctions

• Une fonction informative.

Comme le décor, le costume informe les spectateurs.

Ex. : La tenue de M. Jourdain, au début du *Bourgeois gentilhomme*, indique l'époque et la position sociale du personnage.

Mais les metteurs en scène ou les auteurs eux-mêmes, tel Anouilh dans *Antigone*, peuvent choisir, au contraire, des costumes neutres ou contemporains afin de donner à leurs personnages une **valeur atemporelle**.

• Un rôle dans l'intrigue.

Dans la comédie, le travestissement est un des ressorts de l'action.

Ex. : Dans *Le Jeu de l'amour et du hasard* (Marivaux), l'échange des conditions sociales qui est au cœur de l'intrigue s'exprime par un échange de costumes entre les maîtres et leurs serviteurs.

• Une fonction symbolique.

De façon plus profonde, le costume peut aussi symboliser le personnage.

Ex. : C'est le cas d'Harpagon (*L'Avare* de Molière), qui porte un costume élimé et démodé.

C Le jeu du comédien

Mentionnés par des didascalies ou créés par le metteur en scène, les jeux de scène font appel aux **gestes** et aux **expressions** des comédiens. Leur rôle peut être simplement comique ; les gestes peuvent aussi influencer l'évolution de l'intrigue.

Ex. : Dans *Le Cid*, le soufflet du Comte qui humilie Don Diègue déclenche la logique tragique de la vengeance.

D Un théâtre destiné à être écouté

• Le rôle des intonations.

Le texte de théâtre est destiné à être prononcé, voire déclamé.

Ex. : Molière, dans *Les Précieuses ridicules*, critique la diction très exagérée des comédiens de l'Hôtel de Bourgogne et propose un jeu plus proche de la parole ordinaire.

• Rires et cris.

Le langage du comédien ne se réduit pas à des mots ; la représentation donne vie à ce qui n'est que *« Ah ! Ah ! »* dans le texte imprimé.

Ex. : Les cris (ceux de Toinette au début du *Malade imaginaire*) ou les rires (celui de Zerbinette à la fin des *Fourberies de Scapin*) ne laissent jamais le spectateur indifférent.

• Le bruitage et la musique.

Outre les paroles, les cris et les rires, les bruits font également partie de la représentation théâtrale.

Ex. : Que serait la fin de *Dom Juan* sans les coups de tonnerre qui manifestent la puissance divine ?

La musique peut être un choix du metteur en scène ou s'inscrire dans le projet initial de l'auteur, comme dans la comédie-ballet, un genre apprécié à la cour de Louis XIV.

Ex. : Le Bourgeois gentilhomme est le fruit de la collaboration de Molière et du musicien Lully.

Poussée à l'extrême, cette association, qui vise à créer un spectacle total, mène à l'opéra.

25 Les origines de notre théâtre

Les racines de notre théâtre puisent dans l'Antiquité, qu'il s'agisse de nous émouvoir ou de nous faire rire.

POÈTES GRECS — POÈTE LATIN — MOYEN ÂGE

Eschyle (v. 525-456) — Sophocle (v. 495-406) — Euripide (480-406) — Aristophane (v. 445-v. 385) — Térence (v. 185-159) — Mystères et farces

1 Le théâtre antique

A Une célébration collective

Le théâtre tel que nous le connaissons naît à Athènes au Vᵉ siècle av. J.-C. Les pièces sont montées à l'occasion des fêtes de la cité. En ce sens, dès son origine, le théâtre joue un **rôle social** particulier. Les comédies sont données entre deux tragédies afin de détendre l'atmosphère.

> **Info-clé**
> Dans sa *Poétique*, **Aristote** explique que la tragédie doit être *« mimésis »* (elle montre, imite la réalité) et *« catharsis »* (inspirant ***« terreur et pitié »***, la tragédie purge les spectateurs de leurs passions).

B La tragédie

Les sujets sont historiques ou mythologiques, et le chœur représente les **interrogations des spectateurs**. Trois grands noms sont à retenir : Eschyle, Sophocle et Euripide. Progressivement, les personnages acquièrent plus d'autonomie et les dieux se font moins directifs.

C La comédie

Les personnages de comédie sont des **personnages ordinaires dont on peut rire**. Aristophane est le principal auteur de comédies littéraires grecques ; il inspire deux grands auteurs latins : Plaute (v. 254-184 av. J.-C.) et Térence.

2 Le théâtre français au Moyen Âge et à la Renaissance

A Le théâtre médiéval

Le théâtre médiéval s'inspire des textes religieux : les mystères, qui reprennent des épisodes de l'Évangile, sont, en effet, joués à l'occasion des **fêtes religieuses**. Les farces, elles, mettent en scène des personnages ordinaires et n'hésitent pas à recourir au comique le plus grossier.

B Le théâtre de la Renaissance

En 1548, un décret royal met fin à la représentation des mystères. Tandis que les farces continuent de faire rire, les humanistes redécouvrent les chefs-d'œuvre de l'Antiquité et imposent le **modèle grec**.

26 Le théâtre au XVIIe siècle

Alors que l'esthétique baroque domine en Europe, le classicisme, marqué par la raison et les modèles antiques, imprègne en profondeur le théâtre français jusqu'à la fin du XVIIIe siècle.

Corneille,
Le Cid
(1637)

Molière,
Le Tartuffe
(1664-1669)

Boileau,
Art poétique
(1674)

Racine,
Phèdre
(1677)

1 Deux mouvements esthétiques

A Le baroque

Le mot « baroque » vient du portugais ***barrocco*** qui désigne une perle irrégulière. Après la période troublée des guerres de Religion, le baroque est un **mouvement esthétique** qui exprime toute la **complexité d'un univers échappant à l'emprise de l'homme**. Les jeux de miroir, les trompe-l'œil, les décors chargés sont des caractéristiques de ce mouvement qui domine en Europe jusqu'au milieu du XVIIIe siècle.

Pierre Paul Rubens (1577-1640), *La Chute de Phaéton* (v. 1604-1605), National Gallery of Art, Washington. ▶

B Le classicisme

En réaction au baroque, le classicisme est un **mouvement esthétique français** qui prône l'**ordre**, la **mesure**, l'**équilibre** selon les modèles antiques. Les jardins dits « à la française » du château de Versailles en sont une bonne illustration.

2 Un théâtre baroque

• Sous Louis XIII (1601-1643), Corneille écrit des comédies baroques. Ainsi, *L'Illusion comique* (1636) est bâtie sur un jeu de théâtre dans le théâtre.

• Louis XIV, maître des arts, impose l'esthétique classique sans pour autant chasser totalement le baroque comme en témoigne la Galerie des glaces de son château et certaines comédies de Molière.

Œuvre-clé

***Dom Juan* de Molière (1665) : une comédie baroque.** Chacun des actes se déroule dans un décor différent : intérieurs, forêt, bord de mer à l'acte II... Les personnages sont nombreux, à peine esquissés comme Charlotte et Mathurine dans l'acte II. Plusieurs intrigues se croisent ; leur seul point d'ancrage est le personnage éponyme, « *grand seigneur méchant homme* ». Le dénouement est spectaculaire, la statue du Commandeur offensé entraînant Dom Juan dans les flammes de l'enfer.

3 Le théâtre classique

A Les règles du théâtre classique

• **La règle des trois unités** demande à ce que l'action se déroule en **un seul jour**, en **un seul lieu** et qu'elle ne pose qu'**un seul problème**. Ainsi, les tragédies de Racine sont concentrées et le cadre choisi est épuré : le vestibule d'un palais où les différents personnages vont se croiser.

Citation-clé

« *Qu'en un lieu, qu'en un jour, un seul fait accompli /Tienne jusqu'à la fin le théâtre rempli* » (Nicolas Boileau, *Art poétique*, 1674).

• **La règle de vraisemblance** n'oblige pas à la vérité mais demande d'**imiter le vrai**. Les batailles ou les combats mythologiques (la mort d'Hippolyte terrassé en combattant un monstre marin dans *Phèdre* de Racine) ne peuvent donc être représentés et doivent faire l'objet d'un récit.

• **La règle de bienséance** permet de **ne pas choquer le spectateur**. Ainsi, les personnages ne peuvent mourir sur scène.

Ex. : Dans *Le Cid* de Corneille, le combat verbal entre Rodrigue et le Comte (acte II, scène 2) se prolonge en coulisses par un duel aboutissant à la mort du Comte.

B Les genres codifiés

• **La tragédie,** selon le modèle antique, met en scène des **personnages de haute lignée** prisonniers d'un destin qui les mène à leur perte.

Ex. : Titus (*Tite et Bérénice* de Corneille, *Bérénice* de Racine) est un roi de Rome. Thésée, personnage de *Phèdre*, est un roi lui aussi.

• **La comédie,** dont la fonction est satirique, met en scène des **personnages du peuple ou de la bourgeoisie**, comme le montre le titre même du *Bourgeois gentilhomme*. La première scène de *L'École des femmes* souligne le milieu populaire auquel appartient Arnolphe.

Citation-clé

« Castigat ridendo mores ». Molière reprend la devise de la comédie latine : « *La comédie corrige* (castigat) *les mœurs* (mores) *par le rire* (ridendo). »

• À côté de ces deux grands genres hérités de l'Antiquité conformément à l'esthétique classique, **la tragi-comédie** est un genre qui reprend les codes de la tragédie mais propose un **dénouement heureux**.

Ex. : Les personnages du *Cid* sont des nobles de haut rang, et Rodrigue (le Cid) fait face à un dilemme qui devrait le conduire à la mort. Mais la pièce n'est pas une tragédie : dans cette tragi-comédie, le héros peut épouser, à la fin, la fille de l'homme qu'il a tué en duel.

4 Trois grands dramaturges du XVIIe siècle

A Pierre Corneille (1606-1684)

- Le « grand Corneille » commence sa carrière littéraire comme **auteur de comédies** ; *L'Illusion comique*, en 1636, une pièce baroque, sera sa dernière comédie.
- En 1637, on reproche au ***Cid***, une **tragi-comédie** qui obtient un grand succès, son invraisemblance et la complexité de l'intrigue.
- Les très nombreuses **tragédies** qui suivent seront plus conformes aux canons du classicisme : *Horace* (1640), *Cinna* (1641), *Polyeucte* (1642)… *Tite et Bérénice* (1670), *Suréna* (1674). Corneille puise la plupart de ses sujets dans l'histoire antique ; il met en scène des personnages déchirés entre des exigences contradictoires en soulignant à la fois leur **héroïsme** et leur **fragilité humaine**.

B Jean Racine (1639-1699)

- Plus jeune que Corneille à qui il va faire de l'ombre, Racine est insensible au baroque. Élevé dans la rigueur du jansénisme (courant religieux austère qui croit à la prédestination), il compose des tragédies dont l'équilibre et le resserrement deviennent des **modèles du classicisme pur**. Les intrigues sont simples, les personnages se croisent dans un lieu unique (le vestibule du palais).
- Comme son prédécesseur, il s'inspire de l'Antiquité, notamment de la mythologie. Ses héros, comme ceux de Sophocle, sont **prisonniers d'un destin auquel ils ne peuvent échapper**. Ses pièces sont moins nombreuses que celles de Corneille : *Andromaque* (1667), *Britannicus* (1669), *Bérénice* (en 1670, comme *Tite et Bérénice* de son rival), *Iphigénie* (1674), *Phèdre* (1677)… *Les Plaideurs* (1668) est son unique comédie.

Œuvre-clé

***Phèdre*, un modèle du classicisme.**
Sous l'emprise de Vénus *« tout entière à sa proie attachée »*, Phèdre aime Hippolyte, son beau-fils. L'aveu de cette passion déclenche un mécanisme mortel (la « catastrophe » de la tragédie) que les personnages ne peuvent enrayer. La mort d'Hippolyte ordonnée par Thésée provoque celle de Phèdre et de sa confidente Œnone.

C Jean-Baptiste Poquelin, dit « Molière » (1622-1673)

- Molière est à la fois **acteur, directeur d'une troupe et auteur**. Selon les modèles de la comédie latine et de la *commedia dell'arte*, il écrit, met en scène et joue de nombreuses comédies.
- Tout en respectant les codes du genre et en divertissant son public, **il s'attaque à la société de son temps** : les médecins, les avares, les nobles désargentés (Dorante dans *Le Bourgeois gentilhomme* en 1670), les dévots proches du roi – ce qui lui vaudra l'interdiction du *Tartuffe* en 1664.
- Si certaines pièces (*Les Fourberies de Scapin*, 1671) sont proches de la farce, d'autres, écrites en vers, comme *L'École des femmes* (1662) ou *Le Misanthrope* (1666), donnent ses lettres de noblesse à la comédie.

Citation-clé

« Les comédies ne sont faites que pour être jouées » (Molière, préface de *L'Amour médecin*, 1665).

27 Le théâtre au XVIIIe siècle

Après la mort de Louis XIV (1715), dont la fin de règne a été austère, les mœurs et les pensées se libèrent, mais le théâtre reste sous l'influence des deux courants dominants, le classicisme français et le baroque (prolongé par le rococo).

Marivaux, *Le Jeu de l'amour et du hasard* (1730)

Beaumarchais, *Le Mariage de Figaro* (1784)

1 Le prestige de la tragédie

Les tragédies de Corneille et de Racine sont toujours jouées et vénérées. Des auteurs essaient de les égaler tel Voltaire avec *Zaïre* (1732), par exemple.

2 Le renouvellement de la comédie

A La comédie après Molière

- Après la mort de Molière en 1673, Louis XIV ordonne la fusion de sa troupe et de celle de l'hôtel de Bourgogne pour donner naissance à la Comédie-Française (1680). Les comédiens italiens sont chassés en 1697 – ce qui provoque le développement des théâtres de la foire (théâtres populaires à l'occasion des foires). En 1716, le Régent autorise le retour des comédiens italiens à Paris.
- À la fin du siècle, un nouveau genre fait son apparition : le **drame bourgeois**. Puisant dans la tragédie comme dans la comédie, il se veut un *« genre sérieux »* (Diderot). On peut citer *La Mère coupable* de Beaumarchais jouée en 1792.

B Marivaux (1688-1763)

Comme Molière, Pierre Carlet de Chamblain de Marivaux est fasciné par le théâtre italien, pour lequel il écrit. Il n'hésite pas à reprendre les personnages de la *commedia dell'arte* comme Arlequin ou Silvia. Sous sa plume, ces personnages types prennent du relief et leurs sentiments sont étoffés pour être décortiqués. Certaines comédies, comme *L'Île des esclaves* (1725) ou *Le Jeu de l'amour et du hasard* (1730), imaginent une **inversion de la hiérarchie sociale**, les valets devenant des maîtres et inversement. Mais nous ne sommes qu'à l'aube des Lumières, et le théâtre de Marivaux, alliant **fantaisie et morale**, ne propose pas encore une réflexion politique.

C Beaumarchais (1732-1799)

Pierre-Augustin Caron de Beaumarchais poursuit ce renouvellement de la comédie avec une pièce qui fut censurée, *La Folle Journée ou le Mariage de Figaro* (1784), deuxième volet d'une trilogie qui comprend *Le Barbier de Séville* (1775) et *La Mère coupable* (1792). Dans l'esprit rapide de la *commedia dell'arte*, Beaumarchais met en scène un personnage qui hérite du Sganarelle de Molière et de l'Arlequin de Marivaux. Mais Figaro et son auteur vont beaucoup plus loin en **dénonçant ouvertement les privilèges de la noblesse**, notamment dans le célèbre monologue de l'acte III, scène 5.

Citation-clé

« [...] *noblesse, fortune, un rang, des places, tout cela rend si fier ! Qu'avez-vous fait pour tant de biens ? Vous vous êtes donné la peine de naître, et rien de plus* [...] » (Beaumarchais, *Le Mariage de Figaro*, II, 5, 1784).

28 Le théâtre au XIXe siècle

Sur tous les plans – politique, social, économique, esthétique –, le XIXe siècle est une période de grands bouleversements ; les anciens repères sont remis en question.

Hugo, *Hernani* (1830) — **Musset,** *Lorenzaccio* (1834) — **Vigny,** *Chatterton* (1835) — **Labiche,** *Le Voyage de M. Perrichon* (1860) — **Rostand,** *Cyrano de Bergerac* (1897)

1 La révolution romantique

- Les romantiques, sous la houlette de Victor Hugo, **rejettent le classicisme**. Il n'est plus question de s'inspirer de la mythologie antique, de reprendre les genres codifiés depuis l'Antiquité, de suivre les règles édictées par Boileau dans son *Art poétique* (1674). Alors que les dramaturges et le public du XVIIIe siècle ont continué de voir en Racine et Corneille les modèles de la littérature française, les romantiques veulent imiter Shakespeare et prônent de nouvelles valeurs.
- Le romantisme ne s'installe pas sans heurts, et les pièces suscitent autant de haine que d'enthousiasme. Ainsi, le 25 février 1830, la première représentation d'*Hernani*, de Victor Hugo, déclenche une bagarre entre admirateurs et détracteurs dans la salle même de la Comédie-Française.

Citation-clé

« Dans l'armée romantique comme dans l'armée d'Italie, tout le monde était jeune. / Les soldats pour la plupart n'avaient pas atteint leur majorité, et le plus vieux de la bande était le général en chef, âgé de vingt-huit ans. C'était l'âge de Bonaparte et de Victor Hugo à cette date » (Théophile Gautier, *Histoire du romantisme*).

Albert Besnard (1849-1934), *La Première d'« Hernani » (avant la bataille)*. Paris, musée Victor Hugo. ▶

FRANÇAIS BAC 2023

2 Le drame romantique

A Les principes

La *liberté* est le mot d'ordre des romantiques. Victor Hugo souhaite et pratique le **mélange des genres et des tonalités**. Dans le drame romantique, une scène comique peut succéder à une rencontre tragique. L'unité d'action et l'impression de réel restent nécessaires à la crédibilité des pièces, mais les unités de lieu et de temps sont rejetées. Les intrigues se complexifient, et les personnages se multiplient au point que certaines pièces sont difficiles à mettre en scène. L'alexandrin n'est pas banni mais il s'assouplit (un alexandrin plus ternaire que binaire) et n'est pas obligatoire (*Les Caprices de Marianne* de Musset, par exemple).

Les romantiques veulent un théâtre libre, naturel, susceptible d'exprimer toute la **palette des sentiments et des émotions humaines**.

Citation-clé

« Toute époque a ses idées propres : il faut qu'elle ait aussi les mots propres à ses idées » (Victor Hugo, préface de *Cromwell*, 1827).

B Les principales œuvres

- *Hernani* (1830) et *Ruy Blas* (1838) sont les drames de Victor Hugo les plus connus ; dans cette seconde pièce, le dramaturge emprunte à la comédie le *topos* du valet travesti en maître mais lui donne une force tragique.
- D'autres poètes romantiques écrivent aussi pour le théâtre, comme Alfred de Vigny, qui compose *Chatterton* en 1835, et Alfred de Musset, qui crée *Lorenzaccio* en 1834. La particularité des pièces d'Alfred de Musset est qu'elles ne sont pas destinées à être jouées mais lues en imaginant ce que serait leur représentation.
- En 1897, Edmond Rostand renoue avec l'inspiration des romantiques de la première moitié du siècle et obtient le plus grand succès de l'histoire du théâtre français avec *Cyrano de Bergerac*, un drame inspiré par un personnage qui a vraiment existé au XVIIe siècle.

3 Un théâtre pour divertir

Dans le prolongement de la **comédie satirique**, avec Labiche, Feydeau et Courteline, le théâtre de boulevard, ou vaudeville, s'amuse des travers de la société. De **nouveaux personnages types** apparaissent : le mari trompé, l'amant…

4 Le théâtre à la fin du XIXe siècle

A Le théâtre symboliste

Maurice Maeterlinck (1862-1949), né en Belgique, invente le **théâtre symboliste** pour exprimer « les puissances supérieures » qui régissent l'Univers.

B Le théâtre d'Alfred Jarry (1873-1907)

En 1896, *Ubu roi* ressemble au canular d'un étudiant provocateur, mais l'absurdité de la pièce ouvre la voie au théâtre moderne.

Citation-clé

« **Père Ubu** – *C'est fort possible, mais j'ai changé le gouvernement et j'ai fait mettre dans le journal qu'on paierait deux fois tous les impôts et trois fois ceux qui pourront être désignés ultérieurement. Avec ce système, j'aurai vite fait fortune, alors je tuerai tout le monde et je m'en irai.* » (Alfred Jarry, *Ubu roi*, III, 4, 1896).

29 Le théâtre aux XXe et XXIe siècles

La Première Guerre mondiale vient briser l'enthousiasme et la confiance nés des progrès du XIXe siècle. L'art entre dans une ère de doute et de remise en cause.

Claudel, *Le Soulier de satin* (1929) — **Cocteau,** *La Machine infernale* (1934) — **Camus,** *Caligula* (1944) — **Anouilh,** *Antigone* (1944) — **Ionesco,** *La Cantatrice chauve* (1950) — **Beckett,** *En attendant Godot* (1953)

1 Théâtre et texte poétique

A La force lyrique de la parole

Paul Claudel (1868-1955), diplomate et écrivain religieux, compose des drames où la parole lyrique donne toute sa puissance au théâtre. Ses principales œuvres pour le théâtre sont *Le Partage de midi* (1905), *L'Annonce faite à Marie* (1912), *Le Soulier de satin* (1929). D'autres dramaturges comme **Henri de Montherlant** (1895-1972), **Jean Anouilh** (1910-1987) ou **Jean Giraudoux** (1882-1944) donnent aussi une force poétique à la prose théâtrale.

B Le retour de la tragédie

Alors que l'Histoire semble un inéluctable destin qui mène l'humanité d'une guerre mondiale à une autre, la tragédie fait son retour. Sans doute les auteurs voient-ils en elle une forme susceptible d'exprimer ce **conflit de la liberté individuelle et d'une force** – *« une machine infernale »* (Jean Cocteau) – **qui la dépasse**. Reprenant les récits antiques, **Anouilh**, **Giraudoux** ou **Cocteau** écrivent des tragédies modernes qui montrent la vérité éternelle des mythes.

Ex. : « Et voilà. Maintenant, le ressort est bandé. Cela n'a plus qu'à se dérouler tout seul. C'est cela qui est commode dans la tragédie. On donne le petit coup de pouce pour que cela démarre, rien, un regard pendant une seconde à une fille qui passe et lève les bras dans la rue, une envie d'honneur un beau matin, au réveil, comme de quelque chose qui se mange, une question de trop que l'on se pose un soir… C'est tout. Après, on n'a plus qu'à laisser faire. On est tranquille. Cela roule tout seul. C'est minutieux, bien huilé depuis toujours » (Anouilh, *Antigone*, 1946).

2 Le théâtre engagé

Pour **Jean-Paul Sartre** (1905-1980), l'homme se définit par son engagement ; la littérature est donc militante, et le théâtre devient une tribune pour exprimer des idées philosophiques comme dans *Huis clos* (*« L'enfer, c'est les autres »* ; 1944) ou politiques comme dans *Les Mains sales* (1948). Le théâtre d'**Albert Camus** (1913-1960) s'interroge également sur le pouvoir et sur les relations entre les hommes : *Caligula* (1944), *Les Justes* (1949).

3 Le théâtre de l'absurde

A L'impossibilité de communiquer

• Dénonçant notre langage vide et notre incapacité à vraiment communiquer, **Samuel Beckett** (1906-1989) et **Eugène Ionesco** (1909-1994) mettent en scène des dialogues qui ne sont plus de véritables échanges.

> **Œuvre-clé**
>
> *La Cantatrice chauve* est jouée sans interruption au théâtre parisien de la Huchette depuis sa création en 1950. Ionesco, s'inspirant des méthodes de langue, écrit, par exemple : *« L'huile de l'épicier du coin est de bien meilleure qualité que l'huile de l'épicier d'en face. »*

• Cette **communication impossible** condamne les hommes à la solitude et à un destin misérable, comme les personnages exclus d'*En attendant Godot* (1953) de Samuel Beckett.

B La violence

Le contexte historique de la Seconde Guerre mondiale contribue à expliquer cette **violence** qui domine dans nombre de pièces des années 1950, comme *Les Bonnes* (1947) de Jean Genet (1910-1986) ou *La Leçon* (1951) d'Eugène Ionesco. Mais la violence est aussi une forme de présence qui donne toute sa puissance à la représentation théâtrale, comme le veut Antonin Artaud, partisan d'un *« théâtre de la cruauté »*.

C Un nouveau théâtre

Dans les pièces de Ionesco et de Beckett, les **didascalies** foisonnent : le spectacle est total car le théâtre ne se réduit pas au dialogue des personnages ; **tout fait sens**, du décor aux costumes en passant par la mise en place des comédiens.

4 Le théâtre aujourd'hui

Sans doute n'avons-nous pas suffisamment de recul pour percevoir les lignes de force majeures des œuvres contemporaines. On peut, tout de même, citer quelques auteurs reconnus.

• **Michel Vinaver** (né en 1927) a été longtemps le P-DG de Gillette tout en menant une carrière de dramaturge. Sa pièce *L'Ordinaire* est entrée au répertoire de la Comédie-Française en 2009 ; s'inspirant d'un fait réel, elle réunit sur scène des dirigeants d'entreprise coupés du monde suite à un accident d'avion et contraints de se poser la question du cannibalisme.

• Le théâtre de **Valère Novarina** (né en 1947) s'inspire de celui d'Antonin Artaud et s'attache à montrer la force des mots : *« Le vrai sang des choses est à chercher au fond des mots »* dit-il.

• **Bernard-Marie Koltès** (1948-1989), qui a beaucoup travaillé avec le célèbre metteur en scène Patrice Chéreau, est notamment l'auteur du *Retour au désert* en 1988, une pièce qui mélange les tonalités pour exprimer les déchirures familiales.

• **Jean-Luc Lagarce,** décédé du sida à 38 ans en 1995, est un des auteurs contemporains les plus joués en France et à l'étranger. Sa pièce la plus connue, *Juste la fin du monde*, a été composée en 1990 ; elle est entrée au répertoire de la Comédie française en 2007 et a été adaptée au cinéma par Xavier Dolan. Le film obtient le Grand Prix du festival de Cannes en 2016 et trois Césars en 2017 (voir p. 392).

• On peut citer aussi **Yasmina Reza** (née en 1959) dont la pièce *Art* (1994), interprétée par Pierre Vaneck, Fabrice Luchini et Pierre Arditi, est souvent reprise. L'intrigue est un huis clos : face à la question de l'art contemporain trois amis se déchirent et en viennent aux mains. *Le Dieu du carnage*, pièce créée en 2008, a été adaptée au cinéma par Polanski (*Carnage*, 2011).

30 Le théâtre : œuvres et parcours

1 *Le Malade imaginaire* (1673) de Molière

A Le contexte (voir p. 383)

• **La dernière comédie de Molière.** Après une grande comédie en vers, *Les Femmes savantes* (1672), Molière renoue avec la farce et la comédie ballet mais, brouillé avec Lully qui a composé la musique du *Bourgeois Gentilhomme* (1670), il fait appel au musicien Marc-Antoine Charpentier pour écrire son dernier spectacle, *Le Malade imaginaire*, dans lequel, très malade, il tient le rôle-titre d'Argan. Pris d'un malaise à la quatrième représentation, il meurt quelques heures plus tard.

• **Une comédie classique.** Molière, conformément à l'esthétique classique, reprend le modèle antique de la comédie : une intrigue familiale centrée sur un mariage problématique, une fin heureuse, des personnages types, une visée satirique (*castigat ridendo mores* : « corriger les mœurs en faisant rire »).

• **Une farce et une comédie ballet.** La farce (voir p. 380) n'hésite pas à recourir à un comique grossier (Argan courant au bassin) et la gestuelle occupe une place de choix. Dans cette dernière œuvre, Molière cherche avant tout à divertir son public, dont le roi, en le faisant rire et en satisfaisant ses goûts : préciosité, *commedia dell'arte* et exotisme dans les ballets.

Auteur

Molière (1622-1673) est un dramaturge qui donne ses lettres de noblesse à la comédie.

Info-clé

Louis XIV règne sur les Arts. Molière a célébré sa puissance à la fin du *Tartuffe*. En 1673, comme le roi lui préfère Lully, il essaie de regagner ses bonnes grâces en composant une comédie ballet divertissante dont le prologue souligne les « beaux faits », et « l'intrépide courage » du monarque.

B Les principaux repères

• **L'intrigue.** Argan, avare et prétendument malade, veut que sa fille Angélique épouse un médecin alors que cette dernière aime Cléante d'un amour réciproque. À ce nœud traditionnel s'ajoutent les manœuvres de Béline, la seconde épouse d'Argan, qui cherche à récupérer la fortune de son mari. Les discours de Béralde, l'énergie d'Angélique et les ruses de Toinette permettront aux jeunes gens de se marier tandis qu'Argan sera intronisé médecin.

• **Les principaux personnages.**

– **Argan :** barbon de la comédie, il est égoïste, avare et naïf. Le spectateur se moque de son attitude ridicule mais il pourrait être en même temps touché par les inquiétudes du personnage, la façon dont sa jeune épouse le manipule, l'affection qu'il peut témoigner à ses filles.

– **Angélique et Cléante :** ce sont les jeunes gens-types de la comédie. Angélique se montre ferme face à son père. Mais elle est aussi un modèle d'amour filial.

– **Béralde :** à la manière de Chrysalde dans *L'École des femmes*, il tente de faire entendre raison à son frère. À ce titre, il exprime les idées de Molière (*cf.* acte III, scène 3).

– **Toinette :** effrontée et rusée, la servante met son habileté au service d'Angélique et Cléante tout en cherchant à éclairer Argan son maître.

– **Béline :** intéressée et sans cœur, elle amène le spectateur à voir en Argan une victime autant qu'un bourreau.

C Parcours : « Spectacle et comédie »

• Théâtre et spectacle. Le mot « théâtre », dérivé en grec d'un verbe signifiant « regarder », rejoint dès son origine le mot « spectacle ». Au-delà du genre particulier de la comédie, c'est le théâtre lui-même qui est destiné aux regards. Aristote le souligne en faisant remarquer qu'à la différence des genres narratifs, le théâtre est *mimésis* (imitation) : sans nécessairement reproduire fidèlement le réel, il le révèle. Antonin Artaud (voir p. 376) regrette que, dans notre théâtre occidental, le texte ait pris le pas sur le spectacle.

Citation-clé

« Les comédies ne sont faites que pour être jouées [...] *avec les ornements qui les accompagnent ».*
Molière, préface de *L'Amour Médecin.*

• Comédie et spectacle. À la différence de la tragédie traitant de façon noble (en vers) et souvent figée des sujets mythologiques ou historiques, la comédie connaît une plus grande liberté. Elle n'est pas prisonnière d'un texte comme nous le rappelle la *commedia dell'arte* (voir p. 376) et accorde une place primordiale au spectacle : décor, costumes, diction, jeux de scène, tout fait sens (voir p. 378).

• Les fonctions du spectacle.

– **Une fonction divertissante :** les procédés comiques reposent autant sur la gestuelle et les mimiques que sur les jeux de mots. On peut penser à Orgon caché sous la table dans *Le Tartuffe* (IV, 5), au ballet des assiettes dans *Dom Juan* (IV, 7). Le travestissement est un ressort apprécié dans la comédie : Molière y a souvent recours mais aussi Marivaux *(Le Jeu de l'amour et du hasard)* et Beaumarchais (*Le Mariage de Figaro,* V, 7*)*. Ce procédé, au cœur même du jeu théâtral puisque le comédien emprunte une autre identité, nourrit de nombreux moments de « théâtre dans le théâtre ».

– **Une fonction satirique :** les costumes des personnages (avare ou bourgeois gentilhomme) contribuent à les ridiculiser et à dénoncer les travers qu'ils incarnent.

– **Une fonction esthétique :** les moyens techniques employés et l'existence depuis le début du XXe siècle de la profession spécifique du metteur en scène montrent l'importance de cette fonction. Les comédies ballets de Molière et l'opéra (*Dom Juan* ou *Les Noces de Figaro* de Mozart) suggèrent l'ouverture du texte théâtral au projet d'un spectacle total destiné à nous enchanter.

2 *Les Fausses Confidences* (1737) de Marivaux

A Le contexte

• Le Théâtre-Italien. À côté de la Comédie-Française, qui défend le patrimoine classique, les Italiens proposent un théâtre plus léger, celui de la *commedia dell'arte* avec ses personnages-types et ses *lazzi* (acrobaties). Mais au fil du siècle, les rôles s'affinent et certains valets comme Dubois ouvrent la voie qui mène au Figaro de Beaumarchais.

• Le renouvellement de la comédie après Molière. On retrouve dans *Les Fausses Confidences* le thème du mariage, le travestissement, la question de l'argent (la fortune d'Araminte) et du rang (le comte) qui sont au cœur de la comédie classique. Mais l'intrigue diffère des schémas traditionnels car Araminte, étant veuve, n'est pas tenue d'obéir à sa mère. De plus, ni l'autorité familiale ni la satire d'un travers ne sont au centre de la comédie de Marivaux.

Auteur

Marivaux (1715-1763) écrit principalement pour le Théâtre-Italien. Ses comédies s'écartent du modèle classique (Molière) et utilisent toutes les subtilités du langage pour analyser les sentiments et les relations humaines (voir p. 384).

• **Le succès de la pièce.** Après des débuts difficiles sous le titre de *La Fausse Confidence*, *Les Fausses Confidences* s'avère un grand succès de Marivaux. La pièce a été représentée plus de sept cents fois à la Comédie-Française depuis 1793.

B Les principaux repères

• **L'intrigue.** Dorante, bien fait mais sans fortune, est tombée amoureux d'Araminte, une riche veuve. Dubois, son valet, est entré au service de la jeune femme avec l'intention de l'amener à aimer le jeune homme. Ce dernier suit les directives du valet qui, déployant un savant stratagème (confidences, portrait, lettre...), rend possible le mariage en dépit des différences de fortune et des interventions de tierces personnages tels Marton la servante, Madame Argante la mère d'Araminte et le comte, le prétendant finalement éconduit.

• **Les principaux personnages.**

– **Dubois** : s'il rappelle Scapin (*Les Fourberies de Scapin*, Molière, 1671), Dubois, parce qu'il déploie toute une stratégie pour amener Araminte dans les filets de Dorante, ressemble aussi à Dom Juan, à Flaminia dans *La Double Inconstance*, et annonce les libertins de Laclos (*Les Liaisons dangereuses*, 1782).

– **Dorante** : personnage ambigu, Dorante applique les consignes de son valet tout en revendiquant la sincérité de son amour. Son aveu dans la scène 12 de l'acte III sauve la morale de la pièce.

> **Citation-clé**
>
> *« Dans tout ce qui s'est passé chez vous, il n'y a rien de vrai que ma passion qui est infinie [...]. J'aime encore mieux regretter votre tendresse que de la devoir à l'artifice qui me l'a acquise »* Dorante (III, 13)

– **Araminte** : la jeune veuve est seule car les autres personnages, pensant l'éclairer (sa mère) ou décidés à servir leurs propres causes (Dubois, Marton), cherchent à influencer ses décisions alors qu'elle ne revendique que sa liberté.

• **Le marivaudage.** Terme dépréciatif à l'origine quand les philosophes des Lumières reprochaient à Marivaux sa légèreté, le mot « marivaudage » désigne à présent un art du langage inspiré du romanesque précieux (voir p. 372). L'art subtil de distiller des informations sous forme de confidences constitue le principal ressort de la pièce.

C Parcours : « Théâtre et stratagème »

• **Le stratagème.** Le mot « stratagème », désigne une ruse de guerre. En l'employant fréquemment pour évoquer le théâtre, on laisse entendre que les rapports entre les personnages se nouent sur le mode du conflit ou d'une volonté de pouvoir, qui tous deux, génèrent la tension dramatique indispensable à l'intrigue.

• **Comédie et stratagème.** La comédie est le genre privilégié du stratagème : ce dernier est un moteur de l'intrigue, un révélateur des travers à dénoncer, un prétexte à des jeux de scène comique. Le valet ou la servante sont au premier plan mais aussi parfois des maîtres comme dans *Le Jeu de l'amour et du hasard*. Dans certains cas, le stratagème est le fait d'un personnage extérieur, un maître du jeu, tel Flaminia dans *La Double Inconstance* de Marivaux.

• **Théâtre et stratagème.** La comédie n'a pas l'exclusivité du stratagème. Pensons à Agrippine dans *Britannicus* (1669) de Racine ou bien, plus nettement encore, à deux drames romantiques de Musset, *Lorenzaccio* et *On ne badine pas avec l'amour*. Il semblerait que le théâtre contemporain en quête d'une expression plus spontanée, libérée de l'obligation d'une intrigue, se soit détourné de ce ressort traditionnel.

3 *Juste la fin du monde* (1999) de Jean-Luc Lagarce

A Le contexte

• **La création de la pièce.** Jean-Luc Lagarce a la confirmation de sa séropositivité au VIH en juillet 1988 ; ses jours sont désormais comptés. En 1990, il achève *Juste la fin du monde*, une pièce commencée en février 88 sous le titre *Les Adieux* et qui, sans être autobiographique, se nourrit de l'expérience personnelle d'une mort annoncée. La pièce sera mise en scène pour la première fois en 1999 par Joël Jouanneau puis par de nombreux metteurs en scène en différentes langues.

Auteur

Jean-Luc Lagarce (1957-1995) a obtenu de grands succès pour ses mises en scène de pièces classiques ou contemporaines ainsi que pour ses propres œuvres, la plus célèbre étant *Juste la fin du monde*.

• **Un théâtre du quotidien et de l'intime.** Après les pièces de Ionesco et de Beckett qui ont montré les difficultés à communiquer en mettant en scène des situations absurdes, les dramaturges continuent d'explorer la faillite du langage mais dans un cadre plus ordinaire.

B Les principaux repères

• **L'intrigue.** Louis, âgé de 34 ans, qui a quitté sa famille brusquement, revient des années plus tard avec l'intention d'apprendre aux siens qu'il va bientôt mourir. Finalement, après les longues tirades des uns et des autres, il repart sans avoir rien révélé. Aucun événement ne vient infléchir le drame de cette parole à la fois libérée et interdite.

• **La composition de la pièce.** Encadrée par un prologue et un épilogue, la pièce est composée de deux parties séparées par un intermède. Ce qui marque surtout le spectateur, c'est la position originale de Louis, à la fois personnage et narrateur.

• **La place de la parole.** Le vocabulaire, simple voire familier, inscrit l'action dans un contexte ordinaire, accessible à tous. Mais la langue est originale : la pièce est en vers libres, souvent répétitifs, comme si le personnage peinait à s'exprimer et devait sans cesse remettre en cause les mots et la syntaxe choisis.

Info-clé

Le dramaturge Michel Vivaner distingue la « pièce-machine » de la « pièce-paysage » : la première déroule une intrigue selon un enchaînement de causalité et la parole y est un instrument tandis que la seconde, comme *Juste la fin du monde*, libérée de la nécessité de raconter une histoire, accorde à la parole une place particulière.

• **Héritage et innovation.** La langue de Lagarce et la composition de la pièce sont innovants mais cette nouveauté se nourrit de nombreuses références culturelles bibliques (le retour du fils prodigue, mais le père est absent) ou antiques (thèmes du voyage et du retour, messager et chœurs tragiques).

C Parcours : « Crise personnelle, crise familiale »

• **Un cadre familial dans le théâtre classique.** Depuis son origine antique, la comédie propose des intrigues qui se nouent dans un cadre familial, autour d'un conflit. La tragédie se déroule, quant à elle, dans les hautes sphères du pouvoir mais la famille est tout autant impliquée. La crise, indispensable à la tension dramatique, est souvent liée à un abus d'autorité.
La crise familiale est aussi la crise personnelle des héros qui voient leurs aspirations contrariées.

• **Individu et famille en crise.** La famille aujourd'hui n'est plus le cadre ferme des siècles passés ; elle peut même être perçue comme la source des souffrances de l'individu. Dans *Juste la fin du monde*, elle est un univers que Louis a rejeté, qui va sur sa « fin » mais qu'il recherche pourtant. L'amour et les tensions se mêlent inextricablement, ce qui rend la communication quasi impossible.

Histoire Géographie

(Enseignement commun)

MÉTHODES

COURS

Histoire

Géographie

LES MÉTHODES

Répondre à une question problématisée en histoire

COMMENT FAIRE ?

La **réponse à une question problématisée** en histoire permet à l'élève de montrer qu'il maîtrise les **connaissances** du programme et qu'il sait utiliser à bon escient les **notions** et les **échelles chronologiques**. Il traite le sujet par une **réponse organisée**, composée d'une introduction, de plusieurs paragraphes et d'une conclusion.

Étapes de préparation

Analyser le sujet

Il faut bien **comprendre** les mots du sujet et le **délimiter** dans le **temps** et dans **l'espace**.

Mobiliser ses connaissances

Cet exercice doit **répondre à la problématique** avec logique, grâce à une certaine hiérarchie et organisation des connaissances. Pour cela, il faut se poser les **grandes questions** : *qui ? quoi ? comment ? pourquoi ? quand ? où ?* etc. Elles permettent de **mettre** toutes ses connaissances en vrac, au brouillon, avant de les **trier** et de les **hiérarchiser**.

Appliquer les savoir-faire

Rédiger une problématique

Dégagez une **problématique** : discernez la ou les questions auxquelles le devoir devra répondre. Elle sert de **fil directeur** à la réflexion et donc au plan.

Faire un plan

Cadre de la démonstration, **le plan** permet de classer les éléments de réponse à la problématique en adoptant une structure **chronologique** ou **thématique**.

Rédiger le devoir

L'introduction

Après avoir montré que vous avez bien compris le sujet par **une analyse des termes**, présentez la **problématique** sous forme de question directe ou indirecte et **annoncez le plan**.

Le développement du devoir

Le corps du devoir est formé de **2 à 4 paragraphes**. Chaque partie comprend plusieurs arguments développés par un exemple, un fait précis et/ou une explication.

La conclusion

Elle apporte une **réponse à la problématique**. Elle peut finir par **l'élargissement du sujet** : il s'agit de l'ouvrir sur des perspectives plus larges.

Tout le devoir doit être rédigé en soignant l'expression et l'orthographe.

LES MÉTHODES

Analyser un document en histoire

COMMENT FAIRE ?

Cet exercice permet à l'élève de faire la preuve de sa capacité à comprendre le **contenu**, l'**apport** et la **portée** d'un document. Aussi, après l'avoir replacé dans son contexte historique, il s'agit de le mettre en relation et de le confronter à des connaissances personnelles pertinentes, grâce à la consigne qui accompagne le document et qui a pour but d'orienter l'analyse.

Lorsqu'un document est proposé, il faut :

– en **dégager le sens général** par rapport au chapitre d'histoire auquel il se rapporte ;

– le **critiquer**, c'est-à-dire en montrer l'intérêt et les limites, permettant ainsi de mieux comprendre la période historique concernée.

Étapes de préparation

Cerner le contexte

Après avoir présenté le document, dégagez les éléments qui permettent d'expliquer le contexte historique, les circonstances immédiates et globales dans lesquelles ce document a été produit.

Analyser le texte selon la ou les questions

D'abord, lisez attentivement le document et prenez soin de bien le comprendre. Repérez les mots-clés et la structure de l'argumentation, puis lisez attentivement la consigne pour bien cerner la logique de l'exercice. Ensuite, relisez le texte en soulignant et en annotant les éléments qui vous permettront de répondre à la consigne. Enfin, organisez les éléments du texte pour répondre de manière structurée au questionnement historique auquel il se rapporte.

Appliquer les savoir-faire

Rédiger l'analyse

Votre rédaction doit être organisée mais elle doit rester concise en raison du temps limité. Présentez le document à travers une **courte introduction**. Le **développement** en deux ou trois parties s'appuie sur les thèmes principaux du document en respectant l'orientation donnée par la consigne.

Votre analyse doit **toujours s'appuyer d'abord sur les documents**, en localisant le mieux possible l'élément que vous souhaitez expliquer (en utilisant les différents plans d'une photographie, les lignes et paragraphes d'un texte, les figurés d'une carte...).

La paraphrase est totalement à proscrire : il faut reformuler les idées du document en justifiant l'analyse par des citations courtes et bien sélectionnées. **La conclusion** fait le bilan de la réponse en une ou deux phrases de synthèse.

Bien que l'ensemble de vos réponses ne comporte pas de limite de volume, attention à ne pas rédiger une sorte de mini-composition, un exposé général qui n'utilise le document que comme support d'un cours.

LES MÉTHODES

Analyser deux documents en histoire

COMMENT FAIRE ?

L'analyse de documents peut demander à l'élève de **confronter deux documents** de même nature ou de nature différente. L'objectif de l'exercice reste le même : il s'agit de répondre à la question posée à partir de l'analyse des documents développée par l'ajout de connaissances. Aussi, lorsque deux documents sont proposés, l'élève doit **dégager le sens général de chacun des documents** dans la perspective de la question historique à laquelle il se rapporte, puis il doit les mettre en relation afin de **souligner l'intérêt de cette confrontation**.

Étapes de préparation

Identifier les documents

L'identification de chaque document est primordiale pour pouvoir les confronter avec un certain esprit critique. Après avoir bien identifié la **nature** et la **source** du document, il faut en cerner avec précision l'**auteur** et le **contexte**. Cette première étape permet de poser la base de l'exercice : les deux documents s'opposent-ils ? Ou vont-ils se renforcer l'un l'autre ? **On commence à identifier la relation entre les deux documents**.

Les reporter à la question

Travaillez ensuite sur les documents en fonction de la question posée. Il s'agit de bien **comprendre** chaque élément – ce qui demande du temps –, et d'identifier les éléments de réponses. La **structure des documents apparaît**. **Confrontez**-les alors avec la question historique à laquelle ils se rapportent et faites **ressortir des axes** qui formeront les idées.

Cerner la relation entre les documents

Le travail sur les documents permet de faire **ressortir des points communs ou des points de divergence**, des **relations de cause à effet** ou une **évolution** entre les documents. Certains éléments peuvent expliquer des arguments présents dans l'un des documents ou **souligner les limites ou l'intérêt** particulier des sources. Cette confrontation, cette relation entre les documents vous permettra de trouver le plus souvent **l'articulation des arguments**.

Exercice d'application

ÉNONCÉ

Comparez ces deux gravures satiriques révolutionnaires pour établir les transformations politiques et sociales entre les deux régimes.

A. « Â faut espérer qu'eu s jeu la finira ben tôt » **B.** « J'savais ben qu'jaurions not' tour »

▲ Caricatures révolutionnaires du XVIIIe siècle. Gravures anonymes coloriées, BNF, Paris.

CORRIGÉ

Présenter les documents et le contexte

Les deux documents sont des **gravures anonymes coloriées, du dernier quart du XVIIIe siècle**, conservées à Paris à la Bibliothèque nationale. Ces **images satiriques** commencent à être diffusées au début de l'année 1789 dans un contexte de crise aiguë de la monarchie absolue et d'effervescence politique et sociale. Réalisée au printemps 1789, la **première gravure** dénonce l'**inégalité de la société d'ordres**. La **seconde** témoigne des **changements politiques et sociaux** consécutifs à la première année de la Révolution française.

Décrire la première gravure et l'interpréter

Cette gravure représente **deux personnages richement vêtus assis sur le dos d'un homme dépenaillé**. Ils symbolisent les **trois ordres de la société française** de l'Ancien Régime. À califourchon, on identifie d'abord le **clergé** avec sa croix (premier ordre de la société française) et la **noblesse** avec son épée. Celui qui porte la charge symbolise le **tiers état**, représenté par un paysan. La caricature dénonce la société d'ordres et de privilèges de l'Ancien Régime. Elle montre concrètement la domination du clergé et de la noblesse qui pèsent sur le tiers état. Comme le souligne le titre, la caricature exprime le souhait que cette situation cesse.

Décrire l'évolution dans la seconde gravure et l'interpréter

Le **tiers état** est à présent **sur le dos de la noblesse**. Il a abandonné sa binette pour une épée et ramène fièrement un lapin qu'il a chassé. Le paysan porte une veste rouge sans accroc et arbore sur son chapeau, comme les deux autres ordres, la **cocarde tricolore**. Il frappe dans ses mains et donne le rythme au trio dirigé par le clergé qui porte la **balance de l'égalité**. La seconde gravure montre que l'ordre social a changé. Les privilèges, l'impôt dû au clergé (la dîme) et les droits seigneuriaux ont été abolis (4 août 1789). Les principes de liberté et d'égalité de tous face à la justice, aux impôts et aux emplois sont proclamés dans la **Déclaration des droits de l'homme et du citoyen**. La Révolution permet au tiers état de prendre sa revanche.

Conclure

Le changement politique évoqué par ces deux gravures représente donc le **passage d'une monarchie absolue de droit divin à une monarchie constitutionnelle** où la Nation est au cœur de la vie politique. La nouvelle monarchie est instaurée par une constitution rédigée en septembre 1791. Les annotations (« Vive le Roi, Vive la Nation », « Paix et concorde ») permettent de dater la gravure des années 1790-1791, à une période où le roi, qui prête serment à la **Constitution**, semble accepter le régime.

LES MÉTHODES

Répondre à une question problématisée en géographie

COMMENT FAIRE ?

Comme en histoire, la **réponse à une question problématisée** en géographie permet à l'élève de montrer qu'il maîtrise les **connaissances** du programme et qu'il sait utiliser à bon escient les **notions** et les **échelles géographiques**.

Étapes de préparation

Les points communs avec la question problématisée en histoire

Les **étapes de préparation** sont exactement les mêmes : analysez le sujet, mobilisez vos connaissances, faites un plan détaillé au brouillon. La **rédaction** de la problématique comporte les mêmes enjeux. Le devoir doit avoir la **même forme** qu'en histoire (introduction, paragraphes, conclusion) et les différentes étapes de rédaction sont identiques.

Spécificités en géographie

Mais il existe quelques **particularités** :
– dans l'introduction, lorsque le sujet est défini, pensez à en préciser les **limites spatiales** ;
– vous pouvez utiliser un **plan à échelles**, pour montrer un phénomène sous ses différents aspects. Quel que soit le plan choisi, la dimension spatiale doit toujours être au centre de votre réflexion.

Appliquer les savoir-faire

Attitude à avoir

Tout au long du temps de l'exercice, demandez-vous régulièrement **si vous êtes toujours dans l'optique du sujet**. **Relisez-vous** régulièrement et, à la fin, prenez cinq à dix minutes pour vérifier l'**expression** et l'**orthographe**.

Conseils liés à la rédaction

N'employez jamais le futur, n'utilisez pas « va » ou « vont ». Évitez les parenthèses ou les guillemets, sauf pour une citation (dont on indiquera l'auteur, la date et les circonstances). Évitez l'emploi de la première personne du singulier (*je*) ainsi que certaines expressions (*au niveau de, sur le plan de, de tout temps, il y a*...). Faites des **phrases simples et assez courtes**, avec une ponctuation précise. La **présentation** doit être claire : sautez deux lignes entre chaque paragraphe, avec des alinéas. Veillez à **l'équilibre des parties**.

Erreurs à éviter

Ne vous contentez pas de généralités : à **chacune de vos idées doit correspondre un exemple précis** (daté, localisé, chiffré), à chaque exemple correspond une idée. Enchaînez logiquement les idées en évitant de « passer du coq à l'âne » : il s'agit de faire une **démonstration**. Évitez le **hors sujet**, en particulier la simple récitation intégrale d'un cours et d'une leçon sans avoir sélectionné ce qui concernait uniquement le sujet.

LES MÉTHODES

Réaliser un croquis en géographie

COMMENT FAIRE ?

Un croquis de géographie est une **réponse cartographique à un sujet qui pose une problématique**. Il est le produit d'une **réflexion argumentée** et montre comment un territoire s'organise en fonction du sujet traité. Il suppose un **tri**, des **croisements**, des **choix** et une **hiérarchisation des informations**.

Étapes de préparation

Analyser le sujet et dégager une problématique

La démarche est la même que pour une composition. Définissez les termes du sujet et le cadre spatial, dégagez-en les enjeux pour élaborer une problématique qui sert de fil directeur à la réflexion spatiale et donc à la construction de la légende.

Mobiliser ses connaissances

Rassemblez les informations cartographiables qui répondent à la problématique et ne retenez que les informations nécessaires au traitement du sujet pour éviter de surcharger la carte ce qui nuirait à sa lisibilité.

Appliquer les savoir-faire

Construire la légende

La légende doit être structurée, hiérarchisée et faire apparaître une démonstration. Elle est organisée en parties (deux ou trois en général), voire en sous-parties, qui portent un titre court et qui doivent révéler la cohérence de l'argumentation. Les informations figurées dans la légende doivent bien correspondre aux titres et sous-titres proposés.

Choix des figurés

À chaque information doit correspondre un figuré pertinent en vérifiant si les figurés choisis peuvent se superposer et se hiérarchiser, en respectant les conventions du langage cartographique. Il existe **trois types de figurés** : de **surface**, **ponctuels**, **linéaires**, dont on fait varier la taille, la couleur (gradation ou contrastes), l'épaisseur, l'orientation (pour les hachures). Les figurés de surface permettent de représenter les aires géographiques. Les figurés ponctuels permettent de localiser des phénomènes précis. Les figurés linéaires (lignes, flèches) doivent être utilisés pour représenter les réseaux de communication routiers et fluviaux, les axes, ainsi que les échanges (flux).

Choix des couleurs

La couleur doit suggérer le phénomène représenté (par exemple, utilisez le bleu pour tous les éléments se rapportant à l'eau ou au froid). Attention ! Le blanc est la couleur du vide : un espace laissé en blanc sur le fond de carte signifie qu'il n'est pas compris dans le sujet. **Le blanc ne doit pas être un figuré de surface dans la légende.**

Réaliser le croquis

C'est un travail de localisation précise d'informations sélectionnées et de respect de codes graphiques. La légende doit pouvoir être lue en même temps que le croquis. **Il faut être attentif à l'exactitude des localisations, au soin et à la lisibilité du croquis**.

Reporter les informations

Commencez par dessiner les figurés de surface (plages de couleur, puis hachures), puis les figurés ponctuels et linéaires. Chaque information de la légende doit se retrouver à l'identique sur le croquis.

Indiquer la nomenclature

Les noms en relation avec le sujet doivent être écrits horizontalement, sauf ceux du réseau hydrographique qui doivent suivre les cours d'eau. L'écriture et la taille des noms sont les mêmes pour un même type d'information. Donner un titre et orienter le croquis.

Exercice d'application

ÉNONCÉ

Mumbai, une métropole fragmentée

Le sujet s'inscrit dans la partie du programme intitulée « La métropolisation : un processus mondial différencié ». Il convient de montrer, dans un premier temps, que Mumbai est une métropole moderne et mondialisée : un certain nombre de figurés ponctuels doivent souligner la présence de centres économiques, culturels et scientifiques et de nœuds de communication majeurs. Dans un deuxième temps, il est nécessaire de s'intéresser aux recompositions en cours dans la métropole indienne : des figurés linéaires permettent de mettre en évidence les nouveaux axes de développement de la ville. Enfin, grâce surtout à des figurés de surface, peuvent être étudiés plus spécifiquement les espaces différenciés produits par ces processus à l'œuvre aujourd'hui, et qui font de Mumbai une métropole peu durable aux fortes inégalités.

CORRIGÉ

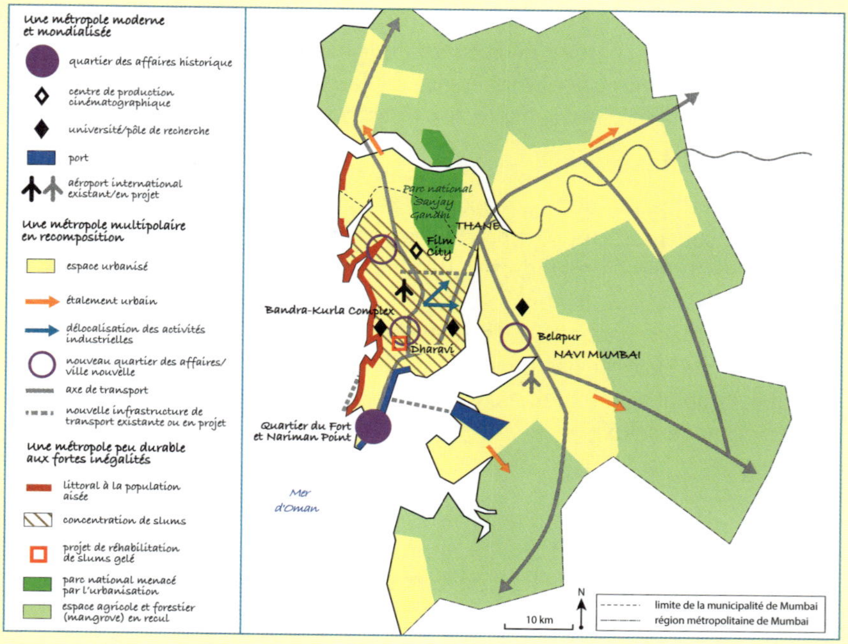

Mumbai, une métropole fragmentée. ▶

LES MÉTHODES

Analyser deux documents en géographie

COMMENT FAIRE ?

Comme en histoire, l'exercice d'analyse de documents comporte **un titre, un ou deux documents** qui peuvent être de nature différente. Il est accompagné d'une **consigne** qui guide l'analyse du ou des documents. Cette analyse doit permettre à l'élève de faire la preuve de sa capacité à **comprendre le contenu, l'apport** du ou des documents, en fonction de la question posée, et les **enjeux spatiaux** qu'ils abordent.

Étapes de préparation

Comprendre la consigne

Commencez par **bien lire** et **comprendre** la consigne qui oriente l'analyse des documents. Or, celle-ci comporte forcément une **dimension spatiale**, propre à la géographie, que vous devez cerner dès le début du travail. Elle mène à la **confrontation des documents**.

Comprendre les documents

Il s'agit souvent de **deux documents de nature différente**. Vous devez **discerner l'importance de chacun** et leur **appliquer une dimension spatiale** : *quel est l'espace concerné ? quelle est l'échelle concernée ? peut-on l'analyser sous différentes échelles spatiales ?* De plus, il est indispensable de les confronter pour **les situer l'un par rapport à l'autre** et **saisir la pertinence de ce choix**.

Appliquer les savoir-faire

Étapes de la réponse

Comme en histoire, après une **introduction** succincte mais claire où vous posez le sujet, le **développement** se présente sous forme de **paragraphes**. Chaque paragraphe développe une **idée**, un argument qui s'appuie sur des **éléments du document** : lorsqu'il s'agit d'une carte, d'un graphique ou d'un tableau, il faut donner des chiffres, des localisations, etc. Il faut ensuite **les expliquer et les développer à l'aide des connaissances**. Enfin, la **conclusion** répond à la problématique, critique éventuellement les documents et peut ouvrir la perspective.

Éclairer les documents

Partir de la description des documents est primordial. Mais complétez aussi impérativement cette description par **un apport de connaissances** lesquelles viennent expliquer l'analyse des cartes ou des tableaux. La démarche géographique doit toujours être appliquée : faites attention aux **échelles géographiques** et aux **systèmes des acteurs spatiaux**. Enfin, **confronter** les documents permet de voir s'ils se complètent, se contredisent, se développent…

1 La Révolution française et l'Empire

Entre 1789 et 1815, la **France** connaît un **bouleversement politique sans précédent.** La monarchie absolue cède la place à une **monarchie constitutionnelle,** puis à une **République** qui se termine par un **coup d'État en 1799** instaurant un nouveau régime. D'abord **consul**, **Napoléon Bonaparte** se fait sacrer **empereur** en 1804. La volonté nouvelle d'unir la nation autour de **grands principes** a des échos dans toute l'Europe.

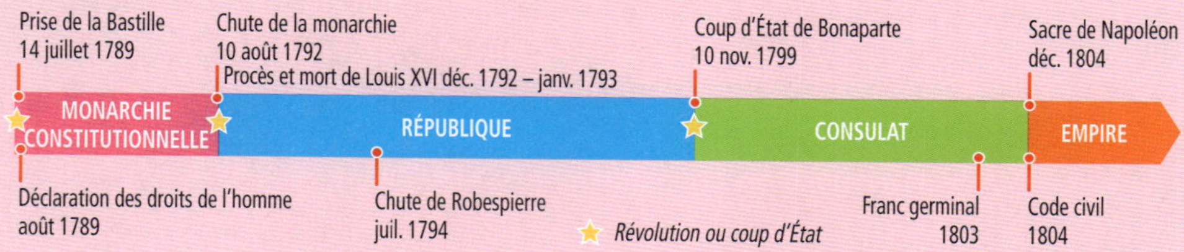

1 De la monarchie constitutionnelle à la République

A La mise en avant de grands principes

• **La révolution des députés.** L'absence de réaction de Louis XVI face à ses réclamations pousse le tiers état à se proclamer le 17 juin Assemblée nationale. Les députés, réunis dans la salle du Jeu de paume, font le serment de ne se séparer qu'après avoir rédigé une Constitution.

• **L'effondrement de la monarchie.** Une révolution populaire violente débouche, le 14 juillet, sur la prise de la Bastille, symbole de l'arbitraire royal. Afin de sauver le droit de propriété, l'Assemblée abolit les privilèges et les droits seigneuriaux et adopte, le 26 août, la Déclaration des droits de l'homme et du citoyen.

• **Le divorce entre le roi et la nation.** Le 14 juillet 1790, la fête de la fédération célèbre une France nouvelle où la souveraineté réside dans la nation et où les Français sont devenus des citoyens. Mais la fuite de Louis XVI ouvre une grave crise politique entre une partie du peuple, acquise à la République et la bourgeoisie modérée. La République est proclamée dans l'urgence en septembre 1792.

Mot-clé

La Déclaration des droits de l'homme et du citoyen : s'inspire à la fois de la pensée des Lumières et des Déclarations des droits anglaise et américaine. Elle définit de grands principes devenus universels. Reprise ensuite dans la constitution des IVe et Ve Républiques, elle a inspiré la rédaction de la Déclaration universelle des droits de l'homme de 1948.

◂ *Le Serment du Jeu de Paume*, le 20 juin 1789. Jacques Louis David, vers 1791. Huile sur toile.

B Conflits et débats

• **Des députés divisés.** Au sein de l'Assemblée, les Montagnards souhaitent se diriger vers une démocratie sociale. Leurs adversaires, les Girondins, s'inquiètent de cette pression populaire permanente et entendent surtout consolider les grands principes de 1789. Lors du procès du roi, les arguments des Montagnards l'emportent et Louis XVI est déclaré coupable de trahison.

• **La République montagnarde.** Face aux attaques des États voisins et au soulèvement des Vendéens, le gouvernement est confié en mars 1793 à un Comité de salut public où Robespierre joue un rôle dominant. Les libertés individuelles sont suspendues et Robespierre instaure une véritable dictature, éliminant ses opposants, comme Madame Roland exécutée en novembre 1793. Inquiets, les députés modérés le font arrêter et guillotiner le 28 juillet 1794 sans procès.

> **Mot-clé**
>
> **La Terreur :** mise à l'ordre du jour le 5 septembre 1793 dans le but d'éliminer les ennemis de la Révolution. À l'automne, les invasions étrangères sont arrêtées, les fédéralistes et vendéens écrasés mais la Terreur a fait 17 000 victimes et la guerre civile environ 200 000.

2 Du Consulat à l'Empire

A Réconcilier les Français

• **Consolider l'héritage de la Révolution.** Marqué par les acquis de la Révolution et décidé à stabiliser le nouveau régime, Bonaparte fait adopter une Constitution qui maintient la République, mais fonde un régime exécutif fort, le Consulat. Le Code civil confirme l'égalité des droits proclamée en 1789, mais le droit de grève et d'association est interdit.

• **Pacifier le pays.** Bonaparte mène une politique de réconciliation nationale. Il autorise le retour des nobles émigrés. Il offre des postes de fonctionnaires aux anciens royalistes comme aux anciens révolutionnaires. Il se réconcilie avec les catholiques en signant avec le pape le Concordat de 1801. Prenant le prétexte d'un complot royaliste, il se fait proclamer en 1804, par plébiscite, empereur des Français.

B Armer la nation

• **Un régime autoritaire.** Après son sacre, Napoléon se comporte comme un roi. Il crée une cour autour de lui et une nouvelle noblesse, la noblesse impériale. Il gouverne désormais seul ; les assemblées ne sont plus consultées, ni même les ministres. Les libertés de presse et de réunion disparaissent et les opposants sont arrêtés.

• **Des guerres meurtrières.** À partir de 1803, la guerre reprend, opposant bientôt de nouveau la France à toute l'Europe. En 1812, Napoléon subit un grave revers en Russie et, en 1814, la France est envahie par l'Europe coalisée. De nouveau vaincu à Waterloo en 1815, il est exilé dans la lointaine île de Sainte-Hélène, où il meurt en 1821.

C L'Europe et la Révolution française

• **Espoirs de liberté.** En Europe, la Révolution de 1789 a d'abord suscité l'espoir des partisans des Lumières. Dans les pays où elles pénètrent à partir de 1794, les armées françaises sont accueillies en libératrices : la France supprime la dîme, les droits seigneuriaux, les privilèges.

• **Rejet de la domination.** Mais les armées françaises survivent en pillant les pays qu'elles occupent ; de plus les populations doivent payer de lourds impôts à la France et fournir des soldats à la Grande Armée de Napoléon. En Espagne, le peuple se soulève contre l'occupant à partir de 1808 et, dans la plupart des pays occupés, le sentiment national se développe.

2 L'Europe entre restauration et révolution

Les guerres révolutionnaires, poursuivies par Napoléon Bonaparte jusqu'en 1815, propagent **en Europe les idées de la Révolution,** notamment les idées de libertés politiques, économiques et religieuses, mais aussi le **droit des peuples à disposer d'eux-mêmes.** Contre **les monarchies restaurées** par le Congrès de Vienne, des **courants nationaux et libéraux** s'organisent alors, **en Grèce** d'abord puis **en France** et **en Europe.** Ils s'accompagnent de l'apparition de **sociétés secrètes.**

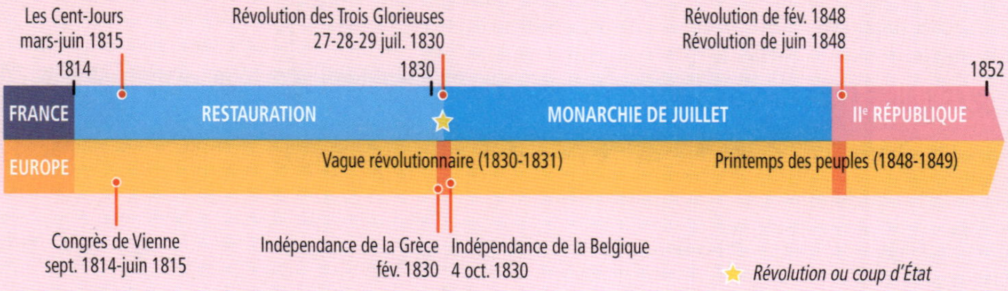

1 L'Europe du congrès de Vienne

A La restauration de l'ordre monarchique

• **Le système Metternich.** Les monarques européens vainqueurs de Napoléon à Waterloo en juin 1815, refusent de prendre en compte les aspirations de leurs peuples et suppriment les libertés, de peur de voir leur pouvoir se fragiliser. Une diplomatie nouvelle est mise en place à l'instigation du ministre des Affaires étrangères autrichienne, Metternich.

• **Le mépris des nationalités.** Le congrès de Vienne rétablit un ordre conservateur. En 1815, les souverains ont rétabli leur pouvoir absolu. Ils ont redessiné les frontières sans tenir compte des nationalités. Ainsi les Allemands sont divisés en plusieurs États, alors que l'Empire autrichien comprend de nombreuses nationalités : Allemands, Hongrois, Tchèques, Croates…

▲ *Scène des massacres de Scio : familles grecques attendant la mort ou l'esclavage.* **Eugène Delacroix, 1824. Huile sur toile.**

• **De nouvelles aspirations.** Après 1815, des mouvements libéraux et nationaux se développent. Les libéraux veulent des constitutions limitant le pouvoir des rois et plus de libertés. Les patriotes réclament l'indépendance pour leur peuple, ou son unification lorsqu'il est divisé en plusieurs États.

B Restauration et monarchie de Juillet en France

• **La Restauration par Louis XVIII.** En 1814, la monarchie est restaurée par les souverains d'Europe. Un frère de Louis XVI devient roi sous le nom de Louis XVIII. Il reprend le drapeau blanc et accorde une constitution aux Français.

• **La Monarchie de Juillet.** On qualifie de monarchie de Juillet le règne de Louis-Philippe arrivé sur le trône en juillet 1830. Plus libéral que son prédécesseur, le roi adopte le drapeau tricolore et élargit le droit de vote.

2 Les révolutions en France et en Europe

A À l'origine de l'indépendance grecque

• **Le mouvement national et libéral grec.** C'est dans le milieu de la bourgeoisie fortunée qu'est fondée une société secrète, l'Hétairie, qui se donne pour but d'unir les Grecs en vue de leur indépendance. Un véritable réseau clandestin de résistance aux Turcs se forme dans le pays et les Grecs parviennent à proclamer en janvier 1822 l'indépendance du pays.

• **Répression ottomane et intervention européenne.** La riposte des Turcs est féroce : le massacre de Chios (avril 1822) provoque l'indignation de l'Europe et la naissance d'un puissant courant philhellénique. Face à la triple alliance (Grande-Bretagne, France, Russie) dirigée contre eux, les Ottomans sont obligés de reconnaître en février 1830 un État grec indépendant.

B 1830 en France et en Europe

• **Les Trois Glorieuses.** Charles X, qui avait succédé à son frère Louis XVIII en 1824, suspend en 1830 la liberté de la presse et limite le droit de vote aux propriétaires terriens les plus riches. Ces décisions provoquent une révolution : du 27 au 29 juillet 1830, les Parisiens chassent Charles X, qui est remplacé par Louis-Philippe, plus libéral.

• **Des guerres meurtrières.** D'autres soulèvements ont lieu en Europe mais ils n'aboutissent pas ; seuls les Belges, révoltés contre la Hollande, obtiennent leur indépendance en 1830.

C 1848 en France et en Europe

• **La Révolution de 1848 en France.** En 1848, une nouvelle vague révolutionnaire secoue l'Europe. Elle commence à Paris, le 24 février. La population est épuisée par la crise économique qui la plonge dans le chômage et la misère, et elle revendique davantage de libertés. Les ouvriers et les étudiants se soulèvent ; le roi Louis-Philippe est renversé et la monarchie est remplacée par une république. Mais les premières mesures des parlementaires ne sont pas favorables aux ouvriers, qui se révoltent (23-26 juin). L'Assemblée réprime violemment l'insurrection.

• **Le « printemps des peuples ».** Cette révolution se propage dans toute l'Europe au printemps 1848. Dans l'Empire d'Autriche, les États allemands, les États italiens, les libéraux et les patriotes dressent des barricades et obtiennent des constitutions. Les patriotes allemands tentent aussi de réaliser l'unité nationale, alors que, dans l'Empire d'Autriche, les Tchèques et les Hongrois proclament leur indépendance. L'Italie, divisée en sept États, est en proie depuis 1847 à une agitation menée par le Risorgimento, mouvement unificateur.

> **Biographie**
> **Giuseppe Mazzini** (1805-1872). Nationaliste italien, membre de la société secrète Carbonaria, il fonde le mouvement Jeune Italie en 1831. Il est le principal acteur du nationalisme italien jusqu'en 1848.

• **L'échec des mouvements.** Le « printemps des peuples » ne dure pas. Les armées, fidèles aux souverains, matent les révoltes, et ces derniers parviennent à rétablir leur autorité absolue. Les frontières restent inchangées. L'écrasement par l'armée autrichienne de la révolution viennoise, puis, avec l'aide des Russes, de l'insurrection hongroise, rétablit l'Autriche dans son rôle de gendarme de l'ordre de 1815.

3 La difficile entrée dans l'âge démocratique (1848-1871)

Les révolutionnaires de février 1848 entendent établir une **république démocratique et sociale.** Les mesures prises en faveur des chômeurs effraient le reste de la société. La question sociale conduit à une guerre civile et au **retour d'un pouvoir autoritaire. Napoléon III** rétablit l'Empire et réprime les opposants.

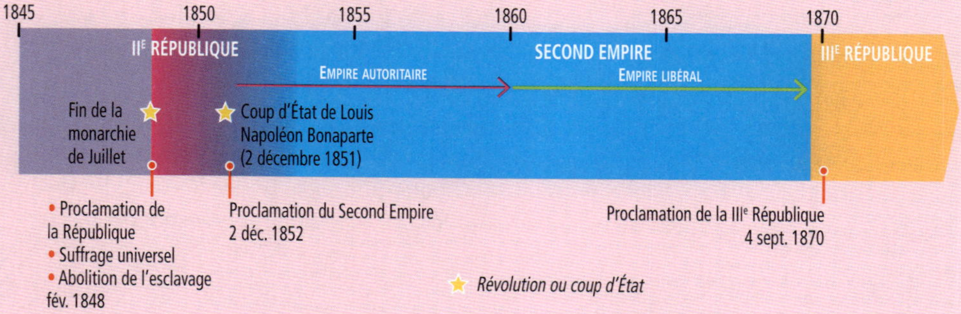

1 La Deuxième République

A De grandes avancées démocratiques

• **Les premières mesures.** Après la révolution de février 1848, la République est proclamée et un gouvernement provisoire se met en place avec des personnalités comme le poète Lamartine, Ledru-Rollin ou Louis Blanc, favorables à une république démocratique et sociale. Il établit le suffrage universel masculin, crée des ateliers nationaux pour employer des chômeurs, diminue la durée de la journée de travail.

• **L'abolition de l'esclavage.** Sous-secrétaire d'État à la Marine en 1848, Victor Schœlcher prépare et fait voter le décret d'abolition immédiate et complète de l'esclavage dans les colonies françaises, ainsi que l'article de la Constitution qui fait des esclaves libérés des citoyens français. Mais la réalité est rude : livrets de travail et passeports intérieurs obligatoires pour tout déplacement de « nouveaux libres » sont instaurés et des arrêtés fixent la police du travail.

▲ *Le vote ou le fusil,* par Bosredon. Gravure imprimée en 1848. « Ça, c'est pour l'ennemi du dehors ; pour le dedans, voici comme l'on combat loyalement les adversaires… »

B Des tensions qui font échouer le projet républicain

• **Le pouvoir aux républicains modérés et aux bourgeois libéraux.** Les élections à l'Assemblée constituante ont lieu en avril 1848. Elles donnent une large majorité aux républicains modérés. Ils décident aussitôt la fermeture des ateliers nationaux accusés d'être trop coûteux. Les ouvriers se révoltent (23-26 juin), mais l'Assemblée réprime violemment l'insurrection (20 000 morts).

• **Une République divisée.** Des tensions s'expriment entre conservateurs et républicains, villes et campagnes, bourgeois et ouvriers. En mai 1850, l'Assemblée vote une loi qui oblige à justifier de trois ans de résidence dans la même commune pour pouvoir voter. Elle a pour conséquence de retirer le droit de vote à 3 millions de Français, essentiellement des ouvriers.

• **Louis Napoléon Bonaparte, premier président.** Le 10 décembre 1848, Louis Napoléon Bonaparte, le neveu de Napoléon Ier, avait été élu président de la République au suffrage universel. Mais, peu avant la fin de son mandat, le 2 décembre 1851, il organise un coup d'État : il dissout l'Assemblée et s'empare de la totalité des pouvoirs. La résistance au coup d'État est faible et rapidement brisée.

2 Le Second Empire (1852-1870)

A Un régime autoritaire

• **Le rétablissement de l'Empire.** Après son coup d'État, Louis Napoléon crée une nouvelle constitution qui lui donne la totalité du pouvoir. En décembre 1852, il rétablit l'Empire à la suite d'un plébiscite et devient empereur sous le nom de Napoléon III.

• **Des mesures économiques efficaces.** Durant son règne, Napoléon III favorise la croissance économique du pays. Le réseau ferré passe ainsi de 3 600 à 16 000 kilomètres ; les premières banques de dépôts apparaissent : le Crédit Lyonnais (1863) et la Société Générale (1864). Pour développer le commerce, l'empereur signe un traité de libre-échange avec l'Angleterre (1860).

Biographie

George Sand (1804-1876). De son vrai nom Amantine Aurore Lucile Dupin, l'écrivain George Sand ouvre ses romans à la question sociale en défendant les ouvriers et les pauvres. Elle s'engage activement en politique à partir de 1848, inspirant Ledru-Rollin, participant au lancement de trois journaux, plaidant auprès de Napoléon III la cause de condamnés, notamment celle de Victor Hugo.

• **Une politique de grandeur nationale.** Napoléon III mène une politique extérieure active. Il aide le Piémont-Sardaigne à unifier l'Italie et obtient en contrepartie Nice et la Savoie (1860). Il achève la conquête de l'Algérie et acquiert la Nouvelle-Calédonie.

• **La limitation des libertés.** Jusqu'en 1860, le régime est autoritaire. Les libertés fondamentales (de réunion, de presse…) sont fortement limitées.

B Oppositions et répression

• **L'exil de Victor Hugo.** Les opposants sont arrêtés ou contraints à l'exil. Ainsi, l'écrivain Victor Hugo, farouche opposant à Napoléon III, doit quitter la France.

• **Vers un Empire plus libéral.** Après 1860, l'Empire devient plus libéral. Napoléon accorde le droit de grève aux ouvriers en 1864, tolère les syndicats et rétablit partiellement les libertés de presse et de réunion (1868). Mais l'opposition républicaine progresse et ces mesures ne font que la renforcer.

• **La fin de l'Empire.** En 1870, Napoléon III déclare la guerre à la Prusse mais il est fait prisonnier avec le gros de son armée à Sedan, dans les Ardennes. À Paris, un gouvernement provisoire proclame la République, le 4 septembre 1870.

Allégorie de l'abolition de l'esclage à La Réunion, 20 décembre 1848.
Alphonse Garreau, 1849. Huile sur toile. ►

4 La mise en œuvre du projet républicain (1870-1914)

Défaite par l'Allemagne, la France met du temps avant de parvenir à adopter une **nouvelle constitution républicaine.** À partir de 1879, les républicains posent le socle d'une **culture politique** qui restera celle de toute la IIIe République. Mais des oppositions persistent et les Français se divisent sur les **grands principes** qui doivent guider la vie politique.

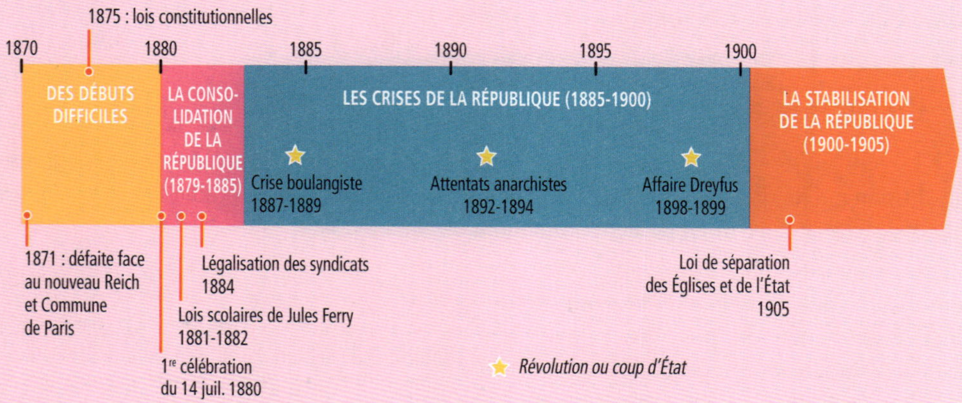

1 La mise en place de la IIIe République

A L'affirmation de la démocratie et des libertés

• **Les débuts de la République.** En 1871, après la défaite contre la Prusse, une organisation ouvrière révolutionnaire se met en place à Paris : la Commune. Mais cette insurrection est écrasée dans le sang par la toute nouvelle Assemblée nationale à majorité monarchiste.

• **Un régime parlementaire.** En 1875, une partie des royalistes de l'Assemblée se joint aux républicains pour voter les lois constitutionnelles qui organisent la nouvelle République. Le parlement, élu au suffrage universel, joue un rôle prépondérant dans la vie politique d'autant qu'à partir de 1879, le président de la République renonce à utiliser son droit de dissolution de l'Assemblée.

• **Les libertés : socle de la démocratie.** La liberté d'expression est renforcée en 1881 par des lois instaurant une large liberté de la presse, du colportage et de l'affichage. Le développement de la vie politique est encouragé par la liberté de réunion. En 1884, une loi autorise les syndicats et accorde ainsi au monde ouvrier la possibilité légale de s'organiser et de défendre ses intérêts.

▲ *L'arrestation de Louise Michel (pendant la Commune).* Jules Girardet. 1871. Huile sur bois.

B L'enracinement de la culture républicaine

• **République et sentiment national.** L'idée républicaine est indissociable du patriotisme. La grandeur de l'histoire nationale et la diversité du territoire français sont exaltées afin de renforcer l'amour de la patrie et de présenter la défense du pays comme un devoir.

• **L'école au cœur du projet républicain.** L'école primaire devient obligatoire, gratuite et laïque en 1881-1882. L'école forme les futurs citoyens en les préparant à leurs devoirs civiques. Elle est aussi censée assurer l'égalité des chances et la promotion par le mérite. Mais, si l'école primaire est ouverte à tous, le lycée reste payant et les bourses sont peu nombreuses.

> **Mot-clé**
>
> **Les lois Ferry** : en juin 1881 et mars 1882, Jules Ferry, ministre de l'Instruction publique, fait voter les lois scolaires : la gratuité de l'école primaire publique, l'obligation scolaire de six à treize ans et la laïcité de l'enseignement public.

• **Symboles et lieux de référence.** *La Marseillaise* redevient hymne national en 1879 et le 14 juillet est institué fête nationale en 1880. Dans toutes les villes de France, des avenues et des places prennent le nom de la République. La devise « Liberté, Égalité, Fraternité » est inscrite sur les bâtiments publics où sont installés des bustes de Marianne. Le Panthéon est laïcisé en 1880 et on y enterre les grands hommes auxquels la République se réfère (Voltaire, Rousseau). À l'occasion des funérailles de personnalités républicaines, comme Victor Hugo (1885), sont organisées d'imposantes cérémonies populaires.

2 Des oppositions qui perdurent

A Les tensions avec l'Église

• **L'avènement d'une République laïque.** Les gouvernements successifs de la IIIe République adoptent une législation anticléricale à partir des années 1880. Les symboles religieux sont retirés des lieux publics, le divorce est rétabli (1884). La campagne de laïcisation se fait dans une ambiance de lutte politique au Parlement et de débats enflammés dans la société.

• **La séparation des Églises et de l'État.** En décembre 1905 est votée la loi de séparation des Églises et de l'État. Un inventaire des biens ecclésiastiques est prévu pour qu'ils deviennent propriété de l'État. En 1907, tous les biens de l'Église sont remis aux communes, les lieux de culte sont laissés à la disposition des fidèles et des ministres du culte.

B Crises et faiblesses de la République

• **Nationalisme et antisémitisme.** Plusieurs crises politiques secouent la République à la fin du XIXe siècle. En 1889, le général Boulanger rallie autour de lui les opposants à la République et semble prêt à faire un coup d'État, mais il y renonce. Entre 1892 et 1894, des anarchistes multiplient les attentats pour déstabiliser la République, sans y parvenir. Enfin, en 1898-1899, l'affaire Dreyfus divise les Français et révèle l'existence de l'antisémitisme en France.

• **Le refus du vote des femmes.** La première suffragette française, Hubertine Auclert, considère le droit de vote comme le préalable nécessaire à tout progrès pour la condition féminine. En 1880, elle refuse de s'acquitter de ses impôts estimant que, ne votant pas, elle n'avait pas à les payer. Ses actions sont soutenues par un certain nombre de personnalités mais le droit de vote des femmes n'est pas mis en discussion à l'Assemblée.

• **La place croissante de la question militaire.** À partir de 1909, la rivalité avec l'Allemagne met les questions militaires au premier plan.

> **Mot-clé**
>
> **Suffragettes :** les femmes qui se sont battues pour obtenir le droit de vote pour les femmes. Les premières suffragettes apparaissent au Royaume-Uni à partir des années 1870 sous le nom d'abord de « suffragistes ».

HISTOIRE

5 Industrialisation et société française (1848-1914)

La seconde moitié du XIXe siècle est marquée au niveau économique et social par le développement d'une **industrialisation massive**, qui s'accompagne d'un **essor des villes** et d'un important **exode rural**. Ces changements provoquent de **nombreuses mutations** dans la société et des tensions qui font de la **question ouvrière** un élément-clé de la vie politique.

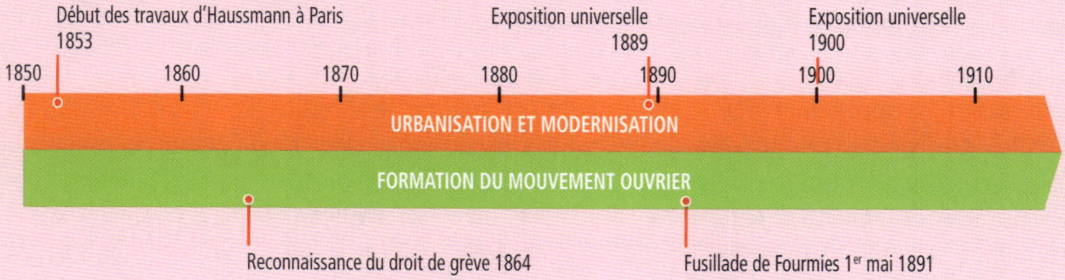

1 Industrialisation, urbanisation et modernisation

A La transformation des modes de production

• **Une première industrialisation.** L'industrialisation concerne d'abord le textile, où les nouvelles machines permettent de produire beaucoup de tissus. La sidérurgie et la métallurgie fournissant des quantités croissantes de machines, de rails, de ponts, de charpentes métalliques (tour Eiffel pendant l'Exposition universelle de 1889), la production de charbon, nécessaire à la machine à vapeur et à la sidérurgie, augmente fortement.

• **Une seconde industrialisation.** Une seconde industrialisation démarre dans les années 1880 avec le début de l'électricité qui sert d'abord à produire de la lumière, puis à actionner des machines. Le pétrole commence aussi à être exploité pour alimenter des moteurs. L'industrie chimique (colorants, engrais) connaît à cette époque un essor rapide. À partir de 1900, c'est le début de l'industrie automobile.

• **Les régions industrielles.** Les industries textiles et métallurgiques se concentrent surtout sur les gisements de charbon et de minerai de fer, donnant naissance aux pays noirs. Les industries de la seconde industrialisation se localisent en général près des grandes villes, où se situent la main-d'œuvre et les consommateurs, et dans les ports.

▲ *Napoléon III remettant au baron Haussmann le décret d'annexion des communes limitrophes.*
Yvon Adolphe. 1865. Huile sur toile.

B Croissance urbaine et exode rural

• **L'essor des villes.** La croissance urbaine concerne surtout la capitale, les cités industrielles ou minières, et les ports. La croissance des villes s'explique surtout par l'exode rural. En effet, la situation des ruraux est difficile : les artisans des campagnes subissent la concurrence de l'industrie, les ouvriers agricoles sont remplacés par les machines et les petits paysans souffrent de la baisse des prix agricoles. Ils partent donc pour les villes où ils peuvent facilement trouver du travail dans les nouvelles usines. Le salariat se développe.

• **La nécessaire modernisation urbaine.** Les nouveaux venus s'entassent dans des quartiers insalubres du centre des villes ou à leur périphérie, dans les banlieues misérables. Cet afflux de personnes entraîne des problèmes de logement, d'hygiène (eau potable et égouts insuffisants), de circulation (éloignement entre domicile et travail), de délinquance. Entre 1852 et 1870, à Paris, de grands travaux d'urbanisme dirigés par le préfet Haussmann ont pour principal objectif de résoudre ces problèmes.

Biographie

Les frères Pereire : Émile (1800-1875) et Isaac Pereire (1806-1880) sont les hommes d'affaires parmi les plus importants du Second Empire, qui dominaient le secteur des transports, des banques et assurances et de l'immobilier.

2 Permanences et mutations de la société

A Le poids croissant des ouvriers

• **Un lent progrès social.** Depuis 1803, les ouvriers devaient posséder un livret rempli par les patrons (dates d'embauche, salaire, comportement), faute de quoi ils pouvaient être arrêtés pour vagabondage. En 1864, la grève est autorisée, le livret supprimé.

• **La question ouvrière.** Face à des conditions de travail encore très difficiles, les ouvriers multiplient les actions afin d'obtenir petit à petit une réduction du temps de travail et une législation sociale plus favorable. Ces revendications prennent la forme de manifestations qui sont parfois réprimées dans le sang par les forces de l'ordre, appelées par les préfets sur la demande du patronat local.

Événement-clé

La fusillade de Fourmies : le 1er mai 1891, les ouvriers de cette petite ville textile du Nord manifestent pour revendiquer l'amélioration de leurs conditions de travail. Des grévistes sont arrêtés et, lorsque la foule marche pour les libérer, l'armée ouvre le feu, faisant plus de 35 blessés et neuf morts, dont quatre jeunes femmes et un enfant.

B Immigration et place des étrangers

• **Un recours massif à la main-d'œuvre étrangère.** Du fait des progrès de l'industrialisation et de la dénatalité précoce, la France a trouvé une réponse à la pénurie de main-d'œuvre en ayant massivement recours à l'immigration depuis la fin du XIXe siècle. À la veille de la Première Guerre mondiale, les étrangers représentent 3 % de la population totale.

• **Des conditions de vie précaires.** L'État encourage d'abord la venue d'une population frontalière (Belges, Italiens et Allemands). En 1889, la loi sur le droit du sol (don de la nationalité française aux enfants nés en France de parents étrangers) facilite leur intégration. Ce sont ainsi plus de 5 000 enfants qui sont naturalisés Français tous les ans jusqu'en 1914. Mais les étrangers ne peuvent pas bénéficier des lois sociales, par exemple de la protection pour les accidentés du travail (1889).

▲ **Le marteau-pilon, forges et aciéries de Saint-Chamond. Joseph-Fortuné Layraud, 1889. Huile sur toile**
Le marteau-pilon était une imposante machine-outil de forge, haute de 21 mètres et pesant 100 tonnes. Démonté en 1930, puis érigé à l'entrée sud de la ville, il est devenu l'emblème de l'usine du Creusot. Ce tableau a été réalisé pour l'Exposition universelle de 1889.

6 La France en Europe et dans le monde (1848-1914)

La seconde moitié du XIXᵉ siècle est marquée en France par une **politique d'expansion territoriale.** En Europe, Napoléon III entend intervenir dans les affaires politiques des Italiens et des Allemands. La IIIᵉ République met en œuvre une **politique coloniale**, qui concurrence les ambitions des autres grandes puissances européennes.

1 La France et la construction des unités italienne et allemande

A Le Second Empire et l'unité italienne

• **L'appui de Napoléon III à Cavour.** Après l'échec des révolutions de 1848, l'Italie demeure divisée en plusieurs États. Le royaume de Piémont-Sardaigne est le plus industrialisé des États italiens. Son roi, Victor-Emmanuel II, est un roi libéral qui respecte une constitution. En 1852, il nomme un Premier ministre libéral, Cavour, qui se donne pour objectif de réaliser l'unité de l'Italie. Cavour, avec l'appui des troupes françaises de l'empereur Napoléon III, réussit à chasser les Autrichiens de Lombardie (région de Milan) en 1859. Dans le centre de l'Italie et dans les États du pape, les partisans de l'unité italienne votent leur rattachement au Piémont. La France laisse faire en échange de la Savoie et de Nice (1860).

• **La protection de Rome par Napoléon III.** En 1860, Garibaldi, un ardent patriote, débarque en Sicile, puis en Italie du Sud, à la tête d'une armée de volontaires ; les régions du Sud sont à leur tour rattachées au Piémont. En 1861, Victor-Emmanuel II est proclamé roi d'Italie. En 1866, la Prusse bat l'Autriche. L'Italie profite de l'affaiblissement de cette dernière pour lui arracher la Vénétie. Soucieux de ne pas mécontenter les catholiques français, l'empereur Napoléon III maintient des troupes à Rome pour protéger les États du pape. Mais, en 1870, la France, en guerre contre la Prusse, rappelle son armée. Rome est aussitôt occupée par l'armée italienne et devient la capitale de l'Italie en 1871.

B Le Second Empire et l'unité allemande

• **La Prusse pousse Napoléon III à la guerre.** Au milieu du XIXᵉ siècle, les Allemands sont dispersés en 39 États. Deux d'entre eux veulent réaliser l'unité des Allemands : la Prusse et l'Autriche. En 1862, le roi de Prusse, Guillaume Iᵉʳ, nomme Bismarck chancelier. Pour réaliser l'unité de l'Allemagne, celui-ci doit d'abord éliminer l'Autriche. Il modernise et renforce l'armée prussienne, puis provoque une guerre contre l'Autriche et la bat à Sadowa, en 1866. La victoire de la Prusse renforce sa puissance et son prestige. En 1870, Bismarck manœuvre pour que la France déclare la guerre à la Prusse. Les États de l'Allemagne se rangent aussitôt à ses côtés. La France est envahie et vaincue.

• **La proclamation du Reich à Versailles.** La victoire sur la France permet l'achèvement de l'unité allemande. Le 18 janvier 1871, dans la galerie des Glaces du palais de Versailles, les princes allemands proclament Guillaume Iᵉʳ empereur d'Allemagne. La France, défaite, signe le traité de Francfort avec l'Empire allemand en mai 1871. Elle lui cède l'Alsace et le nord-est de la Lorraine.

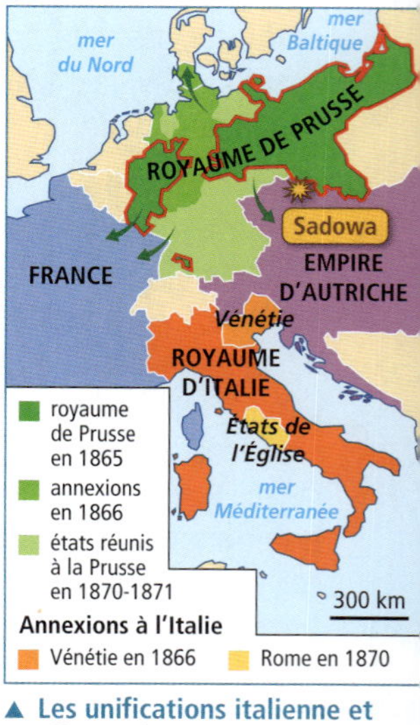

▲ Les unifications italienne et allemande entre 1864 et 1870.

2 Métropole et colonies

A Une colonisation avant tout militaire

• **Les conquêtes coloniales.** À partir de 1830, les pays européens se lancent à la conquête de nouveaux territoires en Asie et en Afrique. La colonisation s'intensifie après 1870. La supériorité militaire des Européens leur permet de s'imposer facilement, parfois à la suite de massacres. En 1914, les conquêtes coloniales sont presque achevées : la France et le Royaume-Uni possèdent à cette époque les empires coloniaux les plus étendus.

• **Des motivations contestables.** La colonisation s'explique d'abord par le développement du sentiment national en Europe. Chaque peuple européen veut montrer qu'il est supérieur aux autres en conquérant davantage de territoires. Les puissances européennes veulent aussi obtenir des débouchés, c'est-à-dire disposer de territoires pour y écouler leurs produits industriels, à une époque où ils se vendent mal, et s'y procurer des matières premières (minerais surtout). Elles recherchent aussi des bases terrestres pour pouvoir contrôler les grandes routes maritimes, favoriser leur commerce et leurs déplacements dans le monde. Elles veulent enfin des terres pour y installer des colons. Les Européens pensent que les peuples d'Afrique et d'Asie sont arriérés et que la colonisation leur apporte la civilisation et le progrès.

B Une société coloniale très hiérarchisée

• **Plusieurs types de colonies.** Certaines colonies sont des colonies de peuplement. Mais la plupart sont essentiellement destinées à être exploitées, et les Français sont peu nombreux à y vivre. Les colonies proprement dites, comme l'Algérie, sont administrées par un gouverneur et des fonctionnaires issus de la métropole. Dans les protectorats, comme la Tunisie ou le Maroc, la métropole laisse un gouvernement indigène en place, mais celui-ci doit obéir aux ordres.

• **L'exploitation des colonies.** Après la colonisation, les colons et les sociétés françaises s'approprient les meilleures terres agricoles pour y faire des plantations, c'est-à-dire des cultures destinées à l'exportation. Ils se mettent aussi à exploiter les richesses minières. Mais ils ne développent pas l'industrie. Les Français construisent des voies de chemin de fer et des ports afin de faciliter le commerce avec la métropole. Autour des ports, ils bâtissent de nouvelles villes sur le modèle français, destinées à l'administration coloniale et aux colons. Les indigènes doivent payer de nouveaux impôts en argent. Dans la plupart des colonies, ils doivent aussi fournir des corvées pour la construction des routes ou des chemins de fer.

Mot-clé

Code de l'indigénat : recueil des mesures d'exception que doivent suivre les populations indigènes dans les colonies, d'abord en Algérie, puis dans toutes les colonies à partir de 1887. Il place les populations colonisées dans un statut juridique inférieur. Privées de droits politiques, elles restent soumises à une justice particulière.

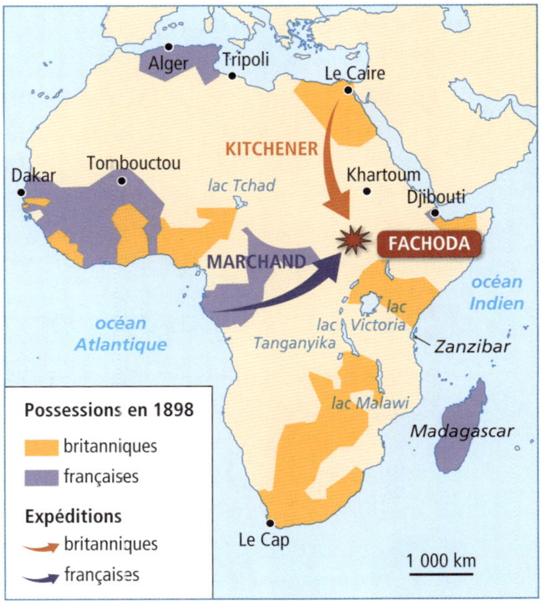

Fachoda, le choc des impérialismes. ▶

7 1914-1918 : une guerre mondiale et totale

La guerre de 1914-1918 est la première **guerre mondiale**, qui mobilise des territoires coloniaux sur toute la planète. C'est aussi une **guerre totale** qui abolit la distinction entre militaires et civils.

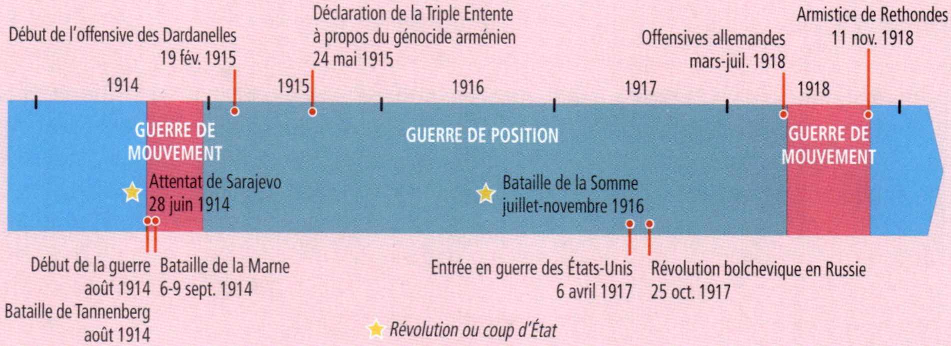

1 Un embrasement mondial et ses grandes étapes

A Aux origines de la guerre

• **Les rivalités européennes.** Depuis la fin du XIXe siècle, les rivalités économiques entre les pays européens s'intensifient. Ainsi, le Royaume-Uni craint la concurrence commerciale de plus en plus vive de l'Allemagne. Les puissances européennes se disputent aussi les derniers territoires à coloniser ; en 1905 et en 1911, par exemple, la France et l'Allemagne évitent deux fois une guerre à propos du Maroc qu'elles convoitent l'une et l'autre. Enfin, les rivalités territoriales sont importantes. L'Autriche-Hongrie et la Russie veulent toutes deux étendre leur influence dans les Balkans.

• **Alliances et marche à la guerre.** Dans la crainte d'affrontements, les États d'Europe contractent des alliances défensives à partir de la fin du XIXe siècle : la Triple-Alliance rassemble l'Empire allemand, l'Autriche-Hongrie et l'Italie, alors que la Triple-Entente unit la France, la Russie et le Royaume-Uni. Chaque État augmente aussi fortement ses dépenses militaires et semble ainsi se préparer à la guerre. À la suite de la mobilisation de l'armée russe contre l'Autriche-Hongrie dans les Balkans, l'engrenage des alliances débouche sur le début de la guerre.

B Plusieurs phases dans les combats

• **De la guerre de mouvement...** En 1914, l'armée allemande envahit la Belgique neutre, puis la France. Elle espère l'écraser rapidement pour pouvoir ensuite retourner ses troupes contre la Russie. Mais, en septembre, le général français Joffre lance une contre-offensive sur la Marne et parvient à arrêter l'invasion. Sur le front oriental, les armées russes pénètrent en Prusse, mais elles sont battues à Tannenberg (27 août) et commencent alors à reculer.

• **...à la guerre de position.** À partir de 1915, les deux camps se trouvent de nouveaux alliés et la guerre gagne les Balkans (offensive des Dardanelles, 1915), l'Italie et le Moyen-Orient.

À l'ouest, les deux armées se fixent sur un front qui va de la mer du Nord à la Suisse. De 1915 à 1917, les offensives pour percer ce front se soldent à chaque fois par des échecs sanglants (offensive de l'Entente sur la Somme en 1916).

Mot-clé

Brutalisation : notion forgée par l'historien George Mosse qui exprime un accroissement de la violence subie et donnée par les combattants.

• **Le tournant de 1917.** L'année 1917 est un tournant. En avril, les États-Unis déclarent la guerre à l'Allemagne. En octobre, les bolcheviks s'emparent du pouvoir en Russie ; peu après ils signent l'armistice, puis la paix de Brest-Litovsk avec l'Allemagne (mars 1918). Cela provoque la dernière offensive allemande vers l'ouest, qui les mène de nouveau jusqu'à la Marne. Mais les armées alliées disposent du renfort de près de deux millions de soldats américains et de nouveaux tanks très efficaces. En quelques mois, les puissances centrales s'effondrent. En Allemagne, une révolution chasse l'empereur Guillaume II et le nouveau gouvernement républicain signe l'armistice à Rethondes, le 11 novembre 1918.

2 Les sociétés en guerre : des civils acteurs et victimes de la guerre

A Combattants et civils subissent les violences de la guerre

• **L'épreuve du feu.** Avec la guerre de position, les soldats connaissent des conditions de vie effroyables. Les bombardements pulvérisent les corps, mal protégés, provoquant de terribles mutilations et des troubles psychiques durables. La scientifique Marie Curie se bat pour que des appareils à rayon X puissent arriver sur le front et permettre de repérer les fractures et localiser les éclats d'obus.

• **Une guerre qui touche aussi les civils.** Toutes les armées ont commis des atrocités sur les civils. Cette violence atteint son paroxysme avec le génocide commis contre les Arméniens par les Ottomans en 1915 : 1,5 million d'Arméniens périssent. Le 24 mai 1915 la Triple-Entente publie une déclaration à propos des « crimes contre l'humanité et la civilisation » perpétrés contre les Arméniens de l'Empire ottoman.

Mot-clé

Génocide : crime qui consiste en l'élimination physique intentionnelle, totale ou partielle, d'un groupe national, ethnique ou religieux.

HISTOIRE

B À l'arrière, des sociétés civiles mobilisées

• **Les liens entre le front et l'arrière.** Dans les usines ou les champs, les femmes remplacent les hommes partis au combat. Les colonies fournissent des soldats, mais aussi des travailleurs qui viennent en Europe occuper les postes vacants dans l'industrie. Des associations de bénévoles, comme les « marraines de guerre », apportent leur soutien moral aux soldats.

• **La mobilisation des esprits.** La censure stricte de la presse et de la correspondance des soldats doit empêcher le découragement des populations. Une propagande active se met en place qui se transforme en « bourrage de crâne » lorsqu'elle diabolise l'ennemi décrit comme un barbare.

▲ Ouvrières préparant les têtes des obus dans l'usine d'armement de Birkenhead (Angleterre, 1917).

8 Sortir de la guerre, construire la paix (1918-1923)

La Grande Guerre représente un **désastre humain et matériel** sans précédent. Malgré les propositions du président américain Wilson, la paix qui se dessine avec les **traités d'après-guerre** est fragile. La Russie est en guerre jusqu'en 1922. En France, les **mémoires de la guerre** émergent dans leur diversité.

1 Bilans de la guerre et traités de paix

A Le bilan humain et matériel et les propositions de Wilson

• **Un désastre d'abord européen.** Entre 1914 et 1919, la guerre a fait plus de 8 millions de victimes et 6 millions d'invalides. Il faut y ajouter les morts de la grippe espagnole qui a fait des ravages en 1919 sur la population affaiblie (1 million de morts). Le désastre est aussi matériel et financier. Les régions situées sur les fronts sont ravagées. Les États sont déjà très endettés et ils doivent en plus financer la reconstruction et aider les veuves, les orphelins, les invalides. Enfin, la hausse des prix s'amplifie, liée à la création artificielle de monnaie, mais aussi à la forte demande de marchandises alors que la production est faible.

• **Le projet du président Wilson.** Thomas Woodrow Wilson emporte les élections présidentielles américaines en 1912. Lors du déclenchement de la Première Guerre mondiale, il annonce la neutralité de son pays. C'est sur ce programme de paix qu'il est réélu en 1916 ; en 1917 pourtant, il demande au Congrès américain de déclarer la guerre à l'Allemagne. Il s'agit selon lui d'une « guerre de la liberté et du droit » au service de la démocratie et de la paix. Le 8 janvier 1918, il définit les buts de guerre dans ses « Quatorze points » qui sont aussi bien la liberté du commerce maritime que le droit de tous les peuples européens à avoir chacun un État ou la création d'une Société des Nations chargée de maintenir la paix dans le monde. Il reste à la Maison-Blanche jusqu'en 1921.

Rappel
Les 14 points du président Wilson : programme de paix présenté par le président des États-Unis Woodrow Wilson devant le Congrès le 8 janvier 1918 pour mettre fin à la Première Guerre mondiale et reconstruire l'Europe.

B Les traités de paix

• **L'Europe redessinée.** La Conférence de la paix s'ouvre à Paris en janvier 1919. Les pays vainqueurs y réfléchissent à des traités de paix mettant en place un ordre international plus juste tout en satisfaisant leurs intérêts nationaux. Le texte servant de base à leurs discussions est le message en 14 points du président Wilson. À l'issue des discussions, un traité est signé entre les Alliés et chaque pays vaincu (1919 et 1920) ; le traité de Versailles, signé avec l'Allemagne, cherche avant tout à l'empêcher de refaire une guerre ; les autres traités signés avec l'Autriche, la Hongrie et la Turquie démembrent les empires et dessinent les frontières de nouveaux États. Une Société des nations (SDN) est créée pour maintenir la paix dans le monde. En 1922, le Haut-commissariat pour les réfugiés de la SDN permet aux apatrides de pouvoir voyager (passeport Nansen).

▲ *Lénine et Staline en discussion à Gork*
Anonyme. 1922.

• **L'Allemagne jugée coupable.** Le traité de Versailles entre les puissances victorieuses et l'Allemagne est signé le 28 juin 1919. L'Allemagne est rendue responsable de la guerre et, à ce titre, elle est obligée de payer des réparations pour dommages de guerre aux vainqueurs. Elle perd une partie importante de son territoire (l'Alsace-Lorraine qui revient à la France, les régions orientales rattachées à la nouvelle Pologne) et se trouve partagée en deux zones isolées l'une de l'autre par le « couloir de Dantzig ». Elle perd aussi toutes ses colonies. L'armée allemande est réduite à 100 000 volontaires et privée d'armes lourdes comme les tanks ou les avions. De plus, la région du Rhin est démilitarisée et en partie occupée.

• **La paix, une œuvre fragile.** Les Allemands considèrent que le traité de Versailles a été « dicté » par les Alliés et qu'il est profondément injuste. Dans les années qui suivent la guerre, ils le rendent responsable de toutes les difficultés que traverse le pays. Beaucoup d'États ne se satisfont pas de leurs nouvelles frontières et les conflits frontaliers se multiplient. Il faut attendre 1923 pour que les frontières se stabilisent. Si les principales nationalités d'Europe ont obtenu leur indépendance, il subsiste des minorités nationales avides de libertés dans de nombreux États (Allemands et Hongrois en Tchécoslovaquie par exemple).

2 La guerre après la guerre

A À l'Est, une guerre qui continue

• **La guerre civile en Russie.** Le 3 mars 1918, la Russie bolchevique de Lénine signe la paix de Brest-Litovsk avec l'Allemagne au prix de lourdes pertes territoriales (le quart de son territoire). À partir de 1918, les « Russes blancs », partisans de l'ancien régime tsariste, cherchent à renverser le gouvernement bolchevik avec le soutien des puissances européennes. En 1920, la Pologne attaque aussi la Russie pour étendre son territoire vers l'est.

• **Le « communisme de guerre ».** Dans la tourmente, les bolcheviks mettent en place le « communisme de guerre » : ils imposent leur dictature, nationalisent l'industrie et le commerce, réquisitionnent les récoltes des paysans pour ravitailler l'armée et les villes et organisent l'Armée rouge. En 1922, ils l'emportent, mais le pays est ravagé.

Mot-clé

Communisme de guerre : ensemble des politiques adoptées par les bolcheviks de 1918 à 1922 dans le contexte de la guerre civile russe.

B À l'Ouest, des mémoires divisées

• **La question des disparus.** Au sortir de la guerre, plus de 250 000 soldats demeurent disparus en France, leurs corps n'étant pas localisés. Le 10 novembre 1920, huit cercueils contenant les corps de soldats non identifiés sont rassemblés dans la forteresse de Verdun, lieu symbolique de la guerre. Un des cercueils est transporté vers Paris et placé le 11 novembre 1920 sous l'arche de l'Arc de Triomphe, lors d'une cérémonie officielle. Une « flamme du souvenir » est installée près de ce « soldat inconnu ».

• **Les monuments aux morts.** Durant les années 1920, presque toutes les communes de France financent, avec l'aide de l'État et d'associations d'anciens combattants, la construction d'un ou plusieurs monuments aux morts. Ces constructions révèlent des sentiments bien différents dans la société au sortir de la guerre, certaines soulignant l'héroïsme des poilus, d'autres mettant en avant leurs souffrances ou appelant au pacifisme.

9 La métropolisation, un processus différencié

Depuis 2007, 50 % de la population mondiale vit en ville ; cette urbanisation ne cesse de progresser et s'accompagne d'une **concentration dans les très grandes villes multimillionnaires** des populations, des activités et des fonctions de commandement.

1 Le poids croissant des métropoles

A Un monde d'urbains

• **Un phénomène mondial.** En 2019, 56 % de la population mondiale, soit plus de 4 milliards de personnes, se concentre dans les agglomérations urbaines alors qu'elles étaient 800 millions en 1950. En 2050, cette proportion devrait atteindre 66 % et les villes devraient accueillir 6,3 milliards d'habitants.

• **Une urbanisation ralentie dans les villes du Nord.** La forte croissance urbaine des pays du Nord date des années 1950-1980 et les taux d'urbanisation, aujourd'hui, y dépassent souvent 75 %. La croissance urbaine se poursuit mais à un rythme ralenti (0,5 % par an).

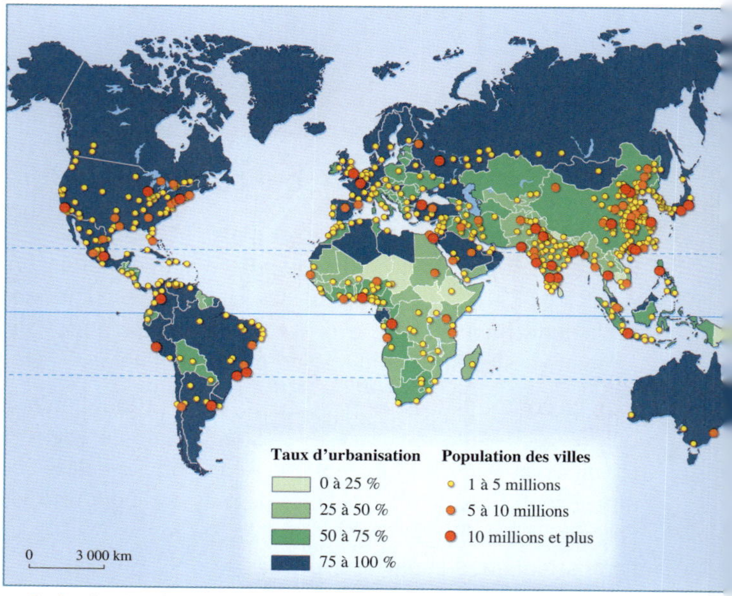

▲ L'urbanisation dans le monde en 2025 : projection de l'ONU.

• **Des villes du Sud en pleine expansion.** Si l'urbanisation est moindre dans les pays du Sud, 40 % en moyenne, les rythmes d'urbanisation sont plus forts que dans les pays développés (plus de 3 % par an). L'Afrique et l'Asie, moins urbanisées pour l'instant, ont des villes en très forte croissance.

B Une métropolisation croissante mais inégale

• **Métropoles et mégapoles.** Une métropole est un pôle urbain majeur exerçant une influence sur un vaste territoire et doté de fonctions de commandement, de capacités d'innovation et d'investissement ainsi que d'activités de niveaux national et international. Selon leur taille, leurs fonctions et leur influence, on peut différencier les métropoles. Trois continents vont ainsi accueillir des mégapoles de plus de 20 millions d'habitants en 2050 selon l'ONU : l'Asie (Delhi, Tokyo, Shanghai, Dacca, Mumbai, Beijing, Karachi, Jakarta, Séoul), l'Amérique (Mexico, São Paulo, New York) et l'Afrique (Kinshasa, Lagos, Le Caire).

• **Les grands projets métropolitains.** Autre marqueur du caractère métropolitain des villes, l'existence de grands projets urbains, portés par les élus et sollicitant les architectes et les urbanistes les plus renommés (gratte-ciels, musées, monuments).

• **Des métropoles en concurrence.** Ces très grandes villes entretiennent d'importants réseaux (télécommunications, congrès, voyages aériens). Elles bénéficient d'excellentes conditions d'accessibilité, d'accueil et d'hébergement, mais également d'effets d'image positifs. Dans l'espace mondialisé, l'enjeu pour les métropoles consiste à attirer hommes et capitaux pour asseoir leur croissance, d'où l'importance du « marketing urbain ».

Mot-clé

Ville mondiale : le concept de ville mondiale est attribué à la sociologue **Saskia Sassen**, auteur du livre *The Global City* (1991). Elle s'applique aux villes qui exercent une grande influence au niveau mondial. Londres, New York, Paris et Tokyo sont traditionnellement considérées comme les quatre grandes villes du monde. Selon d'autres auteurs, on peut citer Hong Kong, qui, à bien des égards, a dépassé Paris. La question de savoir si une ville correspond ou non à ce concept de ville mondiale a fait l'objet de nombreuses discussions.

2 Des espaces métropolitains en mutation

A Partout, des métropoles qui s'étalent

• **L'extension spatiale de l'espace métropolitain.** Le processus qui domine est l'étalement ; la croissance s'opère par l'intégration des zones rurales devenues périurbaines. Du point de vue démographique, cet étalement profite surtout aux périphéries, alors que les centres voient leur population se stabiliser, voire décroître.

• **Au Nord, périurbanisation et « desserrement urbain ».** Le long des voies de communication, puis, en taches d'huile entre ces principaux axes, les citadins s'éloignent du centre des agglomérations pour trouver un cadre de vie plus agréable, plus près de la nature et moins cher.

• **Au Sud, un étalement anarchique.** Si les centres-villes restent encore densément peuplés, l'habitat précaire, ou bidonvilles, s'est emparé des périphéries où s'installent les nouveaux venus sur des terrains inoccupés, ce qui entretient le processus d'étalement.

B Fractures sociales, fractures spatiales

• **Spécialisation des espaces métropolitains.** Le centre-ville concentre les fonctions les plus prestigieuses. Il est aussi rénové et réhabilité pour les populations aisées. À la périphérie, se situent les quartiers résidentiels et certaines activités de production qui recherchent de l'espace (aménagements de loisirs, aéroports, aires de stockage).

• **De nouveaux centres fonctionnels.** De nouvelles centralités, à proximité des nœuds de communication, s'affirment à la périphérie des villes, là où, aujourd'hui, se concentrent les urbains : centres commerciaux, technopôles, nouveaux quartiers d'affaires.

• **De forts contrastes spatiaux et sociaux.** Plus du tiers de la population des métropoles des pays en développement vit dans des bidonvilles. Aux quartiers populaires dégradés s'opposent des quartiers résidentiels fermés pour les populations aisées.

Mot-clé

Ségrégation socio-spatiale : processus de division sociale et spatiale des populations urbaines en unités distinctes (par exemple par quartiers), impliquant à la fois un mouvement d'exclusion et un mouvement de réunion des semblables. Les groupes isolés et mis à l'écart subissent ainsi des discriminations au niveau politique, juridique ou économique.

10 La France : la métropolisation et ses effets

La France urbaine est marquée par le phénomène de métropolisation. Celui-ci génère de nouvelles différenciations, d'une part entre **Paris et les autres métropoles** françaises, d'autre part entre les **villes petites et moyennes** qui se marginalisent ou, au contraire, se revitalisent.

1 La diversité des métropoles françaises

A Paris, ville primatiale

• **Une ville mondiale.** L'influence politique de Paris est liée au fait qu'elle est le siège d'institutions internationales comme l'UNESCO et l'OCDE. Ses monuments (tour Eiffel, Notre-Dame de Paris) et ses musées (le Louvre) attirent, chaque année, plus de 40 millions de touristes du monde entier. Ses universités et ses écoles prestigieuses accueillent des dizaines de milliers d'étudiants venus de l'étranger.

• **Une dynamique démographique particulière.** Jeunes étudiants et jeunes actifs qualifiés (célibataires ou en couple sans enfants) affluent à Paris. Ce renouveau profite aux arrondissements péricentraux (notamment X^e et XIe), voire centraux (IIe, IIIe et IVe). Dans la périphérie parisienne, les arrivées sont le fait des étudiants, mais aussi de jeunes actifs ou de familles à revenus modestes.

• **La métropole du Grand Paris (MGP).** Depuis le 1er janvier 2016, la métropole du Grand Paris regroupe les communes de Paris, les trois départements de la petite couronne (Hauts-de-Seine, Seine-Saint-Denis et Val-de-Marne) et quelques communes de la grande couronne (Argenteuil et les communes de la communauté d'agglomération Les Portes de l'Essonne).

▲ Paris, ville mondiale.

B Des dynamiques urbaines variées

• **Une hiérarchisation des métropoles.** Les métropoles les plus peuplées sont celles de Paris (12 millions d'habitants), de Lyon (2,2 millions), de Marseille-Aix (1,7 million), de Toulouse, Lille, Bordeaux et Nice (entre 1 et 1,3 million). La localisation des pôles de haute technologie obéit en partie à un processus de polarisation sur les grandes métropoles du Midi et, à un moindre degré, de l'Ouest. Outre Paris, les principales métropoles de l'innovation sont Lyon, Grenoble, Toulouse, Bordeaux, Rennes, Nantes, Montpellier, Strasbourg et Lille.

• **Un rayonnement européen limité.** Hormis Paris, la France compte peu de métropoles de rang international. C'est un effet du centralisme français. Seule Lyon a un rayonnement international, comparable à des métropoles européennes comme Glasgow, Bologne ou Cologne. Les autres métropoles ont un rayonnement international soit modeste (Marseille, Strasbourg, Nantes, Toulouse, Lille), soit potentiel (Bordeaux, Nice, Montpellier, Grenoble et Rennes). Cela tient notamment à leur faible influence scientifique et au nombre modeste de grands groupes ou de banques internationales.

Mot-clé

Grand Paris : le futur réseau de transports du Grand Paris comprendra 200 km de métro automatique, 4 lignes et 68 nouvelles gares, pour près de 2 millions de voyageurs quotidiens. Il devrait être achevé en 2030.

2 Attractivité des métropoles et effets sur les autres villes

A Une attractivité variable et des croissances inégales

• **Une attractivité variable.** L'attractivité des métropoles varie selon les régions. Les jeunes de 20 à 29 ans cherchent d'abord un emploi à Paris ou dans une métropole d'une région économiquement dynamique (Alsace, Rhône-Alpes). Ce n'est qu'ensuite qu'ils cherchent à s'installer dans une métropole du Sud.

• **Des croissances inégales.** Les métropoles ont globalement des taux de croissance supérieurs à ceux des villes moyennes. Les grandes agglomérations qui connaissent toutefois une faible croissance se concentrent dans le quart nord-est du pays (au nord d'une ligne Le Havre-Montbéliard), à l'exception notable de l'Alsace avec Strasbourg. Ce sont surtout les métropoles des régions industrielles en reconversion qui perdent de la population (Lens, Valenciennes, Thionville…).

B Des effets contrastés sur les villes petites et moyennes

• **De la périurbanisation à la rurbanisation.** La croissance de la population des villes petites ou moyennes est positive autour des grandes métropoles ou dans leurs aires d'influence, comme en région parisienne. Depuis 1999, la croissance de la population dans les communes de moins de 10 000 habitants est forte jusqu'à 50 km de la métropole et son maximum est atteint dans un rayon de 25 km autour d'elle.

Mot-clé

Rurbanisation : intégration de communes rurales dans les couronnes périurbaines du fait de l'installation de personnes conservant leur emploi dans la métropole.

• **L'émergence des villages-dortoirs.** Mais même dans ce périmètre sous influence métropolitaine, on assiste à une dévitalisation des centres-villes des petits pôles urbains. Les nouveaux habitants préfèrent s'installer dans des lotissements de maisons individuelles en périphérie, à proximité des échangeurs des voies rapides et des grandes surfaces commerciales. Cet habitat récent ressemble à celui des banlieues pavillonnaires : on passe des cités-dortoirs aux villages-dortoirs.

Une ville de banlieue en Île-de-France avec de grands ensembles. ▶

11 Espaces et acteurs de la production de richesses

La révolution des transports, les mutations de l'économie et l'augmentation des échanges liés à la mondialisation se traduisent par de **nouvelles localisations des espaces productifs**.

1 Espaces productifs majeurs et facteurs de localisation

A Le poids des héritages dans la localisation des activités

• **L'importance des facteurs naturels.** La diversité et la richesse des sols et des climats sont à l'origine de la puissance de certains grands espaces agricoles. Les conditions climatiques des côtes maritimes et de certaines montagnes ont favorisé aussi très tôt le développement du tourisme saisonnier. De nombreuses localisations industrielles sont liées à la présence de gisements de matières premières (charbon, fer) et de sources d'énergie (barrages hydroélectriques).

• **Le rôle de la main-d'œuvre pour la grande industrie.** Pour la grande industrie (textile, mécanique), le facteur premier de localisation est celui d'une main-d'œuvre abondante. Cela suppose une implantation de ces espaces industriels à proximité de métropoles susceptibles de fournir des dizaines de milliers de travailleurs.

• **L'importance nouvelle du cadre de vie.** La nature est devenue davantage un élément du cadre de vie qu'un gisement de ressources à exploiter. À titre d'exemple, l'énergie est à présent disponible dans de nombreuses régions du monde avec la généralisation de l'électricité produite par les centrales nucléaires, les éoliennes ou les panneaux photovoltaïques. Les activités qui ne nécessitent pas la proximité immédiate d'un grand bassin d'emploi ou de consommation (comme les nouvelles technologies) ont donc tendance à se localiser dans des régions à l'environnement agréable.

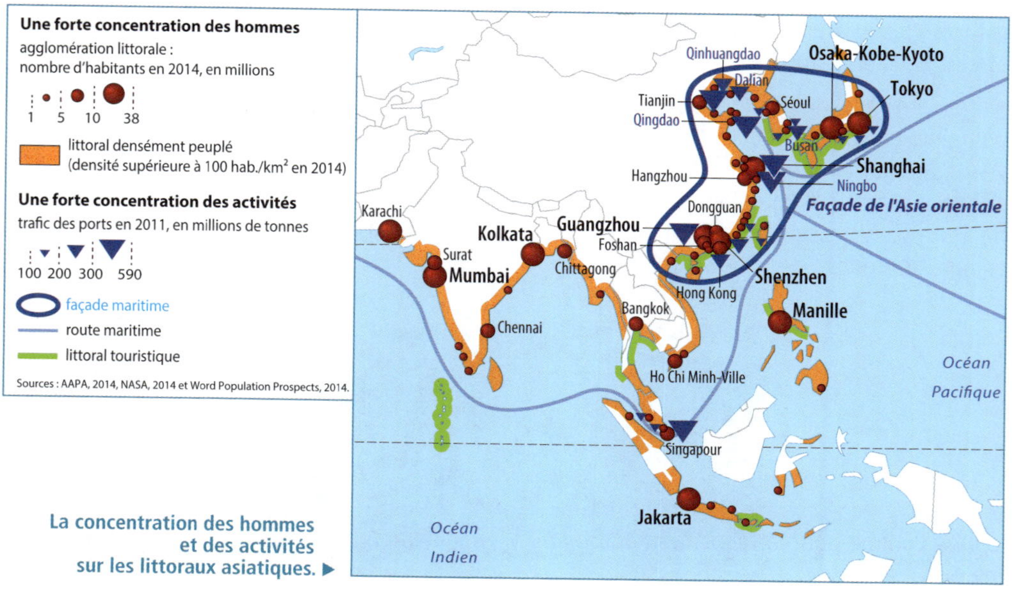

La concentration des hommes et des activités sur les littoraux asiatiques. ▶

B Littoralisation et métropolisation de la production

• **La révolution des transports et des télécommunications.** L'accessibilité des lieux est devenue un facteur déterminant pour de nombreuses localisations. Les transports (notamment par conteneurs) sont un vecteur essentiel de l'intégration des espaces. Les positions de carrefour (métropoles, ports, aéroports) et les grands axes d'échanges à l'échelle nationale, continentale, voire mondiale, apparaissent comme des lieux privilégiés de localisation des activités.

• **Le rôle des grands ports.** On peut citer l'exemple de l'industrie lourde (métallurgie, sidérurgie, raffinerie), qui est devenue une industrie sur l'eau, dans des zones portuaires permettant l'importation rapide de la matière première et facilitant l'exportation du produit manufacturé.

• **Compétence de la main-d'œuvre.** Avec l'essor de l'économie de la connaissance ou du savoir, les hautes qualifications sont devenues une des principales exigences pour la localisation des nouvelles activités.

> **Mot-clé**
> **Technopôle :** pôle d'activité réunissant des universités, des laboratoires de recherche et des entreprises fabriquant des biens de haute technologie.

2 De nouvelles stratégies pour les entreprises

A Les entreprises obéissent à de nouvelles logiques

• **Les stratégies des firmes transnationales (FTN).** Les firmes des secteurs énergétique, minier et agroalimentaire ont investi dans les pays du Sud pour y exploiter les richesses minérales et agricoles, destinées à alimenter l'industrie des pays du Nord. D'autres ont délocalisé leur production pour contourner les barrières douanières ou pour réduire les coûts de production.

• **La division internationale du travail.** Les FTN mettent en place un marché mondial du travail : les cadres internationaux sont gérés par la maison mère, les travailleurs peu qualifiés de l'industrie et des services sont recrutés dans les territoires aux règles fiscales et sociales quasi inexistantes, ce qui permet de mettre en concurrence des milliers de fournisseurs dans les pays à bas salaires de l'Amérique latine et de l'Asie, et de maintenir des salaires excessivement bas. Dans les pays développés, cette stratégie entraîne des destructions d'emplois et l'apparition de travailleurs pauvres en Europe et aux États-Unis.

B Délocalisations des espaces productifs

• **Les phénomènes de délocalisation.** Délocaliser, c'est déplacer vers des pays étrangers tout ou partie des activités, des capitaux et des emplois d'une entreprise. Les phénomènes de délocalisation d'activités industrielles, voire d'activités de services, apparus dès les premières décennies du xxe siècle, se sont multipliés et accélérés depuis la fin des années 1990. Si les délocalisations concernaient d'abord des secteurs comme l'habillement, l'électroménager ou l'électronique, elles touchent aujourd'hui des activités de services à distance (maintenance informatique, numérisation, saisie et archivage de textes).

• **Une géographie mouvante.** La stabilité de la nouvelle localisation dépend du but recherché par l'entreprise. Lorsqu'il s'agit d'une implantation sur un marché stable, celle-ci est souvent durable. En revanche, lorsque la délocalisation est liée à un avantage comparatif à court terme (coût de la main-d'œuvre comme pour la fabrication automobile), l'installation peut n'être que temporaire.

> **Mot-clé**
> **Firme transnationale :** entreprise qui, à partir d'une base nationale, développe son activité à une échelle internationale en implantant des filiales et des unités de production dans au moins cinq États différents.

GÉOGRAPHIE

12 La France : les systèmes productifs

L'espace économique français a connu de **profondes transformations** depuis les années 1970. Les **espaces productifs** se reconvertissent ou se relocalisent, sur le territoire ou au-delà des frontières nationales. On assiste comme ailleurs à une **polarisation des activités** dans ou près des grandes métropoles.

1 De nouvelles localisations des espaces productifs

A Une relocalisation et une reconversion des activités

• **Des régions industrielles en mutation.** La révolution des transports et l'augmentation de la concurrence dans les années 1970-1980 ont abouti au déclin en France de certains bassins d'extraction de minerais et à une relocalisation des activités. Mais certaines de ces branches ne subsistent aujourd'hui que grâce au soutien financier de l'État, qui veut limiter les licenciements dans des villes où une grande partie de la population vit de la présence des activités industrielles.

• **L'aide à la reconversion.** Dès le début des années 1970, certaines vieilles régions industrialisées (bassins houillers du Nord, centres de la sidérurgie lorraine, foyers de la métallurgie de Franche-Comté) frappées par la crise entament leur reconversion vers des activités plus dynamiques. Mais le coût de cette reconversion s'est révélé exorbitant et son bilan reste fragile.

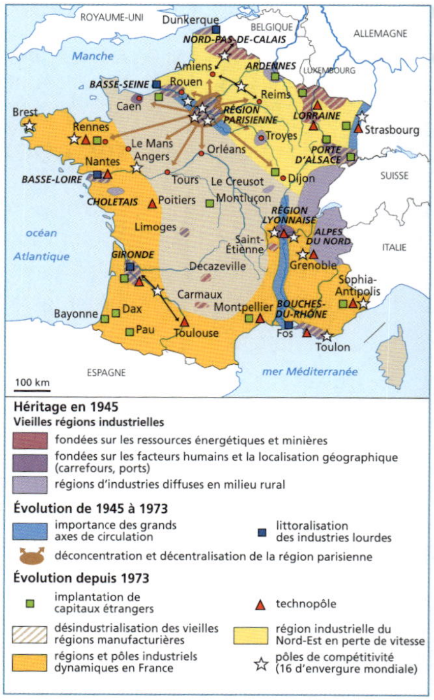

▲ L'espace industriel français.

B Un espace économique déséquilibré

• **Des disparités qui ne s'effacent pas.** Certaines grandes oppositions tendent à disparaître : entre la France industrielle (à l'est d'une ligne Le Havre-Marseille) et la France rurale (à l'ouest), et entre l'Île-de-France et la province. Pourtant l'espace économique reste déséquilibré. Des régions, comme l'Île-de-France, l'Alsace, la région lyonnaise ou les Alpes du Nord, demeurent puissantes. Elles continuent de concentrer capitaux, main-d'œuvre et consommateurs.

• **L'exemple des zones industrialo-portuaires (ZIP).** Les littoraux sont aussi les lieux privilégiés de cette nouvelle géographie économique. À partir des années 1960 par exemple, l'État crée des ZIP pour promouvoir l'industrie sur l'eau française et assurer les approvisionnements en hydrocarbures. Quatre ports se spécialisent : sidérurgie à Dunkerque, produits pétroliers à Fos-sur-Mer, chantiers navals à Saint-Nazaire, terminaux porte-conteneurs au Havre.

Mot-clé

Polarisation : attraction ou influence qu'exerce une métropole sur un espace périphérique plus ou moins étendu et hétérogène et qui se trouve dans une situation de dépendance à l'égard de ce centre.

2 Entre valorisation locale et intégration européenne et mondiale

A L'ouverture sur l'Europe et le monde

• **Les bases du système productif français.** La puissance de la France à l'exportation repose d'abord sur ses FTN : on parle d'internationalisation des entreprises. Des sociétés comme Danone, Total, Michelin, Carrefour, AXA sont présentes partout dans le monde et peuvent réaliser des alliances (Renault avec le Japonais Nissan). Les petites et moyennes entreprises et industries (PME et PMI) emploient près de 50 % des salariés. Leur flexibilité permet aux grands groupes de développer une sous-traitance très performante.

• **L'importance des nœuds de communication et des espaces frontaliers.** La performance des communications concerne évidemment Paris mais aussi la région lyonnaise, Bordeaux, Toulouse, les grandes vallées (comme celle du Rhin), les littoraux et les espaces frontaliers surtout du Nord-Est (Nord-Pas-de-Calais, Lorraine, Alsace). L'État aménageur s'engage dans la construction des grandes infrastructures (projets actuels du canal Seine-Nord Europe et du tunnel ferroviaire Lyon-Turin).

• **Délocalisation ou relocalisation ?** Dans le contexte de crise financière internationale et de fermeture d'usines en France, l'État a décidé de renforcer les aides à la réindustrialisation (ARI) ou à la relocalisation, en proposant aux entreprises des avances remboursables. Le gouvernement veut, par exemple, encourager la création de nouveaux centres d'appels en France. Le mouvement de relocalisation ne se fait cependant qu'au rythme d'une centaine d'entreprises par an : on compte en moyenne un cas de relocalisation pour vingt cas de délocalisation.

B Le rôle des métropoles et des espaces technopolitains

• **Des métropoles de plus en plus spécialisées.** La décision de l'État de favoriser le développement extra-parisien a abouti à soutenir le développement des grandes métropoles du sud et de l'ouest de la France (les huit métropoles d'équilibre), notamment l'essor des universités et des grandes écoles. L'État a choisi Toulouse pour accueillir l'aéronautique, Bordeaux pour les activités aérospatiales, Rennes pour les télécommunications, Grenoble pour l'électronique.

• **Répartition des industries de pointe et des activités high-tech.** Trois grands types d'espaces accueillent les pôles de l'innovation : la région parisienne, qui concentre main-d'œuvre qualifiée et grand marché d'emploi et de consommation, les périphéries méridionales et occidentales, aux nombreuses aménités pour les ingénieurs (mer ou océan, soleil et cadre champêtre ou montagnard) et, enfin, les villes proches des frontières, qui profitent des dynamiques transfrontalières.

• **Les synergies puissantes des parcs technologiques ou scientifiques.** Les espaces technopolitains se caractérisent d'abord par les synergies qu'ils ont suscitées entre les entreprises ou les start-up d'un même secteur, entre des spécialités différentes mais complémentaires, entre des grandes entreprises et un vivier de PME (fournisseurs et sous-traitants), entre l'industrie d'une part et d'autre part l'appareil de recherche public (CNRS, INRA, CNES…) et privé et l'appareil de formation de haut niveau (universités, IUT, grandes écoles).

> **Mot-clé**
> **Aménités :** ensemble d'éléments contribuant à rendre appréciable et agréable un lieu pour ceux qui y vivent (climat, paysage, ambiance).

13 Les espaces ruraux : multi-fonctionnalité ou fragmentation ?

Dans un monde de plus en plus urbanisé, se pose la question des **spécificités des espaces ruraux**. Les **fonctions non agricoles** (résidentielles, touristiques ou encore industrielles) tendent de plus en plus à s'y développer. Les campagnes dans le monde sont donc marquées par de **profondes mutations** et une diversification qui peut aller jusqu'à la **fragmentation**.

1 Nouvelles campagnes, nouveaux espaces ruraux

A Des campagnes en négatif des villes ?

• **Espace rural, espace urbain.** La notion de campagne comporte étymologiquement une dimension plus agricole (champs et terres cultivés, au service de la ville) que celle d'espace rural. On définit généralement l'espace rural en négatif de l'espace urbain. Ce serait donc un espace marqué par les faibles densités (de population, de constructions, d'emplois, d'équipements, etc.), par les paysages où prédominent les formations végétales (forêts, prairies, cultures, friches, etc.) et, enfin, par l'importance des activités agricoles en termes de surfaces (plus qu'en termes d'actifs).

• **La campagne, un territoire mineur ?** Dans le monde d'aujourd'hui, et plus particulièrement dans les pays du Nord, la campagne apparaît comme vidée de sa population, fragilisée. Pourtant, il convient de rappeler que les campagnes continuent d'accueillir 3,5 milliards d'êtres humains. On passe donc plutôt de sociétés paysannes à des sociétés rurales qui entretiennent des liens étroits avec les espaces urbains.

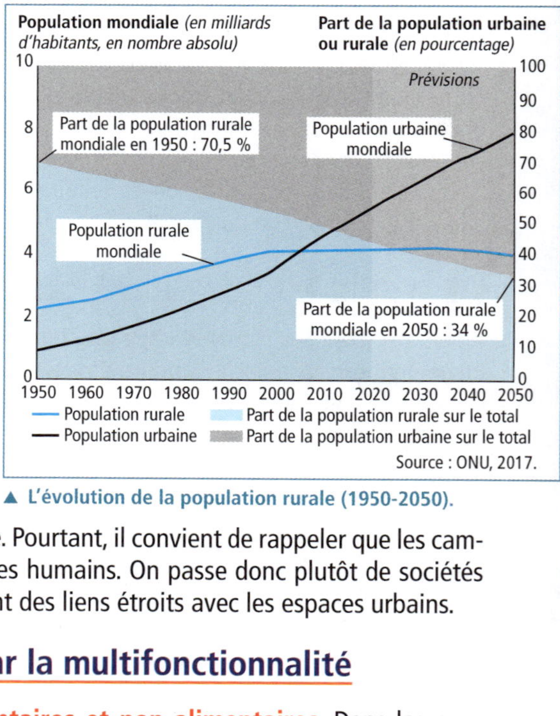

▲ L'évolution de la population rurale (1950-2050).

B Des espaces ruraux marqués par la multifonctionnalité

• **Une fonction agricole entre enjeux alimentaires et non alimentaires.** Dans les pays en développement et émergents, l'agriculture reste encore, et largement, la première activité rurale : les campagnes peuvent, dans leur très grande majorité, y être encore qualifiées de paysannes. Au contraire, dans les pays développés, l'agriculture est désormais très minoritaire dans les espaces ruraux en termes d'emploi (moins de 10 % des ruraux sont des actifs liés à ce secteur) et de création de richesses, même si elle continue de marquer la plupart des paysages ruraux et d'occuper la majeure partie de l'espace. Au-delà de sa fonction première de production alimentaire, l'agriculture y remplit des rôles multiples (entretien des paysages, renforcement des identités territoriales par les produits de qualité du terroir, production d'agrocarburants…).

• **L'essor des fonctions résidentielles.** Après la fin du phénomène massif d'exode rural, certaines campagnes se mettent à accueillir des populations venues des villes, à la recherche d'un logement moins cher et d'un environnement considéré comme plus agréable. Ces déplacements concernent d'abord les campagnes périurbaines : les nouveaux habitants continuent de travailler en ville et effectuent des migrations quotidiennes entre leur lieu de domicile, rural, et leur lieu de travail, urbain.

• **Fonctions productives et fonctions de protection.** Certains espaces ruraux voient se développer des activités productives industrielles (souvent le fait de petits établissements) et touristiques (dans les campagnes offrant un patrimoine culturel et naturel remarquable). Mais les conflits entre fonctions productives et fonctions de protection ne sont pas rares. On attribue en effet de plus en plus aux espaces ruraux des fonctions de protection de l'environnement, sous forme de parcs naturels et d'aires protégées.

Mot-clé

Ruralité : au sens large, caractère rural d'un espace, d'une population, etc. ; au sens plus étroit, ensemble de représentations collectives et de caractères concourant à une forme d'identité et de fonctionnement des espaces ruraux. Selon le géographe **Alexis Gonin**, cette ruralité reposerait notamment sur l'importance des espaces ouverts et végétalisés, la valorisation d'un ancrage local, le poids des liens de proximité et d'interconnaissance, etc.

Les environs de Colmar, entre champs et villages dortoirs. ▶

2 Des espaces ruraux entre contraste et fragmentation

A À l'échelle mondiale

• **Une diversification croissante.** On constate un accroissement des inégalités entre les campagnes qui demeurent principalement agricoles, et celles qui parviennent à diversifier leurs activités, et donc à créer de nouveaux emplois et à renouveler leur population.

• **Une opposition Nords-Suds.** À l'échelle mondiale, les contrastes sont forts entre espaces ruraux développés et multifonctionnels des Nords et espaces ruraux en développement des Suds, dans lesquels les « petites » agricultures peu productives restent prépondérantes.

B Aux échelles régionales et locales

• **Entre déclin et maintien de fortes densités.** Les inégalités sont fortes entre les espaces ruraux qui doivent gérer une déprise démographique, ceux qui connaissent une « renaissance rurale », et ceux qui atteignent des niveaux records de densités. Les trajectoires démographiques et les enjeux de développement rural sont très différents entre les espaces ruraux anciennement très peuplés (Asie du Sud-Est), les espaces ruraux nouvellement confrontés au défi du nombre (Afrique subsaharienne) ou les campagnes en phase de réinvention entre déclin et renouveau (Europe).

• **Le cas des espaces en déprise.** La déprise est un processus de fragilisation de l'espace rural, marqué par le dépeuplement des campagnes (exode rural) et une disparition progressive des activités rurales (agriculture, commerces, services, artisanat, industrie, etc.). La déprise rurale peut accompagner une déprise agricole (fragilisation, voire abandon progressif des activités agricoles et des terres agricoles).

Mot-clé

Néoruraux : citadins choisissant de s'installer à la campagne et y travaillant également, que ce soit dans l'agriculture (généralement de qualité, maraîchère ou d'élevage), dans le tourisme (agritourisme, tourisme vert) ou dans des activités tertiaires, grâce au télétravail.

GÉOGRAPHIE

14 La France : des espaces ruraux multifonctionnels et aménagés

La **diversification des fonctions productives** est très marquée dans le cas des campagnes françaises. Ces mutations s'accompagnent d'**enjeux d'aménagement** et de développement rural qui mobilisent des acteurs à différentes échelles, du développement local aux **politiques nationales et européennes**.

1 Des espaces ruraux en mutation

A L'isolement du rural profond ou hyper-rural

• **La diagonale des déprises.** Les campagnes en décroissance démographique sont celles qui sont éloignées d'un pôle urbain ; les déplacements quotidiens vers les lieux de travail n'y sont pas possibles. On constate qu'elles sont presque toutes situées le long d'une diagonale traversant des régions avec une faible densité de population, la « diagonale du vide » ou « diagonale aride », qui va du sud du Massif central aux Ardennes, coupant la France en deux.

• **Les autres campagnes isolées.** Une grande partie des Alpes du Sud et de la Corse donne aussi une impression de vide. À une échelle plus fine, les campagnes « profondes » sont celles où les pôles urbains sont moins importants, où l'activité agricole est la plus en difficulté, où la diversité des emplois est moindre.

• **Le manque de services et d'équipements.** Au total, le rural isolé ou profond comprend plus de 16 000 communes et abrite environ 12 % de la population sur plus de la moitié du territoire. Dans les espaces en déprise, on assiste, malgré la mobilisation des habitants, à la fermeture de certains services publics (écoles, poste, centre des finances publiques, tribunaux de grande instance, maternités) et commerciaux (boulangeries…). Les difficultés des familles pauvres et des personnes âgées y sont tout aussi sensibles, bien que moins visibles, que celles rencontrées dans certaines banlieues.

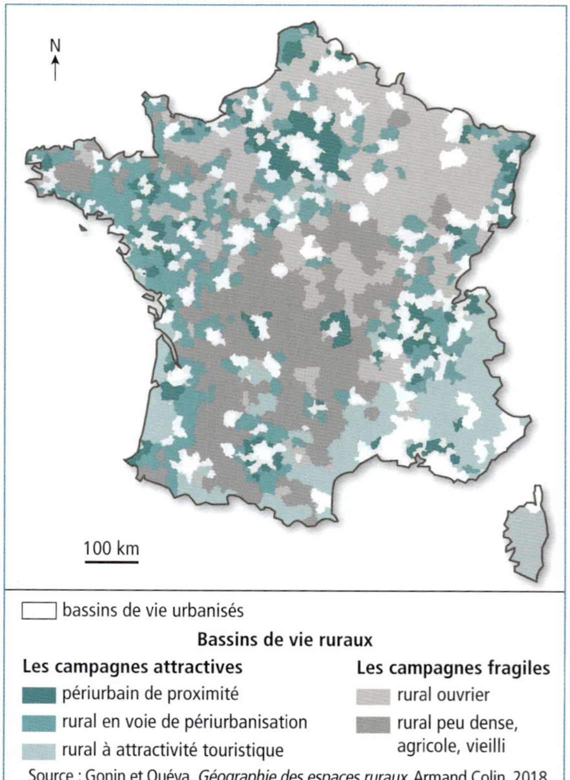

Source : Gonin et Quéva, *Géographie des espaces ruraux*, Armand Colin, 2018.

La diversité des campagnes françaises. ▶

B De nouvelles formes de développement

• **Le développement résidentiel.** Dans certains de ces espaces isolés, des retraités réinvestissent la maison de famille. Le télétravail permet aussi à quelques familles, disposant en général de plusieurs voitures, de venir s'installer.

• **Le développement touristique.** Les espaces ruraux en déprise peuvent transformer leurs handicaps en atouts : leur faible densité en fait des espaces attractifs pour des citadins en quête de nature. Leur patrimoine culturel mais aussi gastronomique peut être valorisé. Habitants et communautés de communes développent ainsi des formes de tourisme vert ou de vacances à la ferme, construisent des écomusées, créent des gîtes ruraux et des parcours de golf ou transforment une partie de leur territoire en réserve naturelle protégée mais ouverte aux visiteurs.

> **Mot-clé**
>
> **Agrotourisme :** forme de tourisme fondée sur l'articulation entre activité agricole et activité touristique ; il s'appuie sur une pluralité de produits touristiques (hébergement, restauration, visites guidées, dégustation de produits du terroir, etc.).

• **Le développement des PME.** Les petites et moyennes entreprises peuvent aussi être attirées par les avantages comparatifs de ces espaces ruraux : main-d'œuvre parfois qualifiée (dans les anciennes régions spécialisées) et moins exigeante en termes de salaire, cadre de travail calme… C'est le cas de la plasturgie d'Oyonnax dans le Jura, de la coutellerie dans la région de Thiers ou à Laguiole dans le Massif central, du textile dans la région de Cholet (Maine-et-Loire).

2 Des enjeux d'aménagement aux niveaux local et européen

A À l'échelle locale et nationale

• **L'accès au numérique.** 2 % des lignes téléphoniques (600 000 foyers) sont inéligibles à l'ADSL. Pour désenclaver ces zones blanches rurales, les collectivités territoriales proposent des aides pour accompagner l'équipement en accès haut débit par des technologies alternatives comme le satellite ou le WiMax. Mais 27 % des lignes (8 millions de foyers, localisés notamment en zones rurales isolées) ne permettent pas un accès à plus de 2 Mbits par seconde, ce qui rend l'accès à certains sites difficile.

• **Pôles d'excellence et zones de revitalisation.** Parmi les territoires de projet, les pôles d'excellence rurale doivent favoriser l'activité économique ou l'offre de services des régions rurales. Pour lutter contre la déprise qui touche près de 40 % du territoire, des zones de revitalisation rurale (ZRR) sont créées en 1996 : maintien de services publics (écoles, poste) et d'activités (subventions aux petits commerces), aide à l'installation de jeunes agriculteurs et au développement des gîtes ruraux et des installations touristiques. L'ouverture du prêt à taux zéro (PTZ) permet la rénovation de logements anciens dans 6 000 communes rurales.

B A l'échelle européenne

• **L'UE et la réduction des inégalités socio-spatiales.** Le Fonds européen de développement régional (FEDER) a pour vocation de renforcer la cohésion économique et sociale dans l'UE en accordant une attention particulière aux spécificités territoriales. Il cible particulièrement les problèmes économiques, environnementaux et sociaux dans les zones présentant des handicaps géographiques naturels (régions peu peuplées).

> **Mot-clé**
>
> **PAC :** politique agricole commune, mise en place par la Communauté européenne en 1962 pour atteindre l'autosuffisance alimentaire et améliorer les revenus des agriculteurs.

• **Les financements du FEDER.** Les investissements du FEDER se concentrent sur plusieurs domaines : l'innovation et la recherche ; la stratégie numérique ; le soutien aux petites et moyennes entreprises (PME) ; l'économie sobre en carbone.

15 La Chine : développement, inégalités et ressources

Fin 2014, la Chine est devenue la **première économie mondiale** en parité de pouvoir d'achat, avec 16,5 % du PIB mondial. Ses succès industriels, commerciaux et financiers font d'elle un moteur de l'économie mondiale. Mais cette intégration à la mondialisation ne va pas sans poser des **problèmes de développement et d'environnement**.

1 Développement et inégalités

A Vers une société de plus en plus inégale

• **Un des États les plus inégalitaires au monde.** Les inégalités de richesse sont de plus en plus fortes en Chine, faisant du pays l'un des États les plus inégalitaires au monde : 20 % de la population concentre plus de la moitié des richesses du pays alors que les 20 % les plus pauvres ne s'en partagent que 4,7 %.

• **Surmasculinité et vieillissement.** La Chine présente une situation démographique particulière issue d'une politique ancienne de l'enfant unique (1979) avec une préférence accordée aux garçons et des progrès spectaculaires de l'espérance de vie. On prévoit un déficit en femmes estimé à 50 millions en 2050 ainsi qu'un vieillissement accéléré dans un contexte d'urbanisation rapide et de faible couverture sociale.

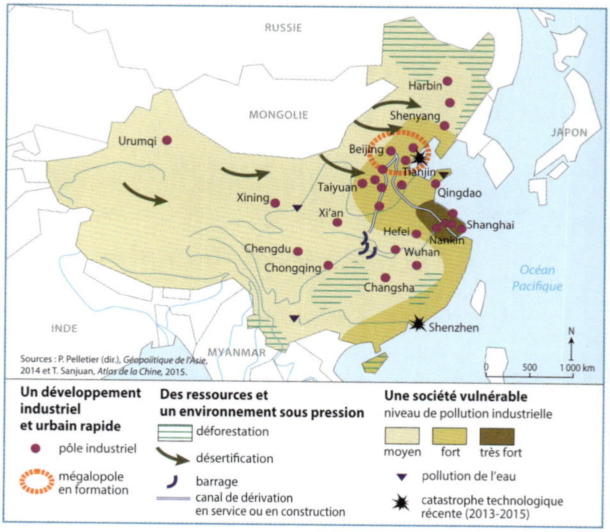

▲ La Chine, entre croissance économique et défis environnementaux.

B La première des puissances émergentes

• **La Chine dans la mondialisation.** En ouvrant leur pays aux investissements étrangers, les dirigeants chinois ont sorti leur pays du sous-développement et ont voulu élever le niveau de vie de leur population. Entrée dans l'OMC en 2001, la Chine est devenue le pays asiatique le plus attractif pour les investisseurs. Elle connaît un taux de croissance d'environ 7 à 10 % par an. Atelier du monde, elle accueille les produits semi-finis et les réexpédie vers les marchés extérieurs une fois finis. Premier exportateur mondial, la Chine inonde la planète de ses produits manufacturés à bas prix.

• **Un pays de plus en plus dépendant de l'économie mondiale.** Pour garantir sa propre croissance, la Chine doit être de plus en plus présente sur tous les continents et sur les lignes de communications maritimes (océan Indien, pourtour de l'Afrique). Elle investit surtout sur le marché des matières premières (hydrocarbures, métaux) en raison de ses besoins élevés. Elle est devenue le deuxième consommateur de pétrole après les États-Unis et en importe pour 100 milliards de dollars chaque année.

• **Une diplomatie au service de ses besoins.** La diplomatie doit permettre à la Chine de s'assurer un accès privilégié aux ressources naturelles indispensables, à la fois chez ses proches voisins riches en sources d'énergie (Russie, Kazakhstan), mais aussi chez les pays du Moyen-Orient, d'Afrique et d'Amérique latine qui lui fournissent des métaux et du pétrole.

2 Des ressources et des environnements sous pression

A Le risque énergétique

• **Le poids des énergies fossiles.** 70 % de l'électricité consommée en Chine provient encore des énergies fossiles. La Chine représente 25 % de la consommation globale de l'énergie, 16 % de la consommation chinoise étant satisfaite par l'importation de pétrole et de gaz. On estime que la demande chinoise d'énergie pourrait augmenter de 75 % à l'horizon 2035, ce qui peut générer une pénurie d'approvisionnement.

• **Les impacts environnementaux.** La Chine est le plus grand producteur et consommateur de charbon, bien qu'elle ne détienne que 13 % de la réserve mondiale avec 114,5 milliards de tonnes. Sa production représente 48 % de la production mondiale avec 1,8 milliard de tonnes, et sa consommation de charbon s'élève à 1,9 milliard de tonnes soit la moitié de la consommation mondiale. Les impacts du charbon sur l'environnement sont sévères en Chine où la pollution dans les grandes villes ainsi que la forte diminution des terres arables sont des phénomènes préoccupants.

> **Mot-clé**
>
> **Surmasculinité :** le sex-ratio ou rapport de masculinité, exprime la proportion des hommes et des femmes dans une population. Il permet de mesurer un surnombre d'hommes (surmasculinité) ou de femmes (surféminité). À la naissance, dans le monde, le rapport de masculinité est de 105 garçons pour 100 filles, mais la mortalité des garçons étant plus élevée que celle des filles, le rapport s'inverse au fil du temps. En Chine, il y aurait en moyenne 120 garçons pour 100 filles.

• **Le phénomène « d'airpocalypse ».** La pollution de l'air est parfois si extrême que certaines périodes ont été qualifiées d' « airpocalypse ». En réponse, les autorités ont ordonné aux usines les plus polluantes de quitter Pékin et ses environs, et ont désigné des « zones sans charbon » où plus de trois millions de foyers sont passés brusquement au gaz et au chauffage électrique.

B Déforestation et désertification

• **L'avancée des déserts.** Croissance urbaine et surexploitation agricole ont provoqué un recul des terres arables et une désertification dans les régions du nord comme les environs du désert de Gobi. Le nombre d'habitants de la Mongolie-Intérieure, par exemple, a officiellement quadruplé durant les cinquante dernières années et le nombre de têtes de bétail a été multiplié par six. La zone est devenue un désert, alimentant ces tempêtes de sable (« dragon jaune ») qui balaient régulièrement Pékin, à 350 kilomètres au sud. Les étendues sablonneuses qui touchent 27 % du pays progressent rapidement : elles gagnent du terrain sur les terres arables au rythme de 260 000 hectares par an (soit la superficie du Luxembourg), au lieu de 155 000 hectares dans les années 1950.

> **Mot-clé**
>
> **Désertification :** dégradation progressive des terres les transformant en milieux désertiques. La désertification peut avoir pour origine des variations climatiques et/ou les activités humaines.

• **La Grande muraille verte (GMV).** Depuis 1978, des barrières vertes sont construites contre le vent : des millions de pins, de peupliers et de saules sont plantés à travers tout le nord de la Chine. Le projet de « Brise-Vent des trois Nords » vise à planter, d'ici à 2050, 35 millions d'hectares, créant une ceinture végétale d'environ 4 500 kilomètres de long sur 1 450 kilomètres de large.

16 La Chine : des recompositions spatiales multiples

Les **disparités régionales** sont flagrantes entre les régions littorales de l'Est et celles de l'intérieur ou de l'Ouest, moins dynamiques. Le gouvernement chinois mène des projets économiques de développement en Chine intérieure et sur les marges de l'Ouest pour prévenir les **risques de dislocation interne**.

1 Favoriser les liaisons littoral / arrière pays

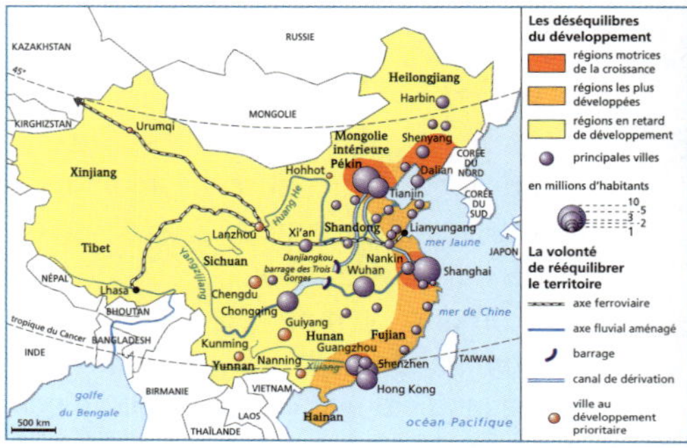

▲ Aménagement du territoire chinois.

• **Une littoralisation massive.** La Chine est un pays immense où les masses humaines se concentrent principalement dans les plaines, ce qui crée un déséquilibre au profit de l'est de la Chine. Le développement du pays depuis les années 1980 a fortement aggravé ces inégalités régionales. Les régions littorales représentent 14 % du territoire mais concentrent 43 % de la population.

• **Les tensions dans l'ouest.** Dans les régions de l'Ouest où l'on trouve des minorités non chinoises (Tibet, Xinjiang), les tensions ont augmenté suite à l'arrivée massive de colons chinois (de l'ethnie Han). Le Xinjiang, où vivent les Ouïghours turcophones et musulmans, riche en pétrole et en charbon, constitue une zone de transit pour les hydrocarbures venus d'Asie centrale.

• **Le désenclavement des périphéries marginalisées de l'Ouest.** Le gouvernement chinois s'efforce de faciliter les liaisons entre le littoral et l'intérieur pour que les provinces de l'arrière-pays se développent. L'État a pour projet de désenclaver les marges lointaines de l'Ouest par le développement du transport aérien et la construction de neuf nouvelles autoroutes.

2 Développer l'ouverture internationale

• **Une nouvelle route de la soie.** L'initiative *Belt and Road* repose sur un important volet terrestre, ferroviaire et routier *(Silk Road Economic Road).* Un premier corridor doit relier le grand Ouest chinois à l'Asie centrale et au Moyen-Orient vers la Turquie via l'Iran. Le corridor Chine-Pakistan (CEPC), ou route méridionale, doit aller de la province chinoise du Xinjiang au port en eau profonde pakistanais de Gwadar.

• **La relance du train.** Des relations ferroviaires intercontinentales sont prévues entre la côte Pacifique et Rotterdam. La nouvelle voie ferrée qui permet d'atteindre Lhassa en deux jours depuis Pékin servira à faire du Tibet une plateforme d'exportation des produits chinois vers l'Asie du Sud. Ces projets visent aussi à assimiler et à siniser les minorités tibétaines et ouïghoures.

Mot-clé

Désenclavement : action d'aménagement du territoire qui consiste à sortir une région ou une ville, peu desservie par des routes ou des voies de communication, de son isolement.

Langues vivantes

(Enseignement commun)

ANGLAIS

ESPAGNOL

ALLEMAND

1 Grammaire : quelques points importants

1 Parler du présent

A Le présent simple

Le présent simple est employé pour :

• **exprimer une habitude,** un fait habituel
Ex. : *I* ***wake up*** *at 6 a.m. every morning.* (Je me lève à 6 heures tous les matins.)

• **définir une caractéristique du sujet**
Ex. : *She* ***plays*** *the piano.* (Elle joue du piano.)

• **exprimer une vérité générale**
Ex. : *Water* ***boils*** *at 100 degrees.* (L'eau bout à 100 degrés.)

• **exprimer un état, un sentiment ou une opinion**
Ex. : *I* ***think*** *you* ***are*** *right.* (Je pense que tu as raison.)

• **présenter une succession rapide d'actions,** d'événements
Ex. : *She* ***hears*** *the phone,* ***gets*** *out of her bath and* ***runs*** *to answer.*
(Elle entend le téléphone, sort de son bain et court répondre.)

> **Attention !**
> Veillez à ne pas oublier le -s de la **3e personne du singulier !**
> John **plays** tennis every Sunday morning.
> *John joue au tennis le dimanche matin.*

B Le présent *be + V-ing*

Le présent ***be + V-ing*** est employé pour :

• **décrire un fait, une action, un événement** en train de se produire
Ex. : *The children* ***are crossing*** *the street.* (Les enfants sont en train de traverser la rue.)

• **les verbes d'attitude**
Ex. : *She* ***is lying****. They* ***are sitting****.* (Elle est allongée. Ils sont assis.)

• **décrire ce que la personne qui parle voit ou sait** au moment où elle parle
Ex. : *My sister is in London. She* ***is learning*** *English.*
(Ma sœur est à Londres. Elle apprend l'anglais.)

• **exprimer l'irritation,** associé à un adverbe indiquant la répétition, l'habitude
Ex. : *Mark* ***is*** *always* ***bullying*** *other kids.* (Mark n'arrête pas d'harceler d'autres enfants.)

2 Parler du passé

A Le prétérit

• **Le prétérit** est le temps que l'on emploie pour **parler d'un événement, d'une action passés**, datés de façon précise :
Ex. : *I* ***lived*** *in Paris from 1999 to 2001.* (J'ai vécu à Paris de 1999 à 2001.)

> **Attention !**
> Le **prétérit** est utilisé pour indiquer la durée écoulée depuis un événement situé dans le passé.
> She left the country **two years ago**.
> *Elle a quitté le pays il y a deux ans.*

• **Formation**
– **Verbes réguliers** : base verbale + ***-ed***
Ex. : *I* ***walked*** *2 miles.* (J'ai marché 3 kilomètres.)
– **Verbes irréguliers** : formes à connaître par cœur
Ex. : *She* ***ate*** *sushi, then* ***went*** *to bed.* (Elle a mangé des sushis puis s'est couchée.)

B Le *present perfect*

• **Le *present perfect* relie le passé au présent.** L'utilisation de cette forme signifie que :
– **l'action ou l'état viennent juste de se terminer**
Ex. : *I **have read** for two hours.* (Je viens de lire pendant deux heures.)
– **l'action passée ou l'état du sujet ont des répercussions sur le présent**
Ex. : *He **has mud** on his clothes. He **has played** outside.*
(Il a de la boue sur ses vêtements. Il a joué dehors.)

• **Formation**
Have au présent + participe passé (***V-ed*** ou 3e colonne de la liste des verbes irréguliers).

• **Cette forme** peut être associée avec des termes permettant de **dater le début de l'action** ou de **donner la durée de l'action**.
– ***Since*** + date ou événement précis
Ex. : *They have lived here **since they got married**.*
(Ils habitent ici depuis qu'ils sont mariés.)
– ***For*** + durée
Ex. : *They have lived here **for eleven years**.*
(Ils habitent ici depuis onze ans.)

Attention !
Le *present perfect* ne doit pas s'employer tout le temps pour parler du passé. Ce n'est pas parce que la structure de cette forme évoque celle du passé composé qu'elle est systématique ! Observez :
Does he have a new car? *A-t-il une nouvelle voiture ?*
Yes, he bought it last week. *Oui, il l'a achetée la semaine dernière.*

C Le *present perfect* continu

• **Le *present perfect* continu** est très similaire au ***present perfect*** mais, en l'utilisant, on insiste sur la **durée**.
Ex. : *She **has been doing** her homework for two hours now.*
(Elle fait ses devoirs depuis deux heures maintenant.) *[sous-entendu : c'est long]*

• **Formation**
Have au présent + ***been*** + ***V-ing***

D Les actions habituelles du passé que l'on ne fait plus

• ***Used to* + verbe**
On insiste sur la coupure entre passé et présent.
Ex. : *When he was a child, he **used to walk** to school.*
(Quand il était enfant, il allait à l'école à pied.)

• ***Would* + verbe**
On insiste sur la répétition, l'habitude, un trait de caractère ou une volonté du sujet grammatical.
Ex. : *When she was little, she **would spend** hours staring at the sky.*
(Quand elle était petite, elle passait des heures à regarder le ciel.)

3 Parler de l'avenir

Le temps grammatical du futur n'existe pas en anglais. Pour parler de l'avenir, on peut employer diverses structures.

• ***Will* + verbe**
Ex. : *We **will go** to the cinema as soon as my mother gives me money.*
(Nous irons au cinéma dès que ma mère m'aura donné de l'argent.)

- ***Shall* + verbe**

S'emploie surtout à la forme interrogative pour faire une suggestion ou demander un conseil.
Ex. : ***Shall we** go now?* (Est-ce que l'on y va maintenant ?)

- ***Be going to* + verbe**

– **Exprime l'intention** du sujet grammatical.
Ex. : *I'**m going to do** the washing up.* (Je vais faire la vaisselle.)
– **Énonce une prédiction** fondée sur ce que l'on constate.
Ex. : *It's sunny, it'**s going to be** a beautiful day.* (Il y a du soleil, ça va être une belle journée.)

- ***Be to* + verbe**

– **Implique que l'action a été convenue**, organisée à l'avance.
Ex. : *We **are to fly** to Ireland for Christmas.* (Nous devons aller en Irlande pour Noël.)
– **Exprime un ordre** ou une **obligation**.
Ex. : *You **are to obey** your teacher at once!* (Tu dois obéir à ton professeur tout de suite !)

- ***Be about to* + verbe**

Exprime un **futur immédiat** : l'action ou l'événement est sur le point de se produire.
Ex. : *He **is about to divorce**.* (Il est sur le point de divorcer.)

4 Les modaux

- ***Can, could***

– **Forme affirmative :** expriment la **capacité**, la **possibilité**, la **probabilité**.
Ex. : *She **can** drive.* (Elle sait conduire.)
*You **could** do it if you tried.* (Tu pourrais y arriver si tu essayais.)
– **Forme interrogative :** expriment une **demande** ou une **demande de permission**.
Ex. : ***Can** I come with you?* (Est-ce que je peux venir avec toi ?)
***Could** I borrow your phone?* (Pourrais-je emprunter votre téléphone ?)
– **Forme négative :** expriment l'**impossibilité ou l'interdiction**.
Ex. : *You **can't** park here.* (Vous ne pouvez pas vous garer ici.) *Mark **couldn't** come to the cinema, he was sick.* (Mark ne pouvait pas venir au cinéma, il était malade.)

- ***Must***

– **Forme affirmative :** exprime le **devoir**, l'**obligation** ou la **forte probabilité**.
Ex. : *You **must** listen to your parents.* (Il faut que tu écoutes tes parents.)
*He **must** be sleeping.* (Il doit être en train de dormir.)

- ***May, might***

– **Expriment la permission**.
Ex. : ***May** I come in?* (Vous permettez que je rentre ?)
– **Expriment la probabilité, l'éventualité, le doute**.
Ex. : *He **may** be exhausted.* (Il doit être épuisé.) *They are nowhere to be found, they **might** have gone out.* (Ils sont introuvables : il se pourrait qu'ils soient sortis.)

- ***Would***

– **Exprime le conditionnel**.
Ex. : *He **would** have better grades if he worked more.*
(Il aurait de meilleures notes s'il travaillait davantage.)
– **Exprime la volonté**.
Ex. : *She insisted but her son **wouldn't** do his homework.*
(Malgré son insistance, son fils a refusé de faire ses devoirs.)

• ***Should***
Exprime le conseil.
Ex. : *You **should** read more books.* (Tu devrais lire davantage.)

• ***Should** + **have** + participe passé*
Exprime le reproche ou le **regret**.
Ex. : *Mike **should have driven** more carefully.* (Mike aurait dû conduire plus prudemment.)

5 Le discours direct et le discours indirect

A Passage du discours direct au discours indirect

• **Proposition principale introductive** du discours indirect au **présent** ou au ***present perfect***. La subordonnée est au même temps que dans le discours direct.
– Discours direct
Ex. : *The journalist writes: "The President has delivered a speech."*
– Discours indirect
Ex. : *The journalist writes that the President has delivered a speech.*

• **Proposition principale introductive** au **prétérit** ou au **plus-que-parfait**. Il y a alors un changement de temps.
– Discours direct
Ex. : *He said: "I want to go to Italy, I will book plane tickets."* *She said: "I ate too much."*
– Discours indirect
Ex. : ***He said that he wanted** to go to Italy and that **he would book** plane tickets.*
***She said that she had eaten** too much.*
– Les paroles prononcées au présent sont rapportées au prétérit : ***want*** devient ***wanted***.
– Les paroles prononcées au futur ou au conditionnel sont rapportées au conditionnel : ***will book*** devient ***would book***.
– Les paroles prononcées au ***present perfect*** ou au **prétérit** sont rapportées au ***past perfect*** : (***had*** + participe passé) : ***ate*** devient ***had eaten***.

B Questions au discours indirect

• On note les mêmes changements de temps, de pronoms et d'adjectifs.

• De plus, on passe de la forme interrogative à la forme affirmative.

• Enfin, on doit introduire ***if*** ou ***whether*** dans la phrase s'il n'y a pas déjà un pronom interrogatif.
– Discours direct
Ex. : *She asked: "**Can you** stop talking?"* *He asked her: "**Where did you go** last weekend?"*
– Discours indirect
Ex. : *She asked him **whether / if he could** stop talking.*
*He asked her **where she had gone** the previous weekend.*

Conseil

Veillez à bien changer les pronoms lorsque vous passez du discours direct au discours indirect. De même, les repères temporels et spatiaux doivent être modifiés :

Last → The previous
Next → The following
Today → That day
Tomorrow → The next day
Last week → The previous week
Next month → The following month
Yesterday → The day before
Here → There

ANGLAIS

C Ordres au discours indirect

Discours direct
Ex. : *Our parents told us: "Turn the TV off and go to your bed."*
Discours indirect
Ex. : *Our parents told us to turn the TV off and to go to our bed.*

> **Attention !**
> Il faut bien faire la **différence** entre *say* et *tell.*
> • ***To say something to somebody.***
> He **said** hello to his neighbour.
> *Il a dit bonjour à son voisin.*
> • ***To tell somebody something.***
> He **told** his children to tidy their room.
> *Il a dit à ses enfants de ranger leur chambre.*

6 Le passif

A Formation

• Pour passer **de la forme active à la forme passive**, l'objet de l'action devient le sujet grammatical.

• On conjugue l'auxiliaire ***be*** au temps de la voix active et on utilise le participe passé du verbe (***V-ed*** ou 3e colonne de la liste des verbes irréguliers).
Ex. : *The cat* ***eats*** *the mouse.* (Le chat mange la souris.) *[actif]*
The mouse ***is eaten*** *by the cat.* (La souris est mangée par le chat.) *[passif]*

B Emplois

• **Mise en valeur de l'objet de l'action**
Le passif permet de choisir un point de vue différent en se focalisant sur l'objet de l'action. On introduira l'agent de l'action par ***by***.
Ex. : *Thousands of viewers watched the match last night.*
(Des milliers de spectateurs ont regardé le match hier soir.)
The match ***was watched*** *by thousands of viewers last night.* (Le match a été regardé par des milliers de spectateurs hier soir.) *[Dans le 2d énoncé, l'accent est mis sur le match.]*

• **Absence de mention du sujet de l'action**
On utilisera le passif si l'on ne connaît pas le sujet de l'action ou si ce sujet est tellement évident qu'on peut l'omettre sans dénaturer le message.
Ex. : *My wallet* ***has disappeared!*** (Mon portefeuille a disparu !)
Obama ***was elected*** *in 2008.* (Obama a été élu en 2008.)

• **Traduction de « on »**
La tournure impersonnelle « on » est très souvent traduite par le passif.
Ex. : *I* ***was told*** *that…* (On m'a dit que…)

7 Les tags

• **Les tags, ou *question tags*, sont des petites questions placées en fin de phrase.** Ils servent à **demander une confirmation ou un avis** sur ce qui vient d'être énoncé.

• Ils sont peu employés en français mais **très courants en anglais** et correspondent à des interjections familières telles que « non ? », « hein ? », « pas vrai ? », « n'est-ce pas ? ».

• **Structure.** Auxiliaire ***be***, ***do*** ou ***have*** / ou **modal (*n't*)** + pronom sujet (selon le verbe et le sujet de la phrase).
– Après un énoncé à la forme affirmative, le tag est à la forme négative.
Ex. : *He helped her,* ***didn't he?*** (Il l'a aidée, n'est-ce-pas ?)
– Après un énoncé à la forme négative, le tag est à la forme affirmative.
Ex. : *You* ***haven't seen*** *that film,* ***have you?*** (Tu n'as pas vu ce film, hein ?)

> **Attention !**
> *Le tag de "I am" est "Aren't I?"*
> I **am** late, **aren't I**? *Je suis en retard, n'est-ce-pas ?*

2 Le vocabulaire utile par thème du programme

1 Identités et échanges / *Identities and Exchanges*

Abréviations
qch : quelque chose
qqn : quelqu'un
sth : something
sb : somebody

A Noms et expressions avec des noms

un immigrant légal ≠ illégal a legal ≠ an illegal immigrant
le taux d'immigration the immigration rate
un camp de réfugiés a refugee camp
sans papier undocumented
le contrôle des frontières border control
l'exil exile
un passeur a smuggler
la citoyenneté citizenship
la persécution persecution
l'expulsion deportation
la survie survival
l'hospitalité hospitality
le dialogue dialogue
le partage sharing
le racisme racism
le protectionnisme protectionism
la mondialisation globalisation
la mobilité mobility
le multiculturalisme multiculturalism
un ghetto a ghetto
un quartier a neighbourhood
des bidonvilles slums / shanty towns
les tensions tensions
le rêve américain american dream
le niveau de vie the living standard
un emploi subalterne a menial job
un atelier (personnel exploité) a sweatshop
main d'œuvre bon marché cheap labour
la richesse ≠ la pauvreté wealth ≠ poverty
l'asile politique political asylum
le droit d'asile the right of asylum
le choc des cultures culture shock
l'incompréhension culturelle cultural misunderstanding
le déclassement social social downgrading
la mixité sociale social mix
un voyage a trip
le tourisme tourism
un dépaysement a change of scenery

B Adjectifs

compréhensif understanding
culturel cultural
désillusionné disillusioned
linguistique linguistic
menaçant threatening
optimiste / plein d'espoir hopeful
problématique problematic
tendu tensed

C Verbes et expressions avec des verbes

assimiler to assimilate
échanger to exchange
émigrer to emigrate
entrer en masse to swarm into
être accueilli à bras ouverts to be welcome with open arms
être attiré par une vie meilleure to be lured by a better life
être déraciné to be uprooted
être rejeté to be rejected
expulser to deport
faire entrer clandestinement to smuggle in
fuir un pays to flee a country
mettre un frein à l'immigration to curb immigration
monter dans l'échelle sociale to climb the social ladder
recommencer to start afresh
restreindre to restrict
saisir sa chance to seize the opportunity
se mélanger avec to mix with / to blend with
transgresser la loi to break the law
vivre sous le seuil de pauvreté to live below the poverty line

2 Espace privé et espace public / *Private Space vs. Public Space*

A Noms et expressions avec des noms

l'éducation education
l'émancipation emancipation
la rue street
le village village
le centre-ville downtown
l'habitat housing
les banlieues the suburbs
les bidonvilles slums / shanty towns
l'église church
la mosquée mosque
le temple temple
les transports en commun public transportation
la mobilité sociale upward mobility
la parité parity
le monde du travail the world of work
le télétravail teleworking / working from home
la société society
les droits rights
les devoirs duties
la sociabilité sociability
la famille family
l'entourage circle of acquaintances
la sphère privée / publique private / public realm
le machisme machismo
le féminisme feminism
les clichés clichés / stereotypes
les valeurs values
les mentalités mentalities
les us et coutumes habits and customs
la transformation transformation
la hiérarchie hierarchy
les inégalités inequalities
les traditions traditions
les croyances beliefs
le refus rejection
l'évolution evolution
les mutations changes
l'égalité hommes-femmes gender equality
le fossé entre les sexes the gender gap
la liberté de mouvement freedom of movement
les espaces religieux religious places
le plafond de verre glass ceiling
l'échelle sociale social ladder
l'égalité des chances equality of opportunity

B Adjectifs

conditionné conditioned
égalitaire egalitarian
familial familial / family
féministe feminist
machiste macho
médiatique newsworthy
professionnel professional
religieux religious
social social
traditionnel traditional

C Verbes et expressions avec des verbes

attirer l'attention sur to draw attention to
distinguer to distinguish
évoluer to evolve
faire le trajet domicile-travail to commute
hiérarchiser to prioritise
jouer un rôle to play a part
mettre en lumière to highlight
mettre sur un pied d'égalité to put on equal terms
passer inaperçu to go unnoticed
présager to foreshadow
reléguer au second plan to put on the back burner / to overshadow
s'adapter to adapt
s'émanciper to become emancipated
se fondre dans la masse to blend into the masses
sensibiliser to create awareness about

3 Art et pouvoir / *Art and Power*

A Noms et expressions avec des noms

l'architecture architecture
les bâtiments buildings
les monuments monuments
la musique music
un hymne a hymn
un chant a song
la littérature literature
une satire a satiric pamphlet / a satire
la propagande propaganda
un prospectus a flyer
une affiche a poster
une caricature a caricature
la peinture painting
un portrait a portrait
le film the movie (US) / the film (UK)
la culture ≠ la contre-culture culture ≠ counterculture
l'art officiel official art
l'art de rue street art
la liberté de création freedom of creation
un porte-parole a spokesperson
une critique a criticism
un détracteur a critic
l'idéologie ideology
les convictions beliefs
l'opposition opposition
l'apologie the promotion
l'avant-garde avant-garde
une manifestation / une contestation a protest / a demonstration
un rassemblement a rally
un dissident a dissident
des troubles unrest
un point de vue a point of view
la sensibilisation awareness
la censure censorship
des mesures de répression a crackdown
l'engagement social et politique social and political commitment
le contre-pouvoir opposing power

B Adjectifs

caricatural caricatural
controversé controversial
engagé committed
influent influential
institutionnel institutional
officiel official
patriotique patriotic
provocateur provocative

C Verbes et expressions avec des verbes

censurer to censor
condamner to condemn
convaincre to convince
critiquer to criticise
défendre to defend
être contre qch to be against sth
faire l'apologie de to champion / to advocate sth
faire la lumière sur to shed light on / to highlight
faire passer un message to get a message across
influencer to influence
légitimer to legitimate
limiter la liberté de qqn to curtail sb's freedom
museler to muzzle
passer sous silence to pass over in silence
prévenir to warn
protester contre qch to protest against sth
pousser un cri d'alarme to issue a warning
provoquer une prise de conscience to raise awareness
remettre en question to call sth into question
s'engager dans to commit oneself into
s'exprimer to express oneself
se soulever contre qch to rise up against sth
souligner / accentuer to emphasise

4 Citoyenneté et mondes virtuels / *Citizenship and Virtual Worlds*

A Noms et expressions avec des noms

un blog a blog
un forum a forum
les relations relationships
la confiance ≠ la méfiance trust ≠ mistrust / distrust
les risques risks
un cyberpirate a hacker
le piratage piracy
le cyber-harcèlement cyber-bullying
l'anonymat anonymity
les fausses informations fake news
les réseaux sociaux social networks
l'éducation aux medias education to the media
le paiement virtuel virtual payment
l'accès au savoir access to knowledge
les données personnelles personal data
la prudence caution
le contrôle parental parental control
le progrès progress
les nouvelles technologies new technologies
le profil the profile
le téléchargement downloading
les mensonges lies
la vérité the truth
les repères landmarks
l'escroquerie fraud
une atteinte à la vie privée an invasion of privacy
le repli sur soi withdrawal
l'intelligence artificielle artificial intelligence
la démocratie participative participative democracy
le contrôle d'Internet Internet control
la liberté d'expression freedom of speech
l'usurpation d'identité identity fraud
un lanceur d'alerte a whistleblower
l'esprit critique critical mind
les traces numériques digital traces
le droit à l'oubli the right to oblivion
le droit à la vie privée the right to privacy
le droit à l'image the right of publicity
une plateforme collaborative a collaborative platform
informatique IT (information technology)

B Adjectifs

anonyme anonymous
dangereux dangerous
faux false / fake
fiable reliable
juste et précis accurate
malintentionné malicious
numérique digital
partial / pas objectif biased
privé private
prudent cautious
ultra connecté ultra-connected
virtuel virtual

C Verbes et expressions avec des verbes

arnaquer to con
chercher des informations to search for information
contrôler to control
démêler le vrai du faux to know right from wrong
entrer en contact avec qqn to get in touch with sb
espionner to spy on
être accro à Internet to be addicted to the Internet
être discriminé to be prejudiced against
harceler to harass
harceler en ligne to cyberbully
manipuler to manipulate
partager des données to share data
pirater to hack
provoquer l'indignation to cause an outrage
se connecter ≠ se déconnecter to log in ≠ to log off
se faire passer pour qqn to pretend to be
surfer sur Internet to surf on the Internet
tchater to chat online

5 Fictions et réalités / *Fictions and Realities*

A Noms et expressions avec des noms

un hommage a tribute
un mythe a myth
une légende a legend
une figure tutélaire a figurehead / a guardian figure
l'incarnation embodiment
une icône an icon
un modèle a model
le héros the hero
le super-héros the superhero
l'exemple the example
les civilisations civilisations
l'éthique ethics
la morale morality
les sources d'inspiration the sources of inspiration
l'imagination imagination
le retour à la réalité back to reality
la ressemblance resemblance
la science-fiction science fiction
le champ des possibles the field of possibilities
la fantaisie fantasy
la représentation representation
la vision vision
le réalisme realism
la mythologie mythology
les histoires stories
la pensée the thought
le récit the narrative
un récit à la 3e personne a third person narrative
la fiction fiction
une dystopie a dystopia
une utopie an utopia
le patrimoine patrimony
un archétype an archetype

B Adjectifs

esthétique aesthetic
éthique ethical
fantastique fantastic
fictif fictional
imaginaire imaginary
légendaire legendary
merveilleux magic / supernatural
politique political
réel ≠ irréel real ≠ surreal
utopique utopian

C Verbes et expressions avec des verbes

croire à to believe in
être déconnecté de la réalité to be disconnected from reality
fantasmer to fantasise
incarner to embody
interpréter to interpret
s'échapper de to escape from
penser à to think of / to think about
quand la réalité dépasse la fiction when reality surpasses fiction
raconter to tell
ramener à la réalité to bring back to reality
réfléchir to think
rêver d'un monde meilleur to dream of a better world
s'évader to escape
s'identifier à qqn to identify with sb
(s')imaginer to imagine (oneself)
s'inspirer de to draw from
(s')inventer to invent (oneself)
se battre contre to fight against
(se) représenter to represent (oneself)

Attention !

Ne mélangez pas les adjectifs finissant en **-ing** et ceux finissant en **-ed** !

Tiring → *Fatigant*
Frightening → *Effrayant*
Tired → *Fatigué*
Frightened → *Effrayé*

ANGLAIS

6 Innovations scientifiques et responsabilité / *Scientific Innovations and Responsibility*

A Noms et expressions avec des noms

les sciences sciences
une expérience an experiment
une découverte a discovery / a finding
une découverte capitale a breakthrough
un chercheur a researcher
le clonage cloning
les manipulations génétiques genetic engineering
les vaccins vaccines
les dérives abuses
la surpopulation overcrowding
la consommation consumption
la croissance growth
la pollution pollution
les gaz d'échappement exhaust gas
le forage drilling
le déboisement deforestation
l'empreinte carbone the carbon footprint
le réchauffement climatique global warming
l'effet de serre the greenhouse effect
la hausse du niveau de la mer the sea-level rise
la couche d'ozone the ozone layer
les réserves en eau water supplies
l'épuisement des ressources naturelles the exhaustion of natural resources
les espèces en voie d'extinction species facing extinction
les espèces menacées endangered species
une inquiétude / une préoccupation a concern
une menace a threat
une pénurie / un manque a shortage
l'épuisement des ressources ressources depletion
l'environnement the environment
la faune fauna
la flore flora
la biodiversité biodiversity
le développement durable sustainable development
la transition énergétique energy transition
l'énergie renouvelable / durable renewable / sustainable energy
le recyclage recycling
la prise de conscience the awareness
le covoiturage carpool
les éoliennes wind turbines
une centrale nucléaire a nuclear power station
les robots robots
une ONG an NGO (Non Governmental Organization)
un plaidoyer a plea
des dégâts irréversibles irreversible damages

B Adjectifs

alarmant alarming
biologique biological
écologique ecological
génétique genetic
nucléaire nuclear
préjudiciable detrimental
responsable responsible
technologique technological

C Verbes et expressions avec des verbes

agir to act
améliorer to improve
démontrer to demonstrate
détruire to destroy
dévoiler / divulguer to disclose
éclipser to overshadow
endommager to damage
épuiser des ressources to deplete ressources
être menacé d'extinction to face extinction
être sensible à to be sensitive to
faire des recherches sur to research
faire entendre sa voix to speak up
gaspiller to waste
innover to innovate
mettre en péril to jeopardise
polluer to pollute
réduire to decrease
résoudre un problème to solve a problem

7 Diversité et inclusion / *Diversity and Inclusion*

A Noms et expressions avec des noms

l'invalidité disability
un handicap a handicap
un handicapé a disabled person
la différence difference
les générations generations
le fossé des générations the generation gap
les personnes âgées the elderly / the seniors
une population vieillissante an ageing population
la vieillesse old age
les barrières linguistiques language barriers
les langues régionales / officielles / étrangères regional / official / foreign languages
le métissage culturel cultural melting-pot
la religion religion
la sexualité sexuality
la nationalité nationality
une minorité a minority
l'inclusion ≠ l'exclusion inclusion ≠ exclusion
l'intégration integration
la cohésion cohesion
la solidarité solidarity
l'entraide mutual aid
l'égalité equality
un salaire décent a living wage
le pouvoir d'achat the purchasing power
la tolérance tolerance
une discrimination a discrimination
un bouc émissaire a scapegoat
les préjugés prejudices
le sectarisme sectarianism
le mépris disdain / scorn
la xénophobie xenophobia

B Adjectifs

contraire à l'éthique unethical
controversé / polémique controversial
cosmopolite cosmopolitan
inégal unequal
intergénérationnel intergenerational
majoritaire predominant
minoritaire minority
ouvert d'esprit ≠ fermé d'esprit open-minded ≠ close-minded / narrow-minded
respectueux ≠ irrespectueux respectful ≠ disrespectful
solidaire supportive
tolérant ≠ intolérant tolerant ≠ intolerant

C Verbes et expressions avec des verbes

avoir accès à to have access to
avoir confiance en qqn to trust sb
avoir de l'estime pour qqn to esteem sb
compter les uns sur les autres to rely on one another
discriminer to discriminate
élever un enfant to raise a child
être conscient de to be aware of
être égaux to be equal
être partagé entre deux cultures to be torn between two cultures
être victime de discrimination to be discriminated against
exclure ≠ inclure to exclude ≠ to include
faire évoluer les mentalités to change mentalities
lutter pour l'égalité to fight for equality
maltraiter qqn to ill-treat sb
menacer to threaten
mettre sur un pied d'égalité to put on equal terms / to put on an equal footing
provoquer un débat to spark a debate
relancer un débat to reignite a debate
satisfaire les besoins de sa famille to provide for one's family
s'élever socialement to work one's way up
se méfier to distrust
se mobiliser to mobilise
tisser des liens to create links
vivre ensemble to live together

8 Territoire et mémoire / *Territory and Memory*

A Noms et expressions avec des noms

la colonisation colonisation
les colonies colonies
l'esclavage slavery
l'exploitation exploitation
la conquête the conquest
l'expédition the expedition
l'avènement the advent
l'effondrement the collapse
le déclin the decline
la destinée the destiny
l'humanité mankind
la nation the nation
le nationalisme nationalism
le séparatisme separatism
l'unité unity
le peuple the people
le pays the country
la communauté the community
un guerrier a warrior
la résistance resistance
la défaite defeat
un pionnier a pioneer
l'indépendance independence
une lutte sans merci a merciless battle
les événements the events
les faits the facts
les racines the roots
l'héritage heritage
l'oubli oblivion
le souvenir remembrance
un témoignage a testimony
un hommage a tribute
l'amnistie amnesty
l'amnésie amnesia
un traumatisme a trauma / a traumatism
l'histoire officielle official history
à la mémoire de qqn in someone's memory
la commémoration commemoration
un monument aux morts a war memorial
le devoir de mémoire the duty of memory

B Adjectifs

colonial colonial
contemporain contemporary
emblématique iconic
frontalier frontier
historique historical
individuel individual
moderne modern
mythique mythical
national national
régional / local regional / local
solennel solemn / formal
traumatisant traumatic

C Les verbes

coloniser to colonise
commémorer to commemorate
conquérir to conquer
écrire une nouvelle page to write a new page
être en deuil to grieve
être gravé dans la pierre to be cast in stone
envahir to invade
faire le deuil de qqn / qch to mourn sb / sth
gracier to pardon
hériter to inherit
inscrire dans le marbre to set in stone
prendre son indépendance to become independent
rendre un dernier hommage à to pay one's last/final tribute / respects to
rester gravé dans sa mémoire to remain in someone's memory
se souvenir to remember
témoigner to testify
tourner la page to turn the page

1 Grammaire : quelques points importants

1 *Otro* et *otra*

- On ne met jamais d'article indéfini devant ***otro*** et ***otra***.

Ex. : ***Otro*** *trabajo.* (Un autre travail.) ***Otra*** *persona.* (Une autre personne.)

- En revanche, ils peuvent être précédés d'un article défini.

Ex. : ***El*** *otro libro.* (L'autre livre.) ***Las*** *otras personas.* (Les autres personnes.)

2 Le verbe *avoir* : *tener* ou *haber* ?

- On emploie le verbe ***tener*** pour exprimer le fait de posséder quelque chose.

Ex. : ***Tengo*** *una casa muy grande.* (J'ai une très grande maison.)

- On emploie le verbe ***haber*** comme auxiliaire pour former les temps composés. Il est alors immédiatement suivi d'un participe passé invariable.

Ex. : ***Hemos*** *trabajado mucho.* (Nous avons beaucoup travaillé.)

3 Le verbe *demander* : *preguntar* ou *pedir* ?

- On emploie le verbe ***preguntar*** pour poser une question.

Ex. : *Le* ***pregunto*** *a qué hora empieza la clase.*
(Je lui demande à quelle heure commence le cours.)

- On emploie ***pedir*** pour solliciter, chercher à obtenir quelque chose, réclamer.

Ex. : *Te* ***pido*** *ayuda.* (Je te demande de l'aide.)

- ***Pedir que*** **+ subjonctif**, permet de traduire ***demander de*** **+ infinitif**.

Ex. : *Te* ***pido que*** *te calles.* (Je te demande de te taire.)

> **Attention !**
> Il faut penser à respecter **la concordance des temps,** et utiliser le subjonctif imparfait dans un contexte passé **(voir p. 451)**.

4 L'obligation

- Pour exprimer l'obligation personnelle (lorsque le sujet est désigné), on utilise ***tener que*** **+ infinitif** ou ***deber*** **+ infinitif**.

Ex. : ***Tengo que*** *estudiar.* (Je dois étudier.)
Mi vecino ***debe*** *irse.* (Mon voisin doit partir.)

- Pour exprimer l'obligation impersonnelle (lorsque le sujet n'est pas désigné) on emploie ***hay que*** **+ infinitif**.

Ex. : ***Hay que*** *escuchar al profesor.* (Il faut écouter le professeur.)

> **Rappel**
> ***Hay*** est la forme impersonnelle de l'auxiliaire ***haber***. Elle peut donc être conjuguée à tous les temps.
> **Había que escuchar al profesor.**
> *Il fallait écouter le professeur.*

5 La négation

Pour former une phrase négative, on place la négation ***no*** devant le verbe. Seul un pronom complément peut l'en séparer.

Ex. : ***No*** *quiero ir al cine.* (Je ne veux pas aller au cinéma.) ***No*** *te hablo.* (Je ne te parle pas.)

6 Le verbe *être* : *ser* ou *estar* ?

Emplois de *ser*	Exemples
Ser + nom	***Son*** *personas agradables.* (Ce sont des personnes agréables.)
Ser + pronom	***Eres*** *tú.* (C'est toi.)
Ser + infinitif	*Lo importante* ***es*** *participar.* (L'important c'est de participer.)
Ser + numéral	***Somos*** *tres en el coche.* (Nous sommes trois dans la voiture.)
Ser + nationalité	*Ella* ***es*** *española.* (Elle est espagnole.)
Ser de + origine	***Soy de*** *Barcelona.* (Je suis de Barcelone.)
Ser de + matière	*La mesa* ***es de*** *madera.* (La table est en bois.)
Ser de + possession	*El libro* ***es de*** *mi hermano.* (Le livre est à mon frère.)
Ser + participe passé Pour passer à la **voix passive**. Le complément d'agent est introduit par la préposition ***por*** lorsqu'il est exprimé.	*Mi puerta* ***fue*** *forzada por ladrones.* (Ma porte a été fracturée par des voleurs.)
Ser + lieu / endroit Pour **situer dans l'espace** et traduire **« se tenir »**, **« avoir lieu »**, **« se passer »**, **« se dérouler »**. (À bien distinguer de l'expression habituelle de la spatialité, qui se fait toujours avec *estar*.)	*La fiesta* ***es*** *en casa de Juan.* (La fête a lieu chez Juan.)
Ser + heure / jour / date / saison Pour **situer dans le temps** de façon impersonnelle.	***Son*** *las tres y media de la tarde.* (Il est 15 h 30.) *Hoy* ***es*** *lunes.* (Aujourd'hui c'est lundi.)

Emplois de *estar*	Exemples
Estar + lieu Pour **situer dans l'espace** et traduire **« se situer »**, **« se trouver »**, **« être »**.	*Mis zapatos* ***están*** *en tu casa.* (Mes chaussures sont chez toi.)
Estar + date Pour **situer dans le temps** de façon personnelle.	***Estamos*** *a 29 de junio.* (Nous sommes le 29 juin.)
Estar **+ gérondif** Pour traduire **« être en train de »**.	*La gente* ***está*** *hablando.* (Les gens sont en train de parler.)
Estar **+ participe passé** Pour indiquer le résultat d'une action antérieure.	*La puerta* ***está*** *cerrada.* (La porte est fermée.)

Emplois de *ser* / *estar* + adj. qualificatif	Exemples
Ser + adjectif Lorsque la **caractéristique est essentielle**, (physique ou morale), qu'elle peut définir le sujet.	*Mi vecino* ***es*** *alto.* (Mon voisin est grand.) *Mis padres* ***son*** *generosos.* (Mes parents sont généreux.)
Estar **+ adjectif** Lorsque la **caractéristique est passagère**, dépendante de circonstances particulières, durables ou non (état physique ou moral par exemple).	***Estamos*** *cansados por el trabajo.* (Nous sommes fatigués à cause du travail.) *Hoy* ***estoy*** *triste.* (Aujourd'hui je suis triste.)

Attention !

Certains **adjectifs** changent de sens selon qu'ils sont employés avec ***ser*** ou avec ***estar***. C'est le cas de **bueno**, **malo**, **listo**, **rico**, **moreno**.

7 Les prépositions *a / en / de / por / para*

Prép.	Emplois	Exemples
a	Après un verbe de mouvement, pour indiquer la destination	*Voy **a** la piscina.* (Je vais à la piscine.)
	Devant un COD de personne	*Respeto **a** la gente.* (Je respecte les gens.)
en	Pour situer dans l'espace	*Estoy **en** España.* (Je suis en Espagne.)
	Pour situer dans le temps	***En** aquella época.* (À cette époque-là.)
de	Pour indiquer l'origine	*Soy **de** Madrid.* (Je suis de Madrid.)
	Pour indiquer la possession	*Este libro es **de** mi vecino.* (Ce livre est à mon voisin.)
	Pour définir la matière	*La cartera es **de** cuero.* (Le cartable est en cuir.)
por	Pour exprimer la cause	*No puedo salir **por** la lluvia.* (Je ne peux pas sortir à cause de la pluie.)
	Pour indiquer le déplacement dans un lieu	*Me paseo **por** el parque.* (Je me promène dans le parc.)
	Pour exprimer la notion d'échange	*Me compré un coche **por** 5 000 euros.* (Je me suis acheté une voiture pour 5 000 euros.)
para	Pour exprimer le but	*Voy a casa **para** estudiar.* (Je vais chez moi pour étudier.)
	Pour exprimer son point de vue	***Para** mí, es una mala idea.* (Pour moi, c'est une mauvaise idée.)
	Pour préciser le destinataire, la destination	*Tengo un regalo **para** tus padres.* (J'ai un cadeau pour tes parents.)

8 Les verbes à valeur affective

- Le verbe ***gustar*** (*aimer quelque chose*) est le plus utilisé. Il se construit comme le verbe *plaire* en français.
- Le sujet de ***gustar*** peut être pluriel avec un COI singulier, ou singulier avec un COI pluriel.

Ex. : ***Te gustan** los gatos.*
(Tu aimes les chats. / Les chats te plaisent.)
***Os gusta** la película.*
(Vous aimez le film. / Le film vous plaît.)

- Pour insister, on peut placer devant l'ensemble de la construction : *A mí ; A ti ; A él / ella / usted ; A nosotros / nosotras ; A vosotros / vosotras ; A ellos / ellas / ustedes.*

Ex. : ***A mí** me gusta leer.* (Moi, j'aime lire.)

- D'autres verbes se construisent sur le même modèle : ***encantar*** (*adorer*), ***extrañar*** (*surprendre, étonner*), ***doler*** (*faire mal*), ***dar miedo*** (*faire peur*), etc.

Ex. : ***Me encantan** los viajes.* (J'adore les voyages.)
Me duele la pierna. (J'ai mal à la jambe.)

me	
te	*gusta* + nom singulier
le	
nos	*gustan* + nom pluriel
os	*gusta* + infinitif
les	

Attention !

Lorsque le sujet d'une **tournure affective** est un nom propre ou un groupe nominal, il doit être précédé de la préposition ***a***, et il faut répéter le pronom COI, ***le*** ou ***les*** devant le verbe.
A Paula le gustan los coches.
Paula aime les voitures.

9 La comparaison

- **Comparatif de supériorité**

– ***Más* + adjectif + *que***

Ex. : *Es* ***más*** *listo* ***que*** *su amigo.* (Il est plus intelligent que son ami.)

– ***Más* + adjectif + *de lo que* + verbe conjugué**

Ex. : *Es* ***más*** *listo* ***de lo que*** *pensamos.* (Il est plus intelligent que nous ne le pensons.)

- **Comparatif d'infériorité**

– ***Menos* + adjectif + *que***

Ex. : *Es* ***menos*** *simpático* ***que*** *su vecino.* (Il est moins gentil que son voisin.)

– ***Menos* + adjectif + *de lo que* + verbe conjugué**

Ex. : *Es* ***menos*** *simpático* ***de lo que*** *pensamos.* (Il est moins gentil que nous ne le pensons.)

- **Comparatif d'égalité**

– ***Tanto* + nom + *como***

Ex. : *Compro* **tantos** *caramelos* ***como*** *mi hermana.*
(J'achète autant de bonbons que ma sœur.)

– ***Tan* + adjectif/adverbe + *como***

Ex. : *Es* ***tan*** *listo* ***como*** *su hermano.*
(Il est aussi intelligent que son frère.)

> **Attention !**
> *Tanto* s'accorde en genre et en nombre avec le nom qu'il détermine.

- Il y a **quatre comparatifs irréguliers** :

bueno/a → ***mejor*** (meilleur/e) ; *malo/a* → ***peor*** (moins bon/ne / pire) ; *grande* → ***mayor*** (plus grand/e) ; *pequeño/a* → ***menor*** (plus petit/e).

10 Le vouvoiement

- **Vouvoiement singulier : *usted* + verbe conjugué à la 3e personne du singulier.**

Ex. : *Señor,* ***usted*** *ha olvidado sus llaves.* (Monsieur, vous avez oublié vos clés.)

- **Vouvoiement pluriel : *ustedes* + verbe conjugué à la 3e personne du pluriel.**

Ex. : *Señoras,* ***ustedes*** *lucen encantadoras.* (Mesdames, vous êtes ravissantes.)

- **Les possessifs correspondants :** ***su*** (votre) / ***sus*** (vos).

Ex. : ***Su*** *casa es grande.* (Votre maison est grande.)

- **Le pronom réfléchi :** ***se*.**

Ex. : *Usted* ***se*** *equivoca. / Ustedes* ***se*** *equivocan.*
(Vous vous trompez.)

> **Attention !**
> La présence de *usted* et *ustedes* devant le verbe est obligatoire pour éviter toute confusion avec ***él /ellos / ella / ellas***.

- **Les pronoms personnels compléments non réfléchis COD :**

– ***Usted* → *le* / *lo*** (masculin), ***la*** (féminin).

Ex. : *Señor,* ***le/lo*** *veo.* (Monsieur, je vous vois.) / *Señora,* ***la*** *veo.* (Madame, je vous vois.)

– ***Ustedes* → *los*** (masculin), ***las*** (féminin).

Ex. : *Señores,* ***los*** *veo.* (Messieurs, je vous vois.) / *Señoras,* ***las*** *veo.* (Mesdames, je vous vois.)

- **Les pronoms personnels compléments non réfléchis COI :**

– ***Usted* → *le*** (masculin / féminin).

Ex. : *Señor / Señora ,* ***le*** *digo la verdad.* (Monsieur / Madame, je vous dis la vérité.)

– ***Ustedes* → *les*** (masculin / féminin).

Ex. : *Señores / Señoras,* ***les*** *digo la verdad.* (Messieurs / Mesdames, je vous dis la vérité.)

11 La concordance des temps

La concordance des temps est obligatoire en espagnol. Le temps de la proposition principale permet de choisir entre le subjonctif présent ou le subjonctif imparfait dans la subordonnée.

Prop. principale	Prop. sub.	Exemples
Présent de l'indicatif	Subjonctif présent	***Quiero que vengas*** *con nosotros.* (Je veux que tu viennes avec nous.) *Le* ***diré que venga*** *con nosotros.* (Je lui dirai de venir avec nous.)
Passé composé		
Futur simple		
Impératif		
Imparfait de l'indicatif	Subjonctif imparfait	***Yo quería que vinieras*** *con nosotros.* (Je voulais que tu viennes avec nous.) *Le* ***dije que viniera*** *con nosotros.* (Je lui ai dit de venir avec nous.)
Passé simple		
Conditionnel présent		
Plus-que-parfait		

12 Les principaux emplois du subjonctif

Emplois	Exemples
Après les verbes exprimant **la volonté**, **le désir** *(querer, esperar, desear…).*	*Quiero que* ***respetes*** *a los demás.* (Je veux que tu respectes les autres.)
Après les verbes exprimant **l'ordre, la prière** *(decir, pedir, ordenar…).*	*Dile que* ***se calle.*** (Dis-lui de se taire.)
Après les verbes exprimant **le regret, la crainte** *(sentir, temer, lamentar…).*	*Tememos que ella se* ***haya ido.*** (Nous craignons qu'elle soit partie.)
Après ***para que***, pour exprimer **le but**.	*Te lo digo para que* ***hagas*** *esfuerzos.* (Je te le dis pour que tu fasses des efforts.)
Après les **verbes d'opinion à la forme négative** *(no creer que, no pensar que…).*	*No pienso que* ***sea*** *útil.* (Je ne pense pas que ce soit utile.)
Après *Quizá(s) / Tal vez / Acaso* pour exprimer l'**éventualité**.	*Tal vez no* ***vengas.*** (Tu ne viendras peut-être pas.)
Après la négation ***no*** pour exprimer **l'interdiction, la défense**. C'est-à-dire l'ordre négatif.	*No se lo* ***digas*** *a tus padres.* (Ne le dis pas à tes parents.)

13 Les emplois des temps du passé

- **Le passé simple, ou prétérit** s'emploie lorsque l'on veut parler d'un fait passé qui n'a plus de rapport avec le présent. On parle alors de passé révolu.
Ex. : *Ayer,* ***fui*** *al cine.* (Hier, je suis allé au cinéma.)

- **Le passé composé** s'emploie lorsque l'on veut parler d'un fait passé qui a encore un rapport avec le présent.
Ex. : *Me* ***he roto*** *el brazo hace tres días.* (Je me suis cassé le bras il y a trois jours.)

- **L'imparfait de l'indicatif** est le temps du récit au passé et de la description. Il permet d'exprimer la continuité, la répétition d'une action qui se déroule dans le passé ainsi que la durée dans le passé.
Ex. : *Yo* ***iba*** *a la biblioteca tres veces a la semana.* (J'allais à la bibliothèque trois fois par semaine.)

2 Le vocabulaire utile par thème du programme

1 Identités et échanges / *Identidades e intercambios*

A Noms et expressions avec un nom

Abréviations
qch : quelque chose
qqn : quelqu'un

l'émigration la emigración
l'immigration la inmigración
la fuite la huida
le départ la salida
l'exil el exilio
la frontière la frontera
le contact el contacto
le partenariat la asociación / la alianza
l'accueil la acogida
l'hospitalité la hospitalidad
l'intégration la integración
le partage el compartir / el reparto
le dialogue el diálogo
la compréhension ≠ l'incompréhension la comprensión ≠ la incomprensión
la curiosité la curiosidad
la découverte el descubrimiento
les voyages los viajes
le tourisme el turismo
le changement el cambio
le dépaysement el cambio de ambiente
le mélange la mezcla
la diversité la diversidad
la mondialisation la mundialización
la menace la amenaza
le conflit el conflicto
la mobilité la movilidad
le clan el clan
le ghetto el gueto
le quartier el barrio
les tensions las tensiones
l'acculturation la aculturación
le choc des cultures el choque de culturas / el choque cultural
le groupe social el grupo social
la société de castes la sociedad de castas
l'ascension sociale la ascensión social
le déclassement social la pérdida de categoría social
la demande d'asile la solicitud / la petición / la demanda de asilo
le droit d'asile el derecho de asilo

B Adjectifs

accueillant/e acogedor/a
compréhensif/ive comprensivo/a
culturel/le cultural
linguistique lingüístico/a
menaçant/e amenazador/a
mixte mixto/a
problématique problemático/a
tendu/e tenso/a

C Verbes et expressions avec un verbe

accueillir acoger
braver un interdit desafiar una prohibición
comprendre comprender / entender
découvrir descubrir
dialoguer dialogar
échanger intercambiar
émigrer emigrar
entrer en contact avec qqn entrar / ponerse en contacto con alguien
être accueilli à bras ouverts recibir con los brazos abiertos
fuir huir de
immigrer inmigrar
risquer sa vie arriesgarse la vida
transgresser la loi transgredir [i] la ley
traverser cruzar
s'exiler exiliarse
saisir sa chance aprovechar la oportunidad

2 Espace privé et espace public / *Espacio privado y espacio público*

A Noms et expressions avec un nom

la société la sociedad
le rôle el papel
l'émancipation la emancipación
les droits los derechos
la liberté de mouvement la libertad de movimiento
la sociabilité la sociabilidad
la famille la familia
l'entourage el entorno
la sphère privée / publique la esfera privada / pública
l'éducation la educación
la liberté la libertad
le monde du travail el mundo laboral
le télétravail el teletrabajo / el trabajo a distancia
le lieu / l'endroit el lugar
les lieux de convivialité los lugares de convivencia
l'évolution la evolución
la parité la paridad
le machisme el machismo
le féminisme el feminismo
l'habitat el hábitat
les distinctions las distinciones
les clichés los estereotipos / los clichés
les valeurs los valores
les mentalités las mentalidades
les us et coutumes los usos y costumbres
la transformation la transformación
la structure la estructura
la hiérarchie la jerarquía
la mixité la mixidad
l'égalité la igualdad
les inégalités las desigualdades
les traditions las tradiciones
les croyances las creencias
le modèle el modelo
les coutumes las costumbres
le refus el rechazo
les changements los cambios
les mutations las transformaciones / los cambios
au sein de la société en el seno de la sociedad / en el interior de la sociedad / dentro de la sociedad
être logé à la même enseigne estar en el mismo caso

B Adjectifs

conditionné/e condicionado/a
familial/e familiar
féministe feminista
machiste machista
médiatique mediático/a
politique político/a
professionnel/le profesional
religieux/euse religioso/a
social/e social
traditionnel/le tradicional

C Verbes et expressions avec un verbe

accepter aceptar
attirer l'attention llamar la atención
changer cambiar
désirer / souhaiter desear
distinguer distinguir
évoluer evolucionar
hiérarchiser jerarquizar
jouer un rôle desempeñar un papel
mettre sur un pied d'égalité poner en pie de igualdad / al mismo nivel
passer inaperçu/e pasar desapercibido/a
refuser rechazar
reléguer au second plan relegar a un segundo plano
s'adapter adaptarse
s'émanciper emanciparse
se fondre dans la masse mezclarse con la gente
sensibiliser sensibilizar
structurer organizar / estructurar
vouloir querer [ie]

3 Art et pouvoir / *Arte y poder*

A Noms et expressions avec un nom

l'architecture la arquitectura
les immeubles / les bâtiments los edificios
les résidences las residencias
les monuments los monumentos
les infrastructures las infraestructuras
l'œuvre d'art la obra de arte
la peinture la pintura
le tableau el cuadro
le portrait el retrato
la gravure el grabado
la musique la música
l'hymne / le chant el himno / el canto
la littérature la literatura
la satire la sátira
le cinéma el cine
le film la película
la propagande la propaganda
l'affiche el cartel
le pouvoir el poder
le contre-pouvoir el contrapoder
la culture la cultura
la contre-culture la contracultura
la critique la crítica
la caricature la caricatura
la censure la censura
la liberté de création la libertad de creación
la résistance la resistencia
l'expression la expresión
le mépris el desprecio
les idées las ideas
l'idéologie la ideología
les convictions las convicciones
le témoignage el testimonio
l'opposition la oposición
l'approbation el consentimiento
l'apologie la apología
la contestation la protesta / el desacuerdo
l'avant-garde la vanguardia

B Adjectifs

abstrait abstracto/a
avant-gardiste vanguardista
caricatural/e caricaturesco/a
comique cómico/a
controversé/e controvertido/a
culturel/le cultural
disproportionné/e disproporcionado/a
engagé/e comprometido/a
institutionnel/le institucional
officiel/le oficial
patriotique patriótico/a
polémique polémico/a
puissant/e poderoso/a
satyrique satírico/a

C Verbes et expressions avec un verbe

appuyer / soutenir apoyar
caricaturer caricaturar
célébrer celebrar
censurer censurar
condamner condenar
construire construir
convaincre convencer
critiquer criticar
défendre defender [ie]
dire tout haut ce que tout le monde pense tout bas decir en voz alta lo que muchos prefieren callar
être contre qch estar en contra de algo
être d'accord avec qch estar de acuerdo con algo
être pour qch estar a favor de algo
faire le portrait de qqn retratar a alguien
légitimer legitimar
passer sous silence callar / pasar por alto
peindre pintar
protester contre qch protestar contra algo
pousser un cri d'alarme dar la voz de alarma
remettre en question poner en tela de juicio
(s')exprimer expresar(se)
(s')opposer oponer(se)
se soulever contre qch levantarse contra algo
tourner un film rodar [ue] (una película)

4 Citoyenneté et mondes virtuels / *Ciudadanía y mundos virtuales*

A Noms et expressions avec un nom

les relations las relaciones
les données personnelles / les coordonnées los datos personales
la communication la comunicación
les contacts los contactos
la confiance la confianza
la méfiance la desconfianza / el recelo
le danger el peligro
les risques los riesgos
le blog el blog
le forum el foro
le progrès el progreso
les nouvelles technologies las nuevas tecnologías
l'intelligence artificielle la inteligencia artificial
le lanceur d'alerte el informante / el denunciante / el alertador
la liberté d'expression la libertad de expresión
les réseaux sociaux las redes sociales
le profil el perfil
la manipulation la manipulación
les informations las informaciones
l'accès au savoir el acceso al saber
les mensonges las mentiras
la prudence la prudencia
le contrôle parental el control parental
la vérité la verdad
l'aide la ayuda
l'utilité la utilidad
le harcèlement / le cyber-harcèlement el acoso / el ciberacoso
l'agresseur el/la agresor/a
l'usurpation d'identité la usurpación de identidad
les repères los puntos de referencia
l'escroquerie la estafa / el fraude
le contrôle el control
la censure la censura
une atteinte à la vie privée una violación a / de la privacidad
le repli sur soi el aislamiento / el ensimismamiento

B Adjectifs

connecté/e conectado/a
dangereux/euse peligroso/a
faux/ausse falso/a
indispensable imprescindible / indispensable
malintentionné/e malintencionado/a
numérique digital / numérico/a
réel/le real
prudent/e prudente
utile ≠ inutile útil ≠ inútil
virtuel/le virtual

C Verbes et expressions avec un verbe

agresser agredir [i]
arnaquer / escroquer timar / estafar
chater / tchater chatear
chercher des informations buscar información
contrôler controlar
démêler le vrai du faux distinguir entre lo verdadero y lo falso
entrer en contact avec qqn entrar en contacto con alguien
être accro à Internet ser adicto/a a Internet
harceler acosar
manipuler manipular
mentir mentir [ie/i]
partager compartir
raconter des mensonges contar [ue] mentiras
se connecter conectarse
se faire passer pour qqn fingir ser alguien diferente
se passer de qch prescindir de algo / vivir sin algo
surfer sur le net navegar por Internet
twitter tuitear
usurper usurpar
utiliser utilizar / usar
diffuser / répandre difundir

5 Fictions et réalités / *Ficciones y realidades*

A Noms et expressions avec un nom

la littérature la literatura
les mythes los mitos
les croyances las creencias
les histoires las historias
les civilisations las civilizaciones
le patrimoine el patrimonio
le modèle el modelo
l'éthique la ética
l'incarnation des valeurs la encarnación de los valores
l'inspiration la inspiración
les sources d'inspiration las fuentes de inspiración
l'imagination la imaginación
le héros / l'héroïne el héroe / la heroína
le super-héros el superhéroe
l'exemple el ejemplo
la figure la figura / el personaje
la réalité la realidad
en deçà de la réalité inferior a la realidad
entre la réalité et la fiction entre realidad y ficción
les légendes las leyendas
quand la réalité dépasse la fiction cuando la realidad supera la ficción
retour à la réalité regreso a la realidad
la ressemblance la semejanza
la science-fiction la ciencia ficción
le champ du possible / des possibles la esfera de lo posible / el mundo de posibilidades
la fantaisie la fantasía
la morale la moraleja
la représentation la representación
la vision la visión
le réalisme el realismo
l'hyperréalisme el hiperrealismo
la mythologie la mitología
la pensée el pensamiento
l'utopie la utopía
le récit el relato
la fiction la ficción

B Adjectifs

culturel/le cultural
esthétique estético/a
éthique ético/a
fantastique fantástico/a
fictif/ve ficticio/a
imaginaire imaginario/a
légendaire legendario/a
réel/le ≠ irréel/le real ≠ irreal
politique político/a
utopique utópico/a

C Verbes et expressions avec un verbe

croire (à) creer (en)
être déconnecté/e de la réalité estar desconectado/a de la realidad
incarner encarnar
interpréter interpretar
penser (à) pensar [ie] (en)
raconter contar [ue]
ramener à la réalité traer de vuelta a la realidad
réfléchir reflexionar
rêver d'un monde meilleur soñar [ue] con un mundo mejor
s'évader evadirse
s'inspirer de inspirarse en
(s')imaginer imaginar(se)
(s')inventer inventar(se)
(se) représenter representar(se)
transformer transformar

Attention !

Les verbes à **diphtongue,** à **affaiblissement** et à **alternance** sont signalés par **[ie]**, **[ue]**, **[i]** et **[ie/i]**.

6 Innovations scientifiques et responsabilité / *Innovaciones científicas y responsabilidad*

A Noms et expressions avec un nom

les découvertes los descubrimientos
le progrès el progreso
les améliorations las mejoras
les avancées los avances
les sciences las ciencias
la planète el planeta
l'environnement el medio ambiente
la pollution la contaminación
les gaz d'échappement los gases de escape
l'effet de serre el efecto invernadero
la recherche la investigación
le clonage la clonación
les transports los transportes
le recyclage el reciclaje
la biodiversité la biodiversidad
l'humanité la humanidad
les robots los robots
coûte que coûte a toda costa / cueste lo que cueste
une ONG una Organización No Gubernamental
des produits jetables productos de usar y tirar
des dégâts irréversibles daños irreversibles
la prise de conscience la toma de conciencia
le réchauffement climatique el calentamiento global
le covoiturage el coche compartido
la surpopulation la superpoblación
la manœuvre la maniobra
la consommation el consumo
les expériences los experimentos
les chercheurs los investigadores
le forage la perforación
les forêts los bosques
les essais los ensayos / las pruebas
la destruction la destrucción
l'épuisement des ressources naturelles el agotamiento de los recursos naturales
une planète qui ne cesse de se dégrader un planeta en continua degradación
la faune / la flore la fauna / la flora
les espèces en voie d'extinction las especies en vía(s) de extinción
l'énergie la energía
les éoliennes los aerogeneradores
les énergies renouvelables las energías renovables
les dérives los desvíos / las desviaciones
la croissance el crecimiento
les vaccins las vacunas
la bioéthique la bioética

B Adjectifs

biologique biológico/a
écologique ecológico/a
éthique ético/a
génétique genético/a
nucléaire nuclear
préjudiciable dañino/a / perjudicial
responsable responsable
technologique tecnológico/a

C Verbes et expressions avec un verbe

agir actuar
alléger la tâche de l'homme aliviar la tarea del hombre
améliorer mejorar
consommer consumir
détruire destruir
développer desarrollar
endommager dañar / deteriorar
faire des recherches sur investigar
faire entendre sa voix hacer oír su voz / hacerse escuchar
innover innovar
mettre en danger poner en peligro
porter préjudice perjudicar
réduire reducir
rendre la vie plus agréable amenizar la vida

7 Diversité et inclusion / *Diversidad e inclusión*

A Noms et expressions avec un nom

la discrimination la discriminación
l'intégration la integración
l'égalité ≠ l'inégalité la igualdad ≠ la desigualdad
l'émancipation la emancipación
la différence la diferencia
le handicap la discapacidad
un handicapé un discapacitado / un minusválido
la génération la generación
les langues régionales / officielles / étrangères las lenguas regionales / oficiales / extranjeras
la culture la cultura
les valeurs los valores
le respect el respeto
la liberté la libertad
l'évolution la evolución
les préjugés los prejuicios
les minorités las minorías
l'acceptation la aceptación
la tolérance la tolerancia
la solidarité la solidaridad
l'entraide la ayuda mutua
le soutien el apoyo
la pitié la compasión
la religion la religión
la croyance religieuse la creencia
les coutumes las costumbres
la tradition la tradición
la sexualité la sexualidad
la nationalité la nacionalidad
l'ethnie / la communauté la etnia
les clichés los tópicos / los clichés
les menaces las amenazas
le mépris el desprecio
la cohésion la cohesión / la unidad / la unión
la marginalisation la marginación / la marginalización
le/la marginal/e el/la marginado/a

B Adjectifs

cosmopolite cosmopolita
ethnique étnico/a
handicapé/e discapacitado/a / minusválido/a
intergénérationnel/le intergeneracional
majoritaire mayoritario/a
minoritaire minoritario/a
moderne moderno/a
ouvert/e abierto/a
respectueux/euse ≠ irrespectueux/se respetuoso/a ≠ irrespetuoso/a
solidaire solidario/a
tolérant/e ≠ intolérant/e tolerante ≠ intolerante

C Verbes et expressions avec un verbe

avoir confiance en qqn confiar en alguien
avoir de l'estime pour qqn sentir [ie/i] aprecio por alguien
avoir des préjugés tener prejuicios
compter les uns sur les autres contar [ue] (los) unos con (los) otros
discriminer discriminar
faire évoluer les mentalités hacer evolucionar las mentalidades
inclure incluir
insulter insultar
intégrer integrar
lutter pour l'égalité luchar por la igualdad
menacer amenazar
mettre sur un pied d'égalité poner en pie de igualdad
respecter respetar
s'entendre bien (mal) avec qqn llevarse bien (mal) con alguien
se mobiliser movilizarse
tisser des liens establecer lazos
vivre ensemble convivir

8 Territoire et mémoire / *Territorio y memoria*

A Noms et expressions avec un nom

l'histoire la historia
les espaces los espacios
les frontières las fronteras
les colonies las colonias
le passé el pasado
l'avenir el porvenir / el futuro
le patrimoine el patrimonio
l'héritage la herencia
le droit de connaître la vérité el derecho a conocer la verdad
la commémoration la conmemoración
la conquête la conquista
la colonisation la colonización
la reconquête la reconquista
l'indépendance la independencia
les évènements los acontecimientos
l'amnésie la amnesia
le témoignage el testimonio
l'oubli el olvido
les racines las raíces
la nation la nación
le pays el país
le peuple el pueblo
les conquistadors los conquistadores
l'expédition la expedición
l'organisation la organización
la résistance la resistencia
la défaite la derrota
l'exploitation la explotación
l'esclavage la esclavitud
le nationalisme el nacionalismo
le séparatisme el separatismo
les faits los hechos
le devoir de mémoire el deber de memoria / el deber de recordar
le souvenir el recuerdo
à la mémoire de qqn en memoria de alguien
une lutte sans merci una lucha sin piedad / un combate sin piedad
le monument aux morts el monumento a los caídos

B Adjectifs

collectif/ive colectivo/a
controversé/e controvertido/a
emblématique emblemático/a
frontalier fronterizo/a
historique histórico/a
individuel/le individual
national/e nacional
régional/e regional
territorial/e territorial
mondial/e global / mundial

C Verbes et expressions avec un verbe

coloniser colonizar
commémorer conmemorar
conquérir conquistar
gracier amnistiar
hériter heredar
imposer imponer
prendre son indépendance independizarse
se produire suceder / acontecer
raconter (un fait) relatar (un hecho)
témoigner testimoniar
tourner la page pasar página
régner de manière autoritaire reinar de forma autoritaria
rester gravé/e dans sa mémoire quedarse en su memoria / permanecer en su memoria
se rappeler qch recordar [ue] algo
se souvenir de qch acordarse [ue] de algo
vaincre vencer

1 Grammaire : quelques points importants

1 Le système de conjugaison

A Généralités

• **Il n'existe que deux séries de terminaisons verbales :**

	Terminaisons du présent	Terminaisons du prétérit
1re p. du sing. *(ich)*	-e	Ø
2e p. du sing. *(du)*	-st	-st
3e p. du sing. *(er/sie/es)*	-t	Ø
1re p. du plur. *(wir)*	-(e)n	-(e)n
2e p. du plur. *(ihr)*	-t	-t

Attention !
Les deux séries de **terminaisons** ne diffèrent l'une de l'autre qu'à deux personnes : **la 1re et la 3e du singulier.**

• **L'infinitif** se compose de la même façon pour tous les verbes : **radical + *-en* ou *-n*.**

• **La classification des verbes.** On distingue **six catégories de verbes**, en fonction des variations de radical par rapport à celui de l'infinitif, soit des plus irréguliers aux plus réguliers.

B Les trois auxiliaires (*haben*, *sein* et *werden*)

• **Ils sont très irréguliers** (parce que leur radical change souvent). Ils nécessitent d'apprendre par cœur la conjugaison au présent, au prétérit de l'indicatif, ainsi que le participe passé.

	haben (rad. de l'inf. : *hab-*)	**sein** (rad. de l'inf. : *sei-*)	**werden** (rad. de l'inf. : *werd-*)
Présent	ich habe **du hast** **er/sie/es hat** wir haben ihr habt sie/Sie haben	**ich bin** **du bist** **er/sie/es ist** **wir sind** **ihr seid** **sie/Sie sind**	ich werde **du wirst** **er/sie/es wird** wir werden ihr werdet sie/Sie werden
Prétérit	**ich hatte** **du hattest** **er/sie/es hatte** **wir hatten** **ihr hattet** **sie/Sie hatten**	**ich war** **du warst** **er/sie/es war** **wir waren** **ihr wart** **sie/Sie waren**	**ich wurde** **du wurdest** **er/sie/es wurde** **wir wurden** **ihr wurdet** **sie/Sie wurden**
Participe passé	gehabt	**gewesen**	**geworden**

• ***haben*** et ***sein*** sont les **auxiliaires des temps composés** : parfait (équivalent du passé composé) et plus-que-parfait de l'indicatif.

• ***werden*** est l'**auxiliaire** :
– du futur de l'indicatif.
Ex. : *Die Katze* ***wird*** *die Maus* ***fressen.*** (Le chat mangera la souris.)

– du conditionnel.

Ex. : *Wenn sie Hunger hätte, **würde** die Katze die Maus **fressen**.*
(S'il avait faim, le chat mangerait la souris.)

– de la voie passive.

Ex. : *Die Maus **wird** von der Katze **gefressen**.* (La souris est mangée par le chat.)

C Les six verbes de modalité

• Il s'agit de ***dürfen*** et ***können*** (possibilité), ***müssen*** et ***sollen*** (devoir), ***mögen* (*ich möchte*)** et ***wollen*** (volonté), dont le radical peut changer ou non.

	dürfen (dürf-)	**können** (könn-)	**müssen** (müss-)	**sollen** (soll-)	**mögen** (mög-)	**wollen** (woll-)
Prés.	**ich darf** **du darfst** **er/sie/es darf** wir dürfen ihr dürft sie/Sie dürfen	**ich kann** **du kannst** **er/sie/es kann** wir können ihr könnt sie/Sie können	**ich muss** **du musst** **er/sie/es muss** wir müssen ihr müsst sie/Sie müssen	**ich soll** du sollst **er/sie/es soll** wir sollen ihr sollt sie/Sie sollen	**ich mag** **du magst** **er/sie/es mag** wir mögen ihr mögt sie/Sie mögen	**ich will** **du willst** **er/sie/es will** wir wollen ihr wollt sie/Sie wollen
Prét.	**ich durfte** **du durftest** **er durfte** **wir durften** **ihr durftet** **sie durften**	**ich konnte** **du konntest** **er konnte** **wir konnten** **ihr konntet** **sie konnten**	**ich musste** **du musstest** **er musste** **wir mussten** **ihr musstet** **sie mussten**	ich sollte du solltest er/sie/es sollte wir sollten ihr solltet sie/Sie sollten	**ich mochte** **du mochtest** **er mochte** **wir mochten** **ihr mochtet** **sie mochten**	ich wollte du wolltest er/sie/es wollte wir wollten ihr wolltet sie/Sie wollten
P. passé	**gedurft**	**gekonnt**	**gemusst**	gesollt	**gemocht**	gewollt

• **Les verbes de modalité fonctionnent :**

– **par groupe de deux.** Deux d'entre eux expriment la possibilité : *dürfen* et *können*, deux autres le devoir : *müssen* et *sollen* et les deux derniers la volonté : *mögen* (*ich möchte*) et *wollen* ;

– **par groupe de trois.** Trois d'entre eux expriment l'indépendance du sujet grammatical : *können* (savoir, être capable de), *müssen* (avoir conscience de devoir absolument) et *wollen* (vouloir absolument) et les trois autres une dépendance par rapport au monde extérieur : *dürfen* (avoir la permission de quelqu'un d'extérieur), *sollen* (devoir parce que quelqu'un d'extérieur le demande) et *mögen* sous la forme *ich möchte* (j'aimerais bien... mais je dois tenir compte des contraintes extérieures indépendantes de ma volonté).

D Le verbe *wissen* (*savoir*)

Il se conjugue comme un verbe de modalité sans en avoir le sens.

	wissen (rad. de l'inf. : *wiss*-)	
Présent	**ich weiß** **du weißt** **er/sie/es weiß**	wir wissen ihr wisst sie/Sie wissen
Prétérit	**ich wusste** **du wusstest** **er/sie/es wusste**	**wir wussten** **ihr wusstet** **sie/Sie wussten**
Participe passé	**gewusst**	

ALLEMAND

E Les verbes forts ou verbes irréguliers

Il s'agit par exemple de ***fahren***, ***geben*** et ***gehen*** dont le radical :

• **change toujours au prétérit** (équivalent de l'imparfait et du passé simple français) :

	fahren (rad. de l'inf. : *fahr-*)	**geben** (rad. de l'inf. : *geb-*)	**gehen** (rad. de l'inf. : *geh-*)
Prétérit	**ich fuhr** **du fuhrst** **er/sie/es fuhr** **wir fuhren** **ihr fuhrt** **sie/Sie fuhren**	**ich gab** **du gabst** **er/sie/es gab** **wir gaben** **ihr gabt** **sie/Sie gaben**	**ich ging** **du gingst** **er/sie/es ging** **wir gingen** **ihr gingt** **sie/Sie gingen**

• **peut changer, ou non :**

– à la 2e et 3e personnes du singulier du présent de l'indicatif (c'est le cas des « verbes forts en "a" , en "e" ou en "o" ») ;

– à la formation du participe passé.

	fahren (rad. de l'inf. : *fahr-*)	**geben** (rad. de l'inf. : *geb-*)	**gehen** (rad. de l'inf. : *geh-*)
Présent	ich fahre **du fährst** **er/sie/es fährt** wir fahren ihr fahrt sie/Sie fahren	ich gebe **du gibst** **er/sie/es gibt** wir geben ihr gebt sie/Sie geben	ich gehe du gehst er/sie/es geht wir gehen ihr geht sie/Sie gehen
Participe passé	gefahren	gegeben	**gegangen**

• Comme il n'y a aucun moyen de savoir si le radical d'un verbe fort subit ou non un changement, il est recommandé de les apprendre par cœur.

F Les huit verbes mixtes

Il s'agit de ***brennen*** = brûler, ***bringen*** = apporter, ***denken*** = penser, ***kennen*** = connaître, ***nennen*** = nommer, ***rennen*** = courir, ***senden*** = envoyer et ***(sich) wenden*** = (se) tourner, dont le radical :

• **ne change pas au présent de l'indicatif**

	brennen	**bringen**	**denken**	**kennen**	**nennen**	**rennen**	**senden**	**wenden**
Présent	es brennt	ich bringe du bringst er bringt wir bringen ihr bringt sie bringen	ich denke du denkst er denkt wir denken ihr denkt sie denken	ich kenne du kennst er kennt wir kennen ihr kennt sie kennen	ich nenne du nennst er nennt wir nennen ihr nennt sie nennen	ich renne du rennst er rennt wir rennen ihr rennt sie rennen	ich sende du send**est** er send**et** wir senden ihr send**et** sie senden	ich wende du wend**est** er wend**et** wir wenden ihr wend**et** sie wenden

• **change au prétérit et au participe passé**

	brennen	**bringen**	**denken**	**kennen**	**nennen**	**rennen**	**senden**	**wenden**
Prétérit	es brannte	ich brachte du brachtest er brachte wir brachten ihr brachtet sie brachten	ich dachte du dachtest er dachte wir dachten ihr dachtet sie dachten	ich kannte du kanntest er kannte wir kannten ihr kanntet sie kannten	ich nannte du nanntest er nannte wir nannten ihr nanntet sie nannten	ich rannte du ranntest er rannte wir rannten ihr ranntet sie rannten	ich sandte du sandtest er sandte wir sandten ihr sandtet sie sandten	ich wandte du wandtest er wandte wir wandten ihr wandtet sie wandten
P. passé	gebrannt	gebracht	gedacht	gekannt	genannt	gerannt	gesandt	gewandt

G Les verbes faibles ou verbes réguliers

Il s'agit des verbes dont le radical ne change jamais.

	machen (rad. de l'inf. : *mach-*)
Présent	ich mache du machst er/sie/es macht wir machen ihr macht sie/Sie machen
Prétérit	ich machte du machtest er/sie/es machte wir machten ihr machtet sie/Sie machten
Participe passé	gemacht

Attention !

Les **formes verbales** signalées en **gras** correspondent à des **irrégularités** par rapport à la règle générale.

2 La place du groupe verbal

La place du groupe verbal (verbe conjugué + partie non conjuguée et invariable du groupe verbal) varie en fonction du type de phrases.

Types de phrases		Place du verbe conjugué	Place de la partie non conjuguée du groupe verbal
GV à l'infinitif	construction	dernière place	avant-dernière place
	exemple	*sich (A)* ***beeinflussen*** ***lassen****.* (Se laisser influencer.)	
Déclarative	construction	deuxième place	dernière place
	exemple	*Er* ***lässt*** *sich* ***beeinflussen.*** (Il se laisse influencer.)	
Interrogative globale	construction	première place	dernière place
	exemple	***Lässt*** *er sich* ***beeinflussen ?*** (Se laisse-t-il / Est-ce qu'il se laisse influencer ?)	
Interrogative partielle	construction	deuxième place	dernière place
	exemple	*Warum* ***lässt*** *er sich* ***beeinflussen ?*** (Pourquoi se laisse-t-il influencer ?)	
Impérative	construction	première place	dernière place
	exemple	***Lassen*** *Sie sich nicht* ***beeinflussen !*** (Ne vous laissez pas influencer !)	
Subordonnée	construction	dernière place	avant-dernière place
	exemple	*Ich bin der Meinung, dass er sich* ***beeinflussen*** ***lässt****.* (Je pense qu'il se laisse influencer.)	

3 Les déclinaisons

A Les pronoms personnels et les adjectifs possessifs

		Pronoms personnels			Adj. possessifs* correspondants
		Nominatif	Accusatif	Datif	
Singulier	1re pers.	ich	mich	mir	mein...
	2e pers.	du	dich	dir	dein...
	3e pers. masc.	er	ihn	ihm	sein...
	3e pers. fém.	sie	sie	ihr	ihr...
	3e pers. neutre	es	es	ihm	sein...
Pluriel	1re pers.	wir	uns	uns	unser...
	2e pers.	ihr	euch	euch	euer...
	3e pers. / form. de politesse	sie / Sie	sie / Sie	ihnen / Ihnen	ihr... / Ihr...

*** L'adjectif possessif se décline comme :**
– l'article indéfini ***ein...*** quand il sert de déterminant à un GN singulier ;
– l'article défini ***die*** quand il sert de déterminant à un GN pluriel.

B Le groupe nominal

		Masculin	Féminin	Neutre
Nominatif (GN sujet ou attribut du sujet)	art. déf.	der große Mann	die große Frau	das brave Kind
	art. indéf.	ein Ø großer Mann	eine große Frau	ein Ø braves Kind
	Ø art.	Ø guter Käse	Ø gute Milch	Ø gutes Brot
Accusatif (GN COD ou après certaines prép.)	art. déf.	den großen Mann	die große Frau	das brave Kind
	art. indéf.	einen großen Mann	eine große Frau	ein Ø braves Kind
	Ø art.	Ø guten Käse	Ø gute Milch	Ø gutes Brot
Datif (GN COI, COS ou après certaines prép.)	art. déf.	dem großen Mann	der großen Frau	dem braven Kind
	art. indéf.	einem großen Mann	einer großen Frau	einem braven Kind
	Ø art.	Ø gutem Käse	Ø guter Milch	Ø gutem Brot
Génitif (GN complément du nom)	art. déf.	des großen Mannes	der großen Frau	des braven Kindes
	art. indéf.	eines großen Mannes	einer großen Frau	eines braven Kindes
	Ø art.	Ø guten Käses	Ø guter Milch	Ø guten Brot(e)s

- **Les prépositions toujours suivies de l'accusatif :** ***durch***, ***für***, ***gegen***, ***ohne***, ***um***, ***wider***.
- **Les prépositions toujours suivies du datif :** ***aus***, ***bei***, ***mit***, ***nach***, ***seit***, ***von***, ***zu***.

Info
Dans ce tableau, les déclinaisons des **noms** sont indiquées en vert et celles des **adjectifs** en rouge.

2 Le vocabulaire utile par thème du programme

1 Identités et échanges / *Identität und Austausch*

A Noms et expressions avec des noms

l'identité die Identität(en)
la nationalité die Nationalität(en) / die Staatsangehörigkeit(en)
la citoyenneté die Staatsbürgerschaft(en)
la communauté die Gemeinschaft(en)
le groupe die Gruppe(n)
le cercle der Kreis(e)
le quartier der Stadtteil(e) / der Bezirk(e)
le ghetto das G(h)etto(s)
la tension die Spannung(en)
la menace die Bedrohung(en)
le conflit der Konflikt(e)
la frontière die Grenze(n)
la fuite die Flucht(en)
l'exil das Exil(e)
l'émigration die Auswanderung(en)
l'immigration die Einwanderung(en)
le droit d'asile das Asylrecht(e)
le demandeur d'asile der Asylbewerber(-)
l'échange der Austausch(e)
le dialogue der Dialog(e) / das Gespräch(e)

Abréviations

qch : quelque chose **qqn** : quelqu'un **etw** : etwas **jmd** : jemand (N) **jn** : jemanden (A) **jm** : jemandem (D) **jds** : jemandens (G) **A** : accusatif **D** : datif **N** : nominatif

l'intégration die Integration
le mélange die Mischung
le contact der Kontakt(e)
la découverte die Entdeckung(en)
le partenariat die Partnerschaft(en)
la mixité die Mischung / die Durchmischung
l'hospitalité die Gastfreundschaft
l'accueil die Aufnahme
la mobilité die Mobilität
la mondialisation die Globalisierung
le choc des cultures der Kulturschock
le tourisme der Tourismus
la curiosité die Sehenswürdigkeit(en)
le voyage die Reise(n)
l'expérience (personnelle) die [persönliche(n)] Erfahrung(en)

B Adjectifs

accueillant gastfreundlich
compréhensif verständnisvoll
culturel kulturell
linguistique sprachlich
menaçant bedrohend
mixte gemischt
problématique problematisch
tendu gespannt

C Verbes et expressions avec des verbes

accueillir qqn jn auf/nehmen (i ; a, o) / jn empfangen (ä ; i, a)
comprendre qqn / qch jn / etw (A) verstehen (a, a)
découvrir qch etw (A) entdecken
échanger avec qqn sich (A) mit jm aus/tauschen
émigrer aus/wandern
être accueilli à bras ouverts herzlich aufgenommen werden (i ; u, o)
faire partie d'un groupe einer Gruppe an/gehören / zu einer Gruppe gehören
fuir flüchten / fliehen (o, o)
immigrer ein/wandern
intervenir dans un conflit bei in einem Konflikt ein/greifen (i, i)
prendre contact avec qqn mit jm Kontakt auf/nehmen (i ; a, o)
risquer sa vie sein Leben aufs Spiel setzen
saisir sa chance sein Glück versuchen
s'exiler ins Exil gehen (i, a)
s'identifier à qqn / qch sich (A) mit jm / etw (D) identifizieren
transgresser la loi gegen das Gesetz verstoßen (ö ; ie, o)
voyager reisen

ALLEMAND

2 Espace privé et espace public / *Privatsphäre und Öffentlichkeit*

A Noms et expressions avec des noms

l'espace privé die Privatsphäre
la vie privée das Privatleben
le cercle familial der Familienkreis(e)
le membre de la famille das Familienmitglied(er), der / die Verwandte *(adj. subst.)*
le cercle d'amis der Freundeskreis(e)
la confiance ≠ la défiance das Vertrauen ≠ das Misstrauen
l'atmosphère familière die Gemütlichkeit
la zone de confort der Komfortbereich / die Komfortzone
le marginal der Außenseiter(-)
l'espace public der öffentliche Raum / die Öffentlichkeit
l'opinion publique die öffentliche Meinung
le semblable der Mitmensch(en, en)
la vie professionnelle das Berufsleben
la coopération die Zusammenarbeit
l'engagement das Engagement
la participation à qch die Teilnahme an etw (D)
le poste à responsabilité der Führungsposten(-)
la parité homme-femme der gleiche Anteil von Männern und Frauen
l'éducation die Erziehung
l'espace religieux der religiöse Bereich / der religiöse Raum
les traditions die Traditionen / die Sitten und Bräuche
les valeurs die Werte
la liberté de mouvement die Bewegungsfreiheit

B Adjectifs

casanier häuslich
confortable gemütlich
(dés)agréable (un)angenehm
(in)dépendant (un)abhängig
méfiant misstrauisch
personnel persönlich
privé privat
professionnel beruflich
public öffentlich
qui aime sortir ausgehfreudig
qui inspire confiance vertrauenerweckend
réservé zurückhaltend
seul einsam
social sozial / gesellschaftlich
timide schüchtern
traditionnel traditionell

C Verbes et expressions avec des verbes

agir handeln
aller volontiers au devant des autres gern mit anderen in Kontakt treten (i ; a, e)
bien aimer sortir gern aus/gehen (i, a)
bien s'amuser ensemble zusammen Spaß haben*
entrer dans la vie active in den Beruf ein/steigen (ie, ie)
(ne pas) être capable de s'intégrer sich (A) (nicht) integrieren können*
être là l'un pour l'autre füreinander da sein*
exercer une activité professionnelle einen Beruf aus/üben / berufstätig sein*
faire carrière Karriere machen
faire confiance à qqn ≠ se méfier de qqn jm vertrauen ≠ jm misstrauen
mener à bien un projet ein Projekt aus/führen
(ne pas) nouer de contact avec qqn (keinen) Anschluss finden (a, u)
profiter de la vie das Leben genießen (o, o)
s'engager pour / contre qch sich (A) für / gegen etw (A) ein/setzen
s'ennuyer sich (A) langweilen
s'émanciper (de qch) sich (A) (von etw) emanzipieren
sensibiliser qqn à qch jn für etw (A) sensibilisieren
se replier sur soi / se retirer du monde sich (A) [von der Welt] zurück/ziehen (o, o)
se sentir en sécurité sich (A) geborgen fühlen
se retirer de la vie active sich (A) ins Privatleben zurück/ziehen (o, o)
soutenir un projet ein Projekt unterstützen
travailler (ensemble) (zusammen/)arbeiten
vivre dans sa bulle zurückgezogen leben

3 Art et pouvoir / *Kunst und Macht*

A Noms et expressions avec des noms

l'art die Kunst (die Künste)
les arts plastiques die bildende Kunst (die bildenden Künste)
l'artiste der Künstler(-)
la musique die Musik / das Musizieren
la peinture (en tant qu'art) die Malerei / das Malen
le cinéma (en tant qu'art) der Film / das Filmen
le théâtre (en tant qu'art) das Theater(spielen)
la sculpture (en tant qu'art) die Bildhauerei
le dessin (en tant qu'art) das Zeichnen
la danse (en tant qu'art) der Tanz / das Tanzen
la photographie (en tant qu'art) das Fotografieren
la poésie (en tant qu'art) die Dichtung
l'œuvre / le chef-d'œuvre das Werk(e) / das Kunstwerk(e)
la liberté de création die Kunstfreiheit
le pouvoir ≠ le contre-pouvoir die Macht ≠ die Gegenmacht
la culture ≠ la contre-culture die Kultur ≠ die Gegenkultur
l'offre culturelle das Kulturangebot(e)
la critique die Kritik(en)
la caricature die Karrikatur(en)
la mise en garde die Warnung(en) / Mahnung(en)
l'art dégénéré entartete Kunst
la censure die Zensur
l'interdiction d'exercer sa profession das Berufsverbot(e)
l'interdiction de peindre das Malverbot(e)
l'interdiction d'écrire das Schreibverbot(e)
la manipulation die Manipulation
l'exposition die Ausstellung(en)
la collection die Sammlung(en)

B Adjectifs

artistique künstlerisch
caricatural / stéréotypé klischeehaft
censuré zensiert
contemporain zeitgenössisch
créatif kreativ
doué begabt
engagé engagiert
intéressé par la culture kulturinteressiert
institutionnel institutionell
passionné d'art kunstbegeistert
qui aime les arts musisch
talentueux talentiert

C Verbes et expressions avec des verbes

censurer qch etw (A) zensieren
critiquer qqn /qch jn / etw (A) kritisieren / Kritik an jm / etw (D) üben
délivrer une interdiction d'exercer sa profession (à qqn) (jm) Berufsverbot erteilen
être d'accord avec le système angepasst sein*
être surveillé (par qqn) (von jm) überwacht werden (i ; u, o)
exprimer qch etw (A) aus/drücken / etw (A) zum Ausdruck bringen (a, a)
faire allusion à qch auf etw (A) an/spielen
faire / jouer de la musique musizieren / Musik machen
interdire qch à qqn jm etw (A) verbieten (o, o)
mettre qqn en garde jn warnen / jn mahnen
peindre malen
prendre une décision eine Entscheidung treffen (i ; a, o)
recevoir une interdiction d'exercer sa profession Berufsverbot bekommen (a, o)
remettre qch en question etw (A) in Frage stellen
résister à qch etw (D) widerstehen (a, a)
s'exprimer sich (A) aus/drücken
s'opposer au système sich (A) gegen das System stellen
sculpter la terre formen
sculpter la pierre meißeln
sculpter le bois schnitzen
se produire sur scène auf/treten (i ; a, e) / auf der Bühne stehen (a, a)
se rebeller (contre qch) [gegen etw (A)] rebellieren / sich (A) [gegen etw (A)] auf/lehnen
tourner un film einen Film drehen

ALLEMAND

4 Citoyenneté et mondes virtuels / *Bürgerschaft und virtuelle Welten*

A Noms et expressions avec des noms

la citoyenneté die Staatsbürgerschaft(en) / die Bürgerschaft(en)
l'initiative citoyenne die Bürgerinitiative(n)
le devoir die Pflicht(en)
la règle die Regel(n)
le droit / le droit des citoyens das Recht(e) / die Bürgerrechte
la punition / la peine die Strafe(n)
la valeur der Wert(e)
le civisme die Zivilcourage
l'engagement das Engagement
les libertés fondamentales die Grundfreiheiten
la liberté de la presse die Pressefreiheit
la liberté d'opinion die Meinungsfreiheit
l'info(rmation) die Information(en) / die Info(s)
la collecte d'info(rmations) die Informations-beschaffung
le flot d'info(rmations) die Informationsflut
la nouvelle die Nachricht(en)
le reportage der Bericht(e) / die Reportage(n)
l'émission de télévision die Fernseh- sendung(en)
le monde virtuel die virtuelle(n) Welt(en)
le changement der Wandel
la tendance der Trend(s)
les nouvelles technologies die neuen Technologien
internet das Internet
la consommation internet der Internetverbrauch
l'internaute der Internet-Nutzer(-)
la page web die Webseite(n)
le réseau (social) das [soziale(n)] Netzwerk(e)
l'addiction / la dépendance die Süchte
le danger die Gefahr(en)
le harcèlement moral das Mobbing
les fake news die Fake News
le scandale der Skandal(e)
le risque das Risiko (die Risiken)
les données personnelles die Privatdaten
la protection des données der Datenschutz
le contrôle parental die elterliche Kontrolle
le cyber-harcèlement das Cybermobbing

B Adjectifs

anonyme anonym
connecté online / vernetzt
dangereux gefährlich
déconnecté offline
dépendant (à internet) (internet)süchtig
moderne modern
nouveau neu
tendance trendy
vrai / faux wahr / falsch
virtuel virtuell

C Verbes et expressions avec des verbes

aller voir sur internet ins Internet gehen (i, a)
contrôler qch etw (A) kontrollieren
(en)courir un risque ein Risiko ein/gehen (i, a)
évoluer / se transformer sich (A) entwickeln
faire preuve de civisme Zivilcourage zeigen
falsifier qch etw (A) (ver)fälschen
partager qch / des données / une information sich (D) etw (A) / Daten / eine Information teilen
rendre compte de qch über etw (A) berichten
respecter qqn / qch jn / etw (A) respektieren
s'engager pour qqn / qch sich (A) für jn / etw (A) engagieren / ein/setzen
s'informer / informer qqn sur qch sich (A) / jn über etw (A) informieren
surfer sur Internet im Internet surfen
susciter l'attention de qqn jds Aufmerksamkeit erregen
veiller à qch auf etw (A) achten / auf/passen
vivre dans un monde virtuel in einer virtuellen Welt leben
faire l'expérience de qch / vivre qch etw (A) erleben

Rappel

- Les **voyelles** derrière les verbes à l'infinitif correspondent aux temps forts des verbes irréguliers.
- Le « * » signale les auxiliaires ***haben*** ou ***sein***, les modaux.
- (en, en) derrière le nom signale les **masculins faibles.**
- Le « / » indique un verbe à **particule séparable.**
- Le **pluriel des noms** est entre parenthèses.

5 Fictions et réalités / *Fiktion und Wirklichkeit*

A Noms et expressions avec des noms

la fiction die Fiktion(en)
l'imagination die Fantasie / die Einbildungskraft / die Vorstellungskraft
la créature imaginaire das Fantasiegebilde
le cinéma (en tant qu'art) der Film
le film der Film(e)
la littérature die Literatur
l'aventure das Abenteuer(-)
le côté aventureux die Abenteuerlichkeit
la soif d'aventure die Abenteuerlust
le roman d'aventure der Abenteuerroman(e)
la poésie (en tant que genre littéraire) die Dichtung
le théâtre (en tant que genre littéraire) das Theater
la pièce de théâtre das Theaterstück(e)
la création das Schaffen
le rêve der Traum (die Träume)
la réalité die Wirklichkeit
le fait die Tatsache(n)
l'absence d'imagination die Fantasielosigkeit
le quotidien der Alltag
le train-train der Alltagstrott
la routine die Routine
l'affaire courante die Routineangelegenheit(en)
le travail de routine die Routinearbeit(en)
la question de routine die Routinefrage(n)
le réalisme der Realismus
le récit die Erzählung(en)
la source d'inspiration die Inspirationsquelle(n)
l'utopie die Utopie(n)
la légende die Legende(n) / die Sage(n)
la mythologie die Mythologie
la science-fiction die Science-Fiction
le héros der Held(en, en)

B Adjectifs

abstrait abstrakt
aventureux abenteuerlich
banal / dépourvu d'imagination fantasielos
concret konkret
culturel kulturell
fictif fiktiv
imaginatif fantasievoll
qui a beaucoup d'imagination fantasiebegabt
qui a le goût de l'aventure abenteuerlustig
réel wirklich
routinier routinemäßig
utopique utopisch

C Verbes et expressions avec des verbes

avoir soif d'aventures vor Abenteuerlust brennen (a, a)
créer qch etw (A) schaffen (u, a)
convevoir qch etw (A) konzipieren
correspondre à la réalité der Wirklichkeit entsprechen (i ; a, o)
dépasser l'imagination / l'entendement die Vorstellungskraft übersteigen (ie, ie) / sprengen
devenir réalité Wirklichkeit werden (i ; u, o)
écrire qch etw (A) schreiben (ie, ie) / verfassen
être de toutes les aventures sich (A) in jedes Abenteuer stürzen
être (toujours) en quête d'aventure auf Abenteuer aus sein*
être inspiré de faits réels auf wahren Begebenheiten basieren
être profondément ému (par qch) [von etw (D)] auf sehr tiefe Weise berührt werden (i ; u, o)
(af)fabuler (à propos de qqn / qch) [von jm / etw (D)] fantasieren
faire réfléchir (qqn) à qch (jn) zum Nachdenken bringen (a, a)
incarner des valeurs Werte verkörpern
inventer qch etw (A) erfinden (a, u)
raconter qch (à qqn) (jm) etw (A) (nach)erzählen
ramener qqn à la réalité jn auf den Boden der Tatsachen zurück/holen
reprendre son train-train quotidien in den Alltagstrott zurück/kehren
rêver de qch von etw (D) träumen
s'imaginer / se représenter qch sich etw vor/stellen / etw (A) vor seinem geistigen Auge sehen (ie ; a, e)

6 Innovations scientifiques et responsabilité / *Wissenschaftliche Innovationen und Verantwortung*

A Noms et expressions avec des noms

l'innovation die Innovation(en)
la science die Wissenschaft(en)
la recherche die Forschung
la découverte die Entdeckung(en) / die Erfindung(en)
l'expérience scientifique das Experiment(e)
le progrès der Fortschritt(e)
la centrale nucléaire das Atomkraftwerk(e) / das Kernkraftwerk(e)
l'énergie nucléaire die Atomkraft / die Kernkraft
la manipulation génétique die Genmanipulation
la responsabilité die Verantwortung(en)
la menace die Bedrohung(en)
les dérives der Fehltritt(e)
la prise de conscience die Bewusstwerdung
la biodiversité die Biodiversität
l'énergie renouvelable die erneuerbare(n) Energie(n)
le risque das Risiko (die Risiken)
les déchets der Müll
le sac en plastique die Plastiktüte(n)
le continent de plastique / le 7e continent das Plastikmeer
la pollution de l'environnement die Umweltverschmutzung
la qualité de vie die Lebensqualität
le choc climatique der Klimaschock
le changement climatique der Klimawandel

B Adjectifs

avancé / progressif fortschrittlich
(co)responsable (mit)verantwortlich
dangereux gefährlich
démesuré übermäßig
écologique ökologisch
éthique ethisch
génétique genetisch
innovant innovativ
nuisible pour l'environnement umweltschädlich
raisonnable vernünftig
respectueux de l'environnement umweltfreundlich

C Verbes et expressions avec des verbes

avertir / prévenir qqn de qch jn vor etw (D) warnen
causer / occasionner qch (de négatif) etw (A) an/richten
consommer qch etw (A) verbrauchen
(en)courir un risque ein Risiko ein/gehen (i, a)
découvrir qch etw (A) entdecken
développer qch (avec qqn) etw (A) [mit jm] entwicklen
détruire / anéantir qch etw (A) zerstören / vernichten
être responsable de qch für etw (A) verantwortlich sein*
faire de la recherche [nach etw (D)] forschen
faire des expériences scientifiques experimentieren
gaspiller qch [etw (A)] verschwenden
inventer qch etw (A) erfinden (a, u)
mettre en danger la nature / l'équilibre die Natur / das Gleichgewicht gefährden
nuire à / détruire l'environnement der Umwelt schaden / die Umwelt zerstören
polluer (qch) [etw (A)] verschmutzen
préserver / protéger l'environnement die Umwelt schonen / schützen
procéder scientifiquement wissenschaftlich vor/gehen (i, a)
produire qch etw (A) produzieren / her/stellen
progresser / faire des progrès fort/schreiten (i, i) / Fortschritte machen
prouver qch etw (A) nach/weisen (ie, ie)
renoncer à qch auf etw (A) verzichten
respecter la nature auf die Natur achten
se dégrader sich (A) verschlechtern
se poser des questions sur qch etw (A) hinterfragen
sortir du nucléaire aus der Atomenergie aus/steigen (ie, ie)
utiliser qch etw (A) benutzen / verwenden

7 Diversité et inclusion / *Vielfalt und Einbeziehung*

A Noms et expressions avec des noms

la diversité die Vielfalt
l'enrichissement die Bereicherung
la tolérance ≠ l'intolérance die Toleranz ≠ die Intoleranz
la similitude die Ähnlichkeit(en)
le point commun die Gemeinsamkeit(en)
la différence der Unterschied(e)
le préjugé das Vorurteil(e)
le cliché das Klischee(s)
le stéréotype das Stereotyp(e)
la discrimination die Diskriminierung
le racisme der Rassismus
la xénophobie die Fremdenfeindlichkeit
le harcèlement moral das Mobbing
le handicap die Behinderung(en)
la minorité die Minderheit(en)
la cohésion sociale der gesellschaftliche Zusammenhalt
l'exclusion die Ausgrenzung(en)
l'inclusion das Beteiligen / die Einbeziehung
l'intégration die Integration
la culture die Kultur(en)
la langue die Sprache(n)
la connaissance / le savoir die Kenntnis(se)
la particularité die Besonderheit(en)
l'acceptation / la reconnaissance de qch die Anerkennung etw (G)
la relation avec / le rapport à qqn die Beziehung(en) / das Verhältnis zu jm

B Adjectifs

cosmopolite kosmopolitisch / weltoffen
différent unterschiedlich / verschieden
égaux en droits gleichberechtigt
intégré integriert / eingelebt
(in)tolérant (in)tolerant
multiculturel Multikulti-
ouvert aufgeschlossen / offen
raciste rassistisch
respectueux respektvoll
semblable ähnlich
sociable kontaktfreudig
solidaire solidarisch
varié / divers vielfältig / facettenreich
xénophobe fremdenfeindlich

C Verbes et expressions avec des verbes

accepter / reconnaître qch / qqn etw (A) / jn akzeptieren / an/erkennen (a, a)
avoir bcp de choses en commun vieles gemeinsam haben*
avoir une représentation juste / fausse de qqn / qch eine richtige / falsche Vorstellung von jm / etw (D) haben*
avoir des préjugés envers qqn / qch jm / etw (D) gegenüber voreingenommen sein*
combattre les préjugés Vorurteile bekämpfen
contribuer à qch zu etw (D) bei/tragen (ä ; u, a)
être conscient de qch sich (D) einer Sache bewusst sein*
être harcelé par qqn von jm gemobbt werden (i ; u, o)
être prêt à qch zu etw (D) bereit sein*
être victime de discrimination (de la part de qqn) (durch jn) diskriminiert werden (i ; u, o)
faire des efforts sich (A) an/strengen
faire évoluer les mentalités für ein thema sensibilisieren (ä ; ie, a)
faire participer qqn à qch jn an etw (D) beteiligen
lutter pour l'égalité für Gleichberechtigung kämpfen
mettre qqn sur un pied d'égalité (avec qqn) jn auf die gleiche Stufe stellen (wie jmd)
nouer de nouveaux contacts / de nouvelles amitiés neue Kontakte / Freundschaften knüpfen
participer à qch sich (A) an etw (D) beteiligen
prendre part à qch bei etw (D) mit/machen / an etw (D) teil/nehmen (i ; a, o)
s'adapter à qch sich (A) an etw (A) an/passen
s'intégrer sich (A) integrieren / sich (A) ein/leben
s'ouvrir à qqn / qch sich (A) jm / etw (D) öffnen
se faire de nouveaux amis Freunde gewinnen (a, o)

8 Territoire et mémoire / *Territorium und Gedächtnis*

A Noms et expressions avec des noms

le territoire das Territorium (die Territorien) / das Gebiet(e)

la naissance de qch die Entstehung etw (G)

le pays das Land (die Länder)

la frontière die Grenze(n)

le royaume das Königreich(e)

l'empire das Kaiserreich(e)

la démocratie die Demokratie(n)

la dictature die Diktatur(en)

le Troisième Reich das Dritte Reich

la guerre (mondiale) der Krieg(e) / der Weltkrieg(e)

le crime contre l'humanité das Verbrechen(-) gegen die Menschlichkeit

le criminel de guerre der Kriegsverbrecher(-)

la république die Republik(en)

la République fédérale d'Allemagne (RFA) die Bundesrepublik Deutschland (BRD)

la République démocratique allemande (RDA) die Deutsche Demokratische Republik (DDR)

la construction du mur de Berlin der Bau der Berliner Mauer / der Mauerbau

la chute du mur de Berlin der Fall der Berliner Mauer / der Mauerfall

la réunification die Wiedervereinigung

la Résistance der Widerstand

la mémoire das Gedächtnis

l'histoire die Geschichte

le souvenir (de qqn / qch) die Erinnerung [an jn / etw (A)]

le devoir de mémoire die Erinnerungspflicht

le lieu du souvenir der Erinnerungsort(e)

le lieu de mémoire die Gedenkstätte(n)

la plaque commémorative die Gedenktafel(n)

le monument commémoratif das Mahnmal(e) / das Denkmal (die Denkmäler)

le témoignage das Zeitzeugnis(se)

le témoin der Zeitzeuge(n, n)

la victime das Opfer(-)

le juif der Jude(n, n)

les Tziganes d'Allemagne die Sinti und Roma

les victimes de l'euthanasie die Euthanasie-Opfer

l'opposant(e) der / die Oppositionelle *(adj. subst.)*

l'opposant politique der politische(n) Gegner(-)

l'homosexuel der / die Homosexuelle *(adj. subst.)*

l'intellectuel(le) der / die Intellektuelle *(adj. subst.)*

le résistant der Widerstandskämpfer(-)

B Adjectifs

allemand deutsch

controversé umstritten

démocratique demokratisch

historique historisch

juif jüdisch

national-socialiste nationalsozialistisch / NS-

C Verbes et expressions avec des verbes

anéantir qch / exterminer qqn etw (A) / jn vernichten

attaquer un pays ein Land an/greifen (i, i)

commémorer qch etw (G) gedenken (a, a)

déclarer la guerre à un pays einem Land den Krieg erklären

détruire qch etw (A) zerstören

entretenir la mémoire de qqn / qch die Erinnerung an jn / etw (A) wach/halten (ä ; ie, a)

envahir (un pays) in ein Land ein/marschieren

faire un discours eine Rede halten (ä ; ie, a)

fonder un état einen Staat (be)gründen

hériter (qch de qqn) [etw (A) von jm] erben

libérer qch / qqn etw (A) / jn befreien

naître / voir le jour entstehen (a, a)

occuper qch etw (A) besetzen

témoigner de qch von etw (D) zeugen

tourner la page die Vergangenheit bewältigen

se souvenir de qqn / qch sich (A) an jn / etw (A) erinnern

Enseignement scientifique

(Enseignement commun)

Une longue histoire de la matière

Le Soleil, notre source d'énergie

La Terre, un astre singulier

Son et musique, porteurs d'information

1 Un niveau d'organisation : les éléments chimiques

Les noyaux des atomes des éléments chimiques stables naissent au sein des étoiles. Certains noyaux, instables, peuvent se désintégrer. **Comment peut-on décrire ces réactions nucléaires ?**

1 L'origine des éléments chimiques

• **Le Big Bang est un modèle** permettant de décrire l'évolution de l'Univers depuis sa naissance, ainsi que la formation des éléments chimiques qui le composent. Lors de son évolution, les constituants de l'Univers se sont peu à peu formés et organisés.

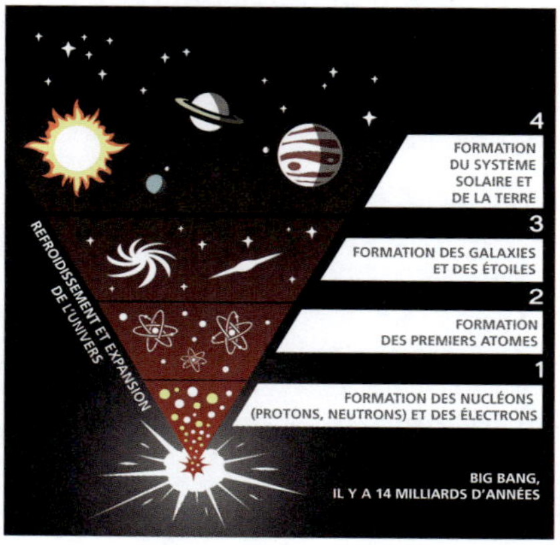

◀ La théorie du Big Bang.

• **La matière dans l'Univers se transforme continuellement.** L'hydrogène se transforme en hélium puis en d'autres éléments plus lourds, comme l'oxygène, le carbone, le fer, le silicium par des **réactions nucléaires** au sein des étoiles.

Rappel
Lors d'une **réaction nucléaire,** un élément se transforme en un autre élément.

Hydrogène H	Hélium He	Oxygène O	Carbone C	Néon Ne	Azote N	Magnésium Mg	Silicium Si	Fer Fe	Soufre S
90 %	9 %	0,1 %	0,06 %	0,012 %	0,01 %	0,005 %	0,005 %	0,004 %	0,002 %

▲ Abondance des éléments chimiques (proportions) dans l'Univers.

Oxygène O	Magnésium Mg	Fer Fe	Silicium Si	Soufre S	Aluminium Al	Nickel Ni	Chrome Cr	Hydrogène H	Carbone C
48,8 %	16,5 %	14,3 %	13,8 %	3,7 %	1,6 %	0,8 %	0,2 %	0,2 %	0,02 %

▲ Abondance des éléments chimiques (proportions) dans le globe terrestre.

Hydrogène H	Oxygène O	Carbone C	Azote N	Phosphore P	Calcium	Soufre	Sodium	Potassium	Chlore
61 %	24 %	13 %	1,4 %	0,25 %	0,24 %	0,05 %	0,04 %	0,03 %	0,03 %

▲ Abondance des éléments chimiques (proportions) dans le corps humain.

2 La source d'énergie des étoiles

Une étoile est principalement composée d'hydrogène. Elle est le siège de **réactions de fusion nucléaire** qui libèrent une grande quantité d'énergie. Lors de la fusion nucléaire, des noyaux légers s'unissent (ils fusionnent) pour former un noyau plus lourd.

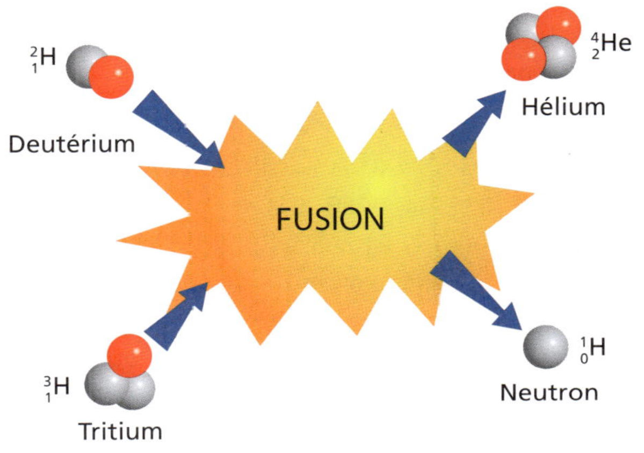

$$^3_1H + ^2_1H \rightarrow ^4_2He + ^1_0n$$

▲ Réaction de fusion nucléaire.

3 La radioactivité

• **Certains noyaux sont instables** et se désintègrent en émettant d'autres particules plus petites et un rayonnement. On parle de **désintégration radioactive (radioactivité)**.

• **La désintégration radioactive d'un noyau est un phénomène aléatoire.** Il n'est pas possible de prévoir à quel instant elle aura lieu.

• **La demi-vie.** Soit N_0 le nombre de noyaux radioactifs dans un échantillon à l'instant $t = 0$.
Au bout d'une demi-vie ($t = T$), le nombre de noyaux radioactifs sera divisé par deux, soit

$$N = \frac{N_0}{2}.$$

Mot-clé

Période radioactive (ou demi-vie) : temps T nécessaire à la désintégration de la moitié des noyaux contenus dans un échantillon macroscopique.
C'est une caractéristique du noyau.

Zoom

La période radioactive du carbone 14 est de 5 600 ans.

Date	$t = 0$	$t = T$	$t = 2T$	$t = 3T$	$t = nT$
Nombre de noyaux radioactifs	$N = N_0$	$N = \frac{N_0}{2}$	$N = \frac{N_0}{4}$	$N = \frac{N_0}{8}$	$N = \frac{N_0}{2^n}$

Isotope		Période
Tritium	^{3}H	12,3 ans
Plutonium	^{239}Pu	24 300 ans
Iode	^{129}I	17 millions d'années
Uranium	^{238}U	4,5 milliards d'années

▲ Périodes radioactives de quelques isotopes.

4 Dater la matière avec la radioactivité

- **La datation au carbone 14** (^{14}C) est basée sur la mesure de l'activité radioactive du carbone 14 contenu dans la matière organique.
- **Un organisme vivant échange du carbone** (et donc du carbone 14) avec son environnement. La proportion de carbone 14 par rapport au carbone total dans un organisme vivant à un instant t est la même que dans l'atmosphère au même instant.
- **Lorsqu'un organisme vivant meurt,** ces échanges cessent. La quantité de carbone 14 qu'il contient décroît au cours du temps car les noyaux se désintègrent.
- **En mesurant le rapport du carbone 14 au carbone total** dans un échantillon de matière, on peut donc déterminer son âge.

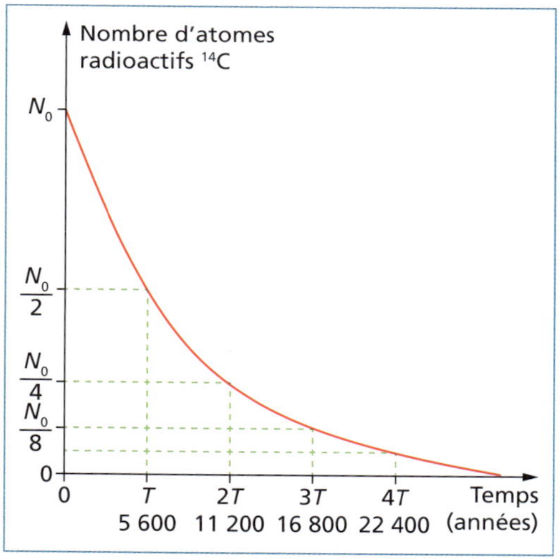

▲ Décroissance radioactive du carbone 14.

2 Des édifices ordonnés : les cristaux

Lors d'un repas, on peut servir les boissons dans un verre ordinaire ou bien dans un verre « en cristal ». Cette appellation est trompeuse. Pour le scientifique, le cristal est bien différent du verre. **Comment distinguer cristal et verre ?**

1 Le chlorure de sodium : un exemple de cristal

• **Dans la nature, le chlorure de sodium peut être trouvé sous deux états :** **dissous** en solution ou bien **solide**. Ce sel provient de deux sources : il est récolté par évaporation de l'eau de mer dans les marais salants, ou bien extrait en profondeur à partir du sel gemme ou halite, une roche.

• **Le cristal de chlorure de sodium est constitué d'un empilement régulier** de deux ions : Na^+ et Cl^-. Ces ions se disposent les uns par rapport aux autres dans un empilement cubique. Au sommet du cube, on trouve un ion Cl^-, ainsi qu'au centre de chaque face du cube. Au milieu des arêtes du cube, on trouve un ion Na^+ ainsi qu'au centre du cube.

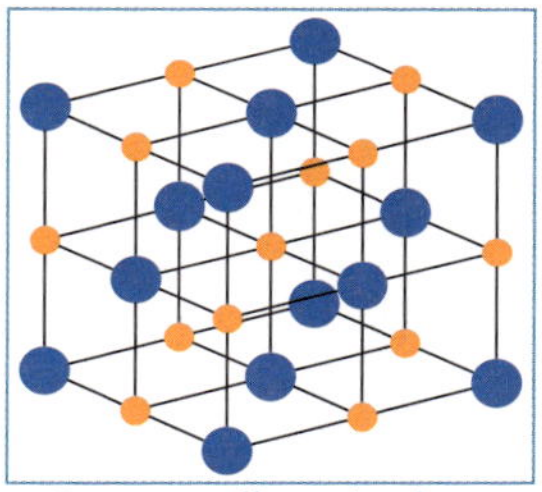

▲ Structure d'un cristal de chlorure de sodium. Bleu : Cl^-, orange : Na^+.

• **La structure cubique est répétée.** Aussi, les atomes des sommets, des faces et des arêtes sont partagés par plusieurs cubes. **Cet empilement régulier et répété désigne l'état cristallin.** Cet état cristallin se manifeste dans la structure du cristal au niveau macroscopique : il est possible de distinguer des formes cubiques dans des cristaux de sel gemme dits automorphes.

2 La structure cristalline

A La maille cristalline

• L'exemple du chlorure de sodium peut être généralisé. Tous les solides cristallisés présentent une structure cristalline qui est définie par une **maille élémentaire** caractérisée par une forme géométrique où sont empilés les constituants, ou entités, du solide cristallisé. **Cette maille est répétée périodiquement.**

• **Une maille a une forme géométrique particulière :** maille **cubique**, **hexagonale**, quadratique… Les entités qui sont empilées dans la maille sont de natures diverses : atomes, ions ou molécules. La position des entités dans la maille n'est pas la même d'une structure cristalline à l'autre.

• Ainsi, un **type cristallin est-il défini par la forme géométrique de la maille,** la nature et la position dans la maille des entités qui le constituent.

• Les cristaux les plus simples correspondent, comme l'exemple du chlorure de sodium, à une maille cubique. La position des entités dans cette maille permet de distinguer les réseaux cubiques simples et des réseaux cubiques à faces centrées. Dans la maille **cubique simple,** les entités se trouvent aux huit sommets du cube. Dans la maille **cubique à faces centrées,** les entités se trouvent aux huit sommets du cube et au centre de chacune de ses six faces.

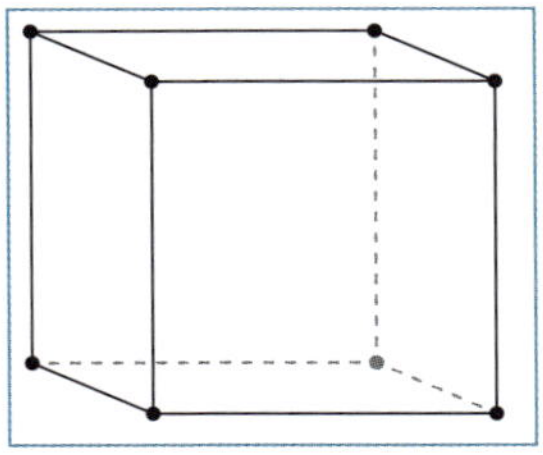

▲ Maille cubique simple.

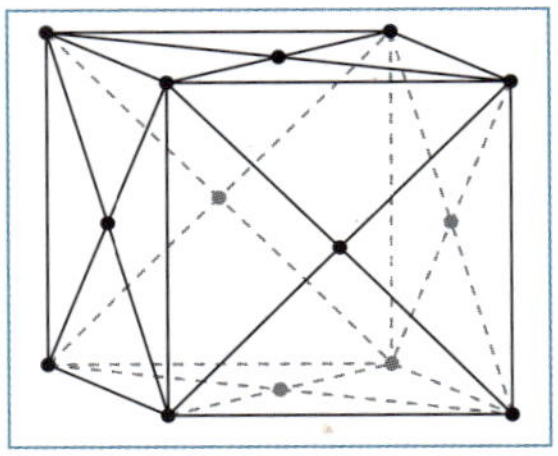

▲ Maille cubique à face centrée.

B Caractéristiques microscopiques de la maille

La connaissance des caractéristiques de la maille d'un cristal est importante pour déterminer différents paramètres d'un cristal.

- **Nombre d'entités par maille,** noté N.

– Une entité située au sommet du cube est commune à huit mailles voisines.
– Une entité située sur une face du cube est commune à deux mailles.
– Une entité située au centre d'un cube n'appartient qu'à une seule maille.

- **Volume de la maille,** noté V.

Pour une maille cubique, son volume est calculable par la formule : $V = a^3$, a désignant la longueur d'un côté du cube.

- **Compacité de la maille,** notée C.

La compacité est un rapport entre le volume occupé par les entités dans la maille et le volume de la maille. On considère que les entités chimiques de la maille sont sphériques et tangentes entre elles.

$$C = N \times \frac{\frac{4}{3} \times \pi \times r^3}{V}$$

, r étant le rayon des entités sphériques.

Si plusieurs entités de rayons différents sont présentes, on fera la somme des différents volumes des entités.

- **Masse volumique du cristal,** notée ρ.

Le cristal a une masse volumique qui est celle de la maille.

$$\rho = \frac{N \times M}{N_A \times V}$$

M est la masse molaire des entités. Si plusieurs entités différentes sont présentes, on fera la somme des différentes masses molaires. N_A est le nombre d'Avogadro, il a pour valeur $6{,}02.10^{23}\ mol^{-1}$.

> **Zoom**
> Les propriétés microscopiques d'un cristal conditionnent ses propriétés macroscopiques, comme la masse volumique.

3 L'état cristallin à différentes échelles

- Un cristal est composé de mailles répétées.
- Les géologues utilisent le terme de **minéral** qui désigne un état cristallin. Un composé de

formule chimique donnée peut cristalliser sous différents types de structures qui ont des propriétés macroscopiques différentes. La même composition chimique peut alors cristalliser sous différents minéraux. La silice a comme formule chimique SiO_2 ; elle cristallise sous différentes formes minérales qui ont des mailles, et par conséquent des masses volumiques, différentes. Le plus connu des minéraux de la silice est le **quartz,** mais on connaît aussi la tridymite, la calcédoine, la coésite…

- Les minéraux peuvent se présenter dans la nature sous la forme d'un cristal parfait : on parle alors de minéraux **automorphes.** Le plus souvent, ils sont associés entre eux dans des roches. Une roche peut être formée de l'association de cristaux d'un même minéral ou de plusieurs minéraux. Ces minéraux présentent des caractéristiques optiques qui permettent de les distinguer les uns des autres.

▲ Exemple de roche observée au microscope. Chaque plage correspond à un minéral.

- Des structures cristallines existent aussi dans les organismes biologiques (coquille, squelette, calcul rénal…).

4 Solides cristallisés et solides amorphes

- Dans certains cas, les entités s'empilent sans ordre géométrique. Cela génère un solide dit **amorphe.** C'est le cas du verre. L'introduction avait posé la question de la différence d'un verre en verre et d'un verre en cristal. Les deux sont constitués de solide amorphe mais de compositions chimiques différentes.

À noter
Dans le langage courant, il y a confusion entre les termes « verre » et « cristal ».

- Les roches sont constituées principalement de minéraux, donc de cristaux. Certaines roches volcaniques peuvent contenir du verre. Si la lave refroidit lentement, les entités chimiques s'empilent dans un ordre géométrique particulier formant des minéraux. Si la lave refroidit très rapidement, les entités chimiques ne peuvent pas s'empiler dans un ordre géométrique ; cette absence d'ordre est à l'origine du **verre volcanique.**

3 Une structure complexe : la cellule vivante

La compréhension de l'organisation cellulaire et de ses implications est le fruit d'une succession de progrès techniques. **Comment l'organisation cellulaire a-t-elle été découverte ?**

1 La naissance de la théorie cellulaire

Depuis l'Antiquité, deux faits étaient communément admis : les animaux et les plantes sont constitués d'éléments qui se répètent mais que l'on ne connaît pas. Par ailleurs, la génération spontanée explique l'apparition des êtres vivants.

A Le bouleversement du XVIIe siècle

• **Le microscope optique.** En 1632, Anton Van Leeuvenhoek, naturaliste et drapier hollandais, invente le premier **microscope optique** qui permet une observation de formes de vie microscopiques avec des appareils qu'il perfectionne tout au long de sa vie. Les plus puissants associent différentes lentilles pour un grossissement de 400.

• **La cellule.** En 1665, Robert Hooke, physicien britannique, utilise un microscope pour observer des fragments minces de liège (tissu végétal). Il remarque des petites loges répétées qu'il nomme **« cellules »**. Ce qu'il décrit sont des cellules mortes dont il voit uniquement la paroi. Il dessine ce qu'il observe.

• La mise au point des microscopes de plus en plus puissants aux XVIIIe et XIXe siècles s'accompagne de progrès notables sur la notion de cellule.

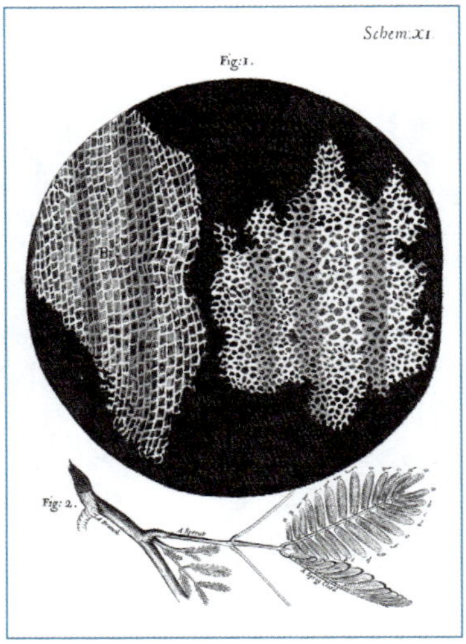

▲ Observations de Robert Hooke sur la structure cellulaire du liège (1665).

B La théorie cellulaire

Au XIXe siècle est formulée la théorie cellulaire. Trois savants ont un rôle important.

• En 1838, **Mathias Jakob Schleiden,** botaniste allemand, publie un ouvrage sur les végétaux dans lequel il relate que ses études sur les différents tissus végétaux montrent que ces derniers sont tous constitués de cellules et, plus particulièrement, il identifie le **noyau,** élément constant dans les cellules.

• **Théodore Schwann** est un zoologiste allemand, collègue de Schleiden. Lors d'un dîner en 1838, Schleiden montre ses travaux à Schwann. Celui-ci prend conscience de l'existence du noyau, et donc de cellules, dans les tissus animaux qu'il observe.

• En 1858, **Rudolph Virchow,** physicien allemand, observe des divisions cellulaires et comprend que les cellules proviennent de cellules pré-existantes, remettant en causes la génération spontanée.

Ces trois savants ont permis l'énoncé des deux principes de la théorie cellulaire.

> **Zoom**
> Les principes de la **théorie cellulaire :**
> – Tout être vivant est constitué de cellules.
> – Toute cellule est issue d'une autre cellule.

2 Les progrès de l'observation et l'ultrastructure cellulaire

• **Les nouvelles techniques.** La fin du XIXe et le début du XXe siècle voient les microscopes optiques devenir de plus en plus performants. Des techniques de **colorations** sont mises en place. Le contenu cellulaire devient plus visible.

• **Deux grands groupes de cellules** sont décrits : les **procaryotes** sans organite et les **eucaryotes** contenant des organites.

• **Chez les eucaryotes,** le noyau est de mieux en mieux décrit. On constate qu'il disparaît lors de la division cellulaire pour laisser place à des bâtonnets qui seront appelés **chromosomes**. De nombreux organites sont décrits : c'est le cas de l'**appareil de Golgi**, par exemple.

• **Le microscope électronique.** Dans la seconde moitié du XXe siècle est mis au point un nouveau microscope : le microscope électronique qui permet d'observer des échantillons à des grossissements bien plus importants que les meilleurs microscopes optiques. Les plus performants grossissent jusqu'à 5 millions de fois l'échantillon. Ce type de microscopie n'utilise pas la lumière pour illuminer l'échantillon, mais un faisceau d'électrons. L'**ultrastructure cellulaire** devient alors de plus en plus complète.

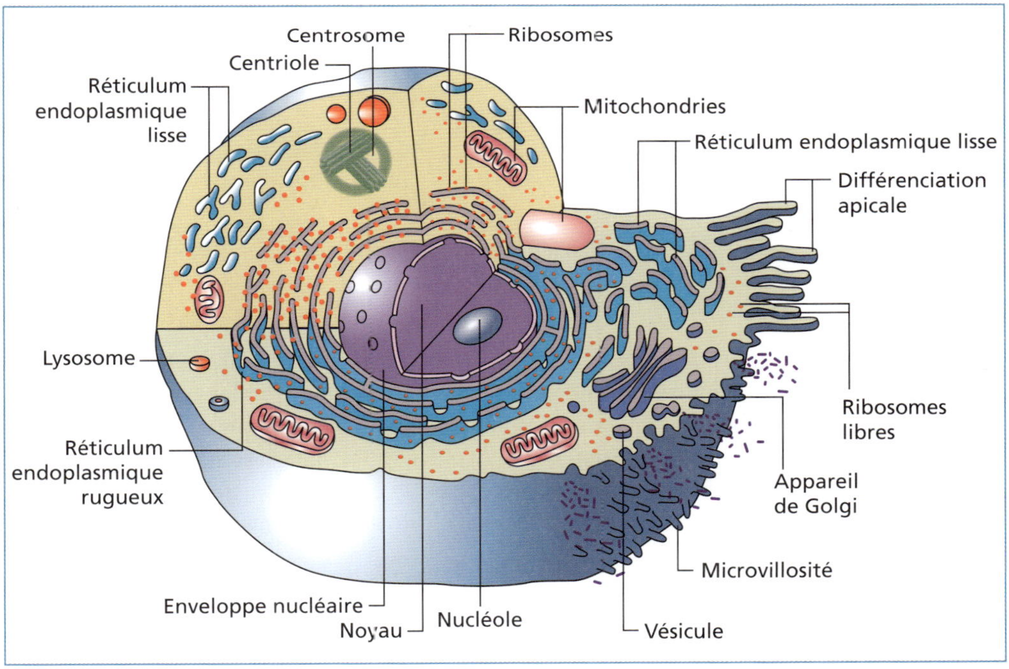

▲ Ultrastructure d'une cellule animale.

• **Les progrès des moyens d'observations,** mais également des **techniques biochimiques d'identification** des molécules, ont permis aussi de faire le **lien entre molécules et structure cellulaire**. Le cas de la membrane plasmique va être développé par la suite.

3 Les molécules de la membrane plasmique

A La membrane plasmique

• **La membrane plasmique délimite toute cellule.** Les organites sont, eux aussi, limités par une ou deux membranes. L'organisation de la membrane est assez générale. Elle est décrite dans un modèle dit « de Singer et Nicholson » en 1972, illustré ci-dessous. La membrane est constituée d'un assemblage de différentes molécules : de **lipides**, de **protéines** mais aussi de **glucides**.

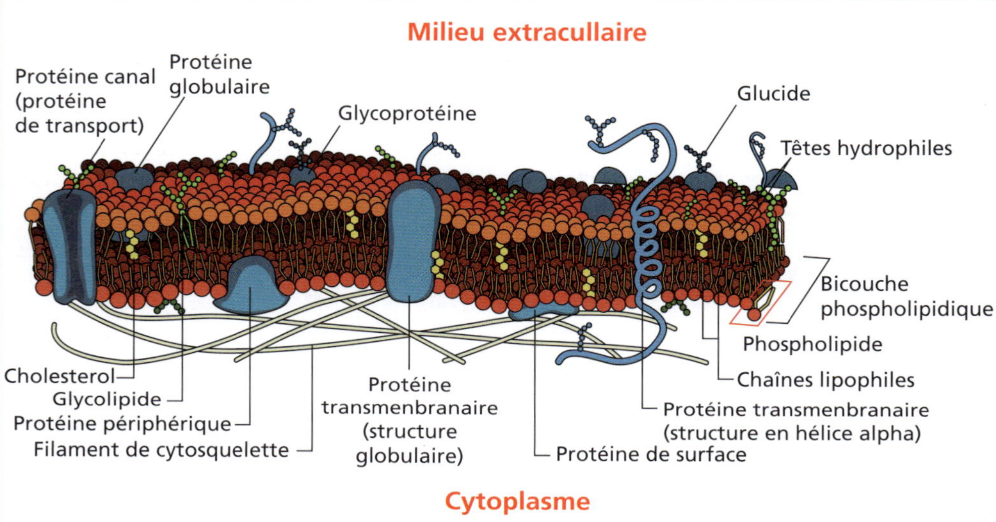

▲ Modèle de la membrane plasmique.

• **Les lipides (phospholipides)** sont associés en deux couches se faisant face : c'est une **bicouche lipidique**. Ces lipides sont des molécules dites **« amphiphiles »** : ils portent des parties **hydrophiles** (littéralement « qui aime l'eau » ; « têtes hydrophiles » sur le schéma ci-dessus) et des parties **lipophiles** (littéralement « qui aime les lipides » ; « chaînes lipophiles » sur le schéma). Les parties lipophiles sont tournées vers le cœur de la membrane, alors que les parties hydrophiles sont au contact du milieu aqueux (cytoplasme et milieu extracellulaire).

• **Des protéines** sont associées à la membrane avec des positions différentes : **protéines transmembranaires**, mais aussi des protéines plus périphériques à la membrane. Les protéines transmembranaires ont une partie lipophile qui traverse la membrane, alors que les parties externes sont hydrophiles.

• **Les glucides** associés à la membrane sont hydrophiles et se trouvent surtout du côté extracellulaire.

B Ordres de grandeur

La cellule eucaryote (20 à 100 micromètres ou µm) apparaît constituée d'**organites** (quelques µm pour les plus gros), eux-mêmes limités par une membrane épaisse d'une dizaine de nanomètres (nm). La **membrane** est constituée d'une association de molécules (dont la taille est de l'ordre de quelques nm). Les molécules sont constituées d'atomes de taille inférieure au nm.

4 Le rayonnement solaire

La Terre reçoit son énergie du Soleil. Comment notre étoile produit-elle son énergie ?
Quelles informations apporte l'étude du rayonnement émis par une étoile ?

1 L'énergie du Soleil

- **Origine de l'énergie du Soleil.** Au cœur du Soleil, la température est de 15 millions de degrés Celsius. L'énergie du Soleil est due à une chaîne de **réactions nucléaires de fusion** qui s'y produisent. Des noyaux d'hydrogène se transforment en noyaux d'hélium. Ces réactions peuvent être schématisées par l'équation :

$$4\,{}^{1}_{1}\mathrm{H} \longrightarrow {}^{4}_{2}\mathrm{He} + 2\,{}^{0}_{1}\mathrm{e}\ .$$

> **Zoom**
> Lors des réactions de fusion, il y a aussi émission de rayonnement électromagnétique gamma (γ).

- **La perte de masse.** Lors d'une réaction nucléaire, la masse des produits formés est inférieure à la masse des réactifs utilisés. La différence de masses est appelée **perte de masse** $|\Delta m|$. La relation d'Einstein permet de calculer cette perte de masse :

$$E = |\Delta m| \times c^2$$

avec E : énergie libérée en joule ;
$|\Delta m| = |m_{produits} - m_{réactif}|$ en kilogramme ;
c : célérité de la lumière, $c = 3.10^8$ m.s^{-1}.

2 La masse du Soleil

La puissance totale émise par le Soleil est de $3{,}9.10^{26}$ W. Chaque seconde, l'énergie émise par le Soleil est donc égale à $3{,}9.10^{26}$ J. La perte de masse s'obtient par le calcul :

$$|\Delta m| = \frac{E}{c^2} = \frac{3{,}9.10^{26}}{9.10^{16}} \approx 4{,}3.10^9 \text{ kg.}$$

Chaque seconde, la masse solaire transformée en énergie est d'environ 4,3 millions de tonnes.

> **Rappel**
> **Relation entre puissance et énergie : $E = P \times \Delta t$,** avec E en joule, P en watt et Δt en seconde.

3 Profil spectral et température des étoiles

- **Le profil spectral d'une étoile** représente l'intensité lumineuse des radiations émises par ce corps, en fonction des longueurs d'onde de ces radiations. En utilisant le profil spectral de l'étoile, on détermine la longueur d'onde λ_{max} donnant une intensité maximale. La **loi de Wien** permet de déterminer la température de surface d'un corps chaud.
- **La température θ de l'étoile** s'obtient alors par la formule :

$$\theta = \frac{2{,}89.10^6}{\lambda_{max}} - 273$$

avec θ en degré Celsius ;
λ_{max} en nanomètre.

Plus la longueur d'onde maximale est faible, plus la température de surface de l'étoile est élevée.

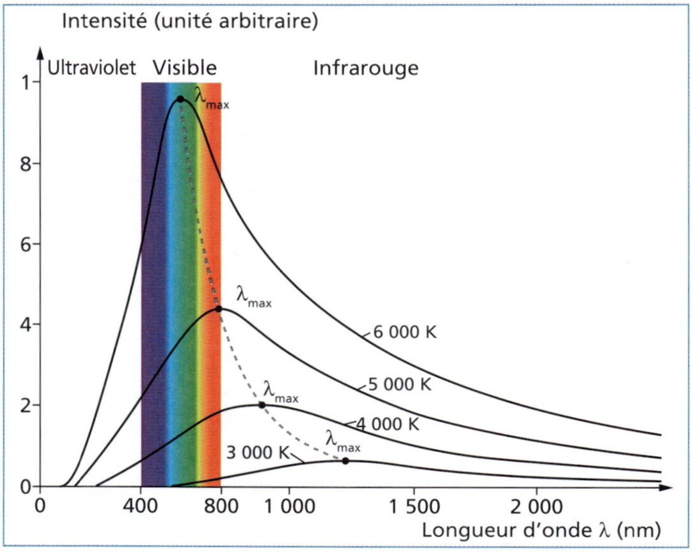

▲ Intensité lumineuse émise en fonction de la longueur d'onde pour des corps de températures différentes.

4 Rayonnement solaire

Comme toutes les étoiles, le Soleil perd de l'énergie par rayonnement. **Le rayonnement solaire est l'ensemble des ondes électromagnétiques émises par le Soleil**. C'est ce rayonnement électromagnétique que la Terre intercepte et qui nous fournit lumière et chaleur.

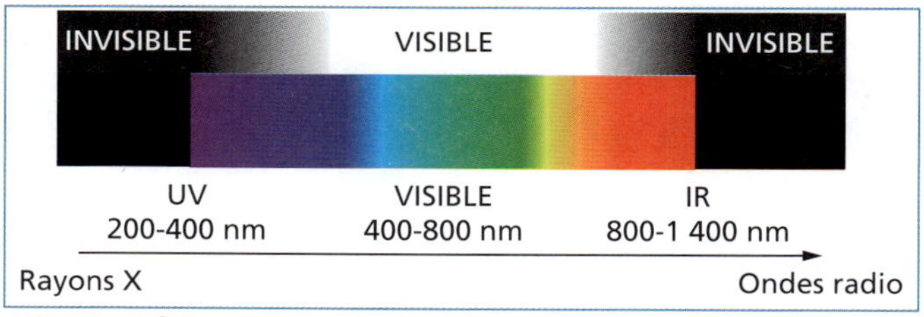

▲ Spectre solaire.

5 Puissance solaire reçue par la Terre

• **La puissance radiative** reçue du Soleil par une surface plane est **proportionnelle à l'aire de la surface éclairée**. Elle dépend aussi de l'angle entre la normale à la surface et la direction des rayons du Soleil.

Rappel
Pour une même surface, la puissance solaire reçue dépend aussi de l'heure, de la saison, de la latitude.

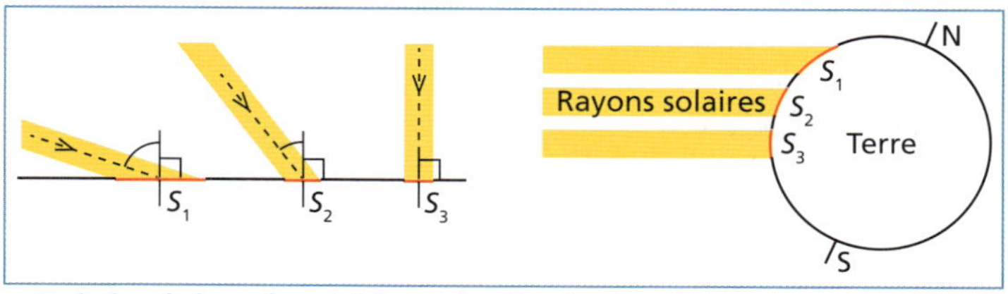

▲ Variation de la surface éclairée selon l'angle d'incidence des rayons solaires.

• **La puissance reçue** est maximale lorsque la surface éclairée est minimale. Ici, $S_1 > S_2 > S_3$, donc $P_1 < P_2 < P_3$.

5 Le bilan radiatif terrestre

La Terre est l'une des planètes du système solaire. Elle reçoit du Soleil l'énergie indispensable à la vie et aux différents phénomènes physiques qui s'y produisent. **Quel est le devenir de l'énergie reçue ?**

1 Caractéristiques du rayonnement solaire reçu par la Terre

• **L'énergie de la fusion nucléaire de l'hydrogène au cœur de notre Soleil** traverse de nombreuses couches jusqu'à sa surface pour y être libérée, en grande partie sous forme de **rayonnement solaire**. Ce **flux de photons** forme des ondes électromagnétiques qui se propagent dans toutes les directions de l'espace, et notamment vers la Terre.

• **Le maximum d'émission lumineuse du Soleil** se situe à une **longueur d'onde d'environ 0,5 µm**. La partie visible du spectre est comprise entre 0,38 et 0,78 µm (du violet au rouge). Le Soleil émet donc la plus grande partie de son rayonnement dans le **visible** (le jaune, plus exactement).

• La puissance émise par le Soleil par unité de surface, E_s, est égale à 6.10^7 W.m^{-2}. La surface du Soleil étant une **sphère**, sa puissance est émise dans toutes les directions de l'espace. Le rayonnement solaire est un **rayonnement électromagnétique**, il ne se dissipe pas pendant sa propagation dans le vide. La puissance totale émise par le Soleil est équivalente à celle émise par la mégasphère qui a pour rayon la distance Terre-Soleil.

$$P_{totale} = E_s \times \text{(surface solaire)} = E_s \times 4 \times \pi \times r_{Soleil}^{\ 2}$$

$$P_{totale} = 6.10^7 \times 4 \times \pi \times (7.10^8)^2 = 3{,}7.10^{26}\ \text{W}.$$

La Terre étant en moyenne à 148 millions de kilomètres du Soleil :

$$C_T = \frac{P_{totale}}{\text{surface}_{\text{mégasphère}}} = \frac{P_{totale}}{4 \times \pi \times D^2}$$

$$C_T = \frac{3{,}7.10^{26}}{4 \times \pi \times (1{,}48.10^{11})^2}$$

$$C_T = 1\,344\ \text{W.m}^{-2}.$$

Cette valeur C_T est la **constante solaire.**

• **La Terre intercepte un disque de rayonnement solaire.** Ce disque est de **rayon égal** à celui de la Terre. À la surface de ce disque, on sait que la puissance reçue du Soleil est C_T (1 344 W.m^{-2}), la puissance totale reçue par la Terre vaut donc C_T multipliée par la surface de ce disque. Cette puissance va être répartie sur la totalité de la surface de la Terre. La valeur de la constante solaire par unité de surface terrestre sera donc :

$$C_V = C_T \times \frac{\text{surface}_{\text{disque}}}{\text{surface}_{\text{Terre}}} = C_T \frac{\pi \times R_T^2}{4 \times \pi \times R_T^2} = \frac{1\,344}{4} = 336\ \text{W.m}^{-2}$$

La constance solaire par unité de surface terrienne vaut donc 336 W.m^{-2}.

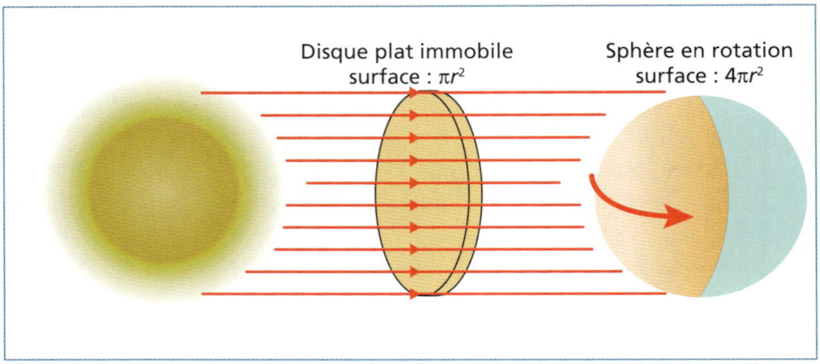

▲ Calcul de la surface de projection du rayonnement solaire.

2 Devenir du rayonnement solaire que reçoit la Terre

• **L'atmosphère terrestre interagit avec le rayonnement solaire** qui n'atteint pas complètement le sol au niveau de la mer. L'essentiel du spectre reçu se trouve ainsi entre 400 et 700 nm, ce qui correspond au domaine de sensibilité de l'œil humain.

• **Les molécules constituant l'air diffusent également le rayonnement solaire.** La lumière bleue est plus diffusée dans l'atmosphère que la lumière rouge. Cela explique la couleur bleue du ciel.

• **La fraction du rayonnement solaire incident** réfléchie sans être absorbée est appelée **« albédo ».** Sur Terre, environ 30 % du rayonnement solaire est réfléchi sans être absorbé (20 % par les nuages et 10 % par les surfaces gelées). Le reste est absorbé par l'atmosphère, les continents et les océans. **L'albédo global de la Terre est donc de 0,3.** Le flux de photons réellement absorbé par la Terre est donc de 340 $\times$ 0,7 = 238 W. m^{-2}.

> **Rappel**
> L'air est constitué à 80 % de N_2, 19 % de O_2 et d'autres gaz comme H_2O, l'argon…

• **Le rayonnement solaire absorbé par l'atmosphère est réémis** en grande partie sous forme d'un rayonnement infrarouge vers le sol et vers l'espace.

• **Les continents et les océans réémettent également l'énergie absorbée** sous forme d'un **rayonnement électromagnétique** dans le domaine infrarouge. Plus la température de la surface est élevée, plus la puissance réémise par unité de surface est importante.

• Si l'on considère que la Terre est en **équilibre radiatif,** ce qui signifie qu'elle émet autant de rayonnement qu'elle en absorbe, on peut utiliser la **loi de dite de Stefan** pour déterminer sa température de surface. On obtient une température de – 18 °C, soit un écart de plus de 30 °C par rapport à ce qui est mesuré.

• L'absorption des radiations infrarouges par certaines molécules atmosphériques est responsable de cette différence. On nomme ce phénomène **effet de serre.**

• **L'étude des spectres du rayonnement solaire** mesuré au sommet de l'atmosphère (en rouge sur la figure ci-après) et au niveau de la mer (en bleu) permet de déterminer les molécules responsables de cet effet de serre. Ce sont les molécules d'**eau** et de **dioxyde de carbone.**

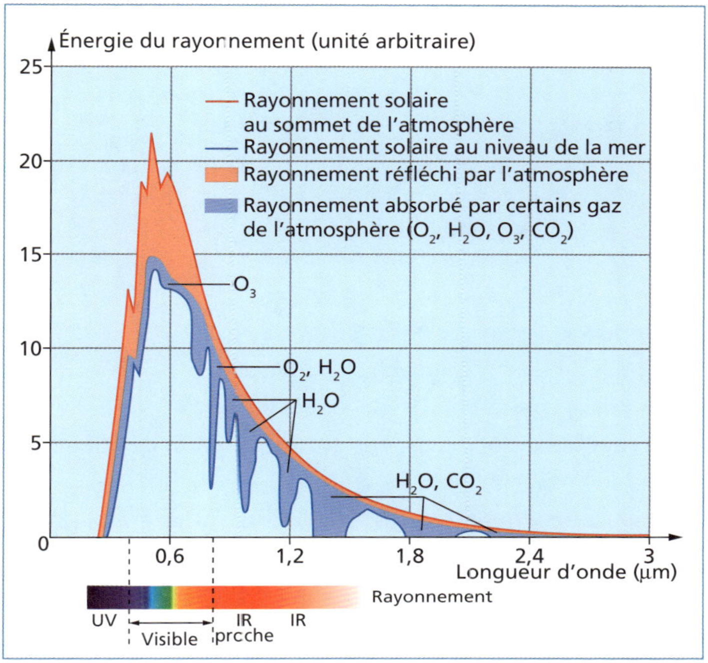

▲ Spectres du rayonnement solaire mesuré au sommet de l'atmosphère (en rouge) et au niveau de la mer (en bleu).

- **La puissance reçue par le sol en un lieu donné** est égale à la somme de la puissance reçue du Soleil et de celle reçue de l'atmosphère. Ces deux dernières sont du même ordre de grandeur.
- **Un équilibre, qualifié de dynamique,** est atteint lorsque le sol reçoit au total une puissance moyenne égale à celle qu'il émet. La température moyenne du sol est alors constante.

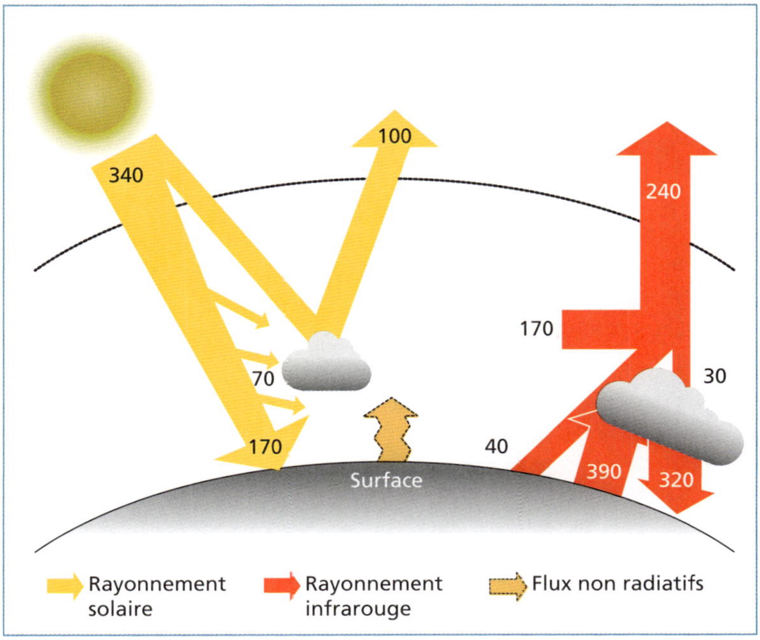

▲ Bilan radiatif de la Terre.

6 Une conversion biologique de l'énergie solaire : la photosynthèse

L'utilisation par la photosynthèse d'une infime partie de l'énergie solaire reçue par la planète fournit l'énergie nécessaire à l'ensemble des êtres vivants. **Quelle place occupe la photosynthèse dans la biosphère ?**

1 La synthèse de matière organique à partir d'énergie lumineuse

• **À la lumière, les végétaux produisent des glucides** à partir de CO_2 et H_2O. Cette production est accompagnée d'un rejet de O_2.

• **Cette synthèse photo-dépendante, appelée « photosynthèse »** a lieu dans des organites particuliers, les **chloroplastes**. Ce processus permet la transformation d'énergie lumineuse en énergie chimique.

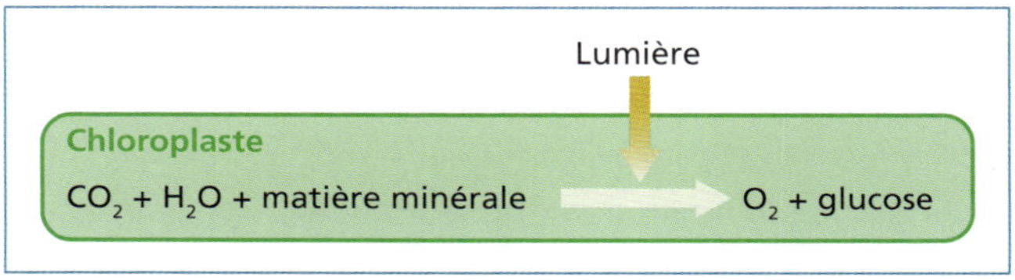

▲ Équation bilan de la photosynthèse.

• **À partir des premiers produits de la photosynthèse,** un végétal fabrique d'autres types de molécules organiques (lipides, protéines, acides nucléiques…).

• La photosynthèse a lieu dans les **parties chlorophylliennes** du végétal. Les feuilles sont les principaux organes chlorophylliens.

2 L'utilisation de l'énergie solaire durant la photosynthèse

• **Lorsque la lumière rencontre la matière,** celle-ci peut la diffuser ou l'absorber. Les substances qui absorbent la lumière visible chez les organismes s'appellent **pigments**. Si un pigment absorbe toutes les longueurs d'onde, il paraît noir.

> **Mot-clé**
> **Pigment :** substance responsable de la couleur d'un milieu dans lequel elle est insoluble.

• **Une feuille nous semble verte** parce que les pigments qu'elle contient absorbent la lumière rouge et la lumière bleue en même temps qu'ils diffusent la lumière verte. Les algues rouges, au contraire, nous paraissent rouges parce que leurs pigments absorbent surtout la lumière verte et la bleue.

• On peut mesurer la **capacité d'un pigment à absorber diverses longueurs** d'onde en utilisant un **spectrophotomètre.** Cet appareil dirige un faisceau lumineux de plusieurs longueurs d'onde à travers une solution du pigment en question et mesure la proportion de lumière transmise selon chaque longueur d'onde. Cela permet de réaliser un **spectre d'absorption** des pigments chlorophylliens.

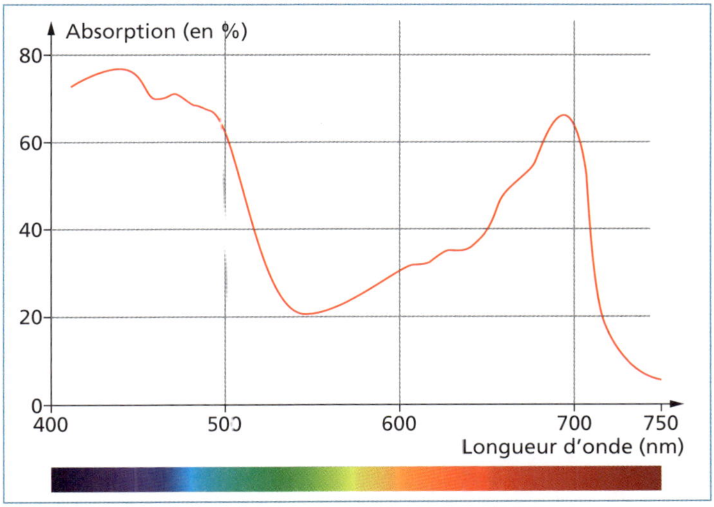

▲ Spectre d'absorption des pigments chlorophylliens.

• Ce spectre permet d'imaginer que la lumière bleu-violet et la lumière rouge sont les plus favorables à la photosynthèse chez les plantes, parce qu'elles sont absorbées, tandis que la lumière verte est la moins favorable.

• **Cette hypothèse a été validée par Theodor W. Engelmann en 1883.** Il a dirigé sur une algue filamenteuse de la lumière qu'il avait préalablement fait passer à travers un prisme. Il a ainsi exposé des segments distincts de l'algue à des longueurs d'onde différentes. Il a utilisé des bactéries pour repérer les segments libérant le plus de dioxygène, ce qui permet de savoir à quels endroits la photosynthèse est la plus productive. Les bactéries se sont agglutinées autour des parties de l'algue exposées à la lumière rouge et à la lumière bleu-violet.

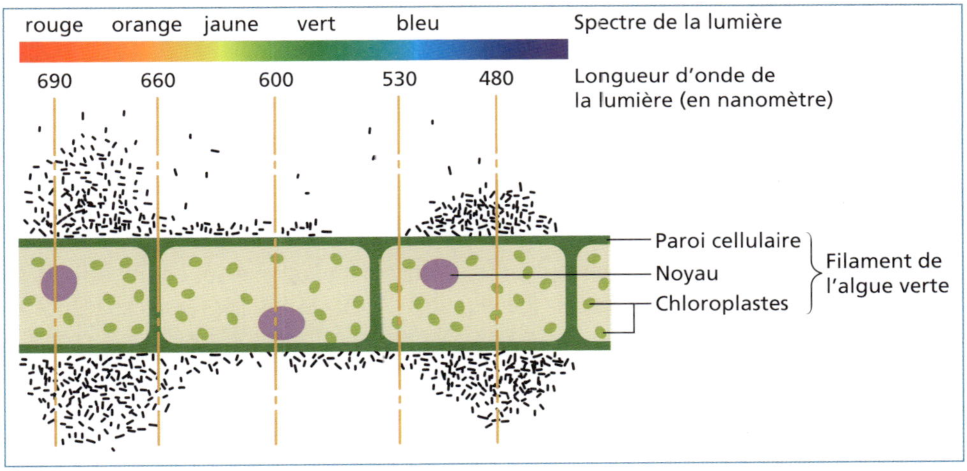

▲ Résultat de l'expérience réalisée par Engelmann.

3 L'importance de la photosynthèse dans la biosphère

• **La biosphère est constituée d'un ensemble d'écosystèmes.** Un écosystème est composé d'êtres vivants, d'un environnement et de l'ensemble des relations entre les êtres vivants et l'environnement.

• **Dans un écosystème, les végétaux occupent une place particulière.** Étant les seuls êtres vivants à pouvoir synthétiser de la matière organique à partir de matière minérale et de lumière, **les végétaux se trouvent à la base des réseaux trophiques** dans les écosystèmes. Ils sont les **producteurs primaires** de la matière organique.

• **À l'échelle de la planète,** la photosynthèse permet l'**entrée d'énergie et de matière minérale dans la biosphère**. L'énergie solaire ayant permis la photosynthèse est stockée sous forme chimique. Ce n'est qu'une infime partie de l'énergie solaire reçue par la planète : environ 0,1 % de la puissance solaire totale disponible.

• **La respiration cellulaire et la fermentation** extraient l'énergie emmagasinée dans les molécules organiques pour produire l'énergie nécessaire au fonctionnement des êtres vivants.

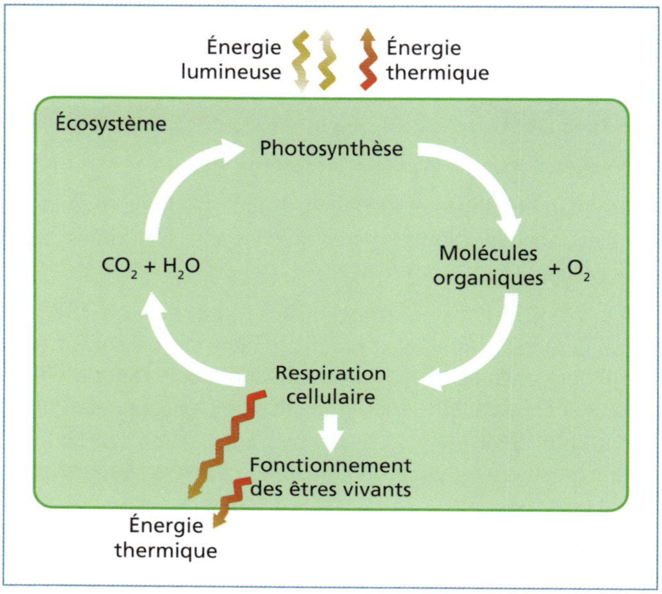

▲ Flux d'énergie et de matières dans un écosystème.

4 L'origine des combustibles fossiles

L'étude de gisements permet d'obtenir des **indices** concernant l'origine des **combustibles fossiles**. La présence de restes organiques (pollen, bois…) ou de fossiles, leur capacité à être brûlés montrent qu'ils sont issus d'une biomasse qui s'est transformée et fossilisée au cours des temps géologiques. Seule une très **faible proportion** de la matière organique produite peut échapper à l'**action des décomposeurs**. Brûler un combustible fossile, c'est en réalité utiliser une énergie solaire du passé piégée dans des roches depuis longtemps (plusieurs dizaines, voire centaines de millions d'années).

7 Le bilan thermique du corps humain

Il existe différents échanges d'énergie entre l'organisme et le milieu extérieur. **Quels sont-ils ?**

1 L'apport énergétique des aliments

• **Les nutriments sont de petites molécules présentes dans le sang.** C'est notre alimentation qui permet à notre organisme de s'approvisionner en nutriments. Ceux-ci appartiennent à trois groupes : les **glucides**, les **protides** et les **lipides.**

• Il est possible d'estimer la quantité d'**énergie chimique contenue dans les nutriments** en la transformant en énergie thermique. L'unité dans laquelle on exprime l'énergie est le **joule** (J). Lorsque l'on fait brûler 1 g de protides, 1 g de glucides et 1 g de lipides, la chaleur dégagée lors de cette combustion reflète l'**énergie thermique libérée** par ces substances :
– 1 g de protides fournit 17 kJ ;
– 1 g de glucides fournit 17 kJ ;
– 1 g de lipides fournit 38 kJ.

• Dans l'organisme, cette transformation s'accomplit lors de la **respiration cellulaire.** Cette succession de réactions chimiques nécessite du **dioxygène** qui est prélevé dans le sang, comme les nutriments.

• **Les nutriments fournissent aux organes de l'énergie** en fonction de la valeur énergétique qu'ils possèdent : les lipides sont, par exemple, les nutriments les plus énergétiques (38 kJ contre 17 kJ pour la même quantité de protides ou de glucides).

• **Le rendement énergétique du corps humain** (énergie consommée par rapport au travail fourni par les muscles) se situe entre 20 % et 25 %.

• **Selon l'activité physique réalisée,** la dépense énergétique sera variable.

Nature de l'activité	Dépense énergétique
1 h de travail scolaire	180 kJ
1 h de marche	400 kJ
1 h de natation	1 600 kJ
1 h de football	2 200 kJ

▲ Quelques exemples de dépense énergétique en fonction de l'activité physique.

• **Si l'apport énergétique** provenant de l'alimentation est supérieur à la dépense énergétique, l'organisme **stockera** le surplus **sous forme de graisse**.

2 Les différents échanges d'énergie entre l'organisme et le milieu extérieur

• **La température usuelle du corps humain** se situe **entre 36,1 °C et 37,8 °C**. Cette valeur dépend de l'endroit du corps où est faite la mesure, de l'heure de la journée et du niveau d'activité de la personne.

• **La température du corps est relativement stable.** Cette stabilité résulte d'un équilibre dynamique entre l'**énergie thermique** produite la respiration cellulaire, ou fermentation, et l'**énergie dissipée** par l'organisme.

• **Les pertes de chaleur du corps humain** se répartissent ainsi :
– 40 % par rayonnement infrarouge ;
– 30 % par évapotranspiration ;
– 20 % par convection ;
– 10 % par conduction.

• Globalement, la **puissance thermique d'un corps humain** adulte est de l'ordre de **100 W**, celui d'un adolescent environ 130 W. Cela veut dire qu'un adulte doit consommer $100 \times 3\,600 \times 24 = 8\,600$ kJ d'aliments et un adolescent de l'ordre de 11 000 kJ. Évidemment, si l'activité physique augmente, les pertes augmentent, ainsi que les besoins alimentaires. Le même phénomène se produit lorsque l'on s'éloigne de la température d'équilibre thermique du corps humain (de l'ordre de 20 °C).

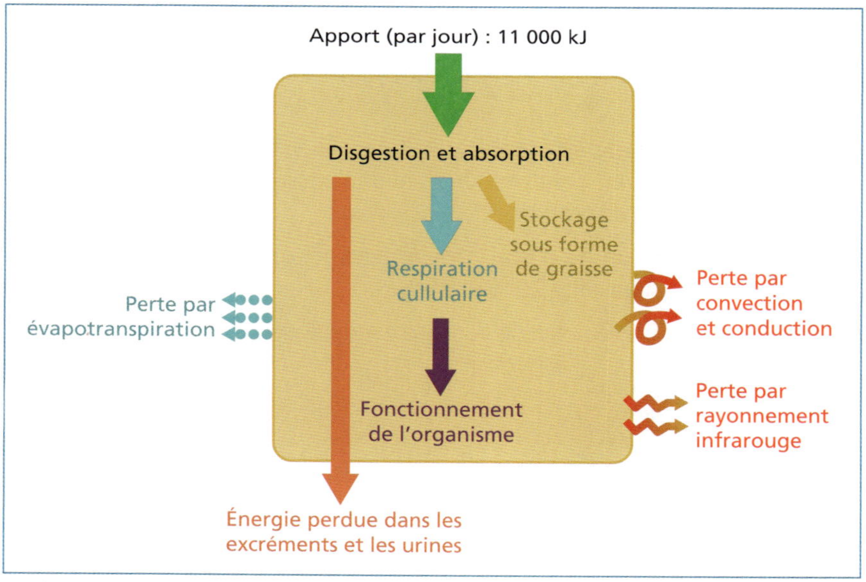

▲ Équilibre énergétique d'un organisme.

8 La forme de la Terre

La Terre est ronde alors que, localement, elle nous apparaît plane dans la plupart des expériences quotidiennes. Pourquoi la Terre est-elle ronde ? Comment peut-on la décrire ? **Comment a-t-on déterminé la longueur du méridien terrestre ?**

1 La forme de la Terre

La forme de la Terre est due à une force appelée **force gravitationnelle**. Cette force a permis à la matière de se rapprocher et de former la Terre primitive. Une fois la planète formée, le centre de la Terre attire la matière avec une force égale dans toutes les directions. Progressivement, la Terre prend alors sa forme : une **sphère.**

> **Rappel**
> **Attraction gravitationnelle.**
> Deux corps possédant une masse exercent l'un sur l'autre une action attractive, à distance, qui dépend de la masse des corps et de la distance qui les sépare.

2 Se repérer sur la Terre

• **Méridiens et parallèles.** Pour se situer sur la Terre, l'Homme a tracé des lignes imaginaires à sa surface : les méridiens et les parallèles.
Les **méridiens** sont des demi-cercles qui joignent les deux pôles. Le méridien de référence est le **méridien de Greenwich**.
Les **parallèles** sont des cercles imaginaires parallèles à l'équateur. L'**équateur** est le parallèle de référence.

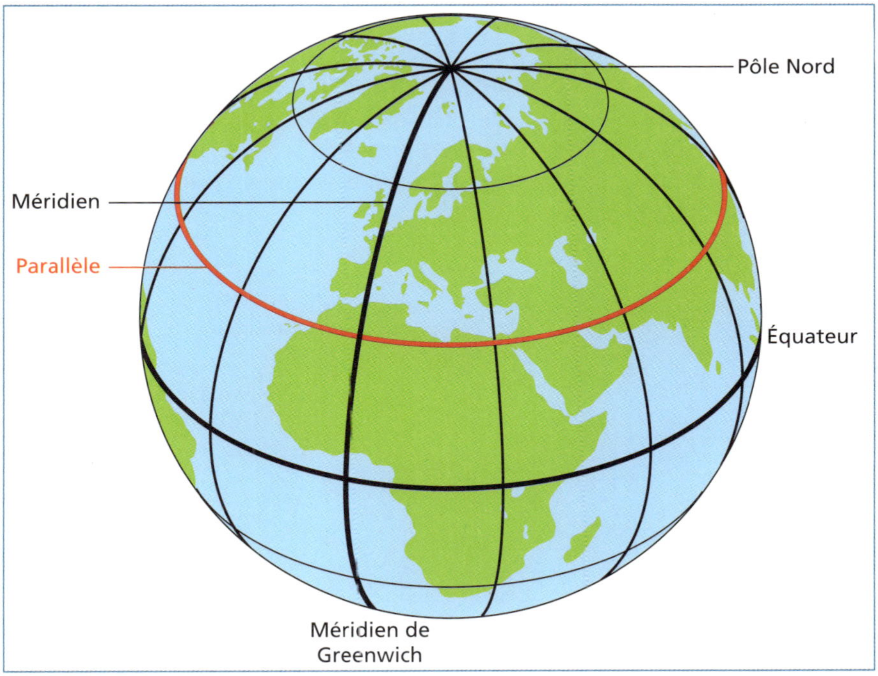

▲ Méridiens et parallèles.

• **Longitude et latitude.** Pour repérer un point à la surface de la Terre, on utilise ses **coordonnées géographiques** (ou coordonnées angulaires) : la longitude et la latitude.

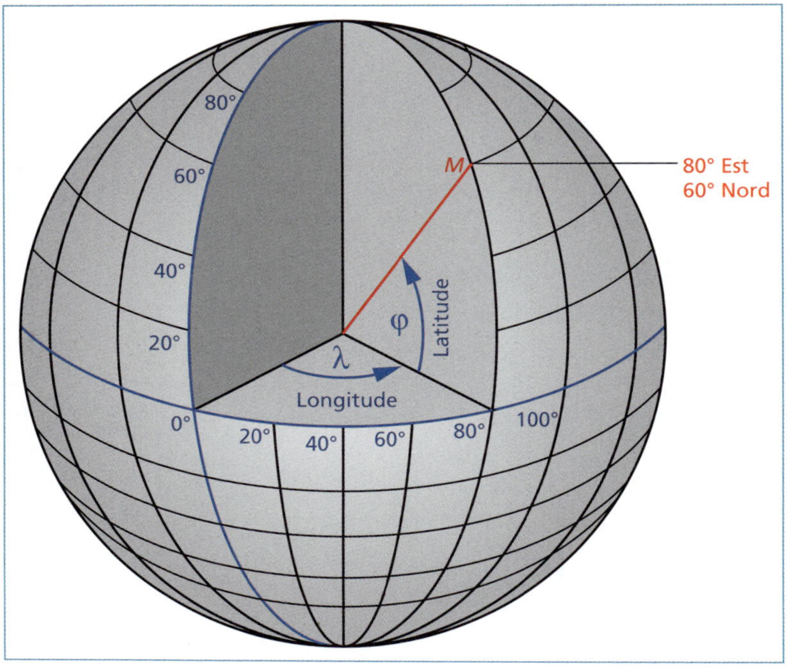

▲ Longitude et latitude.

La longitude λ est l'angle formé entre le méridien de référence (méridien de Greenwich) et le méridien du point *M*. Ici la longitude est 80° Est. **La latitude** φ est l'angle formé entre l'équateur et le parallèle du point *M*. Ici la latitude est 60° Nord.

3 La mesure du méridien par Ératosthène

• **L'expérience d'Ératosthène.** Il fut le premier à mesurer la longueur du méridien terrestre et à en déduire le diamètre de la Terre. À Syène (actuelle Égypte), il observa qu'au solstice d'été, à midi (lorsque le Soleil est à la verticale du sol) les rayons du Soleil éclairaient le fond d'un puits (ils sont donc verticaux). À la même date, à Alexandrie, il observa l'ombre d'un bâton planté verticalement et en mesura l'angle au sommet.

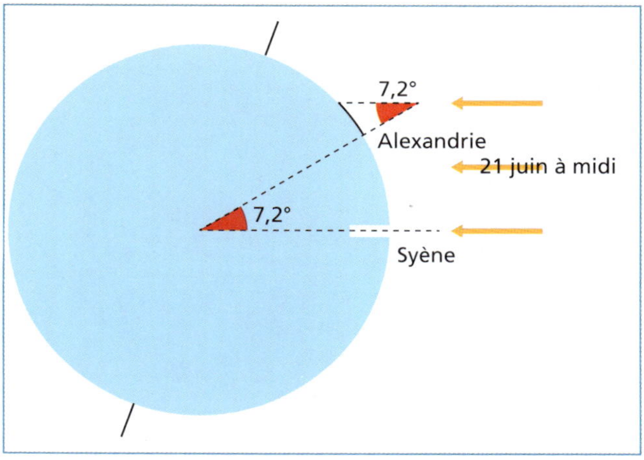

▲ Expérience d'Ératosthène à Syène et à Alexandrie, 200 av. J.-C.

• **Calcul.** En utilisant la propriété des **angles alternes-internes,** Ératosthène détermina l'angle séparant les deux villes : 7,2°. Cet angle correspond à 1/50e de la circonférence d'une sphère, donc de la Terre. Connaissant la distance séparant Syène et Alexandrie, deux villes situées sur le même méridien et distantes de 900 km, il en déduit la circonférence de la Terre. Il trouva, par cette méthode, une circonférence de 39 375 km.

4 La mesure du méridien par Delambre et Méchain

• **La triangulation.** En 1791, Jean-Baptiste Delambre et Pierre Méchain sont chargés par l'Académie des sciences de mesurer la longueur de l'arc de méridien entre Dunkerque et Barcelone. Pour cela, ils utilisent la méthode de la **triangulation**. Grâce à leurs mesures, la **valeur du mètre** a pu être fixée comme le dix millionième du quart du méridien terrestre.

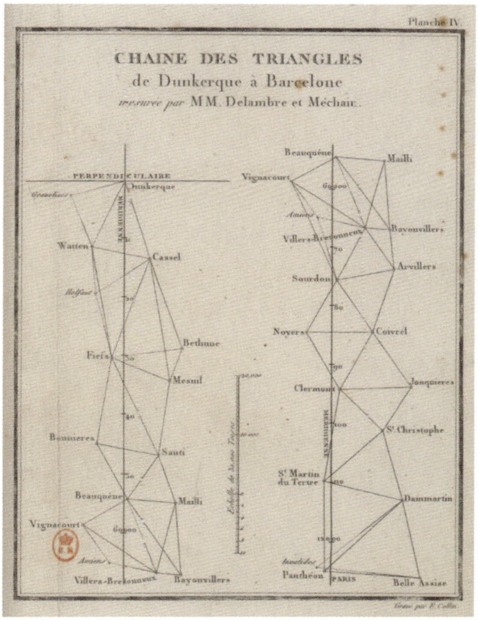

▲ Chaîne des triangles de Dunkerque à Barcelone.

• **Loi des sinus.** Si on connait la mesure de deux angles et la longueur d'un côté du triangle, alors on peut connaître la mesure du troisième angle et la longueur des deux autres cotés.

$$\frac{a}{\sin\widehat{A}} = \frac{b}{\sin\widehat{B}} = \frac{c}{\sin\widehat{C}}$$

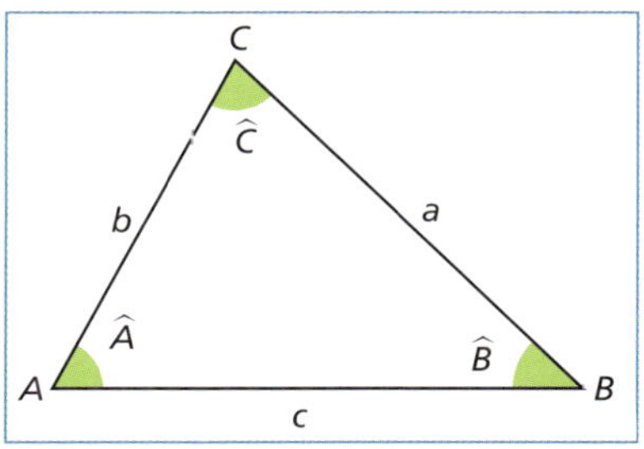

▲ La loi des sinus.

9 L'histoire de l'âge de la Terre

L'âge de la Terre sera estimé à 4 000 ans av. J.-C. au XVIe siècle, quelques dizaines de millions d'années à la fin du XIXe siècle, pour être déterminé aujourd'hui à 4,55 milliards d'années. **Comment les scientifiques ont-ils pu faire vieillir notre planète de plus de 4 milliards d'années en 400 ans ?** La réponse à cette question convoque à peu près toutes les sciences (mathématiques, physique, chimie, biologie, histoire…).

1 L'âge biblique

- Après avoir rejeté toute conception cyclique du temps, les savants de la Renaissance ont évalué l'âge de la Terre d'après une interprétation des récits bibliques.
- **La Bible contient une chronologie détaillée des premières générations :** Adam a vécu 930 ans, il enfanta Seth à l'âge de 130 ans, qui engendra Énoch à 105 ans, etc. Il est alors possible de déduire la date de naissance de Noé (7 générations après Enoch) : 1 056 ans après la Création. Comme Noé avait 600 ans quand arriva le Déluge, ce dernier est daté de 1 656 ans après la Création.
- À l'aide de ces données, l'estimation la plus couramment admise au début du XVIIe siècle était celle du chef de l'Église anglicane irlandaise, **James Ussher (1581-1656),** estimant que la **Terre s'était formée 4 004 ans av. J.-C.**
- **L'existence de différentes versions de la Bible,** ainsi qu'une meilleure connaissance des dynasties impériales chinoises et de la civilisation égyptienne, vont remettre progressivement en cause cette estimation.

2 Le début des temps modernes

- Depuis la seconde moitié du XVIIe siècle, **la stratigraphie** (étude des dépôts successifs de matériaux) permet de réaliser une **datation relative** des événements géologiques. Par exemple, elle permet de déduire la simultanéité ou l'antériorité d'une éruption volcanique avec la mise en place d'une couche sédimentaire.
- **Si l'on est capable de déterminer la vitesse à laquelle se forme un dépôt sédimentaire,** par exemple un millimètre d'argile, il est alors possible de déduire, par proportionnalité, le temps de dépôt d'une couche d'un mètre d'épaisseur d'argile. Le temps de dépôt est de 100 000 ans.
- **En étudiant l'épaisseur des couches sédimentaires dans les Alpes,** **Buffon (1707-1788)** aboutit à un âge estimé de la Terre entre plusieurs millions et plus d'un milliard d'années. Buffon n'osa pas publier ses résultats, ceux-ci venant heurter l'estimation issue de la Bible.

▲ Georges Louis Leclerc, (comte de) Buffon.

• **Buffon chercha à valider ses résultats** en les recoupant par une datation basée sur une autre méthode scientifique. Il fit l'hypothèse que la Terre était au départ une **sphère incandescente** qui ensuite s'est **refroidie**. Dans ses forges de Montbard, il chauffe des sphères de rayons différents, puis en mesure les temps de refroidissement. Il extrapole ses résultats à une sphère aux dimensions terrestres. Ses expériences lui inspirent des durées de l'ordre de 100 000 ans.

• **Les lois de diffusion de la chaleur** ont été établies par **Joseph Fourier (1768-1830)** quelques années après.

• **En s'appuyant sur les travaux de Buffon et de Fourier, lord Kelvin (1824-1907)** donne d'abord une fourchette de 20-400 millions d'années, puis la réduit à 20-40 millions en 1897 en datant l'âge du Soleil « *probablement inférieur à 100 millions d'années* ».

▲ Lord Kelvin.

• **L'idée que les lois de la physique sont universelles,** applicables non seulement dans le présent, mais aussi dans le passé et le futur, peut sembler évidente aujourd'hui. Cela n'était pas de cas au XVIIIe siècle.

• **Kelvin jouissant d'une autorité immense,** cet âge de la Terre de quelques dizaines de millions d'années sera finalement accepté par une partie de la communauté scientifique. Même l'Église renoncera à son estimation de 4 004 ans établie par James Ussher.

3 La controverse entre les géologues et les physiciens

• À la fin du XIXe siècle, la plupart des géologues estiment l'âge de la Terre à plusieurs milliards d'années. Pour **Charles Darwin (1809-1882),** cette estimation est plus vraisemblable que celle de Kelvin. **Pour rendre compte de l'évolution de la faune et de la flore,** quelques millions d'années ne se suffisent pas. Des couches géologiques de plusieurs dizaines de millions d'années ne contiennent pas de variations significatives dans l'évolution des fossiles qu'elles ont emprisonnés.

• **Thomas Henry Huxley (1825-1895),** scientifique britannique, dira pour défendre Darwin sur ce point : « *La mathématique peut se comparer à un moulin d'une facture exquise, qui peut moudre de la matière à n'importe quel degré de finesse. Cependant, ce que l'on en tire dépend de ce que l'on y a mis ; et de même que le meilleur moulin du monde n'extraira pas de la farine de blé de cosses de petits pois, ainsi des pages de formules ne fourniront pas un résultat fiable à partir de données imprécises.* » Aujourd'hui, nous connaissons l'origine de l'erreur commise par Kelvin : la Terre ne peut pas être considérée comme un solide homogène.

4 La radioactivité

• **En 1902, Ernest Rutherford (1871-1937) et Frederick Soddy (1877-1956)** établissent la notion de **période d'un élément radioactif**. Pour caractériser la radioactivité d'un élément, ils en mesurent l'activité, c'est-à-dire le nombre de désintégrations qu'il subit par unité de temps. Ils s'aperçoivent que le temps qu'il faut pour que l'activité d'un élément radioactif diminue de moitié est une constante qui ne dépend que du noyau étudié. Ce temps, appelé période T du noyau radioactif, est caractéristique : à chaque intervalle de temps T, la quantité de noyaux radioactifs restante est divisée par deux. Il en résulte que la radioactivité est exponentiellement décroissante.

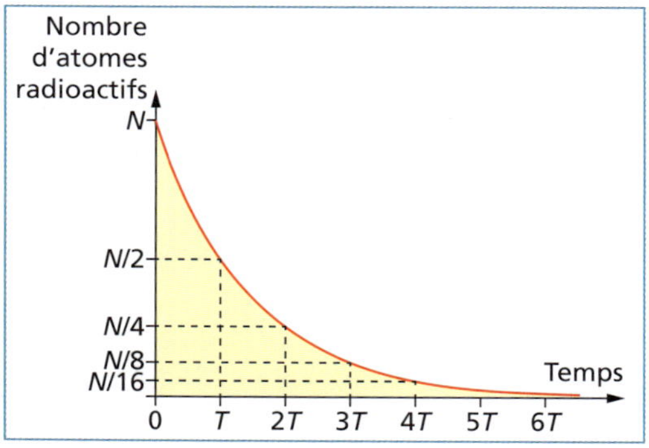

▲ Courbe de décroissance radioactive.

• **C'est cette régularité qui fait de la radioactivité une horloge.** On doit à Rutherford d'avoir exploité cette loi de décroissance pour la datation des roches. Il estime l'âge d'un granite à 497 millions d'années.

• **En 1938, Alfred Nier (1911-1994) propose une approche isotopique** de la datation radiométrique. Il mesure la composition isotopique du plomb (rapport ^{207}Pb / ^{206}Pb) et trouve, pour les plus vieux échantillons de roche, des âges de 2,5 Ga. À la même époque, l'astronome **Edwin Hubble** avait estimé l'âge de l'Univers entre 1,8 et 2 Ga, en utilisant l'**éloignement progressif des galaxies**.

À noter
Ga = milliard d'années.

• **Au début des années 1950, la spectrométrie de masse** a fait des progrès. **Clair Patterson (1922-1995)** procède à l'analyse de la composition isotopique des météorites et montre que la Terre et les météorites se sont formées à la même époque, il y a 4,55 Ga, à partir d'un même matériau. C'est donc l'âge de formation du système solaire. Cet âge sera confirmé par d'autres méthodes isotopiques. **L'âge de l'Univers sera réévalué par les astronomes et estimé à 14 Ga.**

5 Conclusion

Cette détermination de l'âge de la Terre est exemplaire du **tournant opéré dans le monde savant depuis la Renaissance**. Pour Ussher, la réponse se trouvait dans la Bible, source divine de vérité. La détermination scientifique de l'âge de la Terre a été réalisée en confrontant des données, des théories et des hypothèses. Loin d'une vision statique, la recherche scientifique est faite de **débats**, de **réfutations** et d'**évolutions**. Comme toute question scientifique complexe, elle a été résolue grâce à la participation de nombreux scientifiques : mathématiciens, physiciens, chimistes, biologistes et géologues.

10 La Terre dans l'Univers

D'un point de vue scientifique, l'Univers est l'ensemble de tout ce qui existe. **La place de la Terre dans l'Univers fut l'objet de nombreuses controverses scientifiques** au cours des siècles. Deux systèmes cosmologiques se sont affrontés : le géocentrisme et l'héliocentrisme.

1 Du géocentrisme à l'héliocentrisme

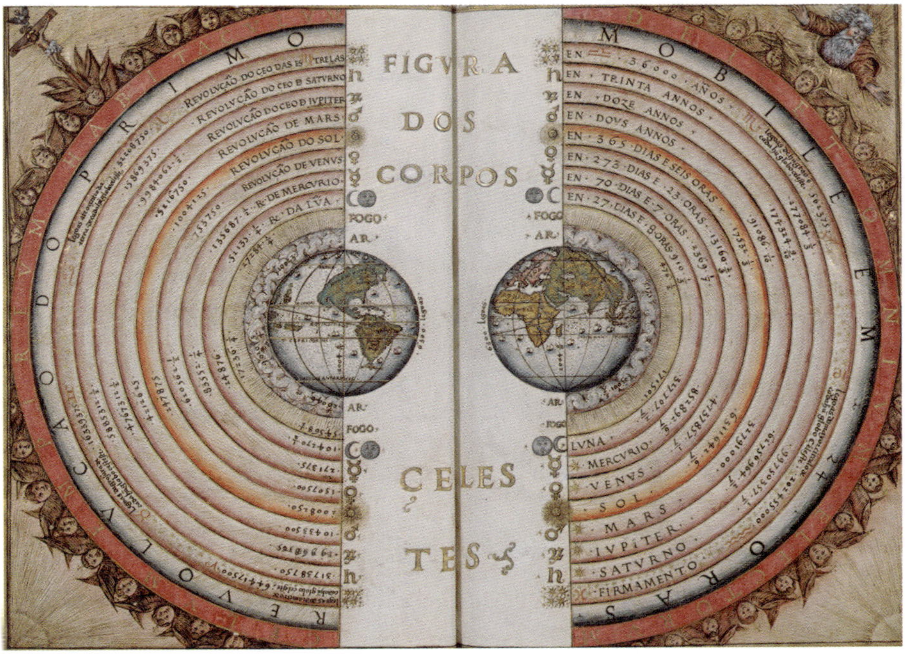

▲ Modèle géocentrique du système solaire de Ptolémée.

A Le modèle géocentrique

• **Le modèle géocentrique** date de l'Antiquité. Il est défendu par **Ptolémée** et par Aristote qui placent la Terre au centre de l'Univers. Dans ce système, la Terre est immobile. Les planètes et le Soleil tournent autour de la Terre sur des orbites circulaires parfaites. Le modèle géocentrique est autant une conception scientifique qu'une conception philosophique.

> **À noter**
> Dans le modèle géocentrique, l'alternance des jours et des nuits, ainsi que les saisons est due au **mouvement du Soleil** autour de la Terre.

• **Défauts du modèle.** Certains astres viennent mettre à mal ce modèle. En effet, l'observation astronomique montre que les planètes semblent faire des allers-retours sur leur trajectoire au fil des mois. Pour expliquer le mouvement de ces « astres errants », les Grecs imaginent les trajectoires des planètes comme des combinaisons de mouvements circulaires complexes.

B Le modèle héliocentrique

• **La théorie de Copernic.** Un nouveau modèle s'oppose à cette vision de l'Univers. Le **modèle héliocentrique,** défendu par **Copernic (1473-1543),** place alors le Soleil au centre de l'Univers. Les planètes (dont la Terre) tournent sur des orbites circulaires. La Terre tourne aussi sur elle-même. Entre la fin du XVIe siècle et le début de XVIIIe siècle, la controverse entre les deux modèles fait rage. L'héliocentrisme est même interdit par le dogme religieux. Il faudra attendre le milieu du XVIIIe siècle pour qu'il soit enfin accepté.

> **À noter**
> C'est l'astronome grec **Aristarque de Samos** qui, dès le IIIe siècle av. J.-C., imagine un système héliocentrique. Copernic s'en inspira pour développer son modèle.

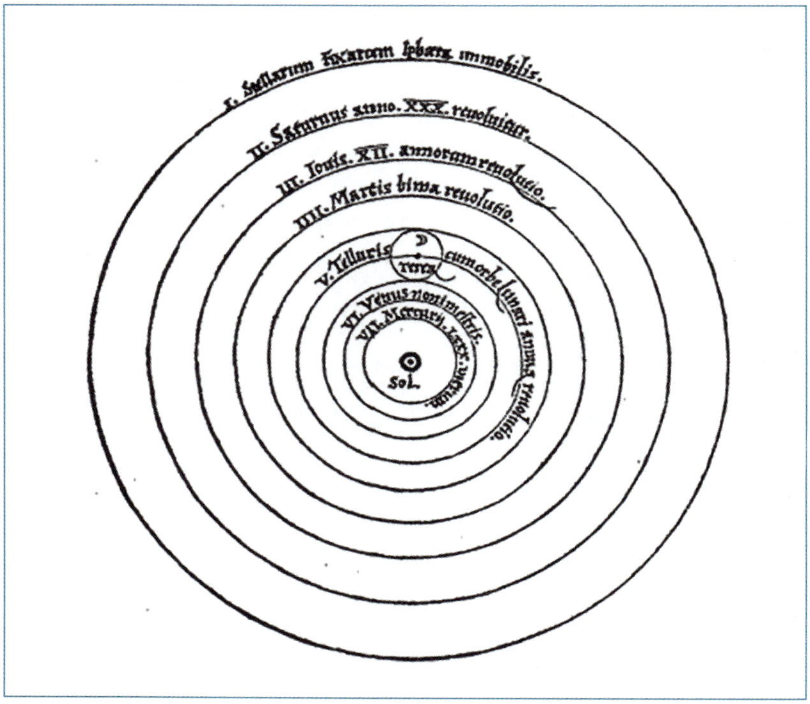

▲ Système héliocentrique de Copernic.

• **Découvertes ultérieures.** L'héliocentrisme sera encore réfuté par de nombreux scientifiques mais, grâce aux travaux de plusieurs autres, ce modèle théorique sera progressivement validé et affiné. Dès la fin du XVIe siècle, les observations de la Lune et des planètes par **Galilée** appuient le modèle héliocentrique. Au XVIIe siècle, les lois de **Kepler** permettent de décrire plus précisément les mouvements des planètes autour du Soleil : elles seront expliquées par la loi de gravitation de **Newton**. Et c'est à **Foucault** et son **pendule** que l'on doit la première expérience prouvant le mouvement de rotation de la Terre (XIXe siècle).

2 La notion de référentiel

• Pour décrire un mouvement, il faut d'abord définir l'objet par rapport auquel on va étudier le mouvement : c'est le **référentiel.**

• Pour étudier le mouvement des planètes, on se place dans le référentiel lié au centre du Soleil : c'est le **référentiel héliocentrique.**

▲ Référentiel héliocentrique.

• Pour étudier le mouvement des satellites de la Terre, on se place dans le référentiel lié au centre de la Terre : c'est le **référentiel géocentrique.**

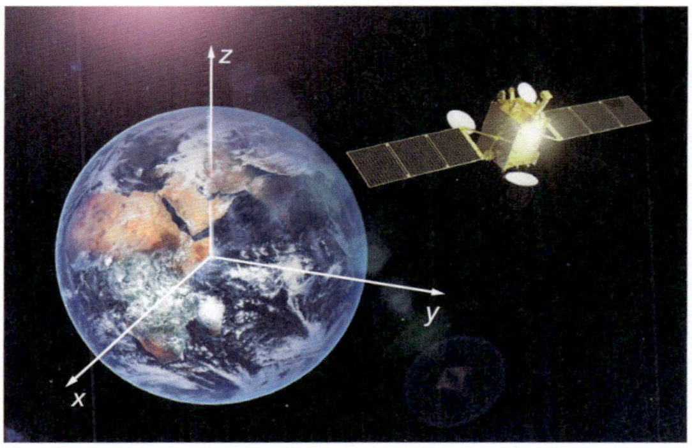

▲ Référentiel géocentrique.

3 La Lune, satellite de la Terre

• **La Lune est le satellite de la Terre.** Dans le référentiel géocentrique, la Lune tourne autour de la Terre sur une orbite quasi circulaire de 384 000 kilomètres de rayon. Sa période de révolution est d'environ 27 jours.

À noter

La **période de rotation de la Lune** est égale à sa période de révolution. C'est pour cette raison que, vue de la Terre, la Lune nous présente toujours la même face.

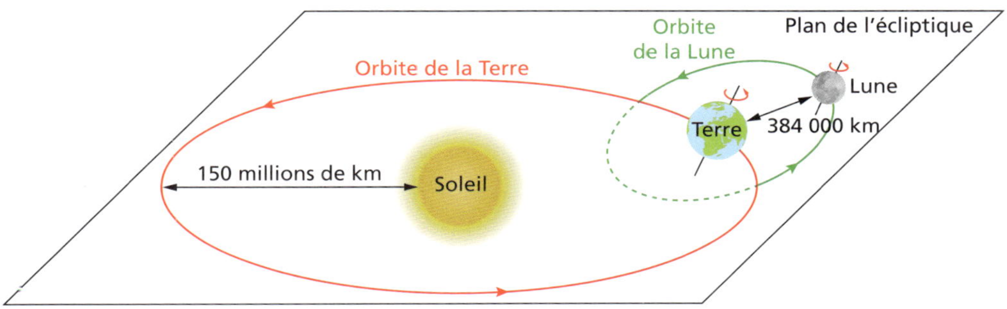

▲ Système Soleil-Terre-Lune.

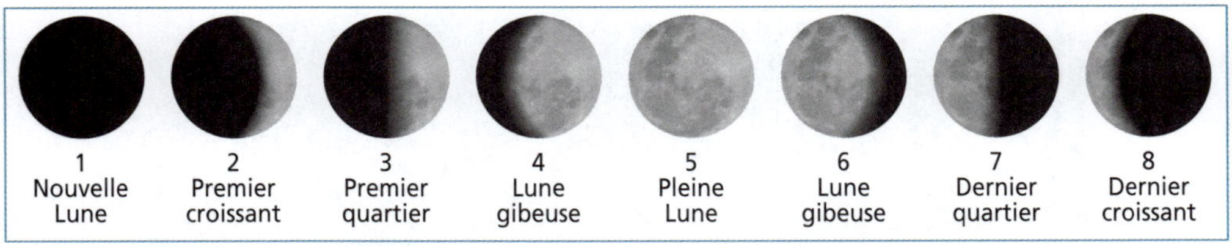

▲ Observation de la Lune vue de la Terre.

• Quelle que soit sa position autour de la Terre, la Lune est toujours à demi éclairée par le Soleil. Vue de la Terre, cette partie éclairée présente **différentes phases.**

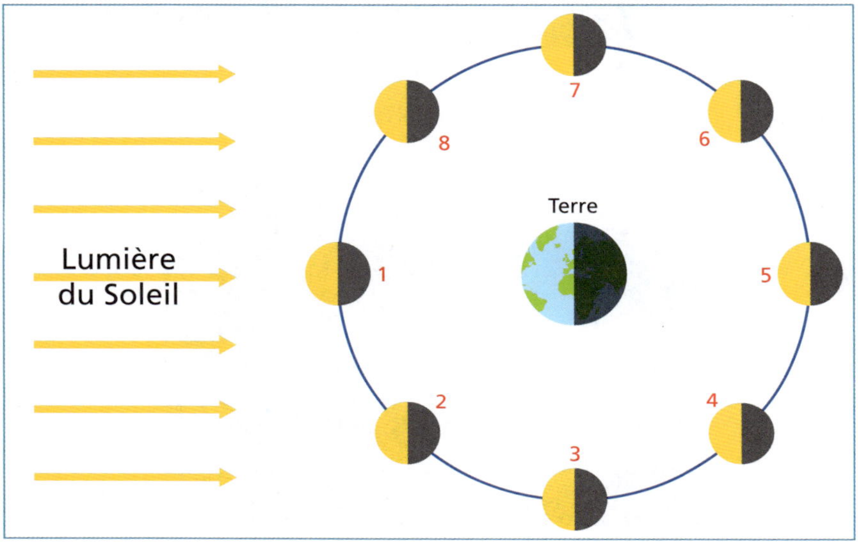

▲ Mouvement de la Lune autour de la Terre.

11 Le son, phénomène vibratoire

Un son est une onde produite par la vibration mécanique d'un objet (une corde de guitare, par exemple). L'onde sonore produite se propage alors dans un milieu matériel (air, eau...). Un son peut être **pur** ou **complexe.** Le niveau d'intensité sonore permet de déterminer si un son est **faible** ou **fort.**

1 Intensité et niveau d'intensité sonore

• **Intensité sonore.** La sensation auditive perçue par l'oreille humaine dépend de l'**intensité sonore I** du son émis. Celle-ci dépend de la puissance acoustique P du son ainsi que de la surface S du récepteur. L'intensité sonore s'obtient par la formule :

$$I = \frac{P}{S}$$

P en watt (W) ;
S en mètre carré (m^2) ;
I en $W.m^{-2}$.

• **Niveau d'intensité sonore.** La sensation auditive n'étant pas proportionnelle à l'intensité sonore, on définit alors une nouvelle grandeur permettant d'en rendre compte : le **niveau d'intensité sonore L.**

$$L = 10 \log \frac{I}{I_0}$$

I : intensité sonore ($W.m^{-2}$) ;
I_0 : seuil d'audibilité égal à 10^{-12} $W.m^{-2}$;
L : niveau d'intensité sonore en décibel (dB).

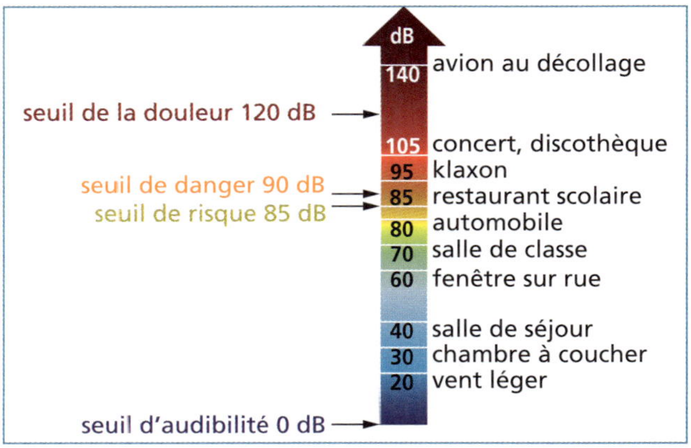

Échelle du bruit en dB. ▶

2 Son pur

Un son pur est caractérisé par une **onde sonore sinusoïdale.** C'est le cas d'un son émis par un diapason.

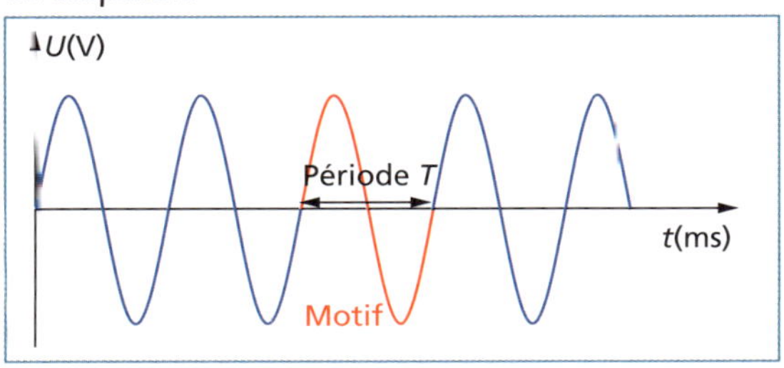

◀ Représentation temporelle d'un son pur.

Rappel

La **période temporelle T** d'une onde sonore sinusoïdale et sa fréquence f sont reliées par la formule :

$$\text{Hz} \rightarrow f = \frac{1}{T} \leftarrow \text{s}$$

3 Son composé

• **Un son composé est une onde sonore périodique.** Sur sa représentation temporelle, on distingue un motif qui se répète à intervalles de temps identiques. On appelle **fondamental** f_1 la fréquence de cette onde sonore.

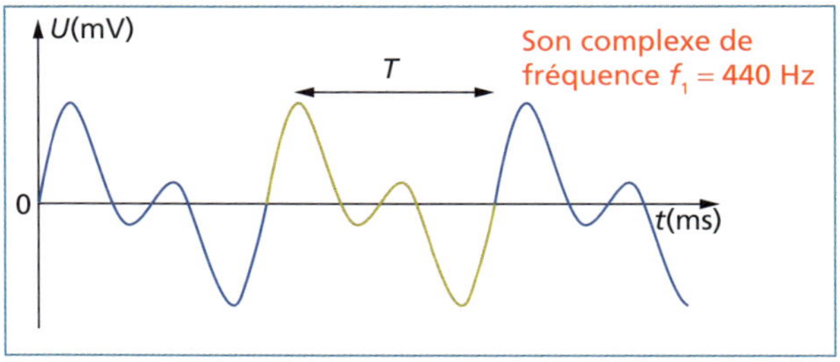

▲ Représentation temporelle d'un son complexe.

• **Décomposition d'un son complexe.** Un son complexe peut être décomposé en une somme de sons purs (ici, deux), appelés **harmoniques**. La fréquence de ces harmoniques est :

$$f_n = n \times f_1$$

f_n : fréquence de l'harmonique de rang n ;
f_1 : fréquence du son fondamental.

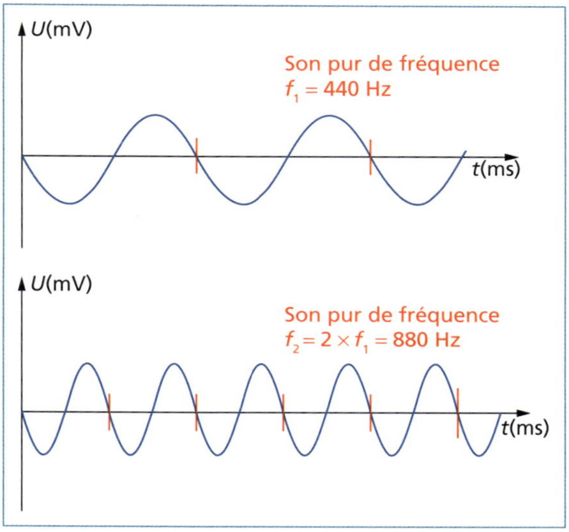

▲ Sons purs composant le son complexe ci-dessus.

À noter

C'est au mathématicien et physicien français **Joseph Fourier** qu'on doit l'étude des propriétés des sons complexes.

4 Analyse spectrale d'un son

Le diagramme en bâtons présentant l'amplitude relative du fondamental et des harmoniques est appelé **spectre d'un son.**

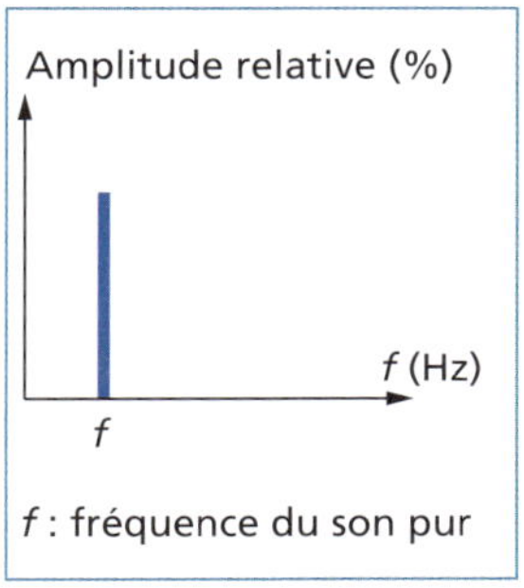

▲ Spectre d'un son pur.

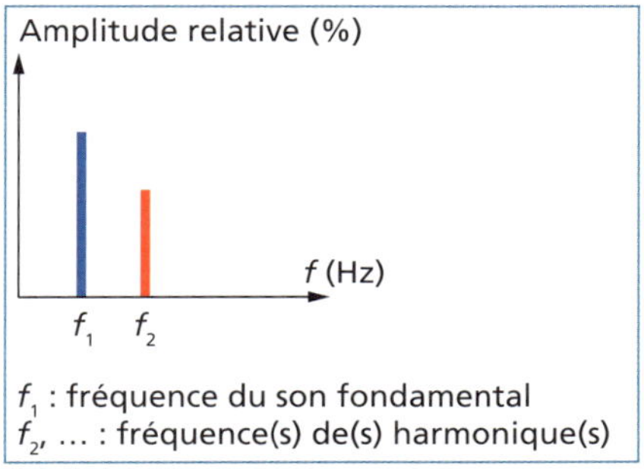

▲ Spectre d'un son composé.

À noter

Deux instruments différents jouant la même note produisent deux sons de même hauteur. La fréquence du son fondamental est donc la même. Les deux instruments n'ont pas le même timbre : leurs spectres sont donc différents.

5 Acoustique musicale

• **Instruments à cordes.** Lorsqu'on fait vibrer la corde d'un instrument à cordes, elle émet un son. La **fréquence fondamentale** du son émis ne dépend que des caractéristiques de la corde (sa longueur, sa tension, sa masse linéique).

• **Une harpe.** Les sons produits par les cordes d'une harpe varient selon la **longueur de la corde**. Les sons les plus aigus sont obtenus avec les cordes les plus courtes. La fréquence fondamentale du son produit par une corde augmente lorsque la longueur de la corde diminue.

Zoom

Lorsqu'on souffle dans un **instrument à vent,** une colonne d'air entre en vibration. Pour modifier la hauteur du son (fréquence), on modifie la longueur de la colonne.

▲ Harpe.

12 La musique ou l'art de faire entendre les nombres

En faisant vibrer une corde et en variant sa longueur, Pythagore montra que la fréquence est inversement proportionnelle à sa longueur. Il constata aussi que certaines associations de sons étaient agréables à l'oreille ; les rapports de leur longueur avaient alors une valeur déterminée.

1 De la fréquence à la note

• **Intervalle.** Chaque note jouée par un instrument de musique peut être identifiée par la fréquence fondamentale. On appelle **« intervalle »** l'écart de hauteur (fréquence) entre deux notes. Il s'obtient par le rapport des fréquences fondamentales des deux notes.

• **Octave.** Deux sons dont les fréquences sont dans le rapport 2 / 1 correspondent à la même note à deux hauteurs différentes. On appelle **« octave »** l'intervalle qui sépare deux notes dont les fréquences sont dans le rapport 2 / 1.

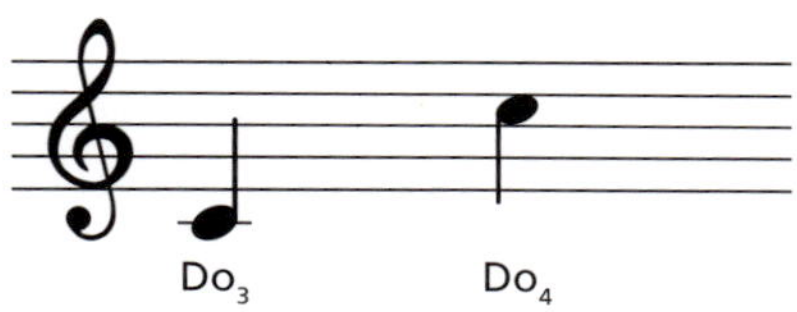

▲ Une octave.

Fréquence Do_3 : 261,63 Hz
Fréquence Do_4 : 523,26 Hz
Le Do_3 et le Do_4 sont séparés par une octave.

$$\frac{f_{Do4}}{f_{Do3}} = 2$$

2 Les gammes

Une **gamme** est une suite de notes réparties sur une octave et ayant entre elles des **propriétés de consonance**. La dernière note répétant la première à l'octave supérieure (pour une gamme ascendante) ou inférieure (pour une gamme descendante). Il existe plusieurs systèmes de gammes.

A Gamme de Pythagore

• **Sons consonants.** Dès l'Antiquité, la construction des gammes est basée sur des fractions simples (2 / 1, 3 / 2, 4 / 3). En effet, deux sons dont les fréquences sont dans des rapports simples sont agréables à l'oreille : ils sont consonants.

• **Les gammes naturelles, dites « de Pythagore »,** sont basées sur le cycle des **quintes**. La gamme est obtenue en prenant les quintes successives d'une note de départ. Les rapports de fréquence seront donc 3 / 2, $(3 / 2)^2$, $(3 / 2)^3$, $(3 / 2)^4$…

> **À noter**
> Deux sons de fréquences f_1 et f_2 sont à la **quinte** l'un de l'autre si le rapport de leur fréquence $f_2 / f_1 = 3 / 2$.

Cycle des quintes	Ramenée à l'octave	
Note de départ : **Do** $_1$	**Do$_1$**	
La quinte du Do$_1$ est le **Sol$_1$** : $f_{sol1} = 3 / 2 \times f_{Do1}$	soit $f_{Sol1} = 3 / 2 \times f_{Do1}$	**Sol$_1$**
La quinte du Sol$_1$ est le **Ré$_2$** : $f_{re2} = (3 / 2)^2 \times f_{Do1} = 9 / 4 \times f_{Do1}$	soit $f_{Re1} = f_{Re2} / 2 = 9 / 8 \times f_{Do1}$	**Ré$_1$**
La quinte du Ré$_2$ est le **La$_2$** : $f_{la2} = (3 / 2)^3 \times f_{Do1} = 27 / 8 \times f_{Do1}$	soit $f_{La1} = f_{La2} / 2 = 27 / 16 \times f_{Do1}$	**La$_1$**
La quinte du La$_2$ est le **Mi$_3$** : $f_{mi3} = (3 / 2)^4 \times {}_{Do1} = 81 / 16 \times f_{Do1}$	soit $f_{Mi1} = f_{Mi3} / 4 = 81 / 64 \times f_{Do1}$	**Mi$_1$**
La quinte du Mi$_3$ est le **Si$_3$** : $f_{si3} = (3 / 2)^5 \times f_{Do1} = 243 / 32 \times f_{Do1}$	soit $f_{Si1} = f_{Si3} / 4 = 243 / 128 \times f_{Do1}$	**Si$_1$**
L'octave du Do$_1$ est le **Do$_2$** : $f_{Do2} = 2 / 1 \times f_{Do1}$	**Do$_2$**	

▲ Gamme pythagoricienne basée sur un cycle de sept quintes successives, ramenées sur une seule octave.

Note	Do	Ré	Mi	Fa	Sol	La	Si	Do
Rapport	1	9 / 8	81 / 64	4 / 3	3 / 2	27 / 16	243 / 128	2

Le Fa, par exemple, s'obtient en prenant la quinte inférieure (descendante) au Do$_1$.

$f_{Do1} = 3 / 2 \times f_{Fa0}$ soit $f_{Fa0} = 2 / 3 \times f_{Do1}$ ramenée à l'octave :
$f_{Fa1} = 4 / 3 \times f_{Do1}$

Zoom
Le Fa n'est obtenu d'après un cycle de 11 quintes successives. Il est possible de l'obtenir plus simplement en prenant une quinte descendante.

• **Dans une gamme naturelle, l'écart entre deux notes d'une octave n'est pas constant.** Cette variation peut provoquer des **dissonances.** Une nouvelle gamme a donc été créée afin de remédier à tous ces problèmes de dissonances et de modulation.

B Gamme tempérée

• **La gamme tempérée** est constituée de 12 notes séparées par des intervalles de temps égaux : un demi-ton.
Do – Do# – Ré – Ré# – Mi – Fa – Fa# – Sol – Sol# – La – La# – Si.

Zoom
Dans une **gamme tempérée,** l'écart entre deux notes d'une octave est constant.

▲ La gamme tempérée.

• **La gamme chromatique** est constituée de 12 demi-tons. Le rapport des fréquences entre deux demi-tons vaut donc $\varepsilon = \sqrt[12]{2}$.

$f_{Do3\#} / f_{Do3} = 277{,}18 / 261{,}63 = \sqrt[12]{2}$

$f_{Ré3} / f_{Do3\#} = 293{,}67 / 277{,}18 = \sqrt[12]{2}$

Dans cette échelle et sur une même octave, on détermine la fréquence d'une note par la formule :

$f_{note} = f_{Do(de\ l'octave)} \times (\sqrt[12]{2})^{\text{nombre de demi-tons séparant les deux notes}}$.

Par exemple, le Do$_3$ et le Mi$_3$ sont séparés par 4 demi-tons :

$f_{Mi3} = f_{Do3} \times (\sqrt[12]{2})^4 = 261{,}63 \times (\sqrt[12]{2})^4 = 329{,}63$ Hz.

À noter
$\varepsilon = \sqrt[12]{2} = 2^{1/12}$
Ce rapport est un nombre irrationnel.

13 Le son, une information à coder

Le son produit par un instrument de musique peut être capté par un microphone. Pour numériser ce son et obtenir un fichier informatique, il faut passer d'un **signal analogique** à un **signal numérique.** Pour stocker ou envoyer le fichier obtenu, il est parfois nécessaire de le compresser.

1 Signal analogique et signal numérique

• **Le signal analogique est un ensemble continu d'informations.** Il peut prendre une infinité de valeurs. Lorsqu'un microphone capte un son, il apparaît une variation de tension à ses bornes.

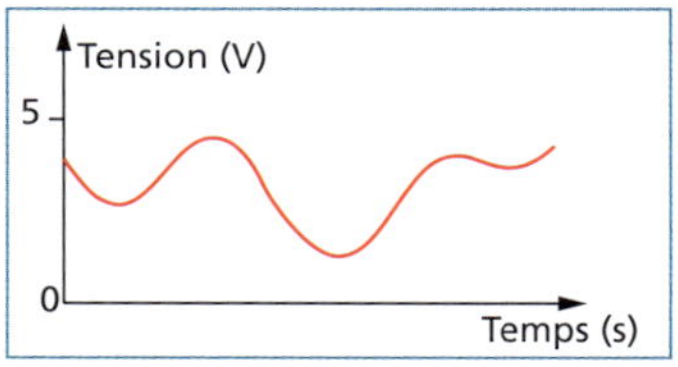

▲ Signal analogique.

• **Le signal numérique est un ensemble discontinu (discret) d'informations.** Il ne peut prendre que deux valeurs : 0 et 1.

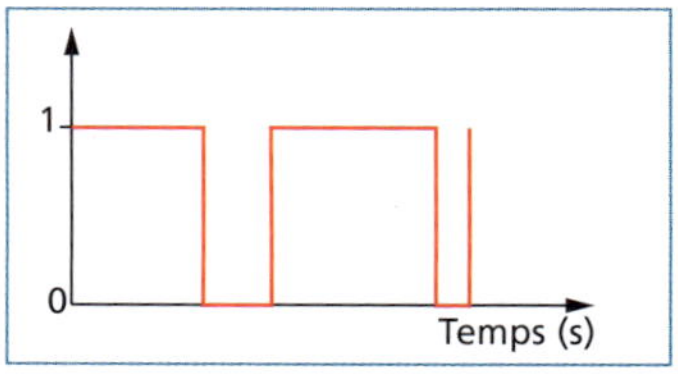

▲ Signal numérique.

2 Numériser un son

• **Passage d'un son analogique à un son numérique.** Pour numériser un son, on procède à la discrétisation du signal analogique. On transforme les **informations continues** dans le temps en **grandeurs discontinues,** qui varient par paliers. Cette opération s'effectue en plusieurs étapes.

À noter

Pour que la numérisation soit convenable, il faut que la fréquence d'échantillonnage soit au moins deux fois supérieure à la fréquence du son à numériser : c'est le **théorème de Shannon.**

• **L'échantillonnage** consiste à relever à intervalles de temps égaux T_e des échantillons du signal. On appelle **fréquence d'échantillonnage** f_e le nombre d'échantillons mesurés par seconde, avec $f_e = 1 / T_e$. L'échantillonnage couramment utilisé pour numériser un son est de 44,1 kHz car la fréquence maximale audible pour l'oreille humaine est de 20 kHz.

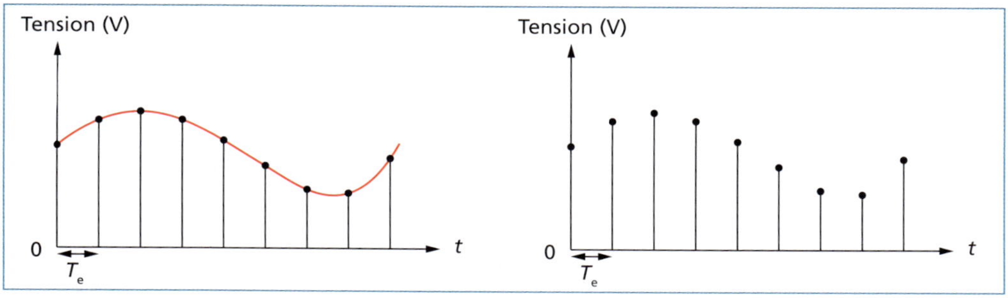

▲ Échantillonnage.

• **La quantification** consiste à **discrétiser l'amplitude du signal.** Chaque échantillon est alors associé à une valeur d'amplitude, exprimée en **bit.** Le bit est un chiffre binaire, il peut prendre la valeur 0 ou 1.

> **Zoom**
> Une quantification en n bits permet de traduire la valeur de l'amplitude de l'échantillon avec une précision de 2^n valeurs.

Une quantification en 2 bits, permet de décrire le signal avec 4 valeurs : 00 ; 01 ; 10 ; 11.
Une quantification en 3 bits est plus précise qu'une quantification en 2 bits car elle permet de décrire le signal avec 8 valeurs : 000 ; 001 ; 010 ; 011 ; 100 ; 101 ; 110 ; 111.

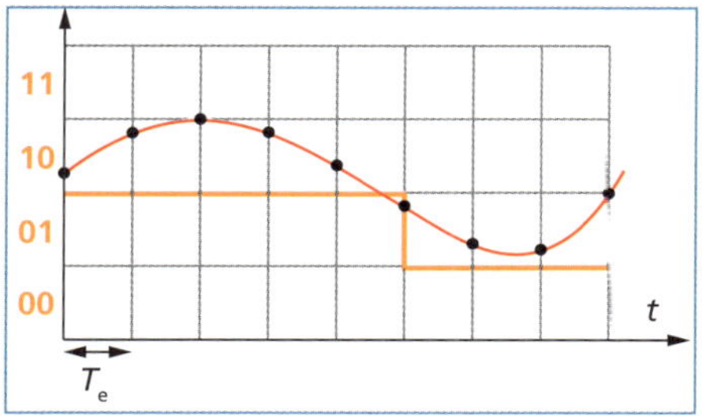

▲ Codage du 2 bits.

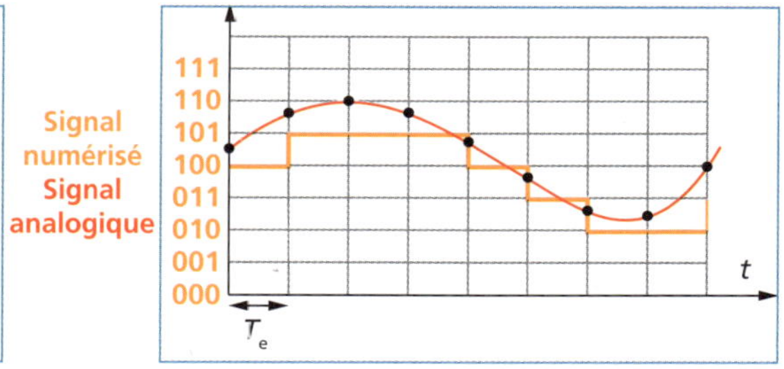

▲ Codage sur 3 bits.

• **La taille d'un fichier audio** varie selon la fréquence d'échantillonnage f_e, la quantification Q, le nombre de voies n (son mono : $n = 1$, son stéréo : $n = 2$) et sa durée t (seconde). Elle s'exprime en **octet** et s'obtient par la formule :

$$N = f_e \times \frac{Q}{8} \times n \times t$$

La taille d'un fichier son d'une minute numérisée en 44,1 kHz, 16 bits stéréo est :
$N = 44{,}1 \,.\, 10^3 \times (16/8) \times 2 \times 60 = 10\ 584\ 000$ octets, soit 10 335 ko, soit environ 10,09 Mo.

> **À noter**
> **1 kilo-octet (ko) =** 1 024 octets.
> **1 mégaoctet (Mo) =** 1 024 ko.

3 Compresser un fichier son

• **Compresser un son** est un traitement numérique qui permet de **réduire la taille du fichier** en dégradant le moins possible la qualité du son à transmettre.

• **Le format** le plus couramment utilisé pour compresser un son est le **format mp3.**

Quantité de données traitées en kilobit par seconde kbps	Format	Ratio de compression	Taille du fichier	Qualité
1411,2	Wav	1 : 1	10,09 Mo	CD audio
192	Mp3	1 : 7	1,44 Mo	CD audio
128	Mp3	1 : 11	0,92 Mo	Proche CD audio
96	Mp3	1 : 15	689 ko	Moyenne
64	Mp3	1 :22	470 ko	Mauvaise

▲ Comparaison de la taille du fichier d'un son de 1 minute selon la nature du format et de la compression.

• **Le ratio ou quotient de compression Q** s'obtient par le rapport volume initial des données sur le volume après compression. Pour un son traité en 192 kbps : $Q = 10{,}09 / 1{,}44 \approx 7$.
Le fichier compressé est 7 fois plus petit que le fichier original.

14 Entendre la musique

L'air est le vecteur de la musique, du son. Au niveau d'une source sonore (instrument, enceinte…) l'air est comprimé, décomprimé. Cela génère des ondes sonores qui ne deviennent musique que grâce aux oreilles et au cerveau. **Comment oreilles et cerveau permettent-ils d'entendre la musique ?**

1 L'organisation de l'oreille

L'oreille est sensible aux ondes sonores. Elle est organisée en trois parties.

- Le pavillon et le canal auditif forment l'**oreille externe.**
- **L'oreille moyenne** est une cavité remplie d'air, limitée par deux membranes : le **tympan** vers l'extérieur et l'autre au niveau de la **fenêtre ovale.** Cette cavité contient **trois osselets** qui sont, dans l'ordre, de l'extérieur vers l'intérieur : le marteau, l'enclume et l'étrier.
- **L'oreille interne** et formée du **vestibule,** structure permettant le maintien de l'équilibre et de la **cochlée,** constituée de trois canaux enroulés, contenant les récepteurs de l'audition en lien avec le **nerf auditif.**

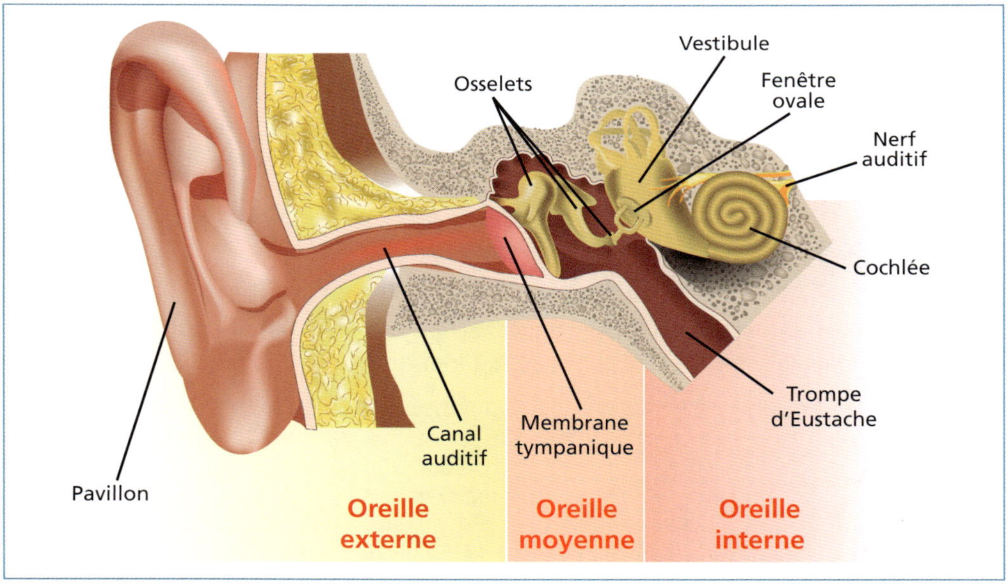

▲ Les trois parties de l'oreille.

2 De l'oreille externe à l'oreille interne

A L'oreille externe et l'oreille moyenne

- **Le pavillon** a une forme qui permet de diriger les ondes sonores vers le **canal auditif**. Ces ondes font alors vibrer le **tympan** qui entre en résonnance.

• **Cette résonnance** est transmise *via* les **trois osselets** de l'oreille moyenne vers la membrane de la **fenêtre ovale.** La présence des osselets et la taille plus petite de la fenêtre ovale amplifient les vibrations du tympan.

B L'oreille interne

• **La cochlée** est un **labyrinthe creux** constitué de trois canaux en spirale contenant chacun un liquide : de la **lymphe**.

• **Au niveau du canal central,** appelé **conduit cochléaire,** on trouve une structure sensible aux vibrations, l'**organe de Corti,** constitué de cellules sensorielles ciliées, liées par des **cils vibratiles** à une structure rigide, la membrane de Corti. On dénombre environ 15 000 cellules.

• **Les vibrations de la membrane** de la fenêtre ovale mettent en mouvement le liquide qui lui-même met en mouvement la membrane de Corti.

• **Les cils vibratiles** des cellules ciliées entrent alors en **résonnance.** Les cellules génèrent alors un message nerveux transmis par le **nerf auditif** vers le cerveau

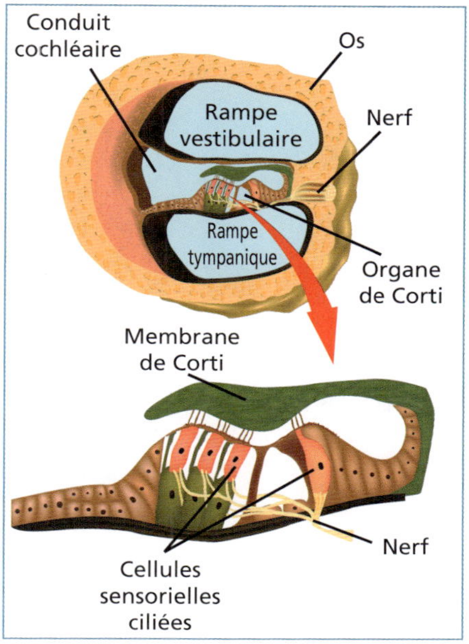

▲ L'organisation de la cochlée.

3 Ce que peut entendre l'oreille

• **Le son se propage sous forme d'ondes sonores.** Localement, l'air (ou l'eau) est comprimé(e), décompressé(e). L'amplitude de la variation de pression (ou **intensité**) est mesurée en **décibels** (dB). Les ondes sont caractérisées par la **fréquence** de la répétition de la variation de pression. La fréquence est exprimée en hertz (Hz).

• Un être humain jeune est capable d'entendre des sons dont l'intensité varie à peu près entre **0 et 120 dB.** En dehors de ces valeurs, l'oreille n'est pas sensible. Des sons de plus de 130 dB deviennent douloureux. Les mesures montrent que **l'oreille humaine est sensible à des fréquences comprises entre 20 et 20 000 Hz.**

4 La fragilité du système auditif

• **L'oreille est un dispositif fragile** qui, lorsqu'il est détérioré, diminue sa performance. Tous les éléments de ses différentes parties sont fragiles.

• **Le tympan peut être perforé** par des **infections**, telles les otites, ou bien des **bruits trop intenses,** comme une explosion. Le sujet n'entend plus, ou moins bien. Le tympan peut cicatriser seul. Dans certains cas, une chirurgie réparatrice peut être utile.

• **Les cellules ciliées sont très fragiles** face à des sons de **fortes intensités** émis pendant de **longues périodes.** Une exposition prolongée à des sons d'intensité supérieure à 90 dB conduit à une destruction définitive et non récupérable de cellules ciliées et donc à une diminution des capacités auditives.

5 Le rôle du cerveau dans l'audition

• **Les messages nerveux élaborés au niveau des cellules ciliées gagnent le cerveau.** Ces informations sont d'abord envoyées vers le **cortex auditif** sur la partie temporale du cerveau. Ce cortex est organisé en deux parties : le cortex primaire et le cortex secondaire, qui reçoivent des informations des deux oreilles.

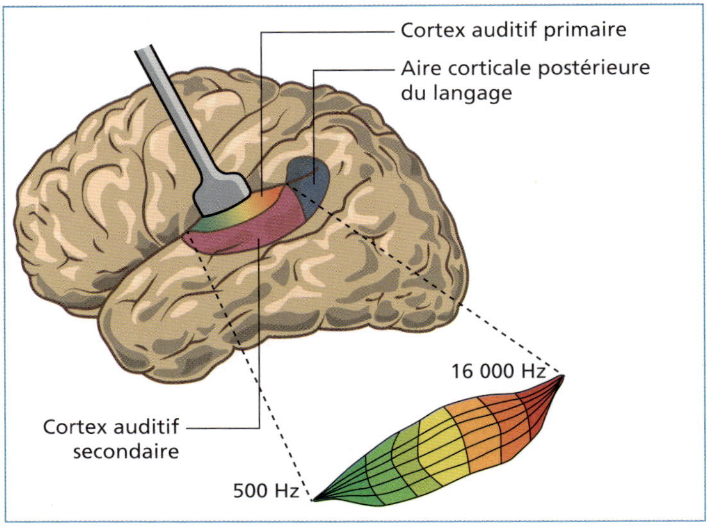

▲ Le cortex auditif.

• **Le cortex auditif primaire** est le **lieu d'un traitement simple des informations auditives**, comme la reconnaissance de la fréquence des sensations auditives.

• **Le cortex auditif secondaire** contient l'**aire du langage.** Il permet une compréhension des sons, de la parole.

• **L'imagerie médicale** permet de comprendre que les informations auditives sont aussi traitées dans d'autres zones du cerveau ayant des fonctions différentes. Si l'écoute fait appel à la mémoire, le cortex dit **« préfrontal »**, vers l'avant du cerveau, et une structure profonde, l'**« hippocampe »**, sont sollicités. Si le sujet parle en écoutant ou bien bat la mesure sur une musique, c'est le cortex **moteur,** en partie médiane, qui devient actif.

• **Écouter de la musique déclenche des émotions.** Ces émotions sont traitées dans des structures profondes du cerveau, comme une zone appelée **« amygdale »**, mais aussi dans une zone plus périphérique, appelée le **« cortex orbitofrontal »**.

Zoom

Écouter de la musique sollicite tout le cerveau. Ce qui permet de **donner du sens à ces vibrations,** plus ou moins complexes, perçues par les oreilles.

Achevé d'imprimer en juin 2022 en Italie par Elcograf
Dépôt légal : juillet 2022 - Édition 01
15/7258/9